T. B. Christensen

Das Erwachen des MAGIERS

Fantasyroman

Übersetzt von Irena Böttcher

amazon crossing

Die Originalausgabe erschien 2012 unter dem
Titel »Wielder's Awakening«.

Deutsche Erstveröffentlichung bei AmazonCrossing,
Luxemburg, April 2014

Lektorat: Asta Hemmerlein
Satz: Monika Daimer, www.buch-macher.de
Umschlaggestaltung: bürosüd⁰ München, www.buerosued.de

Printed in Germany
by Amazon Distribution GmbH, Leipzig

ISBN 978-1-477-82288-3

www.amazon.com/crossing

Prolog

Die wirbelnden Schatten in der Schale mit Wasser lösten sich langsam auf, und die glatte Oberfläche zeigte erneut nur das Bild des Mannes, der darübergebeugt stand und hineinschaute. Im ruhigen Wasserspiegel war ein Mann in den besten Jahren zu sehen, dem goldenes Haar bis auf die Schultern herabfiel. Ein Hauch von Unsicherheit trübte seine strahlend blauen Augen. Leicht beunruhigt, wendete er den Blick endlich von der Schale aus Zinn ab, die auf einem großen Stalagmiten ruhte, und wischte sich mit dem Ärmel seines Gewandes den Schweiß von der Stirn. Er seufzte schwer, als er sich auf das einzige Möbelstück in der Höhle fallen ließ, einen kleinen hölzernen Hocker. Außer diesem Hocker und der Schale für die Sicht, die ihm zeigte, was geschehen war, was geschah und was geschehen würde, gab es in der Höhle nur noch Kerzen, viele Kerzen. Sie bedeckten die Felsvorsprünge in der Höhle, um Licht zu spenden. Kadrak jedoch war das Licht jetzt nicht mehr willkommen. Sein Kopf schmerzte und die flackernden Flammen verstärkten den Schmerz. In einer letzten Darbietung seiner Macht löschte Kadrak alle Kerzen mit einem einzigen Gedanken aus.

Es war einfach, für kurze Zeit großartige Taten zu vollbringen. Aber die Atmosphäre längere Zeit in sich zu tragen, hinterließ seine Spuren und hatte oft eine zerstörerische Wirkung. Der anhaltende Einsatz der Atmosphärenmacht forderte sowohl geistig als auch körperlich seinen Tribut. Er lächelte in sich hinein; er war sich bewusst, dass niemand sonst die Fähigkeit besaß, die Atmosphärenmacht mit einer solchen Kraft zu führen wie er. Die großen Magier aus den uralten Legenden konnten ihm nicht annähernd das Wasser reichen. Und jeder andere, der versucht hätte, die Atmosphärenmacht auch nur für eine Stunde in sich zu tragen, wäre dabei ausgebrannt und hätte sein Leben ausgehaucht. Er hingegen, Kadrak, spürte nur einen leichten Schmerz im Kopf.

Sein Lächeln verwandelte sich in eine Grimasse. Schon wieder hatte er die Sicht vergebens bemüht. Stundenlang hatte er versucht zu sehen, doch die Bilder im Wasser hatten ihm nichts Neues gezeigt. Er war gerade dabei gewesen, endlich etwas zu entdecken, als er plötzlich aufgehalten worden war. Über eine Stunde lang hatte er versucht, alle Menschen in Kalia zu finden, die die Gabe besaßen. Vor einigen Tagen hatte er herausgefunden, dass es drei Magier in Selba gab und einen weiteren in Balthus. Über diese vier machte er sich keine Sorgen. Selbst alle zusammen besaßen sie nicht mehr als ein Drittel seiner Stärke – auch wenn sie irgendwann einmal im Vollbesitz ihrer Kräfte sein sollten. In Cydus hatte er niemanden mit der Gabe gefunden, und so hatte er schließlich angefangen, in Kalia zu suchen. Doch bei dem Versuch hatte ihn irgendetwas davon abgehalten, Kalia zu sehen. Er war zu müde gewesen, um dieses Etwas zu durchdringen, deshalb hatte er es heute Nacht ein weiteres Mal versucht.

Wieder hatte er das Bild von Kalia gerufen, diesmal mit noch mehr Stärke. Noch immer war es schwieriger gewesen, als er dies eigentlich erwartet hatte, aber diesmal war er in der Lage gewesen, den Nebel über dem Norden und Westen von Kalia zu durchdringen. Er hatte nichts gesehen, das von Bedeutung gewesen wäre. In den Südosten von Kalia hatte er noch immer nicht hineinsehen können. Es war ihm gelungen, den Nebel Schritt für Schritt zu bekämpfen, doch das Land südlich und östlich von Kavar hatte dieser nicht freigegeben. Und plötzlich konnte er den Nebel nicht weiter zurückdrängen. Er hatte es versucht, aber alles, was ihm das eingebracht hatte, waren Kopfschmerzen. Endlich hatte er es aufgegeben und die Atmosphäre wieder freigegeben. Es beunruhigte ihn, dass es da etwas gab, das seine Macht beschränken konnte. Kadrak entschloss sich, es in ein paar Wochen erneut zu versuchen und der Sache diesmal auf den Grund zu gehen.

Er konnte einfach nicht verstehen, was ihn in seiner Suche behindert hatte. Ein anderer Magier wäre in der Lage gewesen, ihn aufzuhalten; wenn er stark genug wäre. Doch dafür hätte der Magier Kenntnis darüber haben müssen, dass Kadrak ihn mit der Sicht suchte, und mithilfe der Atmosphäre einen Schutz aufbauen müssen. Kadrak war sich fast sicher, das war es nicht. Niemand, der die Gabe besaß, hätte auch nur den Verdacht, dass ein anderer Magier auf der Suche nach ihm war. Die wenigen, die die Gabe überhaupt besaßen, ahnten davon wahrscheinlich nicht einmal etwas. Und wenn sie es ahnten, waren sie viel zu beschäftigt damit, zu lernen, diese Gabe zu meistern – und nicht etwa besorgt darüber, dass jemand sie aufspüren könnte.

Kadrak kam zu dem Schluss, dass es wahrscheinlich eines der Relikte gewesen war, von den großen Magiern der Vergangenheit zurückgelassen, das seine Sicht behindert hatte. Vielleicht war es sogar einer der Steine, die er aufzuspüren versuchte. Er hatte von bestimmten Steinen gelesen. Einige der größten Magier hatten sie vor vielen, vielen Jahren verwandelt. Die Magier hatten in diesen Steinen einen kleinen Teil der Atmosphäre gefangen und die mit dieser Macht durchtränkten Steine hatten jeweils bestimmten Zwecken gedient. Zwei dieser Steine hatte er bereits gefunden; er nannte sie die Sucher. Die schwarzen Steine färbten sich rot, wenn sie sich in der Gegenwart von jemandem befanden, der die Gabe besaß. Weitere dieser besonderen Steine hatte er trotz allen Bemühens nicht finden können. Kadrak wusste, dass nur wenige geschaffen worden waren. Der Preis dafür, einen solchen Stein zu schaffen, war schließlich die eigene Lebenskraft. Er hatte sich oft gefragt, wer wohl bereit wäre, sein Leben aufzugeben, nur um auf alle Ewigkeit in einem Stein gefangen zu sein. Er bedauerte die armen Narren, die alles hingegeben hatten – nur um etwas zu tun, was niemand sonst tun konnte. Ihr Ruhm hatte nicht lange gehalten; nicht einmal in den ältesten Aufzeichnungen fand man etwas über die Namen der wenigen, die diese Steine geschaffen hatten. Kadrak würde seine Gabe nie für etwas so Idiotisches verschwenden, wie sein Leben in einen Stein zu sperren. Er plante da weit größere Dinge.

Er ging zwar davon aus, dass er aus Kalia nichts zu fürchten hatte. Trotzdem war es immer gut, vorsichtig zu sein. Langsam erhob er sich von seinem Hocker. Durch große Anstrengung verlieh er seinem Gesicht die Maske der Stärke, trotz seiner Erschöpfung. Mit großen Schritten verließ er die Höhle der Sicht. Sofort waren die zwei Elite-Galdaks wieder hinter ihm. Er wusste, eigentlich brauchte er keine Leibwächter. Aber es befriedigte die Galdaks, ihrem Meister nützlich zu sein. Und manchmal war es ganz angenehm, nicht ständig selbst auf alles aufpassen zu müssen. Die Galdaks waren dumm, aber loyal. Und tödlich. Ihr Aussehen erinnerte an ihre menschlichen Brüder, doch ihre dunkelrote, dicke Haut schuf einen dünnen natürlichen Schutzpanzer und sie waren stärker, als ein Mensch je hoffen konnte, es zu werden. Ein Galdak mit seinen über eins achtzig war stärker als sechs menschliche Krieger zusammengenommen. Es war ein beruhigender Gedanke, dass jeden, der es wagte, ihn zu belästigen, ein schneller Tod erwartete. Und mit ihren glühend gelben Augen konnten die Galdaks die Dunkelheit der Schatten durchdringen – auch das konnte ganz nützlich sein.

Kadrak hatte die Galdaks vor einigen Jahren entdeckt, als er in den Bergen der Trockenheit nach den Ruinen einer großen Stadt gesucht hatte. Angeblich hatte es in dieser Stadt eine Bibliothek gegeben, reicher als jede andere, die jemals geschaffen worden war. Auf seiner Reise durch die Berge hatte ihn plötzlich ein Galdak angegriffen. Er konnte ihn mühelos besiegen – und entdeckte anschließend, dass ihn weitere Galdaks umgaben. Sie hatten ihn mordlustig angestarrt und nach seinem Blut geschrien. Mit einem tiefen Atemzug hatte er so viel von der Atmosphäre aufgenommen, dass er beinahe fürchtete zu platzen. Gerade hatte er diese ungeheure Kraft auf die Galdaks richten wollen, als einer von ihnen vortrat und sich vor ihm verneigte. Dieser Galdak war etwas kleiner als die anderen und geschmückt mit Edelsteinen und den Schädeln wilder Tiere. Sein Rücken war vom Alter gekrümmt gewesen, aber seine bloße Anwesenheit brachte die blutrünstigen Schreie der anderen Galdaks sofort zum Verstummen. Verwirrt hatten sie eine Weile dagestanden, bevor auch sie die Knie vor ihm gebeugt hatten. Kadrak hatte keine Ahnung gehabt, was da gerade geschah – aber mit einem tiefen Ausatmen ließ er die angesammelte Atmosphäre wieder frei.

Dann hatte sich der ältere Galdak erhoben und ihn zu einer nahen Höhle geführt. Kadrak hatte verlangt zu erfahren, was vor sich ging. Daraufhin hatte der Galdak aus den Falten seiner weiten Robe ein uraltes Buch hervorgezogen und es Kadrak übergeben. Beim Lesen des Buches fand er heraus, dass die Galdaks einst eine stolze und mächtige Rasse gewesen waren, die Seite an Seite mit den Menschen lebte. Sie waren immer unter sich geblieben, außer um Handel mit den Menschen zu treiben, aber man hatte sie respektiert. Dann, während einer Hungersnot, hatten sie sich auf der Suche nach Nahrung in das Land der Menschen begeben. Doch diese waren nicht bereit, ihre kärglichen Vorräte mit ihnen zu teilen. Eine Armee war aufgestellt worden, um das Land zu verteidigen. Die Galdaks, halb wahnsinnig vor Hunger, schlachteten alle Menschen ab, die ihnen über den Weg liefen. Die Menschen wehrten sich mit gleicher Grausamkeit und hatten, zahlenmäßig überlegen, die Galdaks bald in die Berge der Trockenheit und die Länder der Unfruchtbarkeit zurückgedrängt. Auch das hatte ihnen noch nicht gereicht. Sie hatten die Galdaks gejagt und alle getötet, die sie finden konnten. Nur die Galdaks, denen es gelungen war, sich in den labyrinthischen Höhlen der Berge der Trockenheit zu verstecken, waren entkommen.

In diesen Höhlen hatten sie ausgeharrt, ihre Stärke gesammelt und auf den Zeitpunkt gewartet, an dem sie sich für den Mord an ihren Vorfahren rächen und die Menschen besiegen konnten. Langsam war ihre Zahl wieder angestiegen und durch ein hartes

Training in der Kunst des Krieges hatten sie sich auf dieses Ziel vorbereitet. Sie warteten nur noch auf denjenigen, den die Prophezeiung ihnen vorhergesagt hatte – den einen, der sie bei der Versklavung der menschlichen Rasse anführen würde; den einen, der die Atmosphäre mit einer solchen Macht führen konnte wie noch niemals jemand zuvor; einen großen Kriegsherren. Der alte Galdak, der ihr Schamane war, war der festen Überzeugung, Kadrak sei dieser eine, dessen Kommen prophezeit worden war. Und nachdem ihr Schamane Azulk daran glaubte, hatten alle Galdaks es akzeptiert und Kadrak ihr Leben versprochen – obwohl er ein Mensch war. Die große Bibliothek, nach der er gesucht hatte, die hatte Kadrak nie gefunden. Stattdessen besaß er nun eine Armee.

Natürlich würden die Galdaks allein nie eine Armee aufstellen können, die mächtig genug war, die gesamte menschliche Rasse herauszufordern. Doch das konnte Kadrak nicht aufhalten. Er hatte einen Plan entwickelt, wie er die Länder der Menschen schwächen konnte – bis zu dem Punkt, an dem die Galdaks in der Lage waren, sie mit Leichtigkeit zu erobern. Und dann war es Zeit für ihn, seinen rechtmäßigen Platz als Herrscher über alle einzunehmen, über Menschen wie über Galdaks. Am Fuß der Berge der Trockenheit, im nördlichen Balthus, hatte er mit der Zeit eine weitere Armee aufgebaut, eine Armee aus habgierigen Schurken auf der Suche nach Geld, Ruhm und Ehre. Schon bald würde er genügend Rekruten haben, um diese menschliche Armee gegen die Länder zu führen und sich als Eroberer zu versuchen. Natürlich würden die Menschen diese Armee besiegen, das war Kadrak klar. Aber die Sieger, geschwächt durch die Kämpfe, im Taumel des gewonnenen Kampfes und nichts ahnend, würden dann eine leichte Beute sein für die eigentliche Armee, die der Galdaks. Fast fürchtete Kadrak schon, alles würde viel zu einfach werden.

Kadrak marschierte unter dem Nachthimmel den schwierigen Pfad die Berghöhe entlang, auf der die Höhle der Sicht lag. Der Schamane Azulk kam ihm entgegen. Er war unter den Galdaks seine rechte Hand, klug und verschlagen wie der listigste Mensch und so stark wie seine ganze Rasse, trotz seines Alters. Er schaffte es immer, Kadrak zufriedenzustellen, und hatte das feste Ziel, bei einem Sieg an Kadraks Seite zu stehen. Der Schamane Azulk verneigte sich tief vor ihm. Die Schädel und Steine, die um seinen Nacken hingen, schlugen leise klirrend gegeneinander, berührten beinahe den Boden. Langsam richtete er sich wieder auf.

»Wie groß war Euer Erfolg, mein Meister?«, fragte er, mit einer Stimme, die so rau klang, als würde man zwei Stücke Rinde aneinanderreiben.

»Alles läuft wie geplant. Irgendetwas Beunruhigendes braut sich gerade im südlichen Kalia zusammen, aber das berührt uns nicht. Das wird sich schnell wieder auflösen.« Kadrak genoss den Gedanken, dass er seinen Plan jetzt endlich in die Tat umsetzen konnte. Innerlich berauschte er sich schon an dem Ruhm, den er ernten würde, wenn seine Armeen durch die Länder zogen und ganze Nationen eroberten. Er leckte sich die Lippen, spürte den Vorgeschmack des süßen Sieges auf der Zunge. Schon bald würde er der glorreiche Herrscher über alles Land sein. Er wendete sich an Azulk. »Ich werde herabsteigen und die letzten Vorbereitungen mit den Menschen abschließen. Wir werden bald losmarschieren und es werden Chaos und Blutvergießen herrschen. Du weißt, was du zu tun hast. Enttäusche mich nicht!«

* * *

Azulk schaute zu, wie die Elite-Leibwächter Kadrak an den Rand der Berge brachten. Ja, er wusste, was er zu tun hatte – und er wusste, dass er damit Erfolg haben würde. Sobald Kadrak zurückkehrte und nach seiner Armee von Galdaks verlangte, stand diese bereit, die Berge hinabzuströmen und die Welt von den Menschen zu befreien. Auch Azulk spürte schon den Vorgeschmack des süßen Sieges. Er hoffte nur, er würde seinen Rachedurst lange genug beherrschen können, bis Kadrak das erreicht hatte, was er sich vorgenommen hatte. Geistesabwesend strich seine Hand über die Schädel, die um seinen Nacken hingen. Es fehlte dort nur noch ein einziger Schädel, der Schädel eines großen Magiers, dann war seine Sammlung komplett. Nach einem letzten Blick auf Kadrak drehte Azulk sich um und strebte mit selbstsicheren Schritten seiner Höhlenfestung zu, um noch einmal zu überprüfen, wie es um seine große Armee bestellt war.

* * *

Kadrak musste nicht zurückschauen, um zu wissen, dass der Schamane ihm nachsah; und dass er mörderische Pläne hegte. Der Schamane Azulk diente ihm nur für den Zweck, die Armee der Galdaks vorzubereiten. Sobald diese Aufgabe abgeschlossen war, würde er sich des Schamanen schnell und diskret entledigen. Kadrak hatte nie beabsichtigt, jemanden, der so gefährlich war wie Azulk, leben zu lassen. Auch wenn Azulk im Umgang mit der Atmosphäre sehr viel schwächer war als Kadrak, hatte er dennoch den Verdacht, dass der alte Schamane eine ganze Reihe Tricks auf Lager hatte. Kadrak traute ihm nicht – aber das spielte jetzt keine Rolle. Azulk war nur ein weiteres Werkzeug in Kadraks Plan; ein Werkzeug wie die Armee der Menschen und die Armee der Galdaks. Und Werkzeuge waren dazu da, dass man sie benutzte und sie dann beiseitelegte.

Ein hämisches Grinsen umspielte Kadraks Lippen, als er sich dem Lager der menschlichen Armee näherte, und seine Zähne leuchteten weiß in der Dunkelheit. In dieser Nacht würde er sich um die letzten kleinen Rückschläge kümmern, denen sein Plan ausgesetzt war. Zwei seiner besten Meuchelmörder wollte er aussenden, um der Drohung ein Ende zu bereiten, dass ein anderer Magier gegen ihn aufstand. Bald würde es auf der ganzen Welt nur noch zwei Magier geben – ihn selbst und Azulk. Dann gab es nichts mehr, was ihn aufhalten konnte, außer menschlichen Armeen. Kein anderer Magier konnte mehr die Menschen um sich sammeln und sie anführen. Und wenn die Zeit gekommen war, dann war er, Kadrak, der einzige überlebende Magier, der sich der Atmosphäre bedienen konnte.

Kadrak näherte sich seinem Zelt. Die zwei zwielichtigen Gestalten, die davor Wache standen, zogen die Zeltklappen zurück, damit er eintreten konnte. Sofort erhellte sich das Zelt, als die beiden Lampen, die rechts und links auf seinem großen Schreibtisch standen, sich entzündeten. Das Zelt war gerade groß genug, dass sein Schreibtisch und sein Bett hineinpassten. Es war nicht sehr luxuriös, aber Kadrak wusste, die Zeit für Luxus würde bald kommen. Langsam ließ er sich auf den Stuhl hinter seinem Schreibtisch sinken und schickte nach seinen zwei besten Meuchelmördern. Ohne einen Laut tauchten sie wenige Minuten später in seinem Zelt auf. Sie waren so leise, dass Kadrak ihr Hereinkommen beinahe überhört hätte. Er blickte von seinen Landkarten auf. Unterwürfig knieten sie vor ihm.

»Ich habe für euch beide sehr wichtige Aufgaben. Wenn ihr damit Erfolg habt, werde ich euch reichlich belohnen.«

Kadrak leerte einen kleinen Beutel mit kostbaren Edelsteinen auf seinem Schreibtisch aus. Der untersetzte Mann mit den kurzen schwarzen Haaren erhob sich langsam. Kein Wunder, dass er sich selbst den Namen »Der Schatten« verliehen hatte. Seine Haut war außergewöhnlich dunkel und seine Augen waren fast schwarz. Er war stark und tödlich. Am liebsten erledigte er seine Arbeit mit bloßen Händen. Der andere Mann, der sich nun auch erhob, war bekannt als »Der Geist«. Wenn es einem Menschen überhaupt möglich war, noch tödlicher zu sein als der Schatten, dann konnte der Geist das für sich beanspruchen. Er war groß und dünn und hatte langes schwarzes Haar. Seine grauen Knopfaugen waren ständig auf der Lauer nach möglichen Gefahren, nahmen im Bruchteil einer Sekunde alles in sich auf. Anders als der Schatten benutzte der Geist gerne seine Waffen. Besonders liebte er Bogen und Dolche. Der Schatten sorgte dafür, dass seine Opfer ihn kurz vor seinem Tod zu Gesicht bekamen; der Geist entledigte sich seiner Opfer, ohne dass sie seine Nähe auch nur ahnten.

Unzweifelhaft waren diese beiden Männer die besten Meuchelmörder in Balthus und vielleicht sogar auf der ganzen Welt. Kadrak war vor einigen Jahren auf sie gestoßen. Damals hatte er Leute gebraucht, die sich diskret um jemanden aus seinem eigenen Haus kümmerten. Seitdem hatte er sie in seinen Diensten behalten. Sie erledigten das, was er ihnen auftrug, ohne jemals Fragen zu stellen. Für den richtigen Preis waren sie zu allem bereit; und Kadrak zahlte immer den richtigen Preis. Die Galdaks waren für ihn nicht nur eine Armee, derer er sich bedienen würde; sie förderten aus dem Inneren des Berges, dessen Höhlen sie bewohnten, auch einen endlosen Strom an Silber und Edelsteinen zutage. Kadrak feilschte nie und seine Meuchelmörder wussten das. Ihre stille Art, den Tod zu bringen, war in ganz Balthus bei allen gefürchtet, die sie kannten, und soweit Kadrak wusste, hatten sie noch niemals bei einer Aufgabe versagt. Natürlich hätte er jeden, den er aus dem Weg geräumt haben wollte, mit Leichtigkeit selbst töten können. Aber diese beiden Meuchelmörder mit ihrem gänzlich fehlenden Respekt für das Leben amüsierten ihn und sie sparten ihm Zeit und Mühe.

»Wir sind hier, um Euch zu dienen, Meister«, erklärte der Schatten.

Rasch erklärte Kadrak dem Schatten seine Aufgabe. Er sollte eine kleine Gruppe von Räubern nach Süden führen, nach Drathar. Irgendwo in der Nähe dieser Stadt gab es einen Magier. Diesen Magier hatte er aufzuspüren und zu töten. Anschließend sollte der Schatten sich nach Selba begeben. In einem kleinen Dorf in der Nähe von Kalfa würde er zwei weitere Magier finden und in einem anderen Dorf einen dritten. Jeden dieser Magier hatte er schnell und diskret zu beseitigen. Die Köpfe der vier Magier, so verlangte es Kadrak, musste ihm der Schatten als Beweis zurückbringen. Auf dem Weg zurück hatte er mit seiner Truppe freie Hand, zu plündern und zu rauben – aber erst dann, wenn alle vier Magier tot waren. Nach seiner Rückkehr sollte der Schatten als Belohnung so viel Silber und Edelsteine erhalten, dass es ein ganzes Königreich aufwog. Dann zog Kadrak einen seiner Suchersteine unter dem Tisch hervor. Er überreichte ihn dem Meuchelmörder und erklärte, wie nützlich ihm dieser Stein sein würde. Damit war der Schatten entlassen und Kadrak wendete sich dem Geist zu.

»Für dich habe ich eine ganz besondere Aufgabe. Diesmal sende ich dich nicht aus, um jemanden zu töten. Du musst alles beobachten, Augen und Ohren offenhalten und den Bürgern von Kalia so viel Ärger bereiten, wie du nur kannst.«

Der Geist war enttäuscht, nicht als Waffe eingesetzt zu werden, sondern als Spion. Aber dann huschte ein Lächeln über sein Gesicht, als Kadrak erklärte, was genau seine Aufgabe war. Mithilfe des zweiten Suchersteins sollte er nach der Störung Ausschau halten, der Kadrak im südlichen Kalia begegnet war und die seine Sicht getrübt hatte. Falls er auf einen Magier stieß, hatte er ihn zu töten und seinen Kopf zurückzubringen. Wenn er einen Stein oder ein anderes Artefakt fand, hatte er es schnellstmöglich zu Kadrak zu bringen. Und sollte er nichts von alledem entdecken, hatte er in Kalia zu bleiben und die Dinge weiterhin zu beobachten, weiter nach der Ursache der Störung zu forschen. Er durfte ein paar Männer von Kadrak mitnehmen, und solange er noch auf der Suche war, konnte er mit diesen anstellen, was er wollte – ob er auf den Straßen die Menschen ausraubte oder die Städte plünderte, Kadrak kümmerte es nicht – solange sie nicht allzu viel Aufmerksamkeit auf sich lenkten. Als Kadrak alles erklärt hatte, nahm der Geist den zweiten Sucherstein, verbeugte sich und verschwand.

Kadrak konnte nicht anders – er lachte leise und durchtrieben. Jetzt war alles vorbereitet. Die Meuchelmörder waren schon unterwegs, um die jüngsten Rückschläge für seinen Plan zu beseitigen. Jetzt konnte er sich darauf konzentrieren, seine Armee zu trainieren und zu stärken. Noch immer strömten Diebe und Räuber in sein Lager. Bald war er bereit aufzubrechen, zu zerstören und zu erobern!

Teil eins: Der Aufbruch

1

Traven setzte seinen langsamen Marsch die breite Straße der großen Stadt entlang fort. Der um seine Füße wirbelnde Nebel verlieh der wundervollen Stadt in der Dunkelheit etwas Unheimliches. Er fröstelte vor Kälte, als der Wind stärker wurde. Beim Zurückschauen sah er den schlanken Turm in der Ferne nach oben streben. Mitten im wabernden Nebel ragte er gegen den Nachthimmel auf wie eine schwarze Leere. Traven wandte sich vom dunklen Turm wieder ab und setzte seinen Weg fort. Gebäude säumten rechts und links die Straße, dunkel und stumm. Vor sich konnte Traven einen großen freien Platz sehen. Er wanderte eine Seitenstraße zwischen zwei großen Gebäuden entlang, dann hatte er ihn erreicht. Etwas zog ihn vorwärts. Er musste es finden. Es war wichtig. Er tauchte aus den Schatten der Gebäude auf. Vor ihm, am Ende des Platzes, stieg ein Hügel steil auf und an seiner Seite befand sich die Öffnung einer Höhle. Die Höhle pulsierte, schien ihm etwas zuzurufen. Erwartungsvoll ging er darauf zu. Gerade als er den Höhleneingang erreicht hatte, beendete hinter ihm ein Laut die Stille seiner Einsamkeit.

Er wirbelte herum. Seine Augen weiteten sich, als er die riesige Schlange sah. Als die grausige Bestie sich zu ihrer vollen Größe erhob, wurde ihm klar, er hatte keine Chance zu entkommen. Das Tier war zu nahe. Wie betäubt starrte Traven in die glühenden Augen, die in der Dunkelheit aus etwa sechs Metern Höhe auf ihn herabsahen. Der Speichel troff der Bestie von den gezackten Zähnen, in Erwartung von frischem Fleisch. Traven wusste genau, wenn er jetzt versuchte zu flüchten, würde sich das Tier sofort auf ihn stürzen und ihn mit einem einzigen Biss verschlingen. Langsam griff er nach seinem kurzen, aber scharfen Dolch und holte ihn lautlos aus seiner Scheide heraus. Wenn er schon sterben musste, dann wollte er der schrecklichen Bestie noch ein kleines Andenken verpassen, in einem letzten Aufbegehren. Gerade überlegte er, ob er auf die Schlange zugehen oder lieber warten sollte, bis sie den Kopf senkte und zuschlug, und seine Hand griff unwillkürlich nach dem blauen Edelstein, der an einer Lederschnur um seinen Hals hing. Wenigstens würde er im Jenseits seine Schwester wiedersehen, seine Mutter und seinen Vater. Spott, Krankheit und harte Arbeit waren schließlich auch kein Paradies. Vielleicht war der Tod gar nicht so schlimm. Von diesen Gedanken erfüllt, traf er seine Entscheidung. Er duckte sich, bereit, sich auf die schaurige Bestie zu stürzen.

Auf einmal lag ein beißender Geruch in der Luft und seine eiskalten Wangen wurden heiß. Flammen schlugen aus den schwarzen Lippen der Bestie. Einen kurzen Augenblick ließen sie die majestätischen Gebäude der Stadt aufleuchten, bevor die Dunkelheit der Nacht sie wieder verschluckte. Ein letztes Mal richtete Traven den Blick auf die durchdringenden Augen der Bestie, den Geruch von verbranntem Fleisch in der Nase. Seine Brust schmerzte, und jäh erkannte er, es war sein eigenes verbranntes Fleisch, das er roch. Sein Edelstein, sonst ein ruhiges Blau, leuchtete in einem pulsierenden Orange und brannte sich durch seine Kleidung hindurch, seine Haut, sein Brustbein. In unerträglicher Qual schrie Traven auf.

Die ganze Welt explodierte auf einmal in Hitze und Schmerz und Traven schreckte in seinem Bett hoch. Er war schweißgebadet. Die kühle Brise, die durch sein Zimmer wehte, ließ ihn frösteln.

Nur langsam beruhigte sich sein hämmernder Herzschlag wieder. Er ließ sich zurück auf die harte Matratze fallen. Traven konnte den Edelstein auf seiner nackten Brust spüren und war froh, dass er sich kühl und angenehm anfühlte. Auch der leichte Wind vom halb geöffneten Fenster tat ihm gut. Er half ihm dabei, die Hitze und den Schrecken dieses Albtraums zu verdrängen. In den letzten Wochen hatte er diesen Traum oft geträumt, aber es war das erste Mal, dass er von etwas anderem verbrannt worden war als vom flammenden Atem der Bestie. Wenn diese Albträume nicht bald aufhörten, würde er keine ruhige Nacht mehr haben. Warum nur erlebte er in der Einsamkeit seiner Träume eine solche Qual? Was hatte er getan, um es verdient zu haben, nachts, nach der harten Arbeit des Tages, so gepeinigt zu werden? Noch immer glaubte er, den Geruch von verbranntem Fleisch zu riechen. Mit der verzweifelten Erkenntnis, dass er niemals wahren Frieden würde fühlen können, schlief er wieder ein.

Einige Stunden später erwachte Traven wieder. Sonnenlicht strömte durch sein Fenster. Noch immer war er müde vom Holztransport des Vortages und fühlte sich wie gerädert. Er schlüpfte in seine zerrissene Hose und seine abgewetzten Stiefel, stolperte hinter der Hütte seines Großvaters den Weg zum Fluss hinunter. Er spritzte sich kaltes Wasser ins Gesicht, in der vergeblichen Hoffnung, dies könnte ihn vollends wach werden lassen. Dann füllte er den Eisenkessel, den er mitgebracht hatte, mit Wasser und trug ihn zurück ins Haus. Er zündete ein Feuer unter dem Wasserkessel an, zog sein Jagdmesser und ein großes Stück Holz heraus. Auf einem Hocker sitzend, arbeitete er weiter daran. Vor einer Woche hatte er angefangen, an diesem Stück Holz zu schnitzen. Bisher hatte er lediglich die Außenseite geglättet und sich gefragt, was er daraus wohl machen konnte. Welche Form sollte diese Schnitzerei annehmen? Geduldig wartete er darauf, dass seine Großeltern aufwachten. Schon bald kam sein Großvater aus dem Schlafzimmer, frisch und munter, gefolgt von seiner Frau.

»Du bist ja früh auf heute!«, bemerkte sein Großvater, blieb bei ihm stehen und zerwühlte ihm liebevoll das dunkelblonde Haar.

»Die Sonne ist schon vor einer Stunde aufgegangen, Pops. Nur du in deinem Alter musst natürlich länger schlafen«, gab Traven grinsend zurück.

»Was du nicht sagst! Ich hätte wissen müssen, dass du ganz bestimmt nicht früh aufstehst, um schon einmal mit der Arbeit zu beginnen. Und der einzige Grund, warum ich so lange geschlafen habe, ist der, dass deine Großmutter und ich gestern noch lange aufgeblieben sind, um über deine Zukunft zu sprechen. Mit meinem Alter hat das nichts zu tun.«

Traven kehrte mit einem Seufzer zu seiner Schnitzerei zurück, und seine Großmutter machte sich daran, das Frühstück zu bereiten. Seine Großeltern sprachen dauernd über seine Zukunft. Anscheinend hatten sie große Pläne für ihn. Sie träumten davon, dass aus ihm ein wohlhabender Kaufmann werden würde, der in Calyn in einem großen Haus lebte. Wenigstens war das die Richtung, in die sich ihre Pläne in der letzten Zeit entwickelt hatten. Immer sprachen sie darüber, wie klug er war, und dass er alles erreichen konnte, was er sich vornahm. Natürlich träumte auch Traven davon, großartige Dinge zu tun und reich zu werden. Nur war er sich überhaupt nicht sicher, dass er die Erwartungen seiner Großeltern erfüllen konnte.

Vielleicht war es besser, einfach im Dorf zu bleiben und seinen Lebensunterhalt wie sein Vater als Holzfäller zu verdienen. Traven fürchtete sich nicht vor etwas Neuem – aber er fürchtete sich davor, zu versagen. Die anderen Jungen im Dorf machten sich immer über ihn lustig, weil er von einem Leben außerhalb ihrer kleinen Gemeinschaft träumte. Er lebte in der ständigen Furcht, dass er aufbrechen würde, um sein Glück zu machen – nur um dann irgendwann als Versager mit leeren Händen zurückzukehren. Dann würde ihn das gesamte Dorf verspotten, ihn, den Träumer, der immer dachte, er wäre besser als die anderen. Seine Großeltern rieten ihm, er solle sich keine Gedanken über die Menschen aus dem Dorf machen. Sie glaubten fest daran, dass er nicht versagen konnte. Trotzdem hatte er Angst. Außerdem – was war denn falsch daran, einfach im Dorf zu bleiben? Diese Gemeinschaft hatte, solange man zurückdenken konnte, von der Holzfällerei gelebt, und es waren immer alle stolz darauf gewesen. Jeder wusste, das beste Eichenholz im ganzen Land kam aus dem Dorf Eichenbaum. Das verriet schon der Name, den das Dorf bekommen hatte, weil es um eine riesige Eiche herum gebaut worden war, so majestätisch, dass niemand es je gewagt hatte, sie zu fällen.

Er war sich sicher, er konnte als Holzfäller genügend Geld verdienen, um seine Großeltern und auch eine eigene Familie zu ernähren, wenn er hart arbeitete. Aber er wusste auch, dass er auf diese Weise niemals reich werden würde. Und er wusste, er würde nie damit zufrieden sein, sein ganzes Leben über nur an einem einzigen Ort geblieben zu sein. Er wollte all die Dinge sehen, von denen die Kaufleute sprachen, wenn sie mit ihren Karawanen nach Eichenbaum kamen. Er wollte das Große Meer sehen, die glitzernden weißen Türme des königlichen Palastes von Calyn; er wollte die Goldminen von Arcad besichtigen und die erstaunliche …

»Traven! Hör auf zu träumen! Dein Haferbrei wird kalt, wenn du weiter dasitzt und vor dich hinstarrst«, holte seine Großmutter ihn aus seinen Gedanken. Sie lächelte, als Traven sein Messer beiseitelegte und sich mit einem verlegenen Gesichtsausdruck an den Tisch setzte.

»Es tut mir leid; ich habe nur nachgedacht.«

»Oh, ich weiß. Du denkst immer über irgendetwas nach. Deshalb weiß ich ja auch, dass du einmal erfolgreich sein wirst, weil du so tief über die Dinge nachdenkst.«

Erneut hatte seine Großmutter deutlich gemacht, welches Vertrauen sie in ihn setzte. Das rührte etwas in ihm an. In diesem Augenblick beschloss Traven, ja, er würde Erfolg haben, was auch immer es kostete. Ob er der größte Holzfäller in Eichenbaum wurde oder der reiche Kaufmann, als den seine Großeltern ihn sahen – er würde dafür sorgen, dass sie stolz auf ihn sein konnten! Sie bedeuteten ihm mehr als alles andere auf der Welt; schließlich waren sie die einzige Familie, die er noch hatte. Zwei Jahre war er alt gewesen, als seine Mutter und seine ältere Schwester ganz plötzlich am Fieber der Schmerzen gestorben waren. Er hatte bei seinem

Vater gelebt, die beiden waren einander sehr nahe gewesen. Und dann, vor sechs Jahren, hatte ein Bär seinen Vater im Wald angegriffen und getötet. Traven war es gewesen, der den leblosen, übel zugerichteten Körper seines Vaters gefunden hatte. In seiner fest geschlossenen Faust hatte sein Vater den Edelstein umklammert, den Traven jetzt um seinen Hals trug. Der blaue Edelstein erinnerte ihn immer an die tiefen, durchdringenden Augen seines Vaters. Unbewusst griff seine Hand nach dem Stein, als er an seinen Vater dachte.

»Du meine Güte!«, rief seine Großmutter auf einmal aus. »Was ist denn mit dir passiert?«

Der plötzliche Ausbruch überraschte Traven und er fragte sich, was sie wohl meinte. Er bemerkte, dass seine Großmutter auf seine Brust starrte. Er folgte ihrem Blick – und sein Herz blieb beinahe stehen, als er sah, was sie so aufgeschreckt hatte. Genau in der Mitte seiner Brust – wo sonst der Edelstein hing, der verrutscht war, als er nach ihm gegriffen hatte – befand sich ein großes, frisches Brandmal. Wie betäubt starrte Traven auf die Stelle. Seine Großmutter holte rasch eine lindernde Salbe und rieb die verbrannte Stelle sanft damit ein. Jetzt wurde Traven klar, warum seine Brust am Morgen beim Aufwachen so geschmerzt hatte. Der dumpfe Schmerz ließ langsam nach, als die Salbe ihre Wirkung tat Traven zermarterte sich den Kopf, woher die Verbrennung stammen konnte – es war doch nur ein Traum gewesen. Niemand konnte sich in einem bloßen Traum wirklich physisch verletzen. Aber was sonst konnte ihm die Brust verbrannt haben?

»Schau nicht so besorgt«, beschwichtigte Travens Großvater. »Das ist nur eine kleine Verbrennung.« Er wendete sich Traven zu. »Und glaube bloß nicht, dass dich das davor bewahrt, mir heute dabei zu helfen, das Holz zur Mühle zu schaffen!« Er lachte leise, als er sich erhob und nach draußen ging, um die Pferde anzuschirren.

Auch Traven stand auf und ging in sein Zimmer, um ein Hemd anzuziehen. Er verstand noch immer nicht, wie es zu der Verbrennung hatte kommen können. Er knöpfte das Hemd zu, holte den

Stein heraus und betrachtete ihn forschend. Er sah so aus, wie er immer ausgesehen hatte – es war einfach nur ein tiefblauer Edelstein. Er hatte sich im Aussehen überhaupt nicht verändert und er fühlte sich kühl an, wie immer – nicht heiß. Verwirrt und beunruhigt folgte Traven seinem Großvater, um ihm dabei zu helfen, das Eichenholz aufzuladen, das sie zur Mühle bringen mussten.

* * *

Aus dem Küchenfenster beobachtete Travens Großmutter ihren Enkel. Er war viel zu schnell in die Höhe geschossen. Morgen war sein achtzehnter Geburtstag, dann wurde er zum Mann. In ihren Augen war er noch immer der kleine, pausbäckige Junge mit den hellen Haaren und den Sommersprossen, der immer hinter ihr hergelaufen war. Als sie ihn jetzt aufmerksam betrachtete, stellte sie fest, dass er ziemlich gewachsen war. Er war nicht mehr klein. Er musste gut über eins achtzig sein, größer als die meisten Männer im Dorf. Seine Haare waren noch immer hell, hatten jedoch einen kastanienbraunen Schimmer angenommen. Seine Sommersprossen waren ebenso verschwunden wie sein Babyspeck, und nach all der harten Arbeit für seinen Großvater war er sehr muskulös. Das Einzige, was sich nicht verändert hatte, das waren seine blaugrünen Augen und sein jungenhaftes Lächeln. Insgesamt war er zu einem wirklich gut aussehenden jungen Mann herangewachsen. Natürlich war sie immer der Meinung gewesen, dass er gut aussah – sie war ja schließlich seine Großmutter. Aber jetzt war es offensichtlich, und auch die jungen Mädchen würden es bemerken.

Sie würde ihn sehr vermissen. Aber sie wusste, dass sie ihn gehen lassen musste. Er musste das Dorf verlassen und seinen Träumen folgen. Aus ihm konnte so viel mehr werden als nur ein einfacher Holzfäller. Sosehr sie sich auch wünschte, er würde bleiben – aus ihm konnte nur dann ein großer Mann werden, wenn er eine Ausbildung machte. Und eine solche Ausbildung konnte er nur machen, wenn er das Dorf verließ und in eine der großen Städte ging. Sie wünschte nur, er müsste nicht so weit fortgehen und noch nicht so bald. Traven war mit dem Aufladen fertig und kletterte zu seinem Großvater auf den Wagen. Sie wandte sich ab und begann damit, das Frühstücksgeschirr vom Tisch zu räumen und zu spülen.

* * *

Travens Großvater war ungewöhnlich stumm, als sie sich auf den abschüssigen Weg vom Haus zur Mühle machten. Normalerweise scherzten und lachten sie immer viel auf diesen Fahrten, aber an diesem Morgen schien er irgendwie niedergedrückt und sprach nicht viel. Traven wunderte sich, was das wohl verursacht hatte; beim Frühstück war er noch gewesen wie immer. Ob es wohl etwas damit zu tun hatte, dass er am nächsten Tag achtzehn wurde? Es war der Schritt zum Mannesalter – aber warum sollte das seinen Großvater beunruhigen? Es würde sich dadurch nichts ändern. Auch morgen würde er noch derselbe sein, der er immer gewesen war, und er würde seinem Großvater weiter dabei helfen, Holz zu fällen, den ganzen Herbst und Winter hindurch.

Bald wurde auch Traven stumm. Er betrachtete die Bäume auf beiden Seiten des Weges. Im Wald waren schon die ersten Spuren des Herbstes zu sehen. Es lag eine frische Brise in der Luft, die aus Osten von den Bergen her wehte, und einige Bäume hatten bereits die Farbe ihrer Blätter gewechselt. Bald würde es so kalt sein, dass er einen Umhang brauchte, aber jetzt konnte er die kühle, erfrischende Brise noch genießen. Nachdem sie ein paar Minuten unterwegs gewesen waren, wurden die Bäume immer weniger und schufen Raum für das Dorf Eichenbaum. Das Dorf bestand aus mehreren Häusern und Läden, die kreisförmig um einen großen Park in der Mitte des Dorfes herum gebaut worden waren. In diesem Park stand die größte Eiche, die man jemals gesehen hatte.

Es waren bereits Leute unterwegs und um die Eiche herum spielten Kinder Fangen. Ein paar Menschen hielten inne, um Traven und seinem Großvater zuzuwinken, als sie langsam durch den

Ort fuhren – an der großen Eiche mitten im Park vorbei und in Richtung der Sägemühle von Hander, etwas außerhalb am anderen Ende des Ortes gelegen.

Die Mühle lag direkt an einem wilden Bach, der auf seinem Weg zum Blauen Fluss das Dorf streifte. Die Mühle war höher als die Bäume, von denen sie umgeben war, und überragte alle Häuser im Dorf. Das riesige Wasserrad der Mühle drehte sich ständig, angetrieben von dem schnell fließenden Bach, der die nötige Energie lieferte, um die Eichenstämme zu nützlichen Holzbrettern zu verarbeiten. Handers Mühle war groß genug, all die Eichenstämme zu verarbeiten, die die Dörfler ihm brachten. Das fertige Holz wurde dann in großen Wagenladungen zu einem Lagergebäude in Kavar gebracht und von dort aus in das ganze Land verschickt. Hander besaß die einzige Sägemühle in der Gegend und alle Dörfler hatten die Preise zu akzeptieren, die er bestimmte. Er zahlte ihnen gutes Geld für die Eichenstämme; aber bei Weitem nicht so viel, wie sie wert waren. Traven hatte oft daran gedacht, eine eigene Sägemühle in Eichenbaum zu eröffnen, wenn er genug Geld dafür besaß, um für ein wenig Wettbewerb zu sorgen.

Nachdem sie die Eichenstämme abgeladen und ihre Bezahlung dafür erhalten hatten, machten sie sich auf den Weg zurück nach Hause. Sie hatten in diesem Sommer härter als sonst gearbeitet und Traven fragte sich, warum sie noch immer so viele Ladungen zur Mühle brachten. Allein das Geld von den letzten paar Lieferungen musste doch bereits reichen, um sie über den Winter zu bringen, und davor hatten sie auch schon mehrere Ladungen bezahlt bekommen. Er wunderte sich, was wohl mit dem Geld passiert war, aber seine Großeltern erzählten es ihm nicht. Aus irgendwelchen Gründen hatte sein Großvater darauf bestanden, dass sie nach dem harten Sommer weiterarbeiteten, dass sie auch im Herbst und Winter weitermachen mussten. Vielleicht war sein Großvater deshalb so still, weil er sich Sorgen um das Geld machte. Traven nahm zwar an, dass sie längst genug Geld für den Winter besaßen – aber worüber sonst hätte sein Großvater sich Sorgen machen sollen?

Endlich begann Travens Großvater zu sprechen, als sie das Dorf bereits wieder hinter sich gelassen hatten und ihrer Hütte im Wald zustrebten.

»Traven, es gibt da etwas Wichtiges, das ich dir sagen muss.« Er schwieg ein paar Augenblicke, als wolle er sich die Worte im Kopf genau zurechtlegen.

»Nun sag schon, Pops!«, drängte Traven ungeduldig. Aus dem Gesicht seines Großvaters konnte er nicht ablesen, ob es gute oder schlechte Neuigkeiten waren, die er ihm mitzuteilen hatte.

»Der Grund dafür, dass wir so hart gearbeitet haben, ist der, dass wir – deine Großmutter und ich – das Geld für einen ganz bestimmten Zweck gespart haben. Wir haben immer etwas zurückgelegt, seit dein Vater gestorben ist, und zusammen mit dem zusätzlichen Geld, das wir in diesem Jahr verdient haben, reicht es, dass wir dich in Calyn auf eine anständige Handelsschule schicken können.« Einen Moment lang saß Traven stumm da, vollkommen überrascht.

»Eine Handelsschule in Calyn!«, rief er schließlich aus.

Er konnte es nicht glauben. Calyn war die größte Stadt in Kalia und sie hatte den betriebsamsten Hafen am Großen Meer. Außerdem war es der Sitz des Hochkönigs von ganz Kalia. Er hatte immer davon geträumt, eines Tages nach Calyn zu gehen; aber er hatte nie gedacht, dass dieser Tag wirklich kommen würde. Und jetzt hatte er nicht nur die Chance, Calyn zu sehen, sondern er würde auch noch eine Handelsschule besuchen! Kein Wunder, dass seine Großeltern von seiner Zukunft als reicher Kaufmann gesprochen hatten! Aber es war ihm immer bewusst gewesen, dass nur die Reichen das Geld besaßen, ihre Kinder auf eine Handelsschule zu schicken. Er hatte sich zwar immer gewünscht, auch auf eine solche Schule gehen zu können – doch er konnte das Geld von seinen Großeltern einfach nicht annehmen.

»Ihr solltet nicht so viel Geld für mich ausgeben, sondern es lieber für euch behalten. So wichtig ist mir das mit der Schule nicht.«

»Unsinn, Junge! Wir kennen dich besser, als du denkst. Das ist auch der Grund, warum wir das alles vor dir geheim gehalten haben. Ich habe das Geld bereits an die Schule geschickt und man erwartet dich dort. Es war uns klar, dass du ein schlechtes Gewissen haben würdest, das Geld anzunehmen – deshalb haben wir dir keine Wahl gelassen. Das hättest du nicht gedacht, dass ich so gewitzt sein kann, was? Außerdem, du hast mindestens so hart gearbeitet wie ich, wenn nicht sogar noch härter. Die Hälfte des Geldes steht ohnehin dir zu.«

Travens Großvater grinste selbstzufrieden, und Traven konnte nicht anders, auch er fühlte sich großartig. Sein Großvater hatte ihn diesmal wirklich ausgetrickst. Er hatte gar keine andere Wahl, als zu dieser Schule zu gehen. Als er mit einem strahlenden Lächeln zu seinem Großvater blickte, bemerkte er zu seinem Erstaunen, dass der nicht mehr grinste.

»Was ist los?«, erkundigte sich Traven erschrocken.

»Oh, mach dir keine Sorgen. Es ist nur, du wirst schon bald aufbrechen müssen, damit du rechtzeitig für das nächste Schuljahr dort eintriffst. Wir haben bis jetzt gewartet, um es dir zu sagen, damit du keine Zeit hast, dir irgendwelche Gedanken zu machen. Aber – ich werde dich schwer vermissen!«

»Wie bald muss ich aufbrechen, Pops?«, fragte Traven, von plötzlicher Angst erfasst.

Nach einer langen Pause erwiderte sein Großvater gedehnt: »Du musst dich morgen auf den Weg machen.«

2

Noch bevor die Sonne sich am Horizont auch nur gezeigt hatte, wurde Traven von seiner Großmutter geweckt. Es würde ein langer und anstrengender Tag werden. Eigentlich war er der Meinung, dass sein achtzehnter Geburtstag ein ruhiger Tag hätte sein sollen, an dem er nichts zu tun hatte und sich einfach ausruhen konnte. An Ausruhen war allerdings nicht zu denken. Noch bevor er sich den Schlaf aus den Augen gerieben hatte, stand das Frühstück auf dem Tisch. Es gab Zwieback mit Hammelsoße, sein liebstes Frühstück. Allein der Geruch brachte seinen Magen schon zum Knurren. Vielleicht würde der Tag doch nicht so schlecht werden.

Traven setzte sich zu seinen Großeltern an den Tisch und holte sich zwei große Stücke Zwieback, die er mit reichlich Bratensoße übergoss. Schnell hatte er sie vertilgt. Nachdem er auch einen Nachschlag heruntergeschlungen hatte, lehnte er sich zufrieden im Stuhl zurück. Dass sein unerwartetes großes Abenteuer mit einer so leckeren Mahlzeit begann, musste ein gutes Zeichen sein. Vielleicht war sein Geburtstag doch genau der richtige Tag, um ein neues Leben zu beginnen. Er wollte aufstehen, um sich für die Reise umzuziehen, doch seine Großmutter hielt ihn zurück.

»Traven, du wirst uns zwar heute verlassen, aber wir haben natürlich nicht vergessen, dass es dein Geburtstag ist. Wir hatten genug Geld übrig, um dir ein paar Geschenke zu besorgen. Warte einen Moment – ich hole sie.«

Schnell verschwand sie in ihrem Zimmer und war kurz darauf zurück, mit zwei Bündeln in den Armen, die sie vorsichtig vor ihm auf den Tisch legte. Dann zeigte sie noch lächelnd auf ein großes Paket, das in einer Ecke lag. Traven war ganz aufgeregt.

»Willst du deine Geschenke einfach nur anstarren?«, drängte seine Großmutter. »Beeil dich – mach sie auf!«

Traven brauchte keine weitere Aufforderung. Schnell wickelte er das Bündel aus, das ihm am nächsten lag. Ein neues schwarzes Hemd, eine neue schwarze Hose und kniehohe schwarze Stiefel mit einer Krempe, die umgeschlagen werden konnte, kamen zum Vorschein. Und es war keine einfache Kleidung, die er da auspackte. Das weite, bauschige Hemd war an Kragen und Ärmelaufschlägen mit silbernem Garn bestickt und bei der Hose wand sich an jedem Hosenbein silberfarbene Stickerei die gesamte äußere Seite hinunter. Sogar die Stiefel waren mit silberfarbener Stickerei verziert. Traven hatte noch nie in seinem Leben so feine Kleidung gesehen. Alles wirkte so teuer, dass er sich fragte, ob er das wirklich anziehen konnte.

»Das ist für dich, wenn du an der Schule einmal wirklich fein gekleidet sein musst. Du wirst jetzt in einer großen Stadt leben, nicht mehr in einem kleinen Dorf. Ich finde, du solltest diese Kleidung auch tragen, wenn du in der Schule eintriffst. Es kommt im Leben immer sehr auf den ersten Eindruck an. Es schadet nichts, wenn die Leute denken, dass du Geld hast und wirklich dorthin gehörst. Und jetzt mach deine anderen Geschenke auf!«

Traven wandte den Blick von der wunderschönen Kleidung ab und konzentrierte sich auf das nächste Bündel, das vor ihm lag. Darin war fast genau dasselbe wie im ersten Bündel – nur dass die Kleidung in einem ganz anderen Stil gehalten war. Er zog ein weißes Hemd und eine schwere Reisehose hervor, außerdem dunkelbraune Reisestiefel, die innen mit Fell gefüttert waren. Und ganz unten lag ein schwerer brauner Umhang mit Kapuze. Diese

Kleidung war nicht so fein wie die andere, aber sie war sorgfältig gearbeitet und wirkte sehr langlebig.

»Wir haben uns überlegt, dass du für die Reise die passende Kleidung brauchst. Es wird langsam kalt und wir wollen ja schließlich nicht, dass du erfrierst, bevor du an der Schule ankommst.«

»Ich danke euch vielmals, Pops und Mams. Das ist der schönste Geburtstag, den ich jemals erlebt habe!«

»Oh, das war noch nicht alles! Jetzt musst du noch dein letztes Geschenk öffnen.«

Traven erhob sich und packte ganz langsam das letzte Paket in der Ecke der Hütte aus. Darin verbarg sich ein alter und schon gut eingerittener Sattel. Er war sich nicht ganz sicher, was er mit diesem Geschenk anfangen sollte, und schaute fragend seine Großeltern an. Sie grinsten beide und sein Großvater lachte, als er Travens Gesicht sah. Endlich hatte seine Großmutter ein Einsehen und erklärte ihm alles.

»Dieser Sattel hat deinem Vater gehört, Traven. Aber das wahre Geschenk ist nicht der Sattel – sondern das, was draußen steht. Wir dachten …«

Noch bevor sie ausgesprochen hatte, war Traven zur Tür hinausgestürzt und rannte um die Hütte herum zur Rückseite. Und da, an einen Baum gebunden, stand ein Pferd. Er konnte es nicht glauben – sein eigenes Pferd! Es war kein junges, feuriges Pferd, aber nichtsdestotrotz, es war ein Pferd, ein altes Pferd mit grauem Fell, in dem sich weiße Flecken zeigten. Das Pferd war dürr und nicht gerade groß, aber es war seins. Er rannte zu dem Tier, rieb ihm die Nüstern und streichelte seine Flanke.

»Sein Name ist Dapple. Er ist kein so tolles Pferd, aber das beste, das wir uns leisten konnten. Es ist besser, auf einem alten Pferd zu reiten, als überhaupt kein Pferd zu besitzen«, erklärte seine Großmutter. Traven war so beschäftigt mit seinem Pferd gewesen – er hatte nicht einmal bemerkt, dass seine Großeltern ihm nach draußen gefolgt waren.

»Mit dem Pferd ist alles in Ordnung. Dapple ist wunderschön! Ich kann es nicht fassen, wie viel Glück ich habe. Ich liebe euch beide!« Traven löste sich vom Pferd und umarmte nacheinander seine beiden Großeltern. »Ich werde euch so sehr vermissen! Ich weiß gar nicht, was ich ohne euch machen soll!«

»Nun werde bloß nicht sentimental«, schimpfte sein Großvater. »Du bist jetzt achtzehn Jahre alt, du bist ein Mann. Ich bin sicher, du wirst sehr gut ohne uns auskommen. Wir würden dich nur zurückhalten.«

Sein Großvater drehte sich um und ging zurück ins Haus. Traven tätschelte Dapple ein letztes Mal und folgte seiner Großmutter. Jetzt, nachdem er seine Geschenke alle ausgepackt hatte, war es Zeit für ihn, sich an die Arbeit zu machen. Es war noch immer früh, aber er musste vor dem Mittag aufbrechen und er hatte noch seine Sachen zu packen.

Traven brachte die neue Kleidung in sein Zimmer. Die feinen Kleidungsstücke packte er sorgfältig zu seinen abgetragenen alten Sachen in sein Bündel. Auch seine Jagdkleidung, die er eigentlich auf der Reise hatte tragen wollen, kam hinein. Er wusch sich und zog die neue Reisekleidung an. Die Hose saß sehr gut und passte hervorragend. Er wusste, sobald die Nächte kälter wurden, würde er sich über das zusätzliche warme Futter freuen. Das weiße Hemd war leicht, sodass es sich angenehm tragen ließ, und fest genug, ihn warm zu halten. Als Letztes zog er sich die schweren braunen Stiefel an die Füße. Sie saßen wie angegossen. Er faltete den Umhang zusammen und legte ihn zu seiner übrigen Kleidung in das Bündel. Momentan war es dafür noch zu warm, aber der Umhang würde ihm schon bald gute Dienste tun.

Traven schaute sich in seinem Zimmer um. Hatte er etwas vergessen? Auf seinem Waschtisch lagen mehrere Fallschlingen, mit denen er immer kleine Tiere wie Kaninchen gefangen hatte. Die würden ihm nützlich sein, wenn er auf dem Weg nach Calyn hungrig wurde. Auch sah er in der Ecke sein einziges Buch liegen, *Gelans Wanderungen*. Er legte es ebenso wie die Schlingen auf seine Kleidung im Bündel. Dieses Buch war es, das in ihm erstmalig die Sehnsucht geweckt hatte, all die Dinge zu sehen, die außerhalb des Dorfes auf ihn warteten. Sein Großvater hatte es ihm geschenkt, als er zwölf geworden war, und er hatte es mehrfach von Anfang bis Ende verschlungen. Endlich würde er einige der Dinge sehen, von denen er bisher nur gelesen hatte. Als er sich erneut in seinem Zimmer umschaute, wurde Traven bewusst, dass er wirklich nur wenige Besitztümer hatte. Nachdem er seine Kleidung, die Schlingen und das Buch eingepackt hatte, gab es in seinem Zimmer nur noch das schmale Bett, den Waschtisch, einen kleinen Spiegel und einen alten hölzernen Hocker, der bereits drohte, auseinanderzubrechen.

Nach einem letzten Blick auf das Zimmer, in dem er so viele Jahre gelebt hatte, warf sich Traven sein Bündel über die Schulter und verließ den Raum. In der Küche packte er das große Stück Holz, an dem er geschnitzt hatte, in das schon übervolle Bündel, hängte sich sein Jagdmesser an den Gürtel und nahm sich den vollen Wasserschlauch, den er sich über die andere Schulter schlang. Dann holte er den Sattel seines Vaters, ging zu seinem Pferd und sattelte Dapple. Hinten am Sattel machte er sein Bündel fest. Anschließend band er das alte Pferd los und führte es vor das Haus. Seine Großeltern, die ihn ein Stück des Wegs begleiten wollten, saßen bereits auf dem Wagen. Traven folgte ihnen auf Dapple. Er besaß keine große Erfahrung im Reiten, aber Dapple war sehr sanft und machte es ihm leicht.

Schon begaben sie sich die Waldstraße entlang in Richtung Dorf. Traven schaute nicht zurück; er musste stark sein. Er durfte nicht darüber nachdenken, was er alles verlor, sondern musste an das denken, was er gewinnen würde. Schweigend folgten sie dem Weg. Immer dann, wenn sie glaubte, er würde gerade nicht hinschauen, sah seine Großmutter ihn traurig an. Traven mied ihren Blick und starrte die Bäume an. In diesem Wald hatte er sich immer zu Hause gefühlt und als Kind hatte er hier oft mit seinem Vater zusammen gejagt. Es war ebenso merkwürdig, den Wald zu verlassen, wie die Hütte seiner Großeltern und das Dorf hinter sich zu lassen. Von einer alten Landkarte, die er ein paar Jahre zuvor gesehen hatte, wusste er, dass es zwischen Kavar und Calyn keine großen Wälder gab. Es gab dort nur flache Ebenen und ein paar Hügel mit nur wenigen Bäumen. Die Vertrautheit all dessen, was ihn seit seiner Geburt umgeben hatte, würde er ganz sicher vermissen.

Nun konnten sie das Dorf sehen. Menschen wanderten von Laden zu Laden und von Haus zu Haus, erledigten ihre täglichen Aufgaben. Traven hatte unter den Dörflern keinen einzigen echten Freund – aber auch sie würde er vermissen. Hier kannte er wenigstens die Namen aller und wusste, was für eine Art Mensch sie waren. Schon bald würde er vollständig von Fremden umgeben sein. Alles würde anders sein; ganz anders.

Im Dorf blieben einige Leute stehen und gratulierten ihm zum Geburtstag, wünschten ihm alles Gute für seine Reise. Mrs Crenshaw gab ihm sogar einen frischen Laib Brot mit. Sie besaß ein kleines Gasthaus direkt neben dem Park und war die beste Köchin im Dorf. Jeder, der ins Dorf kam, durfte sich an ihren Köstlichkeiten erfreuen, und alle waren immer ganz begeistert. Traven war erstaunt, wie viele Menschen wussten, dass er in die große Stadt aufbrach. Er selbst hatte es schließlich bis zum Vortag nicht einmal geahnt. Aber in Eichenbaum passierte nie viel. Wenn also jemand das Dorf verließ, dann sprach sich das schnell überall herum.

Als Traven sich endlich von allen verabschiedet hatte, die ihn ansprachen, war es schon beinahe Mittag. Kurz darauf war er über das Dorf hinausgekommen, an Handers Sägemühle vorbei und bereit, seine Reise zu beginnen. Er schaute auf das Dorf zurück. Es würde für lange Zeit das letzte Mal sein, dass er es sah. Nein, so sehr würde er es am Ende doch nicht vermissen – seine Großeltern dafür umso mehr. Er war einen großen Teil seines Lebens bei ihnen aufgewachsen und nie länger als ein paar Tage von ihnen fort gewesen. Aber so schwer es ihm auch fiel – er wollte sich stark zeigen. Wenn seine Großmutter ihn weinen sah, machte das alles nur noch schlimmer für sie. Er zwang sich zu einem Lächeln und wendete sich zu ihnen um.

»Ich denke, die Zeit zum Abschied ist gekommen.«

»Nicht ganz, Traven«, erwiderte seine Großmutter. »Wir haben dir noch ein paar Dinge mitzugeben – und ein paar Ratschläge für den Umgang mit den Menschen in der Welt außerhalb unseres kleinen, ruhigen Dorfes.« Unter dem Sitz zog sie ein weiteres kleines Bündel hervor und reichte es Traven. Als er neugierig hineinschaute, entdeckte er mehrere Stücke trockenen Zwiebacks, ein großes Stück Käse und ein paar getrocknete Früchte. »Du sollst auf deiner Reise schließlich nicht verhungern. Es ist nicht viel, aber es sollte dir reichen, bis du heute Abend die Gemeinschaft der Hirten erreichst. Wenn du in der Stadt Kavar ankommst, kannst du dir weiteren Reiseproviant kaufen.«

Als sie das sagte, wurde Traven auf einmal bewusst, dass er bis auf ein paar Kupfermünzen kein Geld besaß. Das würde die Reise ziemlich anstrengend machen.

»Mams, es tut mir leid, dass ich das sagen muss – aber ich habe nicht genug Geld, um etwas zu kaufen, wenn ich nach Kavar komme.«

»Warte«, mahnte sein Großvater. »Ich habe dir ja mein Geschenk noch nicht gegeben.« Er griff in seine Tasche und holte einen kleinen Beutel heraus, den er seinem Enkel zuwarf. Traven fing den Beutel auf und spürte sofort, dass er voller Münzen war; und es schienen eine ganze Menge Münzen zu sein. Als er hineinschaute, sah er zu seinem großen Erstaunen, dass der Beutel sogar mehr Goldmünzen als Münzen aus Silber oder Kupfer enthielt.

»So viel Geld kann ich von euch nicht annehmen«, protestierte er. »Du und Mams, ihr braucht das Geld nötiger als ich. Ihr habt ohnehin schon so viel für mich ausgegeben. Hier, nimm es zurück. Ich komme schon durch.«

»Ich hätte dich für vernünftiger gehalten!«, schimpfte sein Großvater. »Wie glaubst du denn bitte für das Essen und die Unterkunft auf dem Weg nach Calyn bezahlen zu können? Hast du etwa erwartet, dass dir die Leute das alles einfach so geben?« Sein Großvater hielt kurz inne, damit das einsinken konnte, was er gesagt hatte. »Außerdem wirst du auch in der Schule ein bisschen Geld für unerwartete Ausgaben brauchen. Anders als die meisten anderen jungen Männer mit reichen Eltern bekommst du nicht jeden Monat von Geld zu Hause. Das ist nur das, was wir für die Ladung gestern eingenommen haben. Es wartet noch eine weitere

Ladung darauf, zur Mühle gebracht zu werden – wir haben genug, wir sind versorgt. Außerdem, wie willst du denn an Geld kommen, wenn du den Beutel nicht annimmst?«

»Ich fürchte, ich habe darüber nie so richtig nachgedacht.« Traven wusste, er brauchte das Geld wirklich. Vielleicht brauchte er nicht ganz so viel, aber wenn er dieses Geschenk zurückwies, würde das seine Großeltern sehr verletzen. Außerdem – wie sein Großvater ja gesagt hatte –, die Hälfte gehörte ihm ohnehin. Er beschloss, sie glücklich zu machen. »Es tut mir leid – ihr habt recht. Ich kann euch gar nicht genug dafür danken!« Er band sich den Beutel an den Gürtel, neben den Beutel mit seinen eigenen paar Kupfermünzen.

»Bist du verrückt?«, fuhr ihn sein Großvater an. »Junge, du kannst das ganze Geld doch nicht so offen mit dir herumtragen! Das sorgt nur für Ärger. Nimm ein paar Münzen heraus, tu sie in deinen Beutel und den Rest versteckst du unter der Kleidung in deinem Bündel.«

Traven befolgte die Anweisungen seines Großvaters. Ein Goldstück und zwei Silberstücke packte er zu seinen Kupfermünzen, den Rest begrub er tief in seinem Bündel.

»Du lebst jetzt nicht mehr in einem kleinen Dorf«, ermahnte ihn sein Großvater. »Du musst sehr darauf achten, was für einen Eindruck du hinterlässt und wer dich beobachtet. Sobald du erst einmal in die Städte kommst, gibt es überall Diebe, die nur darauf warten, alles zu stehlen, was sie in die Finger bekommen können. Sie kennen dich nicht und du kümmerst sie auch nicht. Und auch die Geschäftsleute in den Läden warten nur darauf, all diejenigen zu betrügen, die zu dumm sind. Wenn sie denken, dass du eine Menge Geld besitzt, werden sie dir weit mehr für ihre Waren abverlangen, als sie es bei armen Leuten tun. Du musst immer erst ganz genau nachdenken, bevor du etwas machst.«

»Danke, Pops. Ich werde mich bemühen, daran zu denken. Es ist nur, dass ich manchmal …«

Traven wurden die Worte jäh abgeschnitten, als ihm auf einmal etwas den Atem nahm. Er hatte das Gefühl, als wäre er soeben gegen eine Steinmauer geschleudert worden. Die Welt begann sich um ihn zu drehen und er fiel aus dem Sattel, lag zusammengesunken am Boden. Er schwamm in einer eiskalten Dunkelheit. Es war so kalt, dass er fürchtete zu erfrieren. Plötzlich bemerkte er in der Ferne ein Licht, das langsam größer wurde, als er sich darauf zubewegte. Mit dem Licht zusammen kam auch Wärme. Licht und Wärme nahmen zu, bis es nicht mehr dunkel und nicht mehr kalt war. Auf einmal fühlte er sich ganz friedlich und wundervoll. Noch nie in seinem Leben hatte er sich so gut gefühlt. Er ruhte in Frieden. Alles war perfekt. Nur irgendwo im Hintergrund seiner Gedanken bestand eine bohrende Stimme darauf, dass etwas nicht in Ordnung war. Gedanken, was waren Gedanken? Wer war er? Was war er? Er war ein Mann. Er war Traven!

Plötzlich kehrte die Welt zurück zu ihm; oder er kehrte in die Welt zurück – er wusste es nicht. Er blinzelte in das helle Licht des Tages und sah sich um. Wo war er? Er lag auf dem Boden, neben einem Pferd, und seine Großeltern beugten sich mit besorgten Gesichtern über ihn. Auf einmal erinnerte er sich blitzartig daran, was geschehen war. Unsicher versuchte er aufzustehen, sein Großvater half ihm dabei. Er blinzelte mehrfach, als er um sich blickte. Alles schien auf einmal anders zu sein, aber er hätte nicht sagen können, auf welche Weise. Vor allem innerlich fühlte er sich anders und er nahm alle Dinge um ihn herum schärfer wahr als zuvor; aber das lag wahrscheinlich daran, dass er ohnmächtig gewesen war. Warum war er überhaupt ohnmächtig geworden?

»Ist alles in Ordnung?«, fragte seine Großmutter besorgt. Sie umfasste sein Gesicht und legte ihm die Hand auf die Stirn.

»Ja, mir geht es gut«, wehrte Traven ab. »Mir ist nur einen Augenblick lang schwarz vor Augen geworden.«

»Bist du sicher, dass es dir gut geht? Du bist sehr bleich.«

»Es geht mir gut, Mams. Ich fühle mich großartig.« Traven drehte sich um und kletterte zurück in den Sattel. Trotz seiner zuversichtlichen Worte fühlte er sich nicht gut. Er fühlte sich auch nicht krank; er verspürte nur ein wenig Übelkeit im Magen, aber hauptsächlich fühlte er sich einfach nur irgendwie anders. Er wusste nicht, wie er es erklären sollte; aber es war definitiv anders. Er versuchte, das Gefühl abzuschütteln. »Ich bin in Ordnung, wirklich. Wahrscheinlich ist nur all die Aufregung der Grund, dass ich ohnmächtig geworden bin«, erklärte er seinen Großeltern, die wieder auf den Wagen stiegen. Es schien sie zu beruhigen; und nun hatte auch seine Großmutter noch ein paar Ratschläge für ihn.

»Traven, du musst immer daran denken, dass du jetzt kein kleiner Junge mehr bist – du bist ein junger Mann, und zwar einer, der wirklich gut aussieht. Dein Großvater hat dir einen Rat für den Umgang mit Männern gegeben – und ich werde dir jetzt einen Rat für den Umgang mit Frauen geben …« Na großartig, dachte Traven. War es nicht schon genug, dass er ohnmächtig geworden war? Er hatte noch nie Glück bei den Mädchen gehabt und hatte vor, sich so weit wie möglich von ihnen fernzuhalten. Sein Großvater hatte ihn bereits gewarnt, dass Frauen nichts als Ärger bedeuteten. »Mädchen werden versuchen, ihr Spiel mit dir zu treiben und dich durcheinanderzubringen«, fuhr seine Großmutter fort. »Darüber musst du dir keine Sorgen machen – das ist ganz normal. Behandle sie einfach mit Respekt und sie werden auch dich mit Respekt behandeln. Und vor allem – sei immer höflich zu ihnen. Wenn du das beherzigst, wirst du keine Schwierigkeiten mit ihnen haben.«

Traven konnte sehen, wie sein Großvater hinter dem Rücken seiner Frau die Augen verdrehte. Es brachte ihn zum Lachen und hob die Stimmung ein wenig. Danach hatten ihm seine Großeltern nichts weiter mit auf den Weg zu geben – nur noch, wie sehr sie ihn liebten. Er erwiderte, dass auch er sie liebte und sie sehr vermissen würde. Nun wünschten sie sich gegenseitig Lebewohl und viel Glück. Es blieb nichts mehr zu sagen – und Traven machte sich auf den Weg in Richtung Kavar. Er konnte es nicht glauben, dass er jetzt wirklich aufbrach. Von nun an würde sich sein Leben vollständig verändern.

Er griff in sein Hemd hinein, nach dem Edelstein. Immer, wenn er dabei war, etwas Wichtiges zu tun, hielt er ihn einen Augenblick in der Hand, wie einen Glücksbringer. Diesmal fühlte sich der Stein anders an, viel wärmer, und als er auf ihn herabschaute, sah er zu seinem großen Erstaunen, dass der Stein nicht mehr tiefblau war, sondern in der Farbe von Bernstein leuchtete. Und er strahlte definitiv ein wenig Wärme aus, statt sich wie sonst ganz kühl anzufühlen. Traven konnte sich das überhaupt nicht erklären. Als er an seinen Albtraum der letzten Wochen denken musste, war er fast versucht, den Stein von sich zu schleudern. Aber er war nicht heiß, nur ein bisschen warm. Außerdem – er konnte ihn nicht wegwerfen, der Stein war von seinem Vater. Schnell schob er ihn wieder unter das Hemd. Dann streckte er die Hand aus und klopfte Dapple sanft den Hals; mehr allerdings, um sich selbst zu beruhigen. Vergebens. Von jetzt an war alles anders.

3

Ein letztes Mal schaute Traven zurück, aber seine Großeltern waren schon nicht mehr zu sehen. Ein schmerzvolles Gefühl überkam ihn. Es würde lange dauern, bis er sie wiedersah. Schon jetzt spürte er starkes Heimweh – und er war gerade einmal fünf Minuten geritten! Er schüttelte diese Gedanken ab und schaute nach vorne. Endlich hatte er die Gelegenheit, etwas zu tun, wovon er schon immer geträumt hatte. Das wollte er nicht mit schwerem Herzen beginnen. Es war ein Abenteuer, und er wollte es begrüßen. Er würde die Welt sehen. Traven hatte unglaubliches Glück gehabt, dass sich ihm diese Chance bot, und er würde dieses Glück nicht durch Besorgnis trüben. Er würde die Reise ebenso genießen wie die Ausbildung, die ihm bevorstand. Sobald er sie hinter sich hatte, konnte er die ganze Welt bereisen und Reichtümer sammeln. Es würde alles gut werden und auch seine Großeltern würde er irgendwann wiedersehen. Traven brachte Dapple zum Traben, aufgeregt und hoffnungsvoll.

Er musste das nächste Dorf vor Einbruch der Dunkelheit erreichen. Er war nur einmal dort gewesen, ein paar Jahre zuvor, und erinnerte sich daran als extrem kleines Dorf, eigentlich nicht einmal ein richtiges Dorf, sondern nur eine Gemeinschaft von Schafhirten. Sein Großvater hatte mit ein paar der Hirten gesprochen, die am nächsten Morgen ihre Wolle nach Kavar bringen wollten. Mit ihnen konnte Traven reisen, bis sie Kavar erreicht hatten. Es war sicherer, in einer Gruppe zu reisen – und unterhaltsamer. Er beobachtete das Vorbeiziehen der Bäume, als Dapple die Straße entlangtrabte. Nach dem heutigen Tag würde er nicht mehr durch Wälder reiten. Merkwürdig würde sich das anfühlen, keine Bäume mehr um sich herum zu sehen. Es war noch etwas, das zu all dem Neuen hinzukam, das er gerade erlebte. Die Sonne strebte dem westlichen Horizont zu und Traven ritt dahin, stumm, versunken in Gedanken von aufregenden und mutigen Abenteuern.

Als die Sonne unterzugehen begann, dachte er nicht mehr an Abenteuer. Die gesamte untere Hälfte seines Körpers schmerzte vom langen Reiten. Die Innenseite seiner Schenkel war aufgescheuert, ebenso wie sein Hinterteil. Er war sich sicher, dass er es nicht schaffen würde, einen ganzen Monat lang auf dem Pferd unterwegs zu sein. Zum Glück trug er die neue, feste Reisehose. Er mochte nicht daran denken, wie er sich fühlen würde, wäre er in seiner alten, abgetragenen Jagdhose unterwegs. Der Wald wurde immer lichter und verschwand plötzlich vollständig. Traven hielt am Waldsaum an. Das freie Feld vor ihm machte ihn nervös. Er fühlte sich ungeschützt. Jetzt war ihm nicht nur wegen seiner Schenkel und seines Hinterteils unbehaglich zumute, sondern auch wegen seiner Umgebung. Gelan, der Held aus *Gelans Wanderungen*, hatte nie etwas davon erwähnt, dass er sich müde gefühlt hatte oder dass ihn seine Beine geschmerzt hatten. Traven drängte sich der Verdacht auf, dass Abenteuer vielleicht doch nicht ganz so lustig waren, wie er sich das vorgestellt hatte. Er nahm einen tiefen Atemzug und lenkte Dapple auf die freie Ebene hinaus. Kurz darauf erblickte er endlich auch die Gemeinschaft der Schafhirten.

Langsam ritt Traven in die kleine Ansammlung von Hütten hinein. Die hinter ihm aufragenden Berge verdeckten bereits die Sonne. Zuerst sah Traven nur eine Herde Schafe, doch dann erblickte er jemanden, der aus einem nahen Feld hastig zu ihm lief, um ihn zu begrüßen. Es war ein Junge von etwa zehn Jahren, der einen Hirtenstab mit sich führte. Er trug wollene Kleidung und war wegen seiner hellen, ungebärdigen Locken von Weitem kaum von den Schafen zu unterscheiden. Vor Traven hielt er an.

»Bist du Traven?«

»Ja, das bin ich. Und wer bist du?«

»Ich bin Johnny. Mein Vater hat mir gesagt, ich soll hier nach dir Ausschau halten. Ich soll dich in unser Haus begleiten, damit du dich ausruhen kannst und für den Rest der Reise nach Kavar frisch bist. Ich wünschte, ich könnte mit dir nach Kavar gehen! Wenn ich erst einmal ein Mann bin, werde ich immer die Wolle zur Stadt bringen!«

»Oh, du solltest dir das Reisen nicht zu aufregend vorstellen; es könnte sein, dass du böse enttäuscht wirst, wenn es so weit ist.« Mit einer Grimasse klopfte sich Traven gegen die Brust und der Junge lachte. Dann wies er auf ein bescheidenes Backsteinhaus etwas weiter die Straße hoch. »Das ist unser Haus.« Traven bedankte sich und ritt zum Haus. Jeder Schritt von Dapple ließ ihn vor Schmerz das Gesicht verziehen. Nach kurzer Zeit, die ihm allerdings wie eine Ewigkeit vorkam, konnte er endlich von Dapple absteigen. Mit unsicherem Gang wankte er auf die Haustür zu. Sie schwang auf, noch bevor er klopfen konnte.

»Du musst Traven sein. Komm rein, komm rein. Das Abendessen ist fast fertig.«

Traven folgte der quirligen Frau ins Haus und achtete dabei sorgfältig darauf, dass seine Schenkel sich beim Gehen nicht berührten. Seine Nase roch Lammkoteletts, Kartoffeln und frisches Brot. Sein Magen knurrte; es machte ihn verlegen. Bis zu diesem Augenblick hatte er nicht einmal bemerkt, wie hungrig er war. Das Wasser lief ihm im Mund zusammen. Er schaute sich im Zimmer um. Auf einer Seite brannte ein Feuer. Auf einem Teppich vor der Feuerstelle spielten zwei kleine Jungen mit einem Ball. Sie betrachteten ihn kurz, als er hereinkam, und nahmen dann ihr Spiel wieder auf. Auf der anderen Seite des Raums stand ein ziemlich großer Tisch mit Stühlen darum. Der Tisch war bereits fürs Essen gedeckt und in der Mitte dampfte ein frischer Laib Brot vor sich hin.

»Oh, ich habe ganz vergessen zu erwähnen, ich bin Mrs Crand. Ich vergesse oft Dinge. Du kannst dich waschen gehen, während ich alles fertig mache. Joyce zeigt dir sicher gerne, wo du dich waschen kannst.«

»Mutter!«

Jetzt erst bemerkte Traven, dass jemand hinter ihm zur Tür hereingekommen war. Als er sich umdrehte, sah er ein hübsches Mädchen, vielleicht ein Jahr jünger als er selbst. Sie hatte – wie ihr Bruder draußen – helle, lockige Haare und ihr Gesicht zeigte eine leichte Röte. Irgendetwas schien sie verlegen zu machen, aber er hatte keine Ahnung, was es sein könnte. Er folgte ihr. Sie führte ihn zur Rückseite des Hauses, wo sich eine Wasserpumpe befand. Er dankte ihr und wusch sich den Staub von den Händen und aus dem Gesicht. Aus den Augenwinkeln heraus sah er, dass sie noch immer dastand und ihn anstarrte. Es machte ihn ein wenig nervös, doch er fuhr mit dem Waschen fort, als hätte er es nicht bemerkt.

Als er fertig war, stand sie noch immer da und bot ihm einen Lumpen als Handtuch an. Er trocknete sich Hände und Gesicht. Und auch danach stand Joyce noch immer da, lächelte ihn an. Erst in diesem Augenblick nahm er sie wirklich wahr. Sie war nicht nur ein Mädchen mit lockigen Haaren, sondern eine hübsche junge Frau mit großen grünen Augen und rosigen Wangen. Im Dämmerlicht wirkte sie auffallend schön und sie schaute ihm direkt ins Gesicht. Es brachte ihn durcheinander; so sehr, dass er das Handtuch fallen ließ. Rasch beugte er sich herab, um es aufzuheben. Sie kicherte und ging ohne ein Wort zurück ins Haus.

»Ich sehe, meine Tochter kennst du schon.«

Traven fuhr zusammen. Er war so in Gedanken gewesen, dass er den Mann gar nicht hatte herankommen hören, der jetzt neben ihm an der Wasserpumpe stand. Er musste wirklich besser auf seine Umgebung achten!

»Es tut mir leid, ich wollte dich nicht erschrecken.« Er beugte sich herab und wusch sich ebenfalls. »Ich bin Hank. Mein Bruder und ich, wir werden morgen mit dir zusammen aufbrechen und eine Ladung Wolle nach Kavar bringen. Und wenn es dir nichts ausmacht – ich habe Hunger. Lass uns hineingehen zum Essen.«

Traven folgte Hank ins Haus. Als die beiden hereinkamen, saßen alle schon am Tisch und warteten auf sie. Hank setzte sich ans Kopfende des Tisches und bedeutete Traven, sich ebenfalls zu setzen. Der einzige Stuhl, der noch frei war, stand direkt gegenüber von Joyce. Traven ließ sich darauf fallen und musste ein Stöhnen unterdrücken – er hatte vergessen, wie wund geritten er war. Er hoffte, dass es niemand bemerkt hatte – und vergaß es selbst sofort wieder, als Mrs Crand ihm eine große Kartoffel und ein Lammkotelett auf den Teller legte. Dazu reichte ihm Joyce mit einem Lächeln ein großes Stück Brot. Er machte sich sofort ans Essen und schlang es herunter. Er hatte bereits die Hälfte vertilgt, da fiel ihm auf, dass einige der anderen noch nicht einmal etwas auf dem Teller hatten. Wie unhöflich er gewesen war!

Es war eine interessante Mahlzeit. Das Essen war lecker; er musste an die Kochkünste seiner Großmutter denken. Mr und Mrs Crand unterhielten sich über die Schafschur und Traven versuchte, der Unterhaltung zu folgen, aber die beiden kleinen Jungen waren so laut, dass er kaum etwas verstand. Außerdem spürte er, wie Joyce ihn ständig ansah. Erst wenn er hochschaute, senkte sie den Blick. Es lief alles sehr laut und aufregend und durcheinander ab, aber nach der Monotonie des Rittes von Eichenbaum her, wo um ihn herum alles still gewesen war, betrachtete er das als willkommene Abwechslung. Nach einer Weile fasste er den Mut, um einen Nachschlag zu bitten, und Mrs Crand füllte ihm den Teller erneut. Sie erklärte dabei, wie schön es sei, jemanden am Tisch zu haben, der ihre Kochkünste zu schätzen wusste. Dazu verdrehte Mr Crand nur die Augen. Traven kam sich vor wie zu Hause.

Nach der Mahlzeit führte Hank Crand Traven zu einem Stuhl vor dem Feuer, wo sie sitzen und reden konnten. Mrs Crand und Joyce räumten den Tisch ab und gingen in die Küche. Die beiden kleinen Jungen rannten in die Dunkelheit hinaus, um ihrem älteren Bruder, der bei den Schafen Wache hielt, sein Abendessen zu bringen. Traven war überrascht gewesen, dass er nicht zum

Abendessen gekommen war. Dann hatte er erfahren, dass die älteren Jungen der Gemeinschaft sich die Nachtwache bei den Schafen teilten. Man wusste, dass manchmal Wölfe aus den Wäldern kamen und versuchten, ein Schaf zu reißen; oder sogar zwei. Aber seit die Jungen nachts Wache hielten, hatte man nicht ein einziges Lamm an die Wölfe verloren. Traven verzog wieder das Gesicht, als er sich in den harten hölzernen Stuhl vor dem Feuer setzte.

»Du bist wohl noch nicht oft lange geritten, so wund, wie dein Hinterteil ist?«, fragte Mr Crand.

»Warum sagt Ihr das?« Traven war furchtbar verlegen. »Ist es wirklich so offensichtlich?«

»Ich habe einfach nur bemerkt, dass du beim Essen ziemlich verkrampft dagesessen bist und dich jetzt sehr vorsichtig hingesetzt hast. Für mich ist es ziemlich offensichtlich – aber wahrscheinlich nur, weil ich dasselbe auch mitgemacht habe. Nach meiner ersten Reise nach Kavar und zurück konnte ich wochenlang nicht richtig sitzen. Ich könnte dir etwas geben, um den Schmerz zu lindern – aber es ist besser, wenn dein Körper sich von selbst daran gewöhnt und härter wird. Mach dir keine allzu großen Sorgen. Es tut ein paar Tage lang weh, aber dann wird deine Haut stärker und du spürst es kaum noch. Jetzt allerdings darfst du dich darauf gefasst machen, dass du dich morgen früh beim Aufwachen fühlen wirst wie überall aufgescheuert.«

Hank lachte leise und zündete sich die Pfeife an, die er sich vom Kaminsims geholt hatte. Er bot sie auch Traven an, doch der lehnte höflich ab. Er hatte ein paar Jahre zuvor einmal die Pfeife seines Großvaters ausprobiert und war beinahe daran erstickt. Traven konnte nicht verstehen, wie jemand Spaß daran haben konnte, aber viele Menschen schienen es zu genießen. Hank zuckte die Achseln und zog mehrfach kräftig an der Pfeife. Eine Weile lang saßen sie schweigend in der Wärme des Feuers. Dann stürmten die beiden kleinen Jungen mit viel Lärm ins Haus zurück. Zwischen sich trugen sie Travens Bündel, das sie ihm vor die Füße legten. Er hatte Dapple ganz vergessen gehabt. Unfassbar, dass er es versäumt hatte, sich um sein Pferd zu kümmern und seine Habseligkeiten ins Haus zu bringen!

»Entschuldigt mich – ich muss mich um mein Pferd kümmern. Ich war so hungrig, ich hatte das ganz vergessen.«

»Oh, mach dir keine Gedanken«, erklärte Hank. »Ich werde das erledigen. Du brauchst deinen Schlaf.«

Traven wollte das großzügige Angebot nicht annehmen, doch Hank bestand darauf und schließlich gab Traven nach. Mrs Crand kam und erklärte, er solle im Zimmer ihres ältesten Sohnes schlafen, der ja zum Glück in dieser Nacht bei der Herde Wache halten musste; Traven hatte den Raum also ganz für sich. Joyce brachte die beiden kleinen Jungen ins Bett, Traven nahm sein Bündel auf und folgte Mrs Crand in einen kleinen Raum hinten an der Rückseite der Hütte. Sie zündete eine Kerze auf dem kleinen Tisch neben dem Bett an.

»Du gehst am besten gleich zu Bett, damit du morgen ausgeschlafen bist. Hank ist ein netter Kerl, aber er wird dir auf der Reise nach Kavar einiges abverlangen. Alle anderen brauchen immer vier Tage, um Kavar zu erreichen, nur er besteht darauf, es in drei Tagen zu schaffen. Und kümmere dich nicht um Joyce. Hier kommen nicht viele Reisende durch. Jedes Mal, wenn ein Fremder auftaucht, macht sie sehnsüchtige Augen. Sie kann nichts dafür, obwohl ich in meiner Jugend die Fremden wenigstens nicht ganz so offensichtlich angestarrt habe. Hoppla – ich glaube, da habe ich jetzt zu viel verraten … Wie auch immer – ich werde dich morgen früh wecken. Schlaf gut!«

Traven sank aufs Bett, kaum dass sie das Zimmer verlassen hatte. Es war ein sehr anstrengender Tag gewesen. Es schien ihm endlos lange her zu sein, dass er aufgewacht war und seine Geburtstagsgeschenke ausgepackt hatte. Die Ereignisse vom Morgen kamen ihm wie ein ferner Traum vor. Und er sehnte sich nach Schlaf. Mühsam raffte er sich auf, legte sein Bündel ans Fußende des Bettes, blies die Kerze aus und entledigte sich im Dunkeln seiner Kleidung. Bei der Hose war er besonders vorsichtig, um seine wunde Haut nicht weiter zu reizen. Und dann streckte er sich im

Bett lang aus. Es fühlte sich fantastisch an, zu liegen. Er wusste, am Morgen würde ihm alles wehtun, doch daran mochte er jetzt nicht denken. Er schloss die Augen. In der Dunkelheit konnte er sich vorstellen, dass alles war wie immer und er sich zu Hause in seinem eigenen Zimmer befand.

Was diese Illusion verdarb, war die ungewohnte Wärme des Steins auf seiner Brust, den er bis zu diesem Augenblick völlig vergessen gehabt hatte. Als er die Augen öffnete, bemerkte er, dass der Stein im Dunkeln ein klein wenig leuchtete, ganz schwach. Das war so seltsam! Er hatte noch nie davon gehört, dass ein Edelstein seine Farbe verändern konnte. Und ganz sicher hatte er noch nie von einem Edelstein gehört, der im Dunkeln leuchten konnte. Vielleicht war dieser Edelstein wirklich etwas ganz Besonderes. Er hatte sich immer vorgestellt, dass der Stein einen immensen Wert besaß, wo sein Vater doch im Tod nach ihm gegriffen hatte. Allerdings hatte es nichts gegeben, das auf einen solchen Wert hingedeutet hätte – bis jetzt. Vielleicht war es wirklich ein sehr wertvoller Stein. Den Edelstein in der Hand, schlief Traven ein, voller Gedanken an seinen Vater.

Lange bevor die Sonne aufging, wurde er davon wach, dass jemand ihn an der Schulter berührte. Das Licht der Kerze vor seinem Gesicht blendete ihn und zuerst konnte er sich überhaupt nicht daran erinnern, wo er war. Dann klärte sich sein Kopf und es fiel ihm wieder ein. Er war im Haus der Crands, und Mrs Crand hatte ja gesagt, sie wolle ihn früh wecken. Doch als seine Augen sich an das Licht gewöhnt hatten, entdeckte er, es war nicht Mrs Crand, die die Kerze hielt, sondern Joyce! Hastig zog sich Traven die Decke über die nackte Brust und fühlte seine Wangen heiß erröten.

»Meine Mutter hat gesagt, ich soll dich wecken. Dad möchte bald aufbrechen. Beeil dich und zieh dein Hemd an!«

Traven konnte sie kichern hören, nachdem sie das Zimmer wieder verlassen hatte. Er sprang auf, um seine Hose anzuziehen – und wäre beinahe gestürzt. Seine Beine waren total steif und wund von dem Ritt von Eichenbaum hierher. Ganz vorsichtig zog er sich die Hose über die schmerzenden Schenkel, die er dabei ein wenig massierte, dann schlüpfte er in sein Hemd, nahm sein Bündel auf und ging nach draußen. Dapple war bereits gesattelt und sein Wasserschlauch war gefüllt.

»Beeil dich, Junge! Wir müssen aufbrechen, damit wir heute ein gutes Stück vorankommen.«

Traven schnallte sein Bündel fest, während Hank sich von Frau und Tochter verabschiedete. Dann dankte er Mrs Crand für ihre Gastfreundschaft und versuchte dabei, Joyce' Blick auszuweichen. Sein Gesicht erhitzte sich wieder, denn er spürte ihre Augen auf sich. Hastig bestieg er Dapple, froh darüber, von dort fortzukommen. Hank saß bereits im Sattel. Sie machten sich auf den Weg. Noch einmal drehten sie sich um und winkten den beiden Frauen zu. Trotz der Entfernung und obwohl es noch recht dunkel war, konnte Traven ganz deutlich erkennen, dass beide Frauen ihnen eine Kusshand zuwarfen.

»Das ist merkwürdig«, bemerkte Hank grinsend. »Normalerweise wirft mir nur meine Frau eine Kusshand zu, wenn ich aufbreche, nicht meine Tochter.« Es war kalt draußen, ohne Umhang – aber Traven war der Kälte dankbar, die seine vor Verlegenheit brennenden Wangen kühlte.

Schon bald hatten sie das Haus von Hanks Bruder erreicht. Auch er verabschiedete sich gerade von seiner Frau. Als er Hank und Traven sah, küsste er sie ein letztes Mal und kletterte auf seinen Wagen. Auf der gesamten Ladefläche stapelte sich hochwertige Wolle. Hanks Bruder stellte sich als John vor und gemeinsam machten sie sich auf den Weg. Der Wagen wurde von zwei Pferden gezogen, und so kamen sie rasch voran. Schon bald hatten sie die Gemeinschaft hinter sich gelassen und zogen die Straße in Richtung Kavar entlang.

»In etwa einer Stunde, wenn die Sonne aufgeht, können wir etwas essen«, erklärte Hank. »Meine Frau hat uns fürs Frühstück ein paar frisch gebackene Küchlein eingepackt. Aber ich möchte so viel Strecke zurücklegen wie möglich, bevor wir Rast machen. Wenn wir nicht weit genug gekommen sind, müssen wir im Sattel frühstücken.«

»Mein Bruder ist ein echter Sklaventreiber, Traven – sieh dich vor!«, grinste John.

Hank lachte. Traven bemühte sich darum, wach zu bleiben. Er wünschte sich brennend, noch ein paar Stunden schlafen zu können. Er war noch immer müde vom Tag zuvor – und seine wund gescheuerten Schenkel brannten wie Feuer, obwohl der Tag noch nicht einmal richtig begonnen hatte. Er ahnte, dass ihm drei wirklich harte Tage bevorstanden, bis er Kavar erreichte.

4

Als die Sonne endlich aufging, fühlte sich Traven, als wäre er bereits den ganzen Tag geritten, dabei waren es nur wenige Stunden gewesen. Hank erklärte, sie seien bereits weiter gekommen, als er geplant hatte, und führte sie zu einem kleinen Hügel neben der Straße, um Rast zu machen. Langsam stieg Traven von Dapple ab und bewegte seine verkrampften Beinmuskeln. Dann setzte er sich im Schatten des Hügels ins weiche Gras. Es war wundervoll, einfach nur dazusitzen und sich auszuruhen. Hank packte die Muffins aus und gab Traven und John jeweils einen davon. Traven versuchte, langsam zu essen, doch schon bald hatte er sein Küchlein bis auf den letzten Krumen vertilgt. Es machte ihn nicht ganz satt – aber wahrscheinlich war es ganz gut, wenn er sich langsam daran gewöhnte, nicht immer so viel zu essen zu haben, wie er sich das wünschte. Ganz sicher würde es auf seiner Reise Tage geben, an denen er so gut wie gar nichts zu essen bekam. Nach einem großen Schluck aus seinem Wasserschlauch beschloss er, den Hügel hinaufzumarschieren, um die Steifheit in seinen Beinen zu lockern.

Das Gehen fiel ihm schwer, doch kaum war er oben, war er froh, sich die Mühe gemacht zu haben. Zum ersten Mal konnte er die ganze Gegend um sich herum sehen. Im Osten machte er die schwachen Umrisse der Wälder aus, die er am Tag zuvor verlassen hatte. Dahinter ragten die Berge auf, die er zu Hause immer am Horizont hatte sehen können. Im Norden streckte sich endlos weit die Ebene dahin, mit ein paar Hügeln dazwischen. Im Westen schimmerte etwas silbern und schlängelte sich durch die Ebene. Die Straße bewegte sich direkt auf diesen silbernen Schimmer zu, dem sie anschließend folgte. Traven beschloss, dies müsse der Blaue Fluss sein, wenn er sich richtig an die Landkarte erinnerte, die er gesehen hatte. Noch immer fühlte es sich fremd an, so unter freiem Himmel zu sein, doch voller Freude stellte Traven fest, dass es ihn längst nicht mehr so beunruhigte wie am Tag zuvor, als er aus dem Wald herausgekommen war.

»Traven! Beeil dich und komm hier runter! Wir haben einen festen Zeitplan und wir haben jetzt lange genug gerastet.«

Traven hastete den Hügel hinunter und musste sich sputen, um nicht zurückgelassen zu werden. Schon bald hatten sie die Straße wieder erreicht, die sich am Rand des Hügels entlangzog. In der Ferne, weit vor ihnen, konnte Traven den silbernen Schimmer mehr erahnen als erkennen. Er fragte die beiden Brüder, ob dies wirklich der Blaue Fluss war.

»Das stimmt, der Blaue Fluss ist irgendwo vor uns«, antwortete John. »Du kannst ihn von hier aus sehen?«

Traven nickte. John kniff die Augen zusammen und schaute angestrengt in die Ferne. Dann schüttelte er den Kopf.

»Ich kann nichts erkennen. Wir werden den Fluss etwa gegen Mittag erreichen. Die Straße geht bis Kavar den Fluss entlang. Das ist das Gute daran – an Wasser wird es uns nie fehlen.«

Es dauerte weit länger, den Fluss zu erreichen, als Traven gedacht hatte. Er stellte fest, dass es sehr schwer war, in einer Ebene die Entfernungen genau abzuschätzen, weil es keine Orientierungspunkte gab. Doch dann waren sie am Fluss. Traven schaute hinab auf das Wasser. Er hatte gehört, dass man dieses Gewässer wegen der dunkelblauen Felsen, die das Ufer säumten, den Blauen Fluss nannte. Ihm kamen die Felsen eher schwarz vor als blau. Allerdings vermutete er, die Menschen würden ihr Trinkwasser lieber aus einem Gewässer holen, das sich Blauer Fluss nannte, als aus einem, das den Namen Schwarzer Fluss trug. Der Fluss strömte schnell daher und er war mehrere Armspannen breit. Traven staunte, wie groß er war. Noch nie hatte er ein Gewässer gesehen, das breiter war als der Bach in Eichenbaum.

»Was starrst du denn so?«, fragte Hank. »Das ist nur ein kleiner Fluss. Wenn du erst die Adrinavelle zu Gesicht bekommst, wirst du dich an dieses kleine Gewässer nicht einmal mehr erinnern können.«

Traven war sich nicht sicher, ob Hank die Wahrheit sagte oder ihn nur aufziehen wollte, aber er wandte den Blick vom Fluss ab. In gleichmäßiger Geschwindigkeit zogen sie weiter die Straße entlang. Je weiter der Tag fortschritt, desto heißer wurde es, und desto zerschlagener fühlte sich Traven. Hank und John stritten sich über etwas, das damit zu tun hatte, ob sie auf dieser Reise oder auf ihrer letzten mehr Wolle mit sich geführt hatten. Traven hörte ihnen nur mit halbem Ohr zu. Bisher hatten sie nichts Interessantes zu sagen gehabt, und dennoch war er froh, dass sie da waren und er nicht allein reisen musste. Mehrfach hatte er versucht, sie über die Stadt auszufragen, doch sie hatten immer nur geantwortet, er solle einfach abwarten, dann könne er alles selbst sehen. Hank hatte noch ergänzt, das Beste an einer Stadt sei die Vorfreude darauf. Immerhin hatte John erklärt, die Stadt sei wirklich beeindruckend und Traven würde sie lieben. Als die Sonne im Zenit stand, hielten sie an, um etwas zu essen und ihre Wasserschläuche zu füllen.

Sie waren kaum von den Pferden abgestiegen, als Hank sie schon wieder in den Sattel jagte. Stumm ritt Traven weiter und fragte sich, ob dieser Tag wohl jemals enden würde. Er war sich nicht sicher, wie er es schaffen sollte, noch zwei weitere Tage in diesem Tempo zu reisen. John versuchte immer wieder, ihn zu beruhigen. Am nächsten Tag würde ihm alles schon viel leichter fallen, versprach er ihm. Traven wusste nicht, ob er John Glauben schenken konnte. Allerdings musste es einfach besser werden, sonst würde er es nicht überstehen!

»Hey, Traven, hast du eigentlich schon mal etwas von der Armee gehört, die gerade im Norden von Balthus aufgestellt wird?«, fragte John auf einmal.

»Eine Armee?« Sofort war Traven hellwach und aufgeregt.

»Genau das habe ich gesagt. Mein Nachbar hat vor ein paar Wochen Wolle nach Kavar gebracht und dabei davon gehört.«

»Das ist nur ein Gerücht, John«, winkte Hank ab. »Füll dem Jungen nicht den Kopf mit einem solchen Unsinn!«

»Nein, Hank – das ist nicht nur ein Gerücht. Es gibt einige Leute in Kavar, die haben die Armee mit eigenen Augen gesehen. Keiner weiß so genau, warum diese Armee aufgestellt wird und wer sie anführt. Manche behaupten, das sei nur ein Adeliger, der sich ein bisschen mehr Land unter den Nagel reißen will. Andere sagen, es sei ein mächtiger Magier, der im Begriff ist, die ganze Welt zu reinigen; von was auch immer. Anscheinend besteht die Armee hauptsächlich aus Räubern und zwielichtigen Charakteren. Zu dieser Armee strömen lauter Leute, die nur nach einer Ausrede suchen, um zu plündern und zu morden. Eine solche Armee bedeutet nichts als Ärger, wenn sich ihr nur Schurken anschließen. Bisher haben sie noch nichts angestellt, aber in Beking werden die Leute schon ziemlich nervös. Sie fordern, dass die Herrscherin von Balthus ihre eigene Armee in den Norden schickt, um diesen üblen Trupp aufzulösen, aber bisher hat die Herrscherin noch nichts unternommen. Wahrscheinlich ist es ihr nur wichtig, dass ihr eigener Palast in Rankdra geschützt ist, und dafür braucht sie die Armee. Die Menschen in Beking kümmern sie nicht – sie denkt nur an sich selbst.«

»John, hör auf, Herrscher zu kritisieren, über die du nichts weißt. Du benimmst dich so, als würdest du dich gut auskennen. Dabei plapperst du nur Gerüchte nach, die wahrscheinlich so viele Leute weitererzählt haben, dass am Ende nichts Wahres mehr daran ist.«

»Du kannst sagen, was du willst, Hank. Aber du kannst es nicht leugnen, dass der Hochkönig – er möge lang und glücklich leben – überall in Kalia neue Rekruten sucht. Er will aus irgendwelchen Gründen seine Armee vergrößern.«

»Stimmt das?«, erkundigte sich Traven neugierig. »Die Armee soll verstärkt werden?«

Er konnte es nicht glauben. Die Armee von Kalia wurde nur dann aufgestockt, wenn der Hochkönig Angst vor einem Angriff hatte oder es Aufruhr im Land gab. Soweit er sich erinnern konnte, hatte Traven das noch nie erlebt. Sein Großvater hatte einmal einen Krieg erwähnt, der stattgefunden hatte, als er selbst noch jung war, doch seither hatte es keine großen Probleme mehr gegeben. Vor fünfzig Jahren oder so – ganz genau wusste er es nicht – hatte es einmal eine Auseinandersetzung mit Cydus gegeben. Dabei war es um die Hafenstadt Argont gegangen. Und das war das letzte Mal, dass man die Armee verstärkt hatte. Es war also jetzt das erste Mal seit vielen Jahren, dass die Armee vergrößert wurde, damit sie sich um ein Problem kümmern konnte. Und er war auf dem Weg direkt nach Calyn, dem Sitz des Hochkönigs. Vielleicht würde er tatsächlich noch ein Abenteuer erleben. Auf jeden Fall war es bestimmt faszinierend, eine große Armee zu sehen.

»Ja, den Teil hat sich John nicht aus den Fingern gesaugt«, erwiderte Hank. »Unser Nachbar hat sogar eine amtliche Bekanntmachung mitgebracht, in der die Leute aufgefordert werden, sich der Armee anzuschließen. Die Löhne der Soldaten sind erhöht worden, und ich bin mir ganz sicher, all die jungen Hohlköpfe aus ganz Kalia beeilen sich, der Aufforderung nachzukommen – in der falschen Hoffnung, ein Abenteuer zu erleben.«

»Was ist denn falsch daran, wenn man sich unserem Hochkönig gegenüber loyal verhält – er möge lang und glücklich leben? Glaubst du etwa, es sind alle dumm, die ihn unterstützen?«, fragte Traven rebellisch.

»So habe ich das nicht gemeint. Es ist nur so, diese Jungs wissen doch gar nicht, worauf sie sich einlassen. Krieg bringt nichts als Tod und Trauer. Er ist nicht so großartig, wie das in den Geschichten immer klingt. Unser Vater hat in der Armee des Hochkönigs mitgekämpft, als diese vor dreißig Jahren in Argont einen Aufstand niedergeschlagen hat. Als er zurückkam, hatte er eine Hand verloren. Darüber denkt ihr jungen Leute in euren Träumen von Ruhm und Abenteuer natürlich nicht nach.«

Traven hatte ein ganz schlechtes Gewissen. Er hatte Hank nicht vorwerfen wollen, dem Hochkönig gegenüber nicht loyal zu sein. Er entschuldigte sich zerknirscht. Hank erklärte nur, es mache ihm nichts aus. Er wisse ja, dass Traven einfach nur jung und übereifrig sei. Danach ritt Hank seinem Bruder und Traven ein Stück voraus.

»Mach dir keine Gedanken, Traven«, beruhigte ihn John. »Hank nimmt einfach alles zu schwer. Er ist nicht bedrückt wegen etwas, das du gesagt hast – sondern weil sein Sohn weglaufen und sich der Armee anschließen wollte. Deswegen hat es in der letzten Woche eine Menge Ärger gegeben.«

Traven warf einen Blick auf Hanks Rücken und beschloss, nicht weiter in ihn zu drängen. Stattdessen diskutierte er mit John über das Gerücht der Armee in Balthus. Er war so vertieft in die Unterhaltung, dass ihn der Sonnenuntergang völlig überraschte. Er freute sich, dass dieser anstrengende Tag nun doch zu Ende ging. Hank kehrte zu ihnen zurück und kündigte an, sie würden bald ihr Nachtlager aufschlagen. Aber natürlich wollte er vorher noch ein kleines Stück Weg bewältigen.

Als sie die Straße endlich verließen, war es schon beinahe ganz dunkel. Rechts von der Straße schlugen sie ihr Lager auf. John sammelte Zweige von den trockenen, dornigen Büschen ein, die überall in der Ebene wuchsen, und machte ein Feuer. Er nannte die Büsche Dornkraut und erklärte Traven, dass die Zweige lange und gut brannten und auch ein gutes Futter für Tiere abgaben. Sobald das Feuer richtig brannte, zog Hank unter dem Sitz des Wagens einen kleinen Topf hervor, den Traven am Fluss mit Wasser füllen musste.

Traven überquerte die Straße und suchte sich sorgfältig seinen Weg zum Ufer. Als er sich herabbeugte, um den Topf zu füllen, sah er, wie sich im Wasser alle Sterne spiegelten. Auf den Fluss herabzuschauen war fast ebenso, wie zum Himmel hinaufzuschauen. Es war wunderschön. Wie viele Sterne es wohl da oben gab? Auf einmal fühlte sich Traven ganz klein unter diesem riesigen Dach an funkelndem Licht, das nie erlosch. Doch plötzlich verschwanden die Sterne im Fluss, einer nach dem anderen. Traven schaute auf und bemerkte, dass Wolken aufgezogen waren. Rasch füllte er den Topf und kehrte zum Lager zurück.

»Es ziehen Wolken auf«, verkündete er. »Ob es wohl regnen wird?«

Hank und John sahen hoch zum Himmel. Hank seufzte.

»Ich hatte gehofft, wir könnten Kavar ohne Regen erreichen«, meinte er. »Aber das schaffen wir wohl nicht. Für heute Nacht müssen wir uns noch keine Sorgen machen – das sind keine Regenwolken. Aber ihnen werden ganz sicher Regenwolken folgen. Wahrscheinlich werden wir morgen früh etwas Regen abbekommen. Am besten essen wir schnell und legen uns schlafen. Wir müssen früh aufbrechen, damit wir möglichst weit kommen, bis der Regen uns aufhält.«

Hank setzte den Topf ins Feuer und schnitt Gemüse hinein, etwas Hammelfleisch und ein paar Gewürze. Nachdem das Wasser eine Weile gekocht hatte, nahm er den Topf herunter und zog eine hölzerne Schüssel und einen Löffel hervor, ebenso wie John. Hank füllte beide Schüsseln und blickte dann auffordernd zu Traven.

»Willst du nicht auch endlich deine Schüssel holen? Wir werden nicht die ganze Nacht auf dich warten.«

»Ähm, ich besitze keine Schüssel«, erklärte Traven verlegen. Er kam sich richtig dumm vor. »Ich wusste nicht, dass ich eine brauche.«

»Du hast keine Schüssel?«, fragte Hank ungläubig. »Und wie willst du dann essen, ohne Schüssel und ohne Löffel?«

»Sei nicht so streng mit dem Jungen«, beschwichtigte ihn John. »Schließlich ist er das erste Mal auf Reisen. Traven, du kannst meine Schüssel und meinen Löffel nehmen, sobald ich fertiggegessen habe. Aber dann musst du sie anschließend auch wieder sauber machen.«

Traven dankte John und setzte sich. Er beobachtete, wie die beiden aßen, und sein Magen knurrte laut. Nachdem er sich einen Nachschlag geholt hatte, reichte John Traven Schüssel und Löffel und ging zum Wagen. Rasch holte Traven sich von der Suppe und vertilgte sie. Anschließend goss er sich den ganzen Rest der Suppe in die Schüssel und ging zum Wagen, um zu schauen, was John da machte. Er hatte unter dem Wagen eine große Plane hervorgezogen und befestigte zwei ihrer Ecken am Sitz des Wagens.

»Das ist nur für den Fall, dass es heute Nacht doch regnen sollte. Wenn sich die Wolle mit Wasser vollsaugt, kommen wir nur noch im Schneckentempo voran, so schwer wird sie dann. Dafür haben wir immer die Plane dabei, um sie bei Regen abdecken zu können.«

Traven half ihm dabei, die Plane über die Ladung zu ziehen und die Enden zu befestigen. Dann trug er Johns Schüssel und Löffel zum Fluss und wusch beides aus. Als er zurückkam, hatten sich John und Hank schon neben das Feuer gelegt. Sie atmeten so ruhig, sie schliefen anscheinend bereits. So leise er konnte, räumte Traven das Geschirr beiseite.

Dann zog er seinen Umhang heraus und legte sich auf die andere Seite des Feuers. Er spürte den harten Boden unter sich. Ihm fehlte ein weiches Bett sehr, aber er war dankbar, wenigstens überhaupt liegen zu können. Doch was er auch versuchte, wie oft er seine Haltung auch veränderte, er fand einfach keine bequeme Lage. So müde, wie er war, hätte er eigentlich sofort einschlafen müssen. Stattdessen gingen ihm die Geschehnisse der letzten Tage durch den Kopf. Endlich, als er schon dachte, er würde nie Ruhe finden, überkam ihn die Erschöpfung und er fiel in einen unruhigen Schlaf.

John schüttelte ihn wach, noch bevor die Sonne aufgegangen war. Sie nahmen ein hastiges Frühstück aus altem Zwieback und Käse ein, stiegen auf und machten sich auf den Weg. Am Himmel zeigten sich einige Wolken, doch keine von ihnen sah aus, als ob sie Regen bringen würde. Traven zog das Holzstück heraus, das er von zu Hause mitgenommen hatte. Mit seinem Jagdmesser begann er, während des Reitens daraus eine Schüssel und einen Löffel zu schnitzen. Er war fest entschlossen, von anderen unabhängig zu sein, und war froh, dass er das Holz mitgebracht hatte – wenn daraus erst einmal Schüssel und Löffel geworden waren, würde es ihm sehr nützlich sein. Zuerst schnitt er ein Stück ab, aus dem ein Löffel werden konnte, dann höhlte er den Rest sorgfältig aus. Die Schüssel würde nicht sehr groß sein, aber ihren Zweck erfüllen. Sie würde auch nicht perfekt rund und glatt werden, aber er konnte ja später noch weiter daran arbeiten und sie verbessern. Der Morgen verging schnell, während Traven sich auf seine Schnitzerei konzentrierte. Noch hatte es keinen Regen gegeben, doch als sie sich für eine Rast bereit machten, konnten sie die schwarzen Wolken von Osten heranziehen sehen.

»Das wird ein tüchtiger Regen!«, bemerkte John lächelnd. »Meinst du, wir sind schneller als der Regen, Hank?«

»Hör auf, Witze zu machen! Wenn der Sturm uns erreicht, wirst du das überhaupt nicht mehr lustig finden«, knurrte der. »Lass uns ein bisschen schneller reiten. Vielleicht erreichen wir ja noch einen Haltepunkt, bevor es zu schlimm wird.«

Ohne anzuhalten eilten sie weiter, aßen unterwegs noch mehr vom alten Zwieback und von dem Käse. Obwohl er schon einen Krampf im Arm hatte, schnitzte Traven weiter an seiner Schüssel. Sie war fast fertig, da trafen ihn ein paar kühle Tropfen ins Gesicht. Die Tropfen wurden schnell mehr.

»Am besten holt ihr eure Umhänge heraus«, meinte Hank mit einem Stirnrunzeln. »Das sieht mir nach einem richtigen Regenguss aus.«

Sofort legte sich Traven seinen neuen Umhang um. Zu seiner Freude sah er, dass die Wassertropfen sauber daran abglitten. Es regnete stärker, aber immer noch nicht zu stark. Er schnitzte weiter. Tatsächlich gelang es ihm, die Schüssel fertigzustellen und sein Werk zu bewundern, bevor sich die Schleusen des Himmels mit einem lauten Krachen endgültig öffneten. Es goss so stark, er konnte kaum die Schüssel in seinem Bündel unterbringen, ohne dass seine Kleidung völlig durchnässt wurde. Der Regen behinderte die Sicht. Er konnte Hank vor sich und John mit dem Wagen zu seiner Rechten gerade noch so erkennen. Die Straße verwandelte sich in kürzester Zeit in ein Schlammbad, was sie im Vorwärtskommen behinderte. Die Pferde stapften tapfer weiter, wühlten den Schlamm auf. Dann wurde der Wind stärker und brachte die Kälte des bevorstehenden Winters mit sich. Traven zog den Umhang fester um sich und versuchte, warm und trocken zu bleiben.

Der Regen hielt den Rest des Tages und die Nacht über an. Als sie am nächsten Morgen aufbrachen, war es nur noch ein leichter Nieselregen, doch der begleitete sie den ganzen Tag. Sie ritten in durchnässtem Schweigen. Einige Male blieb der Wagen beinahe stecken, aber den beiden Pferden gelang es immer, ihn wieder herauszuziehen. Gegen Abend ließ der Sturm endlich nach. Traven war sehr dankbar, als der Regen aufhörte. Nun konnte er aus dem Stück, das er vom Holz abgeschnitten hatte, einen Löffel schnitzen. Es ging recht schnell, und Traven war stolz auf sich, als er den neuen Löffel zur Schüssel packen konnte. Vor ihnen stieg die Straße leicht an und die Sonne lag hinter dem Hügel verborgen. Es sah alles danach aus, als würde er noch eine weitere Nacht unbequem auf der harten Erde schlafen müssen, bevor sie Kavar erreichten.

»Wie weit müssen wir morgen noch reiten, bevor wir in Kavar ankommen?«, fragte Traven.

Hank schaute ihn nur grinsend an und John deutete nach vorne. Traven war verwirrt. Doch dann, als sie den Hügel erklommen hatten, sah er sie vor sich, als Silhouette gegen die untergehende Sonne, die große Stadtmauer von Kavar. Angesichts der immensen Größe der Stadt blieb Traven vor Staunen der Mund offen stehen. Er hätte sich nicht vorstellen können, dass eine Stadt so groß sein konnte!

»Hat man dir nicht gesagt, dass Hank die Reise immer in drei Tagen schafft?«, bemerkte John.

5

Traven konnte nicht aufhören, mit großen Augen die Stadt anzustarren, als sie langsam den Hügel herunterritten, in Richtung des Osttores. Die graue Stadtmauer war etwa zehn Meter hoch, und oben auf der Mauer befanden sich Türme, die auf die Umgebung herabblickten. Aus diesen Türmen konnte man einen herannahenden Feind schon erkennen, wenn er noch viele Kilometer entfernt war. Noch nie war es einer Armee gelungen, die Stadtmauer zu durchbrechen. Oberhalb der Stadtmauer waren die Dächer einiger Gebäude zu sehen, bedeckt mit roten und blauen Dachziegeln. Die letzten Sonnenstrahlen spiegelten sich auf den farbenfrohen Dächern und blendeten Traven beinahe.

Traven konzentrierte sich so sehr auf den Anblick der Stadt, dass er vollkommen überrascht war, als sie die Brücke erreichten, die sie überqueren mussten, um in die Stadt zu gelangen. Aber es war nicht die Brücke selbst, die sein Erstaunen auslöste. Sie wirkte standhaft genug, bestand aus massiven Steinblöcken und war so breit, dass zwei Wagen leicht aneinander vorbeifahren konnten. Nein, was ihn völlig überraschte, das war die Menge an Wasser, das unter der Brücke hindurchfloss. Die Adrinavelle war viel breiter, als er es sich jemals hätte vorstellen können. Sie stellte den Blauen Fluss tatsächlich in den Schatten, der weiter im Westen in die Adrinavelle einmündete. Das Wasser floss schnell dahin und Traven kam sich auf einmal ganz klein vor. Von Ufer zu Ufer waren es mindestens zwanzig Armspannen!

Die Geräusche der Hufe und der rollenden Wagenräder hallten von den Steinblöcken wider. Traven war verblüfft, dass sie die einzigen Menschen auf der Brücke waren. Er hatte in der Nähe einer so großen Stadt wie Kavar mehr Betrieb erwartet, aber es war erstaunlich ruhig. Nicht ein einziger anderer Mensch verließ die Stadt oder wollte hinein, als sie sich langsam dem Osttor näherten. Und noch verblüffter war Traven, als er sah, dass das Tor geschlossen war. John hatte ihm berichtet, dieses Tor würde ganz früh am Morgen geöffnet und bliebe dann offen, bis es dunkel wurde. Traven warf einen unsicheren Blick auf Hank und John und sah, er war nicht der Einzige, der ein wenig verwirrt war.

»Es ist doch noch mindestens eine Stunde hell!«, rief Hank aus. »Warum haben sie das Tor schon geschlossen?«

Mit einem verdrießlichen Gesichtsausdruck schüttelte er den Kopf. Immer näher kamen sie der Stadtmauer und erreichten schließlich das Tor. Ein Wachmann kam aus der kleinen Tür, die in der Mauer neben dem Tor nahezu unsichtbar gewesen war. Traven bemerkte, dass die Tür in der Farbe der Steine gestrichen worden war. Die Torwache näherte sich ihnen vorsichtig und schaute sich dabei nach allen Seiten um, als ob der Mann einen Überfall erwartete.

»Warum wollt ihr so spät noch nach Kavar?«, fragte der grauhaarige Wachmann misstrauisch.

»Was meinst du mit spät?«, gab Hank zurück. »Ich kann mich nicht erinnern, dass die Tore jemals so früh am Tag schon geschlossen gewesen wären, und ich komme schon viele Jahre hierher, um meine Schaffelle zu verkaufen. Warum sagst du mir nicht, warum die Tore schon dicht sind?«

»Aha – ein Schäfer. Nun beruhig dich mal wieder! Du hast also noch nicht gehört, was passiert ist?« Hank schüttelte den Kopf. »Die ganze Gegend ist voller Räuber«, erklärte die Wache. »Niemand, der außerhalb der Stadtmauer lebt, wagt es, nach Sonnenuntergang auch nur aus dem Haus zu gehen. In den letzten Wochen sind viele Bauern und auch ganze Karawanen angegriffen worden. Man kann nur noch bei vollem Tageslicht sicher reisen. Deshalb bleiben unsere Stadttore von Sonnenuntergang bis Sonnenaufgang geschlossen. Aber ich schaue einmal, was ich für euch tun kann. Ich kann euch ja schließlich hier nicht einfach stehen lassen, wo sich Räuber herumtreiben. Wartet einen Augenblick.«

Der Wachmann verschwand wieder durch die Tür. Die drei vor dem Tor fragten sich, ob wirklich Räuber in der Nähe waren. John erklärte, er habe bislang noch keine Räuber entdeckt und sei sich sicher, er würde auch jetzt keine treffen, aber er wolle lieber in einem bequemen Bett schlafen als erneut auf dem harten Erdboden. Einige Minuten vergingen und das Tor war noch immer geschlossen. Gerade hatte Hank vorgeschlagen, sich vielleicht doch in der Nähe ein Nachtlager zu suchen. Da knarrten die riesigen Torflügel und das Tor öffnete sich langsam, bis es gerade weit genug offen stand, um einen einzigen Wagen durchzulassen. Nachdem sie hindurchgefahren waren, schloss sich das Tor sofort wieder. Sie bedankten sich bei dem Wachtposten und machten sich auf den Weg tiefer in die Stadt hinein.

Rechts und links der Straße begannen die Läden langsam zu schließen. Menschen hasteten vorbei, um die letzten Aufgaben des Tages zu erledigen. Die meisten Gebäude waren mindestens zweistöckig, wenn nicht sogar noch höher. Es war merkwürdig, von so hohen Häusern umgeben zu sein. Zu Hause war nur Handers Mühle höher gewesen als ein Stockwerk. Sie bogen in die erste Straße ein, die diejenige kreuzte, die sie entlanggezogen waren, und hielten sich in Richtung Norden, wo die Lagerhäuser standen. Hank erklärte, dass alle Lagerhäuser um das Nordtor herum gebaut worden waren. Es war schon recht dunkel, als sie das Lagerhaus erreichten, wo die Brüder ihre Schaffelle verkaufen wollten. Trotzdem konnte Traven erkennen, diese Lagerhäuser waren noch größer und höher gebaut als alle Geschäfte um sie herum, die sie weit überragten. Traven vermutete, dass einige der Lager bestimmt wenigstens vier Stockwerke hoch waren. Sie wirkten nur deshalb nicht so hoch, weil sie gleichzeitig auch sehr breit waren. Ihre Höhe wurde gewissermaßen durch ihre enorme Breite abgeschwächt. Trotzdem kamen sie Traven gewaltig vor.

Hank und John steuerten auf eines der kleineren Lagerhäuser zu. Dort erwartete sie ein nicht sehr hochgewachsener, kahlköpfiger Mann.

»Ich hatte mich schon gefragt, ob ihr beiden es wohl schafft oder nicht. Ich habe ein paar Weber, die sehr froh darüber sein werden, dass die Lieferung eingetroffen ist. Ihr seid die Ersten, die Wolle in die Stadt gebracht haben, seit die Räuber auf allen Straßen unterwegs sind. Das ist natürlich eine sehr traurige Sache – aber für uns bedeutet es mehr Geld.« Dann deutete der Mann auf Traven. »Und wer ist der Junge? Das ist keiner von euren, oder?«

»Das ist Traven«, erklärte John. »Er ist unterwegs zur Handelsschule in Calyn und ein Stück mit uns gereist. Traven, das ist Mr Sottle. Mit ihm macht unsere Familie schon seit Jahren Geschäfte.«

Traven schüttelte die Hand des alten Mannes. Dieser führte sie eine Treppe hoch in seine Wohnräume. Man setzte sich. Hank und John unterhielten sich weiter mit Mr Sottle, aber Traven hörte ihnen nicht richtig zu. Er war sehr müde, und sie sprachen über langweilige Dinge wie Preise und Qualität von Wolle. Der Raum, in dem sie saßen, war nicht so klein, wie Traven zuerst gedacht hatte. Er wirkte nur klein im Vergleich zum gesamten Gebäude. An einer Wand stand ein kleiner, mit Papieren überhäufter Tisch. Hier erledigte Mr Sottle wohl seine Büroarbeiten. Außerdem gab es einen kleinen Esstisch und eine geschnitzte Skulptur eines Falken im Flug. Die Augen des Falken glitzerten im Licht und Traven bemerkte, dass es Edelsteine waren. Noch einmal sah er sich aufmerksam im Zimmer um und entdeckte auf einmal überall Hinweise, dass Mr Sottle ganz gewiss kein armer Mann war. Die Beine des Tisches waren mit Gold eingelegt, und die zerbrechlich wirkenden Vasen, von denen mehrere im Raum verteilt standen, waren ganz sicher Kostbarkeiten. Auch andere Schätze waren zu sehen. Vielleicht würde auch er tatsächlich eines Tages reich sein, wenn er die Handelsschule hinter sich gebracht hatte. Dann wurde er jäh aus seinen Gedanken gerissen, denn die anderen sprachen jetzt nicht mehr über langweilige Dinge, sondern über die Räuber.

»Ich weiß nicht, wie viele da draußen ihr Unwesen treiben«, erklärte Mr Sottle, »aber der Handel leidet schon stark darunter. Baron Gregor hat einige Truppen ausgesandt, die mit den Räubern aufräumen sollen. Aber die Truppen haben bisher nur wenige einzelne Diebe dingfest machen können. Wenn ihr mich fragt, dann haben wir es hier nicht einfach nur mit einer Gruppe von bunt zusammengewürfelten Räubern zu tun, sondern mit einem wohlorganisierten Haufen. Die Gruppe kann nicht sehr groß sein, sonst hätten die Truppen des Barons sie finden müssen. Allerdings muss ihre Zahl dennoch beachtlich sein – sie haben einen Zug von Kaufleuten überwältigt, der mit über zwanzig bewaffneten Wachen als Schutz gereist ist, und sie haben eine kleine Abteilung Soldaten überwältigt, die nachts nach ihnen gesucht haben. Etwas so Schlimmes habe ich schon lange nicht mehr gesehen. Wahrscheinlich hat es etwas mit dieser Armee zu tun, die angeblich gerade in Balthus aufgestellt wird. Anscheinend denken die Räuber, wenn die Herrscherin von Balthus es zulässt, dass sich eine ganze Armee dort sammelt, wird auch der Hochkönig – er möge lang und glücklich leben – nichts unternehmen, wenn sie hier ihr Unwesen treiben. Aber die königliche Armee von Kalia wird gerade verstärkt. Baron Gregor hat eine Nachricht nach Calyn gesandt und um Truppen gebeten, die seinen eigenen Soldaten dabei helfen sollen, die Probleme hier in den Griff zu bekommen, bevor es noch schlimmer werden kann. Ich hoffe, in ein paar Wochen ist alles wieder normal.«

»Das hoffe ich auch!«, schimpfte Hank. »«Wo kommen wir denn da hin, wenn man ohne den Schutz einer Armee nicht einmal mehr sicher reisen kann! Räuber hin oder her – wir werden uns morgen wieder auf den Heimweg machen. Ich werde bestimmt nicht wochenlang in der Stadt sitzen und darauf warten, dass Baron Gregor sich die Truppen besorgt, die er braucht, um die Räuber zu vertreiben.«

»Ich würde mir an eurer Stelle nicht allzu viele Sorgen machen. Ihr habt es sicher bis zur Stadt geschafft – dann werdet ihr gewiss auch sicher wieder nach Hause zurückkehren. Ihr solltet morgen einfach so früh wie möglich aufbrechen, sobald die Tore geöffnet werden, und dann versuchen, am ersten Tag die Stadt so weit wie möglich hinter euch zu lassen, bevor ihr euer erstes Nachtlager aufschlagt. Die meisten Angriffe passieren ohnehin nördlich und westlich der Stadt. Wenn ihr ein bisschen Glück habt, dann trefft ihr auf überhaupt keine Räuber. Und selbst wenn ihr welche seht – ihr habt ja nichts, was einen Überfall lohnen würde.«

»Hoffen wir das Beste«, knurrte Hank. »Und was den Preis für die Schaffelle angeht, ich bin mit dem alten Preis einverstanden. Dann kann ich nämlich …«

Traven hörte nicht weiter zu. Überall Räuber! Das war noch ein größeres Abenteuer, als nachts unter freiem Himmel im Regen zu schlafen. Eigentlich schade, dass man sie auf dem Weg nach Kavar nicht angegriffen hatte! Er hätte sich mit seinem Jagdmesser verteidigt und die Räuber … und sie … Nun, es wäre ihm schon etwas eingefallen, womit er sich gegen sie hätte wehren können! Auf einmal hielt er in seinen Gedanken inne. Vielleicht war es doch besser, dass sie auf keine Räuber gestoßen waren. Er war sich nicht sicher, was er nur mit einem Jagdmesser gegen eine Gruppe Diebe hätte ausrichten können. Was er wirklich brauchte, das war ein Schwert. Ja, er brauchte unbedingt ein Schwert. Mit einem Schwert konnte er gegen die Räuber kämpfen. Wenn sie ihn überfielen, würde er einfach ein Schwert ziehen und den dummen Räubern ein Ende bereiten, die es gewagt hatten, ihn anzugreifen. Er würde hauen und stechen und …

»Haaaalloooo! Jemand zu Hause?« Traven schreckte aus seinen Gedanken auf und sah, dass ihn alle drei Männer anstarrten. Es war John, der ihn angesprochen hatte. »Hast du vor, die ganze Nacht dazusitzen und mit einem blöden Grinsen Löcher in die Luft zu starren? Ich weiß ja nicht, wie es dir geht – aber ich bin ziemlich erledigt und möchte jetzt ein Gasthaus suchen, damit wir eine Mütze Schlaf nehmen können, bevor wir morgen früh wieder aufbrechen.«

»Es tut mir leid«, entschuldigte sich Traven und sprang auf. Unten war der Wagen bereits entladen worden, obwohl er gar keine Arbeiter im Lagerhaus gesehen hatte. Anscheinend hatten sie das erledigt, während man sich oben unterhalten hatte. Hank nahm die Goldmünzen, die Mr Sottle ihm reichte, und steckte sie in den großen Lederbeutel an seinem Gürtel.

»Es ist mir egal, wie sicher man angeblich in der Stadt ist«, erklärte er. »Ich lasse mein Gold niemals aus den Augen. Du solltest immer daran denken, Traven, dann wird dir auch nichts gestohlen.«

»Das stimmt natürlich, Hank«, grinste John. »Aber du solltest nicht durch dunkle Gassen wandern. Sonst stiehlt man dir am Ende noch mehr als nur das Geld, das du so offen mit dir herumträgst.«

Nachdem das Geschäft abgeschlossen war, schüttelte man sich wieder die Hand und dann ging es zurück auf die Straße. Während sie sich im Lagerhaus aufgehalten hatten, war völlige Dunkelheit über die Stadt hereingebrochen. Alle Gebäude waren unbeleuchtet und es hielt sich niemand auf der Straße auf. Traven unterdrückte ein Gähnen. Er folgte den beiden Schäfern auf Dapple. Immer wieder änderten sie die Richtung, bogen in andere Straßen ein. Es machte Traven ganz wirr im Kopf. Hank erklärte ihm, die guten Gasthäuser seien alle im Zentrum der Stadt. Er hatte vor, sich mit dem gerade verdienten Gold ein gutes Mahl und ein richtig bequemes Bett zu leisten. Schweigend folgte Traven den beiden Brüdern durch die Straßen der Stadt. Der Mond verschaffte ihnen nur wenig Licht, alles war in Schatten gebadet. Die dunklen Gebäude wirkten riesig. Bestimmt waren einige vier oder sogar fünf Stockwerke hoch.

Nachdem sie ein letztes Mal die Richtung geändert hatten, erreichten sie einen großen Platz, in dessen Mitte eine Statue zu sehen war. Einzelheiten konnte Traven wegen der Dunkelheit nicht erkennen. Auf der anderen Seite des Platzes stand ein Haus, mindestens so riesig, wie es das Lagerhaus gewesen war. John erklärte ihm, das sei der Palast des Barons, der bei Licht wahrhaft beeindruckend war. Gegenüber des Palastes befanden sich mehrere große Gasthäuser. Hier gab es endlich auch Licht – sie waren hell erleuchtet und ihre Türen standen weit offen. Hank strebte einem der kleineren Gasthäuser zu.

»Ich habe zwar gerade ein bisschen Geld«, bemerkte er zu Traven, »aber glaub mir, in einem der großen Gasthäuser würde ich fast alles gleich wieder los werden. Ach, übrigens – hast du genügend Geld, um mit John und mir zu kommen? In der anderen Straße gleich hier um die Ecke gibt es ein paar Gasthäuser, wo alles erheblich billiger ist.«

»Ich denke, ich müsste genug Geld haben«, antwortete Traven und dachte an all die Goldmünzen, die seine Großeltern ihm mitgegeben hatten.

Er war sich sogar sicher, dass er genug Geld hatte, um in einem der größten Gasthäuser zu nächtigen. So viel, wie Hank angedeutet hatte, konnte es doch wohl nicht kosten!

Hank entschied sich für eines der Gasthäuser, von dem er behauptete, es sei sehr gut, und sie brachten die Pferde dort in den Stall. Sofort kletterten ein paar Stalljungen den Heuboden herunter.

Hank warf ihnen ein Silberstück zu. »Kümmert euch gut um die Pferde. Und gebt ihnen auch ein paar Eicheln zu fressen.« Nun strebten sie zu dritt der Eingangstür zu.

Traven konnte den Namen des Gasthauses im Dunkeln nicht lesen, aber auf dem Schild über der Tür war etwas zu sehen, das aussah wie ein brennendes Feuer. In der Gaststube wurden sie von fröhlichem Gelächter und dem verführerischen Duft heißer Speisen begrüßt. Überall waren Leute. Hank führte sie an den einzigen freien Tisch. Der Geruch des warmen Essens machte es Traven bewusst, wie hungrig er war. Sein Magen knurrte. Eine füllige Magd lächelte sie an und fragte nach ihrem Begehr. Hank und John bestellten je einen Krug Bier und gebratenen Fasan. Traven fand, das klang richtig gut – und bestellte zu seinem heißen Apfelwein ebenfalls gebratenen Fasan. Er schaute sich in der Gaststube um, die von so vielen unterschiedlichen Menschen bevölkert war. Ihrem Aussehen nach schienen es alles reiche Kaufleute zu sein. Einige von ihnen stammten offensichtlich aus Balthus. Und alle waren sie weit besser gekleidet als er und seine Gefährten.

Schon kam das Essen. Hank steckte der Kellnerin ein Trinkgeld zu. Sie lachte und knickste, bevor sie sich an einen anderen Tisch begab. Das Essen sah fantastisch aus. Traven schlug kräftig zu. Um den Fasan herum lagen Kartoffeln und Gemüse. An denen tat er sich zuerst gütlich. Danach nahm er einen tiefen Schluck aus seinem Krug – und ließ nun den Fasan in seinem Magen verschwinden. Das Fleisch war ganz zart. Am Ende lagen nur noch die Knochen auf seinem Teller, die in ein wenig Fleischsaft schwammen. Das Essen und der warme Apfelwein machten ihn schläfrig. Unwillig schüttelte er den Kopf. Nein, er konnte jetzt noch nicht schlafen; er war doch gerade erst in der Stadt angekommen! Aber trotz seiner Entschlossenheit, wach zu bleiben, wurden seine Lider immer schwerer.

»Anscheinend bin ich nicht der Einzige, der müde ist«, gähnte John. »Komm, Traven – wir suchen uns ein Zimmer.«

Langsam kam Traven auf die Füße und folgte Hank und John zum Gastwirt. Das war ein sehr dünner Mann mit nur noch ein paar grauen Haaren auf dem Kopf. Er lächelte höflich. Hank erklärte ihm, dass sie zwei Zimmer benötigten. Er führte sie die Treppe hoch und einen Flur entlang, den Öllampen an den Wänden beleuchteten. Am Ende des Flurs hielt der Gastwirt an und öffnete die zwei letzten Türen.

»Das sind nicht die besten Zimmer in meinem Gasthaus«, entschuldigte er sich, »aber es sind bequeme Zimmer. Für diese Jahreszeit sind ungewöhnlich viele Fremde hier – fast alle Gasthäuser sind belegt. Es kommen viele Leute in die Stadt, um sich vor den Räubern in Sicherheit zu bringen, und einige der Kaufleute wollen einfach bleiben, bis die Gefahr vorüber ist. Auf jeden Fall wünsche ich euch eine gute Nacht.«

Der Gastwirt kehrte nach unten zurück. Hank und John wünschten Traven angenehme Träume und verabschiedeten sich von ihm; sie wollten am nächsten Morgen ganz früh aufbrechen.

»Ich hoffe, du kommst sicher nach Calyn«, sagte John. »Du solltest auf keinen Fall allein reisen, sonst werden die Räuber dich ganz sicher angreifen. Bestimmt findest du eine Handelskarawane, die bald in Richtung Calyn aufbricht. Schließe dich ihr an, dann bist du besser geschützt.« Hank und John hatten noch ein paar weitere gute Ratschläge für ihn, dann verschwanden sie in ihrem Zimmer.

Traven betrat seines. Es war zu dunkel, um viel zu erkennen, aber er machte sich nicht die Mühe, eine der Kerzen anzuzünden, die überall standen. Er legte einfach nur sein Bündel ab. Beinahe hätte er sich nicht einmal die Mühe gemacht, seine Reisekleidung auszuziehen, bevor er in das unglaublich weiche Bett kletterte. Es war größer als das Bett, in dem er zu Hause immer geschlafen hatte, und er streckte sich genüsslich aus. Nach einer Weile schlüpfte er unter die Decke und wollte eigentlich noch Pläne für den nächsten Morgen schmieden, doch schon bald war er fest eingeschlafen.

6

Traven öffnete die Augen und war schlagartig hellwach. Jemand war in seinem Zimmer! Er lag ganz still und lauschte. Rechts von seinem Bett konnte er leises Atmen hören. Gerade noch rechtzeitig bemerkte er kalten Stahl auf sich zukommen. Blitzschnell rollte er sich herum – die Klinge traf das Kissen, auf dem er gerade noch gelegen hatte. Ein paar Federn wirbelten durch die Luft. Traven schoss aus dem Bett, zur Tür hinaus, rannte den Flur entlang in die jetzt leere Gaststube und auf die Straße. Hinter sich konnte er die Schritte seines Verfolgers hören. Er musste schneller laufen!

Er bog in eine Straße ein, dann in eine andere. Seine Beine flogen, so schnell sie konnten. Beim Zurückschauen sah er den schlanken Turm in der Ferne nach oben streben. Mitten im wabernden Nebel ragte er gegen den Nachthimmel auf wie eine schwarze Leere. Traven wandte sich vom dunklen Turm wieder ab und setzte seinen Weg fort. Gebäude säumten rechts und links die Straße, dunkel und stumm. Vor sich konnte Traven einen großen freien Platz sehen. Er wanderte eine Seitenstraße zwischen zwei großen Gebäuden entlang, dann hatte er ihn erreicht. Jemand folgte ihm und etwas anderes zog ihn voran. Er musste es finden. Es war wichtig. Er tauchte aus den Schatten der Gebäude auf. Vor ihm, am Ende des Platzes, stieg ein Hügel steil auf, und an seiner

Seite befand sich die Öffnung einer Höhle. Die Höhle pulsierte, schien ihm etwas zuzurufen. Erwartungsvoll ging er darauf zu. Gerade als er den Höhleneingang erreicht hatte, erinnerte ihn ein Laut hinter ihm daran, warum er so schnell gerannt war. Sein Verfolger hatte ihn eingeholt! Traven wirbelte herum – gerade noch rechtzeitig, um das Schwert zu sehen, das ihn durchbohrte.

Traven schreckte in seinem Bett hoch. Sonnenlicht strömte durch das Fenster. Er seufzte erleichtert und versuchte, sein hastiges Atmen zu beruhigen. Es war nur ein Albtraum gewesen. Er ließ sich zurückfallen und dehnte und streckte sich in dem großen Bett. In einem so bequemen Bett hatte er noch nie in seinem Leben geschlafen. Trotz des Albtraums fühlte er sich erfrischt. Jetzt, im Sonnenlicht, konnte er auch endlich den Raum näher betrachten. An einer Wand stand ein großer Schrank aus dunklem Holz mit Schnitzereien auf der Vorderseite. Gegenüber befand sich ein Waschtisch mit einem großen Spiegel und einer Schale Wasser. Unter dem Fenster stand ein massiver Stuhl, mit einem weichen Kissen gepolstert. Er fragte sich, wie wohl die anderen Zimmer im Gasthaus aussahen, wenn das nicht einmal das beste war. Dieses Gasthaus war offensichtlich wirklich so gut, wie Hank das behauptet hatte. Langsam stand Traven auf. Schnell wusch er sich und zog sich an. Seinen Umhang hängte er in den Schrank und den Rest seiner Habseligkeiten brachte er auf dem Boden des Schranks unter, nachdem er seinen kleinen Beutel mit ein wenig mehr Geld aufgefüllt und sein Jagdmesser herausgenommen hatte. Das würde ihm bei seiner Besichtigung der Stadt wenigstens ein bisschen Schutz bieten. Auf dem Waschtisch lag ein kleiner Schlüssel, der in die Tür des Kleiderschranks passte. Er verschloss den Schrank und steckte den Schlüssel in die Tasche. Nun waren seine Besitztümer sicher, während er unterwegs war.

Er ging aus der Tür und musste sich zwingen, nicht den Flur entlangzulaufen – endlich konnte er die Stadt bei Tageslicht sehen! Ein völlig neuer Tag erwartete ihn, und es würde alles fantastisch werden! Die Gaststube fand er zu seinem Erstaunen leer vor. Es verwirrte ihn, dass niemand da war, außer der Magd, die sie am

Abend zuvor bedient hatte. Er näherte sich ihr und fragte nach einem Frühstück. Er war so hungrig, als ob er das reichliche Abendessen am Tag zuvor nie vertilgt hätte.

»Aha – du hast dich also endlich auch bequemt aufzustehen, Junge. Ich dachte schon, du willst den ganzen Tag verschlafen. Ich weiß nicht, ob vom Frühstück noch etwas übrig ist, aber ich werde mal nachschauen gehen.«

Sie stellte den Besen beiseite, mit dem sie gerade den Boden gefegt hatte, und verschwand durch eine Tür in der Küche. Verwirrt schaute Traven aus dem Fenster und betrachtete den Himmel. Die Sonne stand schon weit oben; es musste bereits spät am Morgen sein. Da hatte er viele Stunden einfach verschlafen, in denen er bereits die Stadt hätte erkunden können! Bedrückt wartete er auf die Rückkehr der Magd. Wo es schon so spät war, wunderte es ihn nicht, dass er so hungrig war!

Nach einer Weile kehrte die Magd mit einem dampfenden Teller zurück, den sie vor ihm abstellte. Traven dankte ihr und entschuldigte sich dafür, so spät gekommen zu sein. Sie lachte nur und machte sich wieder ans Ausfegen. Traven war begeistert von dem, was sie ihm gebracht hatte. Auf dem Teller gab es ein paar Würste, ein Spiegelei, seltsamerweise allerdings mit blauem Eigelb, Erdbeeren, ein Brötchen, das noch ganz warm war, und dazu hatte sie frische kühle Ziegenmilch gebracht. Schnell leerte er den Teller und den Becher. Er beeilte sich nicht nur, weil er hungrig war, sondern auch, weil er nicht noch mehr Zeit verlieren wollte. Sobald er fertig war, sprang er auf und rannte hinaus.

Er hatte eigentlich vorgehabt, sich erst einmal den Palast von Baron Gregor auf der anderen Seite des Platzes anzusehen, bevor er sich in den Rest der Stadt vorwagte, doch unmittelbar vor der Tür versperrte ihm eine Mauer aus Menschen den Weg. Überall auf dem großen Platz waren Leute. Natürlich hatte er damit gerechnet, dass er auf Leute treffen würde – aber doch nicht so viele! Über ihre Köpfe hinweg konnte er jetzt die Statue in der Mitte des Platzes erkennen. Dargestellt war ein Mann, der einen Morgenstern schwang und auf einem Pferd saß, das sich aufbäumte. Erhöht auf den Stufen zum Eingang des Gasthauses stehend, konnte Traven sich einen Überblick verschaffen. Die ganzen Menschen, die auf dem Platz von einer Seite zur anderen wanderten, schienen aus zwei bestimmten Straßen an der Ostseite des Platzes zu kommen, und dort verschwanden sie auch wieder, während neue Massen auf den Platz strömten. Sogar ein paar Kutschen bewegten sich in der Menschenmenge, allerdings nur ganz langsam. Eigentlich hatte er den Plan gehabt, auf Dapple durch die Stadt zu reiten, doch jetzt erkannte er, dass er sich zu Fuß gewiss leichter durch die Menge schlagen konnte. Außerdem standen ihm noch viele Tage bevor, an denen er im Sattel sitzen würde – und selbst der erfrischende Schlaf hatte seine wunden Stellen nicht völlig heilen lassen.

Traven beobachtete die Menge eine Weile und entschied, dass es am einfachsten war, wenn er deren Strom folgte und in eine der Nebenstraßen auswich, statt zu versuchen, den großen Platz direkt zu überqueren. Den Palast konnte er sich auch später noch anschauen. Er nahm einen tiefen Atemzug und stürzte sich ins Gedränge, in Richtung der Ostseite des Platzes. Einige Male wurde er angerempelt, aber es war gar nicht so schwierig, sich durch die Menschenmasse zu drängen, wie er das befürchtet hatte. Er staunte darüber, wie sich so viele Menschen auf einem Platz bewegen konnten, ohne dass ein totales Durcheinander ausbrach. Schnell lernte er, dass er am wenigsten Probleme hatte, wenn er sich in derselben Geschwindigkeit fortbewegte wie alle anderen.

Schneller als erwartet hatte er den Platz hinter sich gelassen und befand sich in einer der Seitenstraßen. Dann erkannte er, dass er sich zum Rand des Menschenstroms hin bewegen musste, sonst würde der ihn immer weiter mit sich schwemmen. Langsam driftete er zur rechten Straßenseite ab. Dabei bemerkte er, dass sich auch viele andere Leute aus dem großen Strom lösten und sich in die engen Seitenstraßen schlugen, die von der Straße abgingen, auf der er sich gerade befand. Diese Seitenstraßen wollte er sich einmal ansehen. Er nahm gleich die nächste, an der er vorbeikam.

Hier konnte er endlich wieder ein wenig leichter atmen. Es waren noch immer Menschen auf dieser Straße, aber nicht mehr so viele; er war nicht mehr überall von ihnen umgeben. Auf beiden Seiten der engen Straße befanden sich Marktstände, so weit sein Auge reichte. Anscheinend war er auf irgendeinen Markt geraten. Das war es wohl, wozu die ganzen Seitenstraßen dienten – es waren alles kleine Märkte. Nicht mehr so gedrängt und hastig, sondern sehr gemächlich und ruhig gingen die Leute hier an den Ständen vorbei und kauften das, was sie haben wollten. Einige der Leute, die hinter den Ständen standen, priesen ihre Waren lauthals an, und natürlich hatten sie alle die besten und billigsten Produkte. Andere blieben stumm und ließen die Käufer einfach von selbst kommen. Wo er schon einmal hier war, dachte sich Traven, konnte er sich auch gleich anschauen, was dieser Markt zu bieten hatte. Vielleicht fand er ja etwas, das interessant oder nützlich war. Schließlich führte er ein paar Münzen in seinem Beutel mit sich, und wenn er etwas fand, das er brauchen konnte, hatte er bestimmt genug Geld, um es zu kaufen.

Am ersten Stand rechts ging Traven schnell vorbei. Hier verkaufte eine alte Frau nur Bänder und Spitze. Der nächste Stand war schon interessanter; dort war eine große Auswahl an Gürteln und Gürtelschnallen ausgestellt. Die Gürtel waren aus solidem Leder und die Schnallen waren mal einfach, mal kunstvoll gearbeitet. Eine Schnalle fiel ihm sofort ins Auge. Es war eine goldene Schlange, zusammengerollt, mit glitzernden Augen. In ihrem geöffneten Maul waren ihre Fangzähne zu sehen. Beinahe hätte er nach dem Preis gefragt, bis ihm einfiel, dass er ja noch kein reicher Kaufmann war. Noch konnte er kein Geld für Dinge ausgeben, die er nicht dringend brauchte. Er trat vom Stand zurück und ging die Straße weiter entlang. In einem so feinen Gasthaus zu übernachten, musste seine Gedanken völlig durcheinandergebracht haben. Vor ein paar Tagen noch wäre es ihm nie in den Sinn gekommen, etwas so offensichtlich Teures kaufen zu wollen, das keinerlei praktischen Nutzen besaß. Er musste wirklich vorsichtig sein – sonst hatte er am Ende all sein Geld verschwendet, bevor er auch nur in der Schule angekommen war.

Trotzdem betrachtete er weiter das Angebot der Marktstände. Hier gab es alles zu kaufen, was man überhaupt kaufen konnte. Es gab Stände mit nützlichen Dingen wie Tassen, Schüsseln und Nadeln, aber auch Stände mit reinem Luxustand wie Schmuck, Glaspuppen und Federn. Auch lebende Tiere wurden verkauft, Hühner und Ziegen – und an einem Stand gab es nichts als Frösche! An einer Stelle, an der eine noch schmalere Seitenstraße kreuzte, wurde der Markt auf einmal zu einem Markt mit lauter Lebensmitteln. Es gab jede Art von Obst und Gemüse, die man sich nur vorstellen konnte. Einige der Früchte und Gemüsesorten erkannte er, aber die meisten hatte er noch nie zuvor gesehen, geschweige denn gekostet. Er bog in eine weitere Seitenstraße ein, die in eine Straße mündete, weit breiter als die, aus der er vorhin gekommen war. Auch hier gab es Marktstände. Die Straße war der anderen sehr ähnlich – aber die Stände waren hier größer und die Inhaber der Stände waren Leute, die ganz offensichtlich mehr Geld hatten als die in der letzten Straße.

Kaum hatte Traven mit seinem Weg durch die Marktstände hindurch begonnen, da sah er auch schon etwas, das er wirklich brauchte – Satteltaschen. Als er Eichenbaum verlassen hatte, war er noch der Meinung gewesen, sein Bündel sei gut genug für die Reise. Doch Hank hatte ihm erklärt, dass man in einer Satteltasche weit mehr unterbringen konnte und sie auch viel praktischer war. Sofort hatte er beschlossen, sich eine richtige Satteltasche zu besorgen, sobald er die Gelegenheit dazu hatte. Daran musste er jetzt wieder denken. Wie gut, dass der Zufall ihn hierher verschlagen hatte!

An den Wänden des Marktstands hingen Satteltaschen in allen Größen und Farben. Traven betrachtete die Auswahl sorgfältig und dachte darüber nach, welche Tasche er kaufen sollte. Es gab so viele verschiedene Arten – er wusste gar nicht, wie er eine Auswahl treffen sollte. Am Ende konzentrierte er sich auf die größeren Satteltaschen. Sie wirkten robust und würden gewiss sehr lange halten. Während er noch überlegte, kam ein anderer Mann an den Stand. Der alte Mann, dem der Stand gehörte, hatte bisher Traven beobachtet, doch jetzt wendete er seine Aufmerksamkeit dem Neuling zu. Der Mann wusste ganz genau, was er haben wollte; er zeigte sofort auf eine ganz bestimmte Tasche. Der Inhaber nahm sie von der Wand und reichte sie dem Mann, damit er sie begutachten konnte.

»Ich denke, die wird es tun«, sagte der Mann. »Was kostet sie?«

»Das ist eine meiner besten Taschen, mein Herr. Ich kann sie nicht für weniger als drei Goldstücke hergeben.«

»Ihr wollt mich wohl auf den Arm nehmen!«, erwiderte der Mann barsch. »Für den Preis kaufe ich normalerweise gleich mehrere Satteltaschen. Ich bin kein Frischling, den man übers Ohr hauen kann – ich weiß genau, was diese Tasche wert ist. Ich gebe Euch ein Goldstück und drei Silberstücke dafür.«

»Wollt Ihr mich ruinieren?«, protestierte der Inhaber. »Dann kann ich meine Satteltaschen ja ebenso gut gleich verschenken! Ich muss schließlich eine Familie ernähren! Ich kann heruntergehen auf zwei Goldstücke und drei Silberstücke – und das ist mein letztes Angebot.«

Traven vermutete, dass der Handel jetzt abgeschlossen war – doch er irrte sich. Der Käufer fing an zu lachen.

»Oh, den Trick könnt Ihr Euch bei mir schenken. Zwei Goldstücke und ein Silberstück – oder ich gehe gleich wieder.«

Der Inhaber rümpfte abwehrend die Nase. Doch als der Mann die Satteltasche zurücklegte und sich mit einem Achselzucken umdrehte, schien er seine Meinung zu ändern.

»In Ordnung!«, rief er böse. »Was soll ich machen, wenn Ihr mich so erpresst? Also – zwei Goldstücke und ein Silberstück, und die Tasche gehört Euch.«

Der Mann gab dem Inhaber das Geld und verließ den Stand mit der Satteltasche und einem breiten Grinsen. Traven war der Meinung, er hätte auch allen Grund, sich zu freuen, bei so einem guten Preis – doch dann sah er das Grinsen des Inhabers, als der Mann gegangen war. Offensichtlich war der Preis wohl doch nicht so gut gewesen, wie der Käufer geglaubt hatte. Traven entschied sich nun für eine Satteltasche, die fast genauso aussah wie die, die der andere Mann gekauft hatte, nur dass sie pechschwarz war. Er war sehr froh darüber, dass er den Handel gerade eben hatte beobachten können, bevor er selbst etwas kaufte. Jetzt wusste er, was diese Tasche wert war – und er wusste, was er zu tun hatte. Er sicherte sich die Aufmerksamkeit des grinsenden Inhabers und deutete auf die große schwarze Satteltasche. Der alte Mann gab sie ihm in die Hand und er untersuchte sie sehr gründlich, vor allem an den Nähten, als wisse er genau, was er tat. Die Satteltasche schien wirklich sehr robust zu sein.

»Nicht gerade das Beste, was ich gesehen habe – aber ich denke, ich nehme sie«, sagte Traven mit selbstbewusster Stimme, trotz seines klopfenden Herzens. »Was kostet sie?«

»Nicht das Beste, was du gesehen hast? Du würdest gute Handwerkskunst nicht einmal erkennen, wenn sie dich in die Nase beißt! Das ist eine der besten Taschen, die ich jemals gefertigt habe. Sie ist viel mehr wert als vier Goldstücke – aber für vier gehört sie dir.«

»Ich bin kein Frischling«, erwiderte Traven. Er war sich ziemlich sicher, dass dies der Begriff war, den der andere Mann verwendet hatte; auch wenn er dabei eher an Wildschweine denken musste. Er würde ganz niedrig in den Handel einsteigen; so konnte er den Eindruck erwecken, als würde er weit mehr nachgeben, als es tatsächlich der Fall war. »Ich würde sagen, sie ist ein Goldstück wert – aber ich gebe euch dazu noch ein paar Kupferstücke.«

»Was?«, rief der alte Mann empört, und die Augen traten ihm beinahe aus dem Kopf. Er sah so beleidigt aus, dass sich Traven fragte, ob das wirklich nur gespielt war. »Junge, wenn du nichts Besseres weißt, als einen alten Mann zu beleidigen, dann kannst du dich vom Acker machen! Wenn du die Tasche wirklich willst, kostet dich das drei Goldstücke und ein Silberstück.«

»Es tut mir leid, wenn ich Euch beleidigt haben sollte – aber ich kann Euch wirklich nicht mehr als zwei Goldstücke dafür bezahlen. Das ist alles, was ich für eine Satteltasche ausgeben kann.«

»Oh, in Ordnung. Du kannst sie für zwei Goldstücke haben – aber nur, wenn du dich dann sofort verziehst und mich in Ruhe lässt!«

Traven zog zwei der drei Goldstücke hervor, die er in seinem Beutel hatte, und gab sie dem alten Mann. Dafür erhielt er die

Satteltasche. Er schwang sie sich über die Schulter und konnte sein strahlendes Lächeln gerade lange genug zurückhalten, bis er sich vom Inhaber abgewendet hatte. Es hatte geklappt! Der Mann hatte tatsächlich nachgegeben. Er war stolz darauf, wie gut er verhandeln konnte – aber als er die Straße weiter entlangging, glaubte er, den alten Mann hinter sich lachen zu hören. Er schüttelte den Kopf. Nun hatte er sich doch hereinlegen lassen! Der alte Mann machte das wahrscheinlich schon seit Jahren so. Aber gut – die Satteltasche sah aus, als würde sie lange halten, und zwei Goldstücke war sie ganz sicher wert.

Die Sonne stand nun direkt über ihm. Sein Magen knurrte und Traven wusste, es war Zeit für ein Mittagessen. Auf einmal entdeckte er auch die ganzen Händler, die auf den Kreuzungen alle möglichen Leckereien anboten. Er machte sich auf den Weg zur nächsten Kreuzung, doch dann traf ein gleißender Schimmer seine Augen. Am Stand direkt vor ihm waren Dolche und Schwerter ausgestellt. Er beschloss, das Essen konnte noch ein wenig warten, und eilte zu diesem Stand. Überall auf den Tischen und an den Wänden lagen und hingen Schwerter und Dolche. Darunter gab es solche von Formen und Größen, wie Traven sie noch nie zuvor gesehen hatte. Es gab lange Dolche, kurze Dolche und Krummdolche. Einige hatten einfache Griffe, andere waren mit Edelsteinen besetzt. Die Klingen reichten von schimmerndem Silber bis zu schwarzem Obsidian. Aber nicht die Dolche waren es, für die er sich wirklich interessierte; die Schwerter nahmen seine Aufmerksamkeit gefangen. Er sah riesige Schwerter, die man mit zwei Händen führen musste, kleinere Schwerter mit geschwungenen Klingen, Degen und Breitschwerter. Einige der Schwertklingen waren ganz schmal, andere breit. Die Griffe der Schwerter waren zum Teil einfach nur mit Stierfell umwickelt, aber die meisten Schwerter besaßen Griffe aus Silber und Gold. Auf einigen funkelten sogar Smaragde, Rubine und Diamanten. Und alle Schwerter schienen ihm exquisit gearbeitet zu sein.

»Was suchst du, Junge?«, fragte ihn der Inhaber, ein stämmiger Mann in mittleren Jahren mit einer Narbe auf seiner rechten Wange und einer weiteren über dem linken Auge, »einen Dolch oder ein Schwert?«

Der Mann sah aus wie jemand, der genau wusste, wie man die Dinge benutzt, die er verkaufte.

»Ich suche ein Schwert«, erwiderte Traven rasch.

»Ich werde dir helfen, ein Schwert zu finden, das zu dir passt. Du bist groß und stark – du solltest leicht mit einem der größeren Schwerter zurechtkommen. Kein Zweihänderschwert – das ist nicht das Richtige für dich; ein bisschen kleiner muss es schon sein. Wenn ich gekämpft habe, war es mir immer recht, eine Hand frei zu haben.« Der Mann zog ein ganz einfaches Schwert hervor, das Traven bisher nicht wirklich beachtet hatte, und reichte es ihm. »Hier, versuche das einmal.«

Das Schwert sah aus, als ob es ziemlich schwer wäre, aber überraschenderweise war es das nicht. Mit Leichtigkeit konnte Traven es durch die Luft schwingen. Es war ihm unter den anderen Schwertern nicht aufgefallen, weil es eine matte Klinge besaß und einen einfachen Griff, der mit schwarzem Wildschweinleder umwickelt war. Traven wusste allerdings, dass Äußerlichkeiten täuschen konnten. Dieses Schwert wirkte vielleicht nicht so opulent und kunstvoll wie viele der anderen Schwerter, aber es lag perfekt in der Hand und besaß ein hervorragendes Gleichgewicht. Er lächelte begeistert und zog damit einen weiteren Halbbogen in der Luft.

»Ich sehe, es gefällt dir«, nickte der Mann befriedigt. »Es macht im Aussehen nicht so viel her wie einige andere Schwerter, die ich anbiete, aber es ist eines meiner besten. Die auffälligen Schwerter sind für die reichen Adeligen, die mit Gold und Edelsteinen auftrumpfen müssen. Aber viele meiner wirklich guten Schwerter gestalte ich ganz einfach und ohne Verzierung. Ein echter Schwertkämpfer achtet mehr auf das Gleichgewicht und darauf, ob ein Schwert gut in der Hand liegt – nicht darauf, wie reich geschmückt es ist.«

»Ja, das klingt vernünftig. Ich nehme das Schwert.«

»Ich wusste, dass du ein kluger Mensch bist, als ich dich gesehen habe. Normalerweise verkaufe ich meine wirklich guten Schwerter nicht so billig, aber ich kann dir das hier für zehn Goldstücke überlassen. Ich gebe dir sogar noch eine Scheide dafür.«

Erst in diesem Augenblick wurde es Traven bewusst, dass er nur noch ein einziges Goldstück und ein paar Kupfermünzen in seinem Beutel hatte. Er war so aufgeregt über das gute Gefühl gewesen, ein Schwert in Händen zu halten, dass er ganz vergessen hatte, wie wenig Geld er bei sich trug. Wie dumm er war! Er hätte einfach mehr Geld mitbringen sollen!

»Es tut mir leid, mein Herr, aber ich habe nur ein einziges Goldstück bei mir«, erklärte Traven mit gesenktem Blick. »Ich hatte nicht erwartet, heute ein Schwert zu finden, und habe nicht mehr Geld mitgenommen. Ich muss mich entschuldigen, Eure Zeit unnötig in Anspruch genommen zu haben.«

»Oh, mach dir darüber mal keine Sorgen, mein Junge. Ich kann dir das Schwert ein oder zwei Tage zurücklegen, wenn du möchtest. Bring mir einfach das Geld, und das Schwert gehört dir.«

»Ich danke Euch! Ich werde für das Schwert zurückkommen, wenn ich die Gelegenheit dazu habe, bevor ich die Stadt verlasse.«

Der Mann versicherte ihm, er würde das Schwert bis zum nächsten Tag für ihn aufbewahren. Traven dankte ihm erneut und verließ den Stand. Inzwischen war er extrem hungrig und ging zum nächsten Händler. Er verkaufte kleine Brote, gefüllt mit Fleisch, Gemüse und Käse. Sie sahen lecker aus und rochen fantastisch. Traven kaufte ein Brot, das mit Rindfleisch gefüllt war, und eines mit Wild. Als er aufgegessen hatte, beschloss er, erst einmal ins Gasthaus zurückzukehren und herauszufinden, ob sich bald ein paar Kaufleute auf den Weg nach Calyn machen wollten.

Er drehte sich um – und hielt jäh inne. Er hatte keine Ahnung, wo er war und in welcher Richtung das Gasthaus zu finden war. Er hatte sich total verlaufen!

7

Traven schaute die Straße, in der er sich befand, hoch und runter. Welche Richtung sollte er nehmen, um zum Gasthaus zurückzukehren? Er wusste nicht einmal den Namen des Gasthauses. Er hätte wirklich besser aufpassen sollen, was er tat. Er war so in die Anblicke der Stadt, die sich ihm geboten hatten, vertieft gewesen, dass er überhaupt nicht auf den Weg geachtet hatte. Langsam machte sich Angst in ihm breit. Wie sollte er jemals zum Gasthaus zurückfinden? All seine Besitztümer waren dort, all sein Gold! Warum war er nur ein solcher Träumer? Warum konnte er nicht auf die Dinge achten, die wirklich wichtig waren?

Er nahm einen tiefen Atemzug und dachte nach. Das Einzige, woran er sich erinnern konnte, waren zahlreiche Straßen mit Marktständen rechts und links. Warum hatte er sich bloß am Morgen vom großen Platz entfernt? Halt – das war es; der große Platz! Diesen Platz mit dem Palast konnte er gewiss ganz einfach wiederfinden. Bestimmt wusste jeder in der Stadt, wie man dorthin kam. Er musste einfach nur jemanden darum bitten, ihm den Weg zu zeigen. Langsam beruhigte sich sein aufgeregter Herzschlag wieder.

Traven schaute sich um und überlegte, wen er wohl fragen könnte. Überall waren Leute. Dann fiel ihm ein, dass er sich ja ebenso gut bei dem Händler erkundigen konnte, von dem er gerade sein Mittagessen gekauft hatte. Also marschierte er zurück zu dem Wagen des Händlers und fragte ihn, wie er zum Palast von Baron Gregor kam.

»Der Palast ist ganz einfach zu finden«, krächzte der etwas heisere Händler. »Du willst dir den Palast ansehen? Er ist natürlich nichts im Vergleich zum Palast in Calyn, aber er ist schon ganz hübsch anzuschauen. Folge einfach dieser Straße, bis es nicht mehr weitergeht, und dann biegst du links ab. Dieser Straße folgst du, bis eine größere sie kreuzt. Die führt dich dann zum großen Platz. Der Palast ist auf der Nordseite – aber den wirst du dann schon sehen, sobald du erst einmal auf dem Platz angekommen bist.«

Traven dankte dem Mann für seine Hilfe und machte sich auf den Weg. Er ging rasch, denn er wollte sich erst noch den Palast anschauen, bevor er sich nach einer Karawane nach Calyn erkundigte. Er kam zum Ende der Straße, wandte sich nach links. Schon bald sah er die große Straße, auf der er, wie er sich jetzt erinnerte, am Morgen den großen Platz verlassen hatte. Er blieb darauf und hielt sich rechts, und da war auch schon der Platz. Dort hielt er sich ebenfalls am Rand der Menschenmenge, die sich langsam am Palast vorbeibewegte.

Es war einfacher, den Platz zu umrunden, als er gedacht hatte. Am Rand gab es ein paar freie Bereiche, wo sich nur wenige Menschen aufhielten. Schon bald fand sich Traven direkt an der Eingangstreppe des Palastes wieder. Es war ein großartiges Gebäude. Breite Stufen aus einem bläulichen Marmor führten direkt zu den massiven Eingangstüren aus Bronze. Der untere Teil des Palastes bestand aus einer Steinfläche, durchbrochen von Eingangstüren und einigen hohen Fenstern. Die Fenster waren aus kunstvoll verarbeitetem buntem Glas. In ihnen waren Szenen aus Schlachten, Szenen des Handels und Szenen der Festlichkeit zu sehen. Schon das erste Stockwerk war so hoch wie so manch zweistöckiges Gebäude in der Stadt. Das zweite Stockwerk war nicht ganz so hoch, aber dafür war es umgeben von Marmorsäulen, die auf Vorsprüngen ruhten, und deshalb nicht weniger beeindruckend. Dann kam das dritte Stockwerk, ähnlich hoch wie das zweite, nur ohne Säulen. Aber was Traven wirklich faszinierte, war das, was sich mitten aus dem dritten Stockwerk erhob. Dort erstreckte sich ein quadratischer Turm weitere drei Stockwerke hoch in die Luft. Und auf diesem Turm saß ein weiterer, etwas kleinerer Turm, der noch etwa drei Meter zur Höhe des Palastes hinzufügte. Es wirkte so, als ob dieser zweite, kleinere Turm wirklich gen Himmel streben wollte. Voller Ehrfurcht betrachtete Traven ihn.

Er hatte noch nie etwas so Majestätisches gesehen; ja, bevor er nach Kavar gekommen war, hätte er sich nie vorstellen können, dass ein Gebäude überhaupt so groß sein konnte. Seine Vorstellungskraft war beschränkt gewesen durch die engen Grenzen seines kleinen Dorfes, aber jetzt begann sich sein Geist zu öffnen und neue Möglichkeiten zu sehen. Wenn schon Baron Gregor in einem solchen Palast wohnte, wie groß und schön musste dann erst der Palast des Hochkönigs in Calyn sein! Er starrte den Palast an, bis ihm wieder einfiel, dass er ja eine Karawane von Kaufleuten finden musste, die sich bald auf den Weg nach Calyn machte. Er umrundete den Platz weiter und fand das Gasthaus wieder. Der Name, den er nachts nicht hatte entziffern können, stellte sich als »Gasthaus zum lohenden Feuer« heraus – es passte zu dem Schild, das er auch nachts erkannt hatte. Traven betrat den Gastraum.

Der Raum sah jetzt ganz anders aus als am Morgen. Man hatte die gesamte Raummitte von Tischen freigeräumt und diese mitsamt den Stühlen und Bänken an den Wänden aufgereiht. Die Mägde waren gerade dabei, alles mit fröhlichen bunten Bändern zu schmücken, die dem vorher recht nüchternen Raum eine festliche Ausstrahlung verliehen. Sie unterhielten sich dabei, lachten und kicherten. Freude und Aufregung schienen den Raum zu füllen. Traven fragte eine der Mägde nach dem Grund für das festliche Ausschmücken.

»Das ist für heute Nacht, Herzchen«, antwortete sie augenzwinkernd. »Die Frau des Gastwirts hat Geburtstag, und das wird mit Musik und Tanz gefeiert. Du hast Glück, dass du in diesem Gasthaus übernachtest – so kannst du alles miterleben. Aber jetzt muss ich weiterarbeiten, damit alles rechtzeitig fertig wird. Du sollsest dich lieber noch einmal aufs Ohr hauen, damit du heute Abend frisch bist.«

Kichernd kehrte sie zu ihren bunten Bändern zurück. Musik und Tanz? Das könnte lustig werden! Traven lächelte. Dann schaute er sich unter den wenigen Gästen an den Tischen, die man an die Wand gerückt hatte, um, auf der Suche nach einem Kaufmann, der so aussah, als könnte man gut mit ihm reden. Am Ende ging er auf einen alten Mann zu, der ihn an seinen Großvater erinnerte. Er schien ein erfolgreicher Händler zu sein – sein Mantel war aus Seide und an seiner linken Hand funkelte ein riesiger Rubin. Derjenige, mit dem er sich unterhalten hatte, war gerade aufgebrochen. Das war eine gute Gelegenheit, beschloss Traven. Allerdings war er etwas nervös, als er sich dem Kaufmann näherte. Er blieb neben dessen Tisch stehen und wartete, bis der Mann aufsah – was er jedoch nicht tat. Traven versuchte, sich seine Frage in Gedanken zurechtzulegen.

»Willst du den ganzen Tag da stehen? Oder dich nicht doch lieber zu mir setzen und mit mir reden?« Erschrocken ließ sich Traven sofort dem alten Mann gegenüber auf die Bank fallen. »Also, was willst du?«, fragte der. »Du siehst mir nicht gerade wie ein wohlhabender Kaufmann aus. Hast du mir eine Nachricht zu überbringen? Nun mach schon den Mund auf, Junge!«

»Ich … ähm … also … Ich bin auf dem Weg nach Calyn, um dort die Handelsschule zu besuchen, und ich dachte … ich hatte gehofft, dass ich vielleicht mit Euch zusammen reisen kann. Also Euch begleiten. Falls Ihr vorhabt, bald nach Calyn aufzubrechen.«

»Es gibt keinen Grund, so aufgeregt zu sein«, lachte der Mann. »Ich bin nur ein alter Mann, der es gewohnt ist, zu bekommen, was er haben will. Aber du hast mich falsch eingeschätzt – ich bin viel zu alt, um noch selbst zu reisen. Ich glaube nicht, dass ich die Stadt und die Gegend hier jemals noch einmal verlassen werde. Aber du bist dennoch zum Richtigen gekommen. Ich weiß genau, welche Karawanen wann die Stadt verlassen. Ich lasse es dich gerne wissen, mit wem du reden musst, um dich einer Karawane anzuschließen. Wie bald willst du Kavar denn verlassen?«

Der Mann lächelte und Traven atmete leichter. Da hatte er ja großes Glück gehabt und genau den richtigen Mann angesprochen.

»Es geht weniger darum, wann ich aufbrechen will, als vielmehr darum, wann ich aufbrechen muss. Ich muss mich so bald wie möglich auf den Weg machen, damit ich in Calyn sein kann, bevor die Schule beginnt.«

»Zu dumm, dass diese lästigen Räuber überall ihr Unwesen treiben. Normalerweise brechen hier jeden Tag Kaufleute nach Calyn auf. Vor allem jetzt, wo man sich beeilen muss, damit einen der Schnee nicht überrascht. Aber nun, mit den Räubern, bleiben die meisten lieber hier und warten ab, bis sich das Problem erledigt hat. Die wenigen, die den Weg noch wagen, schließen sich in großen Gruppen zusammen, um sich besser verteidigen zu können. Ich kenne jemanden, der morgen früh aufbrechen will. Aber sie hat nur etwa zwanzig Wachen. Das sind nicht sehr viele. Ich würde dir raten, lieber noch eine Woche zu warten und dich der großen Karawane anzuschließen, die dann nach Calyn aufbricht. Wenn du mit so vielen Kaufleuten zusammen unterwegs bist, müsstest du eigentlich sicher sein. Also, warte lieber noch eine Woche, das ist mein Rat für dich.«

»Ich wünschte, ich könnte so lange hierbleiben – aber ich muss pünktlich in Calyn eintreffen. Ich danke Euch für Euren Rat, aber ich habe keine Wahl – ich muss es riskieren. Könntet Ihr mir sagen, wer die Karawane anführt, die sich morgen auf den Weg macht?«

»Ich sagte doch, ich kann – oder etwa nicht?« Der alte Mann lachte wieder. »Du musst dich an Meritza wenden. Sie führt die Karawane. Sie ist so stur wie ein Maultier und will aller Vernunft zum Trotz nicht auf die große Karawane nächste Woche warten. Aber davon abgesehen ist sie eine wirklich nette Person. Und hübsch ist sie auch noch! Du wirst sie heute Abend sehen, sie kommt zum Tanz. Ich zeige sie dir dann. Ich kann dir allerdings nicht versprechen, dass sie dich mitnehmen wird. Sie hat da ziemlich feste Regeln, was ihren Zeitplan angeht, und normalerweise nimmt sie keine Fremden mit. Allerdings – ich habe da eine Idee. Hast du ein Schwert?«

»Noch nicht«, erwiderte Traven, »aber ich habe heute eines gesehen, das ich mir kaufen möchte.«

»Dann hör mir gut zu.«

Der alte Mann legte seinen Plan dar. Traven musste grinsen. Sobald der Mann das mit dem Schwert erwähnt hatte, hatte Traven gewusst, der Plan würde ihm gefallen. Außerdem gab er Traven einen Grund, tatsächlich das Schwert zu kaufen, das er gefunden hatte. Er dankte dem alten Mann für seine große Hilfe und bot sogar an, ihm etwas zu trinken auszugeben. Der alte Mann lachte.

»Ich habe so viel Geld, dass du deines ganz sicher nicht für mich verschwenden solltest. Es war nett, mit dir zu reden. Ich fühle mich fast selbst wieder jung!«

Er winkte Traven zu, als dieser davonsprang. Jetzt musste er nur noch das Schwert kaufen. Wenn er sich beeilte, war er zurück, bevor die Feier am Abend begann. Traven betrat sein Zimmer. Es sah alles so aus wie am Morgen – nur dass jetzt frische Laken auf dem Bett lagen und die Waschschale mit frischem Wasser gefüllt war. Er schloss den Schrank auf, legte die Satteltasche hinein, holte zehn Goldstücke aus dem Beutel, den ihm sein Großvater gegeben hatte, und tat sie in den Beutel, den er am Gürtel trug. Dabei bemerkte er, dass er nun schon fast die Hälfte des Goldes genommen hatte; aber er brauchte das Schwert unbedingt. Er verschloss den Schrank wieder und verließ das Zimmer. Er konnte es nicht glauben – schon bald würde er ein richtiges Schwert besitzen, so wie die Helden in den ganzen Geschichten! Er war so in Gedanken verloren, dass er nicht auf seinen Weg achtete – und prompt mit jemandem zusammenstieß.

Als er erschrocken aufschaute, sah er die schönste Frau, die er in seinem gesamten Leben jemals gesehen hatte. Sie hatte feuerrotes Haar, das ihr bis zur Taille herabfiel. Ihre Augen leuchteten in einem warmen Kastanienbraun und sie hatte volle, rote Lippen. Sie war in einen weiten Mantel gehüllt, der ihr bis zu den Knien reichte. Doch auch dieser weite Mantel konnte nicht verbergen, was für eine gute Figur sie besaß. Eine leuchtend rote Schärpe betonte ihre schmale Mitte. Sie starrte ihn verwundert an, und um sie herum auf dem Boden lagen Dokumente. Traven wurde klar, dass er ihr diese bei dem Zusammenprall offensichtlich aus der Hand geschlagen hatte. Rasch kniete er sich hin und sammelte die Papiere ein.

»Du musst das nicht aufheben«, erklärte die Frau. »Es war meine Schuld. Ich sollte einfach schauen, wo ich hingehe, statt in meinen Berichten zu lesen.«

Traven wollte ihr sagen, dass alles seine Schuld war, dass er nicht aufgepasst hatte und dass nie irgendetwas die Schuld einer solchen Göttin sein könnte, wie sie es war. Doch alles, was er herausbrachte, war ein gepresstes Quäken.

»Was hast du gesagt?«, erkundigte sie sich fragend.

»Ähm, ich tue mir leid, nein, ich meine, es tut mir leid; es war alles meine Schuld!«

Traven machte es nichts aus, dass er gestammelt hatte; wenigstens hatte er diesmal die Worte überhaupt herausgebracht. Die Dokumente in der Hand, erhob er sich ungelenk und reichte sie ihr mit einer weiteren Entschuldigung. Sie nahm die Papiere und lächelte ihn an. Das war beinahe nicht zu verkraften, so angelächelt zu werden! Er machte seinen Körper steif und hielt sich an der Wand fest, damit sie nicht bemerken konnte, wie sehr er zitterte.

»In Ordnung – wir waren beide schuld«, erklärte sie nun, und ihre Stimme war so verführerisch wie ihre Augen, ihre Lippen, ihr ganzer Körper. »Vielleicht treffen wir ja irgendwann wieder einmal aufeinander; hoffentlich etwas weniger stürmisch.«

Sie zwinkerte ihm zu, schenkte ihm ein weiteres atemberaubendes Lächeln und verschwand in einem der Zimmer. Traven sackten die Beine weg und er setzte sich auf den Fußboden, an die Wand gelehnt, heftig atmend. Hatte sie ihm tatsächlich zugezwinkert? Er war sich sicher, sie hatte es getan – aber irgendwie konnte er es nicht glauben. Sie musste doch mindestens zehn Jahre älter sein als er! Für sie war er nichts als ein grüner Junge. Vielleicht hatte sie einfach ihren Spaß daran, die Männer durcheinanderzubringen.

Noch immer zitternd, raffte er sich auf. Vielleicht war sie ja abends auch beim Tanz. Vielleicht hatte er sogar den Mut, sie um einen Tanz zu bitten. Und vielleicht würde sie sogar Ja sagen, und dann … Reiß dich zusammen, ermahnte sich Traven. Er schüttelte den Kopf, um wieder klare Gedanken fassen zu können. Eine Frau, die so schön war wie sie, für die existierte jemand wie er gar nicht. Bestimmt hatte sie ihn schon längst wieder vergessen. Außerdem, es gab da ja etwas, das er dringend erledigen musste. Aber eines war auf jeden Fall sicher – er hatte nichts dagegen, noch einmal auf sie zu treffen!

Traven hastete die Stufen herunter und aus dem Gasthaus. Er stürzte sich ins Gedränge und kehrte zu dem Markt zurück, auf dem er am Morgen gewesen war. Auf seinem Rückweg hatte er genau auf alles geachtet und fand deshalb jetzt ohne Mühe die Straße wieder, in der sich der Stand mit den Dolchen und Schwertern befand. Der Inhaber grinste Traven an.

»Ich dachte mir ja, dass du zurückkommen würdest – aber so schnell hätte ich damit nicht gerechnet. Ich habe bereits ein paar schöne Scheiden für dein Schwert herausgesucht. Du gibst mir das Geld, und dann bekommst du dein Schwert und kannst dir eine der Scheiden aussuchen.«

Erst in diesem Augenblick bemerkte Traven, dass er unbewusst bereits nach dem Schwert gegriffen hatte. Schnell zog er seine Hand zurück, griff in den Beutel und holte die zehn Goldstücke daraus hervor. Der Mann ließ sie rasch verschwinden und überreichte Traven das Schwert, das er voller Ehrfurcht ergriff. Jetzt war es tatsächlich sein Schwert. Er hatte dafür bezahlt und es gehörte ihm! Mit einem breiten Lächeln schwang er das Schwert einige Male.

Nun breitete der Mann drei Scheiden vor Traven aus. Die eine war aus einfachem Leder, braun, mit aufgestickten Kreisen. Die zweite Scheide war blau, mit einem Muster goldener Sterne. Sie gefiel Traven sehr gut, doch am Ende entschied er sich für die dritte. Sie war mit einem Muster aus Silber überzogen und pechschwarz, wie seine neue Satteltasche und seine neue Festtagskleidung, die er zum Geburtstag bekommen hatte. Großartig würde er aussehen, wenn er auf den Hof der Handelsschule ritt, ganz in Schwarz und Silber, mit dem Schwert in der passenden Scheide an seiner Seite. Er befestigte die Scheide am Gürtel und schob das Schwert hinein. Das Gewicht an seiner Hüfte fühlte sich gut an. Die Dinge hatten sich prächtig entwickelt. Jetzt konnte er zum Gasthaus zurückkehren, diese Meritza überreden, ihn mitzunehmen, und dann bis in die Nacht hinein feiern. Viel besser konnte es gar nicht mehr kommen.

Die Sonne näherte sich bereits dem westlichen Horizont, und die Menschenmenge war viel kleiner geworden. Er wäre schnell wieder im Gasthaus gewesen – wenn er gewusst hätte, wie man sich richtig bewegte, obwohl man ein Schwert an der Seite hängen hatte, das den Beinen ständig in die Quere kam. Es gelang ihm, diese Kunst zu meistern, noch bevor er den großen Platz erreicht hatte, und er war stolz auf sich. In der Gaststube herrschte bereits eine feierliche Vorfreude. Alle Tische waren besetzt mit Leuten, die zu Abend aßen und sich auf die eigentliche Feier freuten. Traven entdeckte den alten Mann mit seinem großen Rubin und setzte sich zu ihm.

»Ich sehe, du hast jetzt ein Schwert, Junge«, bemerkte der. »Meritza war schon einmal hier, aber sie ist wieder auf ihr Zimmer gegangen. Wahrscheinlich, um sich für die Feier zu schmücken. Ich werde sie dir zeigen, wenn sie zurückkommt. Bis dahin kannst du noch etwas essen und dich ein bisschen entspannen.«

Traven bestellte sich etwas zu essen und lehnte sich zurück, während er darauf wartete, dass die Magd es ihm brachte. Vor dem Kamin auf der anderen Seite des Raums machten sich gerade ein paar Musikanten bereit, aufzuspielen. Die meisten Menschen waren mit dem Essen fertig und begierig, mit dem Feiern zu beginnen. Die hübsche junge Magd, die Traven bald sein Essen brachte, lächelte ihm zu und zwinkerte. Er bekam heiße Wangen und schaute schnell auf seinen Teller, bevor der alte Mann seine Verlegenheit bemerken konnte. Das Essen schmeckte ihm. Eine andere Magd räumte den Teller wieder ab, als er fertig gegessen hatte.

Mit einem zufriedenen Seufzer streckte Traven die Füße aus. Das Essen war köstlich gewesen. Auf einmal durchdrang die kräftige Stimme des Gastwirts das Stimmengewirr. Er verkündete, dass nun die Feier des Geburtstags seiner Frau begann. Die Musikanten fingen an zu spielen. Sofort füllte sich die Gaststube mit einer lebhaften Melodie, die zum Tanzen verlockte. Traven hatte sich schon halb erhoben, bis er sich bewusst wurde, was er da tat, und sich zurücksinken ließ. Er musste schließlich auf diese Meritza warten und sich erst einen Platz in ihrer Karawane sichern, bevor er sich dem Vergnügen des Tanzes hingeben konnte. Er lauschte der Musik und hoffte, dass Meritza bald kam, damit er sich endlich den Tanzenden anschließen konnte. Der alte Mann ihm gegenüber lächelte begeistert und klatschte im Takt der Musik mit.

Aus den Augenwinkeln heraus bemerkte Traven jemanden die Treppe von den Zimmern oben herabkommen. Er hoffte, es war Meritza – doch dann vergaß er diese fremde Kauffrau vollständig, als er die Frau erblickte, die er vorhin angerempelt hatte. Sein Mund wurde trocken. Jetzt, ohne den weiten Mantel und in einem hellgrünen Kleid, das ihre Figur überall dort betonte, wo sie besonders weiblich und verlockend war, sah sie noch atemberaubender aus. Ihr Mieder war mit einem dunkelblauen Muster verziert und ihr seidiger Rock mit weißen Streifen versehen. Er floss weich um sie herum, als ob er aus Wasser gemacht wäre, statt aus Stoff, und als sie sich jetzt mit einem strahlenden Lächeln auf dem Tanzboden zu drehen begann, wirbelte er um ihre Schenkel herum. Sie entriss einer Magd, die Traven vorher für hübsch gehalten hatte, den reichen Kaufmann, mit dem diese gerade tanzte. Die Magd, die neben der Schönheit der Fremden im hellgrünen Kleid einfach nur gewöhnlich aussah, warf der Diebin ihres Tanzpartners einen bösen Blick zu – und suchte sich dann einen neuen. Darauf achtete Traven jedoch nicht. Er sah nur die Frau mit den feuerroten Haaren, er hörte nur ihr silberhelles Lachen, den ganzen Rest des Raums nahm er nicht mehr wahr.

»Junge, ist mit dir alles in Ordnung?«, erkundigte sich der alte Mann besorgt. »Deine Augen und dein Mund stehen so weit offen, man könnte mit einem Heuwagen hineinfahren!«

Traven fuhr erschrocken zusammen und errötete. Ihm wurde klar, welchen Anblick er gerade geboten hatte. Der alte Mann lachte laut.

»Kein Grund, verlegen zu werden, mein Junge«, meinte er dann. »Du bist nicht der Einzige, der sie anstarrt wie eine überirdische Erscheinung.«

Traven blickte sich um und sah sofort, der alte Mann hatte die Wahrheit gesagt. Viele der Männer im Raum blickten starr auf die rothaarige Schönheit und ihre eifersüchtigen weiblichen Begleiterinnen machten einigen von ihnen die Hölle heiß. Traven holte tief Luft. Es war gut zu wissen, dass er nicht der Einzige war, den diese Frau in ihren Bann gezogen hatte.

»Ich habe noch nie eine Frau gesehen, die so schön ist wie sie«, erklärte er dem alten Mann.

»Das haben nicht viele Menschen, mein Junge. Ich bin vielleicht alt, aber ich bin nicht blind. Man müsste es ihr wirklich verbieten, den Männern so die Köpfe zu verdrehen.«

»Das könnt Ihr laut sagen«, stimmte Traven grinsend zu. »Ich wünschte, Eure Meritza würde endlich kommen, damit ich feiern und vielleicht sogar diese Schönheit zum Tanz auffordern kann.«

Verwirrt schaute der alte Mann Traven an. Dann begann er, laut zu lachen.

»Oh, es tut mir leid – das hatte ich ja noch gar nicht erwähnt«, schmunzelte er. »Diese Frau, die du so bewundert hast, das ist die Kauffrau Meritza.«

Traven fiel die Kinnlade herunter. Schnell zwang er sich, den Mund wieder zu schließen, bevor der alte Mann eine weitere spöttische Bemerkung machen konnte.

Traven konnte es nicht fassen. Er würde den ganzen Weg nach Calyn mit ihr reisen, ständig in ihrer Nähe sein! Er war sich nicht sicher, ob er das verkraften würde. Wahrscheinlich wäre er die ganze Reise über ein einziges Nervenbündel. Aber noch wusste er ja nicht einmal, ob er auch nur den Mut aufbringen würde, sie zu bitten, in ihrer Karawane mitreisen zu dürfen. Dieses kleine Hindernis, seine Träume zu verwirklichen, hatte er doch glatt übersehen! Er nahm sich vor, sie genauso anzusprechen, wie er das geplant hatte – und konnte nur hoffen, dass es ihm gelang, die Worte wirklich herauszubringen. Er nahm ein paar tiefe Atemzüge, um Mut zu sammeln. Sobald die Musikanten eine Pause machten, so nahm er sich vor, würde er auf sie zugehen und versuchen, sich nicht wie ein Narr zu benehmen. Er wartete – und sagte sich wieder und wieder vor, was er sie fragen wollte, um es zu üben.

Die Musikanten spielten noch ein paar Lieder und Meritza wirbelte auf der Tanzfläche umher, mal im Arm eines Mannes, dann des nächsten. Plötzlich hörte sie auf zu tanzen und strebte einem Tisch zu, an dem zwei raue Kerle saßen, die ziemlich gemein wirkten. Sie setzte sich zu ihnen. So, wie sie mit ihnen sprach, mussten das zwei der Wachen sein, die ihre Karawane begleiten sollten. Traven bemerkte, dass die Musik aufgehört hatte. Das war seine Gelegenheit – jetzt oder nie. Langsam stand er vom Tisch auf, und der alte Mann wünschte ihm viel Glück. Noch einmal murmelte Traven leise die Worte, die er ihr sagen wollte, während er sich ihrem Tisch näherte. Sie saß mit dem Rücken zu ihm, in die Unterhaltung mit den beiden Männern vertieft. Endlich standen die beiden mit einem Nicken auf und verließen den Tisch. Noch einmal holte Traven tief Luft und legte die Hand auf den Griff seines Schwertes.

»Bitte entschuldigt, verehrte Dame«, begann er, als sie sich umdrehte und ihn anlächelte – und schon brachte er kein Wort mehr heraus und seine Gedanken stoben in alle Richtungen davon. Er konnte die Sätze, die er so gründlich geübt hatte, einfach nicht wiederfinden. »Ähm, ich, ähm, ich wollte fragen, ähm, ich meine, wäre es in Ordnung, wenn … ähm …«

Sie schaute ihn an, mit einem amüsierten Funkeln in den Augen. Auf einmal kam ihm schlagartig wieder in den Sinn, was er eigentlich hatte sagen wollen. Er neigte den Kopf und sagte sein Sprüchlein auf.

»Hallo, ich heiße Traven. Ich bin auf der Reise nach Calyn, um dort die berühmte Handelsschule zu besuchen. Man hat mir gesagt, dass Ihr am Morgen nach Calyn aufbrechen werdet, und ich möchte Euch darum bitten, mir die Ehre zuteilwerden zu lassen,

Eure Karawane begleiten zu dürfen. Ich würde Euch nicht zur Last fallen und kann Euch sogar mein Schwert als Schutz anbieten.« Als er geendet hatte, musste er erst einmal Luft holen. Er war erstaunt, tatsächlich alles vollständig herausgebracht zu haben. Zwar hatte er eigentlich vorgehabt, seine Worte etwas angenehmer zu präsentieren, statt sie einfach nur aneinandergereiht von sich zu geben, aber wenigstens hatte er sie ausgesprochen.

»Ach, darum geht es also«, sagte sie und lachte ihr Lachen, das klang, als ob silberne Glöckchen aneinanderschlügen. »Ich dachte schon, du wärst so aufgeregt, weil du mich zum Tanzen auffordern möchtest.« Traven fühlte seine Wangen heiß und rot werden. Am liebsten wäre er davongelaufen und hätte sich irgendwo versteckt. »Normalerweise nehme ich in meiner Karawane keine anderen Leute mit«, erklärte sie nun, auf einmal ganz sachlich. »Aber mit den ganzen Räubern überall kann ich eine weitere Wache sicher gut gebrauchen.« Ihr Gesicht war ernst. »Du wirst bei mir keine speziellen Privilegien eingeräumt bekommen; darüber musst du dir im Klaren sein. Du wirst mit den anderen Wachen essen und schlafen und dir die Pflichten mit ihnen teilen.« Schnell nickte Traven; damit war er einverstanden. Schon hellte sich ihr ernstes Gesicht wieder auf. Sie lächelte verschmitzt. »Und jetzt zum Preis, den du mir dafür bezahlen musst, dass du mich begleiten darfst.« Mit einem üblen Gefühl in der Magengrube bereitete sich Traven darauf vor, dass sie jetzt Geld von ihm verlangen würde. Doch stattdessen erklärte sie kokett: »Du bist ein hübscher Junge. Also musst du mir einen Tanz schenken.«

Traven war sprachlos. Sie wollte mit ihm tanzen? Bevor er wusste, was er tat, hatte er sein Schwert abgelegt, damit es ihm beim Tanzen nicht im Weg war, und schon zerrte sie ihn regelrecht auf den Tanzboden. Traven verlor sich in der Musik und in der Bewegung. Er war bisher immer ein etwas ungeschickter Tänzer gewesen, aber mit ihr im Arm hatte er das Gefühl, zu schweben. Mühelos fand er die passenden Tanzschritte, die sich mit der Musik wie von selbst formten. Er hatte sich noch nie so glücklich und so lebendig gefühlt, vergaß die Zeit und die Welt um ihn herum.

Er bemerkte nicht einmal, wie sich der Edelstein um seinen Hals langsam mehr und mehr erwärmte. Er nahm nur noch Meritza und die Musik wahr, spürte nur noch, wie er sie herumwirbelte, roch nur noch den Duft von wilden Rosen, den sie ausströmte, sah nur noch ihr wunderschönes, strahlendes Gesicht, umrahmt von ihrem feuerroten Haar. Sie begannen einen weiteren Tanz und noch einen. Er verlor sich in der Magie der Musik, im freudigen Glück, mit einer solchen Schönheit zu tanzen.

Doch auf einmal befand er sich wieder im Gastraum – die Musik legte eine Pause ein, ihr Tanz war zu Ende. Er versuchte, seinen keuchenden Atem zu beruhigen; vergebens. Sie führte ihn zurück zum Tisch, reichte ihm sein Schwert. Wie betäubt nahm er es, hing es sich wieder um. Auf einmal war er wieder er selbst, jung, unerfahren und ungelenk, und nicht mehr der wilde Gott, der er beim Tanzen gewesen war. Er wusste nicht, was er sagen sollte, und zum Glück übernahm Meritza das Sprechen.

»Ich wusste gar nicht, dass du ein so hervorragender Tänzer bist! Bisher hatte ich eher den Eindruck, du bist ein etwas ungeschickter junger Mann. Offensichtlich habe ich mich da geirrt.« Auch sie atmete hastig. »Aber ich habe vollkommen die Zeit vergessen. Wir müssen jetzt schlafen gehen, damit wir morgen früh frisch sind. Wir brechen beim ersten Tageslicht auf. Danke für den Tanz, Traven. Wir sehen uns morgen früh.« Sie reckte sich nach oben, gab ihm einen Kuss auf die Wange, schenkte ihm ein letztes strahlendes Lächeln und war verschwunden.

Wie betäubt blieb Traven stehen, und diesmal störte es ihn nicht einmal, wie heiß seine Wangen glühten. Erst nach einer Weile wurde ihm bewusst, dass er sich jetzt besser auch auf sein Zimmer begeben sollte, damit er am Morgen nicht zu müde war. Er stolperte durch den Raum und die Treppe hoch. Kaum war er in seinem Zimmer, legte er das Schwert ab und ließ sich aufs Bett fallen, noch immer voll bekleidet und noch immer wie benommen. Er schlief sofort ein. Der Tag war so aufregend und anstrengend gewesen – und so wundervoll!

8

Am nächsten Morgen wachte Traven vor Sonnenaufgang auf. Er überlegt kurz, sich noch einmal umzudrehen und weiterzuschlafen, aber er war zu ungeduldig, dass der Tag endlich begann, er konnte einfach nicht wieder einschlafen. Also tastete er sich zum Waschtisch und zündete die Kerze an, die dort stand. Er spritzte sich kaltes Wasser ins Gesicht und wusch sich den Schlaf aus den Augen. Im Spiegel bemerkte er, dass er sich am Abend zuvor gar nicht ausgezogen hatte. Sorgfältig strich er seine Kleidung glatt, die er im Schlaf ein wenig zerknittert hatte. Dann holte er seine Besitztümer aus dem Schrank. Die Luft war kalt; deshalb legte er sich den Reiseumhang über. In seiner neuen Satteltasche auf dem Bett verstaute er alle Dinge, hing sich das Schwert um und steckte sein Jagdmesser auf der rechten Seite unter den Gürtel. Danach hatte er nichts mehr zu tun, als zu warten. Nach einer halben Ewigkeit wurde der Himmel endlich langsam hell.

Er sprang auf, warf sich die Satteltasche über die Schulter und ging in die Gaststube. Trotz der frühen Stunde war der Gastwirt schon auf und gab schläfrigen Mägden Anweisungen. Sie brachten den Raum nach der Feier vom Tag zuvor wieder in Ordnung. Als er ihn sah, fiel Traven auf einmal ein, dass er ja noch gar nicht für das Zimmer und sein Essen bezahlt hatte. Rasch ging er auf den Gastwirt zu und fragte ihn, was er ihm schuldete.

»Nichts«, antwortete der. »Meritza hat für alle Wachen bezahlt. Sie brechen gerade auf. Du beeilst dich am besten.«

Traven bedankte sich und eilte in den Stall. Es lief alles großartig. So schlecht war ein Abenteuer doch nicht, wie er anfangs gedacht hatte. Er hatte eine großartige Nacht erlebt, sich seine Begleitung für die Reise nach Calyn gesichert und noch nicht einmal für sein Zimmer und das Essen bezahlen müssen. Es würde eine wundervolle Reise werden! Im Stall sah er, der Gastwirt hatte recht gehabt. Ein paar der Wachen saßen bereits im Sattel, die anderen machten gerade ihre Pferde fertig. Schnell begab sich Traven zu Dapple und sattelte ihn. Danach führte er ihn aus dem Stall – und stellte zu seinem Entsetzen fest, dass alle Wachen bereits verschwunden waren. In panischer Angst schaute er sich um, doch er konnte niemanden mehr entdecken. Rasch stieg er aufs Pferd und ritt los.

»Nur die Ruhe, mein Junge!«, hörte er da plötzlich hinter sich. Er wandte das Pferd und sah einen etwas zu dicken Mann mit ergrauenden Haaren auf ihn zureiten. »Ich denke mal, ich bin dein Aufpasser. Ich bin eine Wache von Meritzas Karawane. Ich heiße Rodham.«

Für Traven sah dieser Mann auf den ersten Blick nicht aus wie jemand, der die Waren von Kaufleuten bewachte. Er trug nur eine einzige Waffe, einen langen, leicht gebogenen Dolch. Sein Pferd allerdings war perfekt gerüstet. Traven entdeckte vier Armbrüste, mit spitzen Bolzen geladen, die an seinem Ross herunterhingen. Dann gab es noch einen großen Köcher, in dem weitere Bolzen steckten. Der Mann strahlte ein ziemliches Selbstbewusstsein aus. Anscheinend wusste er mit seinen Waffen umzugehen.

»Folge mir einfach. Direkt vor der Stadt werden wir auf Meritza und die Karawane treffen.«

Traven wendete Dapple und folgte Rodham über den großen Platz. Dieser Mann sollte sein Aufpasser sein? Nein, Traven brauchte niemanden, der auf ihn aufpasste! Meritza hatte ihm gesagt, er würde genauso behandelt wie alle anderen Wachen. Und wenn er eine Wache wie alle anderen war, dann gebührte ihm auch der Respekt, den man der Wache eines Kaufmanns schuldete! Er würde es Rodham und dem Rest schon zeigen, dass er seinen Mann stehen konnte! Traven war so vertieft in seinen Zorn, dass er hinter Rodham zurückgefallen war. Rasch holte er auf. Wenn er schon zurückblieb, bevor sie die Stadt auch nur verlassen hatten, dann würde das den Respekt der anderen gewiss nicht erhöhen. Stumm ritten sie durch die fast noch leeren Straßen der Stadt. Nachdem sie um eine weitere Ecke gebogen waren, kam das Westtor in Sicht. Am Tor standen mehrere Wachtposten, und noch mehr befanden sich oben auf der Mauer und beobachteten die Umgebung. Sie achteten nicht auf Rodham und ihn. Stattdessen konzentrierten sie sich auf die kleine Gruppe von Bauern, die sich mit ihren Waren, die sie auf den Märkten der Stadt verkaufen wollten, dem Tor näherten. Unbeachtet ritten Rodham und Traven unter dem massiven Torbogen hindurch.

Sie waren etwa zwei Kilometer geritten und hatten einen kleinen Hügel erklommen, bevor Rodham anhielt und sich umschaute. Er erklärte Traven, dass er ein Auge auf die Umgebung haben wollte, bis die Karawane aus der Stadt und in Position war. Dann beobachtete er aufmerksam das Gelände. Traven versuchte einige Male, ihm Fragen zu stellen, aber Rodham war definitiv alles andere als redselig. Deshalb beschloss er, er könne ebenso gut selbst auch die Umgebung beobachten. Seine Augen suchten den Horizont der Ebene ab, die im frühen Morgenlicht schimmerte. Da war allerdings wirklich nichts zu sehen. Deshalb blickte er zurück zur Stadtmauer. Jetzt, wo er sie besser kannte, wirkte die Stadt auf ihn nicht mehr so dramatisch wie am Abend seiner Ankunft, aber es war noch immer ein atemberaubender Anblick. Auch an der Stadtmauer war allerdings nichts zu sehen. Am Ende beobachtete Traven einfach nur das Tor und wartete darauf, dass die Karawane auftauchte.

Er musste nicht sehr lange warten. Bald war ein großer Wagen zu sehen, gefolgt von einem weiteren, noch einem, und noch mehr. Insgesamt zählte er fünf Wagen. Der fünfte war eigentlich nur ein kleiner Bauernwagen und leer, aber die ersten vier Wagen waren schon beeindruckend. Sie ragten weit über die Köpfe der Wachen hinaus, die auf beiden Seiten neben ihnen herritten. Die Wagen waren tiefbraun und mit strahlend weißen Planen abgedeckt, um die Waren, die sich auf den Wagen befanden, vor schlechter Witterung zu schützen. Auf der linken Seite waren alle mit einem leuchtend roten Streifen versehen. Jeden Wagen zogen insgesamt vier stämmige Arbeitspferde, bis auf den letzten, vor den nur zwei Pferde gespannt waren. Je fünf Wachen ritten rechts und links neben den Wagen, und auf jedem Wagen saß neben dem Kutscher noch eine weitere Wache, mit einer Armbrust bewaffnet. Zwei Wachen ritten der Karawane voraus, zwei ritten hinter ihr her. Meritza ritt ganz vorne mit an der Spitze. Als sie näher kamen, bemerkte Traven, dass alle Wachen und auch Meritza am linken Oberarm ein Band trugen, das so leuchtend rot war wie die Streifen an den Wagen. Nur die Wache auf dem letzten Wagen hatte das Band am rechten Arm. Nun erschien Rodham an Travens Seite. Traven sah, dass auch er links das rote Band trug, und befragte ihn nach dessen Bedeutung.

»Oh, das hatte ich ja ganz vergessen«, erwiderte der, zog ein weiteres leuchtend rotes Band aus der Tasche und reichte es Traven. »Das ist das Zeichen, dass wir zu Meritzas Elitewache gehören. Rot ist ihre Farbe; sie steht für Mut und Treue. Du musst dir das Band wie die Wache auf dem letzten Wagen um den rechten Arm binden. Links dürfen es nur die tragen, die schon einmal zum Schutz der Karawane gekämpft haben. Ich bin mir nicht sicher, ob ich es gutheißen soll, dass du überhaupt das Band trägst. Aber anscheinend bist du ja jetzt eine weitere Wache, und Meritza hat es so befohlen.«

Rodham wandte sich zurück und beobachtete wieder die Umgebung. Traven legte das Band an, am rechten Arm. Trotz Rodhams offensichtlicher Missbilligung war er stolz darauf, es tragen zu dürfen. Nach einem letzten Blick auf den Horizont ritt Rodham ohne ein weiteres Wort auf die Karawane zu. Traven folgte ihm. Vor Meritza hielt Rodham an. Sie trug dieselbe Kleidung, in der er sie das erste Mal gesehen hatte, aber er hatte ja schon am Vortag bemerkt, dass auch diese ihre Schönheit nicht verbergen konnte. Rodham berichtete, dass die Straße vor ihnen frei sei.

»Gut zu hören«, erwiderte sie. »Ich hatte es allerdings erwartet, dass wir so früh und so nahe der Stadt nicht auf Schwierigkeiten stoßen.« Meritza befahl Rodham und der Wache rechts von ihr, vorauszureiten und die Gegend zu erkunden. Sie ritten davon. Dann wendete sie sich Traven zu. Ihre faszinierenden Augen brachten sein Herz dazu, schneller zu schlagen. »Ich bin froh, dass du da bist und es heute Morgen keine Schwierigkeiten gegeben hat. Du wirst als meine persönliche Wache zusammen mit Drake an meiner Seite bleiben.«

Von Stolz und Begeisterung erfüllt, nahm Traven seinen Platz an ihrer rechten Seite ein. Nur der böse Blick, den ihm Drake hinter Meritzas Rücken zuwarf, trübte seine Freude etwas. Traven erkannte in ihm einen der beiden Männer, mit denen Meritza am Abend zuvor gesprochen hatte. Er warf einen kurzen Blick auf die anderen Wachen. Keiner der Männer begrüßte ihn auch nur mit einem flüchtigen Lächeln, was ihn nicht wunderte. Er hoffte nur, man würde ihm eine Chance geben. Er mochte vielleicht keine richtige Wache sein, aber er würde sein Bestes geben, um wie eine Wache zu handeln. Die Reise würde wesentlich angenehmer werden, wenn er die Freundschaft der anderen gewinnen konnte. Allerdings, mochten sie auch noch so feindselig sein – er ritt an Meritzas Seite, und das wog alles andere wieder auf.

Meritza drehte sich zu Drake um. Die beiden besprachen, welche Waren sie unterwegs auf der Straße nach Calyn kaufen und verkaufen könnten, um den größten Gewinn zu machen. Zuerst hörte Traven den beiden zu, doch die sinnliche Melodie von Meritzas Stimme ließ ihn die Worte, die sie sagte, ganz vergessen. Endlich gab er es auf zu lauschen und freute sich einfach nur darüber, neben einer so schönen Frau herreiten zu dürfen.

Die Karawane bewegte sich erstaunlich schnell. Traven hatte gedacht, dass die großen Wagen sie im Vorankommen bremsen würden, doch die großartigen Pferde, die den Wagen vorgespannt waren, hatten keine Probleme, mit dem Tempo Schritt zu halten, das Meritza vorgab. Traven ritt schweigend und betrachtete die Landschaft, an der sie vorbeizogen. Nachdem sie ein paar Stunden geritten waren, verteilte einer der Männer Brötchen und Käse. Traven war hungrig, nachdem er kein Frühstück gehabt hatte, und aß hastig. Dabei sah er, wie Drake sich zu Meritza herüberbeugte und ihr etwas zuflüsterte. Sie dachte einen Augenblick nach und wendete sich dann Traven zu. Erwartungsvoll schaute er sie an, doch er wurde bitter enttäuscht.

»Ich möchte, dass du jetzt eine Weile neben dem letzten Wagen reitest und Halbet dort ablöst. Schicke ihn einfach zu mir.«

Niedergeschlagen wendete Traven und ritt zum Ende der Karawane. Noch einmal drehte er sich für einen letzten Blick von Meritza um, doch er sah nur ihren Rücken – und Drakes Gesicht, mit einem spöttischen Grinsen. Halbet galoppierte erfreut los, als Traven ihm die Nachricht überbracht hatte, dass er ihn ablösen solle. Die andere Wache begann zu fluchen und bald erkannte Traven den Grund dafür. Der gesamte Staub, den die Karawane aufwirbelte, sammelte sich in der Luft und senkte sich genau am Ende des Zuges nieder. Mit seinem Galoppieren hatte Halbet noch eine Menge mehr Staub aufgewirbelt. Traven wollte sich mit der grimmig dreinblickenden Wache neben sich unterhalten, doch als er den Mund öffnete, schluckte er nur eine Menge Staub und musste husten.

»So schlimm ist es gar nicht«, erklärte der Mann. »Du musst dich einfach nur gerade im Sattel halten, dann erreicht die Staubwolke gar nicht erst dein Gesicht. Wirklich schlimm ist es nur im Hochsommer. Dann müssen wir uns alle Tücher um den Mund binden, damit wir nicht ersticken – und zwar auch dann, wenn wir nicht ganz hinten reiten.«

Traven machte sich so gerade wie möglich im Sattel und fand zu seiner Freude heraus, dass er so tatsächlich leichter atmen konnte. Allerdings war seine Kleidung schon bald sehr staubig. Er unterhielt sich ein wenig mit dem anderen und fand heraus, dass sein Name Chance war. Dazu erzählte er lachend eine schlüpfrige Geschichte, wie er zu diesem Namen gekommen war, die Traven erröten ließ. So ganz nebenbei erfuhr er nun auch, welchen Zweck der leere Wagen hatte. Der war gedacht für all die Waren, die sie möglicherweise unterwegs aufkaufen und in Calyn mit Gewinn wieder verkaufen konnten. Außerdem hatte Chance auch eine ganze Menge Geschichten über wilde Kämpfe auf Lager, die er angeblich mitgemacht hatte. Er konnte sogar die Narben dafür vorweisen. Traven war sich nicht sicher, wie viel er von den Geschichten glauben konnte, fand sie aber sehr unterhaltsam.

So verging die Zeit wie im Flug, und dann verteilte wieder jemand etwas zu essen – denselben Käse, den es auch am Morgen gegeben hatte, nur diesmal mit Zwieback. Es machte Traven erneut deutlich, das Essen, das man unterwegs bekam, definitiv nicht gerade eine Köstlichkeit war. Noch schlechter schmeckte es, wenn es so mit Staub bedeckt war. Nach dem Essen kehrte Halbet zu ihnen zurück – und schickte nicht etwa Traven, sondern Chance nach vorne, zu Travens großer Enttäuschung. Chance verabschiedete sich mit einem Grinsen. Halbet war nicht sehr gesprächig, und so ritt Traven wieder stumm dahin. Am Nachmittag schlich die Zeit nur so dahin und erneut spürte er sein Hinterteil sehr schmerzhaft. Er erinnerte sich nur zu gut wieder daran, warum das Reisen nicht so viel Spaß machte, wie er sich das früher immer vorgestellt hatte. Die zwei Nächte in dem bequemen Bett im Gasthaus hatten ihn das beinahe vergessen lassen.

Nach vielen Stunden ging die Sonne endlich unter. Sie hatten, außer ganz am Anfang, etwa acht Kilometer von Kavar entfernt, keinen Menschen mehr getroffen. Doch wie Traven bemerkte, wurden die Männer mit abnehmender Helligkeit zunehmend wachsamer. Sie ritten nun nicht mehr einfach nur neben einer Karawane her, sondern jetzt waren es echte Elitewachen, die in gespannter Aufmerksamkeit kostbare Waren schützten. Sie hatten ein scharfes Auge in alle Richtungen, hielten Ausschau nach den kleinsten Anzeichen möglichen Ärgers.

Er verstand nicht ganz, warum sie alle so besorgt waren. Seiner Meinung nach konnte sich ihnen doch nichts und niemand nähern, ohne schon lange vorher entdeckt zu werden. Halbet erklärte ihm allerdings, dass es auch in dieser scheinbar flachen Ebene Vertiefungen in der Erde gab, die man von der Straße aus nicht erkennen konnte und die perfekte Verstecke für Räuber waren. Traven meinte daraufhin, in solch einer Vertiefung könnten sich doch gar nicht genug Männer verstecken, um eine ernsthafte Gefahr für sie zu bedeuten – bis ihn Halbet darauf aufmerksam machte, dass ein Pfeil einen Mann ebenso sicher töten konnte wie fünf Pfeile. Er beschloss, ebenfalls extrem wachsam zu sein.

Bei Sonnenuntergang befahl Meritza anzuhalten. Rodham berichtete, ein kurzes Stück weiter den Weg entlang sei eine leichte Anhöhe neben dem Fluss, wo sie auch zuvor schon einmal ihr Nachtlager aufgeschlagen hatten. Meritza war einverstanden, und die Karawane zog noch ein paar Minuten weiter, bevor man sich links hielt und die Anhöhe erklomm. Oben stellten die Kutscher die Wagen in Richtung Straße in einem Halbkreis auf. Auf der anderen Seite fiel das Gelände zum Fluss hin jäh etwa drei Meter ab. Traven musste einigen der Wachen dabei helfen, die Pferde zu tränken und für die Nacht sicher unterzubringen. Dann musste er mit der Wache, die er auf dem letzten Wagen gesehen hatte, Feuerholz suchen. Der Mann murmelte grimmig vor sich hin. Traven folgte ihm. Er hatte nicht gewusst, dass Wachen auch solche Aufgaben zu übernehmen hatten; er hatte immer gedacht, eine Wache müsse nur kämpfen und schützen. Da hatte er sich ganz schön geirrt!

Als sie zu den anderen zurückkehrten, hatte einer der Kutscher bereits einen großen Topf aus einem der Wagen geholt und damit begonnen, einen Eintopf vorzubereiten. Er schnitt Gemüse ins Wasser, bei dem sich Traven nicht sicher war, um welche Art es sich handelte. Dazu kam ein großes Stück Rindfleisch, in kleine Stücke geschnitten. Schnell hatten er und die andere Wache in der Mitte des Lagers ein großes Feuer zum Brennen gebracht und kurz darauf stand der Topf über dem Feuer und verbreitete ein köstliches Aroma. Traven holte Schüssel und Löffel, die er sich geschnitzt hatte, und wartete ungeduldig darauf, dass das Essen fertig wurde. Er war, nach Meritza, einer der Ersten, denen der Kutscher vom Eintopf auftat. Er begab sich mit der dampfenden Schüssel zu einem großen Felsen im hinteren Bereich des Lagers, hinter dem er seine Satteltasche abgestellt hatte, setzte sich darauf und verschlang alles gierig.

Er war davon ausgegangen, dass diese Reise ein lustiges Abenteuer werden würde. In der Nacht zuvor hatte alles so vielversprechend angefangen. Aber seit dem Morgen hatte Meritza nicht einmal mit ihm geredet und auch die anderen Wachen ignorierten ihn weitgehend. Er fühlte sich wund geritten, und trotz aller Anstrengungen, ihn auszuklopfen, hing noch immer Staub in seiner Kleidung. Aber eigentlich spielte es auch keine Rolle. Sobald er erst einmal in der Handelsschule in Calyn angekommen war, würde er Meritza ohnehin nie wiedersehen. Es war wunderschön gewesen, in der Nacht zuvor mit ihr zu tanzen, doch jetzt erkannte er, dass dies der Anfang und gleichzeitig das Ende seiner Beziehung zu Meritza gewesen war. Er musste die Reise einfach als eine der Wachen hinter sich bringen. Immerhin machte das weit mehr her, als wenn er hätte sagen müssen, er sei den ganzen Weg von Eichenbaum aus einfach nur geritten. So konnte er immerhin damit angeben, eine Wache gewesen zu sein – womit er bei den anderen aus seiner Klasse bestimmt Eindruck schinden konnte. Trotzdem schmerzte es ihn, dass Meritza für ihn nicht dasselbe empfand wie er für sie. Wenn sie ihn nur noch einmal anlächeln und auf die Wange küssen würde, könnte er als glücklicher Mann sterben. Schade, dass es nie geschehen würde. Aber nun gut, alles Gute hatte einmal ein Ende. Außerdem, wenn er jemals …

»Traven«, rief auf einmal Meritza, die direkt beim Feuer saß. »Du musst da nicht so ganz allein sitzen. Komm, setz dich zu mir, und wir unterhalten uns ein bisschen.« Zuerst war sich Traven nicht sicher, ob er sie richtig verstanden hatte, aber ganz offensichtlich hatte sie ihn gerade aufgefordert, zu ihr zu kommen. Schnell ging er zum Feuer und setzte sich neben sie. »So ist es besser«, lobte sie. »Was hast du denn so ganz allein da hinten gemacht?«

»Ach, ich habe nur nachgedacht«, erwiderte Traven.

»Ich mag Männer, die nachdenken«, neckte ihn Meritza und fuhr ihm durchs Haar. Traven hoffte, der Schein des Feuers würde das tiefe Rot auf seinen Wangen nicht zeigen. »Worüber hast du denn nachgedacht?«

»Och, einfach nur so.« Er konnte ihr ja schließlich schlecht sagen, dass er an sie gedacht hatte. »Ich habe mir gerade überlegt, dass es gar nicht so viel Spaß macht, die Wache von Kaufleuten zu sein, wie ich mir das vorgestellt hatte.«

»Das wird noch besser – mach dir mal darüber keine Sorgen. Ich habe dich heute nur nach hinten geschickt, damit du das Schlimmste schon hinter dir hast. Danach wird dir alles andere viel leichter vorkommen. Morgen wirst du den ganzen Tag mit mir reiten und wir können uns unterhalten. Ich dachte mir, ich erzähle dir einfach ein bisschen was darüber, was es bedeutet, ein Kaufmann zu sein – wo du doch die Handelsschule besuchen wirst. Normalerweise verrate ich einem zukünftigen Konkurrenten natürlich nicht meine Geheimnisse, aber ich mag dich einfach.«

»Das wäre großartig – danke!« Traven hatte es gehört – sie hatte gerade gesagt, dass sie ihn mochte. Es machte ihm auf einmal nichts mehr aus, was die anderen Wachen über ihn dachten. Meritza mochte ihn! Offensichtlich würde diese Reise doch erfreulicher verlaufen, als er es sich vorhin ausgemalt hatte.

»Schaut euch nur Traven an!«, spottete eine der Wachen. »Wenn sein Grinsen noch breiter wäre, würde es sein Gesicht in zwei Hälften teilen!« Alle Wachen lachten, und Traven spürte, wie seine Wangen die Farbe des rot glühenden Feuers annahmen. »Und jetzt wird er rot wie eine Tomate«, höhnte der andere. »Vielleicht ist ihm schlecht oder so. Ich hoffe nur, er explodiert uns nicht!«

Noch lauter lachten die anderen, und selbst Meritza stimmte mit ein. Am liebsten hätte Traven sich wieder auf seinen Felsen zurückgezogen, doch dann legte Meritza tröstend den Arm um ihn.

»Du musst nicht alles so ernst nehmen, Traven«, flüsterte sie ihm ins Ohr. »Die wollen nur ihren Spaß haben.«

»Besser rot wie eine Tomate als bleich vor Angst«, spottete sie dann. »Wovor fürchtest du dich denn? Vor den Geistern der Nacht?« Wieder lachten alle, auch der Mann, den sie so spöttisch bedacht hatte. Kurz darauf stand einer der Männer auf und sang ein fröhliches Lied. Zu seiner großen Enttäuschung zog Meritza ihren Arm zurück, klatschte im Takt und sang mit. Auch die anderen fielen ein – und nach einer Weile schloss sich sogar Traven an. Seine frühere Verlegenheit war schon beinahe vergessen. Meritza hatte recht. Er durfte sich einfach nicht alles so zu Herzen nehmen. Etwa eine Stunde lang saß man um das Feuer herum, sang, erzählte Geschichten und lachte. Dann verkündete Meritza, sie werde jetzt schlafen gehen.

»Lass dich von den anderen nicht zu lange wach halten, Traven«, mahnte Meritza ihn mit dem Anflug eines silberhellen Lachens. »Manche Wachen bleiben die halbe Nacht auf, bis ihnen endlich einfällt, dass es am nächsten Morgen ja früh weitergeht.«

»Hör nicht auf sie«, spottete Chance. »Sie möchte einfach nur nicht, dass wir anderen unseren Spaß haben, sobald sie zu Bett gegangen ist. Was können wir dafür, dass sie sich in eine hässliche alte Jungfer verwandelt, wenn ihr der Schönheitsschlaf fehlt?«

Die Wachen quittierten das mit einem dröhnenden Lachen. Traven konnte es nicht fassen, dass Chance so etwas ausgerechnet über Meritza sagen konnte, aber sie lachte sogar mit. Dann sagte sie etwas zu Chance, das Traven nicht richtig verstand. Es musste allerdings etwas wirklich Lustiges gewesen sein, denn die Wachen kriegten sich gar nicht wieder ein vor Lachen. Nur Chance schaute reichlich verblüfft drein.

»Denk daran, was ich dir gesagt habe, Traven«, mahnte sie noch einmal. »Lass dich von den anderen nicht verführen, zu lange aufzubleiben.«

Meritza zwinkerte Traven zu, legte ihm noch einmal die Hand auf die Schulter und verzog sich. Noch lange nachdem sie gegangen war, konnte Traven das Brennen an seiner Schulter spüren, wo sie ihn berührt hatte. Wenn ihm das jeden Abend bevorstand, dann würde er mit Freude sogar ganz hinten in der Karawane reiten, jeden Tag, den sie nach Calyn unterwegs waren. Eigentlich hatte er vorgehabt, noch eine Weile den Geschichten der Männer zu lauschen, aber schon die erste machte ihn so verlegen, dass er beschloss, doch besser gleich schlafen zu gehen. Er stand auf, aber Drake stoppte ihn.

»Sieht aus, als ob unser Weichling auch schlafen gehen möchte«, höhnte er. »Was ist los, Traven? Ist dir unsere Gesellschaft nicht gut genug?«

Traven wusste nicht, was er darauf erwidern sollte, aber zum Glück trat Rodham dazwischen.

»Lass den Jungen in Ruhe, Drake. Komm, Traven. Du kannst dir mit mir die erste Wache teilen.«

Traven folgte Rodham zu den Wagen. Drake warf ihm einen bösen Blick zu. Er verstand nicht, warum Drake ihn so sehr hasste. Die Unterhaltung flammte wieder auf, aber er konnte nicht mehr verstehen, was sie sagten.

»Lass dich von Drake nicht ärgern«, riet ihm Rodham. »Er ist nur eifersüchtig, weil Meritza sich mehr um dich kümmert als um ihn. Er ist es einfach gewohnt, im Mittelpunkt der Aufmerksamkeit zu stehen, weil er so gut mit dem Schwert umgehen kann.«

Dann erklärte ihm Rodham, was er als Wache nachts zu tun hatte, und schickte ihn zum zweiten Wagen auf der linken Seite. Traven kletterte auf den Wagen und starrte auf die Umgebung, die in Schatten und Dunkelheit lag. Man konnte nicht viel erkennen; der Mond war nur eine schmale Sichel. Aber nachdem er die Augen kurz geschlossen, bis zehn gezählt und sie wieder geöffnet hatte, begannen sich die nächtlichen Umrisse deutlicher abzuzeichnen. Rodham hatte ihm gesagt, dass er sich mit diesem kleinen Trick behelfen müsse, um mehr zu erkennen, und es hatte geklappt; so hatte er sich besser an die Dunkelheit gewöhnen können. Rodham hatte ihm auch den Rat gegeben, sich nicht zum Feuer umzudrehen, weil er sich dann wieder neu an die Dunkelheit gewöhnen müsste.

Mit scharfem Blick beobachtete Traven die Landschaft, die vor ihm lag, aber schon bald langweilte ihn das und seine Gedanken wanderten. Meritza mochte ihn also. Und wie sollte er sich nun weiter verhalten? Vielleicht sollte er ihr am Morgen ein paar Blumen pflücken. Er strengte sich an, um in der Ebene Stellen zu erkennen, wo vielleicht Blumen blühten, aber er sah nichts als Gras. Besser wäre es, danach Ausschau zu halten, wenn sie am nächsten Tag wieder unterwegs waren.

Er wollte seine Aufmerksamkeit gerade wieder seinen träumerischen Gedanken zuwenden, als er eine Bewegung am Horizont sah. Zuerst dachte er, er hätte sich getäuscht. Erneut schaute er angestrengt auf die Stelle. Der Edelstein um seinen Hals wurde wärmer, aber das ignorierte er. Seine Augen brannten. Dann nahm er ganz deutlich wieder eine Bewegung wahr, und auf einmal bewegte sich etwas an verschiedenen Stellen. Nein, er hatte sich nicht getäuscht – etwas bewegte sich vom Horizont aus auf sie zu, und es war nicht nur ein Mensch, der sich da anschlich, es waren eine ganze Menge. Immer mehr dunkle Punkte konnte er sehen, die sich auf ihr Nachtlager zubewegten. Sein Herz schlug wie rasend. Er sprang vom Wagen und rannte zu Rodham.

»Da draußen sind Leute«, stieß er hervor, »und sie kommen auf uns zu. Es sind viele, Rodham. Was machen wir jetzt nur? Was sollen wir bloß tun?«

»Beruhige dich, Traven, beruhige dich! Wovon sprichst du? Ich habe nichts gesehen.«

Rasch stieg Traven zu Rodham auf den Wagen und zeigte dorthin, wo er die ganzen dunklen Punkte gesehen hatte. Auch jetzt konnte er sie deutlich ausmachen, und es waren sehr viele. Rodham starrte eine Weile in die Richtung, die Traven ihm gezeigt hatte, und schüttelte dann den Kopf.

»Ich kann nichts erkennen. Vielleicht solltest du lieber schlafen gehen.«

»Aber ich sage die Wahrheit, Rodham! Ich habe mir das nicht aus den Fingern gesaugt – da draußen sind Leute. Wir müssen etwas unternehmen!«

»Traven, ich habe wirklich gute Augen und mit meiner Armbrust habe ich schon viele Turniere gewonnen. Ich treffe immer ins Schwarze. Wenn da draußen etwas wäre, würde mir das nicht entgehen. Warum legst du dich nicht einfach schlafen? Ich übernehme den Rest der Wache allein.«

»Ich bilde mir das nicht ein!«, rief Traven panisch. Wie sollte er Rodham bloß überzeugen? Immer deutlicher sah er die große Gruppe an Männern, die sich, bewaffnet, an die Karawane anschlichen. »Schau noch einmal hin«, flehte er verzweifelt. »Bitte!«

»In Ordnung – noch einmal, und dann gehst du schlafen.« Erneut starrte Rodham in die Dunkelheit hinaus. »Ich sehe wirklich nichts. Es tut mir leid, aber ich glaube, du … Moment! Da bewegt sich etwas.« Er drehte sich um und schaute Traven ganz seltsam an, dann starrte er wieder in die Ebene hinaus. »Was auch immer es ist, es ist noch zu weit weg, um sehen zu können, was es ist – aber ich werde dir einfach glauben. Lauf zu Drake und sag ihm Bescheid. Ich werde das noch eine Weile beobachten. Es sieht so aus, als sollten wir bald herausfinden, wie gut wir wirklich als Wachen sind. Und jetzt beeil dich! Wir haben nicht viel Zeit.«

Traven sprang vom Wagen und rannte, so schnell er konnte, auf das Feuer zu, das ihn blendete. Das fühlte sich nicht gerade nach der Art Abenteuer an, die er sich erhofft hatte; nein, ganz und gar nicht!

9

Traven sprang in den Kreis der um das Feuer herum sitzenden Männer und wendete sich an Drake. Er versuchte ihm zu berichten, was er gesehen hatte, doch er bekam keinen Ton heraus. Erneut versuchte er es, doch er gab nur ein Krächzen von sich, während er wie wild mit den Armen fuchtelte und in die Gegend zeigte, aus der die Männer sich anschlichen.

»Was hast du für ein Problem, Weichling?«, zog Drake ihn auf. »Hast du einen Geist gesehen oder so etwas?«

Endlich konnte Traven die Worte hervorstoßen, dass sich ein Trupp von Männern auf ihr Lager zubewegte. Sofort wurde Drake ganz ernst.

»Wie viele sind es? Wie weit sind sie noch weg?«

»Das wissen wir noch nicht«, antwortete Traven. Er hätte besser aufpassen und die Männer zählen sollen, als er sie entdeckt hatte. Allerdings war es ihm vorgekommen, als wären es mehr als fünfzig. »Rodham versucht, noch mehr herauszufinden.«

Drake schrie ein paar Befehle an die anderen Wachen und rannte zu Rodham. Die Wachen löschten das Feuer, holten ihre Waffen und weckten Meritza. Traven hatte keine Ahnung, was er tun sollte. Also ging er zu Rodham zurück. Rodham und Drake starrten beide hinaus in die Dunkelheit, als er kam.

»Sie werden uns ganz sicher angreifen«, bemerkte Drake. »Aber sie bewegen sich nur sehr langsam.«

»Ich glaube nicht, dass sie ahnen, dass wir sie bereits entdeckt haben«, erklärte Rodham. »Ich hätte sie wahrscheinlich auch nicht gesehen, wenn Traven mich nicht auf sie aufmerksam gemacht hätte.«

Drake warf Traven einen merkwürdigen Blick zu und schaute wieder zum Horizont. Traven kletterte zu den beiden Männern auf den Wagen. Jetzt konnte er es ganz deutlich sehen, es waren mehr als fünfzig Männer. Sie hatten sich über das gesamte Gelände verteilt und strebten aus allen Richtungen auf das Lager zu, nur nicht vom Fluss her. Sie hielten sich geduckt und schlichen sich vorsichtig an. Immer näher kamen sie, und das schwache Mondlicht funkelte auf ihren Waffen, die sie bereits gezogen hatten. Zuerst hatte er gedacht, die Angreifer wären ihnen zahlenmäßig zwei zu eins überlegen; aber jetzt wirkte es mehr wie vier zu eins. Insgesamt, so schätzte er, waren sie von vielleicht sogar hundert Männern umgeben. Er sagte es Drake und Rodham.

»Ich denke nicht, dass es so viele sind«, widersprach Rodham. »Es sind ganz sicher mehr als wir, nur haben wir den Vorteil der Überraschung auf unserer Seite. Es wird garantiert kein leichter Kampf werden, aber ich vermute, wir werden sie vertreiben können.«

Schon bald hatten sich alle um sie herum versammelt. Sie schauten zu Drake und warteten auf seine Befehle. Traven hatte erwartet, dass Meritza die Befehle geben würde, doch jetzt erkannte er, wie die Dinge wirklich lagen. Drake war der Anführer der Wachen. Er tat, was Meritza wollte – aber wenn es ums Kämpfen ging, dann hatte er das Kommando, und jeder folgte ihm, sogar Meritza.

Nun drehte sich Drake um und gab seine Befehle. Er schilderte die Situation und entwickelte seinen Plan. Wenn der so funktionierte, wie Drake sich das ausgedacht hatte, würden viele Diebe das Lager nicht einmal erreichen. Das könnte die anderen abschrecken – und falls nicht, war man im Lager bereit für sie. Insgesamt waren siebenundzwanzig Leute im Lager, mit Traven, und jeder bekam seine Aufgabe. Zwei der Kutscher waren Frauen, und sie hatten sich um die Pferde zu kümmern und sie ruhig zu halten. Die drei anderen Kutscher und fünf der Wachen wurden mit Armbrüsten ausgestattet. Zusammen mit Rodham sollten sie den ersten Angriff führen. Sobald die Diebe nahe genug herangekommen waren, würden alle neun sofort damit beginnen, die Räuber mit ihren Pfeilen zu töten. Rodham stand mit zwei anderen Bogenschützen auf dem mittleren Wagen und auch die Wagen rechts und links waren mit je drei Bogenschützen besetzt.

Drake hatte die Hoffnung, dass die anderen Diebe fliehen würden, wenn es ihnen gelang, genügend ihrer Kumpane mit den Bolzen der Armbrüste zu erwischen. Dann sollte die zweite Angriffswelle starten. Zwei Gruppen aus je vier Wachen zu Pferd sollten rechts und links vom mittleren Wagen hervorstürmen, mit Drake selbst in der ersten Gruppe. Zu Pferd hatten sie bei einem Kampf gegen die Diebe, die zu Fuß waren, gute Chancen. Vier andere Wachen bekamen den Auftrag, im Lager zu bleiben und die Lücken zwischen den fünf Wagen zu sichern. Meritza würde mit einem der Männer den Wagen bewachen, der auf der linken Seite in Richtung des Flusses stand, und Traven sollte mit einer anderen Wache den letzten Wagen auf der rechten Seite sichern. So war das Lager auch bei einem Flankenangriff gut geschützt, falls es den Räubern gelingen sollte, sich seitlich durchzuschlagen.

»Weiß jeder, was er zu tun hat?«, fragte Drake und schaute der Reihe nach alle an. Auf Traven blieb sein Blick länger ruhen. Wie alle anderen nickte er eifrig. »Erfüllt eure Aufgabe gut«, mahnte Drake, »und wir sollten nicht nur diesen Angriff zurückschlagen können, sondern auch gleich noch mit diesem Ungeziefer komplett aufräumen. Und dass mir keiner den Helden spielt! Ich möchte so wenig Verletzungen wie möglich. Und jetzt auf eure Plätze. Viel Glück! Beweist Mut im Kampf und Ehre im Tod!«

Alle salutierten, indem sie die rechte Faust ans Herz legten. Rasch ahmte Traven die Geste nach und hastete dann mit Meritza und zwei der Wachen zum hinteren Teil des Lagers.

»Es tut mir leid, dass du das erleben musst, Traven«, sagte Meritza. »Das wird kein schöner Anblick.« Sie war hellwach, obwohl sie gerade erst geweckt worden war. In jeder Hand hatte sie ein Messer mit einer langen Klinge, ein weiteres steckte in ihrer Schärpe. »Sei vorsichtig, Traven. Das ist kein Spiel. Die Räuber kümmert es nicht, wen sie umbringen. Du solltest nichts riskieren.«

Traven war völlig überrascht, als sie sich streckte und er wieder ihre Lippen gegen seine Wange spürte. Sie lächelte ihm aufmunternd zu und begab sich zu ihrem Posten. Traven sah ihr einen Augenblick nach, beobachtete ihren anmutigen Gang und machte sich dann auf zu dem Wagen, den er zu bewachen hatte.

»Du hast wirklich Glück, Junge«, bemerkte der Mann, der sich diese Aufgabe mit ihm teilte. »Bisher hat sie sich noch nie um jemanden so sehr gekümmert, außer um Drake.«

Travens Erröten verlor sich in seiner Aufregung über die ganze Situation. Er erreichte den kleinen Wagen auf der rechten Seite. Links von ihm stand bereits eine Wache in der Lücke zwischen den Wagen. Er schaute herüber zu der Stelle, wo Meritza stand. Er war entschlossen, Drakes Befehl zu befolgen und die Position hier zu halten. Aber sobald Meritza in Gefahr war, würde er alles stehen, liegen und fallen lassen und sofort zu ihr eilen, um sie zu retten. Meritzas Sicherheit ging ihm über alles – selbst über sein eigenes Leben. Er könnte es nicht ertragen, wenn ihr etwas geschehen würde. Mit diesem Gedanken drehte er sich um und starrte in die Nacht. Wenn jemand versuchte, das Lager über diese Flanke anzugreifen, würde er ihn rechtzeitig entdecken, da war er sich sicher.

* * *

Rodham kauerte oben auf dem Wagen, flankiert von zwei anderen hervorragenden Bogenschützen der Karawane. In der Dunkelheit der Nacht war nicht ein einziger Laut zu hören. Aber schon bald würden Todesschreie das Schweigen durchbrechen. Für ihn bedeutete das alles nichts, Schweigen oder Tumult – er blieb immer ruhig. In jeder Hand hielt er eine Armbrust. Die Armbrüste waren keine Waffen, sie waren Erweiterungen seines Körpers. Rodham hielt den Blick fest auf die heranahenden Räuber gerichtet, bereit zum Angriff. Die ersten hatten bereits damit begonnen, die Anhöhe zu erklimmen. Jetzt erkannte er auch, dass Traven nicht übertrieben hatte – es waren tatsächlich an die hundert Männer, die das Lager umzingelten. Er tat schon lange Dienst als Wache bei Karawanen, aber eine so große Horde von Dieben hatte er noch nie gesehen. Er hatte nicht vor, sich von einem Haufen Halunken das Leben rauben zu lassen. Stattdessen würde er sie den Biss seiner Bolzen spüren lassen. Der gesamte Zorn der Elitewachen von Meritzas Karawane würde über sie hereinbrechen! Schon bald mussten die Diebe erkennen, welchen Fehler sie begangen hatten. Für viele würde es der letzte werden, den sie in ihrem Leben machten. Die Räuber hatten die Spitze der Anhöhe fast erreicht. Es war Zeit, das Signal zu geben.

Urplötzlich durchdrang Rodhams schriller Pfiff die Ruhe der Nacht. Sofort feuerte er seine Bolzen ab, und acht weitere Pfeile kamen von den anderen. Zehn Diebe fielen zu Boden; sie würden nie wieder aufstehen. Schnell lud Rodham zwei weitere Bolzen und ließ sie fliegen. Schreie füllten die Nachtluft, die das Blut zu Eis erstarren ließen. Zehn weitere Diebe schlossen sich ihren toten Kumpanen an. Und noch einmal zehn fielen, bis der Rest der Diebe in der ausbrechenden Verwirrung endlich erkannt hatte, was geschah. Mit wilden Schreien der Wut stürmten sie vorwärts. Die Bogenschützen ließen weiter Tod und Verderben auf die herannahende Gruppe herabregnen. Weitere zwanzig Räuber waren für immer verstummt, bevor die ersten das Lager erreicht hatten. Nun stürzten die berittenen Wachen nach vorne. Doch weit davon entfernt, nun zurückzuweichen, kämpften die Diebe voll maßloser Wut gegen die Wachen auf den Pferden. Rodham schoss die Räuber, die völlig verrückt geworden zu sein schienen, einen nach dem anderen mit seinen Bolzen ab. Auf einmal stand der Wagen neben ihm in Flammen. Ein flackerndes orangefarbenes Licht erhellte die Nacht und beleuchtete das Blutbad, das überall im Lager stattfand. Das waren definitiv keine normalen Räuber!

* * *

Ein schriller Pfiff durchbrach jäh die Stille der Nacht. Kurz darauf hörte Traven die ersten Todesschreie. Weitere Schreie folgten und dann waren Wutgebrüll und Kampfschreie zu hören. Er wünschte, er wüsste, was vorne im Lager geschah. Plötzlich tauchten fünf Schatten aus der Dunkelheit vor ihm auf, die in voller Geschwindigkeit neben dem Fluss herliefen. Travens Herz stockte. Er machte die andere Wache auf sie aufmerksam.

»Die sind wohl das Flussbett entlanggekrochen«, sagte der Mann halblaut. »Anscheinend hast du doch nicht so viel Glück, wie ich dachte.« Die beiden sprangen vom Wagen und zogen dabei ihre Schwerter. Die Wache, die die Wagenlücke neben ihnen gesichert hatte, schloss sich ihnen an.

»Es sieht so aus, als könntet ihr ein bisschen Hilfe brauchen«, bemerkte er grinsend.

Die Wachen auf beiden Seiten von Traven kauerten sich zusammen und bereiteten sich darauf vor, den Angreifern zu begegnen. Traven war auf einmal vor Angst wie gelähmt. Ihm wurde jetzt das erste Mal bewusst, dass er nicht die geringste Ahnung hatte, was er in einem Schwertkampf überhaupt zu tun hatte. Aber jetzt war alles zu spät. So fest er konnte, fasste er den Griff seines Schwertes. Die fünf Diebe waren schon ganz nahe. Auf einmal stand ein Wagen vorne in Flammen. Der Mann zu seiner Linken sprang vor, um sich demjenigen in den Weg zu stellen, der den fünf Räubern voranstürmte. Ihre Schwerter stießen klirrend aufeinander, dass die Funken stoben. Jetzt waren auch die anderen vier herangekommen. Traven trat einen Schritt zurück, stolperte über einen Felsen und fiel hin, gerade als ein Schwert dort durch die Luft sauste, wo gerade eben noch sein Körper gewesen war. Der Mann, der versucht hatte, ihn zu ermorden, fluchte und hob sein Schwert, um Traven ein zweites Mal anzugreifen. Doch sein Fluchen endete in einem Schrei, als seine Brust plötzlich mit einem Blutschwall aufgerissen wurde.

Traven sprang auf die Füße, sein Möchtegernmörder sank zu Boden. Die Wache, die gerade sein Leben gerettet und den Dieb mit einem Schwert durchbohrt hatte, kämpfte bereits gegen einen weiteren Angreifer, die andere Wache nahm es mit zwei Männern gleichzeitig auf. Den Führer des Fünfertrupps hatte er bereits erledigt. Es gelang dem Mann, einen der Angreifer ebenfalls mit seinem Schwert zu durchbohren. Doch der andere schwang jetzt einen Morgenstern und ließ ihn auf seinen Kopf herabsausen, der dabei zersprang wie eine reife Melone. Nun lag der Wachmann am Boden, zwischen den Männern, die er getötet hatte. Der Räuber mit dem Morgenstern richtete einen Blick voller Grausamkeit auf Traven. Die andere Wache hatte den nächsten Angreifer besiegt und stellte sich an Travens Seite. Dem Mann vor ihnen schien es gar nichts auszumachen, dass er jetzt gegen zwei Kämpfer gleichzeitig antreten musste. Er täuschte einen Angriff auf die Wache neben Traven an – und schlug dann mit seinem Schwert auf Traven ein. Instinktiv hob Traven sein Schwert, an dem das Schwert des Angreifers abprallte – allerdings nicht ohne ein Stück Fleisch aus seinem Schenkel zu reißen. Mit einem Schmerzenslaut stürzte Traven zu Boden. Der Angreifer parierte mit Leichtigkeit das Schwert der anderen Wache – und stieß plötzlich mit einem langen Dolch zu, den er auf einmal in der Hand hielt. Mit einem verblüfften Gesichtsausdruck taumelte die Wache zurück. Der Dolchgriff ragte aus dem Bauch des Mannes. Der Angreifer bereitete ihm mit einem Schwertstreich den Garaus. Traven hatte sich wieder aufgerappelt. Der Mann drehte sich zu ihm um und lachte.

»Das war ja fast zu einfach«, knurrte er und ging auf Traven zu. In seinen Augen funkelte die pure Mordlust.

Traven wich einen Schritt zurück. Als der Schmerz jäh durch sein Bein fuhr, wäre er beinahe ohnmächtig geworden. Das Schwert des Angreifers blitzte auf. Traven konnte gerade noch so mit seinem Schwert parieren, aber die Spitze traf ihn am Arm und riss eine große Wunde auf. Traven sprang zurück. Er wusste, das war sein Ende. Der Angreifer stürzte auf ihn zu. Schützend hob Traven sein Schwert und schrie auf, als er plötzlich ausrutschte und fiel, direkt auf einen der toten Männer. Im Sturz riss er den Angreifer mit, der krachend auf ihm landete, direkt auf dem Schwert, das Traven hochgehalten hatte. Nur wenige Zentimeter von seinem Gesicht entfernt schienen dem Mann plötzlich die Augen aus dem Kopf zu treten. Sein Körper zuckte, Blut floss aus seinem weit geöffneten Mund, dann verschleierte sich sein Blick und sein Kopf sackte nach unten. Leblos lag er auf Traven, presste ihn in den Boden.

* * *

Meritza fuhr zusammen, als sie die Todesschreie vorne im Lager hörte. Sie hoffte, dass es keine ihrer Wachen das Leben kosten würde – und dass die Diebe sofort kehrtmachten, wenn sie entdeckten, dass die Karawane keine ganz so leichte Beute war, wie sie sich das vorgestellt hatten. Warum nur war Drake immer so stur? Warum musste er selbst den Trupp anführen, der die Räuber angriff? Sie wusste, wie gut er kämpfen konnte; normalerweise musste er niemanden fürchten, dem er in einem Kampf begegnete. Trotzdem wünschte sie sich sehnlich, er wäre vorsichtiger. Wenigstens war Traven, der die Flanke bewachte, sicher. Den Tod dieses so freundlichen und unschuldigen jungen Mannes verursacht zu haben, war etwas, das sie nicht auf ihrem Gewissen haben wollte. Eigentlich hätte sie ihn gar nicht mitkommen lassen dürfen. Allerdings war sie niemals davon ausgegangen, dass der Karawane ein solch starker Angriff einer derartigen Übermacht bevorstand. Natürlich hatte sie gleich gesehen, dass Traven noch nicht lange ein Schwert trug; es war offensichtlich gewesen, so ungeschickt, wie er damit umging. Aber wenn alles gut ging, so beruhigte sie sich, würde er sein Schwert nicht einmal ziehen müssen. Meritza verbot sich weitere Gedanken über den Jungen und konzentrierte sich auf die dunkle Umgebung. Auf einmal stand ein Wagen vorne in Flammen. Das Feuer erleuchtete die Nacht.

Sie unterdrückte einen Schreckensruf, als plötzlich vom Flussufer her fünf Männer auftauchten und auf sie zustürmten. Auch Slade hatte die Männer gesehen. Sie stellten sich ihnen beide entgegen. Jared hätte sich ihnen eigentlich anschließen müssen, aber er war nirgendwo auf seinem Posten in der Lücke zwischen den Wagen zu sehen. Slade rannte den Männern entgegen. Meritza schrie ihn an, er solle zurückkommen, doch er hielt nicht an. In seinem Eifer, sie zu schützen, opferte er sein Leben, nachdem er zuvor noch zwei Angreifern den Garaus gemacht hatte. Blitzschnell warf sie zwei Messer nach den Männern, die ihr immer näher kamen. Ein Messer traf den einen in die Brust, wo plötzlich Blut wie eine dunkle Blume aufblühte. Das andere Messer verfehlte sein Ziel; es traf einen anderen nur am Arm. Er schrie vor Schmerz und Wut. Meritza griff sich das dritte Messer aus ihrer Schärpe und kletterte auf den Wagen hinter ihr. Wo zum Teufel war nur Jared? Sie bereitete sich auf einen Kampf um Leben und Tod vor. Die beiden Angreifer hatten den Wagen erreicht.

* * *

Traven stieß den übel riechenden Leichnam herunter, wischte sich das Blut aus den Augen und richtete sich auf. Seine Beine zitterten. Voller Erstaunen blickte er auf den toten Angreifer herab. Wie gut, dass er es geschafft hatte, sein Schwert hochzuhalten. Und wie gut, dass der Angreifer so übereifrig gewesen war. So hatte er sich selbst damit aufgespießt. Das Schwert schaute aus seinem Rücken heraus. Wie betäubt betrachtete Traven das Blutbad um ihn herum und versuchte, seinen keuchenden Atem zu beruhigen. Der Schmerz in seinem Bein und in seinem Arm hätte ihn beinahe wieder auf die Knie sinken lassen. Er blickte herab und sah, dass sein Blut herunterrann und sich am Boden mit dem der Toten vermischte. Er unterdrückte ein Schluchzen, als ihm erst jetzt so richtig bewusst wurde, wie nahe er dem Tod gewesen war. Von vorne aus dem Lager waren weiterhin Todesschreie zu hören und das Klirren von Schwertern. Er überlegte, sein Schwert aus dem Toten herauszuziehen, doch er hatte die Kraft dafür nicht. Er strebte dem vorderen Teil des Lagers zu, als er auf einmal eine Frau schreien hörte. Das ganze Lager war in Aufruhr und überall liefen aufgeregt und ängstlich die Pferde herum. Er versuchte, trotz des Tumults einen klaren Gedanken zu fassen. Die Frauen, die eigentlich auf die Pferde hatten aufpassen sollen, waren nirgendwo zu sehen.

Erneut war der Schrei der Frau zu hören, und Traven blieb beinahe das Herz stehen, als er erkannte, wer da geschrien hatte: Es war Meritza. Auf dem Wagen an der linken Flanke kämpfte sie verzweifelt gegen zwei Angreifer. Im Schein des Feuers wirkte auch ihr Haar, als ob es aus Flammen bestünde. Er musste etwas tun. Tränen traten ihm in die Augen; er taumelte in ihre Richtung. Er hatte gerade erst zwei Schritte auf sie zu gemacht, als ein Pferd in ihn hineinrannte und ihn zu Boden warf. Er versuchte, wieder aufzustehen, doch seine Kraft versagte. Nun begann er, zu ihr zu kriechen, und streckte die Hand nach ihr aus. Er musste etwas tun. Er musste. Er musste!

Auf einmal trat der ganze Aufruhr in seiner Umgebung zurück. Die Zeit blieb stehen – nichts und niemand bewegte sich mehr und es herrschte vollkommene Stille. Die Luft um die Männer herum, die Meritza angriffen, und die jetzt in ihrer Pose verharrten wie eingefroren, schimmerte vor Travens Augen und wurde immer dichter. Etwas wie ein Nebelstreif, der aus dem zu bestehen schien, woraus alles Leben besteht, formte sich am Himmel und richtete sich in gezackten Linien direkt auf die beiden Angreifer aus. Nur diese zackigen Linien des Gewebes des Lebens bewegten sich, alles andere war noch immer nur stumme, bewegungslose Kulisse. Traven spürte eine große Ruhe in sich. Dann prallte er gegen eine solide, undurchdringliche Mauer aus Nichts. Die Welt wachte wieder auf. Mit beiden Händen griff er sich an die Brust, die zu brennen schien wie der Wagen vor ihm. Der Schmerz war unerträglich. Er fasste nach der Hitze, als ob er sie mit seinen Händen aus sich herausreißen könnte. Plötzlich stand sein Hemd in Flammen. Er sprang auf, gab einen markerschütternden Schrei von sich. Sein Fleisch brannte, er roch den süßlichen, widerlichen Geruch. Ein weiteres Pferd rannte gegen ihn, er wurde hoch in die Luft geschleudert. Einen Augenblick lang schien er in unerträglicher Pein zu schweben. Dann stürzte er hinab, in eisig kaltes Wasser, und alles wurde schwarz.

* * *

Der Geist schwang herum und blickte sich nach allen Richtungen um. Er hatte gerade eine weitere nichts ahnende Wache ins Jenseits befördern wollen, als der schwarze Stein in seiner Tasche auf einmal lebendig geworden war. Er erwärmte sich, doch anders, als Kadrak es ihm erklärt hatte, begann der Stein nicht rot zu leuchten, sondern er blieb schwarz. Allerdings erschienen auf einmal überall auf dem Stein rote Adern. Dann hörte er einen verzweifelten Schrei hinten im Lager und der Stein kehrte in seinen normalen Zustand zurück. Es war alles so schnell gegangen. Er konnte es fast nicht glauben, dass der Stein sich wirklich verändert hatte, aber er wusste, was er gesehen hatte. Und der Geist glaubte nicht an Zufälle. Der Stein war wieder erloschen, als er den Schrei gehört hatte, und der war von einem hochgewachsenen jungen Mann gekommen. Er wusste nicht, wo dieser junge Mann jetzt war. Ringsherum sah er niemanden, der so aussah wie dieser junge Kerl, den er vorhin beobachtet hatte. Aber im Laufe seines Lebens hatte der Geist schon genügend Schreie der Angst und des Schmerzes gehört. Er wusste genau, nach wem er Ausschau halten musste.

Aber zuerst würde er das erledigen, wofür er gekommen war. Still und leise schlich er sich von hinten an eine Wache an, die naiv genug war, lediglich nach vorne zu schauen und darauf zu achten, dass niemand zwischen zwei Wagen hindurchkommen konnte. Er zog den dünnen Metalldraht mit seinen Fäusten fest an, als er direkt hinter den Mann trat, und schlang ihn um seinen Hals. Mit einer schnellen und geübten Bewegung hatte der Geist sein Ziel erreicht; der Mann sank leblos zu Boden. Als Nächstes waren die Bogenschützen dran. Lautlos bewegte der Geist sich weiter, dem nächsten Wagen zu und den nächsten Opfern.

* * *

Rodham schoss einen weiteren Bolzen in die Menge und wieder musste ein Dieb daran glauben. Vorhin hatte er aus dem Lager einen verzweifelten Schrei gehört, aber als er sich umschaute, sah er nur die Pferde, die überall wild und nervös herumliefen. Inzwischen saßen nur noch vier Wachen auf ihren Pferden. Die anderen vier hatten sich tapfer geschlagen, bevor die Übermacht der Räuber sie überwältigt hatte. Und eben wurde eine weitere Wache vom Pferd gezogen. Die Bogenschützen auf dem Wagen zu seiner Rechten hatten aus irgendeinem Grund aufgehört zu schießen. Die Wachen, die mit ihm auf dem Wagen gewesen waren, hatten sich vor ein paar Minuten dorthin begeben, um nachzusehen, was los war. Sie waren nicht zurückgekommen. Rodham wusste nicht genau, was rundherum passierte – aber eines war ihm klar: Etwas Gutes war es nicht. Er zielte sorgfältig und schaltete einen weiteren Dieb aus. Er war sich nicht sicher, wie lange die letzten Wachen zu Pferde noch durchhalten konnten. Es gab nur noch sieben Räuber – aber die waren ausnehmend geschickt darin, den Schwertern der Wachen auszuweichen. Er lud einen weiteren Bolzen, zielte auf den nächsten Angreifer. Plötzlich spürte er etwas, jemanden hinter sich; und dann spürte er nichts mehr.

* * *

Der Geist warf die Armbrust beiseite, nachdem er die letzte der berittenen Wachen erledigt hatte. Zwei seiner Leute hatte der Kerl noch getötet, bevor er ihm mit dem Bolzen ein Ende bereitet hatte. Er war extrem ungehalten. Der Boden um das Lager herum war übersät mit den Leichen seiner Männer. Beim Kampf gegen nur zwanzig Wachen hatte er über hundert Mann verloren! Diese Diebe, die behauptet hatten, gute Kämpfer zu sein, waren nichts als feige Schwächlinge, keine echten Männer. Nur zwei von ihnen hatten das Blutbad überlebt. Er sprang vom Wagen und schloss sich ihnen an, gab ihnen die Anweisung, so viele Pferde wie möglich einzufangen und sie mit den kostbarsten Dingen aus den Wagen zu beladen, die nicht gebrannt hatten. Er selbst machte sich auf die Suche nach dem jungen Mann. Doch keiner der Männer aus der Karawane, die er tot auf dem Boden sah, war jung genug, um der Kerl sein zu können, der den Stein zum Leben erweckt hatte. Das Einzige, was er ansonsten noch fand, das war ein zwar sehr einfach gestaltetes, aber dafür außergewöhnlich gutes Schwert, das er aus einem seiner besten Männer herauszog und sich in die Schärpe schob. Er wusste, dass er sich nicht geirrt hatte – er hatte den Schrei deutlich gehört. Der junge Mann war zumindest verletzt. Wie hatte er nur entkommen können? Der Geist beschloss, sich noch ein paar Tage hier aufzuhalten und zu beobachten, ob er vielleicht zum Lager zurückkehrte. Und wo er schon dabei war – mit den anderen hatte er jetzt lange genug zusammengearbeitet; es wurde Zeit, wieder allein durch die Gegend zu ziehen. Er setzte den Rest der Wagen in Brand und beendete, was die Wachen der Karawane begonnen hatten. Die verbleibenden beiden Diebe waren schnell ihren toten Kumpanen hinterhergeschickt. Kurz darauf führte der Geist die voll beladenen Pferde aus dem Lager; allein.

10

Von der Spitze des Berges weiter oben am Fluss beobachtete der große Mann, wie die Flammen den Nachthimmel beleuchteten. Es sah ganz so aus, als ob die Diebe erneut zugeschlagen hätten. Er wünschte sich, er könnte etwas unternehmen gegen dieses verdorbene Ungeziefer, das sich bei Tag versteckte und nachts feige zuschlug. Aber es waren zu viele Räuber, als dass er sie hätte angreifen können. Als er ihnen neulich über den Weg gelaufen war, hatte er über hundert Mann gezählt. Er wandte sich vom Feuerschein ab und ging zum Fluss, um noch ein wenig Wasser zu trinken, bevor er sich schlafen legte.

Als er sich zum Wasser herabbeugte und mit der Hand davon schöpfen wollte, sah er zu seinem Erstaunen einen Körper direkt auf sich zutreiben. Diese verdammten Diebe verseuchten den ganzen Fluss mit ihren Opfern. Er watete ein Stück in den Fluss hinein und ergriff den Körper, zog ihn aus dem Wasser und hielt überrascht inne. Der junge Mann lebte noch! Schnell brachte er den Körper die Böschung hoch und zu seinem Lager. Was hatten die Diebe nur mit ihm gemacht! Sein Arm und sein Bein wiesen tiefe Wunden auf und sein Hemd hatte sich in seine Haut hineingebrannt. Auch zeigten sich etliche Prellungen an seinem Körper und er hatte eine deutlich sichtbare Beule am Kopf. Der arme

Junge würde reichlich Schmerzen leiden, sobald er aufwachte. Falls er aufwachte. Zum Glück hatte das kalte Wasser die Blutungen gestoppt. Schnell zerrte der Mann dem Jungen die restliche Kleidung vom Leib, verband seine Wunden und deckte ihn mit warmen Decken zu. In der Nähe der Diebe wollte er es nicht riskieren, ein Feuer anzuzünden. Er hoffte nur, der Junge würde durchhalten, bis am Morgen die Sonne aufging.

* * *

Langsam kehrte das Bewusstsein in Travens übel zugerichteten Körper zurück. Das Erste, was er spürte, war ein beißender Schmerz, der von jedem Zentimeter seines Körpers auszugehen schien. Nach einer Weile verblasste diese Pein. An ihre Stelle trat das Gefühl, am ganzen Körper wund zu sein, mit zwei stärkeren Schmerzensherden am oberen linken Arm und am rechten Schenkel. Er öffnete die Augen und wurde von der Helligkeit der Morgendämmerung geblendet. Er blinzelte in das Licht und versuchte, einen klaren Gedanken zu fassen. Was war passiert? Auf einmal erinnerte sich Traven an den Angriff der Diebe in der Nacht und an Meritza. Er versuchte, sich aufzusetzen, fiel jedoch schon nach wenigen Zentimetern mit einem Stöhnen wieder zurück. Neben der Stelle, wo er lag, prasselte ein kleines Feuer und der Geruch von gebratenem Fisch stieg ihm in die Nase. Er war bedeckt mit mehreren Fellen und Decken. Er tastete nach seinem Edelstein und stellte beruhigt fest, dass dieser noch immer um seinen Hals hing. Seine Brust, sein linker Arm und sein rechter Schenkel waren verbunden. Wie war er bloß hier gelandet? Er schaute sich um, kämpfte gegen den Schmerz an, um herauszufinden, in welchem Lager er sich befand. Vielleicht war es der Karawane ja gelungen, die Diebe am Ende doch zurückzuschlagen.

Zuerst entdeckte Traven niemanden. Dann sah er, dass da jemand am Ufer des Flusses stand, nicht weit weg. Er stützte sich auf seinen gesunden Arm, um auszumachen, wer der Mann war. Enttäuschung füllte bitter seinen Mund. Dieser Mann war definitiv keine der Wachen der Karawane. Nun kehrte er zum Feuer zurück und Traven staunte. Der Mann war riesig! Die meisten Leute, denen er begegnet war, waren kleiner gewesen als er selbst, und bisher hatte er nur wenige getroffen, die größer waren als er. Doch dieser Mann sah so aus, als ob er sogar viel größer wäre. Seine Größe war allerdings nicht das Einzige, was ihn auszeichnete. Er war breitschultrig und extrem muskulös. Bestimmt war er so stark wie mehrere andere Männer zusammen. Dennoch war sein Schritt leicht und fließend. Oberhalb seiner Schultern konnte Traven die Griffe von zwei Schwertern sehen, die er über Kreuz auf dem Rücken trug. Sein Haar war schulterlang, schwarz und hinten mit einer Lederschnur zusammengebunden. Ein schmaler Spitzbart umrahmte seinen Mund und sein Kinn und er trug goldene Kreolen in seinen Ohren. Beherrscht wurde sein Gesicht von durchdringenden grünen Augen, die die gesamte Umgebung auf einmal wahrzunehmen schienen. Er hatte es sofort bemerkt, dass Traven ihn studierte, und nahm mit einem Lächeln auf der anderen Seite des Feuers Platz.

»Hast du dich also doch entschieden, endlich aufzuwachen«, bemerkte er mit einer tiefen Bassstimme. »Ich habe das Blut von deiner Kleidung gewaschen, aber dein Hemd war nicht zu retten. Es war sowieso nur noch die Hälfte davon übrig, als ich dich aus dem Fluss gezogen habe.« Der Mann lachte freundlich. »Ich vermute, du fühlst dich großartig.«

Wer war bloß dieser Mann? Er legte Traven seine Kleidung hin, ohne das Hemd.

»Wenn du bereit bist, hier ist alles.«

»Danke. Habt Ihr mir die Wunden verbunden?« Der Mann nickte. »Ich danke Euch für alles, was Ihr getan habt. Wahrscheinlich verdanke ich Euch mein Leben.«

»Da ist nichts Wahrscheinliches dabei, Junge – das ist sicher. Du hast kaum noch geatmet, als ich dich gefunden habe. Du hast großes Glück, noch am Leben zu sein.« Nun reichte ihm der Mann seine Schwertscheide. »Was mit deinem Schwert passiert ist, weiß ich allerdings nicht«, erklärte er.

Traven erinnerte sich daran, wie er sein Schwert verloren hatte, doch der Gedanke daran verursachte ihm Übelkeit. Er griff nach seiner Kleidung und stöhnte vor Anstrengung.

»Hier«, sagte der Mann und reichte Traven etwas von dem Fisch. »Du musst etwas essen, damit dein Körper die Kraft findet, sich selbst zu heilen. Die Wunden an deinem Arm und deinem Bein sind zum Glück nicht so schlimm. Sie sollten mit der Zeit von selbst verschwinden. Trotzdem, du hast eine Menge Blut verloren. Vielleicht hast du dir auch ein paar Rippen gebrochen – obwohl, andererseits, nein, ich glaube nicht. Sonst hättest du größere Schwierigkeiten beim Atmen. Auf die Verbrennungen auf deiner Brust habe ich Salbe aufgetragen. Sie lindert den Schmerz und sorgt für eine schnelle Heilung. Jetzt brauchst du nur noch viel Ruhe und etwas Zeit, dann bist du wieder in Ordnung.«

Traven verschlang den Fisch, den der Mann ihm angeboten hatte, und ließ sich wieder zu Boden sinken. Er schloss die Augen; nur für eine Sekunde, beschloss er. Er musste sich nur ein wenig ausruhen und dann konnte er aufstehen, zum Nachtlager der Karawane gehen und …

Traven schlug die Augen auf und stellte zu seinem Entsetzen fest, dass die Sonne sich bereits auf der anderen Seite des Himmels befand. Er hatte den ganzen Tag verschlafen! Mit einem Ruck setzte er sich auf und wäre beinahe wieder zurückgefallen, als der Schmerz durch seinen Körper schoss. Das Feuer war bereits heruntergebrannt. Er suchte nach dem Mann, der ihm das Leben gerettet hatte. Er entdeckte ihn – und beobachtete ihn staunend. Er stand am Ufer, in jeder Hand ein Schwert, und balancierte auf den Zehenspitzen. Plötzlich bewegte er sich und schwang die Schwerter; so schnell, dass nur noch ein Wirbel aus Metall zu sehen war. Er drehte sich, er sprang hoch, immer begleitet von der wirbelnden Masse tödlichen Metalls. Die Schwerter wurden nicht langsamer, auch wenn er die Position veränderte, und alle seine Bewegungen waren kraftvoll und fließend zugleich. Fasziniert beobachtete Traven, wie der Mann seine Schwertkünste trainierte. So rasch wechselte er von einer Position in die nächste, dass es Traven an einen

Tanz erinnerte; einen tödlichen Tanz. Und immer wirbelten die Schwerter. Wie hypnotisiert verfolgte es Traven und vergaß darüber alles andere. Endlich wurde der Mann langsamer, hielt inne. Mit einer schnellen Bewegung steckte er die Schwerter wieder in ihre Scheiden auf seinem Rücken und kehrte zu Traven zurück.

»Wie fühlst du dich?«, fragte er ihn. Traven versuchte zu antworten, doch er musste husten. Wellen von Schmerz rollten durch seinen gesamten Körper. Seine Kehle war ganz trocken. »Du hättest etwas Wasser trinken sollen, bevor du den ganzen Tag schläfst«, bemerkte der Mann und warf Traven einen gefüllten Wasserschlauch in den Schoß.

Traven nahm ihn auf und trank gierig das kühle Wasser. Er konnte sich nicht erinnern, dass Wasser jemals so wundervoll und süß geschmeckt hatte. Er trank den Schlauch mehr als halb leer, bevor er ihn absetzte und erneut versuchte zu sprechen.

»Ihr seid großartig!«, stieß er bewundernd hervor. »Wo habt Ihr das gelernt? Ich wette, Ihr könntet mit Leichtigkeit mit hundert Feinden fertigwerden!«

»Nun übertreib mal nicht, Junge! Ich könnte mich schon gegen hundert Angreifer wehren – aber ganz sicher nicht mit Leichtigkeit. Anscheinend geht es dir noch nicht besser, wenn du so fantasierst!« Traven zuckte angesichts seiner törichten Bemerkung zusammen. »Mach dir keine Gedanken«, tröstete ihn der Mann. »Es gab einmal eine Zeit, da habe ich mich auch für unbesiegbar gehalten.« Ein Schleier der Trauer legte sich über seine Augen. Nach ein paar Augenblicken schüttelte er ihn mit einer entschlossenen Kopfbewegung wieder ab und sprach weiter. »Was die Fehler betrifft, die wir einmal gemacht haben – ändern können wir sie nicht, aber wir können daraus lernen. Du siehst wirklich schon besser aus als heute Morgen. Ich werde uns etwas zum Abendessen bereiten und dann solltest du wieder schlafen. Vielleicht bist du morgen früh schon stark genug, damit wir weiterreisen können.«

Der Mann fachte das Feuer wieder an. Traven kroch unter den Decken hervor, zog sich langsam und mühsam an. Danach saß er einfach da und beobachtete, wie der Mann kochte. Sein Magen knurrte. Er war am Verhungern. Der Mann hatte die Wahrheit gesagt, als er erklärt hatte, dass Travens Körper dringend Nahrung brauchte, um zu heilen. Auf einmal fiel ihm ein, dass er den Namen des Mannes nicht kannte – und sich selbst auch noch nicht vorgestellt hatte.

»Ich heiße übrigens Traven.«

Verwirrt schaute der Mann vom Topf hoch und lachte dann.

»Oh, es tut mir leid, ja – ich heiße Blaize. Normalerweise stelle ich mich vor, wenn ich jemandem begegne, aber als ich dich gefunden habe, warst du nicht gerade in Stimmung für eine Unterhaltung.« Traven lächelte. Blaize rührte weiter im Topf und fragte dann: »So, Traven – und wie kam es nun, dass ich dich gefunden habe, halb tot, vom Fluss mitgeschwemmt?«

Traven berichtete, was geschehen war, wie er sich der Karawane angeschlossen hatte und alles gut gelaufen war, bis die Nacht hereinbrach. Er erzählte, dass über hundert Diebe sie in der Dunkelheit angegriffen hatten. Doch man war auf sie vorbereitet gewesen. Fünf Männer hatten ihn und zwei andere Wachen, die die rechte Flanke sicherten, angegriffen. Das hatte ihm die Wunden an Arm und Bein eingetragen, aber er war der Einzige der drei, der überlebt hatte. Dann hatte er der Führerin der Karawane zu Hilfe eilen wollen, doch ein Pferd war in ihn hineingaloppiert und hatte ihn in den Fluss gestürzt. Nachdem Traven seine Geschichte erzählt hatte, schaute Blaize ihn nachdenklich an und reichte ihm dann etwas von dem Eintopf, den er zubereitet hatte. Traven nahm ihn dankbar an.

»Ich glaube dir alles – bis auf eine Sache«, meinte Blaize dann. »Wie erklärst du es dir, dass dein Hemd gebrannt hat und du Verbrennungen auf der Brust davongetragen hast?«

Traven ließ den Löffel sinken. Das war etwas, worüber er lieber nicht nachdenken wollte. Er hatte keine Ahnung, was passiert war. Dunkel erinnerte er sich daran, dass sich auf einmal alles um ihn herum verlangsamt hatte, dass alles ganz ruhig und bewegungslos gewesen war, bevor er plötzlich diese feurige Qual gespürt hatte. Davon abgesehen erinnerte er sich an nichts. Aber der Mann hatte recht – ein Hemd fing nicht einfach so von selbst an zu brennen. Irgendetwas musste das Feuer ausgelöst haben, aber er wusste nicht was. Er schüttelte den Kopf und versuchte, den Vorfall in der Erinnerung klarer zu sehen.

»Es ist in Ordnung, wenn du nicht darüber sprechen möchtest«, bemerkte Blaize zwischen zwei Löffeln mit Eintopf. »Ich war nur neugierig. Aber es gibt noch etwas, was ich dich fragen wollte. Welche Bewandtnis hat es denn mit dem Stein, den du um den Hals trägst? Ich habe noch nie einen solchen Stein gesehen. Er scheint im Dunkeln richtig zu leuchten.«

Plötzlich drang ein Albtraum, der ihm vorkam, als hätte er ihn vor Jahren geträumt, mit Macht in Travens Erinnerung ein. Er blickte herab und entdeckte, dass er den Stein in der Hand hielt. Er konnte seine Wärme spüren – aber das, wovon er geträumt hatte, konnte doch nicht in Wirklichkeit geschehen sein! Das war unmöglich. Niemals konnte der Stein eine solche Hitze ausstrahlen, dass sie sein Hemd in Flammen setzte. Doch dann fiel ihm ein, dass der Stein auch ganz unversehens die Farbe gewechselt hatte, von blau zu bernsteinfarben. Er wusste, das hatte er sich nicht nur eingebildet, das hatte sich tatsächlich ereignet. Der Gedanke, dass das, was er im Traum erlebt hatte, vielleicht doch wahr sein, dass es tatsächlich geschehen sein könnte, ließ ihn erzittern.

»Es tut mir leid – du sprichst wohl nicht gerne über den Stein. Ich wollte nur …«

»Nein, nein – damit hat es nichts zu tun«, sagte Traven rasch. Er versuchte, sich zusammenzureißen; schließlich wollte er den Mann nicht beunruhigen, der ihm das Leben gerettet hatte. »Der Stein hat meinem Vater gehört. Er ist alles, was mich noch an ihn erinnert. Ich weiß nicht, was für ein Stein es ist oder woher mein Vater ihn hatte.«

Traven war froh, dass seine Stimme einigermaßen ruhig klang. Blaize servierte ihm eine zweite Schüssel Eintopf und er vertilgte sie so schnell wie die erste. Als er fragte, ob er noch etwas von dem Eintopf haben könne, lachte Blaize nur und leerte den Rest des Topfes in seine Schüssel. Nach dem Essen fühlte Traven sich viel besser, aber auch maßlos erschöpft. Er hatte den ganzen Tag geschlafen und verstand es nicht, wie er dennoch so müde sein konnte, beschloss aber, Blaize' Rat zu befolgen und sich einfach wieder schlafen zu legen.

Als Traven am nächsten Morgen aufwachte, war Blaize bereits dabei, das Lager abzubrechen. Traven versuchte aufzustehen und stellte zu seiner Freude fest, dass es ihm gelang. Sein Körper fühlte sich immer noch sehr angeschlagen an, aber schon viel stärker als am Tag zuvor. Blaize gab ihm zum Frühstück einen harten alten Zwieback und fragte ihn, ob er sich stark genug zum Reiten fühle.

»Ja, es geht mir sehr viel besser«, antwortete Traven lächelnd. »Ich denke, ich werde reiten können.

»Wenn du das sagst!« Blaize warf den Sattel über sein großes Pferd. Traven wunderte sich, dass er das Tier vorher nicht bemerkt hatte. Sein Fell war von einem wunderschönen dunklen, rötlichen Braun. Es besaß einen tiefen Brustkorb und eine muskulöse Mitte. Das Pferd sah definitiv stark und schnell aus. Nachdem Blaize seine Habseligkeiten in die Satteltaschen gesteckt hatte, drehte er sich zu Traven um.

»Du kannst Flame reiten und ich gehe nebenher. Bis zu deinem Lager ist es nicht sehr weit. Wir werden uns anschauen, was davon übrig ist. Du solltest dir allerdings keine allzu großen Hoffnungen machen. Nach dem, was ich gesehen habe, wurden wahrscheinlich alle Wagen in Brand gesetzt.«

Traven stöhnte vor Schmerz, als er sich auf Blaize' Pferd zog. Er fühlte sich auf einmal doch erstaunlich schwach. Blaize nahm Flame am Zügel und führte ihn; Traven hatte nichts weiter zu tun, als einfach auf dem Pferd zu sitzen. Der Hügel, auf dem die Karawane ihr Nachtlager aufgeschlagen hatte, war ganz schwarz, wie völlig verbrannt. Doch als sie näher kamen, erkannte Traven, dass der Hügel nur deshalb vollkommen schwarz war, weil sich lauter Raben und Krähen und Geier und andere aasfressende Vögel darauf niedergelassen hatten. Ein Windhauch aus der Richtung des Hügels ließ ihn würgen. Noch nie hatte er einen solchen ekelerregenden Gestank gerochen. Blaize blieb stehen und schaute ihn an.

»Vielleicht solltest du besser hier unten warten, während ich hinaufgehe und mir das ansehe.«

Mit dem Gestank in der Nase war Traven fast versucht, dieses Angebot anzunehmen, doch er entschied sich dagegen.

»Danke, aber ich muss selbst sehen, was geschehen ist. Wir sollten es hinter uns bringen.«

»Wenn du das sagst …«

Mit gleichmäßigen Schritten marschierte Blaize die Anhöhe hinauf. Die Vögel flogen schreiend und krächzend auf und gaben den Anblick auf ein Blutbad frei, auf das auch der Gestank Traven nicht vorbereitet hatte. Stinkende, verstümmelte Körper bedeckten nahezu den gesamten Hügel. Traven beugte sich zur Seite und erbrach sein Frühstück. Sein nächster Blick auf die Szene, die vor ihm lag, ließ ihn erneut würgen, auch wenn er nichts mehr im Magen hatte. Er wischte sich den Mund ab und rutschte vorsichtig von Flame herunter. Verlegen, dass er dessen Rat nicht befolgt hatte, stellte er sich neben Blaize. Blaize starrte auf das, was vor ihm lag, und nahm alles in sich auf. Traven hingegen versuchte, möglichst nicht auf den Boden zu schauen und ganz flach zu atmen.

»Weißt du was?«, bemerkte Blaize ernst. »Auch wenn du dem Tod noch so oft begegnet bist, du gewöhnst dich nie daran. Du lernst, dass er dir nicht mehr ganz so viel ausmacht – aber gewöhnen kannst du dich an ihn nicht.« Er schüttelte den Kopf und schloss kurz die Augen. »Lass uns nachschauen, was von der Karawane übrig geblieben ist.«

Traven folgte stumm, als Blaize sich seinen Weg durch das Blutbad suchte. Es war nur das abstoßende Summen der Fliegen zu hören, die sich auf den Körpern sammelten, und das Krächzen der Vögel, die ungeduldig darauf warteten, ihre Mahlzeit wieder aufnehmen zu können. Alle fünf Wagen waren ausgebrannt und nur noch Haufen von verkohltem Holz und Asche. Traven betrat den inneren Kreis, der von den Wagen umgeben war. Traven ließ seinen Blick schweifen, stoppte jäh, als er zur linken Seite des Lagers kam. Da, neben der grauen Asche des verbrannten letzten Wagens, leuchtete etwas rötlich auf; Meritzas Haar. Er wandte sich ab.

Ein Schluchzen zerriss seinen gepeinigten Körper. Er sank auf die Knie, konnte sich nicht länger aufrechthalten. Natürlich hatte er es irgendwie gewusst, dass Meritza die Nacht nicht überlebt haben konnte. Doch jetzt tatsächlich ihren leblosen Körper unter all den anderen Leichen zu sehen, das war einfach zu viel für ihn. Er saß weinend da, bis er keine Tränen mehr hatte. Traven schrak zusammen, als ihm plötzlich Blaize die schwielige Hand auf die Schulter legte.

»Es tut mir leid, Traven – diesen Kampf hat nur ein einziger Mensch lebend überstanden, und ich bin mir ziemlich sicher, das war niemand aus der Karawane. So wie es scheint, wärt ihr sogar mit Leichtigkeit mit den gemeinen Räubern fertiggeworden – wäre dieser eine Mann nicht gewesen. Er muss ein ausgebildeter Meuchelmörder oder so etwas gewesen sein. Wahrscheinlich hat er sich noch vor dem Angriff ins Lager geschlichen und seine Arbeit dort erledigt. Und das hat er sehr gründlich getan.« Blaize schwieg eine Weile. Traven hatte keine Ahnung, wie er so schnell hatte durchschauen können, was in der Nacht passiert war. »Ich habe etwas gefunden«, sagte Blaize nun, »dort hinter dem Felsen. Das hat man anscheinend übersehen.«

Traven schaute auf und entdeckte seine gefüllte Satteltasche, die Blaize sich über die Schulter geworfen hatte.

»Meine Satteltasche! Ich kann es nicht fassen – sie ist unversehrt!« Traven erhob sich und nahm die Tasche. Er öffnete sie, zog ein sauberes Hemd hervor und schlüpfte hinein.

»Jetzt brauchst du nur noch ein Pferd.«

Bei diesen Worten wurde Traven bewusst, wie verrückt es war, sich über eine Satteltasche zu freuen, wenn er nicht einmal ein Pferd hatte. Er hoffte nur, dass Dapple irgendwie davongekommen war, das arme Tier.

»Du hast Glück«, bemerkte Blaize. »Direkt am Fluss steht ein Pferd.«

Traven schaute zum Fluss, und tatsächlich, da stand ein Pferd. Es sah recht wild aus, war jedoch gesattelt. Vielleicht hatte es einer der Wachen gehört, die zu den Dieben hinausgeritten waren.

»Wir können nichts mehr für deine Freunde tun«, sagte Blaize leise. »Aber wenn du willst, können wir ihnen ein Grab geben.«

»Das würde ich wirklich gerne für sie tun«, erwiderte Traven rau. »Ich fange gleich an zu graben.«

Blaize fand eine Axt bei einem toten Räuber und überreichte sie Traven. Er selbst schwang sich auf Flame und ritt zum Fluss, um das andere Pferd einzufangen.

Traven begann, oben auf dem Hügel zu graben. Eigentlich hatte er vorgehabt, jedem der Wachen ein eigenes Grab auszuheben, doch diesen Plan gab er schnell wieder auf, als er merkte, wie lange es dauern würde, so viele Gräber zu graben – und das auch noch ohne Schaufel und in seinem geschwächten Zustand. Als Blaize mit dem wunderschönen, pechschwarzen Hengst zurückkehrte, konnte Traven schon kaum mehr graben. Blaize band das Pferd an ein Wagenrad, das noch teilweise erhalten geblieben war, und nahm Traven die Axt aus der Hand. Traven setzte sich und schaute zu, wie Blaize das Loch, das er begonnen hatte, rasch erweiterte und vertiefte. Nach einer Weile fühlte er sich stark genug, Blaize wieder abzulösen, der sich nun auf die Suche nach den Leichen der Wachen machte.

Traven hob die Axt und ließ sie niedersausen, um das Loch noch etwas tiefer zu machen. Doch statt auf weiche Erde zu treffen, schlug die Axt mit einem metallischen Klirren gegen etwas Hartes. Er vermutete, dass er auf einen Felsen gestoßen war, und beugte sich herab, um ihn herauszuholen. Er fegte die Erde herunter. Doch es war kein Felsen, was da lag – es war etwas aus Metall. Traven griff danach und versuchte, es herauszuheben. Aber was immer es war, es bewegte sich nicht. Er schaffte mehr Erde um den Gegenstand herum beiseite und stellte fest, das Hindernis war weit größer, als er zuerst gedacht hatte. Nachdem er eine Menge Erde rundherum entfernt hatte, erkannte Traven endlich, es war eine lange, rostige Metallkiste. Sie war etwa eins achtzig lang und knapp einen Meter breit. Erneut zog er daran, aber für dieses Gewicht war er noch immer nicht stark genug.

»Blaize!«, rief er. »Ich brauche Euch hier!«

Blaize zog den Körper einer Wache zu den anderen, die er bereits unter den Dieben gefunden und an eine Stelle gelegt hatte.

»Traven, bitte«, keuchte er. »Ich will hier so schnell wie möglich fertig werden. Wenn du nicht mehr graben kannst, leg einfach eine Pause ein.«

»Nein, nein – das ist es nicht«, sagte Traven eifrig. »Ich habe etwas gefunden!«

Langsam kam Blaize heran. Als er sah, was Traven entdeckt hatte, bewegte er sich schneller. Er sprang in das Loch. Sie fassten an beiden Seiten der Kiste zu und hoben sie heraus. Es kostete Traven den letzten Rest seiner Kraft.

»Was glaubt Ihr, was darin ist?«, fragte Traven aufgeregt.

»Es sieht aus wie ein Sarg«, antwortete Blaize. »Aber es gibt nur einen Weg, es herauszufinden.«

Blaize versuchte, den Deckel anzuheben, doch es gelang ihm nicht. Er nahm die Axt, schlug ein paarmal zu und dann sprang der Deckel auf. Beide schauten hinein. Blaize hatte richtig vermutet – es lag ein Skelett darin. Aber nicht das war es, was Traven faszinierte, sondern etwas anderes. Der Tote musste ein Krieger gewesen sein. Auf dem Schädel ruhte ein verrosteter Helm und über der Brust lag ein Harnisch, ebenfalls teilweise verrostet. Das, was Travens Blick wie magisch anzog, war jedoch das, was neben dem Körper lag – ein Schwert. Anders als das andere Metall zeigte das Schwert keinerlei Spuren von Rost. In seinem Griff steckte ein dunkelblauer, fast schwarzer Stein. Der Stein schien sofort das Licht der Umgebung auf sich zu ziehen. Es wirkte fast so, als ob er leuchten würde. Wie konnte es sein, dass Klinge und Griff des Schwertes so gut erhalten waren, wo doch alles andere Metall von Rost zerfressen war? Blaize zog das Schwert heraus und betrachtete es mit so etwas wie Ehrfurcht im Blick.

»Ich denke, du besitzt jetzt ein Schwert«, sagte er und reichte es Traven.

Traven fasste nach dem Griff. Er schien wie für ihn geschmiedet worden zu sein und lag perfekt in seiner Hand. Und was das

Gleichgewicht betraf, so war dieses Schwert ebenso gut wie das, was er vorher besessen hatte, wenn nicht sogar besser.

»Wie kann das sein, dass sich das Schwert noch in einem so guten Zustand befindet?«, fragte Traven ungläubig.

»Das liegt daran, dass es von der Atmosphäre geschmiedet worden ist«, erklärte Blaize und zog seinen Dolch aus der Gürtelscheide, »ebenso wie dieser Dolch. Diese Waffen müssen niemals geschärft oder geölt werden. Heutzutage ist es extrem selten, dass man noch Dinge finden kann, die von der Atmosphäre geschaffen worden sind. Außer meinem Dolch ist das erst die zweite dieser Klingen, die ich auf all meinen Reisen gesehen habe.« Blaize schob den Dolch wieder in die Scheide.

»Was ist denn die Atmosphäre?«, fragte Traven und kam sich ganz unwissend vor.

»Es wundert mich nicht, dass du davon noch nie gehört hast. Die meisten Menschen glauben schon lange nicht mehr daran. Ich denke, es weiß auch niemand so ganz genau, was die Atmosphäre denn nun wirklich ist. Auf jeden Fall hat es etwas mit Magie zu tun. Die uralten Magier haben mithilfe ihrer Wunderkräfte großartige Gegenstände geschaffen. Die meisten von ihnen haben sich allerdings bei einem Machtkampf vor über tausend Jahren gegenseitig umgebracht. Seitdem hat es nicht mehr viele Magier gegeben – und keiner von den wenigen besaß die Stärke der uralten Magier. Das Einzige, was von ihnen übrig geblieben ist, sind die Dinge, die sie geschaffen haben – so wie dieses Schwert und mein Dolch. Diese Dinge sind über tausend Jahre alt, aber sie sehen aus, als ob man sie gerade erst hergestellt hätte. Und das ist alles, was ich darüber weiß. Jetzt weißt du ebenso viel wie ich.«

Durch Magie erschaffen? Traven betrachtete das Schwert, das er in der Hand hielt, auf einmal mit ganz anderen Augen. Magie? Er hatte immer von Abenteuern und von Magie geträumt – aber nie hätte er gedacht, dass er der Magie einmal so nahe sein würde. Jetzt hatte er bereits ein großes Abenteuer erlebt – obwohl ihm das nun wirklich nicht sehr gefallen hatte –, und nun hielt er etwas in der Hand, das mithilfe von Magie geschmiedet worden war.

»Ich weiß nicht, ob ich das dem toten Krieger wirklich abnehmen darf«, sagte er unsicher.

»Traven, er braucht es bestimmt nicht mehr. Es lag schon über tausend Jahre in der Erde und es hält eine ganze Ewigkeit. Nimm es einfach und freue dich über das Glück, es gefunden zu haben.«

Was Blaize gesagt hatte, klang vernünftig. Er schob das Schwert in die Scheide und bemerkte zu seiner großen Freude, dass es nahezu perfekt hineinpasste. Nach dieser Ablenkung kehrte er zum Graben zurück und Blaize holte die Körper der Wachen. Zu Travens Erstaunen hatte er alle Wachen gefunden.

»Woher wusstet Ihr, welche der Leichen zwischen all den Dieben zur Karawane gehörten?«, fragte er verwundert.

»Ich kann das riechen«, erklärte Blaize und rümpfte die Nase. »Die Diebe riechen verdorben und gemein.«

»Ihr könnt den Unterschied riechen?«, erkundigte sich Traven verblüfft.

»Und ob ich das kann!« Blaize lächelte, dann wurde sein Grinsen immer breiter und schließlich lachte er laut. Nach einer Weile beruhigte er sich wieder und sagte: »Traven, wenn die Leute tot sind, riechen sie alle gleich. Oder vielmehr, sie stinken. Da gibt es keine Unterschiede. Ich habe die Wachen herausfinden können, weil zum einen drei anständig gekleidete Frauen sicherlich nicht mit den Dieben gekommen sind und weil sie alle ein rotes Band am Arm tragen – so wie du eines hattest, als ich dich fand. Ich konnte den Unterschied riechen – ha, ha, ha!« Wieder begann Blaize zu lachen, und Traven kam sich ziemlich dumm vor.

Blaize half Traven dabei, den metallenen Sarg wieder in das Loch zu schaffen, und dann legten sie die Leichen der Karawane in ihre letzte Ruhestätte. Traven konnte sich gut beherrschen – bis er Meritzas toten Körper sah. Er brach erneut zusammen und musste sich abwenden. Blaize brachte den Rest der Leichen ins Grab.

Traven konnte es nicht fassen – die erste Frau, in die er sich verliebt hatte, war tot. Er hätte unbedingt etwas tun müssen, um sie zu retten. Sie war tot, weil er nicht da gewesen war, um sie zu schützen. Wenn er nur besser mit dem Schwert hätte umgehen können, dann hätte er sie vor dem Tod bewahren können. Es war alles seine Schuld – seine Unfähigkeit, ein Schwert zu führen, hatte zu ihrem Tod geführt. Das würde ihm nicht noch einmal passieren. Er würde Meritza nie vergessen. Und er würde lernen, wie man kämpft, damit er das nächste Mal besser vorbereitet war. Nie wieder würde er jemanden im Stich lassen! Traven zog das rote Band hervor, das Blaize ihm in die Hosentasche gestopft hatte, und band es sich um den linken Arm, denn nun hatte er einen Kampf mitgemacht; einen Kampf, den er nie mehr vergessen würde. Er kehrte zum Grab zurück und half Blaize dabei, es wieder mit Erde zu bedecken. Anschließend stand er lange daneben und salutierte ein letztes Mal mit seiner Faust auf seinem Herzen.

»Beeil dich«, drängte Blaize. »Schnall deine Satteltasche auf dein neues Pferd und dann lass uns aufbrechen. Du hast dich vielleicht inzwischen etwas an den Gestank gewöhnt, aber ich ganz sicher nicht.«

Traven eilte zu seinem Pferd, machte alles bereit und zog sich in den Sattel. Er hatte sich komplett verausgabt, aber er hatte das einfach tun müssen.

»So, Traven«, meinte Blaize kurz darauf, »es war nett, dich kennengelernt zu haben. Du hast bestimmt keine Probleme, in die Stadt zurückzukehren und eine neue Karawane zu finden. Die meisten der Diebe aus dieser Gegend sind ja jetzt tot. Leb wohl! Ich hoffe, du hast dich bald vollständig wieder erholt.«

Mit diesen Worten wendete Blaize das Pferd und begann, nach Westen zu reiten. Traven hatte eigentlich nach Kavar zurückreiten wollen, um sich der nächsten Karawane anzuschließen, doch plötzlich hielt er an. Wenn Blaize gen Westen ritt, war er vielleicht auch unterwegs nach Calyn! Traven trieb sein neues Pferd an und holte Blaize mühelos ein.

»Wohin reitet Ihr, Blaize?«, fragte er schüchtern und ein wenig ängstlich.

»Ich will mich in Calyn der Armee anschließen. Und ich muss mich beeilen. Du hast mich schon zwei Tage gekostet!«, erwiderte

Blaize mit einem strengen Blick. Traven nahm einen tiefen Atemzug und versuchte sein Glück.

»Würde es Euch viel ausmachen, wenn ich Euch bis nach Calyn Gesellschaft leiste?«

Eine Weile lang sagte Blaize nichts, dann erhellte ein Lächeln sein Gesicht und vertrieb die Strenge daraus.

»Normalerweise reise ich ja allein; aber vielleicht ist es ganz nett, einmal Gesellschaft zu haben. Außerdem kann ich dir unterwegs beibringen, wie du mit deinem neuen Schwert umgehst. Die Reise wird zwar nicht so bequem wie die mit einer Karawane, aber wir werden immer genug zu essen haben. Du musst mir nur eines versprechen – du musst immer handeln wie ein Mann. Ist das klar?«

»Kein Problem«, grinste Traven, und als Zeichen ihrer neuen Verbindung verschränkten sie beide die Unterarme ineinander.

»Dann lass uns mal losreiten«, sagte Blaize lächelnd. »Du hast schon genug meiner Zeit verschwendet!«

Blaize setzte Flame in Trab und dann in Galopp. Auf seinem neuen Pferd konnte Traven leicht mit ihm Schritt halten. Es war unglaublich, wie viel Glück er gehabt hatte, nachdem erst alles so schrecklich verlaufen war. Aber jetzt reiste er mit einem echten Krieger, der sich der Armee anschließen und ihm sogar beibringen wollte, wie man mit einem Schwert kämpfte. Wenn ihn das nächste Mal jemand angriff, dann wusste er, was er zu tun hatte. Das nächste Mal würde er bereit sein.

* * *

Der Geist betrachtete das Grab. Es war erst an diesem Morgen entstanden. Zwei Leute waren hier gewesen. Der eine musste der junge Mann aus der Karawane gewesen sein – sonst wäre dieses Grab nie gegraben worden. Gegen Mittag hatten die beiden sich in Richtung Westen aufgemacht. Der Geist grinste. Nachdem sich am Tag zuvor hier nichts getan hatte, war er beinahe zu der Entscheidung gekommen, nicht mehr zurückzukehren, aber er arbeitete immer sehr sorgfältig. Und genau diese Sorgfalt hatte sich wieder einmal ausgezahlt. Am nächsten Morgen würde er ebenfalls in Richtung Westen aufbrechen, die beiden aufspüren und herausfinden, wer der junge Mann war und was in dessen Gegenwart mit seinem Stein passiert war. Es bestand kein Grund zur Eile – er würde sie schon einholen. Im letzten Licht des Tages machte der Geist ein Feuer, bereitete sich etwas zu essen und legte sich dann zum Schlafen nieder. Grinsend starrte er in den Nachthimmel, sog tief den süßen Duft des Todes ein, der ihn umgab. Im Westen, dort, wohin er morgen aufbrechen wollte, gab es jede Menge Räuber, die er um sich sammeln und zu allerlei Schandtaten anstiften konnte. Seufzend schloss er die Augen und träumte schon bald von den Genüssen des Mordens.

11

Als Blaize endlich die Straße verließ, um ein Nachtlager zu suchen, konnte sich Traven kaum noch im Sattel halten. Es war schon dunkel und der Tag war unglaublich anstrengend gewesen. Kaum hatte Blaize in einem kleinen Wäldchen neben der Straße angehalten, fiel er regelrecht aus dem Sattel. Blaize kümmerte sich um beide Pferde, während Traven kraftlos auf dem Boden kauerte. Er versuchte mit aller Gewalt, wach zu bleiben – und dennoch schlief er sofort ein. Blaize rüttelte ihn wach, als das Feuer bereits brannte und das Abendessen bereitet war. Traven nahm das Essen, doch er war zu müde, um viel davon zu schmecken. Anschließend trank er noch einen großen Schluck Wasser und schon fielen ihm die Augen wieder zu.

»Ich habe dir heute wahrscheinlich zu viel abverlangt«, erklärte Blaize. »Aber ich wollte einfach sehen, wie stark du schon wieder bist. Dir geht es schon viel besser, als ich gedacht habe. Zuerst hatte ich ja vorgehabt, dir ein paar Tage Ruhe zu gönnen – aber ich denke, wir können schon morgen mit dem Schwerttraining beginnen. Jetzt brauchst du erst einmal deinen Schlaf. Ich kümmere mich um alles und ich werde dafür sorgen, dass kein …«

Traven wusste, eigentlich sollte er zuhören, aber er konnte einfach nicht mehr. Er wollte nur noch schlafen. Er schloss die Augen, und schon überfiel ihn der Schlaf, schnell und tief. Dann hörte er ein Geräusch und … Traven schoss in die Höhe – Blaize hatte ihn angestoßen.

»Beruhig dich, Traven«, lachte der. »Ich wollte dich nur für dein morgendliches Training wecken. Und jetzt beeil dich, wenn du wirklich etwas lernen willst.«

Traven rieb sich den Schlaf aus den Augen. Es war schon Morgen? Er hatte das Gefühl, als ob er gerade erst die Augen geschlossen hätte. Doch er konnte die Sonne am Horizont aufgehen sehen. Er stand auf und streckte sich. Blaize hatte das kleine Wäldchen verlassen. Traven folgte ihm, sein neues Schwert umgeschnallt. Er fühlte sich noch immer sehr müde und überall wund, aber nicht mehr schwach. Vielleicht kehrte seine Stärke wirklich wieder zurück. Vor dem Wäldchen wartete Blaize schon ungeduldig auf ihn.

»Na, du hast ja lange genug gebraucht!«, schimpfte er. »Wenn du das *sich beeilen* nennst, dann weiß ich nicht, ob ich wirklich die Geduld aufbringe, dich zu unterrichten!«

»Oh, bitte, Blaize! Ich bin gerade erst aufgewacht, und ich bin noch immer müde.« Traven gähnte und rieb sich erneut die Augen.

»Ich bin schon vor einer Stunde aufgestanden und habe meine Übungen bereits hinter mir. Ich habe dich an diesem Morgen nur schlafen lassen, weil du noch so geschwächt bist. Aber von jetzt an wirst du mit mir zusammen aufstehen; bevor die Sonne aufgeht.« Traven stöhnte. »Du hattest doch gesagt, du willst es lernen, gut genug mit dem Schwert umzugehen, um Meisterkämpfer besiegen zu können, oder?« Blaize pausierte und schaute Traven direkt in die Augen. »Aber vielleicht habe ich mir das auch nur eingebildet. Irgendwie war ich der Meinung, du hättest versprochen, ohne Jammern und Klagen zu tun, was ich dir sage. Da habe ich mich wohl offensichtlich geirrt.«

»In Ordnung – es tut mir leid«, murmelte Traven. »Ich bin nur noch so müde. Was soll ich tun?«

»Ich will, dass du dein Schwert ziehst und mich damit tötest«, erklärte Blaize, nahm seine beiden Schwerter vom Rücken und warf sie zur Seite.

»Was?« Traven war verwirrt.

»Du hast gehört, was ich gesagt habe«, erwiderte Blaize. »Es ist ja nicht so, als ob du mir irgendetwas tun könntest – ich will nur sehen, wie schlecht du wirklich bist.«

Traven schaute Blaize unsicher an. Er erkannte, dass der es ernst meinte, und holte sein Schwert aus der Scheide. Allerdings wusste er nicht, was er nun eigentlich tun sollte; er wusste nur, Blaize war schutzlos ohne seine Schwerter.

»Was ist los, du Weichling?«, forderte Blaize ihn heraus. »Ich habe dir gesagt, du sollst mich angreifen!«

Jetzt reichte es; Traven war es satt, als Weichling beschimpft zu werden. Er würde gut aufpassen, dass er Blaize nicht wirklich verletzte, aber das würde diesem großen Krieger noch leidtun! Traven hob das Schwert und stürzte auf Blaize zu, das Schwert ausgestreckt vor sich. Blaize sprang zur Seite und gähnte. Traven drehte sich um, schwang das Schwert in einem großen Halbkreis in seine Richtung, doch Blaize duckte sich einfach und richtete sich dann grinsend wieder auf. Hielt er das etwa für lustig? Traven beschloss, dass es jetzt genug damit war, vorsichtig zu sein. Er stürmte auf Blaize zu und schwang dabei wie wild sein Schwert. Auf einmal bewegten sich Blaize' Arme, Travens Hand fühlte sich an wie betäubt und das Schwert flog zur Seite. Und noch bevor Traven wusste, wie ihm geschah, stand Blaize hinter ihm, hatte ihn mit seinem mächtigen Arm gepackt, dass er sich nicht mehr bewegen konnte, und presste ihm den Dolch gegen die Kehle.

»Was ist passiert, Traven?«, zog Blaize ihn auf. »Warum liegt denn auf einmal dein Schwert am Boden?«

»Ich weiß es nicht«, antwortete Traven. Er wagte es nicht, sich zu bewegen, aus Angst vor dem Dolch an seiner Kehle. Blaize gab ihn frei und steckte seinen Dolch wieder in die Scheide. Traven atmete hastig. »Du hättest mir beinahe die Kehle aufgeschlitzt! Was sollte denn das? Ich dachte, du wolltest mir etwas beibringen und nicht mich umbringen!«

»Beruhige dich, Junge. Dir ist nichts passiert. Ich habe dir gesagt, ich werde dich unterrichten – und das war deine erste Lektion. Ich möchte, dass du jetzt darüber nachdenkst, was gerade geschehen ist. Später werden wir uns darüber unterhalten, wenn wir wieder unterwegs sind. Du kannst gleich mehrere Dinge daraus lernen. Und jetzt werde ich mit dir ein paar der Grundübungen durchgehen. Du hast offensichtlich nicht die geringste Ahnung, wie man mit einem Schwert umgeht. Ich dachte, du warst eine Wache? Wachen sollten doch normalerweise wissen, wie sie die Waffen führen, die sie besitzen.«

»Nun, ich hatte ja schließlich noch keine Zeit, mit dem neuen Schwert zu üben«, verteidigte sich Traven, doch als Blaize ihn nur stumm anschaute, beschloss er, lieber die Wahrheit zu sagen. »In Ordnung – bevor ich mir vor ein paar Tagen in Kavar das Schwert gekauft habe, hatte ich noch nie eines auch nur in der Hand.«

»Das erklärt eine Menge.« Blaize schüttelte den Kopf. »Wenn du willst, dass ich dir etwas beibringe, musst du immer ehrlich zu mir sein. Du musst dich nicht schlecht fühlen, nur weil du nicht weißt, wie man mit einem Schwert umgeht. Wir haben alle einmal angefangen. Und ich kann dir eines versprechen – wenn du genau tust, was ich dir sage, und hart arbeitest, dann kannst du in kürzester Zeit in einem Kampf bestehen.«

Traven bedankte sich erleichtert. »Es tut mir leid, dass ich Euch vorher nicht die Wahrheit gesagt habe. Ich wollte nur nicht, dass Ihr denkt, ich sei wertlos.«

»Du bist wertlos«, lachte Blaize. »Aber das wird sich schon in ein, zwei Wochen ändern. Und jetzt wirst du mir einfach zusehen und dann genau das nachmachen, was ich mache.« Traven schaute aufmerksam zu, als Blaize sich seine Schwerter holte. Das eine steckte er auf seinen Rücken, das andere behielt er in der Hand. »Zuerst einmal, wenn du den Griff in der Hand hast, greife ihn nicht zu fest. Natürlich musst du ihn festhalten, aber wenn du dabei so verkrampft bist, dann kannst du das Schwert nicht so gut bewegen. Und wenn Schwert auf Schwert aufeinandertreffen, wirst du den Aufprall in deinem ganzen Arm spüren. Du verstehst, was ich sage?« Traven nickte und lockerte seinen Griff ein wenig. »Jetzt werde ich dir ein paar Bewegungsmuster zeigen, die du üben musst. Also schau genau hin.«

Traven verfolgte aufmerksam, wie Blaize achtmal die Klinge vor- und zurückschwang und dann mit ausgestrecktem Schwert nach vorne sprang. Dann drehte er sich um und wiederholte dieselben Bewegungen in die andere Richtung. Er vergewisserte sich, dass Traven ihn genau beobachtete, und zeigte ihm das nächste Muster. Diesmal schwang er das Schwert achtmal in Form einer auf die Seite gelegten Acht. Nachdem er das einige Male wiederholt hatte, kam die nächste Übung. Diesmal schwang er das Schwert nicht, sondern tat so, als müsse er damit Schwerthiebe parieren, die von beiden Seiten, von vorne weit oben und von vorne weiter unten kamen. Er zeigte Traven noch ein paar andere Dinge und forderte ihn am Ende auf, alles nachzuahmen. Traven hatte sehr gut aufgepasst. Er schwang das Schwert einige Male vor und zurück und sprang vor, die Waffe nach vorne gerichtet. Er wiederholte dasselbe in die andere Richtung. Gerade wollte er zur nächsten Übung übergehen, als Blaize ihn stoppte.

»Das war schon gar nicht schlecht, aber du hältst das Schwert noch immer zu fest. Außerdem musst du darauf achten, dass du dich immer auf den Zehenspitzen bewegst. Wenn du nach vorne stößt, darfst du nicht dein ganzes Gewicht einsetzen – sonst landest du direkt auf demjenigen, der dich angreift. Du musst dich immer auf deine Mitte konzentrieren. Dort muss dein Hauptgewicht liegen, nicht vorne, nicht hinten und nicht seitlich. Ich zeige dir später noch ein paar Übungen, mit denen du an deinem Gleichgewicht arbeiten kannst. Und jetzt führe mir die anderen Übungen vor.« Traven begann damit, eine seitlich liegende Acht zu weben, doch sofort stoppte Blaize ihn wieder. »Ich habe dir gesagt, du sollst den Griff nicht so fest halten.«

»Ich halte ihn nicht fest«, antwortete Traven. »Wenn ich noch lockerer zugreife, fliegt mir das Schwert aus der Hand!«

»Das denkst du jetzt – aber ich garantiere dir, das wird nicht passieren. Das musst du jetzt als Erstes üben, den lockeren Griff. Sobald du ihn beherrschst, wirst du feststellen, das klappt viel besser, als du denkst.«

Traven lockerte seinen Griff noch mehr und begann erneut mit der seitlichen Acht. Er fürchtete, das Schwert dabei fallen zu lassen – doch zu seinem Erstaunen bewegte es sich auf diese Weise einfach nur sehr viel leichter.

»Siehst du jetzt, was ich gemeint habe?«

Traven nickte und machte sich an die anderen Übungen. Immer wieder unterbrach ihn Blaize und zeigte ihm, was er falsch machte. Doch endlich schaffte Traven sämtliche Muster, ohne dass Blaize ihn auch nur einmal unterbrochen hätte.

»Gut gemacht«, lobte ihn Blaize anschließend. »Du lernst sehr schnell. Und jetzt müssen wir aufbrechen. Wir haben schon fast eine Stunde verloren.«

Traven fühlte sich gut. Er folgte Blaize zurück ins Wäldchen, half ihm beim Zusammenpacken und schon bald waren sie wieder auf der Straße in Richtung Westen unterwegs. Traven klopfte seinem neuen Pferd den Hals. Er hatte gestern beschlossen, den großen Hengst Pennon zu nennen. Es war ganz eindeutig ein starkes Pferd. Blaize hatte gesagt, dass Pennon vielleicht sogar schneller war als Flame. Außerdem hatte Blaize ihm erklärt, dass Pennon ein ausgebildetes Kriegspferd war, und Traven gewarnt aufzupassen, wenn andere Menschen in der Nähe waren, weil ein Kriegspferd dann eine feste Hand brauchte. Traven war traurig, dass er Dapple verloren hatte, aber er freute sich sehr, Pennon zu haben. Nun musste er nur noch lernen, wie Blaize zu kämpfen.

»So, Traven«, unterbrach Blaize seine Gedanken, »und was hast du jetzt aus der kleinen Episode am Morgen gelernt?«

Die Frage überraschte ihn. Er hatte noch überhaupt nicht darüber nachgedacht, und so sagte er das Erste, was ihm in den Sinn kam.

»Ich habe gelernt, dass ich miserabel bin im Schwertkampf.«

»Das entspricht zwar der Wahrheit, aber es ist keine sehr gute Antwort. Was hast du noch gelernt?«

»Dass, ähm, dass ich Euch die Wahrheit sagen muss.«

»Nein, Traven – das kam erst nachher.« Blaize seufzte, als Traven ihn nur unsicher anschaute. »In Ordnung – ich werde dir sagen, was du daraus hättest lernen sollen. Vor allem wollte ich dir zeigen, dass die Dinge nicht immer so sind, wie sie scheinen. Du denkst vielleicht, ein Feind ist unbewaffnet oder harmlos. Aber du kannst dir nie sicher sein. Du bist davon ausgegangen, dass ich keine Waffe habe, weil ich meine Schwerter beiseitegeworfen habe – obwohl ich dir doch gestern noch meinen Dolch gezeigt habe. Du musst einfach besser aufpassen und sehr vorsichtig sein, wenn du dich einem Gegner gegenübersiehst. Und das andere, was ich dir zeigen wollte, ist, dass du auch deinen Körper selbst als Waffe einsetzen kannst. Ich hätte keinen Dolch gebraucht, um dich zu töten. Ich habe mit der Hand auf dein Handgelenk geschlagen, und schon hast du das Schwert fallen lassen. Und ich hätte dir ganz leicht das Genick brechen können. Du kannst auch ganz ohne Waffe tödlich sein – daran musst du immer denken.«

Nun hüllte sich Blaize wieder in Schweigen, wie meistens beim Reiten, und Traven ließ sich erneut durch den Kopf gehen, was er gesagt hatte. Er hatte darüber am Morgen gar nicht nachgedacht, aber es war alles wahr.

Sie ritten bis zum Mittag. Traven betrachtete die Umgebung und träumte wieder von Abenteuern. Nach dem Essen zog Traven sein Schwert aus der Scheide und wollte damit üben, doch Blaize bedeutete ihm, er solle es beiseitelegen. Blaize wollte ihm ein paar Übungen ohne Waffe zeigen, die ihm helfen konnten, sein Gleichgewicht, seine Beweglichkeit und seine Ausdauer zu verbessern.

Blaize ließ ihn Hechtsprünge im Laufen und Überschläge machen. Anschließend musste er üben, sich zu ducken und zu springen, und außerdem musste er rennen und hochspringen, während er mit dem Fuß in die Luft trat. Nach ein paar weiteren Übungen war Traven völlig außer Atem und der Schweiß lief ihm über den gesamten Körper. Dieses Training machte definitiv nicht so viel Spaß, wie er sich das erhofft hatte, dachte er, als er wieder in den Sattel stieg. Sie ritten bis zum Sonnenuntergang. Traven war froh, endlich aus dem Sattel zu kommen und sich ausruhen zu können, aber gerade als er sich bequem niedergelassen hatte, scheuchte Blaize ihn wieder auf.

»Na los doch, Traven – Zeit für deine Übungen! Ich möchte, dass du jetzt eine halbe Stunde erst deine Beweglichkeit trainierst und anschließend eine weitere halbe Stunde mit dem Schwert arbeitest.«

»Ihr macht Witze!«, sagte Traven fassungslos. Ihm taten jetzt schon alle Muskeln weh. »Darf ich mich am Ende des Tages nicht einmal mehr ausruhen?«

»Der Tag ist erst dann zu Ende, wenn du deine Übungen hinter dich gebracht hast. Und dass du mir ja alles ordentlich machst! Es wird nicht geschummelt! Nicht dass es mir etwas ausmacht, wenn du die Übungen nicht richtig machst – aber du schadest dir damit nur selbst. Wenn du wirklich ein guter Kämpfer werden willst, dann musst du alle Übungen korrekt machen. Wenn du damit fertig bist, habe ich das Lager bereitet und das Abendessen fertig. Und jetzt beeil dich. Je schneller du anfängst, desto eher bist du mit allem durch und kannst dich ausruhen.«

Traven schleppte sich aus dem Lager und begann mit seinen Übungen, den Hechtsprüngen beim Laufen und allen anderen. Nachdem er alle Übungen für seine Beweglichkeit einmal durchgegangen war, wiederholte er sie noch mehrere Male. Als seinem Gefühl nach eine halbe Stunde vergangen war, übte er weiter mit seinem Schwert. Schon nach der ersten Runde zitterten seine Arme und Beine vor Anstrengung. Am liebsten hätte er aufgehört, aber er erinnerte sich nur zu gut daran, was Blaize gesagt hatte, und machte weiter, bis Blaize ihn zum Essen rief. Langsam, auf unsicheren Beinen, wankte er zurück und setzte sich mit einem hörbaren Plumps. Er hatte seine Muskeln kaum noch unter Kontrolle. Nachdem er gegessen hatte, wickelte er sich in seinen Umhang und entschwand sofort in die Welt der Träume.

Am nächsten Morgen stellte Traven fest, dass Blaize keinen Scherz gemacht hatte. Etwa eine Stunde vor Sonnenaufgang weckte Blaize ihn grob, indem er ihm in die Rippen trat. Traven kämpfte sich durch sein Übungsprogramm. Ein Stück entfernt ließ Blaize seine Schwerter wirbeln. Traven wünschte sich, auch er könne solche komplizierten Muster formen, statt die langweiligen Grundübungen zu machen. Allerdings war ihm klar, dass Blaize ihm nichts Komplizierteres beibringen würde, solange er die Grundlagen nicht beherrschte. Eine Stunde später brachen sie auf, gerade als die Sonne am Horizont auftauchte. In der Mittagspause musste Traven wieder üben. Dabei stellte Traven fest, die Bewegungen gingen ihm jetzt schon so leicht von der Hand, dass er nebenbei über andere Dinge nachdenken konnte. Als sie zur Nacht anhielten, begab sich Traven ohne Aufforderung an sein Programm. Anschließend war er sehr müde, schaffte es aber dennoch, nach dem Essen noch ein wenig wach zu bleiben und sich mit Blaize zu unterhalten.

Am nächsten Morgen wachte Traven sogar von allein auf und hatte mit seinen Übungen bereits begonnen, als Blaize aufstand. In diesem Rhythmus vergingen die Tage. Traven freute sich, als er bemerkte, dass seine Muskeln am Ende eines Tages immer weniger schmerzten. Am vierten Tag veränderte sich die Landschaft um sie herum. Immer mehr Hügel tauchten in der flachen, mit Gras bedeckten Ebene auf. Blaize klärte ihn darüber auf, dass sie jetzt etwa die Hälfte des Weges zwischen Kavar und Vier Brücken hinter sich hatten. Die vorher so schnurgerade Straße schlängelte sich nun zwischen einigen höheren Erhebungen hindurch. Manchmal verlor Traven den Fluss eine Stunde oder länger aus den Augen. Am Mittag hielten sie direkt am Fluss an, um die Pferde zu tränken. Wie Blaize erklärte, standen ihnen anschließend etliche Stunden bevor, in denen sie nicht mehr in die Nähe des Flusses kommen würden. Traven marschierte eine kleine Anhöhe hinauf, um sein Trainingsprogramm zu beginnen. Zu seinem Erstaunen folgte ihm Blaize.

»Und, wie sieht es aus?«, fragte er ihn. »Fallen dir die Übungen jetzt leichter?«

»Um ehrlich zu sein – ich achte nicht mehr allzu sehr darauf, was ich tue. Es ist richtig langweilig, wie leicht die Übungen sind.«

»Das ist schön zu hören«, lächelte Blaize. »Das ist einer der Gründe, warum man jeden Tag üben muss. Dann beherrschst du am Ende alles, ohne darüber nachdenken zu müssen. Ich habe dich heute Morgen beobachtet. Es ist Zeit, dass du ein paar kompliziertere Muster lernst.« Travens Augen leuchteten vor Eifer. »Nicht so aufgeregt – das hat noch immer nichts mit dem zu tun, was ich jeden Tag mache. Es ist nur ein Schritt über die Grundlagen hinaus. Du wirst einstweilen deine Übungen für die Beweglichkeit fortsetzen, aber ich zeige dir ein paar neue Bewegungen mit dem Schwert.«

Blaize holte eines seiner Schwerter aus der Scheide und zeigte Traven die neuen Übungen. Die erste war einfach nur eine Kombination dessen, woran Traven die ganze Zeit schon gearbeitet hatte. Die Reihe der Übungen bestand aus mehrfachem Parieren imaginärer Angriffe, anschließend kamen horizontale Schwünge und weiteres Parieren dran. Dann sprang Blaize vor, begann noch im Sprung mit der seitlich liegenden Acht und machte weiter mit Parieren und Schwingen. Es kam Traven ziemlich einfach vor. Die zweite Übung allerdings war etwas ganz anderes. Sie begann damit, dass Blaize das Schwert über dem Kopf hielt. Nun ließ er sich auf den Rücken fallen, das Schwert vor sich, mit dem er verschiedene Schwünge ausführte. Anschließend ging er auf die Knie, wiederholte diese Schwünge ohne Pause oder Stocken und machte sie ein drittes Mal, nachdem er wieder auf die Füße gesprungen war. Die Schwertbewegungen selbst wirkten nicht allzu schwierig, nur war sich Traven nicht sicher, dass er es schaffen konnte, vom Stehen zum Liegen und über das Knien wieder zum Stehen zu kommen, ohne den Rhythmus der Schwünge zu unterbrechen. Als Nächstes zeigte Blaize ihm ein Bewegungsmuster, bei dem er genau das machte, was Traven die ganze Zeit schon übte. Nur musste er bei den Schwüngen diesmal gleichzeitig springen und sie ausführen, während er sich in der Luft befand. Als Letztes kam eine Übungsfolge von verschiedenen Schwüngen dran, in einem bestimmten Muster miteinander verwoben, die er ausführen musste, während er auf einem Bein stand. Nach einer Weile musste er wechseln und die Übung auf dem anderen Bein wiederholen.

Nachdem Blaize überzeugt war, dass Traven wusste, was er zu tun hatte, kehrten sie zu den Pferden zurück und ritten weiter auf dem Weg, der nun vom Fluss fort- und zwischen den Hügeln hindurchführte. Am Abend machte Traven zuerst die vertrauten alten Übungen und kämpfte sich dann durch die neuen hindurch. Diese brauchten mehr Zeit als die alten, und so konnte er jede Übung nicht so oft wiederholen, wie er das gerne gemacht hätte. Folglich klappte alles auch nicht so gut. Das frustrierte ihn. Nach dem Essen beschloss er, noch nicht schlafen zu gehen, sondern sich noch ein wenig mit den schwierigen Mustern zu beschäftigen. Etwa eine Stunde später hatte er die neuen Übungen fast im Griff; nur das mit dem Stehen, Liegen, Knien, Stehen gelang ihm noch nicht. Sosehr er sich auch bemühte, er konnte seine Position nicht verändern, ohne dass er mit den Schwertschwüngen aus dem Takt kam. Er brüllte seine Enttäuschung hinaus. Sofort kam Blaize heran.

»Was ist los, Traven?«

»Ich kriege es einfach nicht hin!«, schimpfte Traven. »Ich kann das nicht!«

»Du bemühst dich zu sehr«, tröstete ihn Blaize. »Du musst gar nicht alle Übungen sofort richtig nachmachen können. Das ist ja der Grund, warum du sie täglich üben sollst. Du wirst jeden Tag ein bisschen besser werden, und irgendwann kommt der Moment, wo du das Muster perfekt beherrschst. Du musst immer daran denken, es ist schon lange her, dass ich diese ganzen Dinge gelernt habe – aber ich musste hart arbeiten, bis ich alles so gut konnte, wie ich es jetzt beherrsche. Gib einfach immer dein Bestes und arbeite weiter daran. Früher oder später wirst du es schaffen. Und jetzt komm zurück ins Lager – du brauchst deinen Schlaf.«

Traven war sich nicht ganz sicher, ob er Blaize glauben konnte, dass es auch ihm schwergefallen war, dieses Muster zu lernen, aber er fühlte sich dennoch etwas weniger entmutigt, als er ihm zurück ins Lager folgte. Die nächsten drei Tage folgten sie der gewundenen Straße durch die Hügel. Jeden Tag arbeitete Traven hart an den Übungen und konnte sich langsam verbessern. Am Ende des dritten Tages wurde die Hügellandschaft erneut von einer mit Gras bedeckten Ebene abgelöst. Traven übte weiter, und am zweiten Tag, den sie in der Ebene ritten, beherrschte er endlich alle neuen

Übungen perfekt. Blaize hatte versprochen, ihm ein paar neue Dinge beizubringen, wenn sie Vier Brücken hinter sich gelassen hatten. Traven ging davon aus, das würde ihm noch ein paar Tage Zeit geben, die neuen Bewegungen zu üben – doch unmittelbar nach dem Sonnenuntergang tauchte Vier Brücken am Horizont auf.

12

Als sie sich der Stadt endlich weit genug genähert hatten, um sie sich anzusehen, war es bereits Nacht geworden. Allerdings erlaubte es das Licht des aufgehenden Mondes, doch einiges zu erkennen. Die Stadt befand sich direkt zwischen dem beeindruckend breiten Fluss Adrinavelle und dem nicht weniger beeindruckenden Fluss Lithel. Der Lithel mündete westlich der Stadt in die Adrinavelle, wodurch sich die Breite dieses schon vorher so mächtigen Flusses nahezu verdoppelte. Von diesem Punkt an gab es bis zu der Stelle, wo sich die Adrinavelle in der Nähe von Calyn ins Meer ergoss, keine einfache Möglichkeit mehr, den Fluss zu überqueren. Ihn mit dem Boot zu befahren war nahezu unmöglich. Dazu war zum einen die Strömung zu stark, und dann durchbrachen auch immer wieder raue Felsen die Wasseroberfläche, an denen ein Boot nur zu leicht zerschellen konnte. Der am Ende beinahe anderthalb Kilometer breite Fluss trennte die nördliche Hälfte von Kalia von der südlichen. Nur zwei Orte gab es, wo man vom Norden in den Süden und umgekehrt gelangen konnte, und das waren Calyn und Vier Brücken.

Es war leicht zu sehen, woher die Stadt ihren Namen hatte. Vor ihnen kreuzten zwei große Steinbrücken die Adrinavelle, eine neben der anderen – und auf der anderen Seite der Stadt konnte

Traven zwei weitere Brücken erkennen, die sich über den Lithel spannten. Massive Steinsäulen, die aus dem Erdboden unterhalb des Flusses aufstiegen, stützten die Brücken. Blaize erklärte Traven, dass jeweils eine Brücke für den Verkehr in die Stadt hinein bestimmt war und die andere für den Verkehr aus der Stadt heraus.

»Manche nennen die Stadt noch immer Zwei Brücken«, bemerkte er. »Auch auf vielen älteren Landkarten heißt sie so. Es gab hier anfangs nur zwei Brücken, eine über jeden Fluss. Aber dann hat man direkt neben den alten Brücken zwei neue gebaut, und seitdem ist die Stadt für die meisten Vier Brücken.«

Die Stadt war nur auf einer Seite, im Osten, durch eine hohe Stadtmauer, die Eindringlinge abhalten sollte, gesichert. Ansonsten war sie auf allen Seiten durch die natürliche Barriere der beiden Flüsse geschützt. Die Stadt breitete sich über einen größeren Raum aus, als dies bei Kavar der Fall gewesen war, aber Traven sah nur wenige Gebäude, die höher als zwei Stockwerke waren. In Kavar hatte alles dicht aufeinandergedrängt gewirkt, doch hier gab es viel Raum und es wirkte alles viel freier. Als sie sich der Brücke näherten, bemerkte Traven, dass es hier keine Wache gab. Er befragte Blaize danach.

»Vier Brücken liegt im Herzen von Kalia und ist eine sehr offene Stadt«, erklärte Blaize. »Hier dürfen die Menschen kommen und gehen, wann und wie sie wollen. Tagsüber patrouillieren Wachen in der Stadt, um gegen Verbrechen und Unordnung vorzugehen, aber nachts gibt es nur ein paar Männer, die das nördliche und südliche Ende des Ostwalls bewachen.« Blaize grinste abenteuerlustig. »Wenn du in Vier Brücken nachts unterwegs bist, dann auf eigenes Risiko.«

Sie überquerten die Brücke. Unter ihnen rauschte die Adrinavelle und ansonsten konnten sie in der Nacht nur das Klirren der Hufe ihrer Pferde auf dem Stein hören. Am Ende der Brücke befand sich ein kleiner Platz, von dem aus Straßen in alle Richtungen führten. Traven ritt Blaize hinterher, eine Straße nach rechts entlang, die dem Fluss folgte. Nach einer Weile hielt Blaize an. »Sei wachsam, Traven«, mahnte er. »Ich habe keinen Scherz gemacht, vorhin – die Straßen hier sind nachts wirklich nicht sehr sicher. Vor allem nicht die Straßen, durch die wir reiten werden. Ich weiß nicht, wie viel Geld du hast – ich habe nur sehr wenig, und deshalb werden wir uns ein ganz billiges Gasthaus suchen. Dort ist es nicht sehr bequem – aber du kannst mir glauben, nach so vielen Nächten auf dem blanken Erdboden ist jedes Bett ein Genuss. Außerdem ist das Bier dort billiger und es geht in diesen Schenken auch immer viel lustiger zu. Ich hoffe zwar, dass kein Taschendieb auf die Idee kommt, uns ausrauben zu wollen, aber sei trotzdem auf der Hut.«

Traven war sich sicher, niemand war dumm genug, einen solchen Hünen wie Blaize anzugreifen. Dennoch achtete er genau auf alles, als sie an den dunklen Gebäuden vorbeiritten. Die Schatten der Häuser badeten die Straße in Dunkelheit. Das machte es schwer, mehr zu erkennen als die hellere Stelle dort, wo die Straße endete. Blaize bog nach rechts ab und unmittelbar darauf nach links, in eine andere enge, dunkle Straße. Nach einer Weile auf dieser Straße lösten sich auf einmal ein paar Meter vor ihnen zwei Schatten von einer Hauswand und stellten sich ihnen in den Weg. Travens Herzschlag beschleunigte sich und Angst stieg in ihm auf.

»Wir wollen unseren Wegzoll dafür, dass ihr in unser Gebiet eindringt«, knurrte der grob aussehende Mann auf der rechten Seite. »Zu eurem Pech besteht dieser Zoll aus allem, was ihr besitzt – einschließlich eures Lebens.«

Die beiden Männer kamen heran. Blaize beugte sich zu Traven herüber. »Ich kümmere mich um diese beiden Schurken«, sagte der Krieger leise. »Ich kann es nicht fassen, dass sie dumm genug sind, uns anzugreifen, während wir zu Pferde sind und sie zu Fuß. Vielleicht sollte ich sie einfach niederreiten.«

Auf einmal hörte Traven ein Geräusch hinter sich. Er drehte sich um und entdeckte zwei Männer, die sich aus der Richtung, aus der sie gekommen waren, mit gezogenen Schwertern auf sie zubewegten. Und dann war auch von oben ein Geräusch zu hören. Blaize schüttelte den Kopf. »Ich fürchte, dass diese Kerle wirklich …«

Blaize wurde das Wort abgeschnitten; ein Mann sprang von oben herab und warf ihn vom Pferd. Traven hatte keine Zeit, nachzudenken; schon sprang jemand auch auf sein Pferd und stieß ihn herunter. Instinktiv rollte sich Traven beim Sturz ab und landete in der Hocke, das Schwert bereits in der Hand. Der Mann, der Traven vom Pferd gestoßen hatte und dabei selbst auf dem Boden gelandet war, rappelte sich gerade erst wieder auf. Da schwang Traven schon das Schwert und der Dieb fiel leblos zurück. Traven schwang herum, um sich den Angreifern zu stellen, die sie feige von hinten attackierten. Sie kamen nun etwas vorsichtiger heran als zuvor, aber sie näherten sich dennoch und grinsten mörderisch, sodass Traven das Weiß ihrer Zähne aufblitzen sah. Er hielt das Schwert bereit; allerdings hatte er keine Ahnung, wie er gegen zwei Angreifer gleichzeitig kämpfen sollte. Sein Magen zog sich zusammen vor Furcht.

Gerade als beide Angreifer auf ihn zustürmten, erschien auf einmal blitzartig Blaize an seiner Seite. Den Dieben verging das Grinsen, als sie sich nun auf einmal zwei bewaffneten Männern gegenübersahen, von denen einer davon ein wahrer Riese mit gleich zwei Schwertern in den Händen war. Nach einem kurzen Augenblick beschlossen sie, dass ihre Chancen sich zu sehr verschlechtert hatten – und rannten davon. Zu Travens Erstaunen stoppten sie nach nur wenigen Schritten abrupt und krachten zu Boden. Metall ragte aus ihrem Rücken heraus. Verwirrt schaute er zu Blaize. Der stand da, mit ausgestreckten Armen und leeren Händen. Seine Schwerter befanden sich bereits wieder auf seinem Rücken. Er grinste breit.

»Diese Kerle haben doch tatsächlich geglaubt, sie könnten mich angreifen und damit davonkommen. Ha!«

Blaize ging zu den gefallenen Männern hin und zog ihnen zwei silbern schimmernde, halbmondförmige Klingen aus dem Rücken, die er wieder in seinem Gürtel verstaute. Traven fragte sich, was das wohl für Waffen waren. Er fragte Blaize danach.

»Diese hübschen Dingelchen sind meine Kriegshalbmonde. Man kann sie sehr vielseitig einsetzen. Du hast gerade eine der Möglichkeiten erlebt.«

»Woher sind denn die beiden anderen Männer gekommen?«, erkundigte sich Traven und deutete auf die beiden, die tot neben ihren Pferden lagen. Seine Stimme zitterte.

»Sie haben wahrscheinlich auf dem Dach gelauert. Diese Diebe waren doch besser organisiert, als ich dachte. Nun gut!«, bemerkte Blaize und zuckte die Achseln.

»Danke, dass Ihr mit Euren beiden so schnell fertiggeworden seid«, murmelte Traven heiser. »Wenn Ihr länger gebraucht hättet, wäre ich tot gewesen.«

»Das glaube ich nicht«, erwiderte Blaize. »Den ersten Kerl hast du doch ziemlich schnell um die Ecke gebracht, oder etwa nicht?«

»Ja, ich denke mal«, sagte Traven. Er fühlte sich gar nicht gut und versuchte, sich zusammenzureißen und die Tränen zurückzudrängen, die in seinen Augen brannten. Ihm war übel. »Es ist alles so schnell gegangen, ich hatte gar keine Gelegenheit, darüber nachzudenken, was ich tun sollte.«

Blaize lächelte ihm beruhigend zu. Dann beugte er sich herab und schnitt mit seinem Dolch ein Stück Stoff aus dem rechten Ärmel eines Diebes heraus. Damit reinigte er sein Schwert und die Kriegshalbmonde. Traven wollte seinem Beispiel folgen und beugte sich ebenfalls herab, zum linken Arm, das Jagdmesser in der Hand.

»Was tust du da?«, brüllte Blaize und hielt seinen Arm fest. Verwirrt trat Traven zurück.

»Ich wollte nur meine Klinge säubern, wie Ihr«, murmelte er unsicher.

»Du musst den Stoff immer aus dem rechten Ärmel herausschneiden«, erklärte Blaize, »und von keiner anderen Stelle.« Traven beugte sich wieder herab und schnitt etwas aus dem rechten Ärmel heraus. »So ist es besser.«

»Warum muss es der rechte Ärmel sein?«, fragte Traven und wischte das Blut von seiner Klinge.

»Ich weiß es nicht«, antwortete Blaize. »So macht man das eben. Ich nehme an, es geht darum, dass man bewusst den Ärmel des Schwertarms nimmt, um zu zeigen, dass man dem anderen überlegen ist und ihn besiegt hat, sodass er nie wieder sein Schwert gegen dich erheben kann.« Dann durchsuchte Blaize die Taschen der Toten.

»Und was macht Ihr jetzt?«, erkundigte sich Traven.

»Wenn man überfallen wurde und die Diebe getötet hat, durchsucht man immer ihre Taschen, ob sie etwas Wertvolles bei sich tragen. Das ist kein Stehlen – das, was sie bei sich haben, gehört ihnen wahrscheinlich ohnehin nicht, sondern sie haben es einem anderen gestohlen. Außerdem haben wir uns doch eine Belohnung dafür verdient, dass wir dabei geholfen haben, das Verbrechen in dieser Stadt einzudämmen, findest du nicht auch?«

»Ja, ich denke schon«, erwiderte Traven nach kurzem Nachdenken.

»Hilf mir mal dabei«, forderte Blaize ihn auf und durchsuchte weiter die Taschen der nicht allzu sauberen Kleidung der Diebe. »Ich will so schnell wie möglich von hier fort und in eine nette, fröhliche Schenke.«

Traven ging zu den beiden Männern, die vom Dach aus über sie hergefallen waren, und durchsuchte sie, darum bemüht, dass kein Blut an seine Hände kam. Der erste Mann trug nichts anderes bei sich als ein paar Kupfermünzen, die sich Traven in den eigenen Beutel steckte. Beim anderen jedoch fand er einen fetten Beutel, prall gefüllt mit Silber. Blaize hatte die anderen vier durchsucht, noch bevor Traven mit den beiden fertig war, und sich bereits wieder auf Flame geschwungen.

»Komm, lass uns gehen«, drängte er. »Die Patrouillen werden morgen früh hier aufräumen.«

Traven sprang auf Pennon und folgte Blaize die enge Gasse entlang, bis sie auf eine viel breitere Straße kamen. Hier befand sich eine Schenke neben der anderen. Licht und Lachen fluteten einladend aus den offenen Türen auf die Straße. Blaize entschied sich für die zweite Schenke auf der linken Seite. Sie brachten ihre Pferde im Stall unter und gaben dem Stalljungen etwas Geld, damit er sich gut um die Tiere kümmerte. Dann betraten sie die von Lärm erfüllte Schenke, ihre Satteltaschen über der Schulter. Raues

Gelächter und der saure Geruch von Bier begrüßten sie. Die kleine Gaststube war voll besetzt mit Männern, die zum Teil schon betrunken waren, sangen und lachten. Blaize fand hinten in einer Ecke einen freien Tisch und bahnte sich seinen Weg dorthin. Traven folgte ihm. Kaum hatten sie Platz genommen, tauchte auch schon ein hübsches Schankfräulein auf und stellte jedem von ihnen einen Krug mit schaumigem Bier hin.

»Kann ich euch beiden sonst noch etwas bringen?«, fragte sie mit einem Lächeln.

»Ich denke, im Moment noch nicht«, sagte Blaize und zwinkerte ihr zu.

Sie kicherte und machte sich davon. Traven betrachtete misstrauisch den Inhalt des Kruges, der vor ihm stand. Es roch wirklich nicht gut; aber er war jetzt ein Mann und Männer tranken nun einmal Bier. Er nahm einen Schluck. Es schmeckte nicht so schlecht, wie es roch, aber richtig gut war es auch nicht. Nach einem weiteren Schluck stellte er den Krug zurück auf den Tisch.

»So, Traven«, meinte Blaize dann. »Leere deine Taschen, damit wir sehen können, was uns die Diebe so großzügig überlassen haben.« Traven warf den Beutel mit Silberstücken auf den Tisch und fischte die Kupferstücke aus seinem Beutel heraus, die er dem anderen Mann abgenommen hatte. »Was? Das ist alles?« Blaize schaute ihn misstrauisch an. Traven nickte. »Dann waren das wahrscheinlich die beiden«, überlegte Blaize, »die das bekommen sollten, was wir besitzen. Aber nach allem, was ich den anderen abgenommen habe, war das gewiss nicht ihr erster Überfall in dieser Nacht. Obwohl es ganz sicher ihr letzter war.« Blaize leerte seinen Krug halb und legte auf den Tisch, was er bei den anderen Dieben gefunden hatte.

Traven staunte, als die Schätze ausgebreitet waren. Da waren zunächst fünf kleine Beutel mit Münzen und zwei Ringe, einer aus Gold und einer aus Silber. Der silberne Ring war nichts anderes als ein schmales Band, in das ein Muster eingraviert worden war, aber der Goldring war mit einem kleinen Rubin besetzt. Dann zog Blaize noch einen kleinen Dolch hervor und warf ihn auf den Tisch. Griff und Scheide waren mit Edelsteinen übersät.

»Ich denke mal, das ist alles«, sagte Blaize und leerte sein Bier. »Jetzt müssen wir alles aufteilen. Da ich ja die meiste Arbeit erledigt habe, werde ich behalten, was ich gefunden habe – und du behältst, was du gefunden hast.«

Etwas enttäuscht betrachtete Traven den Beutel mit Silber und die paar Kupfermünzen vor sich. Blaize lachte dröhnend.

»Das war nur ein Scherz, Traven! Schau nicht so traurig drein! Wir werden alles gerecht verteilen. In dreien der Beutel sind sogar Goldmünzen, in den anderen beiden ist Silber. Du bekommst den Dolch, denn ich habe schon alle Waffen, die ich brauche. Dafür werde ich zwei der Beutel mit Gold und einen Beutel mit Silbermünzen nehmen. Außerdem gefällt mir der Goldring; den werde ich behalten. Der Rest gehört dir.«

Traven lächelte glücklich, als er sich den Silberring auf einen Finger schob, und befestigte den Beutel mit Gold und die zwei Beutel mit Silber an seinem Gürtel. Das Kupfer packte er wieder in seinen eigenen Beutel. Dann nahm er den auffälligen Dolch und wollte ihn sich gerade in den Gürtel schieben, als Blaize ihn stoppte.

»Den solltest du nicht so offen zeigen. Tu ihn lieber in deinen Stiefel.«

Traven war verwirrt. In den Stiefel? Blaize zog einen Dolch aus seinem eigenen Stiefel hervor und zeigte Traven, wie man einen Dolch dort so unterbrachte, dass er beim Gehen nicht störte und dennoch sofort greifbar war. Traven machte alles genauso wie Blaize. Von dessen Dolch im Stiefel hatte er gar nichts gewusst. Er fragte sich, wie viele verborgene Waffen der Krieger noch mit sich trug.

Mit ein paar weiteren Schlucken leerte Traven den Krug Bier. So langsam begann er, sich richtig gut zu fühlen. Er war gerade sehr viel reicher geworden und er trank wie ein Mann zusammen mit anderen Männern Bier in einer Schenke. Das Schankfräulein kam zurück und tauschte die leeren Krüge gegen zwei volle aus. Sie strahlte Blaize an. Blaize machte ihr ein Kompliment über ihr schönes Lächeln und warf ihr eine Silbermünze zu. Dabei sagte er ihr, sie solle darauf achten, dass ihnen das Bier nicht ausging. Sie fing die Münze in der Luft und eilte davon – nachdem sie Blaize noch ein weiteres Lächeln geschenkt hatte. Blaize stieß mit seinem Krug gegen den von Traven und beide nahmen einen großen Schluck. Das Bier schmeckte Traven besser und besser. Es ging ihm großartig! Sie unterhielten sich, leerten auch den zweiten Krug und bekamen sofort einen dritten hingestellt.

Auf einmal wurde es schlagartig ruhiger im Raum – bis die Männer noch lauter johlten und brüllten als vorher. Traven schaute sich um, was der Grund der ganzen Aufregung war. Eines der Schankfräulein war mitten in der Gaststube auf einen Tisch geklettert. Als sie nun zu singen begann, wurden die Männer sofort wieder leiser. Die junge Frau war ganz hübsch, allerdings hatte sie keine so gute Singstimme, fand Traven. Nein, ihre Stimme war nicht nur nicht gut, sie war geradezu fürchterlich. Er wunderte sich, dass alle sie trotzdem wie gebannt anstarrten. Und er wunderte sich noch mehr, als er sah, dass auch Blaize vollkommen fasziniert zu sein schien.

»Warum ist jeder so beeindruckt von ihr?«, fragte Traven und bemerkte dabei, dass die Worte irgendwie ineinanderflossen. Seine Zunge wollte ihm nicht richtig gehorchen. »Sie klingt schr… schrecklich.«

»Mit dem Singen hat das weniger zu tun«, bemerkte Blaize mit einem breiten Grinsen.

Traven verstand nicht, was er meinte. Er zuckte die Achseln und wollte einen weiteren Schluck Bier nehmen, doch sein Krug war leer. Er drehte ihn um und schüttelte ihn, um ganz sicherzugehen, aber es war wirklich kein Tropfen mehr darin. Sofort tauchte das andere Schankfräulein wieder auf und stellte ihm einen vollen Krug hin. Er dankte ihr und leerte ihn in einem Zug halb aus. Das Schankfräulein lachte. Die Männer klatschten wie wild, als ihre Kollegin auf dem Tisch nun ein anderes Lied sang. Traven klatschte nicht – stattdessen nahm er einen weiteren Schluck Bier. Das war wirklich die schlimmste Vorstellung, die er jemals gesehen oder vielmehr gehört hatte. Anscheinend hatten die Kerle hier noch nie eine Frau wirklich gut singen hören, wenn sie dieser miserablen Stimme Beifall spendeten. Aber gut, dachte er, wenn es sie glücklich machte …

Kopfschüttelnd blickte er wieder zur Sängerin – und hätte beinahe seinen Krug fallen lassen, als er auf einmal erkannte, was ihm vorher entgangen war. Dieses Schankfräulein war alles andere als anständig angezogen. Ihr Rock war so kurz, dass nicht nur ihre Fußgelenke, sondern auch ihre Waden zu sehen waren, und der Ausschnitt ihrer Bluse reichte so tief herab, dass es ganz gewiss nicht mehr schicklich war. Tief errötend senkte Traven den Blick. Etwas so Unschickliches hatte er noch nie in seinem Leben gesehen. Wie hatte ihm das bei seinem ersten Blick nur entgehen können? Hastig leerte er den Bierkrug. Wenn in seinem Dorf eine junge Frau auch nur etwas so Unanständiges tat, wie sich in der Öffentlichkeit barfuß sehen zu lassen, wurde sie schon von allen böse getadelt. In so unschicklicher Kleidung herumzulaufen wie diese Magd, das wäre völlig undenkbar gewesen. Andererseits, das Schankfräulein war wirklich ganz hübsch. Um Himmels willen, wie kann ich so etwas nur denken, ermahnte sich Traven beschämt. Erneut sah er auf seinen Krug herab, der auf einmal wundersamerweise wieder voll war. Er nahm einen weiteren tiefen Zug und versuchte, Ordnung in seine Gedanken zu bringen.

Irgendwie zog es seinen Blick unwiderstehlich zu der Frau hin. Sie war wirklich sehr schön. Und wenn alle anderen Männer ihren Spaß dabei hatten, sie anzuschauen, warum sollte er sich das dann nicht auch gönnen? Schließlich war er doch jetzt ein Mann, oder etwa nicht? Wieder leerte er seinen Krug – und klatschte mit den anderen mit. Sie war wundervoll, diese Sängerin! Zu seiner großen Enttäuschung hörte sie aber bald auf zu singen und tanzte aus dem Raum, begleitet vom Johlen der Männer. Traven beschloss, dass er mit dieser schönen Magd unbedingt reden musste, und stand auf, um ihr zu folgen. Doch als er den ersten Schritt tat, begann sich der Raum um ihn herum plötzlich zu drehen, schnell und immer schneller. Er versuchte einen zweiten Schritt. Allerdings führte dieser ihn nicht vorwärts, sondern ließ ihn krachend auf dem Nebentisch landen, wo er einen Krug umstieß. Das Bier tropfte auf den Mann, der dort saß.

»Es … es tut mir sehr leid, mein Herr«, lallte Traven, versuchte, sich aufzurichten – und dabei landete auch die Schale mit Eintopf im Schoß des Mannes.

»Das wird dir in der Tat noch leidtun, du betrunkenes Schwein!«, brüllte der Mann wütend. »Ich werde …«

Den Rest des Satzes hörte Traven nicht mehr; krachend landete die Faust des Mannes in seinem Gesicht und alles wurde schwarz.

13

Langsam setzte Traven sich auf. Alles war dunkel. Und sein Kopf schmerzte so stark, als würde er gleich zerspringen. Beinahe hätte er sich auf das Stroh zurücksinken lassen. Stroh? Wieso Stroh? Wo war er bloß? Traven versuchte, seine Gedanken zu ordnen, sich zu entsinnen, was passiert war, doch es gelang ihm nicht. Er erinnerte sich nur noch dunkel daran, dass er mit Blaize eine Schenke aufgesucht hatte, und dann war da ein singendes Schankfräulein gewesen, aber alles andere war irgendwie sehr nebulös. Langsam gewöhnten seine Augen sich an das Dämmerlicht. Dann stellte Traven fest, dass sich eines seiner Augen einfach nicht so weit öffnen wollte wie das andere. Vorsichtig tastete er danach. Es war ziemlich geschwollen. Er schaute sich um und entdeckte, dass er sich in einer Art Scheune befand. Blaize war nirgendwo zu sehen. Durch Ritzen in Brettern strömte etwas Licht in die Scheune, was Traven zeigte, dass es bereits Morgen war. Er fragte sich, wie spät es wohl sein mochte, doch dann hörte er auf zu denken. In seinem Kopf hämmerte es so sehr, dass er sich einfach nicht konzentrieren konnte. Gerade wollte er sich wieder ins Stroh sinken lassen, da flog plötzlich die Tür auf und Licht strömte herein, das ihn blendete.

»Raus aus den Federn!«, rief Blaize. »Oder vielmehr aus dem Stroh. Ich habe Pennon schon gesattelt und wir sollten uns schnell vom Acker machen, bevor der Eigentümer uns findet. Himmel, du hast aber ein schönes blaues Auge!«

Langsam rappelte sich Traven auf. Er blinzelte, es war so hell! Er taumelte aus der Scheune. Nun bemerkte er, dass die Sonne noch nicht einmal richtig aufgegangen war. Aber für jemanden, in dessen Kopf unzählige winzige Schmiede um die Wette hämmerten, war es auf jeden Fall viel zu hell. Mühsam zog er sich auf sein Pferd, das ihm heute Morgen noch riesiger vorkam als sonst. Kaum saß er im Sattel, schloss er wieder die Augen und ließ Pennon einfach Flame folgen. Jeder Schritt sandte einen schmerzhaften Stoß durch seinen zerschlagenen Körper und verschlimmerte das Hämmern in seinem Kopf.

»Hör auf zu stöhnen!«, zischte Blaize. »Sonst weckst du noch jemanden auf!«

Traven schloss den Mund und versuchte, das Stöhnen zu unterdrücken. Erst nach einer Weile wurde ihm bewusst, dass sie nicht mehr in Vier Brücken waren. Die Straße, auf der sie entlangritten, das war keine Straße in einer Stadt, und es waren auch gar keine Häuser um sie herum. Er schaute sich um. Die Stadt lag hinter ihnen, und das, wo sie hergekommen waren, war ein kleiner Bauernhof weit außerhalb.

»Wann haben wir denn die Stadt verlassen?«, fragte Traven völlig durcheinander. »Was ist gestern Abend passiert?«

»Aha – du erinnerst dich also nicht mehr daran, dass man uns deinetwegen aus der Schenke geworfen hat?«, knurrte Blaize. Traven starrte ihn nur verwirrt an. »Die Kurzfassung ist«, erklärte Blaize, »du hast zu viel getrunken und eine Auseinandersetzung mit einem anderen Mann begonnen, die ich beenden musste. Danach hat man uns vor die Tür gesetzt und ich habe dich aus der Stadt geschleppt, bis zu dieser Scheune, in der wir die Nacht verbracht haben. Und ich bin ganz und gar nicht begeistert! Ich hatte mich wirklich sehr darauf gefreut, endlich wieder in einem Bett schlafen zu können. Deinetwegen war es jetzt doch wieder nur der Erdboden und kein Bett. Ich hoffe, es hat sich wenigstens gelohnt für dich.«

»Es tut mir leid«, murmelte Traven und unterdrückte wieder ein Stöhnen. »Ihr könnt mir den Kopf abschneiden – dann geht es uns beiden besser.«

»Warum sollte ich das tun? Dann würdest du ja deine Lektion nicht lernen. Dein Kopf wird dir beibringen, in Zukunft nicht mehr so viel zu trinken.«

Am Ende hatte Blaize beinahe geschrien; es tat Traven im Kopf und in den Ohren weh. Er brach über Pennons Hals zusammen und hielt sich den Kopf, der zu explodieren drohte. Traven hörte Blaize dröhnend lachen. Dabei war das alles gar nicht lustig! Blaize hatte offensichtlich genau gewusst, was passieren würde – und hatte sich trotzdem nicht die Mühe gemacht, ihn davon abzuhalten, so viel zu trinken. Verdammter Kerl! Wenn Blaize der Kopf so schmerzen würde, als ob ihn jemand mit dem Hammer bearbeitete, dann würde er garantiert nicht mehr lachen! Krampfhaft hielt Traven sich am Sattel fest. Nicht genug damit, dass ihm der Kopf dröhnte – ihm war auch noch übel, und das wurde mit jedem Augenblick schlimmer.

»Hey, Traven!«, rief Blaize grinsend. »Möchtest du einen verschimmelten Zwieback zum Frühstück? Er riecht verdammt gut!«

Das war zu viel – Traven lehnte sich zur Seite und erbrach sich. Es kam nur bittere Galle aus seinem Magen. Blaize lachte schon wieder. Traven ließ sich über Pennon fallen und wünschte sich, er wäre tot. Zu trinken machte einen nicht zum Mann; es machte einen zum Narren. Traven nahm sich fest vor, sich nie wieder zu betrinken. Die einzigen Dinge, die das Bier einem einbrachte, waren ein schlechtes Urteilsvermögen, Kopfschmerzen und Übelkeit.

Gegen Mittag hielten sie an. Traven ging es mittlerweile ein wenig besser, aber in seinem Kopf hämmerte es noch immer barbarisch. Blaize machte ein Feuer und kochte Wasser. In das Wasser gab er ein paar Kräuter, die er aus einem Beutel in seinen Satteltaschen hervorholte und zwischen den Fingern zerrieb.

»Hier, trink das«, sagte er und reichte Traven das Wasser mit den Kräutern. »Das wird dir gegen deine Kopfschmerzen helfen.«

Als Traven das Gebräu roch, war er sich nicht sicher, ob das seinem Kopf helfen – oder ihn nicht vielmehr erneut zum Würgen bringen würde. Es dauerte eine Weile, bis er endlich den Mut aufbrachte, den ersten Schluck zu nehmen. Es schmeckte so bitter, wie er befürchtet hatte. So schnell wie möglich trank er aus. Der Nachgeschmack, den die Kräuter hinterließen, war beinahe ebenso bitter. Beim Weiterreiten stellte Traven jedoch auf einmal fest, dass das Hämmern in seinem Kopf tatsächlich weniger geworden war. Nach weiteren fünf Minuten war es fast vollständig verschwunden. Er war sogar schon wieder in der Lage, aufrecht im Sattel zu sitzen und sich an der kühlen Herbstluft und der Umgebung zu erfreuen. Blaize' bitterer Tee hatte tatsächlich gewirkt.

»Ich sehe, dir geht es jetzt besser«, lächelte Blaize. Traven blieb stumm. »Möchtest du mir nicht danken?«

»Wisst Ihr, Blaize«, erwiderte Traven, »ich würde Euch ja danken – wenn Ihr nicht bis jetzt gewartet hättet, um mir diese Medizin zu geben. Die hättet Ihr mir auch schon am Morgen geben können!«

»Ja, das hätte ich tun können – aber dann hätte es sich dir nicht so gut ins Gedächtnis gebrannt, was passiert, wenn man zu viel trinkt. Das war nur zu deinem Besten.«

Traven schüttelte den Kopf. Er war sich sicher, Blaize hatte nur deshalb so lange gewartet, um sich über ihn amüsieren zu können – aus Rache, weil er schuld war, dass sie in einer Scheune hatten übernachten müssen, statt in einem Bett in der Schenke.

Der Rest des Tages verlief sehr viel angenehmer als der Morgen; Traven spürte nur noch ein wenig Übelkeit. Auch als die Wirkung von Blaize' Medizin wieder nachließ, waren seine Kopfschmerzen gar nicht mehr schlimm und auch seinem Auge ging es schon viel besser.

Als sie für ihr Nachtlager anhielten, fragte Blaize, ob Traven sich gut genug fühle, um seine neuen Schwünge zu üben, doch Traven lehnte ab. So begierig er auch war, die neuen Übungen zu beherrschen – er fürchtete, dass schon mit dem ersten Sprung seine Kopfschmerzen mit voller Macht zurückkehren könnten. Blaize schien nichts dagegen zu haben, sodass Traven nicht einmal ein schlechtes Gewissen haben musste, weil er einmal mit seinem Training aussetzte. Er half Blaize, das Nachtlager zu bereiten, und dann brieten sie ein paar Kaninchen, die sie am Nachmittag gefangen hatten. Nach dem Essen lehnte sich Traven zurück und schaute hoch auf den klaren Nachthimmel.

»Was glaubt Ihr wohl, Blaize, wie viele Sterne es am Himmel gibt?«

»Was?« Verwirrt blickte Blaize auf.

»Nun, habt Ihr Euch noch nie gefragt, wie viele Sterne da oben am Himmel stehen?«

»Eigentlich nicht. Ich schaue nach oben – und sehe Tausende von Sternen, zu viele, um sie zählen zu können. Und statt meine Zeit damit zu vergeuden, mich zu fragen, wie viele Sterne es denn wohl sind, gebe ich mich einfach damit zufrieden, dass es zu viele Sterne sind, um sie alle zählen zu können.«

»Ist ja auch egal.« Traven zuckte die Achseln. »Ich habe mich das einfach nur gefragt. Habt Ihr nie über Dinge nachgedacht, die Ihr wahrscheinlich nie herausfinden werdet? Es macht Spaß, sich auszudenken, wie die Dinge sein könnten.« Blaize blieb stumm. Traven schaute zu ihm herüber. Er starrte ins Feuer und sein Blick war nach innen gerichtet – oder in weite Ferne. »Was ist los?«

Blaize schrak zusammen; dann seufzte er.

»Ich erinnere mich gerade an etwas, das ich immer versucht habe, zu vergessen. Vergebens. Ich denke, ich kann es dir ebenso gut erzählen. Es ist lange her, seit ich das letzte Mal darüber gesprochen habe.« Blaize holte tief Luft. »Ja, es gab mal eine Zeit, da habe ich fast so viel und so oft geträumt wie du. Aber dann wurde alles anders. Ich war nur ein paar Jahre älter, als du es jetzt bist. Damals fand ich auch noch, die Welt sei großartig. Ich war mir sicher, mein Leben würde perfekt verlaufen. Und die schönste Frau, die die Welt jemals gesehen hatte, liebte mich. Sie hatte Haare, so dunkel wie der Mitternachtshimmel, und ihre Augen besaßen die Farbe der stürmischen See.« Blaize starrte wieder ins Feuer; ins Leere. »Ich hatte nie gedacht, dass mich eine solche Frau wirklich lieben könnte – aber sie tat es. Und dann wurde sie mir grausam entrissen …«

* * *

»Du weißt, dass ich dich liebe, Blaize!«, sagte Sherrial mit einem neckenden Lächeln. Blaize starrte sie an. Er war sich nicht sicher, ob sie es ernst meinte oder einen Scherz machte.

»Nein, wirklich – ich muss es wissen«, sagte Blaize schüchtern. »Ist es wirklich das, was du für mich empfindest?«

Sherrial nickte, und diesmal schaute sie ihn sehr ernst an.

»Dann spielt es keine Rolle, was dein Vater will«, sagte Blaize und warf ihr einen brennenden Blick zu. »Wenn du den Sohn des Barons nicht heiraten willst, dann heiratest du ihn eben nicht – basta! Dein Glück ist wichtiger als Geld.« Sherrial wendete sich ab.

»So einfach ist das nicht. Es ist nicht nur so, dass mein Vater das für mich will. Du verstehst einfach nicht, wie das ist, wenn man auf einmal die Chance bekommt, wirklich jemand zu sein, jemand, der zählt. Du weißt doch, wie selten sich die Adeligen jemanden von den Bauern ins Haus holen. Das ist meine einzige Chance. Wenn ich Cecil heirate, dann bin ich eines Tages die Baronin tal Drathar. Dann bin ich endlich jemand. Natürlich liebe ich dich – aber ich weiß einfach nicht, was ich tun soll.« Blaize nahm Sherrial in die Arme. Sie lehnte sich an seine Brust und Tränen strömten ihr die Wangen herab. »Irgendwie habe ich das Gefühl, ich muss das tun, ich muss Cecil heiraten. Ich schulde das den Bauern aus unserem Dorf. Ich kann dann so viel für sie tun! Ich schulde es auch meinem Vater. Er wäre so stolz auf mich! Gleichzeitig habe ich das Gefühl, ich schulde es dir, Cecil nicht zu heiraten. Ich weiß einfach nicht weiter!«

Sherrial begann zu schluchzen und klammerte sich an ihn. Er hielt sie fest und streichelte ihr langes, glänzendes schwarzes Haar. Er hatte auch keine Ahnung, was er tun sollte; oder was sie tun sollte. Vielleicht sollte er Sherrial doch besser zureden, Cecil zu heiraten. Dann konnte sie ein glückliches und bequemes Leben führen, so wie sie es verdiente. Und jeder im Dorf konnte seine Vorteile daraus ziehen, wenn Sherrial die neue Baronin war. Aber wie sollte er weiterleben, wenn die Frau, die er liebte, mit einem anderen Mann verheiratet war? Ohne Sherrial konnte er im Leben kein Glück finden.

Warum auch musste der Sohn des Barons ausgerechnet dann im Wald jagen, als Sherrial dort Beeren sammelte? Und warum musste ihre Schönheit ihn so sehr bezaubern? Wenn Cecil Sherrial nie begegnet wäre, dann wäre alles ganz einfach gewesen. Blaize war gerade dabei gewesen, bei ihrem Vater um ihre Hand anzuhalten. Warum musste das Leben so kompliziert und grausam sein? Sherrial war die Frau, die er liebte!

Auf einmal wusste Blaize genau, was er zu tun hatte. Er nahm einen tiefen Atemzug und hielt Sherrial etwas von sich fort, damit er ihr direkt in die Augen sehen konnte. Und dann tat er das Schwerste, was er jemals in seinem Leben hatte tun müssen.

»Sherrial, du schuldest niemandem etwas.« Noch einmal atmete Blaize tief ein. »Und mir schuldest du schon gar nichts. Der einzige Mensch, dem du etwas schuldest, das bist du selbst. Du musst das tun, was für dich am besten ist. Du musst das tun, was dich am glücklichsten macht.« Nachdem er die Worte hervorgebracht hatte, die ihn so viel kosteten, wartete er noch eine Weile auf ihre Antwort, schweigend. Sie sagte nichts; und er wusste, was das bedeutete – sie hatte sich entschieden. Gegen ihn. Er drehte sich um und ging langsam davon.

Sobald er außer Sichtweite von Sherrial war, fing er an zu laufen und rannte den Rest des Weges, bis er in seiner kleinen Hütte angekommen war, wo er sich auf einen der wenigen Stühle sinken ließ. Es gab keinen Grund, warum er sich so am Boden zerstört fühlen sollte. Es war ihm doch klar gewesen, dass sie sich für den Sohn des Barons entscheiden würde. Schließlich hatte er ihr nichts weiter zu bieten als diese kleine Hütte und sich selbst. Cecil hingegen konnte ihr genau das geben, was sie wollte. Er besaß Land, Geld und Ansehen. Warum sollte sie sich für einen armen Mann entscheiden, der nicht einmal so recht wusste, was er mit seinem

Leben anfangen sollte? Irgendwie hatte er sich die ganze Zeit an die Hoffnung geklammert, sie würde ihn vielleicht stark genug lieben, um alles andere für ihn aufzugeben. Doch jetzt erkannte er, was für ein Narr er gewesen war. Er grübelte darüber nach, was es jetzt noch gab, wofür sich sein Leben noch lohnte.

Die Zeit verging, der Tag der Hochzeit kam heran. Blaize arbeitete an seinem Hochzeitsgeschenk für Sherrial und bereitete sich darauf vor, das Dorf zu verlassen. Er hatte bereits viele Wochen zuvor damit begonnen, Sherrial die kleine Truhe zu bauen, bevor Cecil über sie gestolpert war und alle seine Hoffnungen zerstört hatte. Da konnte er sie auch genauso gut fertigstellen und sie ihr als Hochzeitsgeschenk überreichen. Auf diese Weise konnte er auch gut verbergen, wie sehr sie ihn verletzt hatte. Er wollte ihr das Leben nicht schwer machen. Außerdem hatte er beschlossen, dass er ihr die Truhe geben und dann – noch bevor die Hochzeit stattfand – aufbrechen würde, hinaus in die Welt, auf der Suche nach Abenteuern. Er hatte das kleine Dorf schon immer verlassen, die Welt sehen und dort wirklich etwas erreichen wollen, aber bisher hatte es noch nie einen Anlass gegeben, der stark genug gewesen wäre, die Verbindungen hier abzubrechen. Aber jetzt wusste er, dort zu bleiben, wo sie ganz in der Nähe mit einem anderen Mann lebte, könnte er nicht ertragen. Cecil aus dem Weg zu gehen war schon jetzt schwer genug. Er war schon mehrere Male im Dorf gewesen, um sicherzustellen, dass Sherrial alles hatte, was sie brauchte, und dass die Hochzeit wie geplant vonstattengehen konnte. Ein paar von Cecils Verwandten waren zwar gar nicht begeistert gewesen, dass er eine Bauerntochter heiraten wollte, doch das schien den Sohn des Barons nicht zu stören.

Am Tag bevor die Hochzeit stattfinden sollte, hatte Blaize die Truhe endlich fertig. Seit sie ihre Entscheidung getroffen hatte, war er Sherrial nicht mehr begegnet. Er konnte nur hoffen, dass sie sein Geschenk annahm. Die Truhe war nicht so reich geschmückt und kostbar wie die Dinge, die Cecil ihr geben konnte, aber sie war massiv und bewies große Handwerkskunst. Blaize hatte für die Truhe gutes Holz genommen und viele Stunden darauf verwendet, die Oberfläche überall mit geschnitzten Weinreben und Sonnenblumen zu verzieren. Den Rest des Tages verbrachte Blaize damit, all seine Habseligkeiten zusammenzupacken, damit er das Dorf früh am nächsten Morgen verlassen konnte, beim ersten Licht der Sonne. Als die Nacht hereinbrach, wusste er, jetzt konnte er es nicht länger hinauszögern. Er nahm die Truhe und ging langsam, mit schleppenden Schritten, hinüber zu der Hütte, in der Sherrial mit ihrem Vater lebte. Sofort spürte er, dieser Abschied würde noch viel schmerzvoller und härter werden, als er das ohnehin befürchtet hatte. Er musste mehrmals tief Luft holen, bevor er es endlich über sich brachte, an die Tür zu klopfen. Diese öffnete sich nach einer langen Weile. Im Türrahmen stand Sherrials Vater.

»Es tut mir leid, dass es so lange gedauert hat. Ich war …« Dann fiel der Blick von Sherrials Vater auf Blaize. Der ergrauende, nicht sehr hochgewachsene Mann runzelte die Stirn. »Ach, du bist es nur. Ich dachte, Blaize, du hast die Botschaft verstanden. Sherrial wird morgen Cecil heiraten. Sie kann es wirklich nicht brauchen, dass du hier auftauchst und ihr ein schlechtes Gewissen machst, weil sie sich für ihn entschieden hat statt für dich. Ich rate dir gut, verschwinde lieber von hier, bevor ich richtig wütend werde.«

»Ich bin nicht hier, um Sherrial ein schlechtes Gewissen zu machen«, erwiderte Blaize leise. »Ich wollte ihr nur mein Hochzeitsgeschenk bringen, weil ich das Dorf morgen verlasse.« Blaize hob die Truhe in die Höhe. »Kann ich sie hereinbringen?«

»In Ordnung«, brummte ihr Vater. »Aber beeil dich!«

Blaize betrat die Hütte und stellte seine Truhe auf den Tisch. Eigentlich hatte er gehofft, Sherrial noch einmal sehen zu können; aber vielleicht war es besser so.

»So, du hast dein Geschenk abgeliefert – und jetzt geh. Ich bin froh, dass du unser Dorf verlässt. Dann brauche ich dein langes Gesicht wenigstens nicht mehr zu sehen. Viel Glück.«

Blaize bedankte sich bei Sherrials Vater dafür, dass er ihm erlaubt hatte, die Truhe ins Haus zu bringen. Dann marschierte er in Richtung Tür.

»Papa, wen hast du denn …«

Blaize erstarrte mitten im Schritt, als er Sherrials Stimme hörte. Langsam drehte er sich um. Sie stand in der Tür ihres Schlafzimmers.

»Blaize wollte gerade gehen, mein Schatz«, erklärte ihr Vater. »Er hat dir ein Hochzeitsgeschenk gebracht, aber jetzt muss er wieder zurück, weil er morgen früh aufbrechen will.«

Blaize starrte Sherrial an, die abwechselnd auf die reich geschnitzte Truhe und in sein Gesicht schaute und den Mund öffnete, als ob sie etwas sagen wollte. Ihr Vater schob ihn regelrecht zur Tür hinaus, schlug sie ihm vor der Nase zu. Kurz stand er wie erstarrt davor, dann machte er einen schweren Schritt und noch einen, fort von dieser Hütte. Plötzlich wurde die Tür aufgerissen.

»Blaize, warte einen Moment. Bitte – komm für ein paar Minuten herein.« Sie nahm ihn an der Hand und zog ihn in die Hütte.

Blaize lächelte. Sherrials Vater knurrte halblaut etwas, das er nicht verstand, griff sich seine Pfeife und verschwand nach draußen. Schweigend standen sie da, bis Sherrial zu sprechen begann.

»Hast du die Truhe selbst gemacht?«, fragte sie.

»Ja. Ich hatte sie schon vor einiger Zeit begonnen und mich dann entschieden, sie dir als Hochzeitsgeschenk zu geben.« Wieder herrschte Schweigen. Blaize konnte es nicht länger ertragen. »Ich mache mich besser auf den Weg. Ich wollte dir nur die Truhe bringen und dir sagen, dass ich dich immer lieben werde.«

Sobald er die Worte ausgesprochen hatte, hätte er sich ohrfeigen können. Er wandte sich um, wollte zur Tür herausstürzen, doch Sherrial ergriff seinen Arm.

»Hast du gerade gesagt, dass du mich liebst?«, fragte sie drängend. Blaize nickte und auf einmal strömten Tränen Sherrials Wangen herab. »Das wusste ich nicht. Ich dachte … Ich dachte, du hast mich auf der Wiese einfach stehen lassen, weil du mich nicht wirklich liebst. Das ist der einzige Grund, warum ich dieser Hochzeit zugestimmt habe.«

Blaize starrte sie an, wie betäubt.

»Ich … ich bin gegangen, weil ich dachte, den Sohn des Barons zu heiraten, das war das, was du wolltest. Es tut mir so leid!« Er trat vor, zog Sherrial an sich. »Das wusste ich nicht, das wusste ich nicht«, wiederholte er immer wieder, verzweifelt.

»Es ist in Ordnung, Blaize«, sagte Sherrial endlich. »Wenigstens haben wir es noch vor der Hochzeit herausgefunden. Wenn du heute Abend nicht gekommen wärst, hätte ich den größten Fehler meines Lebens begangen!«

»Was willst du tun? Cecil morgen einfach sagen, dass du deine Meinung geändert hast? Das wird er nicht zulassen!«

»Das ist wahr.« Sherrial überlegte. Dann sagte sie: »Ich kann einfach morgen früh mit dir gehen, wenn du aufbrichst.«

Blaize lachte und schaute herab in ihre faszinierenden meergrünen Augen.

»Ich meine es ernst, Blaize!«, sagte sie. »Ich weiß nicht, was ich sonst tun kann. Das ist das Einzige, das mir einfällt.«

»Wenn es das ist, was du wirklich willst«, sagte Blaize rau und konnte es immer noch nicht glauben, »dann werden wir genau das tun. Ich bin bereit, sobald du es bist.«

Sherrial schaute nach oben, in sein Gesicht, und strahlte ihn an. Er spürte ihre Wärme. Er war glücklicher, als er es jemals zuvor in seinem Leben gewesen war. Am nächsten Morgen würden sie beide zusammen aufbrechen und weit weg gehen, gemeinsam die Welt sehen.

Das Brüllen von Sherrials Vater ließ seine glücklichen Träume jäh zerspringen. »Ihr haut jetzt sofort ab und verlasst mein Grundstück! Ich habe mir das lange genug angesehen und angehört. Morgen wird geheiratet – wie geplant!«

»Was ist da los?«, fragte Blaize und wandte sich zur Tür.

»Ach, das ist nichts«, erwiderte Sherrial achselzuckend. »In den letzten Nächten sind öfter mal ein paar Unruhestifter aufgetaucht. Sie haben uns gedroht und uns davor gewarnt, die Hochzeit wirklich stattfinden zu lassen. Sie meinten, kein Bauernabschaum solle sich einbilden, die neue Baronin zu werden. Sie haben aber nichts gemacht, nur ein bisschen Krach. Sie sind harmlos.«

Blaize öffnete die Tür und schaute nach, was draußen passierte. Er war sich nicht sicher, ob die Störenfriede wirklich so harmlos waren, wie Sherrial das behauptet hatte. Vor dem Haus standen fast ein Dutzend Männer, mit Keulen und Schwertern bewaffnet. Nein, sie sahen alles andere als harmlos aus!

»Runter von meinem Grundstück!«, brüllte Sherrials Vater.

»Du hast uns gar nichts zu sagen, alter Mann«, sagte einer der Kerle. »Und du kannst uns nichts tun. Aber dafür können und werden wir dir was tun. Wir haben dich gewarnt!« Der Mann, der gesprochen hatte, trat plötzlich vor, bis er direkt vor Sherrials Vater stand. »Wir haben dir gesagt, dass deine Schlampe von einer Tochter sich vom jungen Baron fernhalten soll, aber sie hat nicht auf uns gehört.« Er spuckte verächtlich aus. »Und dafür werdet ihr jetzt beide bezahlen – du und das Weib!«

»Ich gehe hinaus und helfe deinem Vater«, flüsterte Blaize Sherrial zu. »Waren es immer so viele Kerle?«

»Nein«, flüsterte Sherrial zurück. »Bisher waren es immer nur ein paar, aber mach dir keine Sorgen. Sie drohen nur, aber sie unternehmen nichts. Ich vermute, irgendein Adeliger hat sie angeheuert, um mir Angst zu machen, damit ich Cecil nicht heirate. Aber jetzt kommt es ja ohnehin nicht mehr darauf an.«

Trotzdem gefiel es Blaize ganz und gar nicht, was da passierte. Ein Dutzend verschlagener Kerle mit Waffen in der Nacht – das kam ihm wirklich nicht so vor, als ob sie nur reden wollten. Sherrials Vater war nicht von der Stelle gewichen; unerschrocken schaute er dem Mann, der offensichtlich der Anführer der Truppe war, direkt ins Gesicht. Der zuckte auf einmal die Achseln und wandte sich ab. Blaize fragte sich bereits, ob es Sherrials Vater etwa gelungen war, die Unruhestifter nur mit seinem mutigen Blick zu vertreiben, da schwang der Kerl plötzlich herum und nun blitzte in seiner Hand eine Klinge auf – die er Sherrials Vater mitten in den Bauch rammte. Der alte Mann keuchte einmal leise, dann sank er leblos zu Boden. Sherrial schrie auf.

»Und jetzt holen wir uns die Schlampe!«, brüllte der Anführer. »Lass es uns hinter uns bringen!«

Blaize zog die hysterisch schreiende Sherrial zurück ins Haus, schloss die Tür und verriegelte sie. Er hoffte, die Kerle dadurch wenigstens etwas aufhalten zu können, und schaute sich verzweifelt nach etwas um, das er als Waffe benutzen konnte. Sherrial weinte um ihren Vater. Blaize entdeckte den Schürhaken neben dem Feuer. Die Tür wurde jetzt durch harte Stöße von außen erschüttert. Blaize wusste, lange würde die alte Tür nicht standhalten. Sherrial stellte sich neben ihn.

»Wir sind so gut wie tot«, sagte sie, ihr Gesicht nass von Tränen. »Aber wenigstens werde ich an der Seite des Mannes sterben, den ich liebe.«

Blaize drängte sie hinter sich.

»Noch sind wir nicht tot, Sherrial«, sagte er voller Entschlossenheit. »Ich werde es nicht zulassen, dass sie dir etwas tun. Ich habe dich schon einmal fast verloren und ich werde dich nicht noch einmal verlieren!« Etwas krachte mit einem gewaltigen Aufprall gegen die Tür. Holzsplitter flogen umher. »Halte dich einfach hinter mir. Ich werde dich vor ihnen beschützen!«

Blaize schaute sie noch einmal an. Sie war wunderschön, trotz ihrer verweinten Augen. Und niemand würde seiner zukünftigen Frau etwas antun. Niemand! Blaize hob den Schürhaken hoch in die Luft. Ein weiterer Stoß ließ die Tür splittern, aber noch immer hielt sie. Er hatte keine Ahnung, wie er ein Dutzend Männer nur mit einem Schürhaken bewaffnet stoppen sollte, aber er wusste, er musste es einfach. Sein eigener Tod hätte ihm nichts ausgemacht, aber Sherrials Tod war etwas, das er nicht würde ertragen können. Nun explodierte die Tür geradezu nach innen, ein Mann wurde hineinkatapultiert. Noch bevor er sich orientieren konnte, hatte Blaize mit dem Schürhaken zugeschlagen. Der Mann brach zusammen. Doch da war schon der nächste, der ein Schwert über dem Kopf schwang. Blaize rammte ihm den Schürhaken in den Körper, entriss ihm das Schwert und parierte damit gerade noch rechtzeitig den Schwerthieb eines anderen Schurken. Noch einmal musste er parieren, dann durchbohrte er seinen Gegner. Rasch zog er das Schwert wieder aus ihm heraus und trat die toten Körper beiseite, um mehr Raum zu haben.

Der nächste Halunke griff mit einer Holzkeule und einem Wutschrei an. Das Schwert blitzte auf und unterbrach abrupt seinen Schrei, der in einem Gurgeln endete. Jetzt drängten zwei Männer gleichzeitig herein. Einer von ihnen stürmte vor. Blaize' Schwert stoppte ihn. Doch dadurch war er zu langsam, um den Schwerthieb des Zweiten abzuwehren, der eine Wunde quer über seinem Bauch hinterließ. Dennoch gelang es ihm, auch diesen Mann zu töten. Immer mehr Leichen lagen auf dem Boden. Wieder kamen gleich zwei Männer, mit Keulen bewaffnet, durch den leeren Türrahmen. Der erste sprang auf Blaize zu und wurde von dessen Schwert durchbohrt.

Bevor Blaize sein Schwert allerdings wieder herausziehen konnte, landete die Keule des zweiten Mannes auf seinem rechten Arm. Das Schwert fiel zu Boden. Er fühlte nichts mehr, außer diesem Schmerz im Arm. Blaize schrie vor Zorn und Qual und rammte seine linke Faust mitten in das Grinsen des Mannes hinein. Der taumelte zurück. Blaize trat ihn in den Bauch. Als er sich krümmte, trat Blaize ein weiteres Mal zu und traf sein Kinn. Er entriss dem fallenden Mann die Keule – und auf einmal kamen gleich drei Männer durch die Tür. Fest griff er die Keule mit der linken Hand und schlug zu. Einer der Männer sank mit zerschmettertem Schädel zu Boden. Dabei sprang Blaize die Keule aus der Hand. Dem Schwerthieb eines der anderen Männer entging Blaize, indem er sich duckte. Beim Aufspringen gelang es ihm, die Hand des Mannes mit seiner Linken zu greifen. Der Mann wehrte sich, versuchte zu entkommen, doch Blaize hielt ihn fest. Dann drehte sich der Kerl um, versuchte ihn zu erwürgen. Blaize nahm den Kopf zurück und stieß ihn mit voller Wucht in das Gesicht seines Angreifers. Der stolperte zurück, ließ dabei sein Schwert fallen. Blaize ergriff es und machte ihm den Garaus.

Danach wendete er sich dem dritten Mann zu, der bisher mit gezogenem Schwert einfach abgewartete hatte. Er beobachtete Blaize aufmerksam. Plötzlich sprang er auf Blaize zu. Den ersten Schwerthieb konnte dieser abwehren, aber der zweite traf ihn an der rechten Schulter. Blaize verzog vor Schmerz das Gesicht und griff den anderen an. Es regnete Funken, als beide Schwerter in der Luft aufeinandertrafen. Mit aller Kraft, die ihm verblieben war, drängte Blaize den Mann gegen eine Wand. Mit einem harten Schwertstreich ließ er das Schwert des anderen zerspringen. Doch bevor er erneut zuschlagen konnte, hatte der Halunke ihm den gezackten verbliebenen Rest seines Schwertes in den Oberschenkel gerammt. Blaize schrie vor Schmerz und versetzte dem Mann den Todesstoß.

Keuchend drehte Blaize sich zur Tür um, in Erwartung des nächsten Angriffs. Aber da war nichts, außer der Stille der Nacht. Er hörte nur sein eigenes mühsames Atmen und das Klopfen seines Herzens. Er konnte es nicht glauben – der Angriff war vorbei, er hatte alle besiegt! Die kühle Stille der Nacht kam ihm nach der Hitze des Gefechts fast unwirklich vor. Es schien beinahe zu ruhig zu sein. Plötzlich wurde die Stille durch einen dumpfen Schlag hinter ihm durchbrochen. Blaize schwang herum – und sah Sherrials leblosen Körper auf dem Boden liegen, mit einem Dolch in ihrem Herzen. Hinter ihr stand ein Fenster offen, wie ein Auge hinaus in die Dunkelheit der Nacht. Blaize stolperte zum Fenster, sah in die schwarze Leere hinaus und schrie.

»NEIN! NEEEEEEIIIIIIIN!«

Seine Augen durchsuchten die Dunkelheit, aber nichts bewegte sich dort. Mit einem Herzen schwer wie Blei drehte er sich um, betrachtete den Raum, in dem der leblose Körper seiner Geliebten in einer langsam immer größer werdenden Blutlache lag. Sie war für ihn der Inhalt seines Lebens gewesen, sein Grund, zu leben, die Leidenschaft, die ihn aufrechterhielt, sein Glück und sein Leben. Blaize sank zu Boden. Der letzte Rest seiner Stärke hatte ihn verlassen. Mit dem linken Arm zog er sich über den Flur, sein rechter hing nutzlos herab wie etwas, das gar nicht zu seinem Körper gehörte. Als er Sherrial erreicht hatte, zog er ihr sanft den Krummdolch aus der Brust. Wie betäubt starrte er auf die Waffe und den Buchstaben, der im Griff eingeritzt war, bevor er den Dolch fallen ließ. Dann legte er sich neben Sherrials leblosen Körper, hielt ihn, streichelte ihr Gesicht, das auch im Tod noch immer wunderschön war. Das Blut aus seinen Wunden vermischte sich mit dem ihren. Und jetzt tat Blaize etwas, das er nicht mehr gemacht hatte, seit er ein kleiner Junge gewesen war – er weinte.

* * *

Traven konnte die Tränen in den Augen des großartigen Kriegers sehen. Er wusste nicht, was er sagen sollte, deshalb schwieg er. Blaize stand auf und ging hinaus in die Nacht. Traven sah ihm nach.

Blaize kam nicht zurück. Traven tat noch ein wenig Holz ins Feuer und legte sich schlafen. Er lag auf dem Boden und schaute hinauf zu den Sternen. Irgendwie kamen sie ihm jetzt nicht mehr so hell und glänzend vor wie zuvor.

14

Am kommenden Morgen war Blaize wieder ganz der Alte. Er war früh aufgestanden, hatte Traven mit einem Tritt geweckt und ihn angehalten, seine Übungen zu machen. Als die Sonne aufging, waren sie schon wieder unterwegs auf der Straße nach Calyn. Das Wetter war überraschend kalt geworden. Traven hatte sich fest in seinen warmen Umhang gewickelt. Blaize hingegen schien die Kälte gar nichts auszumachen. Die Bäume, die neben der Straße standen, verloren bereits ihre Blätter. Blaize bemerkte, der Winter käme in diesem Jahr scheinbar sehr früh. Er hatte Traven jedoch beruhigt, sie würden Calyn längst erreicht haben, bevor die ersten Schneestürme über die grasige Ebene tobten. Traven konnte nur hoffen, dass er damit recht behalten würde; er stellte es sich schrecklich vor, wenn auf dieser Ebene ein Schneesturm über einen hinwegfegte. Die Sonne kletterte höher und es wurde wärmer. Traven konnte seinen Umhang wieder in die Satteltasche stecken. Aufgeregt wartete er darauf, dass sie am Mittag anhielten. Schließlich hatte Blaize versprochen, ihm ein paar neue Übungen beizubringen. Es waren die letzten Schwünge, die Blaize ihm zeigen konnte, bevor sich dann in Calyn ihre Wege trennten.

»Und, bist du bereit, etwas Neues zu lernen?«, fragte Blaize augenzwinkernd.

»Ihr wisst, dass ich bereit bin!«, erwiderte Traven ungeduldig. »Lasst uns endlich beginnen!«

»Nachdem dies das letzte Mal sein wird, dass ich dir etwas beibringe, werde ich dich einige Dinge lehren, bei denen es sehr viel länger dauern wird, bis du sie gemeistert hast, als bei den früheren Übungen. Vor allem wirst du deine Trainingsroutine ab sofort nicht mehr nur in zwei Abschnitte gliedern, sondern in drei. Du beginnst wie üblich mit dem Training deiner Beweglichkeit, aber danach wirst du eine Weile den freien Kampf üben, bevor du dich an die Übungen mit deinem Schwert begibst. Und der freie Kampf, das ist das Kämpfen mit bloßen Händen.«

»Warum nennt man das nicht einfach Kampf ohne Waffen?«, fragte Traven.

»Weil es kein Kampf ohne Waffen ist. Ich nenne es freien Kampf, nicht waffenlosen Kampf, weil er nicht waffenlos ist. Dabei werden nämlich deine Hände, deine Füße und dein ganzer Körper zur Waffe. Der Körper ist sogar die mächtigste Waffe, die du überhaupt einsetzen kannst. Auch wenn du ein Schwert oder eine andere von Menschen angefertigte Waffe einsetzt, benutzt du sie ausschließlich zusammen mit deinem Körper. Keine Klinge ist eine Waffe – bevor deine Hand und dein Körper sie zu einer Waffe machen. Eine Klinge ist einfach nur ein Werkzeug, dessen sich dein Körper bedient, um seine eigenen Fähigkeiten als Waffe zu verbessern. Ein Schwert ohne eine Hand, die es schwingen kann, ist keine Waffe – aber eine Hand ohne Schwert ist noch immer eine Waffe. Verstehst du, was ich meine?« Traven nickte. Er hatte vorher noch nie darüber nachgedacht, aber es war ganz gewiss richtig, was Blaize gesagt hatte. »So, und nachdem du jetzt diesen Hintergrund kennst, werde ich dir die neuen Übungen zeigen.«

Zu Beginn musste Traven im Wesentlichen die gleichen Übungen vollführen, die auch seiner Beweglichkeit dienten. Nur wurden sie etwas schwieriger. Statt eines leichten Laufschritts musste er sich jetzt eines schnellen Sprints befleißigen, und bei den Sprüngen musste er versuchen, noch höher zu springen. Auch sollte Traven die Anzahl der Übungen für die Arm- und Bauchmuskeln erhöhen, die Liegestütze und die Rumpfbeugen. Allerdings hatte Traven alle diese Übungen nur je einmal durchzugehen, damit genügend Zeit für die freien Kampfübungen blieb. In Travens Ohren klang das gar nicht so schlecht und endlich nach etwas Abwechslung. Bis er erfuhr, dass viele der freien Kampfübungen nichts anderes waren als Erweiterungen der Beweglichkeits- und Ausdauerübungen, die er ohnehin bereits absolvieren musste. Er hatte gehofft, dass die neuen Übungen die Langeweile der alten unterbrechen würden – stattdessen musste er die alten Übungen jetzt sogar zweimal durchführen, nur das zweite Mal in einer etwas schwierigeren Form.

Trotzdem stellte er schnell fest, dass die freien Kampfübungen doch nicht so langweilig waren, wie es zunächst ausgesehen hatte. Er musste immer mehr Hiebe und Tritte einbauen. Dabei konnte er sich einfach vorstellen, er würde wirklich gegen einen Gegner kämpfen; das machte die Sache interessanter. Die erste Übung bestand darin, die Hiebe mit der Hand zu trainieren und gleichzeitig auch das Abblocken der Hiebe von Angreifern. Dabei musste Traven sowohl seine Faust einsetzen als auch seine offene Hand. Als Nächstes ging es daran, Kampftritte zu praktizieren und mit den Beinen imaginäre Tritte eines Gegners abzuwehren. Danach musste er sich wieder abrollen, anschließend aber sofort in einer Kämpferpose, die Blaize ihm zeigte, zum Stehen kommen, zwei Fausthiebe austeilen und kräftig nach vorne treten. Danach kam eine Abfolge verschiedener Tritte, die Traven ausführen musste, während er in die Luft sprang. Am Ende folgte eine Kombination verschiedener Angriffs- und Abwehraktionen, bei denen sich Traven mittendrin zu Boden werfen und die Beine im Kreis schwingen musste, um einen Angreifer zu Fall zu bringen. Als Traven das ganze Programm einmal durchgegangen war, atmete er keuchend – dabei hatte er noch nicht einmal die alten Übungen gemacht, die er ja noch zusätzlich durchzuführen hatte. Noch einmal ging Traven unter Blaize' Aufsicht die freien Kampfübungen durch, dann gab es Mittagessen und anschließend ritten sie weiter. Wenn sie für die Nacht anhielten, so hatte Blaize ihm versprochen, würde er ihm auch ein paar neue Schwünge mit dem Schwert beibringen.

Darauf freute Traven sich den ganzen Nachmittag, den er ansonsten dazu nutzte, um sich beim Reiten möglichst auszuruhen. Er wusste, die neuen Übungen würden ihm wieder einen tüchtigen Muskelkater bescheren, bevor er sich daran gewöhnt hatte. Als die Sonne sich dem Horizont näherte, kam ein kalter Wind auf. Er war so kalt, dass Traven seinen Umhang hervorzog und sich darin einhüllte. Abends machten sie ein Feuer im Lager und es wurde schnell warm. Sie aßen ein wenig getrocknetes Fleisch, Käse und Zwieback. Danach stand Blaize auf und rülpste laut.

»Es ist Zeit für die neuen Schwertübungen.« Traven stand ebenfalls auf und wollte nach seinem Umhang greifen. »Den lass mal hier«, wies ihn Blaize an. »Erstens wird dir ohnehin warm beim Training. Und zweitens musst du lernen, dich an das kalte Wetter zu gewöhnen.«

Seufzend ließ Traven den Umhang wieder fallen und folgte Blaize hinaus in die Abenddämmerung. Er bekam sofort eine Gänsehaut, als er sich vom Feuer entfernte. Der Wind hielt unvermindert an und heulte über die Ebene. Im Schein des Mondes zog Blaize eines seiner Schwerter und zeigte Traven die neuen Schwünge. Traven hatte eine weitere Abfolge kleiner Übungen erwartet – aber dieses Training unterschied sich sehr von allem, was vorangegangen war. Die neue Routine bestand eigentlich nur aus einer einzigen Übung, bei der die unterschiedlichen Bewegungsmuster des Schwertes fließend ineinander übergingen. Blaize führte die Routine vor und Traven erkannte, wie ähnlich sie der Übung war, die Blaize selbst jeden Tag trainierte. Natürlich war das, was er nachmachen sollte, wesentlich einfacher, und er hatte dabei nur ein Schwert zu benutzen und nicht zwei – aber ansonsten war es im Grunde genau das Gleiche. Nachdem Blaize alles einmal vorgeführt hatte, teilte er den gesamten Vorgang in kleine Schritte auf, damit Traven leichter folgen und sich alles merken konnte.

Das Muster begann im Stand, das Schwert leicht nach vorne und zur Seite gerichtet, die Spitze nach oben. Dann schwang Blaize das Schwert plötzlich in einem kurzen Bogen nach vorne und nahm nach mehreren Schwüngen eine Verteidigungshaltung ein, in der er scheinbare Angriffe parierte. Daraufhin ging er in den Gegenangriff über. Sobald Traven alles verstanden hatte, begann er mit dem zweiten Teil der Routine. Während er im ersten mit dem Schwert mehr oder weniger zugestoßen hatte, drehte und wirbelte er es jetzt herum, als ob er sich einen breiten Pfad durch eine ganze Reihe von Angreifern schlagen wollte. Er bewegte das Schwert dabei so schnell, dass Traven ihn bitten musste, alles ein wenig langsamer zu wiederholen. Im dritten Teil duckte sich Blaize, rollte sich ab, sprang auf, um zuzustoßen und abzuwehren, und wiederholte dies mehrere Male, jedes Mal mit unterschiedlichen Schwüngen und Hieben. Das war Traven von den alten Übungen her bereits bekannt; diesem Teil konnte er ohne Probleme folgen. Der vierte Teil war schon wieder schwieriger. Erneut wirbelte Blaize das Schwert herum, fügte aber kurze Sprünge und Abrollbewegungen hinzu, die in kräftigen Hieben endeten. Daraufhin wob er mit dem Schwert komplizierte Muster und sprang dabei von einem Bein auf das andere.

Der fünfte und letzte Teil der Routine wirkte noch komplizierter als der ganze Rest zusammengenommen. Es sah aus, als ob Blaize alle anderen Bestandteile in einem rasenden Angriff miteinander kombinierte. Alles begann mit einem Abrollen, begleitet von einem wirbelnden Muster beim Aufrichten. Dieses Muster wurde immer komplizierter und stockte keinen Augenblick, obwohl Blaize nun für einen harten Tritt in die Luft sprang. Als er wieder auf dem Boden landete, duckte er sich nach unten, brachte die imaginären Angreifer mit einem Rundumschwung seines Schwertes zu Fall und richtete sich für viele schnelle Schwünge wieder auf. Danach kam ein Abrollen in die andere Richtung, gefolgt von Stößen und Schwüngen. Insgesamt dauerte dieser letzte Teil mehrere Minuten lang, und Traven bemühte sich verzweifelt darum, alles aufzunehmen. Nachdem Blaize alles einmal schnell gezeigt hatte, zeigte er es Traven noch einmal langsamer. Bei einigen Teilen musste Traven ihn sogar bitten, sie erneut zu wiederholen, bis er verstanden hatte, was er tun musste. Endlich konnte Traven Blaize versichern, dass er sich alles gemerkt hatte. Sie gingen zurück zum

Feuer, dessen Wärme Traven sehr begrüßte. Blaize allerdings hielt sich vom Feuer fern, bis der kühle Wind den Schweiß auf seiner Haut getrocknet hatte, der ihm bei den schwierigen Übungen ausgebrochen war.

»Wenn du es schaffst, all diese Routinen zu meistern, bevor wir Calyn erreichen«, erklärte er Traven, »werden wir in einem Übungskampf gegeneinander antreten. Dann siehst du auch, wie das ist, wenn du dich tatsächlich jemandem gegenübersiehst, der gut mit dem Schwert umgehen kann.«

»Ihr meint, ich soll beim Üben gegen Euch antreten?« protestierte Traven. »Das wäre aber eine ziemlich einseitige Angelegenheit! Vielleicht finden wir einen anderen Schwertkämpfer, an dem ich mich versuchen kann.«

»Du liebe Güte!«, sagte Blaize und verdrehte die Augen. »Es ist ja nicht so, als ob ich versuchen wollte, dich umzubringen, Traven. Ich wollte dir nur ein wenig echte Übung im Kampf verschaffen.«

»Ich vermute eher, Ihr wollt mir eine weitere Lektion in Bescheidenheit verpassen«, widersprach Traven, der sich nur zu gut an das letzte Mal erinnerte, als er gegen Blaize angetreten war.

»Ja, das wahrscheinlich auch«, lachte Blaize. »Aber mach dir darüber mal noch keine Sorgen. Zuerst musst du ja die neuen Übungen beherrschen. Danach kannst du dir immer noch Gedanken über einen Kampf mit mir als Gegner machen.«

Traven streckte sich zum Schlafen aus und zog den Umhang über sich. Vielleicht war es sogar recht interessant, sich Blaize noch einmal zu stellen. Womöglich konnte er ihm diesmal ein oder zwei Minuten standhalten … Aber Blaize hatte recht – zuerst einmal musste er die schwierigen Routinen meistern. Das würde schon eine Weile dauern. Allerdings war er fest entschlossen, sie auf jeden Fall zu beherrschen, bevor sie in Calyn ankamen, damit er sich im Kampf mit Blaize messen konnte. Dann konnte er wenigstens gleich sehen, was die ganze harte Arbeit gebracht hatte.

Am nächsten Morgen stand Traven früh auf, um die neuen Übungen zu trainieren. Nachdem er mit seinem Programm für Beweglichkeit und Ausdauer und den freien Kampfübungen durch war, hatte er nicht die geringste Lust mehr auf Übungen mit dem Schwert. Aber er wusste, er musste durchhalten. Zuerst konzentrierte er sich auf die ersten beiden Teile der neuen Routine. Am Ende des Tages war er gut genug darin, um für den nächsten Tag den dritten und vierten Teil in Angriff zu nehmen. Am dritten Tag beherrschte er auch diese Abläufe gut genug, um sich an den fünften Teil zu wagen. Allerdings konnte er sich an diesen nicht mehr so genau erinnern, sodass Blaize ihm alles noch einmal zeigen musste. Für diesen Teil allein brauchte er noch einen Tag länger als für die beiden letzten Teile, aber am sechsten Tag schaffte er die gesamte Routine von Anfang bis Ende. Die Bewegungen flossen noch nicht so glatt wie bei Blaize, wurden jedoch von Tag zu Tag besser. Anfangs war Traven anschließend immer völlig erschöpft und wie erschlagen gewesen, doch am siebten Tag kostete es ihn schon längst nicht mehr so viel Kraft, sich durch das Programm zu kämpfen, und er hatte sogar noch Energie für andere Dinge übrig.

An diesem siebten Tag seines neuen Übungsprogramms änderte sich auf einmal wieder die Landschaft; zumindest auf der anderen Seite des Flusses. Dort verwandelte sich alles in ein Sumpfgebiet. Blaize erzählte Traven, dass sie sich jetzt am Randbereich des südöstlichen Teils des Schwarzen Sumpfes befanden, der sich von dieser Stelle aus nach Norden bis zur Küste etwa vier Tagesreisen lang erstreckte. Auch auf ihrer Seite des Flusses, südlich der Straße, tat sich etwas – immer mehr kleine Bauerndörfer waren zu sehen. Die Bauern hatten riesige Felder, die sich erstreckten, soweit das Auge reichte. Zuerst wunderte sich Traven über die Größe der Felder, aber es leuchtete ihm ein, als Blaize ihn darauf hinwies, es brauche eben eine Menge Getreide, um eine so große Stadt wie Calyn zu versorgen. Bald trafen sie auch auf andere Reisende. Traven war erleichtert, endlich wieder auf Anzeichen von Zivilisation zu stoßen. Zwar gab es in diesen kleinen Bauerngemeinschaften keine Gasthäuser, aber es war angenehm, wenigstens in einer Scheune schlafen und sich frische Nahrungsmittel besorgen zu können. Nachdem sie sich der Stadt weiter genähert hatten, konnte Traven in der Ferne auch Rinderfarmen entdecken. Am achten Tag reihte sich ein kleines Dorf ans andere, ohne Lücken, und die Dörfer verschmolzen miteinander. So sei das die ganze restliche Strecke bis nach Calyn, berichtete Blaize. Je näher sie der großen Stadt Calyn kamen, desto aufgeregter wurde Traven. Bei Sonnenuntergang am achten Tag erklärte ihm Blaize, wenn sie am nächsten Morgen früh aufbrachen, konnten sie Calyn im Laufe des Morgens erreichen.

»Ja, es ist so weit«, grinste Blaize. »Morgen sind wir tatsächlich in Calyn! Es wird schön sein, endlich wieder in einem Bett zu schlafen – und sich mit anderen Menschen unterhalten zu können als mit dir trauriger Gestalt.«

Traven schnitt Blaize eine Grimasse und folgte ihm von der Hauptstraße herunter, auf eine ländlichere Straße in Richtung Süden. Sie kamen an mehreren Bauernhöfen vorbei, ohne anzuhalten.

»Wollen wir nicht in einer der Scheunen übernachten?«, fragte Traven verwundert.

Blaize bemühte sich, ein verschmitztes Lächeln zu unterdrücken. »Nein, wir werden noch ein letztes Mal unter freiem Himmel übernachten, bevor wir die Stadt erreichen. Zur Erinnerung an alte Zeiten.«

»Und wohin gehen wir jetzt wirklich?«, fragte Traven. »Und warum grinst Ihr so breit?«

»Oh, wir werden wirklich noch einmal unter freiem Himmel schlafen – aber nicht zur Erinnerung an alte Zeiten. Du beherrschst die neuen Übungen zwar noch nicht perfekt, aber du bist auf dem besten Weg dorthin. Heute Abend musst du noch einmal hart üben und dann schlafen gehen. Ich hatte dir doch versprochen, wir machen noch einen Übungskampf. Und wir verlassen die Hauptstraße, damit wir das in Ruhe und ohne andere Leute um uns herum tun können.«

Travens Augen begannen zu leuchten. Er war sich nicht sicher gewesen, ob Blaize wirklich dazu bereit war, ihn gegen sich kämpfen zu lassen. Seit er diesen Übungskampf das erste Mal erwähnt hatte, war Blaize nie wieder darauf zu sprechen gekommen, und als Traven ihn einmal danach gefragt hatte, war eine Antwort ausgeblieben. Endlich hatten sie auch die Bauernhöfe hinter sich gelassen und ritten wieder durch Grasland, bevor Blaize anhielt. Er schickte Traven zum Üben und machte sich daran, das Abendessen vorzubereiten. Traven konzentrierte sich wie nie zuvor und übte extrem hart. Langsam wurde sogar die schwierige letzte Routine immer einfacher und er konnte sie hinter sich bringen, ohne allzu viel nachdenken zu müssen. Es würde interessant werden, am Morgen gegen Blaize zu kämpfen. Traven hoffte, dass er diesmal für Blaize wenigstens eine gewisse Herausforderung bedeutete; zumal dieser ja nicht seine volle Kraft einsetzen konnte. Nachdem er zum Lager zurückgekehrt war, aß Traven schnell und legte sich gleich schlafen. Blaize wollte das Lager sehr früh abbrechen, damit sie erst kämpfen und dann noch vor Sonnenaufgang wieder unterwegs sein konnten. Obwohl Traven sich bemühte, gleich einzuschlafen, war er dafür doch viel zu aufgeregt. Erst nachdem er, wie es ihm vorkam, viele Stunden lang die Sterne angestarrt hatte, glitt er hinüber ins Land der Träume, erfüllt von Schlachten und Siegen.

Als Traven aufwachte, war es noch völlig dunkel. Das Feuer glomm nur noch und Blaize schlief. Er versuchte, auch noch einmal einzuschlafen, aber vergebens. Er hatte zwar keine Ahnung, wie lange es noch bis zur Morgendämmerung dauerte, beschloss jedoch, sich einfach nur gegen die Kälte fest in seinen Umhang zu hüllen und darauf zu warten, dass Blaize aufwachte. Zu seiner Freude dauerte es nur wenige Minuten, bis Blaize sich erhob und um das Feuer herumging. Traven sprang auf, bevor er ihm den üblichen Tritt zum Wecken verpassen konnte. Blaize grinste und begann damit, das Lager abzubrechen. Traven half ihm dabei. Als sich der erste hellere Streifen am Horizont zeigte, waren die Pferde beladen und sie bereit zum Aufbruch.

Blaize nahm ein langes, rundes Bündel von Flames Rücken. Dann führte er Traven auf ein langes Stück ebenen Bodens und stellte sich ihm gegenüber.

»Bist du bereit?«, fragte er mit einem Lächeln und legte das Bündel auf den Boden.

»Ich denke schon«, antwortete Traven unsicher und zog sein Schwert. »Lasst uns beginnen!«

Blaize schaute ihn eine Weile merkwürdig an, dann schüttelte er den Kopf und lachte.

»Was willst du denn mit dem Schwert, Traven?«

Traven erwiderte verwirrt seinen Blick. Sie wollten doch kämpfen! Aber dann öffnete Blaize den Packen, den er mitgebracht hatte, und holte aus den Stofflagen zwei längliche Bündel Rohr hervor, die wie Schwerter geformt waren. Traven kam sich sehr dumm vor und wusste jetzt, warum Blaize gelacht hatte. Sie würden nicht mit echten Schwertern kämpfen, sondern mit Schwertern aus Rohr.

»Ich hatte ganz vergessen, dass du so etwas ja noch nie gemacht hast«, erklärte Blaize. »Wenn wir uns im direkten Kampf üben, dann nehmen wir dafür diese Übungsschwerter. Wir wollen ja schließlich nicht, dass aus Versehen einer tot auf dem Platz bleibt. Aber nimm das nicht zu leicht – wenn du mit diesen Übungsschwertern etwas abbekommst, dann ist das ganz schön unangenehm! Sie hinterlassen Prellungen und blaue Flecke. Aber wenigstens überlebst du es ganz sicher, wenn sie dich treffen.«

Traven nickte, legte sein Schwert zur Seite, neben die beiden Schwerter von Blaize. Der warf ihm ein Übungsschwert zu. Traven ergriff es in der Luft und schwang es einige Male herum. Zu seinem Erstaunen stellte er fest, dass die Übungsschwerter fast so schwer waren wie echte Schwerter, und auch ihr Gleichgewicht war ähnlich. Er schwang das Rohrschwert noch einige Male, um ein Gefühl dafür zu bekommen, dann drehte er sich zu Blaize um. Der hünenhafte Krieger stand bewegungslos da, etwa drei Meter entfernt, das Übungsschwert vor sich. Er sagte nichts, stand nur da. Traven nahm dieselbe Haltung ein und wartete, was Blaize jetzt machen würde. Eine Weile verharrten sie beide und schauten sich an, fragten sich, wer wohl den ersten Schritt tun würde.

Ganz plötzlich setzte sich Blaize in Bewegung und sprang auf Traven zu, das Schwert ausgestreckt. Traven schwang sein Schwert nach unten, um den Stoß abzuwehren. Krachend trafen die beiden Übungsschwerter aufeinander. Mit ein paar weiteren Hieben setzte Blaize seinen Angriff fort. Bis auf den letzten konnte Traven alle Angriffe parieren – doch für diesen war er zu langsam und er traf ihn voll in die Rippen. Er keuchte und sprang zurück. Blaize folgte ihm und ließ das Schwert wirbeln. Auch das parierte Traven und duckte sich, um nicht am Kopf getroffen zu werden. Dann sprang er zur Seite, rollte sich ab und kam in fast zwei Metern Entfernung in geduckter Abwehrhaltung wieder zum Stehen. Sofort fiel Blaize erneut über ihn her. Einige Hiebe konnte Traven parieren, dann traf ihn einer am Oberschenkel. Er fürchtete schon, nochmals getroffen zu werden, weil der Schmerz ihn aus dem Takt brachte, doch Blaize trat zurück.

»Traven, du denkst zu viel nach. Jedes Mal, wenn ich mich auf dich zubewege, spannst du dich an und konzentrierst deine gesamte Stärke darauf, meine Hiebe abzuwehren. Versuch einfach mal, weniger nachzudenken und instinktiv zu reagieren.« Traven rieb sich das Bein und schaute Blaize aufmerksam an. »Du musst nicht erst darüber nachdenken, wie du meine Angriffe abwehrst. Du hast das Parieren lange genug geübt und beherrschst es. Folge deinem Instinkt. Du darfst mich nicht falsch verstehen – natürlich musst du verfolgen, was ich mache; aber du musst dich dabei selbst vergessen, dich auf die Klingen konzentrieren und darauf, wie du mich treffen kannst. Mein Körper gibt dir vorher immer kleine Zeichen, was ich als Nächstes vorhabe. Wenn sich meine Muskeln auf eine bestimmte Art und Weise zusammenziehen, dann bereite ich mich auf einen Schwerthieb in einer bestimmten Richtung vor. Natürlich hast du in einem Kampf nicht die Zeit, das bewusst zu analysieren. Deshalb musst du das deinem Unterbewusstsein überlassen. Mit der Zeit und mit der Erfahrung wirst du es lernen, jede Bewegung zu erkennen, die dein Gegner machen will – bevor er sie ausführt. Noch einmal – verlass dich auf deinen Instinkt. Er wird dir sagen, was du tun musst. Bleib ruhig und entspannt. Denke nicht so viel nach – handle einfach.«

Traven verstand sehr wohl, welchen Rat Blaize ihm gegeben hatte – aber es war eine Sache, es zu verstehen, und eine ganz andere, auch entsprechend zu handeln. Er wollte es ja, sich nicht zu viele Gedanken machen und seinen Instinkten vertrauen, aber immer, wenn Blaize ihn angriff, konnte er einfach nicht ruhig und entspannt bleiben. Er musste ständig darüber nachdenken, wie weh es tun würde, wenn Blaize ihn wieder mit dem Übungsschwert traf. Blaize trat zurück und nahm dieselbe Haltung ein wie am Anfang und Traven tat es ihm erneut nach, mit einem tiefen Atemzug. Er hatte Blaize immerhin schon eine ganze Weile standgehalten. Vielleicht gelang es ihm doch, sich einfach ganz natürlich zu verhalten und entspannt zu bleiben. Ja, genau – er musste einfach nur ruhig bleiben und seinem Instinkt vertrauen. Das konnte doch wirklich so schwer nicht sein! Travens beruhigende Gedanken wurden jäh unterbrochen, als Blaize auf einmal wieder auf ihn zustürmte.

Ohne nachzudenken brachte Traven sein Schwert nach unten, um den Hieb abzuwehren, und sprang zur Seite, um auch dem nächsten Stoß zu entgehen. Nun griff Blaize aus verschiedenen Richtungen gleichzeitig an. Traven gelang es, alle Angriffe zu parieren, und die Schwerter krachten mehrfach laut aufeinander. Blaize versuchte einen Schwung in Höhe von Travens Kopf, doch der duckte sich instinktiv, rollte sich ab und kam einige Meter entfernt wieder zum Stehen. Traven war stolz, so schnell und selbstverständlich gehandelt zu haben. Seine Spannung nahm ab und auch seine Muskeln entkrampften sich. Nun schwang er das Schwert mit einem Lächeln herum und ging selbst in die Offensive. Zuerst griff er Blaize mit scharfen, schnellen Stößen an, die dieser jedoch leicht abwehren konnte. Dann schwang Traven das Schwert vor und zurück. Blaize wich aus – und begann den Gegenangriff. Plötzlich fand sich Traven in der Verteidigungsstellung wieder, doch er konnte alle Schwerthiebe mit Leichtigkeit parieren. Er setzte sogar die wirbelnden Muster ein, die er zu beherrschen gelernt hatte.

Blaize tat es ihm nach und der Schwertkampf verwandelte sich in einen Schleier aus schwirrenden Schwertern, die sich zu schnell bewegten, als dass man den Bewegungen hätte folgen können. Immer wieder stießen die Schwerter mit einem lauten Krachen aufeinander, doch Traven hörte das Krachen nicht; er konzentrierte sich nur noch auf Blaize' Bewegungen und sein Schwert. Er setzte nach, griff wieder an und die Bewegungen gingen ihm so leicht von der Hand, als ob er einfach nur in der Luft vorgegebenen Mustern folgen müsste. Blaize' Gegenangriff wehrte er mühelos ab – und ging selbst in die Offensive. Er verlor sich vollständig im Tanz der Schwerter und fühlte weder die eigene Erschöpfung noch die zunehmende Wärme, die der Stein auf seiner Brust ausströmte.

Ganz abrupt änderte sich das Muster der Schwertwirbel. Blaize schlug härter und schneller zu. Auch Traven beschleunigte seine Bewegungen, um mithalten zu können, und der Tanz begann erneut, in einem schnelleren Tempo. Ohne es überhaupt noch richtig wahrzunehmen, wechselte Traven von Angriff zu Verteidigung und zurück. Nach einem besonders heftigen Angriff warf sich Blaize auf den Boden, rollte an Traven vorbei und stand plötzlich hinter ihm. Traven hatte sein Schwert bereitgehalten, schwang herum und parierte. Die Schwerter krachten aufeinander und wieder begann der Wirbel der Klingen. Erneut rollte sich Blaize an Traven vorbei. Mitten in der Bewegung schoss auf einmal sein Schwert nach vorne. Noch bevor Traven es abwehren konnte, hatte ihm Blaize damit die Beine weggeschlagen.

Krachend landete Traven auf dem Boden. Sein Schwert fiel ihm aus der Hand und nun presste Blaize ihm sein Schwert gegen seine Kehle. Traven schaute auf. Blaize stand über ihm, rot vor Anstrengung, schweißüberströmt und heftig atmend. Sein entschlossener Gesichtsausdruck löste sich in einem Lächeln auf. Er hob das Schwert an und half Traven auf. Dieser wurde sich auf einmal bewusst, wie müde und hungrig er war. Mit einer Grimasse rieb er sich die Rückseite seiner Beine, wo Blaize sie mit seinem Schwert getroffen hatte, wischte sich den Schweiß von der Stirn und versuchte, seinen keuchenden Atem unter Kontrolle zu bekommen. Er bemerkte, dass auch er komplett schweißgebadet war, am ganzen Körper. Wie lange sie wohl gekämpft hatten? Traven schaute zum Himmel. Die Morgensonne war schon am Aufsteigen. Sie hatten länger gekämpft, als er gedacht hatte. Er konnte es nicht glauben, dass er Blaize so lange hatte standhalten können. Das war auf jeden Fall erheblich länger gewesen als beim ersten Mal … Natürlich, Blaize hatte nicht mit voller Kraft gekämpft, aber es war trotzdem gut, es so hautnah erfahren zu haben, wie sehr sich sein Training gelohnt hatte.

»Du warst gut«, sagte Blaize, nahm die beiden Übungsschwerter auf und verpackte sie sorgfältig, schob auch seine echten Schwerter wieder zurück in ihre Scheiden. »Wenn du weiter alle Übungen machst, die ich dir gezeigt habe, dann kannst du in kürzester Zeit ein ganz hervorragender Schwertkämpfer werden.«

»Danke, dass Ihr das sagt, Blaize – aber ich weiß schon, ich habe noch einen langen Weg vor mir.«

Blaize lächelte. Sie gingen zurück, bestiegen die Pferde. »Es ist wahr, du musst noch viel an deinen Fertigkeiten arbeiten«, sagte er dann. »Aber erinnere dich – als wir uns getroffen haben, hattest du eigentlich noch nie wirklich ein Schwert in der Hand. Es ist schon beeindruckend, was du in so kurzer Zeit alles erreicht hast.« Er streckte sich auf dem Pferd. »Und jetzt sollten wir uns lieber beeilen. Es ist sehr viel später, als ich das eigentlich geplant hatte.«

Traven setzte Pennon in Galopp und folgte Blaize. Auf der Hauptstraße rasten sie nur so dahin. Traven spürte, dass Pennon noch schneller galoppieren wollte, und ließ ihm die Zügel frei. Wie der Wind schoss Pennon an Blaize und Flame vorbei. Die Bauernhöfe und Felder am Rand der Straße verschwammen in Travens Blickfeld. Er liebte es, wenn Pennon alles aus sich herausholte. Er war ganz unzweifelhaft ein sehr schnelles Pferd. Fast hatte Traven das Gefühl, zu fliegen. Er spürte die kühle Morgenluft gegen seine vom Kampf noch heißen Wangen. Blaize hatte seine Schwertkünste tatsächlich gelobt und in ein paar Stunden würde er Calyn erreichen, die Stadt, die er schon immer hatte sehen wollen. Vor allem, nachdem er *Gelans Wanderungen* gelesen hatte. Jetzt, bald, noch an diesem Tag würde er endlich die prächtige Hauptstadt von Kalia erleben. Er lachte glücklich und ließ sein Pferd noch schneller davongaloppieren.

* * *

Blaize lächelte, als Traven an ihm vorbeiraste. Sein Umhang flatterte hinter ihm im Wind. Nun trieb auch er sein Pferd an, damit er nicht zu sehr hinter diesem jungen Mann und seinem Pferd zurückfiel. Bald war er wieder in Calyn. Es war schon eine ganze Weile her, seit er das letzte Mal dort gewesen war. Und es war noch länger her, seit er Soldat in der Armee gewesen war. Er freute sich darauf, endlich wieder von anderen kämpfenden Männern umgeben zu sein. Auch die Kaserne der Soldaten war zumindest im Winter erheblich angenehmer als ein Leben draußen. Vielleicht hatte er sogar Glück und konnte einen Kampf erleben, wenn man ihn mit zur Grenze nach Balthus nahm, um dieser Armee der Halunken das Handwerk zu legen, die sich dort sammelte.

Auf einmal fror Blaize das Lächeln im Gesicht ein, als er sich daran erinnerte, was vorhin bei dem Übungskampf geschehen war. Er verstand es einfach nicht und es beunruhigte ihn sehr. Zuerst hatte Traven wie der Neuling im Schwertkampf gekämpft, der er ja auch tatsächlich war. Und dann hatte er auf einmal zu kämpfen begonnen wie ein Veteran, der schon seit Jahren Schwertkämpfe ausfocht. Es hatte Blaize gefallen, wie gut Traven war. Trotzdem hatte es ihm einen Schock versetzt, als er mit immer mehr Kraft kämpfte und ihn dennoch nicht besiegen konnte. Am Ende hatte er sich überhaupt nicht mehr zurückgehalten, hatte alles eingesetzt, was er an Kraft besaß – und noch immer konnte er sich keinen Vorteil erstreiten, bis er den Kampf dann mit einem hinterlistigen Trick zu Ende gebracht hatte. Er konnte es einfach nicht fassen, dass Traven in der Lage gewesen war, sich ihm so lange entgegenzustellen. Gut, er hätte den Kampf schneller beenden können, wenn er wie üblich mit zwei Schwertern gekämpft hätte – aber die Tatsache blieb bestehen: Der Junge hatte ihm standgehalten. Er hatte fast wie in Trance gewirkt, als er Blaize' Angriffe abwehrte und seine eigenen startete.

Er wusste nicht, was er davon halten sollte. Natürlich freute er sich für Traven. Er war stolz auf den jungen Mann, den er ja unterrichtet hatte. Trotzdem – niemand sollte in der Lage sein, so schnell so gut kämpfen zu lernen. Traven war ganz ohne Frage ein sehr außergewöhnlicher junger Mann. Aber Blaize war noch etwas anderes aufgefallen. Er hätte schwören können, dass während des Kampfes der Stein, den der Junge immer trug, unter seinem Hemd regelrecht zu glühen begonnen hatte. Blaize hatte keine Ahnung, was bei diesem Kampf geschehen war. Aber eine Sache wusste er genau – Traven war etwas ganz Besonderes.

15

Der Geist blickte zurück auf die brennenden Häuser des kleinen Dorfes. Eigentlich hatte er zuerst geplant, ein paar der Diebe mitzunehmen, die er um sich gesammelt hatte, sich dann aber doch dagegen entschieden. Er arbeitete ohnehin am liebsten allein. So konnte er sich auch viel schneller und unauffälliger bewegen. Die Räuber, die er hinter sich gelassen hatte, konnten auch ohne ihn eine Menge Ärger verursachen, bis endlich die königliche Armee kam und ihrem Treiben ein Ende setzte. Es gab wichtigere Dinge, um die der Geist sich kümmern musste. In den letzten Dörfern hatte er viel zu viel Zeit verschwendet. Inzwischen musste er befürchten, dass die beiden Männer Calyn erreichen konnten, bevor er sie einholte. Er verfluchte sich selbst, sich ihnen nicht früher dicht an die Fersen geheftet zu haben. Aber sie hatten sich einfach sehr schnell bewegt und besaßen ja nun auch einen ganzen Tag Vorsprung vor ihm. Außerdem kam es überhaupt nicht darauf an. Es würde Spaß machen, in Calyn unterwegs zu sein, auf der Suche nach dem jungen Mann. Er war noch nie in Calyn gewesen und fand es interessant, seine Arbeit einmal in einer neuen Stadt zu tun.

Es konnte eine Weile dauern, bis er den jungen Mann gefunden hatte, aber der Geist war ein geduldiger Mann. Irgendwann würde er ihm schon über den Weg laufen. Er musste einfach immer auf den Sucherstein achten und konnte zwischendurch seinen Spaß mit den nichts ahnenden Einwohnern von Calyn haben, während er darauf achtete, ob der Stein seine Farbe von Schwarz zu Rot veränderte. Von Schwarz zu Rot ... der Gedanke daran brachte ihn zum Grinsen. Nicht nur der Stein würde seine Farbe ändern; er würde dafür sorgen, dass auch die Schwärze der Nacht sich rot färbte von dem Blut, das er zu vergießen beabsichtigte. Der Geist lachte ein raues, bösartiges Lachen, trieb sein Pferd an und ritt auf Calyn zu.

* * *

Die Zeltklappe hob sich und kalte Luft drang hinein. Kadrak schaute von seinem Schreibtisch auf. Einer seiner Diener stellte einen Teller mit Essen neben ihn und verschwand wieder. Kadrak schob den dampfenden Teller beiseite, der ihn nur an ein weiteres Problem erinnerte, dem das Lager ausgesetzt war. Kadraks Armee war weit größer geworden, als er das erwartet hatte, und die Nahrungsvorräte waren so gut wie verbraucht. Nie hätte er sich vorstellen können, dass so viele Leute seinem Aufruf folgen würden. Die große Zahl der Männer bedeutete allerdings wachsende Schwierigkeiten in allen Richtungen. Jeden Tag gab es Kämpfe im Lager und viele beklagten sich, dass es nicht genug zu essen gab. Eigentlich hatte Kadrak nicht vorgehabt, die Armee einzusetzen, bevor einige weitere Wochen vergangen waren. Aber er wusste, wenn er jetzt nichts unternahm, dann liefen ihm die Leute wieder davon. Außerdem sah es ganz so aus, als ob der Winter dieses Jahr sehr früh hereinbrechen würde, und wenn das geschah, wollte er bereits in Beking sein.

Schließlich gab es ja auch nichts mehr, auf das er hätte warten müssen. In der letzten Nacht war der Schatten zurückgekehrt, weit früher als erwartet – aber der Schatten erfüllte seine Aufgaben ja immer sehr schnell. Kadrak dachte an die vier Pfähle, die in den harten Boden vor seinem Zelt geschlagen worden waren, und lächelte. Oben auf jedem Pfahl saß der Kopf eines Mannes, der einmal ein Magier gewesen war. Der Schatten hatte seine Arbeit wie üblich sehr gründlich getan und ihm die Köpfe der vier gebracht, die sich des unglücklichen Segens erfreut hatten, die Atmosphäre beherrschen zu können. Er wusste, einige der Männer im Lager machte es unruhig, diese vier aufgespießten Köpfe zu sehen. Aber sie dienten gleichzeitig auch noch der Abschreckung und zeigten, dass Kadrak ebenso skrupellos wie stets siegreich war. Sein Lächeln verstärkte sich, als er daran dachte, dass er irgendwann auch den Kopf des Schamanen Azulk auf einem Pfahl ausstellen würde. Bisher war alles ganz nach Plan verlaufen.

Das Einzige, was ihm Sorgen bereitete, das war diese Störung in Kalia. In der Schale der Sicht war dort immer wieder dieser undurchdringliche Nebel gewesen; er hatte sich nur vom Osten Kalias nach Westen bewegt. Jedes Mal, wenn Kadrak während der letzten Wochen die Sicht bemüht hatte, war der Nebel ein Stück weiter westlich erschienen. Ganz offensichtlich befand sich das, was seine Sicht trübte – was auch immer es war –, in der Hand von jemandem, der unterwegs war. Trotzdem machte er sich noch keine allzu großen Gedanken. Wahrscheinlich hatte er es hier nur mit einem Kaufmann oder einem Reisenden zu tun, der irgendwo über einen wertvoll aussehenden Stein oder ein Schmuckstück mit einem Stein gestolpert war und beschlossen hatte, den Schatz mitzunehmen. Der Geist würde sich dieses Problems schon annehmen – und ihm ein weiteres Artefakt bringen, das er seiner Sammlung hinzufügen konnte. Derjenige, in dessen Besitz sich das Artefakt befand, hielt sich jetzt entweder in Calyn oder in einem der Dörfer in der direkten Umgebung von Calyn auf. Kadrak hoffte, dass der Geist seine Aufgabe bald erledigen und mit dem Artefakt zurückkehren konnte, während sich Kadraks Armee noch in Beking befand. Sein Gedankengang wurde jäh unterbrochen, als sich plötzlich wieder die Zeltklappe öffnete und Gilrod hereinstürmte.

»Vergebt mir, Meister«, sagte er mit einer tiefen Verbeugung vor Kadraks Schreibtisch, »aber es gibt Ärger im Lager. Kulfor der Große hält aufrührerische Reden gegen Euch. Und angesichts der herannahenden Kälte und der geringen Vorräte hören viele der Leute diesem närrischen Schwachkopf zu.«

Kadrak stand auf und schüttelte den Kopf.

»Bring mich zu ihm, Gilrod«, befahl er mit einem finsteren Blick. »Kulfor hat die Grenze überschritten. Jetzt wird er dafür bezahlen.«

Gilrod hielt Kadrak die Zeltklappe auf. Kaum waren sie aus dem Zelt heraus, führte der klein geratene, knochige Mann Kadrak durch das Labyrinth aus Zelten und Kochfeuern, aus dem das riesige, unordentliche Lager bestand. Kadrak kniff vor Abscheu die Augen zusammen. Er hätte sich Kulfors schon lange entledigen sollen. Kulfor war unter den Räubern eine wahre Legende gewesen, ein Held, und Kadrak hatte ihn deshalb zu einem seiner Generäle gemacht. Kulfor war ein geborener Anführer, und Kadrak hatte gewusst, es war sehr nützlich, einen solchen Mann zu haben, der die Armee im Kampf anführte. Unglücklicherweise war Kulfor aber auch ein Mann, der außer von sich selbst nicht gerne Befehle entgegennahm. Er hatte Kadraks Anweisungen schon vorher mehrfach infrage gestellt. Kadrak hatte auch Gerüchte gehört, dass Kulfor heimlich versuchte, das Kommando der gesamten Armee an sich zu reißen. Bisher war er in seinem rebellischen Verrat allerdings nie so offen gewesen, wie er das nun offensichtlich war. Jetzt würde er erleben, was mit denjenigen geschah, die es wagten, sich dem mächtigen Magier Kadrak in den Weg zu stellen.

Gilrod führte Kadrak zur Ostseite des Lagers. Gilrod war Kadraks zweiter General. Trotz seines erst mittleren Alters war er schon nahezu vollständig kahl. Er war verschlagen und ehrgeizig – aber loyal. Außerdem leitete er ein Netzwerk an Spionen, dessen Dienste er Kadrak angeboten hatte. Sie näherten sich jetzt dem östlichen Rand des Lagers. Eine riesige Menschenmenge war direkt außerhalb des Lagers auf einer Lichtung versammelt. In ihrer Mitte stand, etwas erhöht auf einem Felsen, Kulfor, dem sie alle aufmerksam zuhörten. Einige seiner Eliteräuber, die mit Kulfor zusammen gemordet und gebrandschatzt hatten, bevor sie sich alle seiner Armee angeschlossen hatten, umringten ihn. Es waren alles große, wilde Kerle – aber neben Kulfor wirkten sie klein und schwach. Der Mann war ein Riese! Jetzt, wo er auf dem Felsen stand, überragte er alle um mehrere Köpfe. Er war ohnehin mindestens einen Kopf größer als alle Männer, die Kadrak je gesehen hatte – und so breit wie mindestens zwei Männer zusammen. Er hatte eine Menge Fett auf den Rippen, aber unter dem Fett befanden sich Muskeln aus Stahl. Bisher hatte noch niemand ihre Ankunft bemerkt. Kadrak zog Gilrod in den Schatten eines Zeltes und lauschte dem, was der fette Hüne der aufgewühlten Menge zu sagen hatte.

»… hatte ich mir das Leben hier nicht vorgestellt. Warum sitzen wir hier und hungern? Liegt es etwa daran, dass es nicht genug zu essen gibt?«, fragte Kulfor die Menge. »Nein! Das hat nur einen einzigen Grund, und zwar den, dass Kadrak sich einen Dreck um uns schert und alles für sich allein haben will! Und warum sitzen wir hier und tun nichts, wo wir ebenso gut eine Stadt überfallen und reiche Beute machen könnten? Liegt das etwa daran, dass wir zu schwach sind? Nein! Es liegt daran, dass unser Anführer Kadrak zu schwach ist! Ich bin nicht zu schwach – ich bin stark! Ich sage euch, wir werden Kadrak einfach absetzen, ihn um die Ecke bringen – und ich führe euch an. Und dann werden wir nicht weiter untätig hier sitzen und hungern, sondern wir werden durch das Land streifen, uns alles nehmen, was wir haben wollen. Wir holen uns unser Vergnügen und alles, was wir nicht brauchen, zerstören wir. Warum sollten wir darauf warten, bis Kadrak endlich bereit ist, loszumarschieren? Wir sind schon bereit! Also lasst uns aufbrechen!«

Kaum hatte Kulfor seine Rede beendet, begannen die Männer auch schon zu jubeln und begeistert ihre Fäuste in die Luft zu stoßen. Sie standen alle hinter ihm. Kadrak konnte es nicht fassen, wie dreist dieser Mann war. Er hatte es tatsächlich gewagt, solche aufrührerischen Worte direkt vor seinem, Kadraks, Kriegslager von sich zu geben. Er musste doch gewusst haben, dass Kadrak davon erfuhr. Er war ein verwegener, selbstzufriedener Mistkerl. Aber dieser aufgeblasene Narr würde schon bald lernen, dass er einen Fehler gemacht hatte. Kadrak brachte seine Fingergelenke zum

Knacken, sorgte dafür, dass er ganz ruhig war – und trat aus dem Schatten des Zeltes heraus. Die Menge war so begeistert am Jubeln und Beifallschreien – die Männer bemerkten nicht einmal, wie Kadrak und Gilrod herankamen. Kadrak hatte genug von dieser Dummheit; jetzt würde er dem ein Ende bereiten. Er sah hinauf zum wolkenlosen Himmel und plötzlich war ein ohrenbetäubendes Krachen zu hören. Das verschaffte ihm endlich die Aufmerksamkeit der Menge. Alle verstummten jäh, schauten erschrocken nach oben.

»Kulfor!«, rief Kadrak, laut genug, dass ihn der Hüne inmitten der großen Menge hören konnte.

Alle drehten sich um und sahen, wer da gesprochen hatte. Kaum hatten sie ihn erkannt, schlichen sich schon die ersten Räuber feige davon und der Rest bildete eine breite Gasse zwischen Kadrak und Kulfor.

»Was glaubst du eigentlich, was du da tust?«, donnerte Kadrak.

»Mit deinen billigen magischen Tricks kannst du mir keine Angst einjagen«, erwiderte Kulfor ruhig von seinem Felsen aus. »Deine Zeit als Anführer dieser Armee ist vorbei. Du hast diese Position nicht verdient – und deshalb nehme ich sie dir fort.«

Erstaunt hörte Kadrak seine Worte. Er hätte nie gedacht, dass dieser Mann dumm genug war, sich ihm tatsächlich persönlich entgegenzustellen. Kadrak war sich nicht sicher, ob Kulfor nur bluffte – oder ob er etwa ernsthaft dachte, er könnte ihm die Führung über die Armee entreißen. Hinter Kadrak tauchten immer mehr Männer auf. Jeder wollte sehen, was gerade geschah und wie diese Machtprobe ausging. Diejenigen, die zwischen Kadrak und Kulfor standen, zogen sich weiter zurück. Zwischen ihnen befand sich jetzt ein großer freier Raum. Nur Kulfors Elite blieb trotzig an seiner Seite. Neben Kadrak baute sich Gilrod zu seiner vollen Größe auf – die allerdings nicht sehr beeindruckend war.

»Kulfor, ich hatte ja keine Ahnung, dass du dich nach einem frühen Tod sehnst«, sagte Kadrak ruhig. »Ich war immer der Meinung, dass du dein Leben über alles schätzt, aber jetzt sehe ich …«

»Du bist es, der sich auf ein frühes Ende gefasst machen muss!«, unterbrach ihn Kulfor höhnisch.

Kadrak schwang herum, mit ausgestreckten Armen, als sich aus der Menge zwei Männer mit Krummdolchen in der Hand lösten und auf ihn zustürmten. Von Kadraks Händen sprangen Blitze und verbrannten die beiden Mordgesellen zu Asche, bevor sie sich ihm auch nur hatten nähern können. Zwei Dolche flogen, noch weit von ihm entfernt, aus verkohlten Händen. Kadrak lächelte und wendete sich wieder Kulfor zu, der alles mit großen Augen beobachtet hatte.

»Kulfor, du feiger Abschaum! Du strotzt geradezu vor Niedertracht und hast eigentlich einen langsamen, qualvollen Tod verdient. Unglücklicherweise werde ich mich deiner allerdings auf schnelle Weise entledigen müssen.«

Kulfor und seine Eliteräuber zogen ihre Schwerter, doch noch bevor sie ganz aus der Scheide waren, entstand auf einmal über ihren Köpfen ein riesiger Ball wirbelnden Feuers. Das geschmolzene Feuer wuchs und wuchs. Kadrak lächelte. Die Männer versuchten, sich in Sicherheit zu bringen. Dann ließ Kadrak den Ball fallen. Eine mächtige Explosion brachte das gesamte Lager zum Erbeben. Mit einem blendenden Lichtschein breitete sich Feuer in alle Richtungen aus. Die Männer in der Menge versuchten, ihre Augen und ihre Körper zu schützen. Einige wurden von der Stoßwelle unerträglicher Hitze zu Boden geworfen. Kadrak lehnte sich herab und raunte Gilrod einen Befehl zu. Das Problem war beseitigt. Befriedigt kehrte er in sein Zelt zurück.

* * *

Gilrod schaute Kadrak hinterher, der sich seinen Weg durch die wie erstarrt dastehende Menge bahnte und verschwand. Dann richtete er seine Augen auf die Stelle, wo Kulfor zuvor gestanden hatte. Da war keine Spur mehr vom Felsen oder von Kulfor und seinen Eliteräubern zu sehen. Stattdessen erstreckte sich dort jetzt ein riesiger, ausgebrannter, schwarzer Krater. Gilrod hatte von

Kadraks unglaublichen magischen Fähigkeiten gehört, aber bisher hatte er sie nie direkt erlebt. Irgendwie hatte er nicht so recht an die Macht der Atmosphäre glauben wollen, hatte es zunächst für ein von zu fantasievollen Geschichtenerzählern erfundenes Märchen gehalten. Als er Kadrak begegnet war, hatte der ihn davon überzeugt, dass die Macht der Atmosphäre sehr real war. Noch immer war er allerdings davon ausgegangen, dass es sich dabei nur um ein Werkzeug handelte, mit dem man ein wenig Krach machen und aus der Entfernung Kerzen anzünden konnte. Aber jetzt hatte er es selbst erlebt, welche Macht Kadrak tatsächlich besaß. Gilrod war froh, dass er sich dafür entschieden hatte, Kadrak zu folgen und nicht zu Kulfor überzulaufen. Mit Kadrak als Anführer konnte diese Armee alles erreichen, was sie wollte.

Noch einen kurzen Augenblick starrte Gilrod in den Krater, dann machte er sich daran, Kadraks Befehle aufzuführen. Er marschierte direkt auf den riesigen Krater zu, blieb an dessen Rand stehen, drehte sich zur Menge der Räuber um. Erwartungsvoll wandten die Männer ihre noch immer schreckgeweiteten Augen vom Krater ab und auf ihn. Er liebte es, im Mittelpunkt der Aufmerksamkeit zu stehen – aber er wusste auch genau, wann es sinnvoller war, sich hinter einer größeren Macht zu verstecken. Das war der Fehler, den Kulfor gemacht hatte – Kulfor hatte das nicht gewusst. Sobald Kadrak erst einmal der Herrscher über alles Land war, konnte Gilrod damit rechnen, für seine Treue mit einer Position großer Macht belohnt zu werden. Dann konnte er endlich auch aus eigener Kraft herrschen. Bis dahin jedoch war er Kadraks Kreatur. Er ließ die Stille noch eine Weile wirken. Endlich räusperte er sich und verkündete die Botschaft seines Meisters.

»Unser großer Anführer Kadrak weiß genau, was ihr braucht und was ihr wollt. Es geschah aus gutem Grund, dass er uns hier so lange zurückgehalten hat. Aber jetzt ist er bereit zu handeln – so wie er das gerade eben ja auch sehr offen und dramatisch bewiesen hat.«

Gilrod machte eine Pause, damit jeder seine Worte begreifen konnte. Sofort breitete sich in der Menge Aufregung wie das Summen eines Bienenschwarms aus. Nun fuhr Gilrod fort, und er wusste genau, sie hingen alle an seinen Lippen: »Kadrak hat mich gebeten anzukündigen, dass wir uns jetzt auf den Weg machen und über Beking hereinbrechen werden. Unser großer Kampf, die Welt in die Knie zu zwingen, hat begonnen. Das Warten ist vorbei. Wir brechen im Morgengrauen auf!«

Wie ein Mann schrie und grölte die Menge; auf diese Nachricht hatten sie lange gewartet. Die Männer johlten. Gilrod grinste. Ja, die Räuber waren bereit und sehnten sich nach dem Kampf. Und genauso wollten Kadrak und er sie haben.

* * *

Kadrak lächelte in seinem Zelt, als plötzlich aus östlicher Richtung ein lautes Jubeln und Grölen das vorher so stille Lager erzittern ließ. Er spürte, wie auch ihn die Aufregung der Armee erfasste. Erschöpft ließ er sich auf sein Bett zurückfallen. Offensichtlich hatte Gilrod sich mit der befohlenen Rede Zeit gelassen, sonst hätte Kadrak das Johlen hören müssen, noch bevor er sein Zelt erreicht hatte. Gilrod war ein guter Redner, und er verstand es, die Spannung hinauszuzögern, damit die Begeisterung nachher umso größer war. Kadrak war froh, dass dieser Mann ihm so treu war und ihm mit den Informationen seiner Spione so gute Dienste leistete. Er wünschte sich, er hätte es den Männern selbst sagen können, dass die Zeit des Wartens vorüber war. Aber er hatte einen langen Tag hinter sich und die Demonstration seiner Macht hatte ihn geschwächt. Er wollte das spektakuläre Ereignis nicht dadurch seiner großen Wirkung berauben, dass er nachher eine Rede hielt, schwach und zitternd. Immerhin konnte er sich sicher sein, dass Gilrod seine Nachricht sehr geschickt unter die Leute gebracht hatte. Kadrak schloss die Augen und verlangsamte sein Atmen, bis es den Rhythmus seines Herzschlags erreicht hatte.

Es wurde gerade erst dunkel, aber er war erschöpft. Es hatte ihn eine Menge Kraft gekostet, einen flammenden Ball geschmolzenen Feuers zu formen. Natürlich hätte er Kulfor und seine Elitetruppe auf weit einfachere Weise erledigen können, aber er hatte sich bewusst für dieses Schauspiel entschieden. Der Anblick des Feuers, das die Rebellen verschlang, sollte sich den Leuten ins Gedächtnis brennen. Nach dieser Demonstration seiner Nacht würde so schnell keiner mehr den Mut haben, ihm zu trotzen. Jetzt musste er sich keine Sorgen mehr über eine Rebellion und die zur Neige gehenden Vorräte machen. Am nächsten Morgen konnte seine riesige Armee sich endlich in Bewegung setzen. All das Warten, all die Spannung hatten nun ein Ende. In etwas über einer Woche schon konnte seine Armee über Beking herfallen, die Stadt besiegen und plündern. Anschließend würden sie ihr Lager in der Stadt aufschlagen – mit genügend Nahrung und Unterkünften, dass sie den herannahenden Winter mit Leichtigkeit überstehen konnten.

Befriedigt schlief Kadrak ein. Wieder einmal träumte er davon, wie er auf dem Thron von Calyn saß. Leuchtend, pulsierend saß die Krone des Hochkönigs auf seinem Haupt. Endlich trug die Krone wieder jemand, der magische Macht besaß, wie zu uralten Zeiten. Beking sollte als Erstes fallen, und danach würde die Welt vor Angst vor dem zittern, was ihr bevorstand. Auf einmal verschwand die pulsierende Krone und Kadraks Traum füllte sich mit Bildern, wie er einen langen und kalten Winter im prächtigen Palast von Beking verbrachte, von Luxus umgeben.

* * *

Der Schamane Azulk schützte seine Augen mit der knochigen Hand vor dem grellen Licht der Morgensonne und schaute aus den Bergen herab auf die riesige menschliche Armee. Das gigantische Lager war am frühen Morgen abgebrochen und aufgelöst worden. Nun hatte Kadrak seine Armee voller armseliger Menschen endlich in Bewegung gesetzt. Der Schamane grinste und zeigte dabei seine schief gewachsenen gelben Zähne. Wie eine riesige dunkle Schlange kroch die riesige Menge unten in der Ebene nach Süden, in Richtung Beking. Nun war es so weit – die Verwirklichung des ersten Teils des Plans hatte begonnen. Es konnte eine ganze Weile dauern, bis die Armee der Menschen ihr Ziel erreicht hatte; aber der Schamane Azulk hatte sein ganzes Leben lang auf diesen Augenblick gewartet, an dem die Vernichtung der Menschen ihren Lauf nahm. Da konnte er gut auch noch ein oder zwei weitere Jahre darauf warten, dass Kadraks Armee ihr zerstörerisches Tun vollendete. Nach einem letzten Blick auf die menschliche Armee weit unter ihm kehrte der Schamane Azulk in die Höhle und die Dunkelheit zurück, aus der er am Morgen aufgetaucht war. Ein dumpfer, grollender Laut der Zufriedenheit kam aus seiner Kehle. Sobald die Armee der Menschen erst einmal besiegt war, standen er und seine Armee von Galdaks bereit, die Berge zu verlassen, über die Welt hereinzubrechen und das armselige Leben der Menschen zu beenden. Aller Menschen; bis hin zum allerletzten. Und dann würde er vom Thron von Calyn aus die Welt beherrschen, in der es nur noch seine Galdaks gab. Er spürte bereits die Krone des Hochkönigs auf seinem Haupt.

Teil zwei: Die Lehrzeit

16

Traven ließ Pennon langsamer laufen und wartete darauf, dass Blaize ihn einholte. Die Sonne hatte sich gerade erst vom Horizont erhoben, und dennoch waren bereits viele Leute unterwegs, die alle Calyn zum Ziel hatten. Viele schienen Bauern zu sein, die ihre Produkte auf den Märkten der großen Stadt verkaufen wollten. Die meisten brachten Obst, Gemüse und andere Produkte auf voll beladenen Wagen. Schon bald hatte Blaize aufgeholt, und Seite an Seite ritten sie die Straße entlang, mitten im Strom der anderen. Die Mehrzahl der Menschen war zu Fuß unterwegs und Traven konnte über ihre Köpfe hinwegsehen. Er hielt seine Augen auf den Horizont vor sich gerichtet, wo er bald den ersten Blick auf die legendäre Stadt Calyn erhaschen würde. Angeblich hatte es diese Stadt bereits lange vor der Entstehung von Kalia gegeben. Sie hatte wieder und wieder Belagerungen und Angriffen standgehalten und war niemals gefallen.

»Wenn du weiter so stur auf die Straße starrst, wird dir das nur wunde Augen einbringen«, lachte Blaize. »Es sind noch gut ein, zwei Stunden, bevor wir Calyn erreichen.«

Traven errötete und lehnte sich im Sattel zurück. Er musste endlich aufhören, ständig zu träumen, und sich stattdessen auf das konzentrieren, was um ihn herum vor sich ging. Blaize hatte ihm beigebracht, dass nur ein ständig wachsamer Mann am Leben blieb. Er konnte sich am Anblick von Calyn noch immer dann gütlich tun, wenn sie die Stadt erst einmal erreicht hatten. Traven betrachtete die anderen Menschen auf der Straße und die Bauernhöfe, die sich rechts und links ausbreiteten. Mit dem Fortschreiten des Morgens kam ein leichter Wind aus Westen auf. Es war ein frischer Wind und er roch nach Salz. Verwirrt schaute er zu Blaize herüber, der die salzige Luft tief einatmete.

»Riecht das nicht herrlich, Traven?«

»Ja, es riecht gut«, erwiderte Traven und atmete ebenfalls tief ein. »Aber was ist das?«

»Das ist das Meer«, antwortete Blaize mit einem Lächeln. »Bald werden wir Calyn sehen können.«

Eifrig schaute Traven vor sich auf die Straße, die vor ihm langsam anstieg. Noch immer war Calyn nicht zu erblicken. Allerdings nahm die Luft mehr und mehr den Geruch des Meeres an. Traven war fast so begierig darauf, dieses riesige Gewässer zu sehen, wie die Stadt. Warm schien ihm die Sonne auf den Rücken. Vor ihm verschwanden die Menschen, die ihnen vorausgingen und -ritten, auf einmal aus seiner Sicht, wo die Anhöhe sich nach ihrer höchsten Stelle wieder herabsenkte. Unsicher schaute er Blaize an, der nickte und lächelte. Und schon stürmte Traven los, an den anderen vorbei, bis er die Spitze der Anhöhe erreicht hatte. Der Anblick, der sich ihm dort bot, nahm ihm den Atem.

Das Land verlief in einem sanften Schwung nach unten, und so konnte Traven die gesamte majestätische Stadt Calyn mit einem Blick in sich aufnehmen. Dahinter erstreckte sich das nicht weniger majestätische Meer in endloser Weite. Der Anblick überwältigte ihn. Er wusste nicht, ob er lieber auf die riesige Stadt schauen sollte oder auf das unendlich scheinende Wasser, das den Horizont füllte. Ehrfürchtig schaute und schaute er, noch immer sprachlos, bis Blaize zu ihm aufschloss. Endlich richtete er den Blick voll auf das Meer, das hinter der Stadt begann und kein Ende hatte. Noch niemals hatte er so viel Wasser auf einmal gesehen. Er hatte den Fluss Adrinavelle, der sich hier ins mächtige Meer ergoss, ja schon für riesig gehalten – doch im Vergleich zu diesem Gewässer war er nichts als ein kleines Rinnsal. Dann schaute Traven zurück auf die sich weithin erstreckende Stadt, die geradewegs aus dem Meer zu kommen schien. Vom Meeresufer bis hin zu den grasigen Ebenen von Kalia war da nichts als Stadt. Was ihm zuerst auffiel, das waren die hohen Türme, die sich weit über die Stadt erhoben und in den Morgenhimmel ragten. Dann bemerkte er die Stadtmauer aus schimmernden weißen Steinen. Sie war mindestens fünf Stockwerke hoch – und dennoch ließen die hohen Türme sie klein erscheinen.

»Komm jetzt, Traven!«, knurrte Blaize ungeduldig. »Du kannst hier nicht den ganzen Tag stehen und die Stadt anstarren.«

»Ich habe noch nicht einmal den Palast entdeckt«, protestierte Traven, ritt aber dann doch Blaize hinterher, der sich schon wieder in Bewegung gesetzt hatte. Schon bald konnte er von der Stadt nichts mehr erkennen, weil die unglaublich hohe Stadtmauer alles vor seinen Augen verbarg. Nur ein paar Gebäude ragten darüber hinaus – und natürlich die endlos hohen Türme.

»Was glaubst du denn?«, erklärte Blaize. »Diese vier hohen Türme mitten in der Stadt gehören zum Palast.« Traven kam sich wieder einmal total unwissend vor und wünschte sich dennoch, er hätte sich auch den Rest des Palastes von der Anhöhe aus anschauen können. »Wenn du erst einmal in der Stadt bist«, tröstete ihn Blaize, »dann hast du mehr als genug Zeit, dir den Palast ganz aus der Nähe zu betrachten.«

Sie ritten weiter auf die Stadtmauer zu. Traven bemerkte, dass es auf einmal gar keine Bauernhöfe mehr gab. Außerhalb der Mauern der Stadt breitete sich nur noch Grasland aus.

»Wie kommt es, dass zwischen hier und der Stadt überhaupt nichts mehr ist?«, fragte Traven verwundert.

»Dafür gibt es zwei Gründe«, antwortete Blaize. »Zum einen sorgt das für einen geordneten Verkehr aus der Stadt heraus und in die Stadt hinein. Und zweitens schafft das einen taktischen Vorteil, wenn die Stadt einmal angegriffen werden sollte. Eine Armee, die auf Calyn zumarschiert, muss sich über offenes Land bewegen und ist dabei ständig den Katapulten und Pfeilen von Calyn ausgesetzt.«

Traven erkannte sofort, was für eine gute Idee dieser Streifen freies Land war. Und der war erheblich breiter, als er vermutet hatte; sie brauchten weit länger, endlich die eigentliche Stadt zu erreichen, als er das von der Anhöhe aus geschätzt hatte. Wie die anderen Menschen, die auf Calyn zustrebten, gab Traven sich große Mühe, nur auf die Straße vor sich zu schauen. Als er einmal seinen Blick auf die Stadtmauer gerichtet hatte, war er vom Widerschein der Sonne von den weißen Steinen so sehr geblendet worden, dass er einen Augenblick lang gefürchtet hatte, blind zu werden. Erst als sie das riesige Stadttor erreicht hatten, sah Traven wieder nach oben. Es war das einzige große Tor in die Stadt hinein und aus der Stadt heraus, breit genug, dass gleich mehrere Wagen nebeneinander fahren konnten, und sehr hoch. Es erhob sich bis weit, weit über ihre Köpfe hinweg. Das Tor musste selbst auch mehrere Stockwerke hoch sein, vermutete Traven, als er darunter hindurchritt. Dabei bemerkte er auch die enorme Breite der Stadtmauer. Es war fast so, als ob sie in einen Tunnel hineinreiten würden; eine ganze Weile lang befanden sie sich im tiefen Schatten.

Dann kamen sie aus der Dunkelheit wieder heraus und waren endlich in der Stadt. Erneut schaute Traven voller Ehrfurcht um sich. Die Hauptstraße, die mitten durch die Stadt hindurchführte, blieb so breit, wie sie es vor dem Tor gewesen war. Auf jeder Seite ragten hohe, mächtige Gebäude nach oben, eines neben dem anderen. Die Wände der Häuser waren alle weiß verputzt, aber jedes Gebäude schien Dachziegel in einer anderen Farbe zu besitzen. Die Straßen waren voller Menschen. Dennoch konnte Traven die Straße weit herabsehen und erkannte in der Ferne etwas, das der Große Palast sein musste. Er konnte das riesige Gebäude sehen, von dem aus die mächtigen Türme nach oben stiegen. Eine große goldene Kuppel, die den Palast bedeckte, warf das Sonnenlicht zurück.

Aufgeregt und staunend folgte Traven Blaize, der sich seinen Weg durch die Menge der Menschen bahnte. Blaize bog in eine Seitenstraße ein, die sie zu einem kleinen Platz führte, wo sie sich in Ruhe unterhalten konnten, ohne den ganzen Verkehr aufzuhalten.

»Und?«, fragte Blaize lächelnd. »Wie gefällt dir die Stadt?«

»Sie ist beeindruckend, erstaunlich, wunderbar!«, platzte Traven heraus. »Ich hätte nie gedacht, dass Calyn so groß und so schön ist!« Nach allem, was Traven bisher hatte sehen können, war die Stadt voller großartiger Plätze, eleganter, wundervoller Gebäude und beherrscht von einer Stimmung fröhlicher Ausgelassenheit.

»Ja«, stimmte Blaize zu, »Calyn ist wahrscheinlich die atemberaubendste Stadt in der ganzen Welt. Rankdra ist auch wunderschön und auf ihre eigene Weise großartig, doch sie besitzt nicht die Eleganz von Calyn. Aber wenn du die Stadt jetzt schon für so toll hältst, dann warte nur ab, bis du erst einmal den Großen Palast von Nahem gesehen hast! Der Platz des Hochkönigs wird dich begeistern. Er ist voller Statuen und umgeben vom Großen Palast, der Königlichen Bibliothek und noch vielen anderen beeindruckenden Gebäuden. Aber auch der Rest der Stadt ist erstaunlich. Überall gibt es Plätze mit schönen Brunnen wie diesem hier. Auch der Hafen ist sehr interessant. Dort triffst du auf Menschen aus den verschiedensten Ländern. Ich bin mir sicher, dir wird es sehr gefallen, in dieser Stadt zu leben. Aber jetzt genug der Begeisterung. Ich weiß nicht, wie es dir geht – aber ich bin nach diesem Morgen sehr hungrig. Lass uns irgendwo etwas essen. Die Straße herunter gibt es eine ganze Reihe anständiger Restaurants.«

Traven folgte Blaize. In seiner Aufregung, endlich Calyn zu erreichen, hatte er ganz vergessen, wie hungrig er war. Schließlich hatte er an diesem Tag noch nichts gegessen. Sie bogen in eine Seitenstraße ab, in der es erheblich ruhiger zuging als in den beiden anderen Straßen, die sie gerade hinter sich gelassen hatten. Die Gebäude hier waren meistens drei Stockwerke hoch und trugen Schilder, auf denen leckere Speisen zu sehen waren und die Namen der Restaurants standen. Blaize führte ihn zu einem Haus, das sich »Der volle Teller« nannte. Über dem Eingang gab es ein

Schild, auf dem ein riesiger Teller zu sehen war, gefüllt mit allen möglichen Speisen. Blaize und Traven ließen ihre Pferde seitlich am Haus bei einem Diener und traten ein, um ihren immensen Appetit zu stillen. Der Hauptraum war noch recht leer. Schließlich war die Zeit für das Frühstück längst vorbei und für das Mittagessen war es eigentlich noch zu früh. Eine Kellnerin in einem hellgrünen Kleid mit einer sauberen weißen Schürze darüber führte sie an einen Tisch und verschwand wieder, um ihnen etwas zu trinken zu besorgen.

»Du wirst das Essen hier lieben!«, schwärmte Blaize grinsend. »Es ist nicht gerade billig, aber es ist jede Münze wert. Ich dachte mir, ich gönne mir das einfach noch einmal, bevor ich demnächst wieder das herunterschlingen muss, was in der Kantine einer Armee als Essen gilt. Außerdem haben wir ja noch ein bisschen Geld aus Vier Brücken, richtig?« Er zwinkerte Traven zu.

»Es ist mir völlig egal, wie das Essen schmeckt«, erwiderte Traven. »Hauptsache, sie bringen uns eine Menge davon!«

Blaize lachte. Die Kellnerin stellte zwei Krüge mit heißem gewürztem Apfelwein auf den Tisch. Bevor sie fragen konnte, was die beiden Gäste essen wollten, bestellte Blaize zweimal die spezielle Zusammenstellung des Küchenchefs.

»Was ist die spezielle Zusammenstellung des Küchenchefs?«, wollte Traven wissen.

»Das wirst du gleich herausfinden, wenn das Essen kommt. Keine Sorge – es wird dir schmecken und es wird dich garantiert auch satt machen.«

Traven nahm einen Schluck von dem gewürzten Apfelwein und wartete dann ungeduldig auf das Essen. Der Apfelwein schmeckte wirklich gut, aber er wollte erst etwas im Magen haben, bevor er den Krug leerte. Schnell war die Kellnerin mit ein paar Vorspeisen wieder zurück. Es waren Streifen von weißem, zähem Fleisch, bedeckt mit angebratenen Brotkrumen. Blaize erklärte, dass das Fleisch von einem Meerestier stammte, das viele Arme und Beine hatte und Tintenfisch genannt wurde. Traven war sich nicht sicher, ob er Blaize das glauben sollte, aber was auch immer es war, es schmeckte gut. Traven leerte seinen Teller rasch und trank noch ein wenig von dem Apfelwein. Nun musste er auf den nächsten Gang warten. Mit knurrendem Magen schaute Traven auf Blaize' noch fast vollen Teller. Blaize aß langsam und mit Genuss.

Nach einer Zeit, die ihm wie eine Ewigkeit vorkam, brachte die Kellnerin endlich zwei weitere Teller voll dampfender Speisen. Mit großen Augen betrachtete Traven den Teller, den sie vor ihn hingestellt hatte. Blaize bezahlte das Essen, und Traven hatte schon begonnen, kräftig zuzuschlagen. Es war alles so köstlich, wie Blaize das versprochen hatte, und es war wirklich von allem genug da. Es gab Rindfleisch in einer scharfen braunen Soße, Lammkotelets in einer süßen roten Soße und viele verschiedene Arten von Fisch in einer würzigen hellen Soße. Außerdem lagen auf dem Teller noch viele verschiedene Sorten Gemüse, mit viel flüssiger Butter übergossen. Es gab Möhren, Tomaten und Mais, dazu noch Kartoffelecken mit geschmolzenem Käse darauf und ein merkwürdiges Gemüse in einem tiefen Orange, das fast ein wenig an eine Kartoffel erinnerte und mit Zucker bestreut war. Auf dem Rand des Tellers lag noch ein großes, weiches Brötchen. Schon bald war von der großen Menge Essen nichts mehr übrig außer ein wenig Soße, in die Traven das Brötchen tunkte. Einige der Speisen hatten für Traven zwar seltsam und fremdartig geschmeckt, aber auf eine sehr gute Weise. Befriedigt lehnte er sich in seinem Stuhl zurück. Auch Blaize hatte seinen Teller bald geleert und rülpste leise hinter vorgehaltener Hand.

»Habe ich dir nicht gesagt, es wird dir schmecken?«, sagte Blaize und rieb sich genießerisch den Magen.

»So langsam müsstet Ihr doch gemerkt haben, dass ich Euch alles glaube«, lächelte Traven.

»Das solltest du auch«, zog Blaize ihn grinsend auf. »Aber um auf etwas anderes zu sprechen zu kommen, Traven – ich muss mich bei der Armee melden und du musst zu deiner Handelsschule. Das ist schließlich der Grund, warum wir hier sind.«

Plötzlich war Traven nicht mehr so freudig aufgeregt, wie er es gerade eben noch gewesen war. Er hatte ja gewusst, sobald sie erst einmal in Calyn angekommen waren, würden sie beide getrennte Wege gehen, er und Blaize. Nur hatte er das in seiner Freude und Begeisterung völlig vergessen gehabt. Natürlich, die Handelsschule war interessant, und er freute sich sehr darauf. Aber er wusste, er würde Blaize sehr vermissen. Blaize war in der kurzen Zeit beinahe so etwas wie ein zweiter Vater für ihn geworden, auf jeden Fall war er ein sehr guter Freund. Traven wollte diesem Mann, der ihm das Leben gerettet und so viel beigebracht hatte, nicht Lebewohl sagen. Schließlich hatte er es nur Blaize zu verdanken, dass er jetzt wusste, wie man kämpfte und sich verteidigen konnte. Und er hatte von Blaize auch viel über das Leben gelernt. Sehr ernst folgte Traven ihm aus dem Restaurant hinaus auf die Straße und schweigend bestieg er Pennon.

»Oh, Junge – du siehst aus, als ob gerade jemand gestorben wäre!«, bemerkte Blaize.

»Ich denke nur daran, wie traurig es ist, dass unsere Wege sich jetzt trennen müssen«, sagte Traven leise.

»Ach, es ist doch nicht so, dass wir uns nie wiedersehen werden!«, knurrte Blaize, und Travens Gesicht erhellte sich ein wenig. »Wir werden in derselben Stadt leben und wir können uns ab und zu treffen und in Erinnerungen schwelgen, wie schön es war, nachts im Regen auf dem kalten Erdboden zu schlafen und in der Dunkelheit angegriffen zu werden.« Travens Lächeln wurde noch heller. »Außerdem«, fügte Blaize hinzu, »wenn du erst einmal ein reicher Kaufmann bist, brauchst du ja auch Wachen. Vielleicht heuere ich dann als Wache bei dir an.«

»Wenn ich wirklich einmal ein reicher Kaufmann bin«, verkündete Traven, »dann bist du meine erste Wahl als Anführer der Wachen.«

»Oh, du schmeichelst mir«, witzelte Blaize.

Schweigend ritten sie zurück zur Hauptstraße. Dort ritten sie nebeneinander, bis sie an eine Stelle kamen, wo eine andere breite Straße die Hauptstraße kreuzte. Blaize deutete auf die Straße, die nach Süden führte.

»Zur Armee geht es dort entlang. Jetzt heißt es also erst einmal Abschied nehmen. Aber wir werden uns ganz bestimmt wiedersehen.«

Mit diesen Worten lenkte Blaize sein Pferd nach Süden und ritt die Straße hinab. Traurig schaute Traven ihm hinterher. Auf einmal fiel ihm ein, dass er ja gar nicht wusste, wo die Handelsschule war.

»Wartet, Blaize!«, rief er und ritt dem Krieger hinterher. Blaize hielt an. »Wo ist denn die Handelsschule?«, fragte Traven.

»Oh, ich hatte ganz vergessen, dass du das ja gar nicht weißt«, lachte Blaize. »Die Schule ist direkt auf der anderen Seite des Großen Palastes. Folge einfach der Hauptstraße. Hinter dem Großen Palast biegst du in die erste größere Straße rechts ein, die diese Straße kreuzt. Die führt dich direkt in den Schulbezirk, und da musst du dich dann erkundigen, wo deine Handelsschule ist.«

»Ich danke Euch. Ich weiß wirklich nicht, was ich ohne Eure Hilfe getan hätte.«

»Du hättest einfach einen anderen gefunden, den du nach dem Weg fragen kannst«, grinste Blaize. »Und jetzt mach dich vom Acker!«

Noch einmal winkte Traven Blaize zu und kehrte zur Hauptstraße zurück.

* * *

Blaize schaute Traven eine Weile hinterher, bis er in der Menge verschwand. Der junge Mann wirkte in der großen Stadt völlig fehl am Platz – aber er würde sich gewiss schnell an das Leben hier gewöhnen. Auf jeden Fall wusste er jetzt, wie man sich gegen einen Angriff verteidigte. Traven lächelte etwas wehmütig. Traven hatte recht – es war zu schade, dass sie sich jetzt trennen mussten. Traven war ihm auf dem Weg nach Calyn eine sehr angenehme Gesellschaft gewesen. Blaize hatte bereits begonnen, den jungen Mann wie den Sohn zu lieben, den er niemals haben würde. Er würde die täglichen Gespräche mit ihm sehr vermissen. Aber Blaize beruhigte sich damit, dass er Traven gewiss wiedersehen würde. Aus irgendeinem Grund war sich Blaize völlig sicher, dass ihre Wege sich noch einmal kreuzen würden.

* * *

Traven näherte sich dem Palast. Seine Augen wurden immer größer, je näher er ihm kam. Er fand vor Staunen keine Worte, die seine Eindrücke hätten beschreiben können; vor allem, als sich die Hauptstraße dann zum Großen Platz erweiterte, der auch Platz des Hochkönigs genannt wurde. Es war alles so erstaunlich! Auf dem riesigen Platz waren überall Brunnen mit den Statuen der Krieger aus den Legenden oder fantastischen Kreaturen zu sehen. Ganz in der Mitte des Platzes gab es sogar eine kleine Baumgruppe, umgeben von Blumen in allen Farben. Der Platz war umrahmt von beeindruckenden Gebäuden von herausragender Architekturkunst. Traven erriet gleich, welches die Königliche Bibliothek war, aber was den Rest der Häuser betraf, da war er sich nicht ganz sicher, welchem Zweck sie dienten. Aber so wundervoll die anderen Gebäude auch waren – der Große Palast stellte sie alle in den Schatten.

Allein schon die Größe dieses Gebäudes war bemerkenswert, ebenso wie seine architektonische Schönheit. Der Große Palast war so breit, dass er eine ganze Seite des Platzes einnahm, und umgeben von einer riesigen Mauer, sehr hoch und mindestens zwei Armspannen breit, die aus demselben glänzenden weißen Stein bestand wie die Stadtmauer. Der Palast stand etwas zurückgesetzt am Platz. Durch das offene Tor konnte Traven erkennen, dass sich dahinter ein weiterer Platz befand, gefüllt mit den Statuen der früheren Könige und Königinnen von Kalia. Seitlich dieses palasteigenen Platzes standen Bäume vieler verschiedener Arten, die dem Weiß und Gold des Palastes das Grün des frischen und das Bunt des herbstlichen Laubes hinzufügten. Der Palast selbst erhob sich mehrere Stockwerke hoch über alles, und auf dem letzten Stockwerk befand sich die goldene Kuppel, die das Herzstück bildete. Noch weit beeindruckender als die goldene Kuppel allerdings waren die vier Türme, die sich an den Ecken des Palastes in die Luft streckten. Schon die beiden vorderen Türme waren sehr hoch, aber die beiden hinteren ragten noch weiter in den Himmel hinein. Traven wusste nicht, wie hoch die Türme wirklich waren, schätzte allerdings, dass bereits die beiden vorderen mindestens zwanzig Stockwerke hoch waren. Wie groß die beiden anderen waren, das wagte er sich nicht einmal auszurechnen. Die Spitzen der Türme waren ebenso mit Gold verziert wie die Kuppel. Traven hatte sich den Palast groß und schön vorgestellt – aber nicht so groß und so schön.

Um ihn herum bewegte sich die Menschenmenge, während Traven einfach dastand und am Palast hochblickte. Unwillkürlich träumte er davon, wie es wohl wäre, an einem so wundervollen Ort zu leben. Diener erfüllten jeden seiner Wünsche und er war umgeben von allem Luxus, den man sich nur wünschen konnte. Wann immer er wollte, konnte er einen der Türme erklimmen und weit über das endlose Meer oder die endlose Ebene von Kalia blicken. Es war kaum vorstellbar. Endlich zwang sich Traven, den Blick vom Palast abzuwenden. Er ritt über den Platz, dorthin, wo die Hauptstraße ihn wieder verließ. Es wurde tatsächlich höchste Zeit, dass er sich endlich bei der Handelsschule meldete. Trotzdem warf er dem Palast noch viele bewundernde Blicke zu, bis er die Hauptstraße wieder erreicht hatte.

An der ersten Straßenkreuzung hielt er sich rechts. Es war eine ruhigere Straße mit sehr viel weniger Verkehr, umgeben von großen Gebäuden. Langsam ritt er an ihnen vorbei, um die Schilder lesen zu können, die ihm sagten, was für ein Gebäude er vor sich hatte. Von einfachen Grundschulen bis hin zu philosophischen Zentren sah er die verschiedensten Orte des Wissens und Lernens. Ziemlich am Ende der Straße fand Traven dann das Gebäude, nach dem er gesucht hatte. Ein vier Stockwerke hohes Gebäude mit einem roten Dach verkündete auf seinem Schild: »Handelsschule von Calyn«. Etwas unsicher betrachtete Traven das Haus, das ab jetzt sein neues Heim sein würde. Er hatte es geschafft – er hatte die Handelsschule erreicht.

17

Kalista schaute vom Fenster ihres Schlafgemachs herab auf den Großen Platz, auf dem sich eine riesige Menschenmenge drängte. Die verschiedensten Leute aus den verschiedensten Ländern wanderten über den Platz, völlig frei, und starrten zum Palast hoch. Immer wieder erstaunte sie die Tatsache, dass keiner von ihnen auch nur auf den Gedanken kam, dass sie manchmal direkt auf die Leute herabschaute, die den Palast bewunderten. Sie fragte sich wieder einmal, wie es wohl wäre, einer von diesen Menschen zu sein. Es musste schön sein, einfach eine ganz normale Person zu sein, die tun und lassen konnte, was sie wollte. Sie würde alles dafür geben, aus dem Palast treten und sich diesen Leuten anschließen zu können, einfach Spaß zu haben. Sie beneidete alle die, die selbst darüber entscheiden konnten, was sie taten. Seufzend trat sie vom Fenster zurück und ging zu ihrem Waschtisch. Sie setzte sich vor den Spiegel, nahm eine Bürste, ihre Lieblingsbürste, die mit Elfenbein besetzt war, und begann, ihr langes goldenes Haar zu bürsten. Sie lächelte ihr Spiegelbild an und es lächelte zurück, zeigte dabei zwei allerliebste Grübchen. Die hatte sie von ihrem Vater geerbt, während ihr goldenes Haar von ihrer Mutter stammte.

Tränen machten ihre strahlend blauen Augen feucht, als sie an ihre Mutter dachte. Sie weinte jetzt nicht mehr, aber noch immer brannten ihre Augen oft mit ungeweinten Tränen. Noch immer fiel es ihr schwer zu glauben, dass sie jetzt keine Mutter mehr hatte. Ihr ganzes Leben war ihre Mutter immer da gewesen, und immer ihre beste Freundin. Sie hatte die Stärke und Schönheit ihrer Mutter bewundert. Und vor allem hatte sie ihre Mutter bewundert, weil sie sich ständig Zeit für sie nahm und sie immer mit ihr reden konnte. Kalista wünschte sich, ihre Mutter wäre auch jetzt da. Manchmal besprach sie ihre Probleme mit ihrem Kinderfräulein, aber das war überhaupt nicht dasselbe. Ihr Kinderfräulein war kein Vergleich zu ihrer Mutter, der Hochkönigin Kineta d'Roshedrian.

Ihre Mutter war jetzt schon über ein Jahr tot, aber der Schmerz darüber hatte kaum nachgelassen. Kurz nach Kalistas sechzehntem Geburtstag war ihre Mutter plötzlich krank geworden. Die königlichen Geistlichen und die besten Ärzte von Kalia hatten alles versucht und sie dennoch nicht retten können. Ein paar Wochen später war sie gestorben. Kalista würde es nie vergessen, wie ihre Mutter sich selbst während ihrer schweren Krankheit oft die Zeit genommen hatte, mit ihr einfach als Mutter und Tochter zu reden, und nicht als Hochkönigin und Prinzessin. Bei ihrem Tod hatte die Hochkönigin mit einer Hand die ihres liebenden und geliebten Ehemannes gehalten, des Hochkönigs Raldon d'Roshedrian, und mit der anderen die ihres einzigen Kindes, der Prinzessin Kalista d'Roshedrian. Diese Nacht hatte sich Kalista für immer ins Gedächtnis eingebrannt. Auch als langsam klar geworden war, wie schwer die Krankheit ihrer Mutter war, hatte Kalista nie ernsthaft befürchtet, sie würde wirklich sterben müssen. Lange hatte sie die Hoffnung auf eine wundersame Heilung gehegt. In dieser letzten Nacht mit ihrer Mutter, als sie hatte erkennen müssen, dass es wirklich keine Rettung gab, hatte sich ihre Sicht der Welt für immer verändert. Nun hatte sie erlebt, wie schwach und zerbrechlich das Leben eigentlich war und wie grausam das Schicksal sein konnte.

Vor dem Tod ihrer Mutter hatte Kalista ihrem Vater nie besonders nahegestanden, und auch jetzt waren die beiden sich nicht sehr nahe. Zuerst hatte sie geglaubt, der Tod ihrer Mutter würde sie einander näherbringen. Zuerst war das auch ein wenig der Fall gewesen. Doch bald war alles wie vorher und der Hochkönig verbrachte die meiste Zeit damit, sein Königreich zu regieren. Sie hatte es sehr bewundert, wie ihre Mutter es geschafft hatte, ihre Pflichten als Hochkönigin mit denen einer Mutter zu vereinbaren. Es war nicht etwa so, dass Kalista schlecht über ihren Vater dachte, weil er sich mit einer solchen Ausschließlichkeit um seine Untertanen kümmerte. Trotzdem wünschte sie sich, sie könnten eine bessere Vater-Tochter-Beziehung haben. Sie legte ihre Bürste beiseite und trocknete sich die feuchten Augen mit einem seidenen Taschentuch. Dann flocht sie ihr langes goldenes Haar zu einem dicken Zopf.

Gerade jetzt wäre es für Kalista noch wichtiger als sonst gewesen, mit ihrer Mutter reden zu können. Ihr Vater hatte wieder einmal davon gesprochen, dass er sie bald verheiraten wolle, und sie wusste nicht, ob sie dafür wirklich schon bereit war. Er übte keinen Druck auf sie aus; er machte lediglich immer wieder Andeutungen. Auch ihr Kinderfräulein hatte gesagt, es werde höchste Zeit, sie endlich zu verheiraten. Sie war jetzt siebzehn; im Frühjahr wurde sie achtzehn. Sie hatte nichts Grundsätzliches gegen eine Heirat einzuwenden, wusste allerdings nicht, ob es dafür nicht doch noch ein wenig zu früh war. Ihre Mutter hatte ihren Vater schließlich auch erst geheiratet, als sie fast zwanzig Jahre alt war. Kalista fühlte sich nicht zur Ehe gedrängt, doch die ganzen Andeutungen verursachten ihr ein zunehmend beklemmendes Gefühl.

Nachdem sie ihre Haare fertig geflochten hatte, stand Kalista auf, holte sich ihren violetten Samtumhang, der sie warm halten sollte, und verließ ihr Schlafgemach.

Im Wohnbereich ihrer Suite saßen ihre beiden Kammermädchen und stickten. Rasch erhoben sie sich. Kalista reichte ihnen den Umhang, den sie ihr umlegten. Anschließend nahmen sie Kalistas grobe Handschuhe fürs Bogenschießen, zogen sie ihr über die ausgestreckten Hände und fragten dann, ob sie noch etwas für sie tun könnten. Kalista verneinte und bedankte sich. Die beiden machten einen tiefen Knicks vor ihr und kehrten zu ihrer Stickerei zurück. Sie konnte es sich einfach nicht vorstellen, den ganzen Tag damit zu verbringen, nur dazusitzen und zu sticken. Aber die beiden Kammermädchen schien das glücklich zu machen. Manchmal waren Bedienstete schon sehr komisch. Sie verließ ihre Gemächer und begab sich in den eigentlichen Palast, um von dort aus den hinteren Hof zu erreichen.

Rasch rannte sie die untersten Stufen des südwestlichen Turms herunter. Ihre Zimmer befanden sich in einem der unteren Stockwerke des Turms. Der südwestliche Turm war bestimmt für die Kinder des Hochkönigs, aber weil sie das einzige Kind war, hatte sie ihn für sich allein, und die Stockwerke über ihren Räumen waren leer und ungenutzt. Manchmal kletterte sie auf die Spitze des Turms hinauf. Dort war es sehr ruhig und sie konnte nachdenken und träumen und weit hinausblicken auf das Meer auf der einen und das Land Kalia auf der anderen Seite. Kilometerweit konnte man hier sehen. Kalista wünschte sich oft, sie hätte Brüder und Schwestern, mit denen sie den Turm und diese Aussicht teilen könnte, aber unglücklicherweise war sie die einzige Erbin des Throns.

Der Hochkönig hatte seine Gemächer im nordwestlichen Turm. Während Kalista die untersten Stockwerke ihres Turms nutzte, um dem Treiben im Palast näher zu sein, hatte sich der Hochkönig in die mittleren Stockwerke zurückgezogen, damit er, wenn er sich in seinen persönlichen Räumen befand, auch wirklich allein und ungestört sein konnte. Der nordöstliche Turm wurde vorwiegend als Lager benutzt. Hier befanden sich Dinge, die zum Teil seit Hunderten von Jahren nicht mehr betrachtet oder angefasst worden waren. Kalista war einige Male in diesem Turm gewesen und hatte eigentlich immer bis zur Spitze klettern wollen, um nachzuschauen, was es dort alles gab, aber in diesem Turm war alles so staubig und ungemütlich, dass sie nach nur ein paar Stockwerken immer gleich wieder aufgegeben hatte. Der südöstliche Turm allerdings, der war ganz anders. Er war nicht so leer und ruhig wie die anderen, sondern hier herrschten ständig Geschäftigkeit und ein einziges Kommen und Gehen. Dieser Turm diente den Staatsgeschäften und dem Regieren. Die königlichen Beamten und Berater lebten hier und hatten ihre Büros in den unteren Stockwerken. Die oberen Stockwerke waren belegt mit all den Dienern, die diese Beamten brauchten. Manchmal fragte sich Kalista, wie wohl diese oberen Stockwerke aussahen, denn hier war sie noch nie gewesen.

Sie nickte den Dienern in ihren Livreen zu, die sich tief vor ihr verneigten, wenn sie in den Hallen und Gängen des Palastes an ihnen vorbeiging. Sie hatte sich dieses Nicken zur Gewohnheit gemacht, um ihnen zu zeigen, dass sie sie wahrgenommen hatte und mit ihnen zufrieden war. Das hatte sie von ihrer Mutter gelernt. Viele der Adeligen um sie herum weigerten sich, Leute von niederer Geburt auch nur zur Kenntnis zu nehmen, doch ihre Mutter hatte ihr beigebracht, auch diese Menschen zu respektieren. Selbst wenn sie von niederem Stand waren – dennoch waren es Menschen mit Familie und einem eigenen Leben. Endlich hatte sie den hinteren Hof erreicht. Dort erwartete sie bereits Pegwin, ihr Lehrer im Bogenschießen, ein dünner alter Mann mit grauen Haaren und einer der besten Bogenschützen in ganz Kalia. Er hielt ihren Bogen in der Hand, lächelte, als er sie sah, und verneigte sich tief.

»Ihr seid pünktlich wie immer, meine Prinzessin«, sagte er und richtete sich wieder auf.

»Du weißt, dass ich mich für meine Lehrstunden im Bogenschießen nie verspäte, Pegwin«, erwiderte Kalista.

»Ich weiß gar nicht, ob das wirklich noch Lehrstunden sind«, sagte Pegwin und lachte glucksend. »Inzwischen seid Ihr fast besser als ich. Das Einzige, was ich jetzt noch für Euch tun kann, ist, darauf zu achten, dass Ihr immer fleißig übt, damit Euch Eure Künste auch erhalten bleiben.« Pegwin reichte der Prinzessin ihren Bogen und holte seinen eigenen. »Heute habe ich das Ziel noch einmal drei Meter weiter hinten aufgestellt. Wir werden sehen, welchen Einfluss das auf Euer Zielvermögen hat.«

Kalista zog einen Bogen aus dem Köcher, der zwischen ihr und Pegwin auf dem Boden stand, und legte ihn an. Sie atmete tief ein, hob den Bogen und brachte den Schaft des Pfeils in eine Linie mit dem Ziel, spannte die Sehne. Alles um sie herum trat in den

Hintergrund, sie konzentrierte sich nur noch auf ihr Ziel. Als die Pfeilspitze perfekt ins Schwarze der Zielscheibe zeigte, ließ sie den Pfeil fliegen. Mit einem dumpfen Schlag traf die scharfe Metallspitze des Pfeils genau die Mitte der Holzscheibe. Zwei weitere Pfeile setzte sie in engem Abstand zum ersten direkt ins Schwarze, dann drehte sie sich zu Pegwin um. Er starrte auf die Scheibe, schützte dabei seine Augen mit der Hand vor der Sonne. Nun pfiff er durch die Zähne. Ein breites Lächeln teilte sein Gesicht beinahe in zwei Hälften.

»Ganz offensichtlich spielt es keine Rolle, wie weit entfernt das Ziel ist – Ihr trefft einfach immer ins Schwarze. Der erste Schuss war dann wohl kein Zufall.«

»Du weißt, dass es kein Zufall war!«, ereiferte sich Kalista. »Du hast einfach nur gehofft, dass ich nicht gleich perfekt treffe, wenn das Ziel noch weiter entfernt ist, damit du endlich einmal eine Chance hast, mich zu besiegen.«

»Ich kann es nicht glauben, dass Ihr mich einer solchen Niedertracht beschuldigt«, tat Pegwin gekränkt. »Ich will Euch nur dabei helfen, noch besser zu werden – und Ihr beschuldigt mich, einen einfachen Mann, dass ich versucht hätte, eine wunderschöne junge Frau zu betrügen? Ich kann es nicht glauben!«

»Tu doch nicht so, als ob du nicht genau daran gedacht hättest!«, lächelte Kalista. »Genau das hast du gehofft – gib es zu!«

»Nun, vielleicht habe ich das wirklich gehofft«, erklärte Pegwin grinsend. »Aber Ihr müsst einfach auch verstehen, wie ich mich fühle, mit all meiner Erfahrung und meinem Können, das ich mir über viele Jahrzehnte hinweg angeeignet habe, wenn Ihr in Euren jungen Jahren ständig besser seid, als ich es bin.«

»Der einzige Grund, warum ich so gut im Bogenschießen bin, ist doch der, dass ich es vom besten aller Schützen gelernt habe.«

»Da muss ich Euch natürlich recht geben«, grinste Pegwin und ließ schnell hintereinander drei Pfeile fliegen. Sie landeten direkt in der Mitte der zweiten Zielscheibe.

»Siehst du? Du bist so gut, wie du es immer warst«, bemerkte Kalista.

»Ja – aber nur, weil ich es schon den ganzen Morgen lang geübt habe, auf diese Entfernung zu treffen«, gab Pegwin mit einem Lachen zu.

»Ich wusste doch, dass du etwas geplant hattest, du verrückter alter Mann! Ich wusste, dass du unbedingt gewinnen wolltest!« Kalista stimmte in sein Lachen ein.

»Nun, nun, Prinzessin – Ihr solltet nicht übertreiben. Ich bin zwar vielleicht verrückt, aber ganz sicher nicht alt!«

Wieder lachten sie und dann übten sie weiter. Kalista liebte die Stunden mit dem eigenwilligen alten Bogenschützen. In diesen Augenblicken konnte sie so tun, als ob sie eine Kriegerin wäre, die sich mit ihrem Bogen als tödlicher Waffe den kühnsten Abenteuern stellte. Solange sie sich darauf konzentrierte, das Ziel zu treffen, konnte sie vergessen, dass sie eine Prinzessin war, und all ihre Sorgen hinter sich lassen. Dabei verlor sie oft die Zeit völlig aus den Augen, und dasselbe galt auch für ihren Lehrmeister, der die Bogenschießerei ebenfalls liebte. Nachdem der Köcher mit den Pfeilen ein zweites Mal geleert worden war und alle Pfeile in den Holzscheiben steckten, fiel Kalista auf, dass sie bereits spät dran war für ihren Schulunterricht. Rasch dankte sie Pegwin für seine Unterstützung und eilte zu ihren Gemächern zurück.

In ihrem Wohnbereich erhoben sich sofort die Kammermädchen und wollten ihr helfen, doch sie winkte ungeduldig ab. Sie war viel schneller fertig, wenn die beiden ihr nicht im Weg herumstanden. In ihrem Schlafgemach zog sie rasch Handschuhe und Umhang aus und warf beides auf einen Stuhl. Sie griff nach ihrem Buch, legte es jedoch wieder beiseite, als ihr Blick auf den Spiegel fiel. Einige Haarsträhnen hatten sich aus ihrem Zopf gelöst. Schnell steckte sie sie wieder fest, dann nahm sie ihr Buch ein zweites Mal auf und eilte zur anderen Seite des Palastes, wo ihr Kinderfräulein Frieda den Unterricht abhielt.

Als Kalista ins Studierzimmer stürmte, legte ihr Kinderfräulein das Buch, in dem sie gerade gelesen hatte, auf das Pult und schaute sie streng an. Frieda war eine rundliche alte Frau, die auch schon das Kinderfräulein von Kalistas Mutter gewesen war. Ihr von Weiß durchzogenes Haar war immer zu einem perfekten Knoten im Nacken hochgesteckt. Wie üblich war ihre Kleidung streng und grau und wie üblich trug sie ihre Lesebrille, als sie nun aufstand, um ihre säumige Schülerin zu maßregeln. Innerlich stöhnte Kalista. Sie wusste genau, was jetzt kam. Das Problem mit Frieda war, dass diese Frau sie noch immer behandelte, als ob sie ein kleines Kind wäre, das von nichts eine Ahnung hatte.

»Kalista, das ist jetzt das dritte Mal innerhalb der letzten fünf Tage, dass du zu spät kommst«, tadelte Frieda sie unnachsichtig. »Und wenn ich mir anschaue, wie heftig du atmest und wie unordentlich dein Haar und deine Kleidung sind, dann weiß ich, du hättest dich sogar noch viel mehr verspätet, wenn du nicht wie eine Verrückte gerannt wärst.«

»Es tut mir leid, Frieda«, sagte Kalista und tat zerknirscht. »Ich habe während meines Unterrichts im Bogenschießen ganz die Zeit vergessen.«

»Es spielt keine Rolle, warum du zu spät bist, Kind«, erwiderte Frieda streng. »Es gibt nie einen Grund, der es entschuldigen könnte, zu spät zu sein. Irgendwann wirst du die Königin dieses Landes sein. Und was sollen die Menschen denken, wenn ihre Königin ständig zu allen wichtigen Versammlungen zu spät kommt?« Missbilligend schüttelte Frieda den Kopf. »Du wirst lernen müssen, deine Verantwortung als Prinzessin ernst zu nehmen, junge Dame.« Kalista schaute Frieda nur ausdruckslos an. Die seufzte frustriert. »Ich weiß gar nicht, warum ich mir überhaupt die Mühe mache, dir solche Dinge zu erklären – du hörst ja doch nicht zu. Lass uns mit dem Unterricht beginnen.«

Kalista nahm auf ihrer Schulbank Platz, um sich die heutige Stunde anzuhören. Frieda begann damit, dass sie das wiederholte, worüber sie am Tag zuvor gesprochen hatte. Zum Glück hatte Kalista diesmal wirklich zugehört, als Frieda ihr die Unterschiede der Sitten und Gebräuche in Balthus im Vergleich zu denen in Kalia erklärt hatte, und konnte alle Fragen beantworten, die Frieda ihr stellte. Anschließend zeigte Frieda weitere Unterschiede auf. In mancher Hinsicht waren die Dinge in Balthus denen in Kalia sehr ähnlich, in anderer unterschieden sie sich sehr. So begrub man zum Beispiel in Balthus die Menschen stehend. Man glaubte, dass sie so bereit wären, sofort in eine neue Welt hinüberzumarschieren. Als ihre Mutter gestorben war, hatte man sie in der Erde liegend begraben, damit sie dort ihre letzte Ruhe finden konnte, und genau so war es auch richtig, fand Kalista. Allerdings waren viele der fremden Bräuche sehr faszinierend und sie war enttäuscht, als Frieda diesen Vortrag beendete und ihr Briefe brachte, die sie abschreiben musste. Das war etwas, was Kalista wirklich hasste. Was für ein Sinn lag darin, etwas abzuschreiben, was doch ohnehin schon dastand? Außerdem besaß sie bereits eine sehr schöne Handschrift. Frieda allerdings meinte, die Handschrift einer Königin müsse nicht nur schön, sondern auch perfekt sein – und dafür bedürfe es ständiger Übung.

Kalista war dankbar, als die Diener das Mittagessen brachten und ihre Schreibübungen unterbrachen. So lange wie möglich hielt sie sich mit dem bescheidenen Mahl aus hellem Brot, Käse und Früchten auf. Kaum hatte sie das letzte Stück Brot vertilgt und den letzten Schluck Saft getrunken, wies Frieda sie auch schon an, weiter das Schreiben zu üben. Endlich hatte sie alle Seiten der vielen langen Briefe abgeschrieben und brachte Frieda ihre fertige Arbeit. Frieda legte das Buch beiseite und begutachtete alles sehr aufmerksam. Sie blätterte durch die Seiten, prüfte jede einzelne. Am Schluss legte sie die Seiten ordentlich aufeinander und wandte sich Kalista mit einem Lächeln zu.

»Es fällt mir nicht leicht, das zuzugeben, aber du hast die Briefe sehr ordentlich abgeschrieben. Deine Handschrift wird immer besser, junge Dame. Du siehst also, die ganze Übung zahlt sich wirklich aus.«

Nun musste sich Kalista wieder an ihren Platz setzen und Frieda hielt einen extrem langweiligen Vortrag über das Protokoll bei Hofe; wie sich eine Prinzessin und zukünftige Königin zu verhalten hatte, wer wie anzusprechen war, welche Kleidervorschriften es gab und vieles mehr. Kalista hatte das alles schon so oft gehört, dass sie kaum noch zuhörte. Sie wünschte sich brennend, sie müsse jetzt nicht dumm herumsitzen, während ihr Kinderfräulein Dinge wiederholte, die sie schon als kleines Kind gelernt hatte. Sie war dieser ganzen nutzlosen Wiederholung irgendwelcher Dinge, die ihr schon längst zum Halse heraushingen, so müde! Vielleicht würde Frieda sie endlich wie eine erwachsene Frau behandeln, wenn sie erst einmal verheiratet war – und dieser ganze nutzlose, langweilige Unterricht fand sein Ende. Das war ein völlig neuer Gesichtspunkt, über den sie unbedingt nachdenken musste. Kalista lehnte sich zurück, schaute Frieda so aufmerksam an, als ob sie genau zuhören würde, und schickte ihre Gedanken auf die Reise, weit weg vom Studierzimmer.

18

Als Traven sich den Stufen näherte, die zum Eingang der Handelsschule führten, wurde ihm bewusst, dass er es ganz versäumt hatte, sich umzuziehen. Beinahe wäre er in seiner Reisekleidung in die Schule hineingeplatzt! Damit hätte er keinen guten Eindruck hinterlassen; zumal die auf der langen Reise ziemlich gelitten hatte. Er überlegte, wo er sich wohl umziehen könnte, und ritt weiter die Straße entlang. An deren Ende befand sich eine schmale Gasse, die sich zwischen hohen Gebäuden dahinschlängelte.

Traven stieg ab und schaute sich um, um sicherzugehen, dass ihn niemand beobachtete. Dann führte er Pennon die Gasse entlang. Diese endete plötzlich an einer hohen Steinmauer. Er stellte Pennon so auf, dass ihm dieser Sichtschutz bieten konnte, holte seine kostbare schwarze und mit Silber bestickte Kleidung aus der Satteltasche und zog sich rasch um. Seine alte, schmutzige Kleidung kam jetzt in die Satteltasche. Er versuchte, die auf der Reise entstandenen Falten in seinen brandneuen schwarzen Kleidern ein wenig zu glätten; anschließend band er sich das rote Band wieder um seinen Arm und legte das Schwert um. Als er Pennon aus der Gasse herausführte, schauten ihn einige Leute ganz merkwürdig an, aber keiner hielt ihn an oder sprach mit ihm. Selbstsicher in seiner neuen, sauberen und eleganten Erscheinung, marschierte Traven mit Pennon am Zügel zurück zur Handelsschule.

Er ließ sein Pferd bei einem Stalljungen im Stall, der sich an der Seite der Handelsschule von Kalia befand, nahm einen tiefen Atemzug, marschierte die Stufen hinauf – und stand nun im Empfangsbereich der Schule. Der Raum war sehr groß. Auf einer Seite gab es einen großen Kamin und darum herum waren mehrere Sofas gemütlich gruppiert. Er entdeckte einen etwas übergewichtigen Mann mittleren Alters, der sich hinter einem großen Schreibtisch über Papiere beugte. Traven näherte sich ihm und wartete geduldig, denn der Mann kam ihm sehr beschäftigt und konzentriert auf seine Arbeit vor. Traven wunderte sich, warum sonst niemand da war, der sich anmelden wollte. Nach seiner Information musste man sich hier irgendwann im Laufe der Woche melden, bevor der Unterricht begann. Er war nur ein oder zwei Tage zu früh und hatte gedacht, dass bestimmt auch schon andere eingetroffen waren. Über die Schule selbst wusste er sonst nicht viel – nur dass die Unterrichtswoche jeweils aus sechs Tagen Unterricht und einem freien Tag bestand und sich dieser Rhythmus endlos wiederholte. Endlich legte der Mann seine Papiere beiseite und wendete sich Traven zu.

»Ich bitte um Entschuldigung, junger Herr. Wie kann ich Euch behilflich sein?«

Traven war sehr erstaunt über die höfliche, ja beinahe unterwürfige Art, in der ihn der Mann angesprochen hatte. Anscheinend sah er wirklich aus wie ein Sohn aus reichem Hause, in seiner neuen Kleidung.

»Guten Tag, mein Herr. Mein Name ist Traven und ich möchte mich für dieses Schuljahr Winter und Frühjahr anmelden.«

Verwirrt blickte der Mann Traven an. Dann ging er zu einem riesigen Buch und öffnete es. Er blätterte durch die Seiten, dann lächelte er.

»Du bist also der Junge, der den ganzen Weg von Eichenbaum hierhergekommen ist«, sagte er, und Traven bemerkte sehr wohl, dass sämtliche Unterwürfigkeit aus seinem Tonfall verschwunden war. Allerdings war der Mann noch immer sehr freundlich. »Ich bin Mister Kiscin und einer deiner Lehrer«, erklärte er nun und schüttelte Traven die Hand. »Ich bin sehr froh, dass du es endlich geschafft hast. Es ist gut, dass du da bist. Ich hatte bereits vom Rektor der Schule die Anweisung erhalten, deinen Namen aus dem Buch der eingeschriebenen Schüler zu streichen, wenn du bis heute Abend nicht auftauchst.«

»Bitte entschuldigt, mein Herr, aber ich verstehe nicht. Mir wurde gesagt, ich könne mich bis zum Beginn des Schuljahres einschreiben. Hat man mich da falsch informiert?«

»Nein, nein«, antwortete Mr Kiscin, »das ist schon richtig – aber das Schuljahr hat vor sechs Tagen angefangen. Vor etwa einem Monat haben wir die Zeiten geändert. Wir haben alle jungen Männer, die sich angemeldet haben, mit einem Brief darüber informiert – aber dich hat deiner wahrscheinlich vor deinem Aufbruch nicht mehr erreicht.« Traven schluckte. Er war eine ganze Woche zu spät! »Jetzt mach dir mal keine Sorgen«, tröstete ihn Mr Kiscin. »Während der ersten Woche passiert nie viel. Man lernt es, sich hier zurechtzufinden, und viel mehr nicht. Du wirst dich rasch hineinfinden.«

»Danke!«, sagte Traven erleichtert. »Es tut mir leid, dass ich zu spät bin.«

»Oh, das muss dir nicht leidtun. Es ist ja nicht deine Schuld. Außerdem kommt niemand sonst von so weither. Die anderen kommen höchstens von Vier Brücken hierher, die meisten sind sogar direkt aus Calyn.« Der Lehrer brach ab und lachte. »Aber da stehe ich und erzähle – dabei willst du doch sicher auf dein Zimmer gehen und dich vor dem Abendessen noch ein wenig ausruhen. Deine Reise war sehr lang und gewiss auch sehr anstrengend. Ich schließe das hier nur schnell ab, dann bringe ich dich auf dein Zimmer. Hol deine Sachen schon einmal aus dem Stall. Wenn du zurückkommst, bin ich bereit.«

Traven dankte dem Mann und holte seine Satteltasche. Wieder zurück im Gebäude, wartete der Lehrer bereits auf ihn. Er führte ihn die Treppe hoch, die hinten fast verborgen von dem großen

Raum aus nach oben lief. Im zweiten Stock ging es durch einen langen Gang mit Türen auf beiden Seiten. Gegen Ende des Flures öffnete er eine der Türen und ließ Traven zuerst eintreten. Das Zimmer war recht klein, wirkte aber gemütlich. Es gab ein weiches Bett, einen Schrank, einen Waschtisch und einen Schreibtisch. Durch das Fenster auf der Rückseite des Raums blickte man herab auf die Straße, die vor der Handelsschule verlief.

»Hier wirst du wohnen, während du an dieser Schule bist. Das Zimmer ist nicht ganz so geräumig wie die meisten anderen auf diesem Flur, aber es lässt sich hier leben.«

»Das Zimmer gefällt mir sehr gut«, erklärte Traven und legte seine Satteltasche ab.

»In ein paar Stunden ertönt die Glocke fürs Abendessen. Bis dahin kannst du auspacken und dich ausruhen. In etwa einer Stunde haben die anderen Schüler ihren Unterricht beendet. Dann könnt ihr euch vor dem Abendessen schon einmal ein wenig kennenlernen.« Er wendete sich um, zögerte jedoch, als ob er noch etwas sagen wollte. Endlich begann er zu sprechen. »Traven, es gibt da noch etwas, was ich dir sagen möchte. Du hast es vorhin tatsächlich geschafft, dass ich gedacht habe, da kommt der Sohn eines reichen Lords durch die Tür. Aber ich weiß, wer du wirklich bist. Natürlich wolltest du einfach nur einen guten ersten Eindruck hinterlassen, aber sei auf der Hut. Die anderen wirst du damit nicht täuschen können – also versuche es gar nicht erst. Ich will ehrlich zu dir sein. Die meisten Schüler kommen von sehr reichen Familien – und der Rest kommt von ziemlich reichen Familien. Du hingegen bist einer der wenigen Schüler, dessen Familie jahrelang Opfer gebracht und gespart hat, damit du diese Schule besuchen kannst. Viele der Schüler und Lehrer hier sind nicht gerade offenherzig, wenn es um den Umgang mit Bauern geht. Ich bin selbst auch der Sohn eines Bauern, der nur eine reiche Frau geheiratet hat – bei mir musst du solche Vorurteile nicht befürchten. Einige der anderen werden dir allerdings sicher sehr zusetzen – aber davon darfst du dich nicht entmutigen lassen. Arbeite hart und mach deine Träume wahr.« Mr Kiscin klopfte ihm auf die Schulter. »Jetzt muss ich mich wieder meinen Pflichten zuwenden, aber beherzige das, was ich dir gesagt habe.«

»Ich danke Euch«, erklärte Traven. »Ja, ich werde immer daran denken.«

Der Lehrer verließ den Raum und schloss die Tür hinter sich. Traven setzte sich aufs Bett, um nachzudenken. Dass er eine Woche zu spät hier aufgetaucht war, würde ihm nicht gerade dabei helfen, sich in die Menge der anderen Schüler einzufügen. Allerdings war er sich sicher, dass sie nicht so übel waren, wie Mr Kiscin sie geschildert hatte. Außerdem war er ja schließlich hier, um zu erfahren, wie man ein reicher Kaufmann wird, und nicht, um sich Freunde zu machen. Trotzdem hoffte er, dass er mit den anderen Schülern einigermaßen gut auskommen konnte. Er stand auf und legte seine Habseligkeiten in den Schrank. Dabei überlegte er, wieder in seine alte Kleidung zu schlüpfen, entschied sich aber dann doch dagegen. Sie war einfach zu schmutzig. Am nächsten Tag, dem freien Tag, konnte er sich darum kümmern, sie zu waschen. Er legte das Schwert ab und ließ sich aufs Bett fallen. Ja, er hatte es wirklich nötig, sich noch ein wenig auszuruhen.

Er hatte kaum die Augen geschlossen, da hörte er auch schon aufgeregte Freudenschreie und das laute Trappeln von Füßen. Der gesamte Gang füllte sich; der Unterricht war offensichtlich vorbei. Kurz überlegte er, ob er nach draußen gehen und sich vorstellen sollte, aber er war zu müde und entschied sich, lieber noch ein wenig zu ruhen. Das weiche Bett war ein echter Genuss. Traven lag da und dachte über seine lange und ereignisreiche Reise nach Calyn nach; und darüber, dass sie jetzt zu Ende war. So lange hatte er dem Augenblick entgegengefiebert, an dem er endlich in der Handelsschule eintreffen würde – und jetzt war er angekommen. Er grübelte darüber nach, wie wohl sein Stundenplan in der Schule aussah, und ob er die Zeit haben würde, regelmäßig seine Übungen mit und ohne Schwert durchzuführen. Schnell wurde es auf dem Flur ruhiger und Traven schlief ein.

»Schnarrrrrrrr!«

Ein durchdringender Laut weckte Traven und ließ ihn schlagartig senkrecht im Bett sitzen. Er rieb sich die Augen. Das musste die Glocke zum Abendessen sein. Er stand auf, glättete sich die zerknitterte Kleidung. Dann fiel ihm plötzlich ein, dass er ja keine Ahnung hatte, wo der Speisesaal war. Rasch stürzte er aus seinem Zimmer, in der Hoffnung, im Flur noch auf andere Schüler zu treffen, die ihm den Weg zeigen konnten. Doch zu seiner Enttäuschung war niemand mehr zu sehen. Er marschierte zum Ende des Ganges und ärgerte sich. Er hatte nicht einschlafen wollen, er war ohnehin schon eine Woche zu spät dran und jetzt kam er auch noch zum Abendessen zu spät! Falls er überhaupt den Speisesaal fand. Plötzlich öffnete und schloss sich hinter ihm eine Tür. Traven drehte sich um und sah einen jungen Mann in etwa seinem Alter, vielleicht ein wenig älter, der fast so groß wie er selbst und sehr dünn war. Er hatte rote Haare und sein Gesicht war mit Sommersprossen bedeckt. Er trug gut geschnittene Kleidung aus Baumwolle und eine Brille. Was Traven allerdings vor allem auffiel, das war das schüchterne Lächeln, mit dem dieser andere ihn begrüßte. Traven wollte ihn gerade nach dem Weg zum Speisesaal fragen, da sagte er: »Wir müssen uns beeilen, damit wir nicht zu spät kommen. Ich glaube, wir kennen uns noch nicht. Ich heiße Thadius, aber die meisten Leute nennen mich Thad.«

Traven schüttelte Thads ausgestreckte Hand.

»Es freut mich, dich kennenzulernen. Ich heiße Traven. Wir sind uns noch nicht begegnet, weil ich gerade erst vor ein paar Stunden hier eingetroffen bin.«

»Aha – du bist also ein Nachzügler? Wir können uns auf dem Weg unterhalten. Wir werden jetzt ohnehin schon die letzten in der Schlange sein.« Traven folgte Thad zur Treppe am Ende des Ganges. »Und wie kommt es, Traven, dass du zu spät gekommen bist? Du möchtest bei Rektor Brock doch nicht gleich unangenehm auffallen, oder?«

»Es war nicht meine Schuld«, verteidigte sich Traven. »Niemand hat mir gesagt, dass das Schuljahr eine Woche früher beginnt.«

»Wirklich? Du meinst, niemand hat dich informiert? Seltsam – hier sind sie so stolz darauf, dass ihnen niemals ein Fehler unterläuft.«

»Ach, wahrscheinlich haben sie mir schon eine Nachricht geschickt. Nur war ich bereits unterwegs, bevor sie bei mir zu Hause ankam.«

Thad führte Traven durch den Eingangsraum, in dem Traven zuvor Mr Kiscin getroffen hatte, in einen kleineren Raum. Hier konnte Traven auch schon das Klappern von Geschirr und den Lärm hören, den lauter hungrige junge Männer verursachten. Im Speisesaal selbst war der Lärm sogar noch größer. Die beiden stellten sich in die Schlange vor der Essensausgabe und Traven betrachtete den Raum. Es gab hier drei endlos lange Tische, die sich über die gesamte Länge zogen, und an einem Ende war eine erhöhte Plattform mit einem Podest. Am anderen Ende, wo sie sich gerade befanden, standen hinter einer langen Serviertheke die Küchenbediensteten und füllten mit großen Schöpfkellen Essen auf die Teller der Schüler.

»Und wo kommst du her?«, erkundigte sich Thad. »Wenn du schon aufgebrochen bist, bevor dich die Nachricht erreichte, dann musst du ja ziemlich weit weg wohnen.«

»Ich komme aus Eichenbaum«, erklärte Traven. Thad schaute ihn nur fragend an. »Es liegt ein paar Tage südöstlich von Kavar.«

»Oh, wo das ist, weiß ich!«, rief Thad aus. »Himmel, dann bist du aber wirklich weit gereist! Die meisten von uns kommen direkt aus der Stadt oder aus der näheren Umgebung.«

Auf einmal entdeckte Thad einen Fleck auf seinen Brillengläsern und bemühte sich darum, ihn zu entfernen. Traven betrachtete wieder den Saal. Der erste Tisch war schon halb gefüllt. Die Männer, die dort saßen, waren alle älter; es waren wohl die Lehrer und so weiter. Auch der zweite und dritte Tisch füllten sich rasch mit denjenigen, die ihr Essen bereits bekommen hatten. Die Schlange vor ihnen wurde schnell kleiner und schon bald stand Traven direkt vor der Essensausgabe. Er folgte Thads Beispiel und holte sich ein rechteckiges hölzernes Tablett. Darauf legte er einen Blechteller und Geschirr und stellte es auf der Theke ab. Nun schob er es an der Reihe der verschiedenen Küchenbediensteten vorbei und langsam füllte sich sein Teller. Der erste tat ihm Möhren auf, der nächste Kartoffelbrei, der dritte ein paar Scheiben Roastbeef, der vierte einen Kanten Brot, das sehr hart und trocken wirkte, und am Ende goss der letzte in der Reihe eine dicke braune Soße über die Kartoffeln und knallte ihm einen Krug mit Apfelwein aufs Tablett.

Traven nahm sein Tablett herunter und folgte Thad zum dritten Tisch. Er bemerkte, dass Thad nur Möhren, Kartoffelbrei und Brot genommen hatte. Neugierig fragte er ihn nach dem Grund dafür. Thad erwiderte, dass er kein Fleisch esse. Als Traven den Grund dafür wissen wollte, erklärte Thad, Fleisch sei einfach nicht gesund für den Körper und er halte es auch nicht für richtig, dass Tiere sterben müssten, nur damit er etwas zu essen hatte. Traven schüttelte nur den Kopf. Er hatte noch nie von jemandem gehört, der kein Fleisch aß.

Der dritte Tisch war schon übervoll. Traven schlug vor, sich doch einfach an einen der anderen Tische zu setzen.

»Das dürfen wir nicht«, sagte Thad schnell und hielt ihn auf.

»Warum nicht?«

»Der erste Tisch ist für den Lehrkörper. Schüler dürfen dort nur essen, wenn sie eine spezielle Einladung dafür bekommen haben. Der zweite Tisch ist für die Schüler im zweiten Jahr. Für uns Schüler im ersten Jahr ist der dritte Tisch da.«

Traven zwängte sich neben Thad aufs Ende der Bank am dritten Tisch und begann sofort zu essen. Die Speisen waren nicht die besten, die er jemals gekostet hatte, und kamen bei Weitem nicht an die Qualität des Essens heran, das er am späten Morgen hatte genießen dürfen. Aber es war alles essbar und er war hungrig, also schlang er es herunter, ohne sich zu beschweren. Einige andere am Tisch murrten über das Essen – aber gütlich taten sie sich dennoch daran. Das Brot war wirklich sehr hart, aber auch das konnte man essen, wenn man es in die Soße tunkte. Langsam wurde es ruhiger im Saal, nachdem immer mehr mit dem Essen fertig waren. Plötzlich stand einer der Lehrer hinter dem Podest vorne im Raum und machte sich bereit, etwas zu sagen. Flüsternd erkundigte sich Traven bei Thad, wer das war.

»Das ist Rektor Brock«, flüsterte Thad zurück. »Er hält nach dem Abendessen immer eine Ansprache.«

Traven drehte sich um und schaute zu dem Mann hoch. Rektor Brock war im mittleren Alter, fast schon ein wenig darüber hinaus. Er hatte kurze, graue Haare und blickte grimmig drein, was sein üblicher Gesichtsausdruck zu sein schien. Über seiner normalen Kleidung trug er, wie die anderen Lehrer, eine lange schwarze Robe aus Seide. Allerdings hob sich seine Robe durch den vorne eingestickten goldenen Wagen hervor. Brock wartete, bis alle ruhig waren, dann begann er seine Rede – mit einer erstaunlich tiefen Stimme.

»Guten Abend, meine jungen Schüler. Ich freue mich zu sehen, dass ihr mittlerweile gelernt habt, ruhig zu werden, wenn jemand sich dem Podest nähert. Es war eine sehr gute erste Woche. Und jetzt, nachdem ihr eure Orientierungsphase hinter euch habt, werdet ihr erfahren, wie es hier an der Handelsschule wirklich zugeht. Diejenigen unter euch, die schon im zweiten Jahr sind, wissen bereits, wie schwierig und anspruchsvoll unsere Studienkurse sind – und sie kennen auch bereits die reiche Belohnung, die einen guten Schüler erwartet. Morgen dürft ihr alle tun, was ihr möchtet. Aber denkt bei allem immer daran, ihr seid Schüler der Handelsschule. Handelt entsprechend verantwortungsvoll.

Und nun möchte ich euch auf ein paar Missstände aufmerksam machen, die ich bemerkt habe. Noch immer rennt ihr wie eine Horde Wilder in den Speisesaal, und es war wirklich jämmerlich, wie ihr euch heute in der letzten Schulstunde verhalten habt. Hier an dieser Schule benehmen wir uns wie feine Herren. Von jetzt an werdet ihr euch wie zivilisierte Menschen von Raum zu Raum bewegen – und in den Gängen wird nicht gebrüllt. Habt ihr das alle verstanden? Gut. Ich freue mich auf den Rest des Schuljahres, und wie gesagt, alles in allem war es eine gute erste Woche und wir werden alle hart daran arbeiten, dass es noch besser wird. Ich danke euch, dass ihr es mir erlaubt habt, heute Abend hier zu sprechen.

Für euren freien Tag morgen wünsche ich euch viel Spaß – und denkt daran: Nächste Woche beginnt der Ernst des Lebens!«

Traven beobachtete Rektor Brock, der jetzt von der Plattform herabstieg und den Speisesaal verließ. Ihm folgten sofort die anderen Lehrer, darunter auch Mr Kiscin. Als der gesamte Lehrkörper den Raum verlassen hatte, erhoben sich die Schüler. Traven schloss sich ihnen an. Seite an Seite mit Thad begab er sich wieder nach oben. Die meisten anderen Schüler strömten einfach zur Tür heraus, in Erwartung eines lustigen Abends in der Stadt, doch Traven war noch immer erschöpft; schließlich war er früh aufgestanden und der Kampf gegen Blaize war hart gewesen. Er sagte Thad, er wolle einfach nur früh schlafen gehen. Auch Thad wollte auf sein Zimmer gehen und noch etwas lesen. Traven hatte gleich bemerkt, dass Thad niemand war, der gerne feierte und unter Menschen ging. Oben an der Treppe trafen sie auf vier andere Schüler, die gerade aus ihren Zimmern kamen und auf dem Weg in die Stadt waren.

»Hey, Thaddy«, sagte einer von ihnen und legte ihm den Arm um die Schultern. »Wer ist denn dieser Depp, mit dem du dich die ganze Zeit unterhältst? Ich dachte, ich hätte dir gesagt, dass du nur dann sprechen darfst, wenn ich dir die Erlaubnis dazu gebe.«

»Es tut mir leid, Rudy, aber …«

»Thaddy, habe ich dir etwa erlaubt, zu sprechen?« Thad schüttelte den Kopf. »Genau das dachte ich auch.« Rudy zog seinen Arm zusammen, direkt um Thads Hals, und Thads Gesicht färbte sich rot. »Und wenn du jemals noch einmal …«

Traven hatte keine Ahnung, was dieser Rudy Thad antun wollte, aber er beschloss, dazwischenzutreten, bevor die Dinge außer Kontrolle gerieten.

»Lass ihn in Ruhe!«, forderte Traven Rudy auf.

»Und wer bitte sollte mich dazu zwingen?«, knurrte Rudy, stieß Thad beiseite und bewegte sich auf Traven zu. »Du etwa?«

»Ja, ich«, erwiderte Traven ruhig.

19

Schweigend saß Kalista da, während ihre Kammermädchen ihren langen Zopf entflochten und ihr das Haar ausbürsteten. Dabei sprachen sie begeistert darüber, wie lang und schön und golden ihr Haar war. Kalista war es oft leid, so langes Haar zu haben; es war ihr ständig im Weg, brauchte sehr viel Zeit für die Pflege und sie hatte schon oft darüber nachgedacht, es sich schneiden zu lassen. Allerdings hatte sie es dann doch nie über sich gebracht. Es war etwas so Endgültiges, und schließlich wusste sie ja nicht, ob ihr die kürzeren Haare auch wirklich gefallen würden. So reichte ihr das Haar fast über den gesamten Rücken. Auch ihre Mutter hatte langes, goldenes Haar gehabt. Das war ein weiterer Grund für sie, es wachsen zu lassen, statt es kürzer – und bequemer – zu tragen. Nachdem die Kammermädchen das Haar ausgebürstet hatten, flochten sie einen Teil davon zu zwei Zöpfen, die sie ihr als eine Art Krone um den Kopf herum hochsteckten. Die Enden der beiden Zöpfe legten sie einfach nach hinten, ebenso wie ihr übriges Haar, das offen blieb und wie ein schimmernder Wasserfall aus Gold auf ihre Schultern herabfiel. Kalista betrachtete sich im Spiegel. Ihre Dienerinnen hatten, wie üblich, ihre Sache perfekt gemacht.

»Ich danke euch. Ihr könnt jetzt gehen«, entließ sie sie mit einer Handbewegung.

»Danke, Prinzessin«, erwiderten die beiden gleichzeitig, knicksten und verließen den Raum.

Kalista öffnete eines ihrer Schmuckkästchen. Sie brauchte noch eine Halskette, die sie zum Abendessen tragen konnte. Sie entschied sich für eine schlichte Perlenkette mit einer großen, tropfenförmigen Perle als Abschluss und legte sie an. Nach einem letzten Blick in den Spiegel verließ sie ihre Gemächer. Ihre Kammermädchen waren bereits wieder am Sticken, Kichern und Plappern. Ob sie wohl jemals etwas anderes taten? Kalista machte sich auf den Weg zur Rückseite des Palastes, wo das private Speisezimmer ihres Vaters lag. Dies war die einzige Zeit des Tages, wo sie sicher sein konnte, ihren Vater zu sehen. Der Hochkönig nahm sich immer die Zeit, mit ihr zu Abend zu essen.

Als ihre Mutter noch lebte, hatte Kalista sich auf das Abendessen immer sehr gefreut. Sie saßen alle drei zusammen, wie eine richtige Familie, und sprachen über das, was den Tag über geschehen war. Nach dem Essen begaben sie sich oft in die Bibliothek und spielten ein Spiel miteinander, Haie und Delfine zum Beispiel, oder lasen etwas, während das Feuer im Kamin fröhlich prasselte. Aber nach dem Tod ihrer Mutter waren die Abende einfach nicht mehr dasselbe. Sie war froh, dass ihr Vater sich noch immer diese Zeit für sie nahm; doch jetzt verbrachten sie das Essen meist in peinlichem Schweigen. Nachher wünschte ihr Vater ihr eine gute Nacht und verschwand gleich wieder. Sie blieb sich selbst überlassen, las etwas in der Bibliothek oder spielte Haie und Delfine mit ihrem Kinderfräulein Frieda. Manchmal ging sie ebenfalls gleich zu Bett. Sie wusste, dass ihren Vater der Tod ihrer Mutter noch viel härter getroffen hatte als sie selbst, aber er wollte einfach nicht darüber sprechen, und außer bei ihrem Begräbnis hatte er seine Trauer nie offen gezeigt. Danach war er nie mehr derselbe gewesen – obwohl das den meisten Leuten wahrscheinlich nicht einmal auffiel. Kalista wünschte sich sehr, sie könnte etwas tun, um ihren Vater wieder glücklich zu machen, wusste allerdings nicht, was.

Ein Diener hielt ihr die Tür zum Speisezimmer auf. Mit anmutigem Gang betrat sie den Raum. Ihr Vater war noch nicht da, also setzte sie sich ans Kopfende des Tisches, um auf ihn zu warten. Sie betrachtete den riesigen Tisch und fragte sich, wie schon so oft, wie es wohl wäre, wenn an jedem Platz jemand säße. Insgesamt passten an diesen Tisch wahrscheinlich um die zwanzig Gäste. Das war deshalb etwas merkwürdig, weil dies ja schließlich das private Speisezimmer ihres Vaters war. Lediglich der Familie war es erlaubt, hier zu essen. Gerade überlegte sich Kalista, was es wohl an diesem Tag zum Abendessen gab. Da kam ihr Vater herein und setzte sich neben sie ans Kopfende. Sie lächelten sich an, dann klatschte der Hochkönig in die Hände und rasch brachten die Diener den ersten Gang, einen leichten Salat mit Blättern von Seetang, über den die Diener schwungvoll eine Salatsoße spritzten. Schweigend begannen Kalista und ihr Vater zu essen.

»Wie war dein Tag, meine Liebe?«, fragte der Hochkönig schließlich.

»Gut, danke«, erwiderte Kalista.

»Ist heute etwas Aufregendes passiert?«

Kalista dachte nach, bevor sie eine Antwort gab.

»Der Unterricht war langweilig wie immer, aber ich war sehr gut im Bogenschießen. Pegwin hat das Ziel noch weiter hinten aufgebaut – und trotzdem habe ich ohne Probleme ins Schwarze getroffen.«

»Das ist schön zu hören«, bemerkte der Hochkönig. Der zweite Gang wurde gebracht.

Wieder aßen sie schweigend. Wehmütig erinnerte sich Kalista daran, dass es nie auch nur eine kleine Pause in der Unterhaltung gegeben hatte, als ihre Mutter noch lebte. Natürlich lag das unter anderem auch daran, dass sich drei Leute gegenseitig weit mehr zu sagen hatten als zwei. Trotzdem wünschte sie sich brennend, die Dinge könnten etwas mehr so sein, wie sie es früher gewesen waren. Den Hauptgang brachten sie ebenfalls schweigend hinter sich. Beim Dessert zerbrach sich Kalista den Kopf, womit sie eine Unterhaltung anstoßen könnte. Doch dann sprach ihr Vater als Erstes.

»Kalista, hast du noch einmal über das Heiraten nachgedacht?«, fragte er, und es war sogar etwas wie ein Lächeln auf seinem Gesicht zu sehen.

»Vater, ich habe dir doch gesagt, dass ich nicht weiß, ob ich jetzt wirklich schon heiraten will«, entgegnete Kalista.

»Du musst nicht gleich böse werden. Ich habe nur gefragt, weil Baron Mikel von Candus seinen Sohn zum Winterball mitbringt.«

Kalista spürte ein Flattern in ihrem Bauch wie von tausend Schmetterlingen.

»Warum hast du das nicht gleich gesagt?«, fragte sie eifrig. »Ich wusste nicht, dass du sie eingeladen hast.«

»Ich habe Baron Mikel nicht direkt eingeladen. Ich muss mit ihm über das sprechen, was sich gerade an den Grenzen von Balthus tut, und weil er ohnehin hier sein wird, wenn der Ball stattfindet, habe ich ihm vorgeschlagen, seinen Sohn mitzubringen.«

Kalista versuchte, ihre Aufregung hinter einem missbilligenden Gesichtsausdruck zu verstecken.

»Vater, du weißt doch – ich bin längst alt genug, mir meinen Begleiter zum Ball selbst auszusuchen!«

»Ich habe dir ja nur einen Vorschlag gemacht, meine Liebe«, sagte ihr Vater mit einem wissenden Lächeln.

Ein paar Augenblicke blieb Kalista stumm, bevor sie antwortete.

»In Ordnung – ich werde mir deinen Vorschlag zu Herzen nehmen und es Baron Mikels Sohn erlauben, mich zum Ball zu begleiten«, erklärte sie und versuchte dabei, ihr Lächeln zu verbergen. »Aber natürlich nur, um dich glücklich zu machen.«

»Ich bin mir sicher, das ist der einzige Grund«, bemerkte der Hochkönig lächelnd und stand vom Tisch auf. »Ich werde mich jetzt zurückziehen. Ich wünsche dir süße Träume, Kalista.«

»Die wünsche ich dir auch, Vater«, erwiderte Kalista. Ihr Vater verließ den Raum. Das war eine der längsten Unterhaltungen, die sie während der letzten Monate miteinander geführt hatten. Vielleicht konnten sich die Dinge doch verändern und wieder mehr so werden, wie sie es einmal gewesen waren.

* * *

Der Hochkönig Raldon d'Roshedrian lächelte noch immer, als er sich in seine Gemächer begab. Kalista hatte so getan, als bedeutete ihr der Sohn von Baron Mikel überhaupt nichts; aber er kannte seine Tochter besser. Sie hatte den jungen Baron das letzte Mal vor Jahren gesehen – aber dabei war es ihr deutlich anzumerken gewesen, dass sie in seiner Gegenwart regelrecht dahinschmolz. Vielleicht machte sie ihn schon bald zum Großvater. Raldon stieg die Wendeltreppe zu seinem Schlafgemach hoch. Dort entließ er seine im Vorraum auf ihn wartenden Diener für die Nacht. Er brauchte sie erst am nächsten Morgen wieder. Er löste das Band seines violetten Umhangs und warf ihn über einen Stuhl. Dann setzte er sich auf sein Bett.

In seinem Schlafgemach herrschte absolute Stille. Er genoss die Ruhe. Seit dem Verlust seiner geliebten Kineta hatte er sich mehr und mehr in sich selbst zurückgezogen. Ihr Tod hatte eine große Leere in seinem Leben hinterlassen. Er hatte sich auf die Staatsgeschäfte gestürzt, denn je mehr er arbeitete, desto weniger musste er an Kineta denken. Nachts jedoch, wenn er allein war und zu Bett ging, konnte er sich vor der großen Leere nicht länger verstecken. Direkt nach Kinetas Tod hatte er sein Schlafgemach deshalb weiter nach oben im Turm verlagert. So konnte niemand ihn hören, wenn er nachts seine tote Frau beweinte. Außerdem schuf das eine Entfernung zwischen ihm und der Welt. Wenigstens nachts, wenn er schlief, war er so frei von allem, was ihn tagsüber in Anspruch nahm. Raldon zog sich die Stiefel aus und betrachtete das Porträt seiner Frau, das über dem Kamin hing. Sie war so wunderschön gewesen, so voller Energie, und gleichzeitig so sanft und freundlich!

Immer wenn er Kalista anschaute, erinnerte sie ihn an seine geliebte Frau. Zuerst war es fast zu schmerzhaft gewesen, mit dieser ständigen leibhaftigen Erinnerung fertigzuwerden; er hatte sich innerlich zunehmend von seiner Tochter entfernt. Dann, als der Schmerz über den Tod seiner Frau langsam geringer geworden war, hatte er das wiedergutmachen wollen. Nur hatte er nicht gewusst, wie er das anstellen sollte. Er musste einfach mehr und öfter mit ihr reden, so peinlich ihre Unterhaltungen auch mit der Zeit geworden waren. Er wollte unbedingt etwas tun, um seine Tochter glücklich zu machen. Einen Mann zu finden und zu heiraten, so hatte er beschlossen, das war etwas, das sie einfach glücklich machen musste. Raldon hoffte auf eine Heirat, die Kalista so glücklich machen würde, wie er es in seiner Ehe mit Kineta gewesen war. Bei seinen Überlegungen in diese Richtung hatte er sich daran erinnert, mit welch glänzenden Augen sie bei ihrer letzten Begegnung den Sohn von Baron Mikel bewundert hatte – ja, der junge Baron war eine gute Wahl!

Kalistas zukünftiger Ehemann musste schließlich ein Mann sein, der nicht nur in der Lage war, seine Tochter glücklich zu machen – sondern auch ein Mann, der stark und klug genug war, später an ihrer Seite zu regieren, als der zukünftige König von Kalia. Er wollte vorbereitet sein. Seine Frau war immer gesund gewesen, bevor die schwere Krankheit sie niedergestreckt und dahingerafft hatte. Auch ihm konnte ein solches Schicksal bevorstehen. Dann wollte er Kalia nicht ohne einen starken Regenten an der Seite seiner Tochter hinterlassen. Der junge Mann aus Candus hatte Raldon schon beim letzten Mal sehr beeindruckt, als er ihn getroffen hatte, und er hoffte, dass er in der Zwischenzeit noch reifer geworden war. Der Baron von Candus war ein alter Freund von ihm, und wenn sein Sohn auch nur ein wenig von ihm geerbt hatte, war er ganz gewiss ein guter zukünftiger König. Vielleicht konnte er, so überlegte der Hochkönig, auch seine eigene Leere ein wenig füllen, wenn er dafür sorgte, dass sich die Leere im Leben seiner Tochter füllte. Es war schön gewesen, beim Abendessen mit ihr zu reden, und er war fest entschlossen, in Zukunft wieder mehr Zeit mit seiner Tochter zu verbringen. Noch immer fiel es ihm schwer, sie anzusehen, weil sie ihn so sehr an ihre Mutter erinnerte, aber es war ihm mittlerweile auch eine Freude, zu wissen, dass etwas von seiner geliebten Kineta in ihrem Kind weiterlebte.

Raldon zog sich um und ging zu Bett. Dabei drängten sich ihm die Gedanken an den anderen Grund auf, warum Baron Mikel ihn besuchen wollte. Die Berichte von den Grenzen seines Landes waren höchst beunruhigend, und dazu kamen noch die zunehmenden Vorfälle von Räubereien auf den Straßen von Kalia. Er wollte Baron Mikel eine große Truppe königlicher Soldaten mitgeben, die in Candus für Ordnung sorgen sollten. Der Rest musste sich damit befassen, der Räubereien in Kalia Herr zu werden. Falls es diese Armee der Schurken in Balthus wagen sollte, tatsächlich in Kalia einzufallen, konnte Baron Mikel sie bereits in Candus aufhalten. Wenn alles so lief, wie es geplant war, würde Mikels Sohn erst einmal im Großen Palast bleiben und seinem Vater gegen Ende des Winters mit weiteren Truppen folgen. Die Zeit bis dahin brauchten die neuen Rekruten noch für ihre Ausbildung. Auch würde diese Zeit Kalista die Gelegenheit geben, den Mann näher kennenzulernen, der hoffentlich ihr zukünftiger Ehemann werden würde. Der Hochkönig suchte sich eine bequeme Stellung zum Einschlafen und lächelte. Vielleicht war alles doch nicht so schlimm, wie er es befürchtet hatte.

* * *

Kalista kicherte vor Freude, sobald sie sich sicher war, dass ihr Vater weit genug entfernt war, um es nicht mehr zu hören. Sie hatte sich wie jedes Jahr ohnehin schon auf den Winterball gefreut. Aber jetzt gab es noch viel mehr Grund zur Freude. Sie hatte die Bälle immer geliebt, die im wahrhaft gigantischen Ballsaal des Palastes stattfanden; ganz zu schweigen von dem großen Fest, das vor dem Tanz gefeiert wurde. Nicht zuletzt gab ein Ball ihr die Gelegenheit, ihre schönsten Kleider vorzuzeigen und ihr Haar kunstvoll hochgesteckt zu tragen. Und sie konnte tanzen, im Takt der Musik durch den ganzen Ballsaal schweben. Selbst als sie noch klein gewesen war, hatten ihre Eltern es ihr immer erlaubt, am Tag des Balls lange aufzubleiben, damit sie daran teilnehmen konnte. Sie hatten beide mit ihr getanzt, sie allerdings immer lange vor dem Ende des Balles dann doch zu Bett geschickt.

Vor einigen Jahren hatte man es ihr endlich erlaubt, den Ball als Erwachsene zu besuchen, und seitdem hatte sie ihn kein einziges Mal verpasst. Normalerweise wählte ihr Vater einen der Söhne der

Adeligen dafür aus, sie zum Ball zu begleiten, aber im letzten Jahr hatte sie sich ihren Begleiter selbst aussuchen dürfen. Sie hatte sich für einen recht gut aussehenden jungen Mann entschieden, der oft in den Palast kam. Es war der schlimmste Begleiter gewesen, den sie jemals gehabt hatte. Er sah zwar gut aus – aber er verbrachte die ganze Nacht damit, mit dem Geld seiner Familie anzugeben, und zu prahlen, wie viel Reichtum er einmal dem Vermögen hinzufügen würde. Sein Mund hatte die ganze Nacht nur wenige Sekunden stillgestanden; und tanzen konnte er auch nicht sehr gut. Das war der Tag gewesen, an dem Kalista entdeckt hatte, gutes Aussehen war nicht alles.

Bei dem Sohn von Baron Mikel musste sie sich allerdings keine Sorgen machen. Als sie ihn vor ein paar Jahren getroffen hatte, war sie von seinem guten Aussehen ganz begeistert gewesen. Außerdem war er aber auch ein sehr höflicher und nicht zuletzt kluger junger Mann und man konnte sich sehr gut mit ihm unterhalten. Ihre Mutter hatte ihr immer gesagt, wenn sie einen Mann fand, der gut aussah, intelligent war und sie liebte, dann solle sie ihn sich sofort schnappen, bevor eine andere ihn ihr wegnehmen konnte. Bei Gavin, dem jungen Baron, wusste sie genau, er sah gut aus und er war klug. Jetzt musste sie nur noch an der dritten Voraussetzung arbeiten, dass er es lernte, sie zu lieben, und schon hatte sie in Gavin den perfekten Ehemann. Vielleicht war sie doch schon bereit, zu heiraten. Wie geschickt von ihrem Vater, hinter ihrem Rücken Baron Mikel und seinen Sohn einzuladen. Damit hatte er ganz ohne Frage eine sehr gute Wahl getroffen.

Kalista erhob sich vom Tisch und verließ den Speisesaal. Kurz dachte sie darüber nach, sich noch ein Buch aus der Bibliothek zu holen, aber im Augenblick konnte sie sich ohnehin nicht auf das Lesen konzentrieren; da konnte sie genauso gut gleich auf ihr Zimmer gehen. Da konnte sie sich entspannen und noch ein wenig über die gute Nachricht nachdenken, die sie gerade erhalten hatte. Vorher machte sie allerdings noch einen kleinen Spaziergang durch die majestätischen Gänge des Palastes. Dabei begegneten ihr ein paar Diener, aber sonst war weit und breit niemand zu sehen.

Nach der kleinen Wanderung ging sie langsam zu ihren Gemächern, noch immer ein Lächeln auf den Lippen.

»Wo bitte warst du so lange, junge Dame?«, empfing sie Frieda gleich mit einem Tadel. »Ich war in der Bibliothek, aber da warst du nicht. Dann bin ich hierhergekommen, und da warst du auch nicht.«

»Ich bin einfach noch ein bisschen im Palast spazieren gegangen«, verteidigte sich Kalista. »Was spricht denn dagegen?«

»Was dagegen spricht?«, ereiferte sich Frieda. »Ich musste mit dir reden, doch du warst nirgendwo zu finden. Was wäre denn, wenn es etwas Wichtiges und Dringendes gewesen wäre?«

»Aber es ist nichts Wichtiges und Dringendes, oder?«, erwiderte Kalista verärgert. »Für etwas Wichtiges hättet Ihr mich leicht finden können. Es ist ja schließlich nicht so, dass ich mich versteckt hätte. Ich bin ganz offen im Palast umhergegangen, und jeder, der wollte, konnte mich sehen und finden. Frieda, ich bin kein kleines Kind mehr! Ich bin keine Rechenschaft mehr darüber schuldig, was ich in jeder Sekunde des Tages mache.«

»Nun beruhige dich wieder, Kalista! Wenn du so erwachsen wärst, wie du behauptest, dann hättest du deine Gefühle besser im Griff.«

Entnervt hob Kalista die Hände, dann holte sie tief Luft und versuchte, sich zu beruhigen, bevor sie weitersprach. Wenn sie sich nicht beherrschte, dann würde Frieda einfach weiter dastehen und ihr Vorhaltungen machen, ohne ihr zu sagen, warum sie eigentlich mit ihr hatte sprechen wollen.

»Es tut mir leid«, sagte Kalista und gab vor, nicht mehr verärgert zu sein. »Was wolltet Ihr mir denn sagen?«

»So ist es besser«, nickte Frieda. »Ich wusste doch, dass du eine zivilisierte junge Dame bist!« Kalista knirschte innerlich vor Wut mit den Zähnen, zeigte jedoch ein Lächeln. »Ich habe nach dir gesucht, weil ich dich über eine Veränderung in deinen Studienplänen informieren wollte. Der Hochkönig ist der Meinung, dass du jetzt weißt, was du wissen musst. Wir werden alles noch ein letztes Mal durchgehen. Anschließend werde ich dich in allen Themen prüfen und wenn du diese Prüfungen zu meiner Zufriedenheit bestehst, ist deine Schulzeit, so wie du sie jetzt kennst, zu Ende.«

Kalistas Stimmung erhellte sich umgehend. Sie war begeistert, dass die langweiligen Schulstunden endlich ein Ende hatten. Und sie hatte schon gedacht, dieser Tag würde niemals kommen!

»Das wird auch Zeit!«, bemerkte sie froh.

»Freu dich nicht zu früh, Prinzessin! Du hast schließlich noch deine Prüfungen zu bestehen. Außerdem sagte ich lediglich, dass deine Schulzeit, so wie du sie jetzt kennst, ein Ende findet. Natürlich wirst du deine Studien auf andere Weise fortsetzen. Du wirst regelmäßig an der Seite des Hochkönigs an den Audienzen teilnehmen. Außerdem erwartet man von dir, dass du eine gewisse Zeit des Tages damit verbringst, im südöstlichen Turm aus erster Hand zu lernen, wie die Staatsgeschäfte geführt werden.«

Kalistas Freude wurde durch diese Worte nicht sehr getrübt. Wenn Frieda diese Prüfungen festlegte, würde es garantiert hart werden. Aber wenn sie viel lernte, musste sie die einfach bestehen, und danach gab es keine langweiligen Vorträge mehr. Danach konnte sie endlich erfahren, was ihr das Wissen aus den ganzen Schulstunden tatsächlich gebracht hatte, und sie durfte sich mit echten Angelegenheiten befassen, mit realen Dingen. Auch wenn sie nachher noch immer einem strengen Stundenplan unterworfen war, so war doch alles besser als Friedas monotone Lektionen und ihre Übungen in guter Handschrift.

»Ich danke Euch, dass Ihr mich gleich darüber informiert habt«, sagte Kalista höflich und wartete darauf, dass Frieda wieder verschwand.

Doch die sprach gleich weiter. »Ich bin noch nicht fertig. Nachdem wir so viel Stoff miteinander durchzugehen haben, wirst du eine Weile lang keine Zeit für deine Übungen im Bogenschießen und anderes haben.« Kalistas Augen weiteten sich vor Enttäuschung. »Du gehörst mir, vom Morgen bis zum Mittag. Und nach einer Pause von einer Stunde kehrst du zu deinen Studien zurück, die bis zum Abendessen andauern werden. Diese Einteilung gilt so lange, bis wir alle Fächer wiederholt haben und du deine Prüfungen bestanden hast.« Frieda hielt inne und schaute Kalista streng an.

»Gibt es noch etwas?«, fragte Kalista zögernd.

»Nein, Prinzessin – das ist alles.« Frieda ging zur Tür. »Ich sehe dich morgen früh, frisch und munter. Bereite dich darauf vor, hart zu arbeiten.«

Schweigend wartete Kalista, bis ihr Kinderfräulein das Vorzimmer verlassen hatte. Dann seufzte sie laut und ging in ihr Schlafgemach, wo sie ihren Kammermädchen bedeutete, sie zur Nacht fertig zu machen. Eines der Kammermädchen nahm ihr die Perlenkette ab, ein anderes löste die zur Krone geflochtenen Haare und bürstete sie aus. Am Ende zogen sie sie aus und hüllten sie in ein seidenes Nachthemd, in dem Kalista ins Bett kletterte. Sie fröstelte, als sie sich ihre Decke bis ans Kinn zog. Nachts wurde es jetzt schon ziemlich kalt. Sie musste ihren Dienerinnen am nächsten Morgen sagen, dass sie auch im Kamin des Schlafgemachs ein Feuer machten, damit sie es im Bett ebenfalls schön warm hatte. Im Wohngemach brannte das Feuer bereits, nur hier hatte man noch auf ihren Befehl dafür gewartet.

Kalistas Gedanken drehten sich um all das, was sie an diesem Abend erfahren hatte. Ihr neuer Stundenplan für ihre Studien begeisterte sie nicht gerade, aber sie wusste, sobald sie die Prüfungen hinter sich gebracht hatte, war sie frei – und das war es ihr wert. Wie wundervoll es sein musste, die Tage nicht eingesperrt in ein düsteres Studierzimmer verbringen zu müssen, mit Vorträgen, die sich ständig wiederholten! Aber es gab ja noch etwas anderes, worauf sie sich freuen konnte – da war der Winterball, und da war der bevorstehende Besuch von Gavin. Sie strahlte, als sie daran dachte, dass sie Gavin bald wiedersehen würde, während sie versuchte, im Bett eine bequeme Schlafhaltung zu finden. Normalerweise freute sie sich ja nicht unbedingt auf den Winter mit seiner Kälte – aber dieser Winter versprach, etwas ganz Besonderes zu werden.

20

Traven straffte sich, um noch größer zu erscheinen. Rudy, der jetzt drohend vor ihm stand, war einen halben Kopf kleiner als er. Dafür war er untersetzt und sehr viel breiter. Die anderen drei Schüler, die ihn begleitet hatten, allesamt noch kleiner als Rudy, schlossen zu ihm auf, um ihm ihre Unterstützung zu zeigen. Thad lehnte an der Wand, schwer atmend, und schaute mit großen Augen auf die Szene, die sich ihm darbot. Ruhig beobachtete Traven, wie Rudy seine Knöchel knacken ließ und die Hände zur Faust ballte. Seine drei Freunde hinter ihm grinsten. Traven hielt seine Hände offen an der Seite, bereit zur Abwehr, wenn Rudy es wagen sollte, ihn anzugreifen.

»Du bist neu hier«, erklärte Rudy nun. »Ich nehme an, das ist der Grund dafür, warum du so aufsässig bist – du weißt einfach noch nicht, wer ich bin. Darum werde ich mich dir jetzt vorstellen. Ich heiße Rudy – und ich bestimme die Regeln hier. Du befolgst meine Regeln, und du hast nichts zu befürchten. Du brichst meine Regeln, und ich breche dir ebenfalls etwas; im Zweifel deine Knochen. Hast du mich verstanden?«

Traven blickte den arroganten Kerl einfach nur an.

»Ich nehme das jetzt mal für ein Ja«, meinte der. »Aber du hast meine Zeit vergeudet, und das kann ich nicht einfach durchgehen lassen. Ich finde, du solltest mir dafür dein Schwert überlassen. Hier in der Schule bist du sicher, da brauchst du kein Schwert. Also kannst du es ebenso gut mir geben. Sobald du mir dein Schwert ausgehändigt hast, kannst du gehen. Thaddy wird allerdings noch eine Weile bleiben müssen – ich habe mit ihm zu reden.«

Aus dem Augenwinkel heraus sah Traven Thad ängstlich schlucken. Rudy streckte die Hand aus und schien sich ganz sicher zu sein, dass Traven ihm sein Schwert überreichen würde. Doch der rührte sich nicht.

»Hast du nicht gehört, was Rudy gesagt hat?«, zischte jetzt einer der drei hinter Rudy. »Her mit dem Schwert!«

»Nein, das behalte ich lieber«, erklärte Traven, trat rasch um Rudy herum, griff sich Thad und eilte mit ihm den Gang entlang zu den Zimmern.

Sobald Rudy sich vom ersten Schock erholt hatte, dass sich ihm jemand so offen widersetzt hatte, stürzte er ihm mit einem wütenden Schrei hinterher. Traven wartete bis zur letzten Sekunde, stieß dann Thad beiseite und kniete sich auf den Boden. Der überraschte Angreifer konnte nicht schnell genug anhalten und flog über Traven hinweg, der ihm dabei seine Schulter hart in den Bauch rammte. Krachend landete Rudy auf dem Fußboden. Traven stellte sich im Flur seitlich so auf, dass er Rudy ebenso beobachten konnte wie seine drei Freunde. Hinter ihm schien Thad regelrecht in der Wand verschwinden zu wollen. Rudy richtete sich mühsam auf, sah Traven voll rasender Wut an und bewegte sich langsam auf ihn zu. Auf der anderen Seite rückten seine drei Freunde näher. Traven machte sich bereit zum Zuschlagen. Er wusste, wenn er abwartete, bis sie ihn zu viert angriffen, dann war er in echten Schwierigkeiten. Blaize hatte ihm beigebracht, dass Angriff in manchen Fällen die beste Verteidigung war; und Traven war sich sicher, das war einer dieser Fälle.

Ohne Warnung sprang er auf die Freunde von Rudy zu. Den einen von ihnen traf er mit einem Tritt direkt in der Brust. Er taumelte zurück, völlig überrascht. Traven duckte sich und ließ sich zu Boden fallen. Sofort schwang er seine Beine in einem halben Kreis herum und brachte die beiden anderen damit zum Stürzen. Nun sprang er auf Rudy zu. Der wollte ihm einen kräftigen Haken versetzen, doch Traven war zu schnell dafür und duckte sich darunter hinweg. Nun revanchierte er sich mit einem Boxhieb gegen Rudys Kinn. Rudy versuchte, dem zu entgehen, indem er sich ebenfalls duckte – und wurde stattdessen von Travens Faust voll am Auge getroffen. Mit der Hand vor dem Auge taumelte Rudy zurück, schrie dabei, als ob ihn jemand umbringen wollte. Traven grinste – doch das Grinsen verging ihm, als er plötzlich von hinten einen gewaltigen Stoß erhielt. Er hatte gerade noch Zeit, die Hände auszustrecken und sich damit abzufangen, dann lag er auch schon auf dem Boden und einer der drei anderen saß auf seinem Rücken. Er schwang den Ellbogen zurück. Der Angreifer fiel herunter, doch gleich stürzten sich die zwei anderen auf ihn und hielten ihn fest, sodass er keine Chance hatte, sich aufzurichten.

»Was ist hier los?«, dröhnte auf einmal eine Stimme vom Anfang des Ganges.

Sofort kletterten die beiden von Travens Rücken herunter. Traven erhob sich und stellte sich neben die anderen Schüler. Rektor Brock stürmte auf sie zu.

»Gerade habe ich euch noch einen Vortrag gehalten, dass ihr euch wie zivilisierte Menschen benehmen sollt, und was passiert? Ich höre einen Krach, als ob Tiere aufeinander losgehen, und dann finde ich euch hier, wo ihr auf dem Boden herumrollt wie die Schweine! Und jetzt erzählt mir gefälligst jemand, was los ist!«

Traven öffnete den Mund, um zu antworten, doch Rudy war schneller.

»Es tut mir sehr leid, Rektor Brock«, sagte er mit schleimiger Freundlichkeit und rieb sich das geschwollene Auge. »Wir waren kurz auf unseren Zimmern, um etwas Geld zu holen, bevor wir in die Stadt gehen. Und dann kam auf einmal dieser schwarze Kerl und wollte uns unser Geld abnehmen. Das konnten wir ja nun nicht zulassen. Deshalb haben wir uns gewehrt und …«

»So ist es nicht gewesen!«, unterbrach ihn Traven. »Diese Kerle sind einfach gekommen und haben angefangen …«

»Schluss damit!«, fiel Rektor Brock ihm ins Wort. »Es ist mir völlig egal, was geschehen ist. Ihr kommt jetzt alle mit in mein Büro – und dort erzähle ich euch, was geschehen wird.« Alle Schüler setzten sich in Bewegung, auch Thad. »Thadius, was glaubst du wohl, wohin du gehst?«, hielt Brock ihn auf. »Ich habe doch gesehen, dass du damit nichts zu tun hattest. Du kannst auf dein Zimmer gehen.«

Thad warf Traven noch einen mitfühlenden Blick zu und hastete zu seiner Tür. Traven folgte den anderen. Rektor Brock war ihm dicht auf den Fersen, als ob er seine Schüler wie eine Horde Vieh vor sich hertreiben wollte. Die anderen vier rieben sich alle die unterschiedlichsten Körperteile, wo er sie getroffen hatte, was Traven zum Grinsen brachte. Ihm hingegen ging es gut. Aber seine Freude verging ihm schnell, als er darüber nachdachte, was ihm jetzt im Büro des Rektors bevorstand. Er war noch nicht einmal einen Tag hier, und schon bekam er Ärger. Noch hoffte er allerdings, dass Brock ihm zuhören und Glauben schenken würde – dann konnte er ihn eigentlich nicht bestrafen. Schweigend marschierte die Kolonne in den dritten Stock und einen Gang entlang, bis sie vor einer Tür standen, in deren Holz das Wort »Rektor« eingraviert war. Brock öffnete die Tür und bedeutete ihnen, einzutreten. Nachdem sich alle in dem erstaunlich kleinen Raum befanden, schloss er die Tür hinter sich und begab sich zu seinem Schreibtisch. Die vier anderen schauten Traven böse an, als der Rektor ihnen den Rücken zudrehte. Rektor Brock setzte sich auf seinen Stuhl und schaute seine Schüler mit strengem Blick an. Alle fünf standen schweigend vor ihm.

»Ich bin sehr enttäuscht von euch«, erklärte Brock nun mit großem Nachdruck. »Dies ist ein Ort des Lernens, keine Hinterhofgasse. Solange ihr euch innerhalb dieser Mauern befindet, erwarte ich von euch, dass ihr euch wie feine Herren verhaltet. Wenn ihr euch unbedingt wie Tiere benehmen müsst, dann macht das woanders.« Dann schaute er Rudy an. »Rudyard, ich weiß, dass es deinem Vater gar nicht gefallen würde, von diesem Vorfall zu hören. Solange ihr vier, deine Freunde und du, mir versprecht, dass so etwas nie wieder vorkommt, werde ich davon absehen, ihn zu informieren. Auf jeden Fall werdet ihr vier aber euren freien Tag morgen auf euren Zimmern verbringen und dabei darüber nachdenken, wie ihr ähnliche Geschehnisse in Zukunft vermeiden könnt. Habe ich mich klar genug ausgedrückt?«

»Jawohl, Rektor Brock«, antworteten sie mit einer Stimme.

»Gut. Dann könnt ihr jetzt auf eure Zimmer gehen. Für heute habt ihr genügend Aufregung erlebt – euer Ausgang ist gestrichen.«

Die vier murrten leise, ohne dass einer es wagte, seinen Unmut laut zu äußern, und verließen das Zimmer. Jetzt stand Traven allein vor dem Schreibtisch des Rektors. Brock schüttelte den Kopf.

»Dein Name ist Traven; ist das richtig?«, fragte er dann.

»Ja, mein Herr«, erwiderte Traven.

»Du bist erst heute hier angekommen. Du solltest froh sein, dass du es gerade noch so geschafft hast. Wenn du erst morgen eingetroffen wärst, hättest du gleich wieder nach Hause zurückkehren können. Es ist dir also gerade noch so gelungen, zu einem Schüler der Handelsschule zu werden. Und was muss ich erleben? Nicht nur, dass du ein Bauer bist, nicht nur, dass du eine ganze Woche zu spät bist – jetzt bist du auch schon an deinem ersten Tag in einen Kampf verwickelt!«

»Es tut mir leid, mein Herr, aber ich kann das erklären, was …«

»Da gibt es nichts zu erklären!«, schnitt ihm Brock das Wort ab. »Es interessiert mich nicht, warum du zu spät gekommen bist und warum du in dieses Handgemenge verwickelt warst. Was mich allerdings sehr interessiert, ist, dass du verstehst, wir lieben hier keine Leute, die Ärger machen. Ich habe es zugelassen, dass du dich in diesem Schuljahr einschreiben kannst, weil wir nur eine recht kleine Gruppe neuer Schüler haben. Normalerweise würde ich mich mit dir und deinesgleichen überhaupt nicht abgeben. Dies hier ist eine anständige Schule. Viele reiche Kaufleute und sogar Adelige senden ihre Söhne zu uns. Dieser junge Mann, dem du offensichtlich gerade ein blaues Auge verpasst hast, besitzt nicht nur adeliges Blut, sondern ist auch noch der Sohn von einem der reichsten Kaufleute in Kalia. Du hingegen bist ein Nichts.

Ich habe keine Ahnung, wie es deiner Familie gelungen ist, das Geld aufzubringen, um dich zur Handelsschule zu schicken – aber irgendwie haben sie es geschafft. Normalerweise verweise ich niemanden von der Schule, sobald das Geld bezahlt ist, aber in deinem Fall werde ich dazu gezwungen sein, eine Ausnahme zu machen, sobald es auch nur noch das kleinste Problem mit dir gibt. Bis du hier eingetroffen bist, hat es in diesem Jahr noch keinen einzigen Kampf unter den Schülern gegeben. Du scheinst mir ein echter Unruhestifter zu sein, und das werde ich nicht dulden. Also – noch einmal irgendwelchen Ärger mit dir, irgendwelche Probleme, und du fliegst. Hast du das verstanden, Traven?«

»Jawohl, mein Herr«, erwiderte Traven leise, heiß vor Scham und den Blick zu Boden gesenkt.

»Also bemühe dich darum, hier immer nur dein bestes Verhalten zu zeigen – dann wirst du auch keine Schwierigkeiten haben. Du wirst den Tag morgen ebenfalls auf deinem Zimmer verbringen. Und sei froh, dass dies die einzige Strafe ist, die ich verhänge. Ich hoffe, dass ich dich hier in meinem Büro nie wieder sehen muss. Und jetzt geh auf dein Zimmer.«

»Jawohl, Rektor Brock.«

Traven ging aus dem Zimmer und auf die Treppe zu und stellte dabei fest, dass seine Knie zitterten. Wie es dieser Rektor gewagt hatte, mit ihm zu reden – als ob er ein Mensch zweiter, nein, dritter Klasse wäre! Irgendwie hatte er gehofft, dass der Rektor ihn nicht viel anders behandelte als die anderen vier, die ohne eine solche demütigende Standpauke davongekommen waren. Mr Kiscin hatte ihn ja gewarnt, dass die anderen Lehrer Vorurteile gegen Bauern hegten, doch bis zu diesem Augenblick hatte er ihm das nicht glauben wollen. Was ihm jedoch am meisten zusetzte, war die Tatsache, dass es den Rektor nicht einmal gekümmert hatte, was tatsächlich vor sich gegangen war. Es war ihm gleichgültig, wer den Kampf angefangen hatte – ihm ging es nur darum, dass es keine weiteren Kämpfe gab. Traven war klar, wenn er sich hier an der Schule halten wollte, dann musste er extrem vorsichtig und achtsam sein. Er beschloss, sein Bestes zu geben – und den vier Störenfrieden in Zukunft möglichst aus dem Weg zu gehen. Er würde es dem Rektor schon zeigen, dass er sich ebenso gut benehmen konnte und ebenso klug und fleißig war wie seine reichen Schüler! Dieser Entschluss beruhigte ihn etwas, und doch war er sehr bedrückt, als er sein Zimmer erreichte. Das war kein guter Anfang gewesen – und er konnte nur hoffen, es war kein Fingerzeig, wie sich das Schuljahr weiter entwickeln würde.

Am nächsten Morgen war Traven früh wach. Er war es einfach gewohnt, vor Sonnenaufgang aufzustehen und seine Übungen zu machen. Kurz überlegte er, ob er gegen die Anweisungen des Rektors verstieß, wenn er sich in den Hof begab, um seine Übungen zu absolvieren, beschloss dann jedoch, es lieber nicht darauf ankommen zu lassen. Er wollte es auf keinen Fall riskieren, der Schule verwiesen zu werden. Stattdessen übte er einfach in seinem Zimmer ein paar Schwünge mit dem Schwert. Anschließend wusch er sich und zog wieder seine schwarze Kleidung an. Eigentlich hatte er heute ja seine Reitsachen waschen wollen – aber wenn er den ganzen Tag auf seinem Zimmer bleiben musste, hatte er dazu wohl keine Gelegenheit. Nach einer halben Ewigkeit ertönte endlich die Glocke, die zum Frühstück rief.

Traven wartete noch eine Weile, bis er keine anderen Schüler mehr auf dem Flur hörte. Er wollte niemandem über den Weg laufen, mit dem es Ärger geben konnte. Als er aus seinem Zimmer trat, war der Gang leer – bis auf Thad, der offensichtlich auf ihn gewartet hatte. Gemeinsam gingen sie zum Speisesaal. Wie am Abend zuvor waren sie die Letzten in der Schlange. Sie bekamen Schüsseln mit dampfendem Haferbrei auf das Tablett gestellt und durften sich nach Belieben Butter und Zucker dazu holen. Sie setzten sich erneut ganz ans Ende der Bank und aßen nahezu schweigend. Nach dem Frühstück kam Thad mit in Travens Zimmer.

»Und? Was war gestern im Büro von Rektor Brock? Erzähl schon!«, drängte Thad, kaum dass sich die Tür geschlossen hatte. »Ich habe gehört, Rudy und seine Freunde waren gar nicht begeistert.«

»Brock hat uns unseren freien Tag gestrichen – wir müssen heute auf unseren Zimmern bleiben. Das ist gar nicht so schlimm. Aber Brock hat mich gewarnt, dass ich aus der Schule fliege, wenn so etwas noch einmal passiert.«

»Und die anderen?«

»Die haben ihm nur versprechen müssen, sich in Zukunft besser zu benehmen. Na gut – ich denke mal, es spielt sowieso keine Rolle.« Traven zuckte die Achseln und setzte sich auf sein Bett.

»Das tut mir alles so leid«, sagte Thad nach einer Weile. »Ich hatte noch gar keine Gelegenheit, dir zu danken. Rudy hat mich und noch ein paar andere Schüler die ganze Zeit schon getriezt, seit das Schuljahr begonnen hat. Bisher war noch keiner mutig genug, ihm entgegenzutreten. Ich danke dir.« Unbeholfen klopfte Thad Traven auf die Schulter und wendete sich zum Gehen. In der Tür drehte er sich noch einmal um. »Ich habe ein Buch, das ich dir leihen kann, damit du nicht den ganzen Tag nur herumsitzen musst.«

»Danke, das wäre sehr nett«, freute sich Traven.

Ein paar Minuten später war Thad mit dem Buch zurück. Danach wollte er sich in der Stadt ein paar Dinge besorgen. Traven begann zu lesen, doch nach einer Weile legte er das Buch wieder beiseite. Es war ein Buch über Philosophie. Wahrscheinlich war es ein richtig interessantes Buch – sobald man verstand, worum es eigentlich ging. Traven hatte nicht viel von dem begriffen, was er gelesen hatte, und die Ideen, die in dem Buch entwickelt wurden, verwirrten ihn. Er beschloss, sich einfach noch ein wenig auszuruhen. Die nächsten Stunden verbrachte er damit, abwechselnd zu schlafen, zu lesen und ein paar Übungen zu machen. Der Tag schien endlos zu sein, aber dann war er doch vorüber. Voller Vorfreude auf den nächsten Tag, an dem er endlich mit seinen Studien beginnen konnte, schlief Traven ein.

Am nächsten Morgen erwachte er wie üblich früh und begab sich hinunter in den Hof der Schule. Dort war um diese frühe Stunde niemand sonst, und Traven hatte genug Platz für seine Übungen. Anschließend ging er zurück auf sein Zimmer. Unterwegs begegnete er mehreren Lehrern, die ihn alle ganz merkwürdig anschauten. Wahrscheinlich waren sie es einfach nicht gewohnt, dass Schüler früh aufstanden, um sich vor dem Unterricht sportlich zu betätigen. Bevor er Blaize getroffen hatte, wäre ihm das ebenfalls nie in den Sinn gekommen. Seit er damit angefangen hatte, fühlte er sich allerdings jedes Mal unangenehm träge und faul, wenn er den Morgen nicht damit beginnen konnte. Nachdem er sich gewaschen hatte, läutete auch schon die Glocke für das Frühstück. Er wartete vor Thads Tür, und gemeinsam begaben sie sich in den Speisesaal.

Traven wusste nicht, was ihm nach dem Frühstück bevorstand. Er kannte seinen Stundenplan nicht und hatte keine Ahnung, welche Unterrichtsfächer er belegen musste. Thad erklärte ihm allerdings, dass alle Schüler aus ihrem Gang denselben Stundenplan hatten. So musste er Thad nur folgen, der aus seinem Zimmer noch ein paar Bücher und Papier holte und dann im dritten Stock in ein Klassenzimmer ging. Im Raum standen lauter große, hölzerne Schreibtische, alle nach vorne ausgerichtet, wo eine große Tafel an der Wand hing. Außer dem Lehrer war sonst noch niemand in der Klasse. Traven freute sich sehr, dass der Lehrer ausgerechnet Mr Kiscin war, der die beiden begrüßte und Traven die Bücher und Papiere gab, die er brauchte. Traven setzte sich neben Thad in die vorderste Reihe auf einen der Stühle. Er fand heraus, dass es in den Schreibtischen eine Schublade gab, die man herausziehen konnte. Darin stand ein Tintenfass und es gab Ersatzfedern und noch weiteres Papier. Traven nahm sich eine der Schreibfedern und wartete darauf, dass der Unterricht begann.

Langsam füllte sich das Klassenzimmer mit Schülern, die in Gruppen von drei oder vier hereinströmten. Die Glocke läutete ein zweites Mal an diesem Morgen, und nun saßen an allen Tischen Schüler, die durchweg noch sehr schläfrig wirkten. Traven allerdings war hellwach und begierig, mit dem Lernen zu beginnen. Die erste Stunde bot einen Überblick über die verschiedenen Produkte, mit denen man handeln konnte, aufgeschlüsselt nach Jahreszeiten. Anschließend erklärte Mr Kiscin ihnen die wichtigsten Handelsrouten in Kalia, Balthus, Selba und Cydus und kam dabei auch auf die Seerouten zu sprechen. Nachdem Mr Kiscins Unterricht zu Ende war, begaben sich die Schüler in ein anderes Klassenzimmer. Hier ging es um Rechnen und Schreiben. Den Rest des Tages befassten sie sich vorwiegend mit dem Wert verschiedener Produkte und damit, wie man es erreichen konnte, sie zu einem geringen Preis einzukaufen und zu einem hohen Preis zu verkaufen, um einen Gewinn zu erzielen. Am Ende des ersten Tages war es Traven beinahe schwindelig, so viel neues Wissen hatte er aufgenommen.

Der zweite Tag an der Schule verlief ähnlich wie der erste. Allerdings fand Traven zu seiner Freude heraus, dass es noch andere Fächer gab, und sogar Sportunterricht. Den meisten anderen Schülern machte der Sport keinen Spaß, doch Traven war froh über den körperlichen Ausgleich, nachdem er so viele Stunden hatte stillsitzen müssen. Der dritte Tag verlief genauso wie der erste und der vierte genauso wie der zweite. Traven lernte die Namen kostbarer Gewürze und Kräuter und erfuhr etwas über die Qualität und den Wert verschiedener Stoffe. Langsam erschloss es sich ihm auch, warum manche Dinge so wertvoll waren, während man andere für fast nichts kaufen konnte. Die Wochen vergingen, und schon bald hatte er einen recht guten Einblick, was es bedeutete, ein Kaufmann zu sein. Allzu schwer kam ihm das alles nicht vor.

Traven arbeitete hart und zeigte ein vorbildliches Verhalten. Rudy und seine Freunde verhöhnten ihn zwar oft und spielten ihm kleine Streiche, wenn niemand hinschaute. Doch er schluckte seinen Ärger darüber herunter und konzentrierte sich einfach auf seine Studien. Noch immer lernte er viele neue Dinge, aber nach ein paar Wochen kam der Zeitpunkt, an dem sich irgendwie alles wiederholte. Die Grundsätze befassten sich zwar mit unterschiedlichen Beispielen – aber sie blieben immer dieselben. Trotz der aufkommenden Langeweile lernte Traven weiter fleißig und bekam gute Noten, doch die Monotonie begann ihn zu zermürben. Er hatte das Gefühl, dringend eine Veränderung zu brauchen. Nicht einmal seine Erkundungszüge durch die Stadt an seinen freien Tagen konnten ihm die Aufregung verschaffen, nach der es ihn dürstete.

Anfangs war der Unterricht immer neu und interessant gewesen, aber nach einer Weile versank Traven während der Stunden immer öfter in Tagträumen. Natürlich war es wichtig und faszinierend, diese ganzen Dinge zu erfahren und Wissen aufzubauen – trotzdem wurde in ihm der Wunsch immer stärker, endlich wirklich etwas zu tun, statt immer nur langweiligen Vorträgen zu lauschen und abends dann seine nicht weniger langweiligen Hausaufgaben zu erledigen. Davon zu träumen, wie er ein reicher Kaufmann werden konnte, nahm ihn da schon weit mehr in Anspruch, als ständig aufzupassen und dumme Aufsätze zu schreiben oder Rechenaufgaben zu erledigen. Noch immer gelang es Traven, die Prüfungen mit Leichtigkeit zu bestehen, doch er wurde zunehmend unruhiger. Er hatte damit begonnen, seine Übungen mit und ohne Schwert morgens und abends zu machen, aber auch das konnte seine Sehnsucht nach Aktivität nicht befriedigen. Nach den Tagen, die er mit Blaize verbracht hatte, kam ihm die ganze Handelsschule einfach nur stumpfsinnig vor.

Der Winter brach herein und brachte eisige Winde und Schneestürme mit sich. Immer öfter musste Traven die ganze Zeit in der Schule verbringen, weil es bei Schnee fast unmöglich war, in der Stadt herumzulaufen. Die Handelsschule machte bei Weitem nicht so viel Spaß, wie er das gedacht hatte. Was ihn durchhalten ließ, das war die Hoffnung auf eine gute Arbeit, wenn er die zwei Jahre Schule erst einmal überstanden hatte, und das waren seine Tagträume. Nach einer Woche mit besonders schweren Schneestürmen lösten sich plötzlich alle Wolken auf und das Wetter wurde frisch und klar. Es lag eine Fröhlichkeit in der Luft, die Traven spürte wie einen verführerischen Duft. Es war sein freier Tag und er konnte Thad dazu überreden, mit ihm zusammen in die Stadt zu gehen. Vielleicht fand er dort etwas, das sein Verlangen nach Aktivität zufriedenstellen konnte. Während ihres Ausflugs in die Stadt passierte nichts Aufregendes. Dennoch war es ein schöner

Tag. Thad kannte sich in der Königlichen Bibliothek gut aus, zeigte sie Traven und erklärte ihm auch ein bisschen mehr über die interessanten Skulpturen auf den Plätzen von Calyn. Es war angenehm, endlich wieder einmal etwas anderes zu sehen. Etwas erfrischt kehrte Traven zur Handelsschule zurück und nahm seine Studien wieder auf.

21

»Ich glaube, ich sehe da einen«, sagte Kalista aufgeregt und deutete auf eine große Schneewehe in der Ferne. Der Hochkönig legte die Hand über die Augen, um sich vor der gleißenden Sonne zu schützen, und schaute in die Richtung, in die seine Tochter gezeigt hatte.

»Ich kann nichts erkennen, meine Liebe«, meinte er. »Es wird ohnehin Zeit, dass wir zum Palast zurückkehren.«

»Nein, Vater«, widersprach Kalista, »ich bin mir ganz sicher, ich habe etwas gesehen. Bitte, lass uns die Sache noch eine Weile beobachten.«

Die anderen Männer der Jagdgruppe schlossen sich ihnen an und starrten ebenfalls auf die weit entfernte Schneeverwehung. Der Widerschein der Sonne auf den glitzernden Schneekristallen brannte Kalista in den Augen. Dennoch schaute sie unbeirrt auf die Stelle, wo sie kurz zuvor eine Bewegung gesehen hatte, da war sie sich ganz sicher. Aber dort tat sich nichts. Sie war schon fast überzeugt, dass sie sich doch geirrt oder das Sonnenlicht ihr einen Streich gespielt hatte. Da kam ein kalter Wind von vorne, der ihnen den Schnee ins Gesicht warf und die Jagdhunde aufgeregt die Nasen heben ließ. Und jetzt war an der Schneewehe eine weitere Bewegung zu sehen, ganz deutlich; auch die anderen hatten es beobachtet. Triumphierend drehte sie sich um.

»Ich habe es doch gesagt!«

»Ja, das hast du meine Liebe«, erwiderte der Hochkönig, jetzt ebenfalls aufgeregt. »Und ich habe auf dich gehört und gewartet, oder etwa nicht? Dann lass uns jetzt gehen und den ersten Schneelöwen des Jahres fangen!«

Rasch breiteten sich die Jäger aus, um das Tier zu umrunden. Drei Männer ritten nach links, drei andere nach rechts und ein weiterer Jäger nahm sich die drei Jagdhunde und schlug einen weiten Bogen, um sich dem Schneelöwen von hinten zu nähern. Der Hochkönig und seine zwei persönlichen Wachen sicherten die Vorderseite. Kalista schloss sich den Männern an, als diese sich jetzt langsam auf die Schneewehe zubewegten, die Bogen bereit, um den Kreis um das Tier zu schließen. Als sie alle nahe genug herangekommen waren, ließ der Jäger, der sich von hinten genähert hatte, die drei Hunde frei.

Sie begannen sofort, aufgeregt zu bellen, und rasten auf die Schneeverwehung zu. Alle warteten gespannt darauf, dass der Schneelöwe, von den Jagdhunden aufgescheucht, versuchte zu entkommen. Plötzlich löste sich ein heller Schatten von einem Ende der Wehe, setzte sich in Richtung der Gruppe um den Hochkönig in Bewegung. Die Hunde bellten lauter, nachdem sie ihre Beute aufgestöbert hatten. Ehrfürchtig beobachtete Kalista die riesige Katze, die auf ihren großen gepolsterten Pfoten über den Schnee nur so dahinflog, um den Hunden zu entfliehen. Das rein weiße Fell des prachtvollen Tieres hatte dieselbe Farbe wie der Schnee und war kaum zu erkennen, doch die schwarze Mähne bildete einen auffälligen Kontrast. Seine Flucht vor den Hunden brachte den Schneelöwen langsam in Reichweite der Bogen der Jäger. Kalista nahm ihren Bogen hoch und konzentrierte sich auf das sich bewegende Ziel. Sobald sie sich sicher war, dass die Wildkatze nahe genug herangekommen war, ließ sie den Pfeil fliegen. Plötzlich erblühte eine leuchtend rote Blume im Schnee neben dem Löwen, doch dieser hielt im Lauf nicht einmal inne. Ihr Pfeil steckte ihm direkt in der Brust, aber der Schneelöwe fauchte nur und rannte weiter, wechselte dabei die Richtung.

Kalista legte einen anderen Pfeil an. Dabei beobachtete sie, wie das Tier direkt auf die Lücke zulief, die sich zwischen ihr und den drei Männern links von ihr gebildet hatte. Auch die anderen Jäger schossen ihre Pfeile ab, die allerdings harmlos im Schnee hinter dem springenden Tier landeten, bis endlich einer der Pfeile doch den Löwen traf. Der die Wildkatze ebenfalls nicht stoppen konnte. Auch sie traf erneut, scheinbar ohne Wirkung. Dann bemerkte Kalista allerdings, wie die Hunde mehr und mehr aufholten. Die Katze wurde offensichtlich doch langsamer, und hinter ihr zog sich nun ein scharlachfarbenes Band durch den Schnee. Kurz darauf hatte die edle Kreatur die Lücke zwischen den Jägern erreicht und stürmte hinter ihnen in die weite Ebene hinaus, von einem weiteren Pfeil getroffen.

Aufgeregt beobachtete Kalista, wie nun auch die Hunde durch die Lücke rasten. Immer mehr holten sie auf, die Entfernung zwischen ihnen und dem Schneelöwen wurde immer kleiner. Endlich hatten sie die Wildkatze erreicht. Rasch bestieg Kalista ihre Stute und ritt hinterher. Die Jäger hasteten zu Fuß zu der Stelle. Die Hunde hatten das Tier umrundet, aber die Katze war nicht bereit, aufzugeben. Kalista stieg ab und schaute fasziniert auf die Szene, die sich ihr bot. Einen der Hunde, der zu sorglos gewesen war, fegte der Schneelöwe mit seinen mächtigen Pranken zur Seite. Mit einem wilden Grollen schwenkte die Wildkatze den Kopf, um alle drei Hunde gleichzeitig beobachten zu können, die sie umrundeten. Immer wieder schnappten die Jagdhunde nach dem Tier. Jedes Mal, wenn einer dabei nicht vorsichtig genug war, wurde er von den Tatzen erwischt und landete auf dem Rücken. Der gesamte Bereich hatte sich vom Blut rot gefärbt. Langsam war zu sehen, wie sehr dieser Blutverlust den Löwen geschwächt hatte. Er schwankte auf seinen Pfoten und seine Prankenhiebe trafen ihr Ziel nicht mehr jedes Mal. Die Hunde spürten die zunehmende Schwäche, wagten sich immer näher heran, schnappten zu. Mit einem letzten rebellischen Grollen sackte das atemberaubende Biest endlich im rot gefärbten Schnee zusammen.

Sofort stürzten sich die Hunde auf die besiegte Beute, doch die Jäger rissen sie zurück, damit sie das kostbare Fell nicht beschädigten. Ein Jäger näherte sich dem Schneelöwen und beendete seinen Todeskampf mit dem Messer. Nun lag die Wildkatze ganz still da. Kalista schluckte. Ihr Vater hatte sie schon als kleines Kind immer zum Jagen mitgenommen, sie war es also gewohnt. Trotzdem erfüllte es sie immer noch jedes Mal mit Trauer, wenn sie ein Tier sterben sah. Einen Schneelöwen hatte sie allerdings noch nie gejagt. Bisher hatte sich ihr Vater immer geweigert, sie mitzunehmen, weil er meinte, es sei zu gefährlich. Kalista warf einen Blick auf den toten Löwen, der jetzt nicht einmal mehr einem Neugeborenen hätte gefährlich werden können. Sie schüttelte ihre Trauer ab. So war das nun einmal auf der Jagd.

Ihr Vater kam heran und gratulierte ihr mit einem Lächeln. »Du hast hervorragend geschossen! Ich habe noch nie einen besseren Schützen gesehen. Ich denke, ohne dich wäre der Schneelöwe entkommen. Ich hätte dich schon längst einmal zur Schneelöwenjagd mitnehmen sollen.«

Der Hochkönig klopfte ihr auf die Schulter und prahlte vor allen anderen laut mit ihrer Schießkunst. Es machte sie verlegen und stolz zugleich. Die Jäger hoben das Tier auf einen Schlitten. Erst jetzt, als sie sah, wie sehr sich mehrere Männer anstrengen mussten, um die Wildkatze anzuheben, wurde es Kalista bewusst, wie riesig der Schneelöwe war. Dann merkte sie, dass sie ihren Bogen noch in der Hand hielt, und hängte ihn schnell ans Pferd. Sie zog sich die Kapuze ihres mit warmem Pelz gefütterten Samtumhangs über den Kopf und hielt den Umhang fest zusammen; ein kalter Wind war aufgekommen. Es würde ein sehr kalter Winter werden dieses Jahr.

»Jetzt wird es aber wirklich Zeit, dass wir zurückreiten«, mahnte nun ihr Vater, der sein Pferd bereits bestiegen hatte. »Es hat so viel Spaß gemacht, dass ich darüber fast vergessen habe, wie spät es ist. Die Sonne steht schon direkt über uns.« Der Hochkönig lächelte verschmitzt. »Wir müssen uns beeilen, damit wir uns noch umziehen können, bevor Baron Mikel und sein Sohn eintreffen.«

»Was? Sie kommen heute schon?«, rief Kalista aufgeregt, bevor sie sich zurückhalten konnte.

»Ja, sie treffen heute Nachmittag ein. Ich hatte allerdings gedacht, es sei dir völlig gleich, wann sie kommen.« Der Hochkönig lachte und ritt los. Kalista folgte ihm.

Es machte ihr nichts aus, dass ihr Vater nun gemerkt hatte, wie sehr sie diesem Besuch entgegenfieberte; er wusste es ja ohnehin. Außerdem war sie viel zu nervös, um einen Gedanken daran zu verschwenden, was ihr Vater dachte. Gavin kam heute! Was für ein Tag! Nicht nur, dass sie ihren ersten Schneelöwen erlegt hatte – mit etwas Hilfe der Hunde und der anderen Jäger –, jetzt durfte sie sich auch noch auf das Eintreffen des Mannes freuen, der vielleicht ihr zukünftiger Ehemann war. Sie hatte ja heute Morgen schon gewusst, dass es ein ganz besonderer Tag werden würde. Wie besonders sich dieser Tag tatsächlich entwickeln würde, hatte sie allerdings nicht geahnt. Wochenlang war sie jetzt mit Frieda regelrecht eingesperrt gewesen, hatte von morgens bis abends gelernt. Doch jetzt hatte sie endlich ihre Prüfungen hinter sich, hatte sie alle bestanden und war frei! Ab sofort bestanden ihre Tage nicht mehr aus langweiligen Studien. Als Belohnung, dass sie ihre Studien so brav hinter sich gebracht hatte und alle Prüfungen überstanden waren, hatte ihr Vater ihr versprochen, sie auf die Schneelöwenjagd mitzunehmen. Schon das hatte sie sehr glücklich gemacht, aber noch glücklicher machte sie Gavins bevorstehende Ankunft. Sie hatte ja gewusst, dass der Baron mit seinem Sohn schon unterwegs war; schließlich war der Winterball bereits in drei Tagen. Allerdings hatte sie vermutet, dass Baron Mikel erst an diesem Tag oder frühestens am Tag davor ankommen würde. Ihr Vater hatte auch gar nichts gesagt. Jetzt musste sie sich sehr beeilen, sobald sie im Palast waren. Schließlich wollte sie sich von ihrer besten Seite zeigen, wenn sie Gavin und seinen Vater begrüßte!

Kalista hielt mit der einen Hand die Zügel und mit der anderen ihren Umhang zusammen. Die Pferde bahnten sich ihren Weg durch den tiefen Schnee zur Stadt. Sobald sie das kleine Südtor erreicht hatten, nahm Kalista die Zügel in beide Hände und straffte sich im Sattel. Ihre Mutter hatte ihr gesagt, dass sie in Gegenwart der Untertanen einen königlichen Anblick bieten musste, und diesen weisen Rat hatte sie immer beherzigt. Dabei bemerkte Kalista, dass auch ihr Vater auf seinem Pferd den Rücken unwillkürlich gerader machte. Den ganzen Weg bis zum Palast traten die Menschen vor ihnen beiseite und beugten stumm und ehrerbietig das Haupt, wenn sie an ihnen vorbeiritten, der Hochkönig von Kalia und seine Tochter, die Thronerbin. Erst wenn sie vorbei waren, nahmen die Menschen hinter ihnen ihr geschäftiges Treiben wieder auf. Die Gruppe erreichte den Palast.

Sofort strömten Diener herbei, die ihnen halfen, von den Pferden abzusteigen, und sich dann um die Tiere kümmerten. Kalista folgte ihrem Vater in den Palast und nahm die Kapuze herunter, dankbar für die Wärme, mit der die Kaminfeuer sie umhüllten. Gerade wollte sie sich in ihre Gemächer zurückziehen, da sah sie den Hauptmann der Stadtwache heraneilen. Er verbeugte sich erst vor ihr, dann vor ihrem Vater. Kalista blieb neugierig stehen. In den letzten Wochen war es ganz plötzlich und unerklärlich zu einem sprunghaften Anstieg der Mordfälle in Calyn gekommen. Zuerst hatte es einen Mord gegeben, und ein paar Tage später den zweiten. Das war noch nichts Ungewöhnliches in einer großen Stadt, so beunruhigend die Meldungen auch waren. Doch dann war ein paar Tage darauf wieder jemand ermordet worden und kurz darauf der nächste. Die Stadtwache hatte sofort eine Untersuchung eingeleitet und die Anzahl der Wachen erhöht. Dennoch war das Morden weitergegangen. Inzwischen hatten sie nahezu jede Nacht einen neuen Mord zu verzeichnen. Kalista wollte unbedingt wissen, ob es neue Informationen gab.

»Ihr könnt frei sprechen«, sagte der Hochkönig zum Hauptmann der Stadtwache und bedeutete ihm mit einer Handbewegung, sich zu erheben.

»Ich danke Euch, mein Hochkönig. Ich fürchte, ich habe nur schlechte Nachrichten zu vermelden. Es gibt keine Verbindung zwischen den Mordfällen; wenigstens keine, die wir entdecken können. Der Mörder scheint seine Opfer ganz willkürlich auszuwählen. Bisher hat er Barfräulein, Stallburschen und sogar Kinder umgebracht. Zu meinem großen Bedauern muss ich melden, dass letzte Nacht ein alter Mann und seine Frau in ihren Betten ermordet worden sind. Das Einzige, was bei allen Morden gleich ist, ist die Todesursache. Allen Opfern wurde die Kehle durchgeschnitten, mit einem sauberen, geübten Schnitt, und es gab sonst keinerlei Verletzungen. Wir haben viele befragt, doch niemand hat den Mörder bisher zu Gesicht bekommen. Mit dem Doppelmord aus der letzten Nacht ist die Zahl der Opfer jetzt auf vierzehn angestiegen. Es tut mir leid, mein Hochkönig, dass ich einen so traurigen Bericht abgeben muss.«

»Das ist ja nicht Eure Schuld«, sagte der Hochkönig und legte ihm tröstend die Hand auf die Schulter. »Aber wie auch immer – das muss ein Ende finden. Ich werde es nicht zulassen, dass die Bewohner dieser Stadt in Angst leben müssen. Nehmt Euch ein paar Rekruten aus der Armee zu Hilfe und verdoppelt die Wachen in der Nacht. Außerdem werdet Ihr eine Bekanntmachung aufsetzen und überall verkünden: Jeder, der nach Mitternacht auf den Straßen angetroffen wird, wird sofort verhaftet. Nehmt in diese Bekanntmachung auch gleich noch die Empfehlung an alle auf, nachts die Türen und Fenster zu verriegeln und nach Einbruch der Dunkelheit möglichst nicht mehr allein, sondern nur noch in Gruppen unterwegs zu sein. Ich will, dass der Mörder gefasst wird und diese Morde ein Ende finden.«

»Jawohl, mein Hochkönig. Es wird alles so geschehen, wie Ihr es befiehlt.« Der Hauptmann verbeugte sich noch einmal und eilte davon, um die Anweisungen des Hochkönigs in die Tat umzusetzen.

Traurig beobachtete Kalista den kummervollen Gesichtsausdruck ihres Vaters. Sie konnte sich nur zu gut vorstellen, wie er sich fühlte. Auch sie selbst war durch die große Zahl der Morde höchst beunruhigt. So etwas hatte es in Calyn noch nie zuvor gegeben. Sie spürte eine hilflose Wut in sich aufsteigen und hoffte, dass die Verdoppelung der Nachtwachen und die neue Bekanntmachung Erfolg hatten. Schließlich konnte dieser Mörder sich nicht auf ewig verstecken. Irgendwann einmal musste ihm ein Fehler unterlaufen, und dann konnte die Stadtwache ihn aufspüren. Nun verdrängte

Kalista diese bedrückenden Gedanken wieder und konzentrierte sich auf das, was ihr an diesem Nachmittag bevorstand. Sie tanzte geradezu in ihre Gemächer.

»Ich muss heute wunderschön aussehen«, erklärte sie ihren Kammermädchen. »In Kürze treffen Baron Mikel und sein Sohn im Palast ein und ich muss einen guten Eindruck bei ihnen machen.«

Die Kammermädchen tauschten ein wissendes Lächeln miteinander. Sie halfen ihr aus ihrer Jagdkleidung heraus und holten eines ihrer schönsten Kleider, ein langes Kleid in einem Blau, das ihre strahlend blauen Augen betonte und mit cremefarbenen Verzierungen versehen war. Kalistas Haare banden sie zu einem einzigen dicken Zopf, in den sie blaue Bänder flochten. Ungeduldig ließ die Prinzessin die langwierige Prozedur über sich ergehen. Am Ende legten die Kammermädchen ihr noch eine schlichte Goldkette um den schlanken Hals. Kalista dankte ihnen, betrachtete sich im Spiegel und huschte dann zum Fenster. Sie wollte sehen, wann die Gäste ankamen, damit sie rechtzeitig im Thronsaal sein konnte. Eine ihrer Dienerinnen fragte sie, ob sie jetzt ihr Mittagessen einnehmen wolle, doch sie lehnte ab. Sie war viel zu aufgeregt, um etwas essen zu können.

Fast eine ganze Stunde lang stand sie am Fenster und wartete ungeduldig, doch endlich traf die Gruppe von Baron Mikel ein. Zuerst kamen zwanzig Soldaten, denen drei Kutschen und wiederum zwanzig Soldaten folgten. Kalista beobachtete, wie der Zug in den Hof des Palastes einzog. Sie hatte eigentlich so lange warten wollen, bis sie die Insassen der Kutschen zu Gesicht bekommen hatte, aber wenn sie noch rechtzeitig im Thronsaal sein wollte, musste sie sich jetzt beeilen. Rasch lief sie in den Palast hinüber. Ihr Vater saß bereits auf seinem Thron, um seinen Freund Baron von Candus zu begrüßen. Er freute sich sichtlich, Kalista zu sehen, die sich auf ihren Platz rechts vom Thron begab.

»Ich war mir nicht sicher, ob du es pünktlich schaffen würdest«, flüsterte der Hochkönig ihr zu. »Sie sind bereits unterwegs hierher.«

»Ich weiß«, flüsterte Kalista zurück.

Die Türen zum Thronsaal öffneten sich. Begierig blickte Kalista in diese Richtung, nahm vorher allerdings noch das spitzbübische Grinsen ihres Vaters wahr. Es dauerte eine Weile, bis die riesigen Bronzetüren ganz offen standen und die davor wartende Gesellschaft eintreten konnte. Dann schritten die Gäste herein. Ganz vorne ging Baron Mikel von Candus, mit seiner Frau an seiner Seite. Direkt hinter ihnen kam Gavin. Kalistas Herzschlag beschleunigte sich. Er sah noch besser aus, als sie ihn in Erinnerung gehabt hatte. Er war ebenso groß, wie sie ihn in ihren Träumen vor sich gesehen hatte, und hatte dasselbe rabenschwarze Haar, dieselben haselnussbraunen Augen und dasselbe energische Kinn. Allerdings war er erheblich muskulöser geworden, als er es vor ein paar Jahren gewesen war, und strahlte größeres Selbstbewusstsein aus; wie jemand, der es gewohnt war, dass seine Befehle befolgt werden. Kalista spürte ihre Wangen heiß werden. Die Familie des Barons kam heran und verneigte sich vor dem Hochkönig.

»Euer demütiger Diener, Baron Mikel von Candus, verbeugt sich vor dem großen Hochkönig, er möge lang und glücklich leben, um der Ladung Ihrer Majestät Folge zu leisten, zusammen mit seiner Frau und seinem Sohn. Ich bitte ehrerbietig um die Erlaubnis Ihrer Majestät, mich mit meiner Familie erheben zu dürfen.«

»Ihr mögt Euch erheben, um mit Eurem Hochkönig zu sprechen.«

»Unser ehrerbietigster Dank an den …«

Kalista hörte nicht mehr zu. Sie hatte keine Ahnung, warum das Begrüßungszeremoniell so langwierig und langweilig sein musste, aber so war es nun einmal, und so war es schon immer gewesen. Statt den zeremoniellen Worten zu folgen, warf sie Gavin verstohlene Blicke zu. Von Nahem sah er noch weit besser aus als aus der Ferne. Nun schaute Gavin sie ebenfalls an, und rasch wendete sie die Augen ab, in der Hoffnung, dass er ihren unschicklichen Blick nicht bemerkt hatte. Nachdem die anstrengende Zeremonie vorüber war, begaben sich der Baron, die Baronin und ihr Sohn in die Gästegemächer, um sich frisch zu machen und sich von der langen Reise auszuruhen, bevor man sich abends zum festlichen Essen wiedersehen würde. Kalista schaute den dreien hinterher; wobei sie eigentlich nur auf einen achtete. Die Türen schlossen sich. Sie seufzte.

»Bin ich froh, dass diese langweilige Zeremonie endlich vorbei ist«, murmelte sie und eilte der privaten Tür zu, um den Thronsaal ebenfalls zu verlassen.

»Ich weiß nicht, ob ich dir das glauben soll, dass du es wirklich so langweilig gefunden hast«, bemerkte der Hochkönig. »Mir schien es eher so, als hätte es dir große Freude bereitet, den Sohn des Barons zu betrachten.«

Kalista wurde rot und wäre beinahe gestolpert. Sie fühlte sich ertappt. Hinter ihr hörte sie ihren Vater leise lachen. Hastig entschwand sie durch die Tür und eilte zu ihren Gemächern.

22

Kalista betrachtete sich im Spiegel. Ihr eigenes Abbild strahlte sie geradezu an. Was auch immer ihre Kammermädchen mit ihrem Haar angestellt hatten, es war bezaubernd. Die goldene Pracht war auf ihrem Kopf hochgesteckt worden, bis auf ein paar Locken, die ihr Gesicht anmutig umrahmten. Um ihr Haar lag eine prächtige Silberkette mit einem schimmernden Saphir, der direkt auf ihrer Stirn ruhte. Um ihren schmalen Hals funkelten Feuertropfen, kostbare Edelsteine an einer weiteren silbernen Kette. Kalista trat einen Schritt zurück, damit sie auch ihr Kleid bewundern konnte. Die Schneider hatten es ganz speziell für diesen Ball entworfen. Das Kleid reichte bis zum Boden. Es war aus leuchtend blauer Seide, um ihre schlanke Taille eng zusammengefasst, und von dort aus fiel es glockenförmig nach unten. Ein schmaler Gürtel mit Gliedern, die aus silbernen Seidenblumen bestanden, lag um ihre Mitte. Die Ärmel des Kleides umhüllten eng ihre Arme, bis sie sich unterhalb des Ellbogens weiteten, wo weiße Spitze eingenäht worden war, die wie duftiger Schnee auf ihre Hände herabfiel.

Lächelnd wandte sie sich vom Spiegel ab. Sie sah einfach atemberaubend aus. Der Ball heute Nacht, das war ihre Chance, Gavin besser kennenzulernen und seine Liebe zu gewinnen. In den letzten Tagen hatte sie ihn immer nur beim Abendessen gesehen. Auch da hatte sie sich nicht mit ihm unterhalten können, denn er saß weit von ihr entfernt, und die Konversation hatten meistens ihr Vater und der Baron beherrscht. Heute allerdings gehörte Gavin ihr den gesamten Abend; schließlich war er ihr Begleiter. Und nach dieser Nacht gehörte er ihr vielleicht sogar für immer. Das hoffte sie wenigstens. Eines ihrer Kammermädchen hatte ihr ein Parfum besorgt, mit dem man, so hieß es, garantiert jeden Mann bezaubern konnte. Sie holte sich die kleine Glasflasche des süß duftenden Parfums und tupfte sich mit dem Stopper ein wenig davon auf die Handgelenke und auf den Hals direkt am Ohr. Noch ein letztes Mal schaute sie in den Spiegel, überprüfte ihr Aussehen, zupfte ein paar goldene Locken zurecht und begab sich nach unten.

An der Treppe erwartete sie bereits Gavin, um sie zum Speisesaal zu begleiten. Er sah absolut umwerfend aus in seiner strahlend weißen Hose und seinem dunkelblauen Hemd aus Seide, das vorne nahezu vollständig bedeckt war mit wundervollen goldenen Stickereien. Es schimmerte im Kerzenschein. Kalista gab sich Mühe, so graziös wie möglich die Stufen herabzuschweben. Gavin starrte sie an wie eine überirdische Erscheinung. Er musste sich sichtbar zusammenreißen, um sie höflich zu begrüßen und ihr seinen Arm zu bieten, den sie anmutig akzeptierte. Langsam führte er sie zur großen Banketthalle, wo das offizielle Festessen stattfand. Kalista ging mit einem glücklichen Lächeln an seiner Seite.

Sie nahmen ihre Sitze am Kopfende des Tisches ein, direkt neben dem speziellen Sessel, der für den Hochkönig reserviert war. Der Baron und die Baronin saßen auf der anderen Seite dieses Sessels. Kurz darauf trat auch der Hochkönig ein. Alle erhoben sich und neigten das Haupt vor ihm. Der Hochkönig dankte ihnen für ihr Kommen und klatschte in die Hände. Alle setzten sich wieder und die Diener brachten die ersten der köstlichen Speisen herein. Fröhliches Geplauder und das helle Klirren des Silberbestecks füllten den Raum.

Die Speisen, die serviert wurden, kamen aus allen Teilen des Landes, über das der Hochkönig herrschte. Es gab Gerichte aus Balthus und Selba und aus ganz weit entfernten Gebieten von Kalia. Aber auch die heimische Küche kam nicht zu kurz, mit traditionellen Gerichten direkt aus Calyn. Es gab gewürzten Wein zu trinken und Cremesuppe zu löffeln, es gab Brot, Gemüse und Früchte der verschiedensten Sorten. Aber am besten von allem waren die verschiedenen Fleischgerichte. Es gab Rinderbraten, gebackenen Schinken, Lammkoteletts, Truthahn, Ente, Fisch, Hummer und jede Menge mehr. Leckere Soßen warteten darauf, passend kombiniert zu werden. Die Diener standen aufmerksam bereit, die Gäste mit allem zu versorgen, wonach es sie gelüstete. Schon bald füllte sich die große Tafel mit brillanten Farben und Wohlgerüchen.

Manche der Gäste vertilgten unglaubliche Mengen an Speisen, während andere sich mit nur wenig zufriedengaben. Auch Kalista konnte nicht viel essen. Vorhin noch war sie wirklich hungrig gewesen, aber sie wagte es nicht, in Gavins Gegenwart viel zu essen. So beschied sie sich mit einer Schüssel Suppe, ein wenig Schinken und einem Brötchen. Nachher, in der Nacht, konnte sie sich aus der Küche immer noch einen Teller mit Resten kommen lassen und sich satt essen. Sie erfreute sich dennoch am Anblick und Geruch des leckeren Essens, ebenso wie an der festlichen Stimmung. Heute vergaßen alle ihre Sorgen, aßen, tranken und plauderten angeregt. Kalista beneidete die anderen etwas um ihre Unbeschwertheit. Sie selbst war zwar auch fröhlich gestimmt, hatte aber immer noch Schmetterlinge im Bauch. Endlich hatte sie die Gelegenheit, sich mit Gavin zu unterhalten und mehr über ihn zu erfahren – sobald das Festmahl vorüber war. Diesen Augenblick sehnte sie herbei und fürchtete ihn gleichzeitig.

Immer wieder schaute sie verstohlen zu Gavin herüber. Mehrfach spürte sie den Blick ihres Vaters auf sich ruhen, der heute Abend ebenso glücklich strahlte wie seine Gäste. Rasch tat sie so, als wäre sie sehr mit Essen beschäftigt, und schnitt sich ein kleines Stück Schinken von der dünnen Scheibe ab, die ein Diener ihr auf den Teller gelegt hatte. Sie nahm den Geschmack des Schinkens kaum wahr, als sie ihn im Mund hatte, denn ihre Gedanken waren bereits unterwegs, flatterten in Richtung Ballsaal und dessen, was sie dort und für den Rest der Nacht erwartete. Nach einer

Weile hatten selbst die hungrigsten Gäste genug. Der Hochkönig bemerkte es und signalisierte den Dienern, den Tisch abzuräumen und allen noch einmal die Gläser zu füllen. Nun trank man sich gegenseitig zu und unterhielt sich, und es konnte nicht mehr lange dauern, bis der Hochkönig aufstand und sich zum Ballsaal begab, was für alle das Zeichen war, ihm zu folgen. Das war ihre Gelegenheit! Kalista wendete sich Gavin zu. Sie hatte es in den letzten Tagen oft und lange geübt, was sie ihm nun sagen wollte. Nach dieser Unterhaltung, wenn Gavin sie später in den Ballsaal und zum Tanz führte, war er vielleicht schon ganz der ihre.

* * *

Der Hochkönig beobachtete, wie sein zukünftiger Schwiegersohn sich seiner wunderschönen Tochter zuwendete und ihr seine volle Aufmerksamkeit schenkte. Es brachte ihn zum Lächeln. Er hatte es sehr wohl beobachtet, dass die beiden sich während des Festmahls heimlich immer wieder gegenseitig angeschaut hatten. Inzwischen war er sich ganz sicher, sobald diese Nacht einmal zu Ende war, konnte nichts mehr diese Heirat aufhalten. Er lachte leise, überließ Kalista und Gavin, die ganz vertieft in ein Gespräch waren, von dem er nichts verstehen konnte, sich selbst und wendete sich Gavins Eltern zu.

Nachdem er eine Weile lang mehr oder weniger amüsanten Geschichten über Jagdabenteuer und verlorene Waffen gelauscht hatte, beschloss der Hochkönig, dass es jetzt Zeit wurde, den Tanz zu eröffnen. Er entschuldigte sich und erhob sich voller Würde. Sofort wurde es still im Saal.

»Verehrte Gäste und Freunde«, sagte er feierlich, »lasst unseren diesjährigen Winterball beginnen!«

Auf dieses Stichwort hin öffneten die Diener die Türen, die den Speisesaal mit dem Ballsaal verbanden, und eine Fanfare ertönte. Der Hochkönig marschierte in den Ballsaal, dicht gefolgt von allen anderen, und begab sich auf seinen Thron. Er nickte dem Orchester zu, das sofort einen fröhlichen Walzer anstimmte.

Schon bald war der von Tausenden von Kerzen in funkelndem Kristall erleuchtete Raum gefüllt mit dem Farbenrausch bunter Ballkleider, die beim Tanz wirbelten und schimmerten, und dem Lächeln der etwas weniger farbenfroh, aber nicht weniger prächtig gekleideten männlichen Tänzer. Der Hochkönig verharrte zufrieden auf seinem Thron und betrachtete seine Untertanen, die heute hier alle ihren Spaß hatten. Ein Ball machte ihn immer glücklich, vor allem, wenn alle anderen ihn so sehr genießen konnten. Wenigstens eine Weile konnte er hier angesichts der Freude der anderen seine Sorgen vergessen. Noch glücklicher machte es ihn, dass Kalista und Gavin ununterbrochen miteinander tanzten, sich unterhielten und sich anlächelten wie zwei Verschwörer. Die Dinge entwickelten sich prächtig! Auf einmal hielten Kalista und Gavin mitten im Tanz an. Erschrocken fuhr der Hochkönig nach oben. Was war da passiert? Doch dann lehnte er sich mit einem verschmitzten Lächeln wieder zurück, als er beobachtete, wie die beiden sich, Hand in Hand, in ein privates Nebenzimmer begaben. Die Dinge entwickelten sich noch mehr als prächtig …

* * *

Traven schaute über den Brunnen in der Mitte des Großen Platzes hinweg auf das Tor zum königlichen Palast und beobachtete, wie eine weitere adelige Familie für den Ball eintraf. Den ganzen Abend schon hatte er die endlose Reihe an Kutschen verfolgt. Sie hielten im Hof an, festlich geschmückte Menschen stiegen aus und dann rollten die Kutschen wieder von dannen und die nächsten kamen. Die wichtigsten Gäste waren natürlich bereits ganz früh erschienen, und jetzt kamen langsam alle anderen, die zum großen Winterball geladen worden waren.

Die Schüler der Handelsschule hatten frei. Sie hatten ihre Winterprüfungen abgeschlossen und durften sich jetzt einer Woche Ferien erfreuen, bevor die nächste Stufe des Schulhalbjahres begann. Viele der wohlhabenden Schüler hatten vom großen Ball berichtet, und Traven hatte beschlossen, sich all die festliche Aufregung wenigstens einmal von Weitem anzusehen. Er hatte so viel für die Prüfungen gelernt und so hart gearbeitet, dass er lange keinerlei Zeit mehr für irgendwelche Vergnügungen gehabt hatte. An seinen freien Tagen war er manchmal in der Stadt gewesen und hatte viele Orte besucht, doch inzwischen kannte er sich gut genug aus, dass dies allein kein allzu großes Abenteuer mehr war. Auf einmal hörte Traven etwas hinter sich. Er drehte sich um. Die Stadtwache betrat gerade den Platz. Traven wusste, dass er nach Einbruch der Dunkelheit eigentlich nicht mehr in der Stadt unterwegs sein sollte. Er beschloss, sich etwas näher am Palast aufzustellen, um der Wache nicht ins Gehege zu kommen. Als ob er dazugehörte, stellte er sich zu einer Gruppe von Dienern, die seitlich des Haupttors zusammenstanden.

Es waren Diener aus den verschiedensten Häusern, die sich meistens untereinander nicht kannten. So achtete auch keiner auf ihn. Die Stadtwache marschierte den Platz entlang, betrachtete die Diener kurz, ohne ihnen große Aufmerksamkeit zu schenken, und verließ den Großen Platz wieder. Traven atmete erleichtert auf. Das war ja gerade noch einmal gut gegangen! Dann drehte er sich um und beschaute sich den Palast, dem er vorher noch nie so nahe gewesen war. Bei offenem Tor und aus der Nähe wirkte der Palast noch beeindruckender, zumal mit den ganzen funkelnden Lichtern des Balles. Sogar die Musik konnte Traven hören. Gerne hätte er zu dieser Musik getanzt – aber er stand definitiv nicht auf der Einladungsliste für diesen Ball. Außerdem wurde es Zeit, dass er sich langsam auf den Rückweg zur Schule machte.

»Hey, du da, du in Schwarz«, knurrte jetzt ein Mann, der gerade aus einer Kutsche gestiegen war, »beeil dich!« Traven erkannte, dass der Mann ihn angesprochen hatte. Ohne nachzudenken, ging er zu ihm hinüber. Der Mann drückte ihm ein Stück Papier in die Hand. »Bring das sofort zum Dirigenten des Orchesters.«

Traven wollte noch erklären, dass er gar kein Diener war, aber noch bevor er ein Wort herausbringen konnte, saß der Mann wieder in der Kutsche, die davonrollte. Traven schaute sich das Papier an, das der Mann ihm gegeben hatte, und fragte sich, was er jetzt tun sollte. Nachdem er eine Weile unschlüssig dagestanden hatte, entschied er sich, die Nachricht wie gefordert zu überbringen. Dann hatte er wenigstens die Gelegenheit, den Palast auch einmal von innen zu sehen. Wenn ihn jemand anhielt, konnte er ja wahrheitsgemäß behaupten, er habe eine wichtige Nachricht zu überbringen. An diesem Abend waren so viele verschiedene Diener hier unterwegs, dass er unter ihnen gewiss nicht groß auffallen würde.

Traven nahm einen tiefen Atemzug und eilte durch das offene Tor und über den Vorplatz. Im Eingang zum Palast standen Wachen. Noch auf den Stufen zeigte er das Stück Papier vor und man winkte ihn anstandslos durch. Nun stand er in der großen Halle des Palastes. Sie war noch viel großartiger, als er sich das vorgestellt hatte. Die Decke, über und über bemalt, war so hoch über ihm, dass es ihm fast wie freier Himmel vorkam. In der Mitte hing ein riesiger Kronleuchter, an dessen Armen unzählige Kerzen in Kristallschalen saßen, die in allen Regenbogenfarben glitzerten. Direkt vor ihm führten zwei breite Treppen aus Marmor mit einem wundervoll geschnitzten weißen Geländer in das nächste Stockwerk, eine von rechts und eine von links. Rechts und links in der Halle gab es auch noch Türen. Die Wände waren überall mit kostbaren Wandteppichen geschmückt. Auf einigen von ihnen prangte das Wappen der königlichen Familie. Ein paar reich geschmückte Möbelstücke aus edlen Hölzern mit Einlegearbeiten wirkten ebenso wertvoll wie zerbrechlich. Traven bestaunte alles, bis er sich endlich daran erinnerte, dass er ja eine Botschaft zu überbringen hatte.

Er sah sich um, unsicher, welchen Weg er nehmen musste. Kurz brach ihm vor Panik der Schweiß aus, bis seine Vernunft wieder die Oberhand gewann. Schließlich musste er ja einfach nur der Musik folgen! Er überquerte raschen Schrittes die Halle. Die Musik wurde lauter. Er sah einen breiten Gang vor sich, durch flackernde Kerzen in goldenen Kerzenleuchtern an den Wänden erleuchtet. In die Wand waren kleine Nischen geschlagen worden, in denen Kostbarkeiten ausgestellt waren. Es gab antike Vasen, mit Edelsteinen besetzte Statuen und eine Menge mehr. Traven versuchte, so viel von diesen Schätzen zu betrachten wie möglich, während er an ihnen vorbei in Richtung der Musik hastete.

Traven bog ab in einen anderen Gang und fand sich auf einmal direkt außerhalb des großen Ballsaals wieder. Mit einem weiteren tiefen Atemzug betrat er den riesigen Saal voller Luxus und Ausgelassenheit. Sofort strömte es von allen Seiten auf seine Sinne ein – Farben, Wärme, Gerüche, Klänge. Der Saal war hell erleuchtet und auf der Tanzfläche wirbelten die Paare im Takt zur Musik umher. An den Wänden standen weitere reich gekleidete Gäste, sprachen, lachten und tranken. Traven schaute nach oben. Auch diese Decke war hoch und bemalt, in einem hellen Blau, und mit duftigen weißen Wolken verziert. Es kam ihm vor wie der Himmel an einem strahlenden Frühlingstag. Am anderen Ende des Saales sah Traven den Hochkönig auf seinem Thron sitzen. Traven staunte und strahlte und fühlte sich wie plötzlich ins Paradies versetzt. Aber er war ja schließlich nicht hier, um zu staunen – er hatte eine Aufgabe zu erfüllen!

Er suchte das Orchester und bahnte sich vorsichtig seinen Weg an der Wand entlang dorthin, sehr bemüht darum, niemanden zu stören. Der Dirigent war ein würdevoller Mann in schwarzer Kleidung. Traven überreichte ihm die Nachricht mit einer Verbeugung und begab sich auf den Rückweg. Jetzt nur schnell wieder nach draußen, bevor noch jemand entdeckte, dass er hier eigentlich gar nichts zu suchen hatte! Er hatte die große Tür schon beinahe erreicht, da griff auf einmal jemand nach seinem Arm. Erschrocken zuckte er zusammen, voller Angst vor der Strafe, die ihm jetzt ganz gewiss bevorstand, weil er sich ohne Erlaubnis im Palast aufhielt. Doch ihn erwartete eine angenehme Überraschung. Es war eine hübsche junge Frau, die nun lächelnd knickste und ihn auf die Tanzfläche zog. Er versuchte ihr zu erklären, dass er gar keiner der Gäste war, aber sie kicherte nur und führte ihn tiefer in die wirbelnde Menge der Tanzenden hinein. Sosehr er auch zu widerstehen versuchte – die Musik und die Aufregung rissen ihn einfach mit. Er konnte nicht anders – bevor er es sich versah, drehte er sich im Rhythmus der mitreißenden Musik, mit der jungen Frau im Arm.

Als die Musik eine Pause einlegte, wollte Traven sich ihr entziehen, doch sie ließ es nicht zu. Sie hielt ihn einfach fest, und kaum hatte die Musik wieder begonnen, tanzten die beiden weiter. Seine furchtsame Nervosität verkroch sich immer weiter vor der Musik und dem süßen Duft der hübschen jungen Frau. Er verlor sich eine Weile ganz in der Musik. Doch bald gewann sein schlechtes Gewissen die Oberhand. Endlich gelang es ihm, sich von der jungen Frau zu lösen. Er strebte wieder dem Ausgang zu und wünschte sich, er hätte den Tanz und die hübsche Frau in seinen Armen mehr genießen können. Aber irgendwie nagte die ganze Zeit die Furcht an ihm, was mit ihm geschehen würde, wenn man ihn ertappte.

Auf einmal betrat Rudy mit seinen Eltern den Ballsaal. Jetzt war Traven in echten Schwierigkeiten. Wenn Rudy, der ja wusste, dass er hier nichts zu suchen hatte, ihn entdeckte, dann stand ihm Schlimmes bevor. An Rudy vorbei konnte er es auf keinen Fall wagen, den Ballsaal zu verlassen. Damit war ihm die Tür versperrt, durch die er hineingekommen war. Wieder zurück in die Menge wollte er allerdings auch nicht. Beunruhigt schaute er sich um. Zum Glück sah er an der Wand hinter sich gleich mehrere Türen. In der Hoffnung, dass die Türen unverschlossen waren und ihn irgendwie aus dem Palast hinausführen konnten, öffnete Traven diejenige, die ihm am nächsten war. Sie war in der Tat unverschlossen. Rasch schlüpfte er in den Raum hinein und schloss sie hinter sich, seufzte erleichtert. Er befand sich in einem kleinen, gemütlichen Zimmer, wo man beisammensitzen konnte. Schnell versuchte er, sich zu orientieren, und begab sich zur Tür an der entgegengesetzten Seite, die ihn, so hoffte er, irgendwie zur Eingangshalle bringen würde. Er hatte die Tür schon fast erreicht, als er auf einmal bemerkte, dass er nicht allein in dem Raum war.

Er drehte sich um – und erblickte eine junge Frau von geradezu überirdischer Schönheit, weit hübscher als die junge Frau, mit der er gerade getanzt hatte. Und weit hübscher als jede andere Frau, die er auf dem Ball gesehen hatte. Sie trug ein ganz exquisites blaues Kleid, das von ihrer schmalen Taille aus immer weiter wurde und nahezu das gesamte Sofa, auf dem sie saß, bedeckte. An ihrem schlanken Hals funkelten unzählige Feuertropfen von unschätzbarem Wert und ihr anmutiges Gesicht war von goldenen Locken umrahmt. Sie schaute Traven mit einem fragenden Gesichtsausdruck an. Ihr leichtes Lächeln und ihre faszinierenden leuchtend blauen Augen sorgten dafür, dass seine Kehle trocken wurde und seine Knie zitterten.

»B-b-bitte v-vergebt Eindringen meines … Ich meine, es tut mir leid …«

Glücklicherweise bewegten seine Beine sich schneller und geschickter als seine Zunge. Er zwang sich, den Blick von den Augen dieser wunderschönen jungen Frau abzuwenden, und floh durch die Tür. Er war sehr froh zu sehen, dass er sich nun tatsächlich wieder in der Eingangshalle befand. Aufatmend stürzte er zum Palast hinaus. Draußen empfing ihn beißende Winterkälte, die seine heiß glühenden Wangen kühlte. Er bemerkte die eisige Kälte nicht einmal. Er konnte, als er sich zurück zur Handelsschule begab, nur noch an eines denken – an die atemberaubend schöne junge Frau mit den strahlend blauen Augen.

23

Wie immer stand Traven früh auf und ging seine Übungen durch. Anschließend wusch er sich und setzte sich aufs Bett, um nachzudenken. Der Gang war nahezu leer; fast alle Schüler nutzten die Ferien, um ihre Familien zu besuchen. Traven war einer der wenigen, deren Familie zu weit weg wohnte, um einen solchen Besuch möglich zu machen. Aber wenn er schon nicht bei seinen Großeltern sein konnte, so konnte er ihnen doch wenigstens schreiben, beschloss er, und setzte sich an seinen Schreibtisch. Doch immer wieder wanderten seine Gedanken zum königlichen Palast, zum großen Ball – und dem wunderschönen Mädchen in dem Raum, in den er zufällig gestolpert war. Er war einfach nicht in der Lage, sich auf den Brief zu konzentrieren.

Endlich gab er es auf und entschloss sich, stattdessen lieber einen Ausflug in die Stadt zu machen. Noch immer hatte er, obwohl er oft in der Stadt unterwegs gewesen war, längst nicht alles gesehen. Er nahm sich seinen Umhang und sein Schwert, ließ den unvollendeten Brief in seinem Zimmer zurück und machte sich auf den Weg. Diesmal wollte er sich den Hafen ansehen. Dort war er vorher noch nie gewesen, hatte allerdings gehört, dass hier Schiffe einliefen, die die interessantesten Waren aus aller Welt brachten. Das war wenigstens einmal etwas aufregend Neues. Er hastete über den Großen Platz.

»Bleibt sofort stehen!«, ertönte auf einmal eine schrille Stimme. »Ihr da, Ihr in Schwarz – stehen bleiben!« Erschrocken drehte sich Traven um. »Ihr müsst mitkommen!« Ein nicht sehr großer, kahlköpfiger alter Mann eilte an ihm vorbei. Nach ein paar Schritten wandte er sich zurück zu Traven und deutete mit seinem Spazierstock auf ihn. »Los, beeilt Euch!«, drängte er.

Traven hatte keine Ahnung, wer dieser Mann war oder was er von ihm wollte. Aber er war neugierig und dachte sich, er könne ihm ebenso gut folgen, um es herauszufinden. Er schloss zu ihm auf und ging schweigend hinter ihm her. Der Mann ging die Stufen hinauf, die zur Königlichen Bibliothek führten. Traven hatte das Gebäude oft von außen bewundert und war mit Thad auch schon einige Male in der Bibliothek gewesen. Dort gab es eine reiche Sammlung von Büchern und alten Schriftrollen. Es hieß sogar, dies sei die größte Bibliothek, die jemals geschaffen worden war.

Der alte Mann hastete durch den riesigen Raum bis zu einer Tür am anderen Ende und Traven folgte ihm. So weit war er vorher noch nie vorgedrungen. Der alte Mann schaute sich vorsichtig um, zog einen Schlüssel aus seiner Robe hervor, schloss die Tür auf, öffnete sie einen Spalt, quetschte sich hinein und bedeutete Traven, ihm zu folgen. Traven fragte sich, was das Ganze wohl zu bedeuten hatte. Kaum war auch er durch die Tür, machte der alte Mann sie hinter ihm zu und verschloss sie. Mit einem erleichterten Seufzer steckte er den Schlüssel wieder in seine Robe und lächelte.

»Man kann niemals vorsichtig genug sein«, sagte er. »Nur ein vorsichtiger Mann lebt lange. Wobei manche Menschen ja behaupten, ein vorsichtiger Mann lebe niemals wirklich. Das ist natürlich vollkommener Unsinn. Auch wenn man vorsichtig ist, kann man eine Menge Abenteuer erleben – und als vorsichtiger Mann kann man sie auch überleben. Und was mehr kann sich ein Mensch wünschen als …« Der alte Mann unterbrach sich, als er erkannte, dass er Traven völlig verwirrt hatte. »Es tut mir leid, manchmal gehen meine Gedanken einfach mit mir durch. Lasst mich Euch zunächst einmal vorstellen – ich bin der Philosoph Cornelius Malcolm Studell der Wissensakademie von Kalia.« Der alte Philosoph verbeugte sich. »Zu Euren Diensten.«

Studell richtete sich wieder auf. Traven starrte ihn an, sehr durcheinander. Jetzt wusste er ja wenigstens, wer der alte Mann war – aber er wusste noch immer nicht, was dieser von ihm wollte. Nachdem der Philosoph nichts mehr sagte, sondern offensichtlich darauf wartete, dass Traven zu sprechen begann, machte er endlich den Mund auf.

»Warum habt Ihr mich hierhergeführt?«, fragte er. Der alte Mann fuhr regelrecht zusammen und lachte dann.

»Ihr habt recht, Ihr habt recht. Das hatte ich ganz vergessen.« Traven konnte nicht anders – er musste lächeln, als der Mann immer stärker lachte, bis er sich endlich die Lachtränen aus den Augen wischte und ruhiger wurde. »Es tut mir leid«, sagte er endlich, »manchmal lasse ich mich einfach hinreißen. Nehmt Platz, bitte.«

Der Philosoph deutete dabei auf einen Stuhl vor einem riesigen Schreibtisch. Traven setzte sich. Auch Studell griff sich einen Stuhl, den hinter dem Schreibtisch. Währenddessen schaute sich Traven im Raum um, der ein privates Studierzimmer zu sein schien. In der Mitte stand der Schreibtisch, an dem sie jetzt saßen. Er war aus Eichenholz, was Traven sofort erkannte, sehr groß und völlig leer. Doch in den Regalen an den Wänden und auf dem Boden stapelten sich überall Bücher und Schriftrollen.

Der Philosoph räusperte sich. »Also – ich machte gerade einen Spaziergang und dachte dabei über eine meiner höchst interessanten Theorien nach, als ich Euch gesehen habe. In genau diesem Augenblick traf das Sonnenlicht auf den Stein im Griff eures Schwertes – und schien davon regelrecht verschluckt zu werden.« Ganz aufgeregt und erwartungsvoll deutete der Philosoph auf den Stein. »Darf ich mir Euer Schwert einmal ansehen?«

Das war also der Grund, warum der alte Mann Traven angesprochen hatte – er wollte sich sein Schwert anschauen. Traven konnte zwar gut verstehen, warum sich jemand für dieses Schwert interessierte; es war schließlich ein ganz besonderes Schwert. Dennoch verstand er die große Aufregung des Philosophen nicht ganz.

Er nahm sein Schwert aus der Scheide und legte es zwischen ihnen auf den Tisch.

»Da ist es. Es ist etwas ganz Besonderes, nicht wahr?«

»Schsch!«, brachte Studell ihn zum Schweigen. Ohne den intensiven Blick von dem Schwert abzuwenden, zog er aus einer Tasche seiner Robe ein Augenglas hervor, das er aufsetzte. Sorgfältig untersuchte er das Schwert von oben bis unten. »Wann habt Ihr dieses Schwert das letzte Mal geölt und geschärft?«, fragte er Traven dann.

»Noch nie«, erwiderte dieser.

»Aha – genauso, wie ich es mir gedacht habe.«

Der Philosoph starrte weiter das Schwert an, schweigend. Sein Blick konzentrierte sich auf den Edelstein im Griff. Nach einer Weile holte er eine Kerze aus dem Schreibtisch, zündete sie an und hielt sie in die Nähe des Steins.

»Schaut genau hin«, forderte er Traven auf.

Traven beugte sich über den Schreibtisch, um besser sehen zu können. Er staunte – die Flamme der Kerze veränderte sich, legte sich seitlich, in Richtung des Edelsteins, und zwar immer mehr, je näher die Kerze dem Stein kam. Dabei zog sich die Flamme immer länger, bis sie am Ende die Oberfläche des Steins berührte. Dann blies Studell die Kerze wieder aus. Verblüfft beobachtete Traven, wie der Stein einfach weiterleuchtete, noch eine ganze Weile lang, obwohl die Kerze längst erloschen war. Erst allmählich wurde er wieder dunkel. Sorgfältig, fast ehrfurchtsvoll betrachtete Studell das Schwert.

»Jetzt bin ich mir ganz sicher«, sagte er. »Das ist definitiv ein Machtstein. Und nachdem sich das Schwert in einem so hervorragenden Zustand befindet, muss es von der Atmosphäre geschaffen worden sein. Es sieht aus wie neu! Vor Jahren habe ich schon einmal ein Atmosphärenschwert gesehen, aber dies ist das erste mit Machtstein, das ich zu Gesicht bekomme!«

Der alte Mann zitterte vor Aufregung.

»Was ist ein Machtstein?«, fragte Traven. Blaize hatte ihm ja bereits erzählt, dass dieses Schwert mithilfe der Atmosphäre geschmiedet worden war, aber über den Stein hatte er nichts gesagt. Der Philosoph straffte sich und begann mit seiner Erklärung.

»Nun, mein Sohn, vor vielen, vielen Jahren schloss sich eine Gruppe von Magiern zusammen. Sie gaben ihr Leben hin, um die Machtsteine zu schaffen. Es gibt nicht viele dieser Steine; sie sind wirklich etwas ganz Besonderes. Der Legende nach gibt es insgesamt nur zwölf davon. Diese Steine sind unzerstörbar. In jedem Stein ist die Essenz des Magiers eingefangen, der dafür sein Leben hingegeben hat. Diese Steine besitzen spezielle Kräfte. Es sind ganz unterschiedliche Kräfte, je nachdem, was der Magier, der sein Leben dafür geopfert hat, damit erreichen wollte.«

»Warum haben die Magier ihr Leben geopfert, um diese Steine zu schaffen?«, erkundigte sich Traven.

»Nun, Faldor, der größte Magier, den es jemals gegeben hat, träumte eines Nachts davon, dass diese Steine eine große Bedeutung besitzen. Deshalb wurden sie geschaffen.«

»Und warum besitzen diese Steine eine so große Bedeutung?«

»Das weiß ich leider nicht. All das ist vor langer Zeit passiert und es gibt nur ganz wenige Aufzeichnungen darüber. Die meisten Menschen wissen heute überhaupt nichts mehr über die Atmosphäre, und diejenigen, die schon einmal davon gehört haben, halten es für Humbug. Ich bin mir nicht sicher, wie viel von den alten Geschichten ich glauben kann. Aber ich weiß, dass auf jeden Fall etwas Wahrheit in ihnen steckt. Der Beweis dafür sind diese besonderen Artefakte, die bis heute überdauert haben. Einiges ist auch durch Schriften nachgewiesen, die man gefunden hat. Und jetzt weiß ich, dass auf jeden Fall die Geschichte mit den Machtsteinen wahr ist – denn genau ein solcher Stein liegt gerade vor uns.«

Als Studell auf Steine mit besonderen Kräften zu sprechen gekommen war, hatte Traven unwillkürlich mit der Hand den bernsteinfarbenen Stein umschlossen, der um seinen Hals hing. Auf einmal wurde ihm das bewusst – und sofort beschloss er, den Philosophen auch nach diesem Stein zu befragen. Vielleicht bekam er hier jetzt endlich die Antworten auf die Fragen, die er sich schon lange gestellt hatte. Er nahm das Lederband ab.

»Und was ist mit diesem Stein?«, fragte er und reichte ihn Studell. Dessen Augen weiteten sich, als er den Stein in die Hand nahm und seine Wärme spürte.

»Das ist auch einer!«, rief der Philosoph, und seine Stimme zitterte vor Aufregung. »Ich kann es nicht glauben – zwei der zwölf Machtsteine befinden sich gerade hier in diesem Raum! Wie seid Ihr dazu gekommen? Seid Ihr ein Schatzsucher?«

Diese Frage brachte Traven zum Lächeln. Dann fiel ihm auf, wie ungewöhnlich es tatsächlich war, dass er nicht nur einen, sondern gleich zwei dieser Steine in seinem Besitz hatte.

»Nein, ich bin kein Schatzsucher«, erwiderte Traven. »Dieser Stein hat meinem Vater gehört. Und mein Schwert habe ich gefunden, als ich unterwegs war von Eichenbaum nach Calyn.« Dann stellte auch er eine Frage.

»Ihr sagtet, diese Steine besitzen spezielle Kräfte. Aber was genau machen diese Steine denn?«

»Ich habe nicht die geringste Ahnung«, antwortete der Philosoph mit einem Stirnrunzeln. »Ich weiß über diese Steine nur das, was ich Euch bereits gesagt habe. Und noch etwas weiß ich – Ihr solltet gut auf diese Steine aufpassen. Es ist traurig, dass aus dem Zeitalter der großen Magier nicht viel überliefert ist. Wir wissen so wenig darüber! Ich habe einen großen Teil meines Lebens damit verbracht, die Vergangenheit zu erforschen; wahrscheinlich weiß ich darüber noch mehr als die meisten anderen. Ich habe alle Schriftrollen studiert, die erhalten geblieben sind, sogar die in der alten Sprache. Aber selbst ich weiß nur wenig.«

Traven starrte auf den Stein, den der Philosoph ihm zurückgegeben hatte. Jetzt sah er ihn mit ganz anderen Augen. Sorgfältig und mit Respekt ließ er ihn wieder in seinem Hemd verschwinden. Er hatte es doch gewusst, dass dies ein ganz besonderer Stein war! In sein Erstaunen mischte sich mehr und mehr Neugier. Machtsteine, Magie, uralte Überlieferungen, verlorenes Wissen – darüber musste er unbedingt mehr erfahren! Den Hafen konnte er sich auch ein anderes Mal anschauen, aber jetzt hatte er die Gelegenheit, vielleicht noch mehr über all die interessanten Dinge zu lernen.

»Die Steine wurden also von der Atmosphäre geschaffen. Aber was genau ist denn nun die Atmosphäre?«, fragte er begierig. Die Augen des Philosophen begannen zu leuchten; er freute sich sichtlich über die Gelegenheit, sein Wissen weiterzugeben.

»Wie ich schon sagte, niemand weiß viel darüber, aber das, was ich weiß, will ich gerne mit Euch teilen. Die Atmosphäre ist, nun …« Traven lehnte sich vor und hörte gespannt zu. »… es ist das, was wir heute Magie nennen würden. Aber eigentlich ist es keine Magie. Es sind einfach Kräfte, die über das hinausgehen, was wir normalen Menschen verstehen. Unser Geist ist sehr begrenzt, müsst Ihr wissen. Vieles erfassen und verstehen wir einfach nicht.

Die Atmosphäre existiert, ohne dass wir einfachen Menschen sie wahrnehmen können. Der grundlegende Gedanke hinter den Steinen und Schwertern ist der, etwas Flüchtiges festzuhalten, Macht festzuhalten und mit Dingen zu umgeben, die alle Menschen sehen und fühlen können. Auf diese Weise findet eine Kraft, die wir nicht sehen, doch den Weg in unser Leben und zu unseren Sinnen. Viel mehr als das kann ich Euch allerdings auch nicht sagen.

Ich kann Euch nur noch ein wenig über die Magier selbst erzählen. Ganz offensichtlich ist die Fähigkeit, die Atmosphäre führen und nutzen zu können, eine angeborene Fähigkeit und nichts, was man studieren und sich aneignen kann. Wobei man durchaus lernen kann, seine Fähigkeiten besser zu beherrschen und zu erweitern. Nur muss dafür das eigentliche Talent bereits vorhanden sein. Dieses zeigt sich allerdings erst ab einem bestimmten Alter. Nach allem, was ich gelesen habe, wird diese besondere Fähigkeit irgendwann zwischen der späten Jugend und dem frühen Erwachsenenalter offenbar. Sobald sich diese Kräfte erst einmal gezeigt haben, kann ein Magier sie nach seinem Willen benutzen und damit viele geradezu unglaubliche Dinge erreichen.

Ein Magier kann zum Beispiel in die Zukunft blicken. Er weiß bereits vorher, was geschehen wird. Das ist ja wahrscheinlich auch der Grund, warum diese Machtsteine geschaffen worden sind. Faldor hatte es in einem seiner Träume gesehen, dass genau diese

Steine irgendwann einmal gebraucht werden. Aber Steine waren nicht die einzigen Dinge, die die großen Magier der Vergangenheit uns hinterlassen haben. Es sind auch Waffen entstanden, wie Euer Schwert, Schmuckstücke und andere Artefakte. All diese machtvollen Gegenstände sind dazu gedacht, die Ewigkeit zu überdauern. Deshalb hat es die Magier natürlich sehr viel Kraft gekostet, sie zu schaffen – und aus diesem Grunde gibt es auch nur so wenige davon. Und nur einige sind bislang überhaupt gefunden worden.

Der Hochkönig, er möge lang und glücklich leben, besitzt einige Schmuckstücke und andere interessante Artefakte, die er im Palast ausgestellt hat. Sie sind sehr kostbar und sie werden niemals schmutzig und zerbrechen nicht. Euer Schwert ist mehr wert, als Ihr wisst, Junge! Die Atmosphäre hat ein paar wirklich wundersame Dinge geschaffen. Sie besitzt auch Heilkräfte. Es war wohl sehr schwierig, diese zu beherrschen – aber mithilfe der Atmosphäre konnten die alten Magier Menschen heilen, weit über das hinaus, was uns heute die Wissenschaft ermöglicht. Manche behaupten sogar, die Atmosphäre könne jemanden vom Rand des Todes zurückbringen – oder sogar vom Tod selbst.

Aber nicht alle Macht, die die Atmosphäre mit sich bringt, wurde für gute Zwecke genutzt. Wie jede andere Macht kann man auch die der Atmosphäre ebenso für Gutes einsetzen wie für Böses. Die Anhänger der dunklen Magie haben zum Beispiel diese Macht dafür missbraucht, menschliche Seelen in atmosphärisch geschaffene schreckliche Bestien einzusperren, und mithilfe der Atmosphäre wurde oft auch betrogen und zerstört.

Mit der Atmosphäre kann man etwas hervorbringen – aber man kann damit natürlich auch etwas zerstören. Am einfachsten war es für die Magier, elementare Dinge zu erzeugen wie Feuer und Eis, Blitz und Wasser. Es sind Dinge, die oft nur einen kurzen Moment erhalten bleiben. Allerdings können auch solche Dinge große und anhaltende Folgen haben. Ein einziger Blitzschlag kann ein Haus zerstören, das mit viel Mühe und Liebe aufgebaut worden ist. Eine Flamme kann sich ausbreiten und alles niederbrennen, was sich in ihrem Weg befindet. Die Macht der Atmosphäre ist wunderbar und schrecklich zugleich. Sie hat viele Dinge erschaffen, aber es wurden mit ihr auch viele Städte und Leben vernichtet.

In der Hand der dunklen Magier ist die Atmosphäre eine Waffe, wie man sie sich furchtbarer nicht vorstellen kann. Es ist eine Waffe, die niemand aufhalten kann – nur ein anderer Magier. So haben die Magier gegeneinander gekämpft, bis sie am Ende alle den Tod gefunden haben, gute wie böse zugleich – und unzählige Menschen wurden bei diesem Kampf mit in den Tod gerissen.«

»Erzählt mir mehr über die Magier«, drängte Traven aufgeregt. Er hatte nie gedacht, dass es wirklich Magier gegeben hatte, auch nicht vor langer Zeit, sondern immer geglaubt, sie seien nur etwas für Märchen und Legenden.

»Die Magier waren schon wahrhaft erstaunliche Menschen. Man sagt, dass sie Hunderte von Kilometern weit sehen konnten und das Knacken eines Zweigs selbst mitten im Schlachtengetümmel gehört haben. Sie konnten mit dem Wind sprechen, auf Dinge reagieren, noch bevor sie geschehen waren, und sie wurden erstaunlich alt. Viele Magier sind um ein Mehrfaches älter geworden als andere Menschen. Manche von ihnen hielten sich sogar für unsterblich. Nun, dieser Traum ist natürlich zerplatzt mit dem Tod des letzten Magiers. Auch die großen Magier waren sterblich und fanden den Tod wie jeder Mensch, mal durch Krankheiten oder Alter, mal in einer Schlacht. Auch die riesigen Armeen von Menschen und Elben, die mit den großen Magiern in den Krieg gezogen sind, wurden ausgelöscht.«

»Elben?«, unterbrach Traven ihn neugierig. »Es gab wirklich Elben?«

Als er noch ein Kind war, hatte man ihm, wie vielen anderen Kindern, oft erzählt, wenn er nicht brav sei, kämen die Elben, würden ihn mitnehmen und auffressen. Auch hatte er es oft erlebt, dass Menschen spitzbübischen Elben die Schuld dafür gaben, wenn Gegenstände plötzlich verschwunden waren. Es hieß, Elben seien klein, unglaublich flink und besäßen lange, gebogene Zähne. Traven hatte lange in Angst vor ihnen gelebt, bis er endlich alt genug war zu wissen, dass es gar keine Elben gab.

»Ich bin mir nicht ganz sicher. In fast allen Geschichten und Legenden steckt ein wahrer Kern. In vielen alten Schriften werden Elben erwähnt. Wenn es sie allerdings gab, dann haben sie bestimmt nicht so ausgesehen, wie wir sie uns vorstellen. In manchen Aufzeichnungen ist die Rede davon, dass sie bei den Schlachten der großen Magier mitgekämpft haben. Vor vielen Jahren konnte ich in einer Schriftrolle in der alten Sprache etwas über Elben lesen. Es war leider nur noch ein Teil der Schrift zu entziffern, aber nach dem, was ich daraus entnommen habe, unterschieden sich die Elben gar nicht so sehr von uns Menschen. Nur hatten sie spezielle Fähigkeiten wie die Magier. Es hieß dort, sie hätten ganz besonders scharfe Sinne besessen. Sie müssen auch sehr loyal gewesen sein und in der Schriftrolle wurden sie als Kinder der Magier bezeichnet. Es ist zu schade, dass dieses Manuskript bereits teilweise zerstört war. Ich hätte gerne mehr erfahren.

Um auf Eure Frage zurückzukommen – ich weiß es nicht, ob es wirklich eine magische Rasse der Elben gegeben hat oder nicht. Aber wenn du an Elben glaubst, dann kannst du ebenso gut auch an Galdaks glauben.« Studell bemerkte, wie fragend Traven ihn anschaute, und erklärte: »Die Galdaks waren eine andere Rasse, die angeblich unter uns Menschen gelebt hat, aber schon vor langer Zeit vernichtet worden ist.«

»Das ist alles so erstaunlich!«, rief Traven aus. »Ich hätte nie gedacht, dass es so viele Dinge gibt, über die ich gar nichts weiß. Vielleicht entspricht es doch der Wahrheit, dass es ein großer Magier ist, der diese Armee in Balthus aufstellt, von der man so viel hört.«

»Wenn es etwas gibt, das ich nach all den Jahren weiß, die ich mit den verschiedensten Studien verbracht habe, dann ist es, dass wir nichts wissen. Es gibt noch so viel zu entdecken und zu lernen! Manche Menschen finden ihr Glück darin, einfach ihr Leben zu leben, so wie es immer gewesen ist – aber andere wurden für größere Dinge geboren. Meine Eltern waren nicht sehr glücklich darüber, dass ich ihren Bauernhof verlassen habe, um zu studieren; mein Wissensdurst hat mir im Leben schon viele

Probleme bereitet. Aber was das Gerücht von dem Magier in Balthus angeht – ich glaube, das ist wirklich nur ein Gerücht. Es gibt schon lange keine Magier mehr. Vielleicht entspricht auch vieles gar nicht der Wahrheit, was ich dir gesagt habe. Ich bin mir zwar ganz sicher, dass es wirklich einmal Magier gegeben hat. Allerdings vermute ich, dass die meisten alten Schriften weit übertreiben, was ihre Fähigkeiten angeht. Das ist wahrscheinlich meistens mehr Legende als Tatsache. Es heißt ja sogar, dass einer der großen Magier Schätze in den Sümpfen von Calyn vergraben hat. Es gibt noch viele andere Gerüchte und Legenden – und bestimmt sind sie nicht alle wahr.

Nur, wie ich bereits sagte, ein Körnchen Wahrheit steckt hinter fast jedem Gerücht und jeder Legende. Es ist eine Tatsache, dass in Balthus gerade eine große Armee von Dieben aufgestellt wird und der Hochkönig die Armee verstärkt. Dass ein Magier dahintersteckt, ist allerdings wahrscheinlich rein erfunden. Ihr werdet im Leben viel über erstaunliche und fantastische Dinge hören. Deshalb ist es so wichtig, dass Ihr die Fakten von den Erfindungen unterscheiden lernt.«

Mit diesen Worten war der Philosoph am Ende seiner Ausführungen angekommen. Er bedankte sich bei Traven für seine Aufmerksamkeit und dafür, dass er sich das Schwert und die Steine hatte betrachten dürfen, ermahnte ihn erneut, gut auf diese Dinge achtzugeben, und lud ihn ein, ihn bald wieder einmal zu besuchen. Auch Traven bedankte sich, dass Studell ihm so viel erzählt hatte, und ließ den alten Philosophen dann mit seinen Büchern allein.

Travens Gedanken liefen in seinem Kopf wild durcheinander. Er hatte an diesem Tag so viel erfahren; und mehr und mehr fragte er sich, ob es wirklich wahr sein konnte, dass es keinerlei Magie mehr auf der Welt gab. Schließlich hatte er doch zwei magische Steine in seinem Besitz. Vielleicht war die Magie noch immer Teil des Lebens, nur waren die Menschen nicht mehr dazu in der Lage, sie zu sehen.

Er überquerte den Großen Platz, seine Hand am Schwertgriff. Als er am Palast vorbeiging, hatte er auf einmal ein ganz merkwürdiges Gefühl, als ob ihn jemand aus dem Palast heraus beobachten würde. Er schaute nach oben und sein Blick fiel auf ein Fenster im südwestlichen Turm. Dann verschwand das Gefühl ebenso plötzlich wieder. Traven schüttelte den Kopf – all diese Aufregung, der königliche Ball und diese ganzen Berichte über Magie hatten ihn wohl mehr durcheinandergebracht, als er gedacht hatte. Bald war er zurück in der Handelsschule und in der Realität. Trotzdem konnte er nicht aufhören, an das zu denken, was ihm der alte Philosoph alles berichtet hatte. Seine Fantasie weitete sich und schwebte hinauf zu neuen Höhen.

24

Kalista öffnete die Augen und setzte sich im Bett auf. Dann ließ sie sich mit einem zufriedenen Seufzer wieder auf ihr weiches Kissen fallen. Sie fühlte sich fantastisch! Ihre Gedanken kehrten zurück zur vergangenen Nacht, die absolut wundervoll verlaufen war. Ihre Zeit mit Gavin war so schön gewesen! Je mehr sie über ihn erfuhr, desto tiefer wurde ihre Liebe für ihn. Er war charmant, er sah gut aus – aber das war noch längst nicht alles. Sie hatten endlos lange miteinander getanzt und es war wie ein Märchen aus Musik gewesen. Dann hatten sie sich in einen kleinen Nebenraum zurückgezogen und sich miteinander unterhalten. Dabei hatte sie Gavin noch mehr zu bewundern gelernt. Er war ein sehr kluger und interessanter Mann.

Er war nicht nur ein hübscher Junge, der nichts anderes vorzuweisen hatte als einen reichen Vater. Sie hatten sich über Alltagsdinge unterhalten, aber auch über Politik und die Gefahr eines drohenden Krieges, und sie hatte gemerkt, wie vernünftig Gavin dachte. Außerdem bewies er Selbstbewusstsein, ohne arrogant zu wirken. Wie ihr Vater war sie fest davon überzeugt, dass Gavin ein großartiger Herrscher werden konnte. Sie hätte nichts dagegen, an der Seite von jemandem zu regieren, der so talentiert war wie er …

Sie hatten bis weit in die Nacht hinein über alles Mögliche geredet. Dabei hatten sie die Zeit völlig aus den Augen verloren. Als sie endlich zum Ball zurückgekehrt waren, hatten sich viele der Gäste bereits im Aufbruch befunden. Die einzige Zeit, die sie in dieser Nacht von Gavin getrennt gewesen war, das waren die wenigen Minuten, in denen er gewürzten Wein für sie beide geholt hatte. Ungeduldig hatte sie seine Rückkehr erwartet. Auf einmal war da ein junger Mann in den Raum gekommen, ganz in Schwarz gekleidet, mit einem roten Band um seinen linken Arm. Er hatte recht gut ausgesehen, allerdings fehlte ihm völlig das Selbstvertrauen, das Gavin ausstrahlte. Er hatte irgendetwas gestammelt, das Kalista nicht verstanden hatte, und war dann beinahe über seine eigenen Füße gestolpert, als er hastig aus dem Raum wieder hinausstürzte. Wahrscheinlich hatte ihr Anblick ihn völlig verlegen gemacht.

Sie war sich ganz sicher – so dumm und ungeschickt würde Gavin sich nie benehmen! Sein Auftreten war immer so ruhig und sicher, geradezu königlich. Später, am Nachmittag, würde sie Gavin wiedersehen. Irgendwie hatte er herausgefunden, dass Kalista eine gute Bogenschützin war, und hatte sie zu einem kleinen Wettbewerb herausgefordert. Kalista freute sich auf die Gelegenheit, ihre Kunst zu beweisen. So konnte sie nicht nur mehr Zeit mit Gavin verbringen, sondern ihn auch noch mit ihrer Treffsicherheit beeindrucken.

Endlich beschloss Kalista, doch langsam aufzustehen. Sie ging zum Fenster und zog die Vorhänge zurück. Dabei stellte sie erstaunt fest, dass die Statuen auf dem Großen Platz keine Schatten warfen – es musste bereits Mittag sein. Sie hatte länger geschlafen, als sie gedacht hatte. Kalista rief nach ihren Kammermädchen, die sofort herbeieilten und ihr halfen, sich für den Tag zurechtzumachen. Anschließend brachte man ihr das Mittagessen, und schon war die Zeit gekommen, Gavin wiederzusehen. Sie nahm ihren Bogen und begab sich hinab in den Hof.

Gavin erwartete sie bereits, und auch Pegwin, ihr Lehrmeister im Bogenschießen, war schon da. Der junge Baron trug heute einen hellblauen Umhang, dessen Kapuze über seinem Rücken lag.

Die beiden Männer unterhielten sich gerade angeregt und lachten, doch als sie sie bemerkten, verstummten sie sofort und verbeugten sich tief vor ihr.

»Wir dachten schon, Ihr würdet feige kneifen«, bemerkte Pegwin augenzwinkernd.

»Ich bin absolut pünktlich, wie immer«, erwiderte Kalista. »Ich nehme an, Gavin ist einfach früher gekommen, um vorher noch ein wenig zu üben.«

»Ich bin ebenfalls gerade erst eingetroffen, Eure Hoheit«, tat Gavin schockiert über diese Unterstellung. »Ich kann es nicht glauben, dass Ihr mich einer derartigen Hinterlist beschuldigt!«

Lächelnd beobachtete Pegwin die beiden, dann unterbrach er das fröhliche Geplänkel.

»Genug davon – lasst uns beginnen.«

Er erklärte die Regeln für den Wettkampf. Gavin hörte aufmerksam zu. Kalista allerdings hatte das alles schon so oft gehört, dass sie lieber Gavin beobachtete, statt zu lauschen. Sein Gesichtsausdruck war ganz konzentriert, und Kalista spürte, wie ernst er diesen Wettkampf nahm. Nachdem er die Regeln dargelegt hatte, erklärte Pegwin, dass Gavin als Gast beginnen dürfe. Gavin nahm seinen Bogen auf und trat an die Linie.

»Es tut mir leid, dass ich diesen Wettkampf gewinnen werde«, sagte er und legte einen Pfeil an. »Aber ich kann Euch schließlich nicht nur deshalb gewinnen lassen, weil Ihr die Prinzessin seid.«

Mit einem verstohlenen Lächeln beobachtete Kalista, wie Gavins erster Pfeil mitten im Schwarzen landete, der nächste am Rand des schwarzen Kreises in der Mitte und die anderen drei an verschiedenen Stellen in diesem Kreis. Mit einem stolzen Grinsen trat Gavin von der Linie zurück.

»Ihr seid dran, Prinzessin«, sagte er mit einer Stimme, die Zuversicht verriet.

Kalista trat an die Linie und konzentrierte sich. Sie hatte mit dem Gedanken gespielt, Gavin gewinnen zu lassen, sich dann aber dagegen entschieden. Ihn zu schlagen machte weit mehr Spaß. Sie fasste das Ziel ins Auge und vergaß alles andere, auch ihre Gefühle für Gavin. Der erste Pfeil flog und landete genau in der Mitte der zweiten Zielscheibe. Die anderen vier Pfeile setzte sie in einem engen Kreis direkt um den ersten Pfeil herum. Lächelnd drehte Kalista sich um. Gavin schaute sie mit großen Augen an.

»Es tut mir leid, dass ich diesen Wettkampf gewonnen habe«, sagte sie schelmisch. »Aber ich kann Euch schließlich nicht nur deshalb gewinnen lassen, weil Ihr der Sohn eines Barons seid.«

Pegwin lachte. Gavin riss sich zusammen.

»Ihr habt meisterhaft geschossen, meine Prinzessin«, sagte er und verneigte sich vor ihr. »Ich muss Eure Überlegenheit im Bogenschießen anerkennen. Euer Vater hat wahrhaft nicht übertrieben, als er Eure Fähigkeiten gelobt hat.« Dann schüttelte Gavin den Kopf. »Ich glaube, dies ist das erste Mal, dass ich in einem Wettkampf gegen eine Dame verloren habe.«

»Macht Euch keine Sorgen«, erwiderte Kalista lachend. »Es wird nicht das letzte Mal gewesen sein!«

»Das nächste Mal werden wir uns im Schwertkampf miteinander messen«, trumpfte Gavin auf. »Wir werden ja sehen, wer dabei gewinnt!«

Lachend reichten beide ihren Bogen Pegwin zurück und bedankten sich bei ihm. Er ging die Pfeile einsammeln, und Kalista und Gavin waren allein.

»Möchtet Ihr mich auf einen Spaziergang durch die Gärten begleiten?«, fragte Kalista.

»Nichts lieber als das«, antwortete Gavin.

Die Prinzessin nahm den Arm, den Gavin ihr bot, und gemeinsam begaben sie sich den Pfad hinunter, der zu den Gärten führte. Rasch waren sie am Bogen in den hohen Sträuchern angekommen, die die gesamten Gärten umgaben, und durchschritten ihn. Wie immer im Winter waren die Gärten nicht so farbenfroh wie sonst, aber Kalista fand die mit Schnee bedeckten Bäume und die Ruhe der Gärten dennoch sehr erfrischend. Dies war einer der Orte, wo sie sich außerhalb des eigentlichen Palastes frei bewegen konnte, ohne ständig Wachen an ihrer Seite zu haben. Hier stellte sie sich oft vor, sie befände sich nicht auf dem Gelände des Palastes, sondern draußen in der freien Welt. Natürlich war sie jetzt nicht allein wie sonst – aber angesichts der Tatsache, dass Gavin ihr Begleiter war, störte sie das nicht im Geringsten; im Gegenteil. Eine Weile gingen sie schweigend die Wege entlang, dann unterbrach Kalista das Schweigen.

»Ich habe es immer geliebt, in diesen Gärten spazieren zu gehen. Als ich noch ein Kind war, mochte ich die Gärten im Winter nicht. Ich habe immer ganz ungeduldig auf den Frühling gewartet und auf all die Blumen, die dann zu blühen beginnen. Die Gärten kamen mir ohne sie traurig und trostlos vor. Erst vor ein paar Jahren habe ich die kraftvolle Schönheit der Gärten in den Wintermonaten zu schätzen gelernt. Sie sind nicht trostlos, sondern voller Ruhe, und nicht traurig, sondern unverfälscht. Noch immer gefallen mir die Gärten im Frühjahr am besten, aber inzwischen liebe ich sie das ganze Jahr über.«

»Das ist eine interessante Sichtweise«, bemerkte Gavin und schaute sich um. »Als Kind habe ich immer gerne im Schnee gespielt – so kalt, und doch so sauber und rein. Gerade hatte ich darüber nachgedacht, dass hier die Blumen fehlen – aber Ihr habt recht, ich hätte die Schönheit des Schnees bemerken müssen. Ich fürchte, das ist eine meiner Schwächen. Manchmal konzentriere ich mich so sehr darauf, wie etwas noch besser und noch schöner sein und werden könnte, dass ich es ganz vergesse, mich an dem zu erfreuen, was da ist. Bisher mochte ich den Winter nicht, weil er alles aufhält und die Dinge nur noch langsam voranschreiten. Doch jetzt ist mir gerade bewusst geworden, dass ich ohne diesen Winter gar nicht hier wäre und mich mit Euch unterhalten könnte. Ja, der Winter hat wirklich seine großartigen Seiten!« Nach einem kurzen Zögern fügte er hinzu: »Und wenn es nicht so kalt wäre, dann würdet Ihr Euch auch nicht so dicht an mich drängen.«

Kalista errötete und bemühte sich, gerade nach vorne zu schauen statt in sein Gesicht. Eine Weile lang gingen sie die Wege entlang, ohne zu sprechen, bis Gavin die Unterhaltung fortsetzte. Bald jedoch führte er sie in den Palast zurück, wo sie angenehme Wärme empfing.

»Ich würde mich nur zu gerne den ganzen Tag mit Euch unterhalten, Kalista«, erklärte Gavin bedauernd, »aber ich werde bei einer Besprechung des Hochkönigs mit meinem Vater erwartet.«

»Macht Euch keine Gedanken«, beruhigte ihn Kalista und entzog ihm ihren Arm. »Ich werde Euch nicht länger aufhalten. Ich danke Euch, dass Ihr mich durch die Gärten begleitet habt – es war mir ein großes Vergnügen.«

»Das Vergnügen ist ganz auf meiner Seite«, erwiderte Gavin lächelnd. Er verbeugte sich und küsste ihr die Hand. »Und Ihr habt die Wahrheit gesprochen, als Ihr sagtet, der Wettkampf vorhin sei ganz gewiss nicht das letzte Mal gewesen, dass ich etwas an eine Dame verloren habe.«

»Was meint Ihr damit?«, wollte Kalista wissen.

»Dass ich gerade schon wieder etwas an eine Dame verloren habe«, bemerkte Gavin ernst.

»Und was ist das?«

»Mein Herz!«

Mit diesen Worten drehte Gavin sich um und marschierte davon. Schon bald war er verschwunden. Bewegungslos stand Kalista da. Es dauerte ein wenig, bis sie begriffen hatte, was er ihr gerade gesagt hatte. Wenn sie sich nicht irrte, und sie wusste, sie irrte sich nicht, hatte der Sohn des Barons ihr gerade seine Liebe gestanden. Halb ging und halb flog sie zurück zu ihrem Turm und in ihre Gemächer. Es lief alles noch viel besser, als sie gehofft hatte. Die Nacht zuvor und der Ball hatten auf Gavin eine ebenso große Wirkung ausgeübt wie auf sie.

Kalista zog sich Umhang und Handschuhe aus und reichte sie ihren Kammermädchen, die sie anschließend gleich wieder entließ. Dann schloss sie die Tür und stellte sich ans Fenster. Sie blickte auf den Großen Platz herab, aber sie sah ihn nicht wirklich, versunken in ihre Gedanken. Vielleicht würde sie tatsächlich bald Gavin heiraten. Wenn alles weiterhin so glatt verlief, konnte die Hochzeit bereits im Frühjahr stattfinden – Kalista hatte nichts dagegen. Und jetzt wusste sie, dass auch Gavin nichts dagegen hatte. Sie spürte Gefühle in sich, wie sie sie noch nie zuvor erlebt hatte. Natürlich war sie schon einige Male verliebt gewesen, aber noch niemals waren die Gefühle so tief gegangen. Das, was sie jetzt fühlte, das war intensiv, aufregend, faszinierend. Vielleicht wurde es tatsächlich Zeit, dass sie heiratete.

Auf einmal blitzte unten auf dem Platz etwas schwarz auf und unterbrach Kalistas Träumereien. Aus der Bibliothek kam ein junger Mann, ganz in Schwarz gekleidet, und überquerte den Platz. Als er näher kam, erkannte sie das rote Band um seinen linken Arm. Sie war sich sicher, das war der junge Mann, der beim Winterball in das Zimmer gekommen war, in dem sie saß.

Doch irgendwie kam er ihr heute anders vor. Er bewegte sich ganz anders. In der Nacht zuvor hatte Kalista den Eindruck gewonnen, dass er ziemlich ungeschickt und linkisch war, doch jetzt musste sie ihre Meinung ändern. Der junge Mann besaß einen selbstbewussten, ausgeglichenen und fließenden Gang, der geradezu anmutig war. Sie starrte auf ihn herab. Plötzlich hielt er jäh inne – und sah direkt zu ihr herauf.

Erschrocken sprang sie mit einem leisen Laut des Entsetzens zurück. Wie hatte er das wissen können, dass sie ihn beobachtet hatte? Nach ein paar Augenblicken wagte sie es, wieder zum Fenster zu gehen. Der junge Mann in Schwarz war nirgendwo mehr zu sehen. Langsam beruhigte sich ihr Herz wieder, das ganz schnell zu klopfen begonnen hatte, als er sie entdeckte. Vielleicht war doch alles nur ein Zufall gewesen. Dennoch konnte sich Kalista des Gefühls nicht erwehren, als hätte er sie direkt angesehen. Sie schüttelte den Kopf und bemühte sich, den Vorfall zu vergessen.

Sie dachte wieder an Gavin. Wie gerne hätte sie mit ihrer Mutter über ihn gesprochen! In solchen Augenblicken wie jetzt vermisste sie die Hochkönigin am meisten. Zumindest hatte sie Gesellschaft. Sie rief ihre Kammermädchen, mit denen sie die Vor- und Nachteile einer Heirat diskutierte. Die beiden gaben ihr nur zu bereitwillig Ratschläge. Kalista genoss das Gespräch und vergaß erneut die Zeit, während vor ihr das Feuer aufgeregt flackerte ebenso wie das Herz in ihr.

25

Traven stand früh auf und machte rasch seine Übungen. Danach wusch er sich, vertilgte sein Frühstück, holte seine Sachen aus seinem Zimmer und begab sich ins Klassenzimmer. Der zweite Teil des Schulhalbjahres hatte erst vor fünf Tagen begonnen, und trotzdem war Traven des Studierens schon wieder weidlich müde. Neue Dinge zu lernen, das machte ihm Spaß – doch die ewig gleichen Hausaufgaben und Prüfungen setzten ihm zu. Es war nicht schwer, was er zu lernen hatte, aber es war einfach eintönig und monoton. Sein ganzer Alltag war eintönig und monoton.

Während der Unterrichtsstunden ertappte Traven sich immer öfter dabei, dass seine Gedanken andere Wege einschlugen. Wahrscheinlich war das lange Gespräch über Magie daran schuld, das er während der Ferien mit dem Philosophen geführt hatte. Zwar versuchte Traven, all das zu vergessen, aber seine Gedanken kehrten immer wieder zu diesem Thema zurück; meistens, wenn er es am wenigsten erwartete. Es war schon seltsam – er hatte immer davon geträumt, in Calyn auf die Handelsschule zu gehen. Und jetzt, wo dieser Traum sich erfüllt hatte, saß er da und träumte von anderen Dingen.

Traven setzte sich auf seine Bank am Fenster; bald kam auch schon der Lehrer und der Unterricht über Buchhaltung begann –

eines der stumpfsinnigsten Themen überhaupt. Traven schaffte es gerade zehn Minuten lang, dem Vortrag zuzuhören, dann drifteten sowohl sein Blick als auch seine Gedanken zum Fenster hinaus ins Weite.

Platsch!

Traven schreckte hoch, als etwas Feuchtes seinen Nacken traf. Angeekelt schälte sich Traven einen Klumpen durchnässten Papiers von der Haut. Als er sich umschaute, saß Rudy grinsend da, tat jedoch so, als ob er angestrengt dem Unterricht folgen würde. Traven warf das nasse Papier zu Boden und versuchte, sich wieder auf die Buchhaltung zu konzentrieren. Erneut gelang es ihm nicht. Diesmal lenkten ihn jedoch keine Gedanken über Magie ab, sondern Gedanken über Rudy und seine drei Freunde.

Seit des Zusammenstoßes an seinem ersten Tag in der Schule hatten ihn die vier ständig schikaniert. Sie stellten nichts zu Schlimmes an, weil Rektor Brock sie ja gewarnt hatte, was passieren würde, wenn er sie nochmals erwischte. Allerdings ergriffen sie jede Gelegenheit, ihm eins auszuwischen. Mal schubsten sie ihn, wenn er an ihnen vorbeiging, mal verspotteten sie ihn und mal warfen sie im Unterricht mit Dingen wie mit Spucke befeuchteten Papierbällchen nach ihm wie gerade eben. Traven hatte sich sehr beherrscht. Er wusste, was Brock mit ihm machen würde, wenn er sich wehrte und es erneut Ärger gab. Zuerst hatte er gehofft, dass sie ihn irgendwann in Ruhe ließen, wenn er sie weitgehend ignorierte. Doch sie wurden ihrer Triezereien und Spötteleien einfach nicht müde und suchten ständig neue Gelegenheiten, ihn zu ärgern. Traven wusste wirklich nicht, was er tun sollte; er wusste nur, lange würde er das nicht mehr ertragen können. Natürlich, wenn er etwas gegen sie unternahm, standen ihm schwerwiegende Konsequenzen bevor. Die Gefahr, von der Schule gewiesen zu werden, hatte dafür gesorgt, dass er sich bisher zurückgehalten hatte. Das große Opfer seiner Großeltern wäre sonst vergebens gewesen.

Patsch!

Wieder musste Traven einen widerlichen, vollgespuckten Klumpen Papier von seinem Nacken entfernen. Man musste die

Sache positiv sehen, dachte er grimmig – wenigstens sorgte das dafür, dass er wach blieb. Er versuchte, das Gekicher von Rudy und seinen Freunden zu überhören und sich auf das zu konzentrieren, was der Lehrer sagte. Immerhin hatte er auf dieser Schule schon eine ganze Menge gelernt. Er musste im Unterricht nicht zu sehr aufpassen, solange er vor den Prüfungen fleißig lernte. Unter den Schülern der ersten Klasse hatte er bei den Prüfungen vor den Ferien mit die besten Noten überhaupt erreicht. Das fuchste Rudy und seine Freunde wahrscheinlich gewaltig, dass ein einfacher Bürger, ein Bauer, bessere Noten bekam als sie.

Am Ende der Stunde kam Thad zu Traven. Die anderen strömten bereits aus dem Klassenzimmer.

»Es tut mir leid, dass sie dich dauernd ärgern müssen«, sagte er mitfühlend. »Ich weiß, wie das ist. Ignoriere sie einfach.«

»Genau das tue ich ja«, erwiderte Traven, etwas verärgert. Thad zog verlegen die Schultern hoch.

»Ich wollte dich um einen Gefallen bitten«, sagte er schließlich. »Du musst natürlich nicht, wenn du nicht willst.«

»Kein Problem, Thad – natürlich tue ich dir den Gefallen. Was brauchst du?«

»Ich habe heute Morgen ein Päckchen von meinem Onkel bekommen«, erklärte Thad und hielt ein großes, in braunes Papier eingewickeltes Paket hoch. »Ich möchte das nicht bis zum Mittagessen mit mir herumtragen, aber ich muss vor dem nächsten Unterricht noch mit dem Lehrer sprechen und habe keine Zeit, es in mein Zimmer zu bringen. Vielleicht könntest du …«

»Klar«, sagte Traven und nahm das Paket. »Ich lege es dir auf den Schreibtisch.«

»Danke!«, sagte Thad und reichte Traven den Schlüssel zu seinem Zimmer. »Ich nehme dafür deine Bücher mit ins Klassenzimmer.«

Traven beeilte sich und hastete die Treppe herab; schließlich wollte er zur nächsten Stunde ebenfalls nicht zu spät kommen. Dann unterdrückte er ein entnervtes Stöhnen. Rudy und seine drei Freunde kamen ihm direkt entgegen.

»Was haben wir denn da?«, höhnte Rudy. »Der Bauer bringt Thaddy ein Päckchen aufs Zimmer? Na, wenigstens hat er inzwischen gelernt, wo sein Platz ist.«

Alle vier lachten. Traven versuchte, sie zu ignorieren. Als er an ihnen vorbeiging, streckte Rudy auf einmal den Fuß aus. Traven stolperte und fiel. Er konnte gerade noch rechtzeitig die Hände nach vorne nehmen und seinen Fall abbremsen – wobei er einen Augenblick lang das Päckchen völlig vergaß. Er landete sanft, ohne sich etwas zu tun. Von dem Paket konnte man das allerdings leider nicht behaupten – es flog ihm aus der Hand und landete krachend und mit dem klirrenden Geräusch von Scherben auf dem Boden.

Langsam erhob sich Traven, von rasender Wurt erfüllt. Es war eine Sache, ihm ein Bein zu stellen – aber jetzt hatte Rudy dafür gesorgt, dass das, was in Thads Paket steckte, was auch immer es war, zerbrochen war. Nun hatte Traven endgültig genug. Eine innere Stimme drängte ihn, einfach weiterzugehen, aber das brachte er nicht über sich. Diesmal war Rudy eindeutig zu weit gegangen. Er marschierte direkt auf Rudy zu, der laut am Lachen war, und schlug ihm mit der offenen Hand ins Gesicht. Plötzlich herrschte absolute Stille; auch die anderen drei lachten nicht mehr. Verblüfft starrte Rudy ihn an. Die Spannung um sie herum wurde zum Schneiden dick.

»Ich bring dich um!«, schrie Rudy und warf sich auf Traven.

Traven sprang zur Seite und streckte sein Bein. Rudy stolperte darüber und krachte zu Boden. Traven erinnerte sich daran, was beim ersten Mal passiert war, als er auf die vier getroffen war, und ließ Rudys Freunden keine Zeit, etwas zu unternehmen. Noch bevor Rudy richtig gelandet war, stand Traven in ihrer Mitte und teilte Tritte und Schläge aus, bis sie alle am Boden lagen. Dann rammte er Rudy mit aller aufgestauten Wut den Fuß in den Bauch, als dieser auf ihn losstürmte. Mit einem Grunzen ging Rudy erneut zu Boden, und diesmal blieb er dort liegen.

Nun wendete Traven sich den anderen zu, die sich mühsam wieder aufgerappelt hatten. Doch statt ihn anzugreifen, liefen sie die Treppe hinunter und überließen ihren Anführer seinem Schicksal.

Travens hastiges Atmen beruhigte sich langsam. In seinen Augen brannten Tränen. Er hasste Rudy. Warum nur hatte der ihn nicht einfach in Ruhe lassen können? Er ging zu Rudy und stieß ihn mit dem Fuß an. Der Schultyrann reagierte nicht, aber er atmete noch. Er würde sich bald erholen. Auf einmal hörte Traven Schritte die Treppe hochkommen. Er stöhnte verzweifelt und machte sich bereit für die Konsequenzen seines Handelns.

* * *

Kalista stand vom Mittagessen auf, zufrieden und satt. Dann ließ sie sich von ihren Kammermädchen warm einkleiden. Am Schluss schlüpfte sie in ihre warmen Stiefel und hüllte sich in einen langen, violetten Samtumhang, der mit Fell gefüttert war. Sie freute sich sehr auf den Nachmittag. Gavin musste am Hafen die Kaserne der königlichen Armee inspizieren und hatte sie eingeladen, ihn zu begleiten. Sie hatte nicht oft die Gelegenheit, sich unter ihren Untertanen aufzuhalten, und war dankbar für diesen Anlass, den Palast verlassen zu können.

Die Prinzessin begab sich, warm ausstaffiert, zu den königlichen Ställen. Die Pferde waren bereits gesattelt und ihre Wachbegleitung wartete geduldig; nur Gavin war noch nicht zu sehen. Sie trat zu ihrer weißen Stute und streichelte ihr liebevoll die Nüstern. Sie musste fast eine Viertelstunde warten, bis Gavin endlich kam.

»Bitte vergebt mir, meine Prinzessin«, entschuldigte er sich. »Der Hochkönig hatte in letzter Minute ein paar Anweisungen für mich, was die Armee betrifft. Ich hoffe, Ihr musstet nicht zu lange warten.«

»Macht Euch darüber keine Gedanken«, winkte Kalista. »Hauptsache, so etwas passiert nicht noch einmal.« Sie bemühte sich sehr um ein strenges Gesicht, konnte das Lächeln am Ende aber doch nicht zurückhalten.

»Niemals wieder, ich gelobe es«, entgegnete Gavin mit einem Augenzwinkern. »Wenn Ihr bereit seid, können wir losreiten.«

Mit anmutigem Schwung bestieg Gavin sein riesiges braunes Pferd und auch Kalista schwang sich auf ihre Stute. Die Stallburschen öffneten das große Tor. Kalte Winterluft drang herein. Kalista zog ihren Umhang fest um sich.

Vier Wachen ritten ins Freie, in Zweiergruppen. Dann kamen Gavin und Kalista und anschließend vier weitere Wachen. Kalista hatte es nie verstanden, warum sie immer mit so vielen Wachen unterwegs sein musste. Die Stadt war doch sicher; vor allem bei Tag. Allerdings war ihr sehr wohl klar, dass sie immer darauf achten musste, einen königlichen Eindruck zu hinterlassen und Stärke zu zeigen – dazu gehörte es auch, nur in Begleitung von Wachen auszureiten. Die Menschen auf dem Platz hielten inne und verneigten sich vor der vorbeireitenden Prinzessin. Hinter dem Platz folgten sie der Straße, die zum Hafen führte. Kalista war schon über ein Jahr lang nicht mehr am Hafen gewesen und freute sich, endlich wieder einmal das Meer sehen zu können.

Sie ritten bis ans Meeresufer heran. Wie immer in den Wintermonaten war der Ozean grau und sehr bewegt. Kalista blieb stehen und beobachtete die schaumgekrönten Wellen der endlosen Brandung. Gavin hielt neben ihr an und griff nach ihrer Hand. Eine Weile nahmen sie den Anblick des majestätischen, ruhelosen Meeres in sich auf. Kalista fühlte ihr Herz, das ebenso ruhelos war wie das Meer, heftig schlagen. Sie verbarg ihre Liebe zu Gavin nicht mehr und auch er zeigte ganz offen, dass er sie liebte. Ungeduldig wartete sie darauf, dass er ihren Vater endlich um ihre Hand bat und sie heiraten konnten. Kalista war sich sicher, dass ihr Vater nur zu gerne seine Zustimmung erteilen würde; schließlich war die Heirat ja seine Idee gewesen. Sie brannte darauf, endlich ihre Verlobung bekannt geben zu können. Im Palast flüsterte man bereits über sie und Gavin – und ihr wäre es lieber gewesen, die Diener hätten über die angekündigte Hochzeit gesprochen, statt flüsternd Gerüchte zu verbreiten. Schweigend standen die beiden nebeneinander und lauschten der Brandung, genossen dabei die Anwesenheit des anderen ebenso wie die Erhabenheit der Natur. Dann drängte Gavin darauf, dass sie weiterritten.

Sie verließen das Meer, ritten noch eine Weile am Ufer entlang und bogen dann in die Straße ein, die zur königlichen Kaserne führte. Schon bald konnte Kalista die grauen Gebäude in der Ferne sehen. Die Kaserne befand sich direkt vor der Stadtmauer von Calyn und das Grau ihrer Steine kontrastierte mit dem strahlenden Weiß des Stadtwalles. Noch größer als das riesige Hauptgebäude war das offene Feld, das sich davor erstreckte. Es isolierte die Kaserne von den anderen Gebäuden der Stadt und diente als Exerzierplatz für die königlichen Truppen.

Überall auf diesem Feld waren Soldaten. So viele Männer hatte Kalista hier noch nie gesehen. Sie hatte ja gewusst, dass ihr Vater die Armee verstärkte, weil die Gefahr eines Krieges bestand, aber erst in diesem Augenblick wurde ihr klar, wie groß die Armee tatsächlich geworden war. In ihrer Gegenwart tat der Hochkönig zwar immer so, als ob die Drohung, die von Balthus ausging, keine große Sache wäre. Die Menge an Soldaten, die Kalista jetzt sah, zeigte ihr jedoch, dass er sich auf weit mehr vorbereitete als einfach nur ein paar Grenzgefechte.

»So viel Aktivität hat es hier noch nie gegeben«, bemerkte sie zu Gavin.

»Ja, viele Truppen exerzieren gerade und andere bereiten sich darauf vor, nächste Woche mit meinem Vater nach Candus zu marschieren. Es wirkt wie ein einziges großes Durcheinander, nicht wahr?«

Kalista nickte bestätigend. Langsam ritten sie über das Feld und sofort endete alle Aktivität. Alle Männer beugten ihr Knie und legten dabei die rechte Faust aufs Herz. Es war ein beeindruckendes Bild, wie schnell und diszipliniert die Truppen ihren Respekt und ihre Loyalität zur Krone zeigten. In Disziplin und Treue konnte keine andere Armee es mit der königlichen Armee von Kalia aufnehmen. Daran hatten auch die vielen neuen Soldaten nichts geändert.

»Rührt euch!«, rief Gavin laut mit einer befehlsgewohnten Stimme. »Weitermachen!«

So schnell, wie die Soldaten innegehalten hatten, setzten sie ihr Training wieder fort. Kalista warf Gavin einen bewundernden

Blick zu. Er war ein natürlicher Anführer. Sie ritten auf die Kaserne zu und währenddessen beobachtete Kalista die verschiedenen Routinen, die die Soldaten absolvierten. In der Ferne übten einige Bogenschützen das Distanzschießen und direkt neben der Straße gingen Fußsoldaten die verschiedensten Formierungen durch. Etwas weiter weg führten berittene Soldaten im Schnee Übungsmanöver aus.

Im Hof der Kaserne empfing sie der Kommandant. Er verneigte sich und zeigte dann aufgeregt auf eine Gruppe von Soldaten im Hof. Von ihrem Pferd aus konnte Kalista über die Köpfe der Männer hinwegsehen. Mitten in der Menge kämpfte ein Soldat allein gegen vier andere. Kalista wollte schon fragen, warum niemand eingriff und diesen unfairen Kampf stoppte, als ihr bewusst wurde, dass es sich dabei nur um eine Übung handelte.

Erstaunt beobachtete sie, wie der eine Mann, ein wahrer Hüne, die anderen mit Leichtigkeit in Schach hielt. Er hatte zwei hölzerne Schwerter in den Händen, die er so schnell herumwirbelte, dass Kalista ihnen kaum folgen konnte. Einer der Angreifer verlor gerade sein Schwert. Das Schwert des Hünen traf ihn an der Brust, und er schlich sich besiegt von dannen. Die anderen drei nahmen ihre Attacke mit umso größerem Eifer wieder auf – doch ohne Erfolg. Der große Mann schien unbesiegbar zu sein. Bald mussten auch zwei weitere den Kampf verlassen. Der letzte hielt kurz inne, bis der hünenhafte Soldat auf ihn zusprang und alles in einem Wirbel von Schwertern unterging. Der letzte Angreifer konnte noch eine Weile standhalten, bis der Hüne den Kampf mit einem unerwarteten Hieb gegen seine Fußknöchel beendete.

Nun stand der große Soldat allein in der Mitte der anderen, die begeistert jubelten. Große weiße Wolken Atemluft kamen aus seinem geöffneten Mund. Er beugte sich herab, um seinen Gegnern aufzuhelfen. Man schüttelte sich gegenseitig die Hände, tauschte lachend ein paar Worte. Die Menge um sie herum begann sich aufzulösen, begierig, zum Exerzieren zurückzukehren. Dann entdeckte man die Anwesenheit der Prinzessin, und wie ein Mann begaben sich alle auf ein Knie und salutierten. Mit einer Handbewegung hieß sie der Kommandant sich wieder erheben und die Männer eilten davon. Am Ende standen nur noch wenige Soldaten im Hof, darunter der hünenhafte Schwertmeister.

»Es tut mir leid, dass Ihr warten musstet, Prinzessin und Befehlshaber General«, entschuldigte sich der Kommandant. »Aber ich war mir sicher, dass es Euch Freude machen würde, dieses Schauspiel anzusehen.«

»Es war absolut erstaunlich«, bemerkte Gavin. »Ich bin mir nicht sicher, ob ich jemals vorher einen Mann mit solchen Fähigkeiten habe kämpfen sehen. Wer ist er?«

»Sein Name ist Blaize. Er ist vor einigen Monaten hier eingetroffen. Ich war von seinen Kampffähigkeiten sofort tief beeindruckt. Aber er ist nicht nur ein hervorragender Schwertkämpfer, er besitzt auch echte Führungsqualitäten. Er ist ein äußerst interessanter Mann. Er kam als ganz normaler Soldat hierher. Bei seiner Musterung erwähnte er lediglich, dass er bereits Kampferfahrung habe, aber nichts weiter. Doch als sein Training begann, wurde es sofort deutlich, wie gut er wirklich ist. Er wurde rasch zur Gruppe der besten Soldaten befördert, und selbst unter ihnen glänzte er durch sein Können. Er ist bei allen sehr beliebt und hilft anderen oft dabei, ihre Fähigkeiten zu verbessern.

Mir war schnell klar, dass sie alle zu ihm aufsehen. Trotzdem zögerte ich zunächst damit, ausgerechnet einen Mann aus Balthus in eine Führungsposition der kalianischen Armee zu befördern, zumal wenn ein Konflikt auf balthanischem Boden bevorsteht. Aber ich habe mich viel und oft mit ihm unterhalten und meine Meinung geändert. Er zeigt großen Respekt und ich weiß, ich könnte ihm mein Leben anvertrauen. Deshalb habe ich ihn zum Offizier gemacht. Im Rahmen taktischer und strategischer Diskussionen habe ich auch mehr über seinen Hintergrund und seine scharfe Klugheit auf dem Schlachtfeld erfahren. Blaize hat viele Jahre lang als General in der Armee von Balthus gedient und dabei geholfen, etliche Aufstände niederzuschlagen. Auch war er viele Jahre lang Hauptmann der Wachen eines reichen Kaufmannes. Davon abgesehen kenne ich seinen Lebenslauf nicht. Er ist nicht verheiratet und hat keine Familie. Ich bin mir nicht ganz sicher, warum er sich als Balthaner dazu entschlossen hat, sich der königlichen Armee in Kalia anzuschließen. Auf jeden Fall, so sagt er, möchte er für eine gute Sache kämpfen, und ich weiß, dass man ihm das unbedingt glauben kann. Nachdem er sich einige Wochen als Offizier bewährt hatte, habe ich ihn zu einem meiner Generäle gemacht, was er voller Bescheidenheit annahm. Ich werde ihn heranrufen, damit Ihr ihn kennenlernen könnt. Er ist einer der zwei Generäle, die im Frühjahr mit Euch nach Candus marschieren werden.«

Der Kommandant holte den hünenhaften General herbei, der mit einer Faust über dem Herzen salutierte.

»Das war eine Darstellung herausragender Schwertkunst«, gratulierte Gavin ihm.

»Ich danke Euch, Befehlshaber«, erwiderte General Blaize und neigte sein Haupt.

»Man hat mir gesagt, dass Ihr mich im Frühjahr als einer meiner Generäle begleiten werdet. Nach dem, was ich gerade gesehen habe, freue ich mich sehr, Euch an meiner Seite zu haben. Wir werden uns später noch ausführlich unterhalten.«

Der Hüne lächelte, verbeugte sich und marschierte davon. Kalista beobachtete ihn neugierig, während Gavin mit dem Kommandanten sprach. Sie hatte noch nie einen so großen Mann gesehen. Was die Prinzessin noch mehr faszinierte als seine Größe, war allerdings sein leichtfüßiger, katzenhafter Gang. Dieser General erinnerte sie irgendwie an den Schneelöwen, den sie mit ihrem Vater gejagt hatte. Als er in der Menge verschwunden war, wandte sie ihre Aufmerksamkeit wieder dem eigentlichen Grund für den Besuch zu. Neben ihr befragte Gavin den Kommandanten gerade zu verschiedenen Vorbereitungen für den bevorstehenden Marsch nach Candus.

»Alles läuft wie geplant«, versicherte der Kommandant. »Fünfzigtausend Mann stehen bereit, um den Baron zu begleiten. Darunter sind auch zweitausend berittene Soldaten. Im Frühling werden weitere fünfzigtausend Mann bereitstehen. Einige der Truppenmitglieder sind noch jung und unerfahren, aber es stehen ihnen Veteranen zur Seite, die sie unterstützen. Wenn dieser Magier in Balthus denkt, er kann mit seiner schurkischen Armee einfach in Kalia einfallen, dann steht ihm ein sehr böses Erwachen bevor.«

»Das ist gut zu hören«, lächelte Gavin. »Lasst uns mit der Besichtigung fortfahren – wir können nachher noch ausführlich über alles sprechen.«

Gavin sprang vom Pferd und half Kalista von ihrer Stute herunter. Sie folgten dem Kommandanten weiter über den Hof und in die Gebäude hinein. Im Eingang kam der Soldat, der dem hünenhaften General vorhin am längsten widerstanden hatte, an ihnen vorbei.

»Kommandant«, fragte Gavin, »dieser Soldat ist ein Schwertmeister, nicht wahr?«

»Ihr habt ein gutes Auge, Befehlshaber«, entgegnete der Kommandant. »Er ist einer der besten Schwertkämpfer, die ich jemals erlebt habe. Aber dasselbe gilt auch für die anderen drei, die General Blaize besiegt hat.«

Kalistas Augen weiteten sich, als ihr die Bedeutung dessen bewusst wurde, was der Kommandant gerade gesagt hatte. Dieser riesige General war nicht einfach nur ein Schwertmeister – er war der Meister aller Schwertmeister!

26

Das ungute Gefühl wurde immer stärker, als die Schritte sich Traven näherten. Dann tauchte einer seiner Klassenkameraden auf. Traven seufzte erleichtert. Der Mitschüler schaute von Traven zu Rudy und von Rudy zu Traven. Dann grinste er breit und klopfte Traven im Vorbeigehen anerkennend auf die Schulter. Traven beugte sich herab, um Thads Paket aufzuheben.

»Traven!«, hörte er da eine dröhnende Stimme von oben. »Was hast du getan?«

Der Schrecken stand Traven ins Gesicht geschrieben, als er sich wieder aufrichtete und Rektor Brock entgegensah, der rasch die Treppe heruntereilte. Er beugte sich über Rudy, rief dem anderen Schüler zu, er solle rasch einen Arzt holen. Dann stürzte er sich wutschnaubend auf Traven.

»Das ist das letzte Mal! Ich habe versucht, Milde walten zu lassen und dir zu helfen, obwohl du das überhaupt nicht verdient hast. Aber diesmal wird es für dich keine Gnade geben. Du hast eine Stunde, um meine Handelsschule zu verlassen. Wenn ich dich nach dieser Stunde hier noch einmal sehe, werde ich dich der Stadtwache übergeben!«

Traven starrte den Rektor an wie betäubt. Er fragte nicht einmal danach, was eigentlich gewesen war!

»Rektor Brock«, versuchte er sich mit zitternder Stimme zu verteidigen, »Rudy hat …«

»Genug!«, fiel Brock Traven ins Wort. »Du hast gehört, was ich gesagt habe. Verschwinde von hier!«

Traven überlegte, ob er noch einmal versuchen sollte, alles zu erklären, aber er wusste, es würde nichts bringen. Er nahm Thads Päckchen, brachte es in dessen Zimmer, legte den Schlüssel und eine kurze Nachricht dazu, die erklärte, was passiert war. Dann verließ er Thads Zimmer und ging in sein eigenes. Nachdem er die Tür geschlossen hatte, konnte er eilige Schritte draußen hören – der andere Schüler war mit dem Arzt zurück.

Er schaute sich um, und nun erst wurde ihm der volle Umfang des Geschehenen bewusst. Er war von der Handelsschule geflogen! Und er hatte nur eine Stunde Zeit, sie zu verlassen. Damit hatte er selbst seine große Chance vertan, ein Kaufmann zu werden – und alle Ersparnisse seiner Großeltern waren verloren. In seinem Kopf hämmerte und brummte es und ein schweres Gewicht schien seine Brust zusammendrücken zu wollen. Wie in einem Traum, einem Albtraum, ging er zum Schrank und packte seine Habseligkeiten in die Satteltasche. Es war schnell erledigt. Wieder einmal musste er erkennen, wie wenig er eigentlich besaß.

Noch einmal schaute er sich in seinem Zimmer um. Dabei fiel sein Blick auf den Spiegel, in dem er sein eigenes trauriges, erschrockenes Gesicht erblickte. Als er die schwarze Kleidung sah, fiel ihm ein, dass es besser war, wenn er seine Reisekleidung anzog. Er wechselte die Kleidung und packte alles neu. Danach sah das Zimmer so rein und unberührt aus wie an dem Tag, als er hier eingetroffen war. Ein paar Monate lang war dies sein Zuhause gewesen. So viele Stunden hatte er hier am Schreibtisch über seinen Büchern verbracht, so viele Stunden hatte er hier auf dem Bett gelegen und geträumt. Nun war alles zu Ende. Und was sollte er jetzt nur tun?

Voller Trauer ging Traven ein letztes Mal aus dem Zimmer und den Gang entlang. Niemand lief ihm über den Weg; Schüler und Lehrer waren alle im Unterricht. Niemand verabschiedete ihn. Jeder seiner Schritte hallte laut von den Wänden wider und dröhnte ihm in den Ohren. Er stieg die Treppe hinab und begab sich zum Stall, wo er Pennon sattelte und seine Satteltasche festschnürte. Traven führte Pennon nach draußen, wo ihm die kalte Winterluft entgegenschlug, schloss die Stalltür hinter sich und stieg in den Sattel.

Pennon trottete die Straße entlang bis zum Großen Platz. Traven spürte die Unruhe des Pferdes unter sich. Er hatte Pennon jetzt lange nicht reiten können und das Pferd war begierig, sich endlich wieder zu bewegen. Einstweilen hielt Traven den Hengst jedoch zurück, denn er wusste noch nicht, wohin er jetzt gehen sollte. Darüber hatte er bisher nicht nachdenken können.

Jetzt wurde ihm klar, er hatte kein Ziel, er konnte nirgendwohin. Der Gedanke, zu seinen Großeltern zurückzukehren – nach diesem Fehlschlag –, war unerträglich. Er konnte seinen Großeltern nicht ins Gesicht sehen. Sie hatten solche Opfer für ihn erbracht und nun war alles vergebens gewesen – durch seine Schuld. Schweigend saß er auf Pennon, der unruhig hin und her trat, und ging in Gedanken die Möglichkeiten durch, die er hatte. Falls er überhaupt welche hatte. Er wusste, wie man mit Holz arbeitete – aber für einen Holzfäller gab es keine Arbeit in Calyn. Er wusste jetzt auch, wie man mit einem Schwert umging. Vielleicht konnte er sich irgendwo als Wache für eine Karawane verdingen. Das Problem war nur, es war Winter. Es würde noch eine ganze Weile lang keine Karawane Calyn verlassen, bis zum Vorfrühling. Und was sollte er bis dahin tun? Vielleicht konnte er einen seiner Machtsteine verkaufen und davon eine Weile leben. Der Philosoph Studell hatte ja gesagt, diese Steine seien sehr wertvoll. Doch der Gedanke, einen seiner Steine hergeben zu müssen, gefiel Traven ganz und gar nicht. Er verwarf ihn schnell wieder.

Verzweifelt sackte er im Sattel zusammen. Die Dinge waren so gut gelaufen – und jetzt hatte er alles verloren. Wenn er nur in der Lage gewesen wäre, sich zu beherrschen, dann müsste er jetzt nicht hier stehen, ohne ein Dach über dem Kopf, ohne jede Aussicht. Blaize hatte ihm doch immer wieder eingehämmert, wie wichtig es war, seine Gefühle zu kontrollieren. Warum hatte er sich nicht daran gehalten? Blaize wäre …

Das war es! Blaize! Blaize war zur königlichen Armee gegangen. Es war bekannt, dass die Armee neue Soldaten anwarb, in Vorbereitung auf mögliche Gefechte mit der Armee der Halunken aus Balthus. Seit etwas über einem Monat war davon nicht mehr die Rede gewesen, aber er konnte es ja wenigstens versuchen, ob man dort noch immer neue Soldaten brauchte. Eine andere Möglichkeit hatte er ohnehin nicht. Wenn er sich zur Armee meldete, dann konnte er seine Fähigkeiten mit dem Schwert weiter trainieren – und außerdem Blaize wiedersehen.

Er trieb Pennon an, und das Pferd setzte sich dankbar in Gang. Traven führte Pennon über den Großen Platz und die Straße entlang, die zur Kaserne führte. Dort war er vorher noch nie gewesen, aber er wusste, wo sie war. Überhaupt war er in diesem Teil der Stadt noch nicht oft gewesen. Die Straßen hier waren viel ruhiger und es waren weniger Menschen unterwegs. Auch gab es keine Ladengeschäfte und Märkte. Stattdessen schienen sich hier die Wohnstätten der meisten Stadtbewohner zu befinden. Einige der Häuser wirkten wie kleine Paläste; natürlich waren sie kein Vergleich zum großen Palast, aber sie waren doch sehr groß und prächtig. Wahrscheinlich war dies der Bezirk, in dem die meisten seiner Klassenkameraden zu Hause waren. Er fragte sich, ob auch Thads Eltern hier irgendwo lebten. Doch diesen Gedanken verdrängte Traven gleich wieder. Er durfte nicht zurückschauen – er musste nach vorne blicken.

Auf einmal endeten die Häuser jäh und ein riesiges Feld begann. Im Schnee auf diesem Feld wurden Gruppen von Soldaten gedrillt. Weiter hinten standen, direkt vor der reinen weißen Stadtmauer, einige graue Gebäude. Das war wohl die Kaserne, vermutete Traven. Traven trabte darauf zu. Er konnte nur hoffen, dass man ihn in der Armee annahm. Wenn nicht, war alles hoffnungslos.

Einige Soldaten warfen ihm Blicke zu, als er über das Feld ritt, aber die meisten waren so in das Exerzieren vertieft, dass sie ihn gar nicht beachteten. Traven schaute sich genau an, was die

Männer machten. Da gab es Schwertkämpfe, Bogenschießen und verschiedene Manöver. Vielleicht war es gar nicht so schlecht in der Armee. Das machte gewiss mehr Spaß, als den ganzen Tag in einem Klassenzimmer zu sitzen und dem dumpfen Dröhnen ewig gleicher Vorträge zu lauschen. Vor dem Torbogen der Kaserne wurde Traven von einer Wache angehalten.

»Was willst du hier, Junge?«, fragte der Mann grob.

»Bitte entschuldigen Sie, mein Herr. Ich wollte mich zur Armee melden.«

»Die Neueinstellung von Rekruten wurde vor einem Monat beendet«, erklärte die Wache. »Die Kaserne ist voll. Wir nehmen keine neuen Leute mehr an.« Der Mann wendete sich ab.

»Bitte, wartet!«, flehte Traven ihn an. »Gibt es keine Möglichkeit, eine Ausnahme zu machen? Es ist wirklich wichtig für mich.« Der Wachmann starrte ihn nur an. »Bitte! Ich komme vom anderen Ende des Landes und …«

»Ist ja gut, ist ja gut«, knurrte der Mann entnervt. »Du gehst einfach ins Gebäude, durch diese Tür dort, und dann trägst du dem Kompanieschreiber alles vor. Du kannst seinen Schreibtisch nicht übersehen – es ist das Erste, was dir auffallen wird, wenn du durch diese Tür gehst.«

»Ich danke Euch«, sagte Traven erleichtert und führte Pennon unter dem Torbogen hindurch und auf den Innenhof.

Hinter ihm hörte er die Wache fluchen und etwas über verrückte Dorftrottel murmeln, die unbedingt Abenteuer erleben und sich der Armee anschließen wollten – die nicht halb so viel Spaß mache, wie diese Hitzköpfe es sich vorstellten. Traven grinste. Er stieg vom Pferd und schritt auf die hölzerne Tür zu, die die Wache ihm gezeigt hatte. Er konnte nur hoffen, dass der Kompanieschreiber ebenso leicht zu überzeugen war wie die Wache.

Mit einem tiefen Atemzug öffnete er die Tür. Er schloss sie schnell wieder hinter sich, um die Winterkälte draußen zu halten. Er hatte damit gerechnet, einen kleinen Warteraum oder etwas Ähnliches vorzufinden, doch stattdessen fand er sich in einem schmalen Gang wieder, der nach hinten ins Gebäude führte. Fackeln an den Wänden spendeten Licht. Ein paar Meter in den Flur hinein saß ein älterer Mann mit einem wettergegerbten Gesicht und einer Klappe über dem linken Auge hinter einem Schreibtisch. Er hatte kurz aufgeschaut, als Traven hereingekommen war, sich dann jedoch weiter damit beschäftigt, etwas auf einen Bogen Pergament zu schreiben.

Traven trat vor ihn und öffnete den Mund, doch mit einer Handbewegung gebot der Mann ihm, zu schweigen. Er wartete. Die flackernden Fackeln zischten und die Feder des Schreibers kratzte auf dem rauen Material. Endlich hatte der Mann seine Arbeit beendet und legte die Feder beiseite.

»Wie kann ich dir helfen?«, erkundigte er sich mit einer tiefen Stimme, die so gar nicht zu seiner dürren Erscheinung passen wollte.

»Ich möchte mich der Armee anschließen«, erklärte Traven.

»Hat die Wache dir nicht gesagt, dass wir keine neuen Rekruten mehr annehmen?«

»Doch, aber ich komme von weither und habe mich gefragt, ob nicht vielleicht …«

»Wie ist dein Name?«

»Traven.«

»Und woher kommst du, Traven?«

»Aus Eichenbaum.«

»Eichenbaum, das ist wirklich sehr weit weg. Ich würde dir ja fast glauben, dass du ein Holzfäller bist, wegen deiner Kleidung. Aber ich fürchte, Sohn, dein Schwert verrät dich.«

Traven schaute auf sein Schwert und wieder den Schreiber an. Der Mann hielt ihn für einen Lügner!

»Ich komme wirklich aus Eichenbaum«, verteidigte sich Traven, doch der Mann fiel ihm ins Wort.

»Schau mal, Sohn – ich will mich nicht mit dir streiten. Tatsache ist nun einmal, wir haben schon alle Soldaten, die wir brauchen. Selbst wenn du wirklich ein armer Junge aus Eichenbaum wärst, könnte ich nichts für dich tun.«

Traven überlegte verzweifelt, was er sagen könnte, um den Kompanieschreiber davon zu überzeugen, ihn in die Armee aufzunehmen. Wenn er hier keinen Erfolg hatte, stand er da und wusste nicht wohin, ohne Zuhause, ohne Beruf. Er vermutete, dass er eine Chance hatte, wenn er nachweisen konnte, dass er wirklich aus Eichenbaum kam.

»Ich kann es beweisen, dass ich wirklich aus Eichenbaum bin. Ich kenne einen der Soldaten in der Armee und er kann es bezeugen. Er heißt Blaize.«

»General Blaize? Du bist ein Freund von ihm?«, fragte der Schreiber ungläubig.

»Nun, ich weiß nicht, ob dieser General derselbe Blaize ist. Der Mann, den ich meine, der ist noch eine ganze Ecke größer als ich, hat lange dunkle Haare und trägt goldene Kreolen an beiden Ohren.«

»Das ist er«, bekräftigte der Schreiber, aber in seinem Gesicht standen nur zu deutlich die Zweifel. »In Ordnung, Sohn – ich werde ihn holen lassen. Aber ich sage dir eines – wenn du mir nicht die Wahrheit gesagt hast, dann haben wir beide ein großes Problem! Warte hier.«

Der Schreiber ging den Gang hinunter und verschwand hinter einer der Türen. Traven schaute ihm hinterher. Er konnte es kaum glauben – Blaize war ein General! Das entwickelte sich ja besser, als er gehofft hatte. Jetzt war es sicher, dass er in die Armee eintreten konnte. Begierig wartete Traven darauf, dass der Schreiber zurückkam.

»Ich habe ihm die Nachricht überbringen lassen. Schauen wir einmal, was er sagt.«

Es dauerte nicht lange, bis Schritte zu hören waren, und dann kam Blaize um die Ecke. Traven strahlte seinen Freund an, doch sein Lächeln gefror ihm auf den Lippen, als er den grimmigen Gesichtsausdruck von Blaize sah.

»Hier ist der Junge, General«, sagte der Schreiber eifrig. »Er sagt, er kommt aus Eichenbaum und kennt Euch.«

»Ich habe ihn noch nie zuvor gesehen«, knurrte Blaize. »Schafft ihn hier raus!«

Bestürzt starrte Traven Blaize an. Es war nicht zu fassen – sein Freund hatte ihn verleugnet! Doch plötzlich fing Blaize an zu grinsen und dann lachte er laut.

»Ich habe nur einen Scherz gemacht«, sagte Blaize. »Ich kenne ihn. Er ist ein guter Freund von mir. Tragt ihn in die Liste der neuen Rekruten ein. Ich werde ihn herumführen und ihm besorgen, was er braucht.«

»Jawohl, General«, sagte der Kompanieschreiber unterwürfig, nahm sich ein neues Blatt Pergament und stellte Traven einige Fragen. Anschließend führte Blaize ihn den Gang entlang.

»Einen Augenblick lang habt Ihr mir einen tüchtigen Schrecken eingejagt, Blaize«, bemerkte Traven und versuchte, so zu tun, als hätte ihm das gar nichts ausgemacht.

»Zu dumm, dass du dein eigenes entsetztes Gesicht nicht sehen konntest«, lachte Blaize. Dann wurde er ernst. »Ich freue mich ja, dich zu sehen – aber was machst du hier? Solltest du nicht an der Handelsschule sein?«

Traven fasste kurz zusammen, was dazu geführt hatte, dass er der Schule verwiesen worden und nun hier aufgetaucht war. Blaize hörte aufmerksam zu.

»Nun, manchmal entwickeln sich die Dinge im Leben nicht so, wie wir das erwartet haben. Es ist zu schade, dass man dich hinausgeworfen hat. Du hattest eine strahlende Zukunft vor dir und hättest ein reicher Kaufmann werden können. Aber Geld ist nicht alles. Wir können überall unser Glück finden, wir müssen nur akzeptieren, was das Schicksal für uns bereithält. Viele finden das Soldatenleben extrem hart, andere lieben es. Die Handelsschule war nicht das Richtige für dich – aber vielleicht ist es die Armee.« Grinsend fügte er hinzu: »Wenigstens kannst du hier die Leute verdreschen, die es verdient haben, und keiner wird dich dafür bestrafen.«

Blaize schlug ihm kraftvoll auf den Rücken und beide lachten. Traven fühlte sich schon viel besser. Noch immer hatte er ein ganz schlechtes Gewissen, dass er aus der Handelsschule geflogen war, aber vielleicht war es am Ende gar keine so schlechte Sache. Eine Tür hatte sich hinter ihm geschlossen, doch dafür hatte sich eine neue Tür für ihn geöffnet. Vielleicht konnte er hier eine befriedigendere Aufgabe finden als an der Schule.

Sie bogen um eine Ecke und Traven blieb so ruckartig stehen, als ob er gegen eine Wand geprallt wäre – er sah sich auf einmal der jungen Frau gegenüber, die er im Palast gesehen hatte, in dem kleinen Raum, durch den er entkommen war. Rasch trat er einen Schritt zurück. Die junge Frau war so schön, wie er sie in Erinnerung hatte. Ihr hübsches Gesicht wurde von goldenen Locken umrahmt und ihre bezaubernden Augen machten ihn erneut sprachlos. Ein unsanfter Stoß von Blaize in seine Rippen ließ Traven zusammenfahren. Er sah, dass Blaize sich verneigte, und tat es ihm nach.

Nachdem er sich wieder aufgerichtet hatte, schaute er der Gruppe hinterher, die an ihnen vorbeigezogen war. Die junge Frau ging am Arm eines geradezu unverschämt gut aussehenden Mannes und mehrere königliche Wachen folgten den beiden. Neben ihnen her ging ein Mann, den Traven für eine Art Fremdenführer hielt, und zeigte und erklärte ihnen alles. Am Ende hefteten sich seine Blicke auf den Rücken der schönen Frau, bis diese aus seinem Blickfeld verschwunden war.

»Du darfst die Prinzessin nicht so rüde anstarren, Traven«, tadelte ihn Blaize. »Vor allem nicht, wenn sie am Arm ihres zukünftigen Ehemannes geht. Was wäre gewesen, wenn dich außer mir noch jemand dabei ertappt hätte?« Traven errötete tief.

»Sie … sie ist … die Prinzessin?«, stieß er hervor.

»Ja, das ist Prinzessin Kalista, und der Mann an ihrer Seite ist Befehlshaber General Gavin. Er ist der Sohn des Barons von Candus und wird uns anführen, wenn wir im Frühjahr nach Candus marschieren. Es gibt zwar noch keine offizielle Bekanntmachung der Verlobung, aber den Gerüchten zufolge werden die beiden bald heiraten. Du solltest sie schnell wieder vergessen, Traven.«

»Ich habe gar nicht an sie gedacht!«, log Traven, doch Blaize warf ihm nur einen wissenden Blick zu und lachte. »Ja, ist ja gut – ich habe schon ein bisschen an sie gedacht, aber nur weil sie so wunderschön ist. Ich hatte keine Ahnung, dass sie die Prinzessin ist. Der Befehlshaber General hat wirklich großes Glück!«

»Na, vielleicht hat er nicht ganz so viel Glück, wie du denkst«, widersprach Blaize. »Prinzessin Kalista ist in der Tat sehr schön;

aber sie ist auch von königlichem Blut und die einzige Thronerbin. Das bedeutet, dass sie es höchstwahrscheinlich gewohnt ist, immer ihren Willen durchzusetzen. Und solche Frauen können das Leben eines Mannes zur Hölle machen.«

»Mein Großvater hat mir erklärt, dass alle Frauen so sind«, bemerkte Traven.

»Und damit hat er wahrscheinlich recht«, grinste Blaize. »Also – halte dich lieber von den Frauen fern, Traven. Sie bringen dein Leben nur durcheinander.«

Traven lächelte. Ja, er war sich sicher, dass Frauen das Leben sehr viel komplizierter machen konnten. Trotzdem konnte er nicht aufhören, immer wieder an die strahlend blauen Augen der Prinzessin zu denken, während Blaize ihm erklärte, wie der Alltag eines Soldaten der königlichen Armee aussah.

27

»Ich bin froh, dass Euer Sohn jetzt den Mut gefasst hat, mich um die Hand meiner Tochter zu bitten«, sagte der Hochkönig schmunzelnd zu Baron Mikel. »Ich habe fast einen Freudensprung gemacht, als Gavin mich endlich um meine Erlaubnis und meinen Segen gebeten hat.«

»Und ich bin sehr glücklich, dass Eure Tochter ebenso erfreut war wie Ihr und den Antrag angenommen hat«, entgegnete der Baron.

»Ich habe Euch doch immer gesagt, dass sie annehmen wird. Ich habe das schon seit Jahren gewusst.« Der Hochkönig hob in Siegergeste seine Fäuste. »Als König muss man solche Dinge einfach erkennen und vorausahnen.«

Die beiden Männer lachten. Hochkönig Raldon fühlte sich so gut, wie er sich schon lange nicht mehr gefühlt hatte. Natürlich waren die Dinge nicht perfekt – aber es bereitete ihm große Freude, seine Tochter so glücklich zu sehen. Nachdem nun die Hochzeit feststand, war er auch der Sorge ledig, was einmal nach seinem Tod mit dem Königreich geschehen würde. Gavin hatte alle Eigenschaften, die es brauchte, um ein großer König zu werden. Damit waren gleich zwei Probleme auf einmal gelöst. Schließlich gab es noch genügend andere, die ihn beschäftigten.

Vor einer Woche hatten die Morde in der Hauptstadt auf einmal ebenso schlagartig aufgehört, wie sie begonnen hatten, aber der Mörder war nicht gefasst worden. Der Hochkönig wusste nicht, was zu dem plötzlichen Ende der Mordserie geführt hatte. Vielleicht war der Mörder tot. Vielleicht war er in eine andere Stadt gezogen. Und vielleicht wartete er auch nur darauf, wieder zuzuschlagen. Diese letzte Möglichkeit beunruhigte Raldon sehr.

Seine andere Sorge betraf die Armee in Balthus. Zuerst hatte er gedacht, diese Truppe von Schurken könnte für Kalia nicht zu einem großen Problem werden. Doch nach den neuesten Berichten fürchtete er, dass es wirklich zu einem Krieg kommen würde. Er war sehr froh darüber, dass er sich für den sicheren Weg entschieden und schon beim Aufkommen der ersten Gerüchte über diese Armee neue Rekruten angeworben hatte. Er hatte keine Furcht, was die Sicherheit in Kalia selbst betraf. Er hatte genügend Truppen unter seinem Kommando, um einen Einmarsch dieser Räuberarmee in Kalia zu verhindern. Doch die Verluste, die ein Krieg immer mit sich brachte, lasteten schwer auf seiner Seele. Viele der Männer würden ihr Leben verlieren, um das Land zu verteidigen.

Bisher hatte der Hochkönig die Hoffnung gehegt, dass sich ein Krieg vielleicht doch vermeiden ließ. Die Herrscherin von Balthus war in Rankdra von einer großen Armee umgeben. Vielleicht war diese ja in der Lage, die Armee der Schurken aufzuhalten. Die Herrscherin hatte zwar nicht so viele Soldaten zur Verfügung wie er, aber auf jeden Fall mehr als der Anführer dieser Räuberarmee. Doch diese Hoffnung war angesichts der erschreckenden Nachrichten über den Fall von Beking ins Wanken geraten.

»Glaubt Ihr diesen Berichten über die Geschehnisse in Beking?«, fragte der Hochkönig nun Baron Mikel.

»Ich bin mir nicht sicher, ob ich sie glauben soll oder nicht. Was denkt Ihr?«, stellte der Baron die Gegenfrage.

»Ich schenke ihnen nur ungern Glauben – aber ich muss«, erwiderte der Hochkönig und schüttelte besorgt den Kopf. »Eigentlich habe ich solche Dinge nicht für möglich gehalten – aber verschiedene vertrauenswürdige Spione haben mir alle das Gleiche berichtet. Und auch wenn ich mich weigere, es in vollem Umfang für bare Münze zu nehmen, was sie über den Fall von Beking zu sagen haben, so kann ich ihre Berichte doch auch nicht komplett als Erfindung abtun. Ich muss mich einfach auf das Schlimmste vorbereiten und das Beste hoffen.«

Die Berichte, die sie in den letzten Tagen erreicht hatten, waren in der Tat mehr als beängstigend. Den ersten Bericht hatte er nicht ernst genommen, weil er einfach zu grotesk klang, aber nachdem der zweite ihn voll bestätigte, war ihm zu seinem Entsetzen klar geworden, dass zumindest etwas Wahres daran sein musste. Der dritte, gleichlautende Bericht seiner Spione hatte ihn vollends davon überzeugt, dass sie alle die Wahrheit darüber sagten, was sie gesehen hatten. Nun stellte sich nur noch die Frage, ob es vielleicht möglich war, dass ihre Augen sie getäuscht hatten.

Nach diesen Berichten war die Armee der Halunken am frühen Nachmittag auf der Nordseite der Stadtmauer von Beking aufgetaucht, keineswegs geordnet, sondern als ein chaotischer Haufen. In Beking selbst befanden sich nur wenige Truppen, die von der Spitze der Stadtmauer aus alles beobachteten. Die Armee hielt an, in einiger Entfernung von der Stadt. Plötzlich war ein Mann vorgetreten, groß, mit hellen Haaren. Er hatte sich, ohne einen Begleiter, ganz allein der Stadtmauer bis auf wenige Armspannen genähert. Noch bevor man etwas gegen ihn hatte unternehmen können, hob er die Arme in die Höhe. Urplötzlich tobte ein brausender Sturm und mitten aus einem klaren Himmel heraus regneten Blitze nur so auf die Stadt herab. Ein Blitz nach dem anderen war mit lautem Krachen eingeschlagen und sie alle hatten eine Spur der Zerstörung hinterlassen. Häuser wurden vernichtet und brannten. Unter den Einwohnern brach die Panik aus. Hilflos und wie gelähmt vor Entsetzen hatten die Soldaten von der Stadtmauer aus alles mitansehen müssen.

Nach einer Weile hörten die donnernden Blitzschläge auf. Nur noch die Schreie der Bewohner waren zu hören. Der große blonde Mann lächelte und klatschte in die Hände. In diesem Augenblick zitterten zwei weitere Blitze über den Himmel, mächtiger als alle anderen zuvor. Sie zischten auf die Stadtmauer zu und trafen sie beide an derselben Stelle. Mit einem ohrenbetäubenden Krachen explodierte die Mauer und katapultierte die Soldaten, die dort gestanden hatten, wie Spielzeuge in die Luft. Nur langsam hatten sich Staub und Schutt wieder gelegt – und nun gähnte eine riesige Lücke in der Mauer. Ein Horn ertönte und schon strömten die Schurken in die Stadt.

Die Einwohner liefen um ihr Leben, die wenigen Truppen versuchten, sie zu schützen und die Halunken aufzuhalten, doch die Räuber machten alles nieder, was sich ihnen in den Weg stellte. Sie zeigten keine Gnade. Zum Glück waren die meisten Bewohner nach Süden hin entkommen und hatten sich nach Rankdra flüchten können, aber sehr viele wurden einfach abgeschlachtet. Während die Diebe in der Stadt ihr Unwesen trieben, war ihr Anführer vor der Stadt geblieben, mit zwei anderen Männern an seiner Seite, und hatte das Schauspiel aus der Ferne betrachtet. Seine Kumpane zerstörten, was sie konnten, und brandschatzten wie die Barbaren, die sie ja schließlich auch waren, in der einst so großartigen Stadt Beking. Als die Nacht hereinbrach, waren große Teile der Stadt bis auf die Grundmauern niedergebrannt.

In der Nacht hatten die Halunken ihren Sieg und ihre reiche Beute gefeiert, und am nächsten Tag hatten sie ihr Lager in der halb zerstörten Stadt aufgeschlagen und sich alles unter den Nagel gerissen, was sie nicht vernichtet hatten.

So war Beking gefallen; alle drei Berichte, die der Hochkönig empfangen hatte, waren sich darin einig.

Schon lange vorher hatte es Gerüchte gegeben, dass ein Magier diese schurkische Armee anführte. Angesichts dieser neuesten Berichte war der Hochkönig geneigt, die Gerüchte trotz aller früheren Zweifel für die Wahrheit zu halten. Allerdings ging das, was die Spione beobachtet hatten, weit über das hinaus, was ein einfacher Magier erreichen konnte. Der Anführer dieser Armee hatte angeblich Naturkräfte in einem Ausmaß entfesselt, wie es wohl lediglich den großen Magiern aus den uralten Legenden möglich gewesen wäre. Der Hochkönig kannte natürlich die Geschichte der großen Magier und des Krieges, der zu ihrer aller Untergang geführt hatte. Nur war das alles vor sehr langer Zeit passiert. Viele hielten diese Dinge ohnehin für erfunden oder wenigstens übertrieben. Zumindest bisher hatte der Hochkönig es ebenfalls bezweifelt, dass es einem Mann möglich sein könnte, die Naturgewalten zu beherrschen. Aber jetzt musste er sich auf alles einstellen.

Ein Bote hatte sich zögernd dem Thron genähert. »Mit Eurer Erlaubnis, mein Hochkönig.« Raldon schreckte aus seinen beunruhigenden Gedanken auf und winkte den Boten heran. »Die Truppen sind bereit und erwarten Euch vor dem Osteingang«, meldete dieser.

»Ich danke dir.« Der Hochkönig wendete sich an den Baron. »Sollen wir aufbrechen?«

Ohne die Antwort abzuwarten, setzte sich der Hochkönig in Bewegung. Der Baron folgte ihm. Beide trugen eine Rüstung und darüber warme Umhänge. Heute sollte die erste Einheit der Truppen Calyn verlassen und nach Candus aufbrechen, um dort das Einfalltor nach Kalia zu bewachen. Baron Mikel wollte die Truppen anführen. Im Frühling würde Gavin ihm folgen, mit einer noch größeren zweiten Einheit. Der Hochkönig war sicher, dass die Halunkenarmee die Grenzen von Kalia nicht vor dem späten Frühling erreichen konnte. Bis zu diesem Zeitpunkt waren genügend Soldaten in Candus stationiert, um sie aufzuhalten.

Im Hof bestiegen der Hochkönig und der Baron ihre Pferde. Kalista, Gavin und die Baronin hatten bereits gewartet und auch die königliche Eskorte stand bereit. Auf das Kommando des Hochkönigs hin setzte der Zug sich langsam in Bewegung, in Richtung des Haupttors der Stadt. Der Baron kannte seine Befehle und wusste, welche Vorbereitungen er bis zum Frühjahr treffen musste, wenn der Rest der Armee eintraf. Raldon setzte großes Vertrauen in die Fähigkeiten des Barons und war sehr froh, dass dieser ihm so viele Aufgaben abnahm, mit denen er sich dann nicht mehr selbst befassen musste. Es gab ohnehin noch genug für ihn zu tun, um sich auf den bevorstehenden Konflikt vorzubereiten.

Die Truppen warteten außerhalb der großen Stadtmauer. Der Hochkönig hielt direkt vor der Armee und hob die Faust in die Luft. Alle Soldaten knieten nieder und salutierten. Mit einer Handbewegung ließ der Hochkönig die Männer sich wieder erheben und verabschiedete sie mit der traditionellen Ansprache. Anschließend übergab er den zeremoniellen Kommandostab an Baron Mikel, der ihn annahm und ebenfalls salutierte. Nun war er der Befehlshaber dieser ersten Einheit der königlichen Armee, an deren Spitze er sich setze. Die Hörner und Trommeln ertönten und der Zug begann seinen winterlichen Marsch nach Candus.

In einer engen Formation marschierte die disziplinierte Armee im Gleichschritt von dannen. Der Hochkönig sah den Truppen hinterher. An seiner Seite beobachtete Gavin den Aufbruch seiner Eltern, und Kalista drehte den neuen Ring, das Zeichen ihrer Verlobung, an ihrem schlanken Finger. Die Sonne brachte den großen Diamanten darin zum Funkeln. Der Hochkönig betrachtete versonnen das Farbenspiel. Trotz aller Sorgen, die ihn derzeit bedrückten, war er sich ganz sicher, alles würde gut enden. Noch einmal blickte er auf seine Armee, die in Richtung der Sonne aufbrach, einem ungewissen Schicksal entgegen, dann wendete Hochkönig Raldon d'Roshedrian sein Pferd und führte die Gruppe, die nun viel kleiner war, zurück in die Stadt. Nachdem die erste Einheit der Armee ausgesandt war, gab es für ihn noch viele andere dringende Aufgaben zu erledigen.

* * *

Der Geist schaute aus dem Fenster des uralten Turms. Im Licht der aufgehenden Sonne konnte er über die von Nebel umgebenen Sümpfe hinweg in der Ferne die große Stadt Calyn sehen. Schon fast eine Woche war er nicht mehr in der Stadt gewesen. Trotz der verstärkten Sicherheitsmaßnahmen war es bis zum Ende viel zu leicht gewesen, seine Opfer vom Leben zum Tod zu befördern. Eine immer größere Unruhe erfüllte den Geist. Bisher hatte er kein Glück bei der Erfüllung der eigentlichen Aufgabe gehabt, für die

Kadrak ihn hierhergeschickt hatte. Nicht einmal seit er in der Stadt eingetroffen war, hatte der Sucherstein seine Farbe verändert. Er war sich ganz sicher, der junge Mann, den er suchte, befand sich noch immer in der Stadt. Um diese Jahreszeit reiste schließlich niemand. Dennoch war es unter so vielen Menschen nahezu unmöglich, jemanden aufzuspüren, dessen Namen er nicht kannte und den er noch nie vorher von Nahem gesehen hatte.

Der Geist verließ das Fenster und stieg die Stufen des altehrwürdigen Turms herab. Er hatte diese Ruine in den Sümpfen vor einer Weile entdeckt. Sie war faszinierend und gleichzeitig auch ein gutes Versteck. So tief wagte sich niemand in die Sümpfe hinein und deshalb störte ihn hier niemand. Es war eine angenehme Überraschung gewesen, über diese Ruine zu stolpern. Er hatte vorher schon einige Geschichten darüber gehört. Angeblich befand sich hier ein Schatz, den ein Monster bewachte. Von beidem hatte er jedoch noch keine Spur entdecken können. Einige der Gebäude um den Turm herum waren noch ausreichend intakt, um ihm Schutz vor dem Wetter zu bieten, und der Turm ebenso wie das unmittelbar daran angrenzende Gebäude waren erstaunlich gut erhalten. Er hatte sich einen Raum im unteren Teil des schlanken Turms zu seinem persönlichen Quartier erwählt, und es gab noch genügend andere Räume für die Gäste, die sich ihm bald anschließen würden.

Heute wollte er sich aufmachen in die Stadt; allerdings mit einem anderen Ziel als zuvor. Er hatte sich entschieden, sich an etwas Aufregenderes zu wagen als daran, normale Bürger im Schlaf umzubringen. Es war ein großer Plan; ein Plan, der die gesamte Stadt in Aufruhr versetzen würde, wenn er gelang. Allerdings brauchte er ein wenig Hilfe, wenn er ihn umsetzen wollte. Deshalb beabsichtigte er, sich einige Gesellen zu suchen, die bereit waren, ihm zu folgen. Sobald er genügend Männer beisammenhatte, konnte er zuschlagen. Und dann konnte die größte Stadt der Welt sich verzweifelt die Frage stellen, was mit ihrem friedlichen Land geschehen war.

* * *

Im Kamin brannte ein Feuer und wärmte die einzige Person, die sich im Raum aufhielt. Kadrak hatte es sich in einem weichen Sessel bequem gemacht. Die Annehmlichkeiten im kleinen Palast von Beking gefielen ihm weit besser, als in einem Zelt zu leben. Besonders hatte er es genossen, endlich wieder in einem luxuriösen Bett schlafen zu können. Allerdings wünschte er sich sehr, seine Kumpane hätten nicht alle Diener umgebracht. So war niemand da, der sich um alles kümmerte. Das musste er sich für die Eroberung von Rankdra merken. Es wäre nett gewesen, sich an feinen Speisen zu laben; aber dafür hätte es einen Koch und Diener gebraucht, die servierten. Der Armeekoch war nicht schlecht, und seit er auf die Vorräte von Rankdra zugreifen konnte, hatten sich seine Künste noch verbessert. Dennoch war Kadrak seiner Kocherei müde. Und die Soldaten, die ihn bedienten, waren nun einmal keine ausgebildeten Bediensteten.

Kadrak erhob sich aus dem Sessel und ging hinaus auf den Balkon, um sich zu betrachten, was von der Stadt übrig geblieben war. Der größte Teil waren nur noch Ruinen. Das, was noch stand, wirkte jetzt, im kalten Morgenlicht, recht trostlos. Er lächelte in sich hinein. Es war so einfach gewesen, die Stadt zu erobern! Schon eine nicht einmal allzu anstrengende Demonstration seiner Macht hatte das Chaos ausbrechen lassen und seine undisziplinierte Armee war mit Leichtigkeit mit den wenigen verwirrten und verängstigten Truppen von Beking fertiggeworden. Anschließend hatten seine Diebe alles und jeden vernichtet. Diesmal hatte er ihnen noch freie Hand gelassen, sie sogar aufgestachelt, so viel wie möglich zu zerstören. Beim Fall von Rankdra würden die Dinge allerdings ganz anders laufen.

Jetzt ging gerade überall wie ein Lauffeuer die Nachricht um, was in Beking passiert war – und genau das hatte Kadrak beabsichtigt. Nun wussten alle, dass er als Gegner nicht auf die leichte Schulter zu nehmen war. In Zukunft konnte er auf solche sinnlosen Zerstörungen verzichten, solange es keinen Widerstand gab.

Inzwischen hatte er bereits Boten zur Herrscherin in Rankdra ausgesandt. Sie hatte die Gelegenheit, sich zu ergeben. Ansonsten fiel er im Frühjahr mit seinen Truppen über ihre schöne Stadt her. Solange sie ihm den Thron und alle Vorräte überließ, die er benötigte, konnte sie ihre Stadt vor dem Untergang retten. Und falls sie dazu nicht bereit war – nun, dann konnten er und seine Armee erneut ihre volle Macht und Wut walten lassen.

Diesmal wollte er seinen Truppen allerdings strenge Anweisungen geben, was sie zerstören durften und was nicht. Eine Stadt, in der es keine Bürger mehr gab, die arbeiteten und Steuern zahlten und Handel trieben, war nicht unbedingt eine wertvolle Beute. Kadrak wollte Macht, und er wollte, dass man ihn respektierte und fürchtete – aber er wollte auch über Untertanen herrschen, die ihn liebten. Wer um Gnade bat, würde sie erhalten, und wer ihm Treue schwor, sollte dafür belohnt werden. Nun musste er nur noch das Ende des Winters abwarten. Seine Armee, die sich bereits in Beking an reicher Beute hatte gütlich tun können, war bereit, ihm ein weiteres Mal zu folgen. In ein paar Wochen wären die Männer nicht nur bereit, sondern ruhelos und nur zu begierig zu kämpfen.

Noch einmal betrachtete sich Kadrak die Stadt, die jetzt ihm gehörte, dann kehrte er in seinen Sessel zurück. Bisher war alles so gelaufen, wie er es geplant hatte. Beking war ihm geradezu in den Schoß gefallen und überall verbreitete sich sein Ruhm. Sollte die stolze Herrscherin von Balthus seine Forderungen zurückweisen – und er war sich sicher, genau das würde sie tun –, dann stand ihr der sichere Untergang ihrer kostbaren Armee bevor. Er würde ihr die Stadt aus den Händen reißen. Und sobald die mächtige Armee von Balthus erst einmal besiegt war und die Herrscherin zu seinen Füßen kniete, würde ihn endlich jeder fürchten – ihn, den mächtigen Magier Kadrak!

Teil drei: Das Erwachen

28

Krach! Erneut schlugen die Übungsschwerter aufeinander. Traven griff an, während sein Gegner versuchte, seine Attacke zurückzuschlagen. Dann befand sich Traven in der Defensive, wehrte Hiebe ab und duckte sich vor Schwüngen. Als das Schwert seines Gegners sich einmal beinahe in seiner Kleidung verfing, stürzte er vor – in rasender Geschwindigkeit, mit der er seinen Angreifer völlig überraschte. Im Vorbeifliegen stieß er diesem sein Schwert in den Rücken. Er machte einen Überschlag und kam mit einem breiten Grinsen wieder auf die Füße. Das war jetzt schon das dritte Mal, dass er einen Schwertmeister geschlagen hatte! Die kleine Gruppe Soldaten, die dem Übungskampf zugesehen hatte, klatschte Beifall. Traven schüttelte seinem Gegner, Hauptmann Kalthor, die Hand.

»Diesmal war das Glück dir wirklich hold«, stellte Kalthor fest. »Du wirst immer besser. Weitermachen!«

»Ich danke Euch, mein Herr«, erwiderte Traven.

Ein paar der Soldaten gratulierten Traven. Nachdem die anderen gegangen waren, sammelte Traven das Übungsschwert und alles andere ein und begab sich zurück zur Kaserne. Noch immer atmete er heftig, aber auf dem Weg beruhigte sich sein Atmen schnell. Er ließ sich auf das schmale, kurze Bett fallen, um sich ein wenig auszuruhen. Er hatte härter trainiert als jemals zuvor, und das zahlte sich jetzt aus. Inzwischen war es ihm gelungen, drei der insgesamt sieben Schwertmeister der Armee zu besiegen. Natürlich hegte er nicht die geringste Hoffnung, gegen Blaize bestehen zu können – aber er hatte es sich fest vorgenommen, im Laufe der Wochen, bis sie nach Candus marschierten, auch noch gegen die anderen drei zu gewinnen.

Traven suchte sich eine bequemere Position. Er hatte immer gut geschlafen, seit er sich der Armee angeschlossen hatte, weil er immer völlig erschöpft von den anstrengenden Tagen war. So richtig bequem hatte er es allerdings nie gehabt. Das war es, was er von der Handelsschule her vermisste, die bequeme Umgebung. Er hatte in einem weichen Bett geschlafen und ein Zimmer ganz für sich allein gehabt. In der Kaserne teilte er sich einen Raum mit neunzehn anderen Soldaten und für seine Besitztümer hatte er nur einen schmalen Spind zur Verfügung, keinen richtigen Schrank.

Bei seinem Eintritt in die Armee hatte er sich über die harten Lebensbedingungen eines Soldaten keine großen Gedanken gemacht. Allerdings hatte er sich schnell daran gewöhnt. Nachdem Blaize ihm dabei geholfen hatte, dass er aufgenommen wurde, war Traven zunächst einer Schwadron neuer Rekruten zugewiesen worden. Die anderen waren schon mehr als einen Monat in der Armee, und anfangs hatte Traven befürchtet, große Schwierigkeiten dabei zu haben, ihren Vorsprung aufzuholen. Doch dann war nahezu das Gegenteil der Fall gewesen. Seine physische Stärke und Ausdauer und seine Künste mit dem Schwert gingen bereits weit über das hinaus, was die neuen Rekruten beherrschten. Nachdem er einige Wochen lang die grundlegenden Verfahren und Drills gelernt hatte, wurde er aus der Anfängerklasse herausgenommen und in eine Schwadron regulärer Soldaten gesteckt.

Traven war begeistert gewesen über diese Beförderung. Die abweisende Kälte der anderen Anfängersoldaten darüber hatte ihn jedoch traurig gemacht. Er hatte auf einen wärmeren Empfang bei den regulären Soldaten gehofft und ihn auch teilweise gefunden. Zwar machten es ihm einige sehr deutlich, dass er sich bloß nicht für etwas Besonderes halten sollte, weil er das ganz gewiss nicht war. Andere jedoch waren ganz begierig darauf, im Übungskampf gegen ihn anzutreten, um von ihm zu lernen. Am besten verstand er sich mit den alten Veteranen. Sie respektierten seine Fähigkeiten und waren immer bereit, ihm mit Rat und Tat zur Seite zu stehen. Bei vielen der jüngeren Soldaten hatte er eher das Gefühl, dass es ihnen nur um den Spaß ging, den sie bei ihrem Ausgang hatten.

Die Glocke schrillte zum Abendessen. Traven öffnete die Augen und schloss sie wieder. Das Kantinenessen hatte er schon lange satt. In der Handelsschule hatten viele Schüler über das Essen gemäkelt, aber im Vergleich zur Kantine in der Kaserne hatte man ihnen dort feine Speisen serviert. Das Essen in der Armee war dafür gedacht, Energie und Stärke zu verleihen, und nicht, den Gaumen zufriedenzustellen. Zuerst hatte Traven es für merkwürdig gehalten, dass es in der Messe dasselbe Essen gab, das die Soldaten auch bekamen, wenn sie marschierten und kämpften. Blaize hatte ihm jedoch geholfen zu sehen, wie klug diese Entscheidung war. Wenn man lernte, ohne etwas auszukommen, während es ohne Weiteres verfügbar war, so hatte Blaize erklärt, dann fehlte einem auch nichts, wenn man es unterwegs nicht bekommen konnte. So konnten die Soldaten den Krieg besser verkraften und lernten, disziplinierter zu sein.

Kalias königliche Armee war ohnehin sehr stolz auf ihre Disziplin. Inzwischen hatte Traven erfahren, wie es um diese Disziplin wirklich bestellt war. Der Tag der Soldaten war komplett durchstrukturiert und alle waren verpflichtet, ein gutes Benehmen zu zeigen und die Befehle der Offiziere umgehend und ohne Fragen zu stellen zu befolgen. Wie sie ihre Nächte und freien Tage verbrachten, das war allerdings eine ganz andere Sache. Da brachen dann all ihre Enttäuschungen, ihre Wut, ihr Stolz und ihre Wildheit durch. Viele Soldaten nahmen das harte Leben in der Kaserne und die Entbehrungen als Ausrede, um ausschweifende Feste zu feiern, wann immer sich ihnen die Chance dazu bot.

Eigentlich hatten sie gar keine Entbehrungen zu leiden, fand Traven. Sie hatten ein Dach über dem Kopf, genügend zu essen, die Kleidung wurde ihnen zur Verfügung gestellt, und ein Lohn, den sie ausgeben durften, wofür sie wollten, wurde ihnen auch noch gezahlt. Die Soldaten, die eine Familie hatten, schickten meistens den größten Teil ihres Geldes nach Hause. Die jüngeren Soldaten und die älteren Junggesellen verschwendeten ihren Lohn oft für Alkohol und Glücksspiele. Traven hingegen sparte das meiste von dem Geld, das er bekam. Er hatte keine Ausgaben, weil er noch keine Familie besaß, und das Trinken machte ihm ebensowenig Spaß wie das Spielen.

»Traven! Beeil dich, sonst verpasst du das Abendessen.«

Er öffnete die Augen, gähnte und setzte sich auf.

»Ich komme.«

»Du bist vielleicht ein guter Schwertkämpfer, aber wenn du nichts isst, wirst du dich gegen niemanden lange halten können.«

Lächelnd folgte Traven Luthor in die Kantine. Luthor war möglicherweise der älteste Soldat in der ganzen Armee und einer der wenigen, die vorher schon einmal in einem richtigen Krieg gekämpft hatten. Vor dreißig Jahren war er mit dabei gewesen, als Argont sich von Kalia lossagen und selbstständig werden wollte. Traven mochte ihn sehr und Luthor hatte es sich zur Aufgabe gemacht, Traven unter seine Fittiche zu nehmen. Das fand Traven irgendwie lustig; schließlich brauchte er wirklich keinen mehr, der auf ihn aufpasste. Aber er genoss diese Freundschaft sehr. Er lauschte auch gerne den Geschichten, die der alte Mann zu berichten wusste. Etwas an Luthor erinnerte Traven an seinen Großvater.

Kurz darauf saßen sie vor ihrem dampfenden Essen an einem Tisch mit einigen der anderen Veteranen.

»Ich habe gehört, du hast heute Hauptmann Kalthor geschlagen«, bemerkte Wenry. »Und für diejenigen unter euch, die nicht wissen, wer das ist – er ist ein Schwertmeister.«

»Wir wissen alle, dass Kalthor ein Schwertmeister ist«, entgegnete Luthor. »Wo es davon in der ganzen Armee nur sieben Stück gibt, ist das ja schließlich nicht schwer zu merken. Es kann allerdings sein, dass es demnächst acht Schwertmeister gibt.« Luthor zwinkerte Traven zu.

»Ich finde, dass Hauptmann Kalthor einfach nur nicht mehr auf der Höhe seiner Fähigkeiten ist«, meinte ein anderer Soldat. »Ich habe ihn heute kämpfen sehen und er war bei Weitem nicht so flink, wie er es früher war. Nimm es mir nicht krumm, Traven, aber ich glaube, ich hätte ihn ebenfalls schlagen können.«

»Wenn du glaubst, dass du so gut bist, Tom, warum trittst du dann nicht morgen gegen Traven an?«, entgegnete Luthor. »Der Hauptmann hat nur deshalb so langsam gewirkt, weil Traven so unglaublich schnell ist.«

Traven grinste, als die Veteranen begannen, sich darüber zu streiten, wer wen schlagen könnte und wer in echten Gefechten am besten gekämpft hatte. Amüsiert hörte er ihnen zu. Luthor und Tom waren schon seit Ewigkeiten die besten Freunde. Aber wenn man ihnen zuhörte, wie sie sich ständig stritten, konnte man das beinahe nicht glauben. Wer die beiden nicht kannte, hätte ohne Weiteres denken können, dass sie wütend aufeinander waren. Traven allerdings wusste es besser – es war einfach nur ihre Art, herumzuflachsen.

»Habt ihr das eigentlich schon alle gehört?«, unterbrach Wenry jetzt das Geplänkel. »Die Armee in Balthus marschiert auf Rankdra zu.«

Als der Soldat die verbrecherische Armee erwähnte, horchte Traven auf. Er hatte, seit er in der Armee war, eine Menge fantastischer Geschichten gehört. Nachdem er Blaize darüber ausgefragt hatte, war ihm klar geworden, dass einige der Dinge, die man sich erzählte, auch tatsächlich der Wahrheit entsprachen.

»Die Herrscherin ist fest davon überzeugt, dass sie in ihrer großen Stadt sicher ist, umgeben von ihrer schlecht ausgebildeten Armee. Aber sie wird bald merken, was sie für einen Fehler gemacht hat. Wenn der Magier, der diese Armee der Schurken anführt, erst einmal beginnt, seine Blitze zu schleudern und …«

»Du glaubst doch nicht etwa immer noch, dass diese Halunkentruppe von einem Magier angeführt wird, oder?«, unterbrach ihn Luthor. »Es gibt keine Magier!«

»Und ob es die gibt! Und auch du wirst anfangen, daran zu glauben, wenn Rankdra erst einmal so schnell in die Hände dieser Schurken fällt, wie es bei Beking der Fall war.«

Traven hörte nicht weiter zu, als Tom sich nun ausnahmsweise einmal auf Luthors Seite schlug und versuchte, Wenry davon zu überzeugen, dass es so etwas wie Magier gar nicht gab. Seine eigenen Gedanken behielt Traven lieber für sich. Er war sich nicht sicher, ob wirklich alle Dinge wahr waren, die man sich über den Fall von Beking erzählte. Trotzdem konnte er die Behauptung, da sei ein Magier am Werk, nicht so leicht als Märchen abtun wie Luthor. Blaize hatte bestätigt, dass in Beking Dinge passiert waren, die sich anders nicht erklären ließen. Und schließlich besaß Traven selbst zwei magische Steine. Es hatte zumindest einmal Magie gegeben; und wer sagte, dass es nicht auch heute wieder einen großen Magier geben konnte? Möglich war es immerhin. Erst mit der Zeit würde sich die Wahrheit herausstellen. Eines allerdings war Traven schon jetzt klar. So faszinierend es auch wäre, einen echten Magier in einem Kampf zu beobachten – wenn auch nur einige der Gerüchte stimmten, die man in der Kaserne verbreitete, dann wollte Traven dabei ganz gewiss nicht auf der anderen Seite stehen.

Nach dem Essen luden die Veteranen Traven zu einem Kartenspiel ein, doch er lehnte das Angebot ab, um früh schlafen zu gehen. Er war am Morgen besonders früh aufgestanden, um noch härter zu üben als sonst. Außerdem war da am Ende des Tages noch der Kampf gewesen, und nun war Traven einfach erschöpft. Er verließ die anderen, wusch sich schnell und schlüpfte unter die warmen Decken seines Bettes. Sofort war er eingeschlafen.

Der Morgen kam, wie immer, viel zu schnell. Traven sprang aus dem Bett. Leise zog er sich im Dunkeln an. Um ihn herum konnte er die anderen Soldaten, die noch tief und fest schliefen, atmen und schnarchen hören. Er nahm sich sein Schwert und verließ den Raum, ging den Gang hinunter, an der schläfrigen Wache vorbei nach draußen. Die Kälte des späten Winters sorgte dafür, dass er sofort richtig wach wurde. Er legte seinen Umhang ab. Ihm war kalt, wie immer, wenn er mit seinen Übungen begann, aber dabei wurde es ihm regelmäßig sehr schnell warm.

Er dehnte zunächst alle Muskeln, um sie zu erwärmen. Anschließend begann er mit seiner täglichen Routine. Etwa eine halbe Stunde später tauchte Blaize auf und begann neben ihm mit seinen eigenen Übungen. Traven genoss Blaize' Anwesenheit sehr. Nach dem Training unterhielten sie sich immer noch eine Weile, bevor der Tag in der Kaserne begann. Es war die einzige Gelegenheit für Traven, überhaupt mit Blaize zu sprechen. Als General war Blaize ständig mit anderen Dingen beschäftigt. Und es war einfach unpassend, dass er sich in seiner Freizeit mit einem einfachen Soldaten abgab. Niemand hatte allerdings etwas dagegen, dass die beiden morgens miteinander trainierten. Die meisten Soldaten schliefen ohnehin noch, und keinen kümmerte es, was um diese frühe Stunde geschah.

Traven schloss seine Übungen ab. Er schob sein Schwert in die Scheide und schaute Blaize zu. Inzwischen absolvierte er nahezu dieselbe Routine wie der hünenhafte Krieger – mit dem Unterschied, dass er weiterhin nur mit einem Schwert übte statt mit zweien. Dann hatte auch Blaize seine Übungen beendet und schloss sich ihm an. Der kalte Wind erfrischte ihre schweißbedeckten Körper. Traven versteckte ein Gähnen hinter der Hand.

»Weißt du, Traven«, bemerkte Blaize besorgt, »du siehst richtig erschöpft aus. Du solltest nicht immer so früh aufstehen.«

»Es gefällt mir auch nicht, aber ich brauche dieses zusätzliche Training«, entgegnete Traven und gähnte erneut. »Habt Ihr gehört, dass ich gestern Hauptmann Kalthor besiegt habe? Drei habe ich jetzt schon geschafft, jetzt fehlen mir noch weitere drei.«

»Vier«, verbesserte ihn Blaize.

»Oh nein, Blaize – gegen Euch werde ich nicht noch einmal antreten. Ich möchte einfach nur die anderen schlagen. Wenn ich weiterhin besonders früh aufstehe und hart trainiere, dann kann ich die anderen vielleicht besiegen, bevor wir aufbrechen. Und Luthor hat gesagt, dann macht man mich auch zum Schwertmeister.«

»Du verbringst viel zu viel Zeit mit Luthor«, sagte Blaize und verdrehte die Augen. »Er lobt dich über den grünen Klee. Du bist sehr gut, aber du bist bei Weitem noch kein Schwertmeister.« Beschämt schaute Traven zu Boden. »Wie oft musstest du gegen Hauptmann Kalthor antreten, bis du ihn endlich besiegen konntest?«

»Fünfmal«, murmelte Traven.

»Genau! Und das ist exakt viermal zu viel!«, sagte Blaize barsch. Dann fuhr er in einem freundlicheren Ton fort: »Es ist dir vielleicht nicht bewusst, Traven, aber ich schaue mir alle deine Kämpfe mit den Schwertmeistern an. Deshalb wusste ich auch bereits, dass du Hauptmann Kalthor gestern geschlagen hast. Ich stehe natürlich nicht in der Menge um dich herum, aber ich beobachte alles sehr genau.«

»Ihr habt alle meine Kämpfe gesehen?«, fragte Traven und schaute ihn erstaunt an.

»Ja. Und ich weiß, wo deine Probleme liegen. Du brauchst nicht mehr Übung. Deine Muskeln wissen ganz genau, was sie tun müssen, noch bevor du selbst es weißt. Das frühe Aufstehen sorgt nur dafür, dass dir der Schlaf fehlt, den du unbedingt brauchst. Deine Muskeln müssen sich auch ausruhen können. Du kannst sie nur bis zu einem gewissen Punkt beanspruchen, dann musst du ihnen Erholung gönnen. Was dir fehlt, das sind Konzentration und Geduld.« Traven hörte aufmerksam zu. Er wusste, dies war einer der seltenen Momente, in denen Blaize ganz offen war und ganz besondere Weisheiten weitergab, die er im Leben gelernt hatte. »Von den Fähigkeiten und deiner Kraft und Ausdauer her bist du den Schwertmeistern längst gewachsen. Aber eine deiner Schwächen ist, dass du dich immer so stark darauf konzentrierst, eine Chance zum Zuschlagen und zum Gewinnen zu finden. Dadurch gibst du dir eine Blöße und machst es dem Gegner möglich, seinerseits zuzuschlagen.

Du musst einfach Geduld haben und darauf warten, dass die Gelegenheit sich ergibt, und sie nicht krampfhaft suchen. Sei wachsam und warte auf den richtigen Augenblick, um deinem Gegner den entscheidenden Hieb zu versetzen. Wenn dieser Augenblick gekommen ist, musst du blitzschnell sein. Falls du die Chance verpasst hast, wartest du einfach auf die nächste. Solange du gut genug bist, und das bist du, wirst du in jedem Kampf lange genug bestehen können, dass sich viele solcher Gelegenheiten ergeben. Suche sie nicht mit Gewalt – sie kommen schon von allein. Du hast schon viele Kämpfe verloren, weil du einfach zu übereilt gehandelt hast. Gestern hättest du gegen Hauptmann Kalthor beinahe erneut verloren, weil du deine Chance zu angestrengt gesucht hast, statt abzuwarten, bis sie sich dir von selbst bietet. Du hast dabei ganz vergessen, dass natürlich auch dein Gegner dich genau beobachtet und auf eine solche Gelegenheit wartet – und wenn du übereilt reagierst, gibst du ihm genau diese Gelegenheit.

Du musst dich immer absolut konzentrieren, Traven. Natürlich, wenn dein Gegner dir unterlegen ist, kannst du auch einmal ein paar Fehler machen, ohne dass du dir gleich Sorgen machen musst. Aber um ein Schwertmeister zu sein, kannst du dir solche Fehler nicht mehr erlauben. Du besitzt die physischen Fähigkeiten, um die Schwertmeister zu besiegen, aber nicht die nötige Konzentration. Wenn du in einem solchen Kampf gegen echte Schwertmeister auch nur einen Sekundenbruchteil in deiner Aufmerksamkeit nachlässt, hast du verloren. Und dein brennender Wille, zu gewinnen, stört deine Konzentration. Du musst alle anderen Gedanken verdrängen, auch den an einen Sieg, und dich absolut konzentrieren. Du darfst weder den Wunsch haben, zu gewinnen, noch Angst, zu verlieren. Du spürst weder Müdigkeit noch Schmerz. Es gibt für dich nichts mehr – nur noch deinen Gegner und dein Ziel. Und dein Ziel ist nicht, zu gewinnen, um Schwertmeister zu werden – dein Ziel ist, dir selbst keine Blöße zu geben, aber jede Schwäche des anderen auszunutzen. Nichts sonst spielt eine Rolle. Wenn du das beherrschst, dann bist du wahrhaftig ein Schwertmeister. Und eigentlich sollte ich dir das gar nicht sagen, denn du bekommst schon viel zu viel schmeichelndes Lob von Luthor – aber in dir steckt wirklich das Zeug, einer der besten Schwertmeister überhaupt zu werden.«

»Ich danke Euch, Blaize«, sagte Traven leise, und er war seinem Freund für dessen Kritik ebenso dankbar wie für sein Lob. Er bewunderte Blaize' Fähigkeit, nach harscher Kritik mit einem Lob dafür zu sorgen, dass man sich nicht am Boden zerstört fühlte, sondern hoffnungsvoll.

»Also, Traven – vertraust du mir? Wirst du damit aufhören, morgens so früh aufzustehen?«

»Wenn Ihr das sagt«, grinste Traven. »Bisher habt Ihr mir noch nie einen schlechten Rat gegeben.«

»Damit hast du allerdings vollkommen recht«, erwiderte Blaize, ebenfalls grinsend. Gemeinsam gingen sie zur Kaserne zurück, um sich auf den Tag vorzubereiten. »Ach ja, noch eine Sache, die ich dir sagen wollte«, bemerkte Blaize, als sie sich den Offiziersquartieren näherten. »Am Nachmittag werden der Befehlshaber General und die Prinzessin uns ihre Aufwartung machen. Also achte auf besonders gutes Benehmen.« Mit einem Augenzwinkern ergänzte er dann: »Und halte deine Gefühle im Griff, falls du wieder einmal der Prinzessin über den Weg laufen solltest. Sie ist jetzt fest verlobt!«

Leise lachend machte Blaize sich davon. Traven schüttelte den Kopf. Noch immer zog Blaize ihn oft mit dem kleinen Vorfall in der Kaserne auf, dabei war der doch schon Monate her! Und für so lustig hatte Traven ihn ohnehin nicht gehalten. Allerdings freute er sich darauf, am Nachmittag vielleicht eine Chance zu haben, die Prinzessin wieder einmal bewundern zu können. Nur weil sie jetzt verlobt war, hieß das nicht, dass sie deshalb weniger schön war als beim ersten Mal, als er über sie gestolpert war. Aber jetzt war es höchste Zeit, die Gedanken anderen Dingen zuzuwenden. Traven kehrte in guter Stimmung zur Kaserne zurück. Blaize hatte ihm ein hohes Lob ausgesprochen und ihm wieder einmal sehr geholfen mit seinem Rat. Diesen Rat würde er in seinem nächsten Kampf ganz sicher befolgen. Und vor allem würde er ganz sicher auch Blaize' anderen Ratschlag befolgen und am nächsten Morgen eine halbe Stunde länger schlafen!

29

Kalista und Gavin trafen mit ihren Wachen im Hof der Kaserne ein. Der hünenhafte General Blaize erwartete sie. Beim Absteigen zog Kalista die Kapuze ihres Umhangs zurück. Sofort fiel ihr das zurückgesteckte goldene Haar über Schultern und Rücken. Es war gar nicht so kalt an diesem Tag, wie sie gedacht hatte. Der Winter neigte sich seinem Ende zu. Als sie über das Feld vor der Kaserne geritten waren, hatte sie gesehen, dass fast kein Schnee mehr lag. Schon bald würden sich die ersten Blüten des Frühlings zeigen. Dann sollte der bevorstehende Marsch nach Candus auch nicht zu unangenehm werden, wenn der Frühlingsbeginn sie begleitete.

Nach der Begrüßung führte General Blaize sie in den vorderen Raum der Kaserne.

»Als wir gerade den Exerzierplatz überquert haben«, bemerkte Gavin, »ist mir aufgefallen, dass noch immer nicht alle Soldaten Uniform tragen.«

»Keine Sorge – die neuen Uniformen liegen bereit«, entgegnete General Blaize. »Aber wir werden sie erst unmittelbar vor dem Aufbruch ausgeben.«

»Gut, gut«, nickte Gavin zustimmend.

Kalista ließ ihre Gedanken dahinfliegen, während Gavin mit dem General die letzten Vorbereitungen für den Marsch nach

Candus besprach. Fest umklammerte sie Gavins Arm und betrachtete die Steinwände der Kaserne. Sie hatten beschlossen, mit der Hochzeit bis zum Sommer zu warten. Bis dahin war die Armee der Verbrecher besiegt und sie konnten eine friedliche Hochzeit feiern. Kalista freute sich sehr auf diesen Tag, aber noch mehr freute sich ihr Vater. Er war kaum wiederzuerkennen, seit er ihre Verlobung bekannt gegeben hatte; er wirkte auf einmal viel glücklicher. Zu ihrer Verblüffung hatte er auch sofort zugestimmt, als sie ihn darum gebeten hatte, mit Gavin nach Candus gehen zu dürfen.

Eine kleine Gruppe Soldaten marschierte an ihnen vorbei. Kalista beobachtete sie neugierig. Die meisten der Männer waren im mittleren Alter, aber es gab auch ein paar jüngere darunter. Am jüngsten war der Soldat, der ganz hinten ging. Irgendwie kam er ihr bekannt vor, und als sie das rote Band um seinen Arm sah, fiel es ihr wieder ein – es war der junge Mann, den sie auf dem Winterball und dann vor wenigen Monaten hier in der Kaserne gesehen hatte. Seltsam, dass sich ihre Pfade schon wieder gekreuzt hatten!

Bald war der kleine Trupp vorbei. »Das war eine unserer fortgeschrittenen Einheiten«, erklärte General Blaize. »Viele der Soldaten in dieser Einheit sind Veteranen mit Kampferfahrung.«

»Und was ist mit den Jüngeren unter ihnen?«, erkundigte sich Gavin. »Besonders der Soldat ganz am Ende kam mir nicht älter vor als die Prinzessin.«

»Den jüngeren Soldaten fehlt manchmal noch ein wenig die Disziplin«, erklärte der General, »aber ihre Ausbildung verläuft sehr zufriedenstellend. Selbst sie wissen sich im Kampf schon hervorragend mit dem Schwert zur Wehr zu setzen. Und der junge Soldat am Ende ist einer der besten Schwertkämpfer in der gesamten Armee. Schon bald wird er ein echter Schwertmeister sein.«

Gavin hob die Augenbrauen, erstaunt, dass ein so junger Mann schon auf bestem Wege war, zum Schwertmeister ernannt zu werden. Kalista bemerkte Gavins Überraschung; und sie bemerkte, dass der Hüne diese Aussage mit weit mehr Stolz in der Stimme getroffen hatte, als man es eigentlich erwarten sollte, wenn ein General etwas Gutes über einen seiner Soldaten sagte. Kalista hätte schwören können, es war nahezu väterlicher Stolz, der in seinen Worten mitschwang.

Nachdem General Blaize sie in der Kaserne herumgeführt hatte, kamen sie wieder am Exerzierfeld vorbei. Ein paar Bogenschützen legten gerade auf weit entfernte Ziele an. Fast alle Pfeile landeten mitten im Schwarzen. Der General bemerkte, dass dies die besten Bogenschützen der Armee waren; was auch bedeutete, dass sie zu den besten Bogenschützen in ganz Kalia gehörten.

»Wusstet Ihr eigentlich, General Blaize«, erklärte nun Gavin, »dass die Prinzessin auch eine hervorragende Bogenschützin ist? Sie gehört gewiss ebenfalls zu den besten Schützen in Kalia.«

»Tut sie das«, erwiderte der Hüne und schaute Kalista dabei abwägend an. Kalista war klar, er überlegte, wie sehr er Gavin Glauben schenken konnte.

»Was ist, General?«, forderte sie ihn heraus. »Glaubt Ihr etwa, der Befehlshaber General lügt?«

»Warum sagt Ihr das, meine Prinzessin? Davon kann nicht die Rede sein.« Dass er es verleugnete, Gavins Aussage angezweifelt zu haben, ärgerte Kalista nur noch mehr.

Kalista straffte sich. »Ich werde es Euch beweisen!« Sie marschierte geradewegs auf die Bogenschützen zu. »Wir werden einen kleinen Wettkampf veranstalten«, verkündete sie. Kaum hatten die Männer erkannt, wer sie da angesprochen hatte, begaben sie sich alle herab auf ein Knie. »Meisterschütze«, sprach Kalista nun direkt den Ausbilder an, »wählt Eure drei besten Schützen, die sich mir in einem Wettkampf stellen.«

»Ich – ich bitte um Vergebung, meine Prinzessin«, stammelte der, »ich glaube nicht, dass …« Er unterbrach sich mitten im Satz, als er den bösen Blick sah, den Gavin ihm zuwarf. »Jawohl, meine Prinzessin!«, versicherte er schnell.

Kalista nahm einem der Schützen den Bogen ab und wartete, bis der Lehrer die Namen seiner drei besten Schützen aufgerufen hatte.

»General Blaize wird die Regeln des Wettkampfs erklären«, befahl Kalista.

Der hünenhafte General lächelte amüsiert und tat, was die Prinzessin verlangt hatte. Auf seine Anweisung hin wurden nebeneinander vier Zielscheiben aufgestellt. Jeder Bogenschütze musste hintereinander fünf Pfeile abschießen. Nach der ersten Runde sollte der Schütze mit der geringsten Genauigkeit ausscheiden, dann wurde das Ziel weiter nach hinten verlegt, und die verbleibenden Schützen setzten den Wettkampf fort, bis einer von ihnen als Sieger feststand.

Als der erste Schütze antrat, bemerkte Kalista, dass sich bereits einige Männer um sie versammelt hatten, die neugierig zuschauten. Sie würde es allen beweisen, dass sie tatsächlich die beste Schützin war! Männer hielten sich immer für so furchtbar überlegen, nur weil sie Männer waren – aber sie würde es ihnen schon zeigen. Zwei der drei Soldaten schafften es, alle Pfeile direkt in der Mitte landen zu lassen. Der dritte musste einen Ausrutscher verzeichnen, mit einem Pfeil im zweiten Ring. Nun kam die Reihe an Kalista. Selbstbewusst legte sie einen Pfeil an und ließ ihn fliegen – direkt in die Mitte der Scheibe. Sie lächelte, als die Menge auf einmal ganz still wurde vor Erstaunen.

* * *

»Beeilt euch! Auf dem Feld veranstalten sie gerade einen Wettkampf im Bogenschießen. Prinzessin Kalista tritt gegen unsere drei Meisterschützen an!« Sofort ließen die jungen Soldaten ihre Schwerter fallen und rannten demjenigen hinterher, der ihnen diese interessante Nachricht überbracht hatte. Die älteren Soldaten lächelten belustigt und folgten, nur etwas langsamer. Traven schloss sich ihnen an. Das war gewiss ein faszinierendes Schauspiel. Auch freute er sich über die weitere Gelegenheit, die schöne Prinzessin sehen zu können. Insgeheim fragte er sich, ob die Meisterschützen vielleicht absichtlich zu verlieren suchten, um die Prinzessin nicht zu verärgern.

Als er am Rande des Feldes eintraf, war schon die halbe Armee dort versammelt. Die Pfeile wurden gerade aus den vier Zielscheiben gezogen, und drei davon wurden weiter zurückgestellt. Einer der Schützen trat mit gesenktem Kopf beiseite. Seine beiden Kameraden schossen zuerst. Dem ersten gelang es, mit allen Pfeilen ins Schwarze zu treffen. Der zweite allerdings setzte einen Pfeil auf den dünnen Außenring der Mitte. Traven wurde klar, freiwillig würden die Schützen die Prinzessin ganz gewiss nicht gewinnen lassen. Und so gut, wie diese beiden gewesen waren, hatte sie sicher keine Chance, weiterzukommen.

Doch schnell erkannte Traven, wie sehr er sich geirrt hatte. Die Prinzessin schickte einen Pfeil nach dem anderen direkt in die Mitte. Mit offenem Mund starrte er ihre perfekte Scheibe an. Vorne klatschten die Soldaten. Die Pfeile wurden zurückgeholt und zwei Ziele noch ein Stück weiter weg neu aufgestellt. Die Prinzessin monierte, dies sei immer noch zu nahe, und bestand darauf, dass die Entfernung noch einmal vergrößert wurde.

Der verbleibende Soldat war wieder zuerst an der Reihe. Er nahm sich viel Zeit mit dem Zielen und setzte alle Pfeile in die Mitte, trotz der enormen Entfernung. Stolz verbeugte er sich vor der Menge, die ihn bejubelte. Dann trat die Prinzessin an die Linie. Auch sie ließ sich Zeit – und auch ihr gelang es, fünfmal hintereinander ins Schwarze zu treffen. Traven konnte über ihre Treffsicherheit nur staunen. Trotz der enormen Distanz konnte er ganz deutlich erkennen, dass ihre Pfeile sehr viel enger beisammensaßen als die des Meisterschützen. Die anderen Soldaten konnten das allerdings offensichtlich nicht sehen. Sie warteten gespannt, als Blaize nun zu den Zielscheiben marschierte, um sie genauer zu untersuchen.

Er kehrte zurück, wartete eine Weile, bis die Spannung fast unerträglich geworden war, und dann erklärte er Prinzessin Kalista zur Siegerin des Wettkampfes. Ihr letzter Gegner verneigte sich voller Respekt vor ihr und die Soldaten klatschten und jubelten. Die Prinzessin strahlte und nahm alles mit einem anmutigen Kopfneigen entgegen. Die Soldaten wollten schon zu ihrem Tagwerk zurückkehren, doch die Prinzessin hob die Hand und hielt sie auf.

»Wer möchte sich als Nächstes mit mir messen?«, fragte sie mit ihrer melodischen Stimme.

Die Männer wurden schlagartig ruhig und schauten sich neugierig um, wer wohl wagemutig oder dumm genug war, sich der Herausforderung zu stellen. Alle Meisterschützen waren klug genug, abzulehnen. Traven war sich sicher, dass keiner gegen die Prinzessin antreten wollte, doch dann trat ein junger Soldat mit einem sehr arroganten Gesichtsausdruck nach vorne und nahm sich einen Bogen.

Traven schüttelte ungläubig den Kopf. Wie konnte jemand glauben, die Prinzessin besiegen zu können, nachdem er gesehen hatte, wie gut sie mit dem Bogen umgehen konnte? Sie war unglaublich gut. Er hätte sich nie vorstellen können, dass jemand, der so schön war, auch noch solche überraschenden anderen Qualitäten besaß. Viele Soldaten hatten gemurmelt, dass sie den Befehlshaber General darum beneideten, dass die Prinzessin ihn liebte. Er beneidete den Befehlshaber General jetzt noch viel mehr. Traven schaute sich um; wie der Wettkampf vorne ausging, das wusste er, dazu musste er nicht hinschauen. Auf einmal sah er einen Bogen, den jemand in der ganzen Aufregung hatte liegen lassen. Er ging zum Bogen und hob ihn auf. Seit er als kleiner Junge mit seinem Vater auf der Jagd gewesen war, hatte er keinen Bogen mehr in der Hand gehalten. Er testete die Sehne und fragte sich, wie gut er wohl noch im Bogenschießen war. Eigentlich hatte er den Bogen nur in Sicherheit bringen wollen, doch jetzt reizte es ihn plötzlich, ihn auszuprobieren. Auf dem Boden lagen auch mehrere Pfeile. Er nahm sich einen, legte ihn an und zielte über den Schaft hinweg. Es fühlte sich nicht so an, als ob es allzu schwer sein könnte, damit etwas zu treffen, auch wenn er inzwischen völlig aus der Übung war. Bei seinem Zielen war ihm ein Baum aufgefallen, der nicht allzu weit entfernt stand. Er konzentrierte sich auf eines der Astlöcher und ließ den Pfeil fliegen, ganz locker. Zu seiner Überraschung landete er direkt im Astloch, auf das er gezielt hatte. Es war gut zu wissen, dass er noch immer ein recht anständiger Schütze war – wer weiß, vielleicht musste er sich eines Tages doch wieder einmal eines Bogens bedienen.

»Halt! Hier wartet noch jemand auf seine Chance!«, brüllte jemand aus der Menge.

Völlig erschrocken und verlegen erkannte Traven, dass der Soldat damit ihn gemeint hatte. Ihm wurde übel, als er nun plötzlich viele Blicke auf seinem Rücken spürte. Langsam und mit trockener Kehle drehte er sich um, den Bogen noch immer in der Hand, und seine schlimmste Befürchtung bewahrheitete sich. Alle starrten ihn an. Wortlos stand Traven da. Vor ihm bildete die Menge eine Gasse, wie einen direkten Weg zur Prinzessin. Ein junger Soldat klopfte ihm auf die Schulter, andere drängten ihn vorwärts. Traven wollte protestieren, doch er brachte kein Wort heraus. Er wollte sich umdrehen und weglaufen, aber sein Körper reagierte nicht auf diesen Befehl, bewegte sich wie in Trance weiter, auf die Prinzessin zu. Aus der Menge kamen ermutigende Rufe ebenso wie höhnischer Spott.

Traven versuchte zu lächeln, während seine Füße ihn näher und näher an die Prinzessin herantrugen. Nach einer scheinbaren Ewigkeit stand er neben seiner liebreizenden Gegnerin an der Schießlinie. Die Prinzessin schaute Traven fragend an. Er lächelte weiter verkrampft. Selbst wenn ihm etwas eingefallen wäre, was er hätte sagen können – er hätte kein Wort herausgebracht. Sein Blick fiel auf Blaize, der missbilligend den Kopf schüttelte. Dann verkündete er laut die Regeln. Die Prinzessin trat an die Linie.

»Wenn ich auch diesen Mann noch besiegt habe, werde ich den Wettkampf beenden, damit ihr alle zu eurem Training zurückkehren könnt«, verkündete sie.

Bewundernd beobachtete Traven, wie die wunderschöne Prinzessin mit anmutigen Bewegungen einen Pfeil anlegte und die Sehne spannte. Ihre berückende Schönheit aus solcher Nähe zu sehen, näher, als er ihr jemals zuvor gewesen war, machte ihn atemlos. Ein paar goldene Locken, die sich gelöst hatten, wehten wie Goldfäden im Wind, als die Prinzessin Pfeil um Pfeil direkt in die Mitte der Zielscheibe fliegen ließ. Die Pfeile befanden sich so dicht aneinander im Schwarzen, dass sich einzelne davon sogar berührten. Die Menge raunte vor Ehrfurcht. Triumphierend lächelte die Prinzessin und winkte Traven mit einem spöttischen Funkeln in den Augen heran.

Traven holte tief Luft und trat an die Schießlinie. Er blickte auf das weit entfernte Ziel. Wie war er bloß hierhergeraten? Er hätte es nie so weit kommen lassen dürfen. Warum hatte er nichts gesagt? Warum hatte er sich nicht geweigert, zu schießen? Jetzt war es zu spät. Jetzt schaute ihm jeder zu; und wenn er nun im letzten Augenblick kniff, stand er vor allen – und vor der Prinzessin! – wie ein Narr da. Aber auch wenn er tatsächlich seine Pfeile abschoss, konnte das Ergebnis nur das sein, dass sich nachher jeder über ihn lustig machte.

Mühsam verdrängte Traven diese entmutigenden Gedanken und versuchte, sich zu konzentrieren. Blaize hatte ihm am Morgen einen guten Rat gegeben – und genau den beabsichtigte er zu befolgen. Dieser Rat galt für einen Bogenschützen ebenso wie für einen Schwertkämpfer. Blaize hatte ihm gesagt, er müsse alle anderen Gedanken aus seinem Kopf verbannen und sich vollkommen konzentrieren. Traven versuchte, genau das zu tun. Fort mit dem Hohn ebenso wie mit den Ermunterungen, die aus der Menge kamen. Fort mit seinem Ärger, sich selbst in eine solche Situation gebracht zu haben. Fort mit seiner Angst und seiner Nervosität. Er schob alles beiseite, bis sein Kopf frei und klar war, und konzentrierte sich nur noch auf eines, auf das Ziel weit hinten auf dem Feld.

Konzentriert starrte Traven auf den schwarzen Kreis, der ihm von hier aus geradezu winzig vorkam, nicht mehr als ein Punkt. Die Welt um ihn herum trat zurück. Auf seiner Brust spürte er die vertraute Wärme des Steins, die ihn auch morgens immer bei seinen Übungen begleitete. Plötzlich schien der kleine schwarze Punkt in der Ferne zu wachsen, mehr und mehr. Er wuchs und er schien sich direkt auf ihn zuzubewegen, füllte bald sein gesamtes Blickfeld. Traven richtete seinen Blick und seine Aufmerksamkeit direkt auf die Mitte des schwarzen Kreises. Dann ließ er seinen ersten Pfeil fliegen.

Mit einem dumpfen, selbstbewussten Schlag landete der Pfeil direkt in der Mitte der Scheibe. Noch immer füllte der schwarze Kreis sein Blickfeld, und Traven schickte den zweiten Pfeil los, von dem er weder wusste, woher er kam, noch dass er ihn angelegt hatte. Wie aus weiter Ferne vernahm er das Keuchen der Menge, das wie aus einer Kehle zu kommen schien. Der zweite Pfeil hatte den ersten Pfeil getroffen und ihn genau in der Mitte gespalten. Noch immer sah Traven nur den schwarzen Kreis. Sein dritter Pfeil spaltete den zweiten ebenso, wie dieser den ersten gespalten hatte, und der vierte landete mitten im dritten Pfeil. Dann legte Traven den fünften Pfeil an.

Auf einmal erfüllte ihn ein wilder Schmerz, seine Brust brannte unerträglich.

Die alles durchdringende Pein zerstörte seine Konzentration. Traven schrie auf. Der Pfeil flog unkontrolliert vom Bogen, hoch über das Ziel hinweg. Traven griff sich an die Brust. Mit dem Schmerz kehrte das Bewusstsein seiner Umgebung wieder zurück. Jeder starrte ihn mit großen Augen an, die Prinzessin blickte verwirrt, Blaize besorgt. Er ließ den Bogen fallen und hastete davon, seine Hand fest gegen die Brust gepresst.

Er eilte in die Kaserne, in das Mannschaftszimmer, auf sein Bett. Langsam zog er sich das Hemd aus. Schwer atmend hob er den Stein an, der sich jetzt nur noch ein wenig warm anfühlte. Ganz deutlich sah er darunter die böse Brandwunde. Was sollte er nur tun? Diese Ablenkung hatte ihn den Sieg im Wettkampf gegen die Prinzessin gekostet. Das war schlimm genug. Aber in einem echten Kampf konnte es ihn sein Leben kosten. Er wusste nicht, woher der Gedanke gekommen war – aber auf einmal war es ihm klar, er musste unbedingt mit dem Philosophen Studell sprechen, sofort. Vielleicht konnte der ihm sagen, wie er es verhinderte, dass so etwas in Zukunft noch einmal geschah. Traven schlüpfte in seine feine Kleidung, damit man ihn für einen Studiosus hielt und in die Bibliothek ließ.

Ohne sich dessen richtig bewusst zu werden, was er tat, ging er aus der Kaserne heraus, über das Feld und die Straße entlang, die zur Stadt führte. Seine Gedanken drehten sich um den Machtstein, um die Prinzessin, um Magie, um Blaize, um die Brandwunde auf seiner Brust. Sie rasten und wirbelten wie wild umher. Er hoffte inständig, dass der Philosoph ihm helfen konnte. Wenn nicht, wusste er nicht, was er sonst tun konnte, tun sollte. Endlich beruhigte er sich ein wenig und stellte fest, dass er sich in einer dunklen, engen Gasse befand, ohne sich daran zu erinnern, wie er hierhergekommen war.

In der Einsamkeit der ruhigen Gasse zog er erneut den bernsteinfarbenen Stein aus seinem Hemd heraus. Warm, aber ganz gewiss nicht heiß lag er in seiner Hand. Traven hatte keine Ahnung, was den Stein hatte so heiß werden lassen, dass er ihn verbrannte. Das war jetzt das dritte Mal gewesen, dass dies passiert war. Worin konnte nur der Nutzen eines Machtsteins liegen, der ab und an ganz grundlos heiß wurde? Er überlegte wieder einmal, den Stein abzunehmen, aber das brachte er dann doch erneut nicht über sich. Seit dem Tod seines Vaters hatte er diesen Stein schließlich immer um den Hals getragen. Mit einem schweren Seufzer schob er den Stein wieder in sein Hemd. Er konnte nur hoffen, dass er sich nicht so bald wieder so wahnsinnig erhitzen würde.

Dann schaute sich Traven in der Gasse um und versuchte herauszufinden, wie er wieder zur Hauptstraße zurückgelangen konnte. Er wusste nicht, aus welcher Richtung er gekommen war, und mit all den hohen Gebäuden um ihn herum konnte er auch nicht sehen, wo die Sonne gerade stand. Er entschloss sich, der Gasse einfach bis zur nächsten Biegung zu folgen, in der Hoffnung, dort etwas zu finden, woran er sich orientieren konnte. Doch dann schrak er zurück. Direkt vor ihm stand ein tollwütiger Hund, und das Tier war riesig! Einen winzigen Augenblick starrte er direkt in die blutrünstigen Augen des Hundes, der Schaum vor dem Mund hatte, dann schoss er herum und rannte so schnell er konnte in die andere Richtung davon.

Der Hund verfolgte ihn knurrend und bellend. Traven bog in eine Seitengasse ein und in die nächste. Das riesige Tier blieb ihm dicht auf den Fersen. Erneut bog Traven ab, legte mit einem Würgen die Hand vor den Mund, als er an einem Haufen übel riechenden Abfalls vorbeikam, ohne langsamer zu werden. Er versuchte sogar, noch schneller zu rennen. Die Gasse machte eine Biegung – und dann endete sie weiter vorne auf einer größeren Straße. Das Grollen des Hundes hinter ihm war nicht mehr zu hören. Als Traven sich umschaute, war das Tier auch nicht mehr zu sehen; es hatte wohl die Verfolgung aufgegeben. Er seufzte erleichtert auf und bewegte sich langsam rückwärts aus der Gasse heraus, aufmerksam die Gegend hinter sich beobachtend, ob der Riesenhund wieder auftauchte.

Kaum hatte er die Gasse verlassen, hörte er einen erstickten Schrei.

30

Kadrak trat von der Schale der Sicht zurück und stieß voller Wut gegen den Holzständer, auf dem sie ruhte. Der Ständer krachte zu Boden. Die silberne Schale landete mit einem melodischen Klirren auf dem Steinboden der Höhle, über den sich ihr Wasser ergoss. Er hatte alles gegeben, alle Kraft eingesetzt – doch noch immer widerstand ihm der Nebel über Kalia. Immerhin wusste er jetzt, wer auch immer im Besitz dieses Artefakts war, hielt sich in Calyn auf. So weit hatte er den Nebel durchdringen können. In Calyn war auch der Geist. Eigentlich hätte er sich jetzt auf seinen listigen Meuchelmörder verlassen können, der sich des Problems annehmen sollte, aber Kadrak wollte nichts dem Zufall überlassen. Außerdem – der Geist war jetzt schon viele Monate lang unterwegs und hatte bisher keinerlei Erfolge verzeichnen können. Kadrak wünschte sich, sein gedungener Mordgeselle würde sich beeilen und endlich mit dem Artefakt zurückkehren.

Kadrak verließ die enge Höhle und ihre kalte Dunkelheit und trat hinaus in die Wärme der Nachmittagssonne. Trotz seines Misserfolgs mit der Sicht brachte der Anblick seines Lagers ihn zum Lächeln. Seine Truppen warteten ungeduldig darauf, weiterzuziehen. Sie waren bereit. Demnächst hatten sie Rankdra erreicht. Schon bald konnte er seine Mahlzeiten in einem neuen

Palast einnehmen. In ein paar Tagen kannte – und fürchtete – ihn die ganze Welt.

* * *

Bass erstaunt, ließ Kalista den Bogen aus ihrer Hand gleiten, als der junge Mann einen Pfeil direkt auf den anderen setzte. Sie war noch niemandem begegnet, der so gut schießen konnte. Er war ganz ruhig, überhaupt nicht nervös, und seine Bewegungen waren fließend, selbstbewusst. Als er gerade seinen fünften Pfeil angelegt hatte, ließ sein durchdringender Schrei sie erschrocken zusammenfahren. Der Pfeil flog über die Zielscheibe hinweg und der junge Mann fasste sich an die Brust und ließ den Bogen fallen.

In seinem Gesicht stand unerträglicher Schmerz geschrieben und dann zeigte es Panik. Wie ein gehetztes Tier schaute er sich um, schaute auf die Menge, auf sie, auf General Blaize und rannte davon in Richtung Kaserne. Wie betäubt stand Kalista da. Was war hier nur gerade passiert? Unter den Männern brach Raunen und Flüstern aus, bis General Blaize die Menge zum Exerzieren zurückschickte. Am Ende standen nur noch sie, Gavin und der große General auf dem Feld.

»Das war auf jeden Fall ein faszinierendes Schauspiel«, bemerkte Gavin.

»Was war nur mit dem jungen Mann?«, fragte Kalista. »Er hat so gut geschossen, und dann … Nun, ich weiß nicht, was dann passiert ist.«

»Oh, macht Euch darüber keine Sorgen, Prinzessin«, beruhigte sie General Blaize. »Ich bin mir sicher, es geht ihm gut. Er hat nur unglaublich hart trainiert und braucht wahrscheinlich einfach ein wenig Ruhe.«

Doch Kalista spürte genau, trotz seines ruhigen Äußeren war der General äußerst besorgt.

»Wie heißt der junge Mann eigentlich?«, erkundigte sich Kalista.

»Sein Name ist Traven, meine Prinzessin.«

Kalista wiederholte den Namen innerlich; es war auf jeden Fall ein höchst interessanter Name.

»Wisst Ihr, General Blaize«, mischte sich nun Gavin ein, »ich denke, was Ihr gerade über diesen Jungen gesagt habt, das gilt eigentlich für alle Soldaten. Sie alle brauchen ein wenig Erholung vom harten Training. Ihr habt ja gesehen, wie aufgeregt sie die Gelegenheit für eine Abwechslung genutzt haben und zum Wettkampf geströmt sind. Was meint Ihr – ob es eine gute Idee wäre, ihnen vor den letzten Vorbereitungen für den Marsch ein paar Tage freizugeben?«

»Das würde die Stimmung auf jeden Fall heben, Befehlshaber General«, nickte Blaize, nachdem er kurz über den Vorschlag nachgedacht hatte. »Ich werde es heute beim Abendessen bekannt geben.«

Er und Gavin besprachen die Einzelheiten, dann hatte Gavin noch eine Reihe weiterer Fragen. Anfänglich hörte Kalista zu, doch dann begannen die endlosen Details sie zu langweilen. Über all diesen Angelegenheiten hatte Gavin offensichtlich sogar ihre Anwesenheit vergessen. Nach dem Wettkampf und der merkwürdigen Sache mit diesem jungen Mann hatte sie für den Nachmittag auch genug an Aufregung erlebt. Kalista beschloss, in den Palast zurückzukehren.

»Wenn du das wünschst, meine Liebe«, willigte Gavin ein, als sie erklärte, sie werde nun zurückreiten.

Gavin rief die Wachen, drückte ihr zum Abschied mit einem liebevollen, aber etwas abgelenkten Lächeln die Hand, und General Blaize verbeugte sich. Kalista bestieg ihre Stute und verließ die Kaserne. Zwei Wachen ritten vor ihr, zwei weitere an jeder Seite und zwei hinter ihr. Sie war sehr müde und freute sich darauf, vor dem Abendessen noch ein wenig zu ruhen.

Unterwegs ließ Kalista es sich nochmals durch den Kopf gehen, was geschehen war. Es war seltsam, dass sie diesem jungen Soldaten immer wieder begegnete. Sie hatte es kaum glauben können, als er auf einmal vortrat, um ihre Herausforderung anzunehmen. Er hatte so verängstigt gewirkt, sie war sich sicher gewesen, er hatte keine große Übung im Bogenschießen. Aber nachdem sie seine Treffsicherheit erlebt hatte, wusste sie, ihr erster Eindruck hatte sie wieder einmal getäuscht. Vielleicht war er einfach vom Wesen her ein furchtsamer Mensch. Aber vielleicht lag es auch an ihr, dass er bei jeder Begegnung so nervös gewesen war. Es gefiel ihr sehr, dass sie ihn durch ihre bloße Anwesenheit so aus dem Gleichgewicht bringen konnte – doch sofort schämte sie sich dieses Gedankens. Schließlich war sie mit Gavin verlobt. Nein, besser, sie hoffte, diesem Traven nicht mehr über den Weg zu laufen.

Ein lauter Krach vor ihnen auf der Straße ließ die Prinzessin aus ihren Gedanken hochschrecken. Sofort hielten die beiden Wachen vorne an und griffen nach ihren Schwertern, beruhigten sich aber schnell wieder. Kalista trieb ihre Stute an; sie wollte sehen, was da passiert war. Ein riesiger Wagen lag mitten auf der Straße auf der Seite, umgestürzt. Offensichtlich war er schwer beladen gewesen mit Weinfässern. Jetzt lagen und rollten die Fässer überall auf der Straße umher. Ein paar der Fässer mit dem köstlichen Rebensaft waren beim Sturz beschädigt worden; wie Blut färbte der Wein die hellen Steine der Straße dunkelrot. Was dazu geführt hatte, dass der Wagen umgekippt war, konnte die Prinzessin nicht erkennen.

Die Bauern in der Straße standen um den Wagen herum und es kamen immer mehr herbei. Laut spekulierte man darüber, wie es zu dem Unfall hatte kommen können. Dann hatten ein paar Lausbuben eine andere Idee. Kalista beobachtete, wie ein paar junge Männer sich, vorsichtig zunächst, einem der Fässer näherten, das seinen Inhalt in einem sprudelnden Bogen auf die Straße ergoss. Einer von ihnen begab sich auf die Knie, beugte sich mit dem Kopf zum Strom des edlen Weines herunter und begann zu trinken. Vergebens suchte Kalista in der Menge nach dem Eigentümer des Wagens, der bei einem solchen Diebstahl doch eingreifen musste. Nachdem der Eigentümer nicht einschritt und niemand den jungen Mann verjagte, fassten auch andere Mut und taten sich am süßen Wein gütlich. Schon bald feierte die gesamte Menge ein spontanes Fest, mit Trinken, Singen und Lachen.

Immer größer wurde die Menge und schon bald gab es kein Vorbeikommen mehr an diesem Hindernis. Hunderte von Menschen erfreuten sich an dem teuren Wein, den es hier umsonst gab. Einige tanzten fröhlich. Zuerst hatte Kalista überlegt, ihren Wachen zu befehlen einzuschreiten, doch als sie sah, wie glücklich dieses unerwartete und ungeplante Fest ihre Untertanen machte, beschloss sie, den Dingen ihren Lauf zu lassen – und den Eigentümer des Weins zu entschädigen, wenn er seinen Fall im Palast vorbrachte. Bald traf eine Stadtwache ein. Nachdem die Männer jedoch sahen, dass die Prinzessin nichts gegen die ständig größer werdende Feier einzuwenden hatte, gaben sie sich damit zufrieden, vom Rand der Menge aus alles zu beobachten, damit die Dinge nicht außer Kontrolle gerieten.

»Ich fürchte, auf dieser Straße kommen wir nicht voran«, sagte Kalista zu ihren Wachen.

»Eine kluge Beobachtung«, lächelte der Anführer ihrer Wachen. Er schaute sich um. »Wir können dieser Gasse folgen«, erklärte er dann und deutete auf eine Querstraße direkt hinter ihnen. »Dann biegen wir in die Straße ein, die parallel zu dieser verläuft, bevor wir die nächste Möglichkeit nutzen, zur Hauptstraße zurückzukehren. Sollen wir diesen Weg nehmen?«

»Reitet voraus!«, befahl Kalista und ließ sich zurückfallen, bis sie wieder in der Mitte ihrer Wachen ritt.

Die Leute feierten fröhlich weiter. Kalista und ihre Wachen bogen in eine schmale Gasse ein, bis eine schmale Straße sie kreuzte. Dann nahmen sie diese Straße, die in Richtung Palast verlief.

Aufmerksam betrachtete Kalista die Umgebung. In dieser Straße war sie noch nie zuvor gewesen. Sie wirkte ganz anders als die Hauptstraße, doch sie war sauber und schien sich in gutem Zustand zu befinden. Und obwohl diese Straße viel enger war als die Hauptstraße, konnten doch noch immer drei Leute bequem nebeneinanderreiten. Auf beiden Seiten ragten Gebäude viele Stockwerke in die Höhe, sodass die Straße selbst im Schatten lag. Aus irgendeinem Grund fühlte Kalista sich auf einmal höchst unbehaglich. Auch ihre Wachen, das konnte sie sehen, ritten gestraffter und beobachteten alles aufmerksamer als zuvor. Zuerst vermutete die Prinzessin, dass ihr Unbehagen an der räumlichen Enge lag, der sie sich hier ausgesetzt sah, doch dann wurde ihr der wahre Grund bewusst.

In der Straße war es komplett still. Das einzige Geräusch war das Klappern der Hufe auf dem Kopfsteinpflaster. Noch vor einem halben Kilometer hatten sie den üblichen Straßenlärm vernommen und es waren Menschen um sie herum gewesen, doch jetzt war es absolut ruhig, und, soweit Kalista sehen konnte, befand sich neben, vor und hinter ihnen niemand sonst. Die Prinzessin versuchte, sich mit dem Gedanken zu beruhigen, dass nur deshalb kein anderer Mensch zu sehen war, weil alle sich dem spontanen Fest in der Hauptstraße angeschlossen hatten. Trotzdem wollte das unangenehme Gefühl nicht weichen. Plötzlich hatte sie auch das sichere Gefühl, beobachtet zu werden. Angespannt saß sie im Sattel und ritt weiter die totenstille Straße entlang.

Und dann durchbrachen zwei schrille Pfiffe die Stille. Sie schaute sich um, doch niemand war zu sehen. Die beiden Wachen vor ihr sackten urplötzlich zusammen und fielen mit einem dumpfen Schlag vom Pferd. Mit großen Augen sah Kalista auf ihre leblosen Körper, von jäher Angst erfüllt. Die verbleibenden vier Wachen formten sofort einen engen Kreis um sie herum, mit gezogenen Schwertern. Wie Kalista selbst schauten sie in alle Richtungen, ohne jemanden zu entdecken. Es war alles ruhig; nur ihr eigenes schnelles Atmen war zu hören. Dann ertönten wieder zwei schrille Pfiffe, unmittelbar gefolgt von zwei weiteren. Vor Angst und Entsetzen wie gelähmt, musste Kalista mit ansehen, wie alle vier verbliebenen Wachen nahezu gleichzeitig tot zu Boden sanken.

Kalista riss ihr Pferd herum. Sie fürchtete sich so sehr, dass sie es nicht einmal wagte zu schreien. Ihre Gedanken waren wie eingefroren, konnten es nicht verarbeiten, was gerade geschah. Inmitten ihrer sechs toten Wachen war sie jetzt ganz allein. Und wieder schrillte ein Pfiff, doch diesmal nur einer. Aus einem Tor ganz in der Nähe brachen zwei verlottert aussehende Gesellen auf Pferden hervor. Beide grinsten gemein und bösartig. Kalista wusste, wenn es ihr jetzt nicht gelang, schnell zu entkommen, war sie in großen Schwierigkeiten. Sie riss am Zügel, wollte in die Richtung fliehen, aus der sie gekommen war. Doch mit einem verzweifelten Wimmern gab sie diesen Plan auf – genau aus dieser Richtung näherten sich ihr jetzt zwei weitere Reiter, die sich an ihrer Hilflosigkeit zu erfreuen schienen, denn sie lachten laut. Panisch schaute sie zwischen den von beiden Seiten heranrückenden Männern hin und her. Sie saß in der Falle!

Doch bevor sie komplett resignierte, unternahm sie einen letzten, verzweifelten Versuch, zu entkommen. Wenn es ihr gelang, irgendwie bei den Männern durchzubrechen, war sie frei. Sie griff nach der kleinen Armbrust, die immer an ihrem Pferd hing. Kampflos würde sie sich auf jeden Fall nicht ergeben! Abwägend betrachtete sie die vier Kerle und versuchte herauszufinden, an welchem von ihnen sie am leichtesten vorbeireiten konnte. Aber es blieb ihr fast keine Zeit mehr. Sie wählte einfach einen aus und schlug ihrer Stute die Fersen in die Flanke. Das Pferd setzte sich in Bewegung, auf die beiden Männer zu, die ihr am nächsten waren. Sofort zogen diese die Schwerter, doch es half ihnen nichts. Der linke fiel vom Sattel, von einem Bolzen aus ihrer Armbrust in die Brust getroffen, und der andere konnte nur noch zuschauen, wie Kalista neben dessen totem Pferd an ihm vorbeigaloppierte.

Mit einem zitternden Triumphschrei raste Kalista davon. Bis ein letztes Mal ein Pfiff zu hören war. Mitten im Galopp brach die Stute unter ihr zusammen und die Prinzessin flog durch die Luft, schlug hart auf dem Straßenpflaster auf.

Ein paar Sekunden lang lag sie bewegungslos da, bis ihr endlich bewusst wurde, sie musste aufstehen, versuchen zu fliehen. Doch noch bevor sie ihren schmerzenden Körper erheben konnte, hatten sich die verbleibenden drei Männer auf sie gestürzt. Einer packte ihre Arme und riss sie ihr grob nach hinten. Ein anderer schob ihr brutal ein schmutziges Tuch in den Mund, an dem sie glaubte, ersticken zu müssen. Rasch war sie an Händen und Füßen gefesselt. Dann rollte man sie auf den Rücken. Kalista versuchte zu schreien, doch der Knebel erstickte diesen Laut.

»Hör auf, dich zu wehren, kleine Prinzessin«, sagte einer der Männer und schlug ihr hart ins Gesicht. Tränen traten ihr in die Augen. Die drei Kerle lachten nur.

»STOPP!«, schrie auf einmal jemand laut, irgendwo weiter unten auf der Straße.

Die drei Kerle fuhren herum. Sie entspannten sich jedoch sofort wieder, als sie sahen, wer da herankam.

»Mach dich lieber vom Acker, Junge«, knurrte einer von ihnen. Nach einem kurzen Schweigen fauchte er wütend: »Ich habe gesagt, verschwinde!«

Kalista stützte sich auf die Ellbogen, um zu sehen, was los war. Sie konnte es nicht fassen, was sie sah. Dort stand der junge Soldat, der sich im Bogenschießen so kunstfertig mit ihr gemessen hatte. Herausfordernd sah er die drei Männer an. Diesmal war er wieder ganz in Schwarz gekleidet. Kalista fasste neue Hoffnung, bis ihr klar wurde, dass die anderen ihm zahlenmäßig drei zu eins überlegen waren. Der junge Mann warf ihr einen schnellen Blick zu und lächelte ermutigend. Dann zeigte sein Gesicht Entschlossenheit und Konzentration, als er zu den drei Männern zurückblickte.

»Ich kümmere mich um ihn«, sagte einer der drei Kerle herablassend und zog sein Schwert. »Wir haben dich gewarnt!«, höhnte er und ging auf den jungen Soldaten zu.

Der holte langsam sein Schwert aus der Scheide. Ansonsten bewegte er sich nicht. Ruhig, das Schwert locker in der Hand haltend, beobachtete er den Herankommenden aufmerksam. Mit einem lauten Brüllen stürzte der sich ganz plötzlich auf den jungen Soldaten. Kalista war sich sicher, das bedeutete das Ende für ihren Retter. Doch in letzter Sekunde schoss sein Schwert nach oben, parierte den Hieb. Blitzschnell kam sein Gegenangriff und der Kerl lag tot am Boden. Nahezu ohne sich zu bewegen, hatte sich der junge Mann des ersten Halunken entledigt. Kalista war ebenso überrascht wie die zwei anderen Schurken. In diesem Augenblick fiel ihr auch wieder ein, wie General Blaize gesagt hatte, dass er einer der besten Schwertkämpfer in der Armee war. Langsam füllte wieder warme Hoffnung ihren kalten, schmerzenden Körper.

Nun hatten die beiden anderen sich von ihrem ersten Schock erholt und zogen die Schwerter. Gemeinsam näherten sie sich dem Mörder ihres Kumpanen. Der junge Mann machte einen Schritt über den toten Körper zu seinen Füßen hinweg. Wieder stand er da, sein Gesicht ruhig und konzentriert, das Schwert an seiner Seite. Die beiden Kerle griffen ihn gleichzeitig an. Er wehrte den ersten Hieb ab und duckte sich unter dem zweiten hindurch. Dann trat er einen von den Kerlen in den Bauch. Als der mit einem Grunzen zurücktaumelte, sprang der junge Soldat auf den anderen zu. Drei schnelle Schwünge und er lag am Boden, um nie wieder aufzustehen. Nun war der dritte an der Reihe, der sich noch nicht wieder richtig erholt hatte. Ein paar Male klirrten die Schwerter gegeneinander, dann sackte auch dieser zusammen und schloss sich seinen Gesellen am Boden an.

Noch immer höchst wachsam, schaute sich der junge Soldat in der Straße um, das Schwert bereit. Das Pflaster der Straße hatte sich wie das in der Hauptstraße dunkelrot gefärbt; nur nicht von Wein, sondern von Blut. Nach einer Weile entspannte sich der junge Mann, schnitt aus dem Ärmel eines der Angreifer ein Stück Stoff heraus, reinigte sein Schwert, schob es in die Scheide zurück und eilte zu ihr. Er beugte sich über sie und nahm ihr mit einem schüchternen Lächeln den Knebel ab.

Kalista schaute auf, in die strahlenden Augen ihres Retters. Sie war ihm so dankbar! Gerade wollte sie ihren Dank auch laut äußern, da erstarrte auf einmal das Lächeln in seinem Gesicht, an seine Stelle trat Furcht. Kalista hörte einen dumpfen Schlag. Seine Augen rollten nach oben, und er fiel direkt auf sie, erstickte dabei ihren überraschten Schrei. Sofort wurde sein schlaffer Körper von ihr heruntergezogen. Nun beugte sich ein anderes Gesicht über sie, ein dünnes Gesicht, in dem ein gemeines Grinsen stand, umrahmt von strähnigen schwarzen Haaren. Mit einem wütenden Knurren schlug der Mann zu, traf ihre Schläfe. Die Welt um Kalista herum wurde schwarz.

* * *

Der Geist ging zu seinem Pferd, holte zwei große braune Säcke und kehrte zu den beiden bewegungslos daliegenden Körpern zurück. Erneut schob er der hübschen Prinzessin den Knebel in den Mund, dann zog er den Sack über ihren Körper und band ihn oben zusammen. Dem jungen Mann nahm er zunächst das herrliche Schwert ab, dann knebelte er auch ihn und stopfte ihn in den zweiten Sack. Anschließend holte er sich zwei Pferde seiner toten Männer und lud die beiden Körper auf. Er sicherte sie gut. Nun zog er erneut den Sucherstein von Kadrak hervor.

Als er den Stein über das Schwert führte, färbte er sich sofort rot. Dieses Schwert besaß also magische Eigenschaften. Allerdings hatte der Geist keine Ahnung, worin diese bestanden. Immerhin fühlte sich das Schwert so an, als ob es direkt für seine Hand geschaffen worden wäre. Dann hielt der Meuchelmörder den Sucherstein über den Sack, in dem der junge Mann steckte. Der Stein blieb schwarz, aber es leuchteten umgehend winzige Flecken von Rot darin auf, die fast nicht zu sehen waren. Sobald er den Stein weiter vom Sack forthielt, erloschen diese Flecken. Noch war sich der Geist nicht sicher, was er von dem jungen Mann zu halten hatte – aber er hatte viel Zeit, das herauszufinden. Er hatte ihn dabei beobachtet, wie er sich tapfer gegen drei seiner Mordbuben gewehrt hatte. Dabei war er zunächst versucht gewesen, ihm ebenso mit seinem Blasrohr den Garaus zu machen wie den Wachen der Prinzessin.

Nachdem der erste Räuber tot am Boden lag, hatte der Geist das Blasrohr angehoben. Irgendetwas hatte ihn dazu bewogen, es wieder beiseitezulegen und den Sucherstein herauszuziehen. Und zu seiner Verblüffung hatte der dieselbe schwarz-rot marmorierte Farbe gezeigt wie damals in jener Nacht, als er vor Monaten die Karawane angegriffen hatte. Der Geist hatte keine Ahnung, was er davon halten sollte. Der junge Mann konnte kein Magier sein, denn sonst hätte sich der Stein ja rot färben müssen. Aber irgendwie hatte er etwas an sich, das sich auf den Stein auswirkte – und er wollte herausfinden, was das war. Leise hatte er sich angeschlichen und den jungen Mann nur betäubt, statt ihn umzubringen. Tote gaben keine Antworten auf Fragen.

Nun schwang sich der Geist auf sein Pferd und führte die beiden anderen Pferde mit den Säcken darauf die Straße entlang und in das Gewirr der Gassen, die davon abzweigten. Sobald jemand diesen Ort des Todes entdeckte, die königlichen Wachen leblos und die Prinzessin verschwunden fand, würde das einen Aufschrei in der ganzen Hauptstadt auslösen. Der Geist grinste in sich hinein, als er mit seiner Beute an den nichts ahnenden Bewohnern von Calyn vorbeiritt. Er war heute in die Stadt gekommen, um Prinzessin Kalista zu entführen. Das war ihm nicht nur gelungen, so wie er seine Ziele immer erreichte – sondern er hatte sich noch dazu ein magisches Schwert und den jungen Mann gesichert, dem er schon so lange auf den Fersen gewesen war. Was für ein wundervoller Nachmittag!

31

»Ich bitte um Entschuldigung, Befehlshaber General.«

Gavin schaute von den Papieren auf, die er gerade durchsah. Vor ihm stand ein Mann der Stadtwache, bleich, außer Atem, der offensichtlich ebenso ängstlich wie ungeduldig darauf wartete, dass Gavin ihn endlich zur Kenntnis nahm und er seine Botschaft überbringen konnte. Die Unterbrechung verärgerte Gavin, aber der Ausdruck im Gesicht der Wache zeigte Gavin, es musste etwas wirklich Wichtiges sein.

»Sprecht«, sagte Gavin und befasste sich schon wieder mit den Papieren.

»Prinzessin Kalista ist entführt worden«, stieß der junge Wachmann hervor.

»Was?«, Gavin sprang auf. »Erklärt Euch näher!«, schrie er die vor Angst zitternde Wache an.

»Jawohl, Befehlshaber General«, sagte der Wachmann mit einem tiefen Atemzug. »Wir haben die Wachen, die sie begleiteten, tot in einer Seitenstraße im Bezirk Capila gefunden. Die Prinzessin ist verschwunden. Ich wurde ausgesandt, um Euch sofort darüber zu informieren und Euch zum Ort der mutmaßlichen Entführung zu begleiten.«

Gavin ließ die Papiere fallen. »Ich komme.«

Er folgte der Wache den Gang herunter und aus der Kaserne heraus. Hinter sich hörte er die geschmeidigen Schritte von General Blaize. Rasch hatten alle drei die Pferde bestiegen und ritten in Richtung Stadt. Gavin war wie betäubt angesichts der Nachricht. Er konnte nicht einmal klar denken. Seine zukünftige Braut war entführt worden! Seit Jahrhunderten hatte es niemand mehr gewagt, sich an einem Mitglied der königlichen Familie in Kalia zu vergreifen. Kaum war es wirklich in sein Bewusstsein gedrungen, was passiert war, überfiel ihn ein unerträgliches Schuldgefühl. Nie hätte er es zulassen dürfen, dass sie allein, mit nur sechs Wachen als Schutz, in den Palast zurückritt! Er hätte sie unbedingt mit dem Rest der Wachen begleiten müssen, dann wäre ihr nichts geschehen und sie wäre sicher zum Palast zurückgekehrt. Er wusste nicht, ob er mit dieser Schuld würde leben können, wenn ihr wirklich etwas zustieß.

Als sie am Ort des Geschehens eintrafen, bot sich Gavin ein verwirrendes Bild. Die Stadtwache hatte die schmale Seitenstraße abgesperrt und machte den drei Männern Platz. Direkt vor ihnen lagen drei Männer in ihrem eigenen Blut. Ihrer Kleidung nach zu urteilen, waren es arme Leute. Weiter vorne in der Straße lagen die sechs königlichen Wachen tot da. Soweit Gavin das erkennen konnte, wiesen sie keinerlei Verletzungen auf und es gab keinerlei Anzeichen eines Kampfes. Ein weiterer Verbrecher war vom Bolzen einer Armbrust getroffen worden, und auch die Stute der Prinzessin lag da, bewegungslos, aber äußerlich unverletzt. Gavin betrachtete die Szene und zermarterte sich das Hirn in dem Versuch, zu erklären, was hier passiert war. Hinter ihm ließ General Blaize seine Augen schweifen und versuchte ebenfalls, das Geschehene nachzuvollziehen. Die Wachen standen stramm, als sich der Befehlshaber General räusperte.

»Was habt Ihr herausgefunden?«, fragte Gavin, der seine Stimme mühsam unter Kontrolle bringen musste. Der Hauptmann der Stadtwache trat vor und verneigte sich.

»Es tut mir sehr leid, aber wir haben keine Spur von Prinzessin Kalista gefunden und keinerlei Hinweise, wo sie sein könnte, also wohin man sie verschleppt hat. Anscheinend hat niemand hier etwas gehört oder gesehen. Ein paar der Wachen waren in der Straße, die parallel zu dieser hier verläuft; dort gab es eine Störung, nachdem ein Wagen umgestürzt war. Er hatte Wein geladen, und ein paar der Umstehenden haben sich sofort daran bedient. Sie berichten, dass sie die Prinzessin gesehen haben, guter Dinge, vor nicht mehr als einer Stunde. Sie hat die Szene beim umgestürzten Wagen eine Weile beobachtet und dann versuchte sie, mit ihren Wachen die Stelle zu umgehen, denn dort war kein Durchkommen mehr. Dabei sind sie wohl auf diese Straße ausgewichen. Vor etwa einer halben Stunde kam jemand hier vorbei, der am Wagen mit dem Wein gewesen war. Er war zwar sehr betrunken, aber noch klar genug, die Wachen zu alarmieren, die am umgestürzten Wagen Aufsicht führten.

Die Straße wurde sofort abgesperrt und seitdem haben wir nach Hinweisen gesucht und Zeugen befragt. Bisher waren wir nicht in der Lage, jemanden zu finden, der etwas beobachtet hat oder etwas Ungewöhnliches feststellen konnte. Ich habe meine besten Spurensucher auf die Sache angesetzt. Die Untersuchung befindet sich noch im Anfangsstadium. Wir haben die Hoffnung, dass wir noch etwas finden können, das uns weiterhilft. Wenigstens können wir davon ausgehen, dass die Prinzessin unverletzt ist. Wahrscheinlich hat sie jemand entführt, dem es um ein Lösegeld oder Ähnliches geht.«

Gavin holte tief Luft. Er konnte nur hoffen, dass der Hauptmann mit seiner Vermutung recht hatte. Der Gedanke, dass dieser Abschaum, der sie entführt hatte, ihr etwas angetan haben könnte, war unerträglich.

»Hauptmann«, meldete sich nun General Blaize zu Wort, »könnt Ihr mir sagen, was den Tod der sechs Wachen und der Stute der Prinzessin verursacht hat?«

»Wir haben keine sichtbaren Wunden entdecken können«, antwortete der. »Allerdings steckten ihnen kleine Pfeile im Nacken. Wir vermuten, dass diese Pfeile vergiftet waren, mit einem Gift, das umgehend zum Tod führt.«

Der hünenhafte General stieg vom Pferd, begab sich zu den königlichen Wachen und untersuchte sie nun selbst. Er drehte einen der Wachmänner um, zog seine Augenlider hoch, betrachtete die Augen und anschließend den offenen Mund. Dann drehte er ihn wieder zurück auf den Bauch.

»Prärie-Anemone«, erklärte Blaize. »Das Gift der Prärie-Anemonenviper hat sie umgebracht. Diese Schlangen sind äußerst selten und nur im Nordosten von Balthus zu finden. Ihr Gift tötet sofort. Das ist unser erster Hinweis, Hauptmann. Die Angreifer stammen entweder aus Balthus oder sie haben das Gift von einem balthanischen Händler erworben. Dieses Gift verliert sehr schnell seine Wirkung. Man kann es nur wenige Monate lagern. Nach einem Jahr hat es bereits seine gesamte Wirkung verloren. Also muss das Gift zwischen dem letzten Frühjahr und jetzt nach Calyn gebracht worden sein.« Der Hauptmann blickte unsicher vom General zu Gavin und wieder zurück. General Blaize zuckte die Achseln. »Es ist kein extrem hilfreicher Hinweis – aber wenigstens ist es einer.«

»Ich danke Euch, General«, erklärte der Hauptmann. Nach kurzem Zögern fragte er Blaize, was seiner Meinung nach hier passiert war. »Jede Kleinigkeit kann uns dabei helfen herauszufinden, wohin die Prinzessin gebracht wurde«, erklärte er.

»Ich glaube nicht, dass ich etwas beitragen kann, was Eure Spurensucher nicht schon längst gefunden haben«, wehrte der General ab.

»Teilt ihm Eure Gedanken mit!«, befahl Gavin, der sich sicher war, dass der Hüne aus Balthus Einblicke gewonnen hatte, die sie weiterbringen konnten.

General Blaize nahm noch einmal die gesamte Szene in sich auf und überlegte kurz. »Der Angriff war gut vorbereitet und geplant«, legte er dann seine Überlegungen dar. »Das waren keine normalen Halunken, die die Prinzessin entführt haben. Begonnen hat alles mit dem Ablenkungsmanöver auf der Hauptstraße. Das hat erstens alle Menschen angezogen, die auf der Straße waren, und zweitens die Prinzessin und ihre Wache gezwungen, auf eine Seitenstraße auszuweichen. Ein sehr geübter Meuchelmörder hat, wahrscheinlich von einem der Dächer aus, die Wachen mit den vergifteten Pfeilen aus einem Blasrohr erledigt. Das ist ebenso geräuschlos wie effektiv. Danach machte er sich daran, die hilflose Prinzessin gefangen zu nehmen. Sie versuchte zu entkommen, doch der Kerl erledigte auch ihr Pferd. Irgendwie gelang es ihr noch, einen der Angreifer zu töten, bevor man sie überwältigte.«

»Ja, man hat einen Bolzen aus ihrer Armbrust in dem Verbrecher gefunden«, warf der Hauptmann ein. General Blaize nickte und fuhr fort.

»Nachdem die Prinzessin ergriffen worden war, hat ganz offensichtlich ein Versuch stattgefunden, sie zu retten. Wer auch immer derjenige war, der ihr zu Hilfe geeilt ist – er konnte hervorragend mit dem Schwert umgehen, denn es ist ihm gelungen, drei der Halunken zu töten, bevor auch er überwältigt und gefangen genommen wurde. Wie das geschehen konnte, kann ich mir nicht erklären.«

»Woher wisst Ihr, dass man auch ihn mitgenommen hat?«, erkundigte sich einer der Spurensucher neugierig.

»Nun, wenn er getötet worden wäre, hätten wir hier seine Leiche gefunden. Und wenn er hätte fliehen können, hätte er umgehend die Stadtwache alarmiert. Also bleibt nur die Möglichkeit, dass man auch ihn entführt hat. Allerdings beunruhigt mich die Tatsache sehr, dass man ihn am Leben gelassen hat, denn das ergibt eigentlich keinen Sinn. Danach sind dann jedenfalls die Prinzessin und dieser Mann irgendwie fortgeschafft worden. Ich bin mir nicht ganz sicher, wie viele Halunken es noch waren, außer den vier Toten. Allzu viele können es allerdings nicht gewesen sein, sonst hätten sie Aufsehen erregt. Das ist alles, was ich mir zusammenreimen kann.«

Der Hauptmann bedankte sich erneut. »Eure Theorie stimmt mit der überein, die auch meine Spurensucher entwickelt haben – aber Ihr habt ein paar Dinge hinzugefügt, die hilfreich sein können.«

»Was können wir sonst noch tun?«, drängte Gavin.

»Wir tun bereits alles, was wir können«, entgegnete der Hauptmann. »Wir werden unsere Untersuchung abschließen und heute Abend dem Palast Bericht erstatten. Bisher ist der Hochkönig noch nicht über die Entführung seiner Tochter informiert worden.« Der Hauptmann zögerte. »Ich kann sofort einen Boten lossenden, wenn Ihr …«

»Nein, nein – ich werde den Hochkönig selbst davon in Kenntnis setzen«, erklärte Gavin entschlossen. »Bewahrt vollkommenes Stillschweigen über den Vorfall. Wir dürfen die Bewohner nicht in Angst und Sorge versetzen. Ich erwarte Euren Bericht so schnell wie möglich.«

Gavin verabschiedete sich vom Hauptmann und auch von General Blaize, der zur Kaserne zurückreiten wollte, und begab sich zum Palast, um den Hochkönig zu informieren. Das Herz war ihm schwer, ihm eine solche Nachricht überbringen zu müssen. Aber er war mit schuld, dass es dazu gekommen war, und er wollte sich nicht feige davor drücken, die Verantwortung dafür zu übernehmen.

Er brachte sein Pferd in den Stall. Wie mechanisch, mit einem zu Stein erstarrten Gesicht, begab er sich in den Warteraum vor dem Saal, in dem der Hochkönig arbeitete, und sandte einen Diener mit der Nachricht zu ihm, dass er ihn dringend sprechen müsse. Er dachte darüber nach, wie er dem Monarchen die Nachricht, dass seine Tochter entführt worden war, am schonendsten beibringen konnte. Doch er hatte keine Zeit, sich viel zurechtzulegen, denn der Bote kam sofort zurück und brachte ihn zum Hochkönig. Mit schleppendem Schritt durchquerte Gavin den reich geschmückten Raum, suchte immer noch verzweifelt nach den richtigen Worten. Seine Kehle schnürte sich zusammen, als er das fröhliche Lächeln sah, mit dem sein zukünftiger Schwiegervater ihn begrüßte.

Gavin verbeugte sich. »Nein, mein Junge – lass das mit dem Verneigen«, sagte der Hochkönig eifrig. »Du gehörst jetzt zur Familie. Ich habe mir immer einen Sohn gewünscht, weißt du – und jetzt habe ich endlich einen Sohn bekommen. Wie laufen die Vorbereitungen für den Marsch?« Gavin schluckte. Er brachte kein Wort hervor. Der Hochkönig runzelte die Stirn und betrachtete Gavins Gesicht genauer. Sein Lächeln erlosch. »Was ist los, mein Sohn?«, fragte er besorgt.

Gavin öffnete den Mund, schloss ihn wieder. Er hätte es doch einem Boten überlassen sollen, die schlechte Nachricht zu überbringen. Aber er hatte die Wahl getroffen, das selbst zu übernehmen – und nun musste er es hinter sich bringen. Am besten war er ganz direkt, denn einen solchen Schlag konnte ohnehin nichts abmildern.

»Mein Hochkönig«, sagte er leise, »Prinzessin Kalista ist entführt worden.«

Gavin wartete auf eine Reaktion, doch der Hochkönig nickte nur.

»Wann ist das passiert?«, fragte er dann, und seine Stimme war erstaunlich ruhig.

Gavin wünschte sich, er könnte so ruhig bleiben, wie der Hochkönig es war. In einem ungezügelten Wortschwall stieß er seinen Bericht hervor und bat den Monarchen mit zitternder Stimme um Vergebung dafür, dass er versagt und Kalista nicht beschützt hatte. Der Hochkönig verharrte ein paar Augenblicke schweigend, dann erhob er sich, ging zu Gavin und legte ihm etwas linkisch die Hand auf die Schulter.

»Sei kein Narr – das ist nicht deine Schuld. Manchmal passieren Dinge, gegen die wir nichts ausrichten können«, sagte er. Nach einer kurzen Pause fuhr er fort: »Lass dich davon nicht niederdrücken. Ich bin ganz sicher, dass wir meine Tochter bald finden werden. Niemand würde es wagen, ihr etwas anzutun, und die besten Spurensucher in ganz Kalia bemühen sich darum, sie zu finden. Du musst dir keine Sorgen machen. Sie wird bald wieder bei uns sein.«

Gavin bewunderte es sehr, wie gefasst der Hochkönig die Nachricht darüber, was seiner Tochter und Thronerbin zugestoßen war, aufgenommen hatte. Nun gab er Gavin den Rat, sich umzuziehen und zu versuchen, sich vor dem Abendessen noch ein wenig von diesem Schock zu erholen. Dann schritt der Hochkönig würdevoll zu seinem Schreibtisch zurück. Noch nie war es Gavin so deutlich bewusst geworden, was es wirklich bedeutete, der Hochkönig von Kalia zu sein. Er war bei Weitem nicht so ruhig wie der Monarch, und dennoch fühlte er sich jetzt angesichts von dessen Stärke ein klein wenig besser. Er beschloss, den Rat zu befolgen, und zog sich in seine Gemächer zurück. Dabei versuchte er, die Situation wenigstens für kurze Zeit zu vergessen. Das gelang ihm allerdings nicht.

* * *

Langsam ritt Blaize zur Kaserne zurück. In Gedanken ging er noch einmal durch, wie sich die Entführung wahrscheinlich abgespielt hatte. Er spürte, dass er etwas ganz Wichtiges übersehen hatte, aber alles Grübeln half ihm nicht dabei, es zu erkennen. Natürlich war er erstaunt gewesen zu erfahren, dass ein Mitglied der königlichen Familie entführt worden war, aber ganz so ungewöhnlich war dies an sich nicht. Im Laufe seines Lebens hatte er mehrfach mitbekommen, wie jemand von der königlichen Familie in Balthus entführt worden war, um ein Lösegeld zu erpressen. Was ihn beunruhigte, war, dass diesmal am Tatort kein Erpresserbrief gefunden worden war. Man musste einfach warten, was sich im Laufe der nächsten Tage alles ergab.

Mit dem Erreichen der Kaserne richtete Blaize seine Gedanken wieder auf seine Verantwortung als General in der königlichen Armee. Die Truppen würden sich gewaltig freuen, wenn er ihnen die Mitteilung machte, dass sie die nächsten Tage freihatten. Sie hatten unter Aufbietung aller Kräfte trainiert. Eine Ruhepause, bevor sie sich auf den anstrengenden Marsch nach Candus machten, war genau das, was sie jetzt brauchten. Er hatte nicht übertrieben, als er dem Befehlshaber General erklärte, wie hart die Männer trainiert hatten; vor allem Traven.

Mit dem Gedanken an Traven kehrte Blaize' Besorgnis zurück. Er wusste, es war nicht einfach nur Überlastung, die dazu geführt hatte, dass Traven vorhin so merkwürdig reagiert hatte. Der junge Mann hatte nach dem Stein gegriffen, den er immer um den Hals trug. Irgendwie hatte dieser Stein den plötzlichen Schmerz verursacht, der Traven anzusehen gewesen war. Blaize beschloss, am nächsten Morgen bei ihrem gemeinsamen Training mit Traven darüber zu sprechen. Dieser Sache mussten sie unbedingt auf den Grund gehen. Wenn Traven so etwas während einer Schlacht passierte, dann konnte das ohne Weiteres seinen Tod bedeuten. Ja, er musste auf alle Fälle mit Traven darüber reden.

Blaize stieg ab und schritt ins Gebäude. Er schob alle sorgenvollen Gedanken beiseite, um sich an seinem Schreibtisch wieder den Dingen zu widmen, bei denen er und der Befehlshaber General vorhin durch die beunruhigenden Nachrichten unterbrochen worden waren.

* * *

Der Hochkönig lag im Dunkeln auf seinem Bett. Endlich konnte er die Maske fallen lassen, die er allen hatte zeigen müssen. Verzweiflung lag wie ein schweres Gewicht auf ihm und Tränen traten ihm in die Augen. Das Schicksal hatte ihm seine geliebte Frau genommen – und nun drohte es, ihm auch noch seine einzige Tochter zu nehmen. Warum? Er hatte sein ganzes Leben nur an seine Untertanen gedacht, alles für sie getan – und das war jetzt der Lohn dafür!

Ein Mann von der Stadtwache war da gewesen und hatte über die Fortschritte in der Untersuchung berichtet. Noch immer gab es keine Neuigkeiten, was den Aufenthaltsort seiner Tochter betraf. Immerhin hatte man eine interessante Entdeckung gemacht. An einem Hosenbein eines der toten Mordgesellen hatte man ein paar Fasern von Stanchad-Schilfrohr gefunden. Dieses Schilfrohr wuchs ausschließlich am Rand des Schwarzen Sumpfes. Sofort hatten sich ein paar Spurensucher zum Sumpf begeben, um dort in der Nacht Ausschau nach weiteren Hinweisen zu halten. Am Morgen stand die Entscheidung an, wie sie in der Sache weiter verfahren wollten.

Der Hochkönig zitterte bei dem Gedanken daran, dass sich seine kostbare Tochter in den Händen der schmutzigen Mordbuben befand. Noch immer hegte er ein wenig Hoffnung, dass sie wohlbehalten zu ihm zurückkehren würde, aber im Dunkel der Nacht wurde diese Hoffnung immer schwächer. Er zog die Decke fest um sich und versuchte zu schlafen, doch sein Zimmer kam ihm unerträglich kalt vor. Bitter starrte er in die Dunkelheit.

32

Langsam drang ein Geräusch in sein Bewusstsein. Wind heulte eisig über seinen Körper hinweg. Ihm war so kalt wie noch nie zuvor. Traven versuchte, das Schwindelgefühl abzuschütteln. Er richtete sich langsam auf. Eine Welle von Übelkeit strömte über ihn hinweg. Mit einem Stöhnen ließ er sich wieder zu Boden sinken. Sein Kopf tat ihm weh. Nach einigen tiefen Atemzügen versuchte er erneut, sich aufzusetzen. Als Schwindelgefühl und Übelkeit langsam ein wenig nachließen, öffnete er die Augen.

Auf einmal kehrte, mit der Sicht, auch sein Verstand zurück und er wusste auch wieder, was geschehen war. Er lag auf einem kalten Steinboden. Neben einer schmalen Holztür beleuchtete eine einzelne Fackel den Raum. Schnell sah er, dass die schmale Holztür die einzige war, die aus dem Raum herausführte; was ihn nicht überraschte. Er nahm drei große Fensterhöhlen wahr, die wie geöffnete Münder hinausblickten auf die Dunkelheit der Winternacht. Sonst gab es nichts in diesem Raum; außer ihm und der Prinzessin.

Eine Weile betrachtete er die Prinzessin, die schlief – oder noch bewusstlos war. Dann erhob er sich mühsam und taumelte zu einem der Fenster. Der eisige Wind sorgte dafür, dass sein Gesicht sich wie betäubt anfühlte, und schon ein schneller Blick hatte ihm gezeigt, dies war kein Weg, wie sie entkommen konnten. Er hatte nicht einmal den Boden unten sehen können, so hoch oben befanden sie sich. Tief unter ihm hatte Nebel die Sicht verdeckt. Rasch trat er in den Raum zurück, weit weg von den Fenstern. Sie waren gefangen in einem unglaublich hohen Turm. Traven versuchte, sich mit tiefen Atemzügen zu beruhigen und einen klaren Gedanken zu fassen.

Er hatte nicht die geringste Ahnung, was er tun sollte. Immer hatte er von Abenteuern geträumt, hatte sich vorgestellt, wie es wäre, gegen Räuber zu kämpfen und Prinzessinnen zu retten. In seinen Träumen war es allerdings nie vorgekommen, dass er dabei selbst gefangen genommen wurde. Das war eine schöne Rettung gewesen! Das Einzige, was er erreicht hatte, war, dass sie nun beide hier gefangen waren. Aber wenigstens war die Prinzessin nun nicht allein in dieser verzweifelten Situation. Aus dem Augenwinkel heraus nahm er eine Bewegung wahr. Er drehte sich um, betrachtete wieder die Prinzessin. Darüber vergaß er beinahe, welchen Problemen sie ausgesetzt waren – sie schien so hilflos, so zerbrechlich und so schön. Kurz überlegte er, ob er sie aufwecken sollte, aber den Mut hatte er einfach nicht.

Stattdessen setzte er sich auf den Boden, rieb sich die schmerzenden Schläfen und überlegte, was wohl nun mit ihnen geschehen würde. Man hatte sie nur gefangen genommen, nicht getötet. Deshalb mussten sie sich hoffentlich keine Sorgen machen, dass man sie umbrachte. Traven konnte sich vorstellen, dass jemand die Prinzessin entführte, um ein Lösegeld zu verlangen. Was er sich nicht erklären konnte, war allerdings, warum man ihn nicht kurzerhand um die Ecke gebracht hatte, so wie die königlichen Wachen. Warum hatte man ihn mitgenommen? Anders als die Prinzessin besaß er für niemanden einen Wert. Und er besaß auch nichts Wertvolles, außer … Erschrocken griff er sich an die Brust. Zu seiner Erleichterung war der bernsteinfarbene Stein noch da. Sein Schwert war allerdings verschwunden. Natürlich hatten ihm die Kerle keine Waffe dagelassen.

Die Prinzessin murmelte etwas. Traven erschrak, beruhigte sich jedoch gleich wieder – sie hatte nur im Schlaf gesprochen. Ruhelos warf sie sich hin und her. Vielleicht sollte er sie doch wecken? Nein, es war besser, er ließ sie schlafen. Auf einmal hörte er Schritte, die sich der Tür näherten, und gedämpfte Stimmen. Die Schritte stoppten, mit lautem Klicken wurden gleich mehrere Schlösser geöffnet und dann schwang die Tür nach innen. Voller Furcht blickte Traven auf.

»Aha – ich sehe, da hat sich jemand entschlossen, endlich aufzuwachen«, sagte der erste Mann.

Er war groß und hager und hatte strähnige schwarze Haare. Sobald Traven in seine Augen sah, graue Knopfaugen, wusste Traven, hier hatte er es mit jemandem zu tun, der abgrundtief gemein und böse war. An seiner Seite hing Travens Schwert. Hinter ihm stand ein weiterer, ziemlich dicker Mann, mit einer Fackel in einer Hand und einem gezogenen Schwert in der anderen. Er war ähnlich gekleidet wie die drei Mordgesellen, die die Prinzessin angegriffen hatten. Der große hagere Mann war erheblich besser gekleidet, wenn auch nicht unbedingt wie ein feiner Herr. Der Mann mit dem gezogenen Schwert jagte Traven keine Angst ein, aber der andere verursachte ihm Furcht und äußerstes Unbehagen.

Er starrte Traven an und ging dann zur Prinzessin, während der dicke Mann die Tür sicherte. Der Hagere berührte die Prinzessin mit der Spitze seines Stiefels. Als sie nicht reagierte, trat er sie fest in den Bauch. Traven zuckte zusammen, als ob der Tritt ihn getroffen hätte.

Mit einem Schmerzensschrei griff sich Prinzessin Kalista an den Bauch. Ihre Augen flogen auf, doch ihr Blick war verschleiert. Unsicher und schwankend erhob sie sich. Ihre Blicke nahmen die Umgebung auf und ihre Augen wurden klar – und ängstlich. Traven folgte ihrem Beispiel und stand ebenfalls auf. Nachdem er dem großen Mann auf gleicher Höhe in die Augen schauen konnte, fühlte er sich etwas weniger eingeschüchtert von ihm. Der Blick der Prinzessin irrte im Raum umher, und dann fasste sie sich und ihre Furcht wurde zu Wut.

»Was glaubt Ihr eigentlich, wer Ihr seid?«, fuhr sie den Hageren an. Der lächelte nur belustigt. Das konnte die Prinzessin nicht aufhalten. »Wisst Ihr überhaupt, wer ich bin? Was Ihr gemacht habt, das wird Euch den Kopf kosten!«

Traven war verblüfft. Er hielt es für keine gute Idee, die Leute gegen sich aufzubringen, die sie gefangen hielten. Allerdings schien den hageren Mann der Ausbruch der Prinzessin allenfalls zu amüsieren.

»Prinzessin«, sagte er mit einem fiesen Grinsen, »Ihr solltet nichts versprechen, was Ihr nicht halten könnt. Und natürlich weiß ich, wer Ihr seid. Sonst hätte ich mir nicht eine solche Mühe gemacht, Euch gefangen zu nehmen. Und jetzt werdet Ihr Euren hübschen Mund halten, bis ich Euch die Erlaubnis gebe, zu sprechen!«

Mit wütend zusammengezogenen Augenbrauen starrte die Prinzessin ihn an. Ihr Gesicht färbte sich rot. Sie öffnete den Mund, um noch etwas zu sagen, aber Traven sollte nie herausfinden, was sie hatte bemerken wollen, denn schon hatte der Hagere ihr eine kräftige Ohrfeige verpasst. Tränen sprangen der Prinzessin in die Augen, und sie hob die Hand zu ihrer aufgesprungenen Unterlippe, von der ein wenig Blut tropfte. Sie sagte nichts mehr.

»Ich denke, wir verstehen uns«, grinste der große Mann.

Traven konnte es nicht fassen – dieser gemeine Kerl schien seinen Spaß daran zu haben, die hilflose Prinzessin zu schlagen. Seine Abneigung gegen den Mann wuchs ebenso wie seine Furcht. Aber noch stärker war die Wut, die in ihm aufstieg. Er konnte sich nur mühsam zurückhalten, auf den Hageren loszugehen, der seine Aufmerksamkeit jetzt von der Prinzessin ab- und ihm zuwendete.

»Du fragst dich wahrscheinlich, warum du überhaupt noch am Leben bist.«

Stumm schaute Traven in die knopfförmigen Augen des Kerls. Der wirkte so, als ob er auf eine Antwort wartete. Nach einer Weile griff er in seine Tasche und holte einen schwarzen Stein daraus hervor. Traven konnte sehen, wie auf einmal kleine rote Flecken auf der schwarzen Oberfläche entstanden. Der Mann hob den Stein und ging auf Traven zu. Die vertraute Wärme des Steins um Travens Hals nahm zu, je näher er kam. Traven zwang sich, dem Impuls zu widerstehen, nach dem Stein zu greifen. Am Ende befand sich der schwarze Stein mit den roten Flecken darauf nur noch etwa dreißig Zentimeter von Travens Brust entfernt. Der hagere Mann schüttelte den Kopf und hielt den schwarzen Stein dann vor den Edelstein im Griff des Schwertes. Sofort färbte er sich rot, wie Traven zu seinem Erstaunen sah. Es musste ein Machtstein sein. Die Prinzessin gab einen leisen Laut der Überraschung von sich. Der Hagere grinste und schob den Stein wieder in seine Tasche.

»Du bist noch am Leben, Junge«, sagte er dann, »weil ich ein paar Antworten haben will. Ich kann es nicht leiden, wenn ich etwas nicht weiß, und bemühe mich dann immer darum, herauszufinden, was ich nicht weiß. Wie du gesehen hast – dieser Stein ist kein gewöhnlicher Stein. Er färbt sich von Schwarz zu Rot, wenn er sich in der Nähe von etwas befindet, das Magie besitzt. Und wie du auch gesehen hast – mein neues Schwert ist ein magisches Schwert.« Höhnisch grinste er und klopfte gegen den Griff von Travens Schwert. »Allerdings verändert der Stein seine Farbe ebenfalls, wenn du in der Nähe bist, mein Junge. Nur färbt er sich nicht ganz rot, sondern zeigt nur rote Flecken. Vielleicht kannst du mir ja erklären, warum das so ist.«

Travens Kehle wurde trocken, als der gemeine Kerl ihn durchdringend anschaute. Er wusste nicht, was er antworten sollte. Ihm war nur klar, sobald er etwas über den Machtstein sagte, den er um den Hals trug, würde man ihm diesen wegnehmen. Er überlegte kurz, ob der Kerl es vielleicht sowieso herausfinden würde, dass er diesen Stein besaß. Falls ja, konnte er garantiert ziemlich wütend werden. Dennoch beschloss Traven, nichts zu sagen. Er bemühte sich um einen nichtssagenden Gesichtsausdruck und zuckte die Achseln.

»Ich bin mir ganz sicher, du weißt etwas«, sagte der Mann, und seine Augen wurden noch kälter als zuvor. »Aber es macht keinen

Unterschied. Ich werde jetzt einfach zu Ende führen, was ich in der Nacht angefangen habe, als ich kurz hinter Kavar deine gesamte Karawane vernichtet habe. Ich bin dir seither auf den Fersen gewesen.«

Es dauerte einen Augenblick, bis Traven klar wurde, was der Kerl gerade gesagt hatte. Er war unter den Räubern gewesen, die Meritzas Karawane angegriffen hatten! Unbewusst griff Traven nach dem roten Band, das er um den linken Arm trug. Dieser Mann war einer der Mörder! Ohne nachzudenken, machte er einen drohenden Schritt auf ihn zu. Doch die Schwertspitze, die genau auf seine Kehle zeigte, hielt ihn auf. Er spürte Blut warm herabtropfen. Hätte er nicht gestoppt, hätte die Waffe ihm die Kehle durchbohrt. Traven hielt absolut still und starrte auf den Mann, der seine Belustigung erneut offen zeigte.

»Das macht richtig Spaß«, grinste der widerwärtige Schurke. »Solange du dich nicht bewegst, werde ich dich einen weiteren Tag leben lassen. Du kannst dann die Nacht lang über das Sterben nachdenken. So kannst du deinen Tod morgen noch viel mehr genießen.« Traven keuchte erleichtert, als der Mann in einer fließenden Bewegung das Schwert zurückzog und wieder in die Scheide schob. Nach einem letzten drohenden Blick wendete er sich der leise weinenden Prinzessin zu. »Und nicht dass Ihr Euch allzu große Hoffnungen macht, meine Prinzessin«, spottete er. »Es wird kein Lösegeld geben. Ich entführe niemanden, um ein Lösegeld zu erpressen. Ich entführe, um zu töten. Euch steht dasselbe Schicksal bevor wie ihm.« Dabei deutete er auf Traven. »Und jetzt werde ich euch beide allein lassen, damit ihr euch ein wenig ausruhen könnt. Morgen begebe ich mich ein letztes Mal in die Stadt. Sobald ich alles zusammenhabe, was ich für meine Heimreise benötige, werde ich mich um euch beide kümmern. Also gute Nacht – und freut euch am Sonnenaufgang morgen; es wird euer letzter sein.«

Lachend marschierte der Hagere aus dem Raum. Der dicke Mann mit der Fackel schloss die Tür hinter ihm. Das laute Klicken der Schlösser machte es nur zu deutlich, dass es keinen Ausweg gab. Voller Verzweiflung starrte Traven auf die Tür. Er wischte sich das Blut von der Kehle. Es gab keine Zweifel – dieser Mann meinte ernst, was er gesagt hatte. Noch nie hatte er in Augen von solcher Kälte geblickt. Doch so ausweglos auch alles wirkte – sie mussten einen Weg hinaus finden; sonst war das für ihn und die Prinzessin wirklich die letzte Nacht. Er drehte sich zur Prinzessin um. Zu seinem Entsetzen starrte sie ihn wütend an.

»Warum hast du mich nicht geweckt, bevor dieser Kerl mich getreten hat?«, schimpfte sie und rieb sich den schmerzenden Bauch. »Hast du vielleicht gedacht, es sei amüsant zuzusehen, wenn ich wie ein gemeiner Bürger geschlagen werde?«

Mit offenem Mund stand Traven da. Es war nicht zu fassen. Sie hatte ihm nicht gedankt, dass er versucht hatte, sie zu retten. Sie hatte nicht einmal nach seinem Namen gefragt. Stattdessen hatte sie ihn abgekanzelt wie einen kleinen Jungen. Wieder einmal musste er feststellen, dass Schönheit nichts über den Charakter aussagte.

»Es tut mir leid«, brachte er hervor.

Diese Antwort schien die Prinzessin nicht gerade zufriedenzustellen, aber er wusste nicht, was er sonst sagen sollte. Eine Weile schaute sie ihn schweigend und missbilligend an. Dann sprach sie wieder und zu seiner Erleichterung über ein anderes Thema.

»Wir müssen von hier entkommen«, sagte sie streng. Darin konnte Traven ihr voll zustimmen. »Und wie können wir das anstellen?«

Auf diese Frage hatte er keine Antwort.

»Nun, ähm, ich ...«

»Bist du vielleicht imbezil?«, unterbrach ihn die Prinzessin. Traven war sich nicht sicher, was dieses Wort bedeutete – aber so verächtlich, wie sie es ausgesprochen hatte, konnte es eigentlich nur eine Beleidigung sein. »Kannst du überhaupt normal sprechen? Immer zuckst du nur die Achseln, murmelst etwas Unverständliches und schaust mich dabei dumm an.«

Traven fühlte Röte in seinem Gesicht aufsteigen. Nein, er hatte bei der Prinzessin ganz sicher keinen guten Eindruck hinterlassen.

Er wollte etwas zu seiner Verteidigung sagen, aber ihm fiel nichts ein. Natürlich schien das ja nur zu beweisen, was die Prinzessin gerade über ihn gesagt hatte.

»In Ordnung!«, zischte die Prinzessin höchst verärgert. »Ich werde selbst einen Weg finden!«

Sie ging zur Tür und versuchte, sie zu öffnen. Als die sich nicht rührte, marschierte sie zu einem der Fenster und besaß – Traven sah es mit Erstaunen – sogar den Mut, sich weit hinauszulehnen. Sie litt ganz offensichtlich nicht unter Höhenangst. Anschließend marschierte die Prinzessin mehrfach den Raum entlang, bevor sie die Suche aufgab und sich mit gekreuzten Armen und einem eisigen Gesichtsausdruck unter dem mittleren Fenster auf den Boden gleiten ließ.

Traven war enttäuscht, als sie sich setzte. Er hatte es genossen zu beobachten, wie sie sich graziös um ihn herum bewegte. Er wusste, eigentlich sollte er lieber über einen Ausweg aus ihrer Lage nachdenken, aber er konnte einfach nicht anders. Sie war die schönste Frau, die er jemals gesehen hatte. Zu schade, dass sie ihn so gar nicht leiden konnte. Er fragte sich, ob das damit zusammenhängen konnte, dass er sie bei dem Wettkampf im Bogenschießen beinahe geschlagen hatte. Denn auch wenn er sich noch so sehr anstrengte, er fand einfach keinen Grund, warum sie sich ihm gegenüber so unleidlich verhielt. Er hatte ja sogar sein eigenes Leben riskiert, um ihres zu retten – und als Dank dafür musste er nun an ihrer Seite sterben. Er hätte sich in der Gasse auch einfach umdrehen und die Prinzessin ihrem Schicksal überlassen können – dann wäre er jetzt noch ein freier Mensch.

Kurz überlegte Traven, die Prinzessin darauf aufmerksam zu machen, dass seine Anwesenheit hier eigentlich ihre Schuld war. Bis ihm schlagartig aufging, warum sie so eisig dreinschaute. Sie versuchte einfach, sich zu beherrschen und nicht zu weinen. Auf einmal hatte er ein ganz schlechtes Gewissen wegen seiner bösen Gedanken. Endlich funktionierte sein Verstand wieder und er erkannte, was wirklich los war. Die Prinzessin war nicht böse auf ihn – sie hatte nur Angst. Mit Macht überfielen ihn auf einmal ganz andere Gefühle. Er spürte den Wunsch, sie zu trösten und ihr zu sagen, dass bestimmt alles gut werden würde. Das Problem war nur, er war sich dessen überhaupt nicht sicher, dass alles gut werden konnte; und er wusste auch nicht, wie er sie hätte trösten sollen. Wenn sie keine Prinzessin gewesen wäre, hätte er einfach den Arm um sie gelegt, aber bei einer so hochgestellten jungen Dame kam das ja nun nicht infrage. Immerhin konnte er ihr tröstende Worte bieten. Er nahm all seinen Mut zusammen.

»Macht Euch keine Sorgen, meine Prinzessin«, brachte er endlich hervor. »Es wird alles gut.« Als sie ihn daraufhin verärgert ansah, wünschte sich Traven allerdings, er hätte lieber den Mund gehalten.

»Was meinst du damit, es wird alles gut!?«, schrie sie ihn wütend an. »Es gibt keinen Ausweg, und ich bin mir ganz sicher, dieser schmutzige Halunke hat das ernst gemeint, was er gesagt hat. Morgen werden wir beide tot sein. Wie kannst du da behaupten, dass alles gut wird?«

Hilflos musste er zuschauen, wie ihr die Tränen über die Wangen liefen. Er fühlte sich mitschuldig an ihrer Trauer und schaute beschämt auf seine Hände hinab. Nach einer Weile hörte die Prinzessin auf zu weinen.

»Ich denke, wir sollten uns hinlegen und versuchen, ein wenig zu schlafen«, sagte sie, erstaunlich ruhig. »Vielleicht fällt uns beim Sonnenlicht eines neuen Tages und nachdem wir uns ausgeruht haben, etwas ein.«

Auf einmal war sie wieder sehr beherrscht. Das einzige Anzeichen ihres Zusammenbruchs gerade eben waren ihre leicht geröteten Augen. Ansonsten war sie ganz die Prinzessin von Kalia und wirkte geradezu majestätisch. Traven nickte zustimmend; er war tatsächlich völlig erschöpft. Er streckte sich auf dem harten Steinboden aus und wünschte sich brennend, er wäre in seinem Bett in der Kaserne. Sobald er die Augen geschlossen hatte, schlief er ein.

Schon bald wurde er von einem eiskalten Wind wieder geweckt, der durch den Raum heulte. Die Fackel brannte nicht mehr.

Entweder war sie heruntergebrannt oder der Wind hatte sie ausgelöscht. Traven hatte eine Gänsehaut am ganzen Körper. Er rieb sich die Arme, um wenigstens ein bisschen warm zu werden, und versuchte, wieder einzuschlafen – vergebens. Es war einfach zu kalt. Der Steinboden fühlte sich an wie Eis und der Wind nahm seinem Körper die letzte Wärme. In dieser Eiseskälte würde er nicht mehr viel Schlaf bekommen. Traven schaute nach draußen. Am klaren, mondlosen Himmel leuchteten hell die Sterne.

Traven blickte zur Prinzessin herüber. Sie zitterte ebenfalls vor Kälte. Er wunderte sich, dass sie dabei schlafen konnte. Doch dann öffneten sich ihre Augen und sie schaute ihn an. Ihre Augen funkelten wie die Sterne am Himmel. Er wandte sich ab und war froh, dass die Dunkelheit sein Erröten verbarg. Als er sie wieder anschaute, hatte sie die Knie angezogen, um sich gegen die Kälte zu schützen, und zitterte noch immer heftig.

Traven wollte ihr gerade seinen Umhang anbieten, als ihm bewusst wurde, dass der verschwunden war. Auch die Prinzessin hatte ihren Umhang nicht mehr. Kein Wunder, dass sie beide so sehr froren. Das musste der Mordbube absichtlich gemacht haben. Erneut spürte Traven eine enorme Wut gegen diesen gemeinen Kerl in sich aufsteigen. Die einzige Wärme, die Traven der Prinzessin anbieten konnte, war die seines eigenen Körpers. Doch diesen Gedanken verwarf er ebenso schnell wieder, wie er ihm gekommen war. Das schickte sich einfach nicht, dass sie hier eng beisammenlagen, um sich gegenseitig zu wärmen. Er kroch mühsam zu der Wand, an der die Prinzessin lag, um wenigstens dem eisigen Wind zu entgehen. Hier war es besser als in der Mitte des Raumes, aber noch immer eisig kalt. Traven rollte sich zusammen und schloss die Augen. Er musste unbedingt schlafen. Er brauchte seine volle Stärke, um am nächsten Tag wenigstens den Schimmer einer Hoffnung zu finden, wie sie entkommen konnten. Er schob alle anderen Gedanken beiseite und konzentrierte sich ganz auf die Vorstellung von Hitze. Zu seiner Freude spürte er, wie die vertraute Wärme des Steins an seiner Brust leicht zunahm.

* * *

Kalista beobachtete unter fast geschlossenen Lidern, wie der junge Mann zur Wand kroch, etwa zwei Meter von ihr entfernt, und wieder die Augen schloss. Als sie sich sicher war, er war wieder eingeschlafen, öffnete sie die Augen ganz und betrachtete ihn. Erneut fiel ihr auf, wie gut er aussah. Es war nicht das reife gute Aussehen von Gavin, sondern hatte etwas Jungenhaftes an sich. Zu ihrer Verblüffung ertappte sie ihn bei einem leichten Lächeln. Sie hatte keine Ahnung, was ihn in dieser Situation auf einmal so glücklich machte. Vielleicht hatte er einen letzten schönen Traum. Sie selbst würde bei dieser unerträglichen Kälte garantiert nicht schlafen können.

Auf einmal taten Kalista die harschen Worte leid, die sie ihm vorhin an den Kopf geworfen hatte. Sie hatte einfach die Kontrolle über sich selbst verloren – und war auf die einzige Person losgegangen, die da war. Das hatte er wirklich nicht verdient. Schließlich war er nur hier, weil er versucht hatte, sie zu retten, und es war ihm ja auch fast gelungen. Sie entschied, dass sie sich am nächsten Morgen bei ihm entschuldigen würde. Irgendwie kam er ihr so vor, als ob er eigentlich ein ganz netter Mensch wäre.

Während sie ihn beobachtete, hörte der junge Mann auf einmal auf zu zittern. Sie sah es mit Erstaunen. Wie konnte das sein, dass er nicht so entsetzlich fror wie sie? Doch er wirkte so, als ob ihm wirklich warm wäre. Sie überlegte, ob sie sich näher zu ihm begeben sollte, damit seine Wärme auf sie abstrahlte. Es war natürlich absolut unschicklich – aber wenn sie sich nicht etwas von seiner Wärme holte, würde sie hier noch zu Tode frieren. Mit klappernden Zähnen rutschte die Prinzessin die Wand entlang, bis sie sich direkt neben dem jungen Mann befand. Sachte und vorsichtig, ohne ihn zu wecken, schmiegte sie sich an ihn. Die Wärme seines Körpers umhüllte sie. Nach einer Weile hörte sie ebenfalls auf zu zittern, so warm war es ihr geworden. Kalista schloss die Augen. Dieser Körper neben ihr war nicht nur viel wärmer, sondern auch viel weicher als der Steinboden. Schnell vergaß sie die Kälte vollständig und schlief ein.

* * *

Travens Lächeln vertiefte sich, als sich die Prinzessin an ihn schmiegte. Er war dankbar für die weitere Wärme. Ihr Atmen verlangsamte sich; bald war sie eingeschlafen. Auch Traven schlief ein und war sich dabei der weichen Sanftheit des Körpers der Prinzessin sehr bewusst.

33

Blaize zog ein paar alte Sachen an und verließ seinen Raum. Durch den langen, ruhigen Gang marschierte er hinaus aufs Trainingsfeld. Die Luft draußen war kalt, und es war weit und breit niemand zu sehen, außer den Wachen, die sehr schläfrig wirkten, sich jedoch eilends aufrichteten, als sie ihn sahen. Natürlich hatte er nicht erwartet, um diese Zeit jemanden anzutreffen. Normalerweise waren Traven und er immer die Ersten, die wach waren. Nach der Ankündigung der freien Tage am Abend zuvor hatten sich die meisten Soldaten in die Stadt begeben. Viele von ihnen hatten gewiss ein bisschen zu heftig gefeiert. Es war nicht damit zu rechnen, dass die Truppen sich vor dem Ablauf der nächsten Stunden blicken lassen würden.

Blaize begann mit seiner Routine. Es überraschte ihn, dass Traven noch nicht da war. Allerdings nahm er an, dass der sich einfach seinen eigenen Rat zu Herzen genommen hatte und etwas länger schlief. Doch nachdem Traven auch dann noch nicht erschienen war, als er bereits die Hälfte seines Trainings hinter sich gebracht hatte, begann er, sich langsam Sorgen zu machen. Seit er in der Kaserne eingetroffen war, hatte Traven nicht ein Mal sein morgendliches Training versäumt. Auch beim Abendessen gestern hatte Blaize den Jungen nicht gesehen. Wenn er es sich recht überlegte, hatte er ihn seit dem Vorfall beim Bogenschießen nicht mehr zu Gesicht bekommen. Er beschloss, ihn in seinem Zimmer aufzusuchen, sobald er hier fertig war. Schließlich musste er mit ihm dringend über den Stein reden.

Blaize schloss seine Übungen ab und kehrte schweißgebadet in die Kaserne zurück. Der eisige Wind kühlte seinen heißen Körper. In der Kaserne war noch immer alles ruhig. Er wusch sich, zog sich seine Uniform an und eilte in den Raum, in dem Traven schlief. Zwar hatte er, anders als die Soldaten, keine freien Tage, sondern einiges an Papierkram zu erledigen, aber der konnte noch eine halbe Stunde warten.

Blaize schlüpfte leise in den Raum und wartete, bis seine Augen sich an die Dunkelheit gewöhnt hatten. Dann traf ihn ein Schock – Travens Bett war leer. Und es sah so aus, als ob niemand darin geschlafen hätte. Kopfschüttelnd begab er sich zu ein paar Wachen in der Nähe und fragte sie, ob einer der Soldaten früh aufgestanden war und die Kaserne verlassen hatte. Sie verneinten; außer ihm selbst hatten sie niemanden gesehen. Blaize bedankte sich. Höchst beunruhigt begab er sich an seine Arbeit.

Dabei stellte er fest, dass er sich auf die ganzen Papiere einfach nicht konzentrieren konnte und immer wieder an Traven denken musste. Das sah ihm gar nicht ähnlich, so verantwortungslos zu handeln. Und wenn er wirklich nicht in die Kaserne zurückgekehrt war, wo hatte er dann die Nacht verbracht? Blaize wusste, dass Traven weder Familie noch Freunde in der Nähe hatte. Vielleicht hatte er in einem Gasthaus übernachtet. Ja, das musste es sein – er hatte der Kaserne einfach einmal für eine Nacht entkommen wollen und sich ein Gasthaus gesucht. Blaize versuchte, sich selbst davon zu überzeugen, dass alles in Ordnung war. Doch das nagende Gefühl, dass etwas ganz und gar nicht in Ordnung war, wollte ihn nicht verlassen.

Blaize versuchte, es abzuschütteln, und tauchte eine Feder in das Tintenfass. Warum nur musste er sich ständig Sorgen um diesen Jungen machen? Der konnte doch recht gut auf sich allein aufpassen. Traven war einer der besten Schwertkämpfer in der ganzen Armee. Er konnte sich mit Leichtigkeit sogar gegen gleich drei Angreifer durchsetzen. Blaize stockte. Auf dem Papier entstand ein Tintenfleck. Auf einmal stand ihm die blutige Szene des Ortes wieder vor Augen, wo die Prinzessin entführt worden war. Er sah sie wieder vor sich, die drei Verbrecher, die tot in der Straße lagen. Irgendjemand hatte gegen alle drei gekämpft und sie besiegt. Traven! Blaize ließ die Feder fallen und stand auf. Er musste sich Gewissheit verschaffen.

Er hüllte sich in seinen Umhang und verließ die Kaserne, um in die Stadt zu reiten. Die Sonne erhellte gerade einen ersten Streifen des Horizontes und langsam rührte sich das Leben in den Straßen. Doch sie waren noch ruhig genug, dass Blaize rasch vorwärtskam und bald die Stadtwache erreicht hatte. Er stürmte zur Tür herein und verlangte am Empfang, zum Hauptmann der Wache geführt zu werden. Er war noch nie hier gewesen und hatte keine Ahnung, wo sich dessen Büro befand. Der Schreiber erkannte sofort die beiden Adler auf Blaize' Schulter, die Insignien eines Generals, und kam der Aufforderung umgehend nach. Blaize platzte in den Raum des Hauptmanns, noch bevor der Schreiber ihn hatte ankündigen können. Stirnrunzelnd und ungehalten über die unangekündigte Störung schaute der Hauptmann auf. Seine Augen waren blutunterlaufen; wahrscheinlich hatte er in dieser Nacht kaum geschlafen.

»General Blaize«, begrüßte der Hauptmann ihn ohne Begeisterung, »was verschafft mir das Vergnügen?«

»Ich brauche weitere Informationen über die Entführung der Prinzessin«, erklärte Blaize.

»General, ich weiß Euer Interesse daran zu schätzen – aber dies ist eine Untersuchung der Stadtwache, nicht der königlichen Armee. Die Situation ist ausgesprochen heikel und die Informationen stehen unter Verschluss, bis die Prinzessin gefunden worden ist. In der Armee mögt Ihr ein General sein, aber hier …«

Blaize unterbrach ihn wütend: »Hauptmann, ich bin nicht hier, um Spielchen zu spielen. Ich habe Anlass, zu vermuten, dass einer meiner Soldaten zusammen mit der Prinzessin entführt worden ist. Das macht diese Sache auch zu meiner Angelegenheit.«

»Wie könnt Ihr da sicher sein, dass einer Eurer Soldaten in die Sache verwickelt ist?«, forschte der Hauptmann.

»Ich bin mir nicht sicher – deshalb brauche ich von Euch ja weitere Informationen!«, blaffte Blaize. »Ihr müsst mir nur eine Frage beantworten, dann weiß ich mehr.« Der Hauptmann bedeutete ihm, fortzufahren. »War die Kleidung der drei Halunken irgendwo mit Blut beschmiert?«

»Nein, da war kein Blut. Aber anscheinend hat derjenige, der die drei besiegen konnte, sich ein Stück der Kleidung eines der Angreifer herausgeschnitten, um damit sein Schwert zu säubern.« Der Hauptmann schüttelte den Kopf. »Ich verstehe die Bedeutung Eurer Frage nicht. Die meisten Schwertkämpfer reinigen ihre Schwerter nach einem Kampf.«

»Wurde das Stück Stoff aus dem Ärmel am Schwertarm des Angreifers herausgeschnitten?«

Der Hauptmann der Wache dachte kurz nach. Dann rief er einen Boten. Ungeduldig wartete Blaize, bis der Bote mit der Nachricht zurückkam, dass das Stück Stoff tatsächlich vom rechten Ärmel stammte.

»Woher wusstet Ihr …«, setzte der Hauptmann an, doch Blaize schnitt ihm das Wort ab.

»Es spielt keine Rolle«, erklärte er ruhig. »Jetzt bin ich mir sicher. Ich muss wissen, was Eure Spurensucher seit gestern Nachmittag entdeckt haben.« Der Hauptmann zeigte offene Frustration über die ungebetene Einmischung. Dennoch gab er Antwort.

»Wir haben herausgefunden, dass die Verbrecher aus dem Sumpf kamen. Meine besten Spurensucher haben die ganze Nacht den Rand des Sumpfes abgesucht, um Hinweise auf den Weg zu finden, den die Schurken genommen haben. Sie werden bald hier sein, um ihren Bericht abzuliefern.«

»Ich danke Euch für Eure Hilfe«, sagte Blaize und wandte sich zum Gehen.

»Wenn Ihr warten wollt, bis sie hier sind, dann kann ich …«

Das Zuschlagen der Tür unterbrach den Hauptmann mitten im Satz. Blaize hastete hinaus und schwang sich wieder auf sein

Pferd. Jetzt wusste er, wo er mit der Suche beginnen musste. Es war höchste Eile geboten. Blaize konnte nicht warten, bis die Männer der Stadtwache zurück waren und man über die nächsten Pläne diskutiert hatte – er musste sofort handeln. Irgendwie hatte er das ganz sichere Gefühl, dass er Traven nie wiedersehen würde, wenn er noch weitere Zeit verstreichen ließ. Er galoppierte zur Stadt hinaus, in Richtung des Sumpfes. Die ersten Sonnenstrahlen trafen gerade die Spitzen der Türme auf der Stadtmauer.

* * *

Geduldig wartete der Geist, bis Filner die Tür des Turmzimmers aufgeschlossen hatte. Dabei befingerte er stolz den Griff seines neuen Schwertes. Diesmal hatte er sich wahrlich selbst übertroffen. Er hatte die Prinzessin von Kalia gefangen und den Jungen gefunden, für den Kadrak ihn überhaupt hierhergesendet hatte. Es war wirklich faszinierend, wie der Zufall seine Hand im Spiel gehabt hatte. Jetzt konnte er, nach Vollendung seiner Aufgabe, nach Balthus zurückkehren. Das mit der Prinzessin war lediglich das Sahnehäubchen auf allem; damit verfolgte er nur sein ganz persönliches Vergnügen.

Filner öffnete das letzte Schloss und schwang die Tür nach innen, damit sein Meister eintreten konnte. Der Geist betrat das Turmzimmer und ließ flink seine Augen durch den gesamten Raum schweifen. Natürlich hatte er nicht erwartet, dass der Junge etwas unternehmen würde – aber der Geist war nur deshalb noch am Leben, weil er immer das Unerwartete erwartete. Sonnenlicht strömte durch die großen Fenster und machte den Raum ganz hell. Die beiden waren bereits aufgewacht und saßen nebeneinander, gegen die Wand gelehnt. Lange waren sie allerdings noch nicht wach; die Prinzessin rieb sich immer noch den Schlaf aus den Augen.

Die Furcht in den Augen beider bereitete dem Geist Freude. Noch mehr freute es ihn allerdings, die Entschlossenheit im Gesicht des Jungen zu sehen. Seine Muskeln waren angespannt und seine Hand ruhte auf seiner Wade direkt oberhalb des Stiefels. Er schien zum Sprung bereit, trotz seiner sitzenden Haltung. Das würde Spaß machen, den Jungen umzubringen; der Geist liebte Herausforderungen. Er wusste, dass der Junge einen Dolch in seinem Stiefel hatte. Er hatte ihm den bewusst gelassen, um die Dinge interessanter zu gestalten. Es hatte ihn schon sehr überrascht, dass der Junge den Dolch nicht bereits in der Nacht zuvor eingesetzt hatte. Wahrscheinlich hatte er ihn in der ganzen Aufregung einfach vergessen. Aber jetzt hatte er sich ganz offensichtlich daran erinnert.

»Ich hoffe, ihr habt gut geschlafen«, grinste der Geist. Sie gaben keine Antwort. Das hatte er auch nicht erwartet. Er war nur hier, um sie daran zu erinnern, was ihnen an diesem Tag bevorstand, bevor er sich noch einmal in die Stadt begab. »Ich wollte euch nur wissen lassen, dass ich meine Meinung nicht geändert habe. Ich werde euch beide noch heute mit eigenen Händen umbringen. Also freut euch an euren letzten Stunden. Ich habe euch schon einmal eure Henkersmahlzeit mitgebracht.«

Er warf ihnen zwei harte Stück Zwieback zu und freute sich zu sehen, dass sie keine Anstalten machten, diese zu fangen. Filner stellte eine Schale Wasser auf den Boden. Noch immer rührte sich keiner von ihnen. Der Geist grinste sie ein letztes Mal unverschämt an und bewegte sich auf die Tür zu. Dabei zeigte er den Gefangenen bewusst seinen Rücken. Er hoffte sehr, dass der Junge die Gelegenheit nutzen und etwas Dummes versuchen würde. »Niemand soll behaupten dürfen, dass ich meine Gäste nicht gut bewirtet habe«, sagte er zu Filner.

Zu seinem Bedauern griff ihn der Junge nicht an. Der Geist schritt durch die Tür und wartete, bis Filner alle Schlösser wieder sicher verriegelt hatte. Anscheinend war der Junge doch nicht so dumm, wie er das vermutet hatte. Ihn wollte er zuerst töten, damit die Prinzessin dabei zuschauen konnte. Dann war sie an der Reihe. Er freute sich schon sehr auf diesen Augenblick. Unten im Turm angekommen, nahm er das kostbare Schwert ab und schob es in einen Beutel, in dem sich alle möglichen anderen Dinge befanden.

Dann nahm er sich sein altes Schwert. Er wollte in der Stadt nicht als einfacher Mann mit einem kostbaren Schwert unnötige Aufmerksamkeit erregen.

Er war sich sicher, dass die Spurensucher des Hochkönigs unterwegs waren. Am Ende würden sie herausfinden, dass die Entführer aus dem Sumpf gekommen waren, und den Turm entdecken. Das Einzige, was sie dann dort noch vorfinden würden, war allerdings die Leiche der Prinzessin. Die Nachricht vom Mord an der Thronerbin würde sich sofort wie ein Lauffeuer verbreiten und Furcht und Schrecken auslösen. Das sollte den Boden für den Tag bereiten, wenn Kadrak in Kalia einfiel. Der Geist lachte glücklich. Vor dem Turm stand sein Pferd schon gesattelt bereit, und zwei seiner Mordgesellen warteten auf ihn. Er schwang sich in den Sattel.

»Du hast jetzt das Kommando, Filner«, wies er seinen treuen Vertreter an. »Ich verlasse mich darauf, dass alles bereit ist, wenn ich zurückkomme. Denke immer daran – die Belohnung für Erfolg ist süß; aber die Belohnung für Versagen ist der Tod.«

Mit diesen Worten ritt der Geist in den Sumpf hinaus. Gegen Mittag würde er mit dem zurück sein, was er besorgen wollte, und bis dahin hatte Filner die Gefangenen vorbereitet. Er würde sich ihrer schnell, aber gründlich entledigen. Und am Nachmittag war er mit seinen Kumpanen schon auf dem Weg nach Balthus. Manchmal war alles wirklich ein bisschen zu einfach.

* * *

Kaum waren die Schritte der beiden Männer verklungen, entspannte Traven seine verkrampften Muskeln. Er nahm einen tiefen Atemzug, stand auf, ging zu einem der Fenster und schaute hinunter. Im Morgenlicht konnte Traven sehen, dass der Turm sich auf einem kleinen Stück trockenen Bodens befand. Überall um den Turm herum befanden sich die Ruinen einer uralten Stadt. Die meisten der Gebäude waren inzwischen längst halb im Sumpf versunken, doch einige von ihnen standen an trockenen Stellen und waren erhalten geblieben. Er konnte die Wachen im Hof unten am

Turm sehen. Nur auf den Sumpf hinausblicken konnte er nicht, denn ein dichter Nebel verbarg die Sicht. Doch der Turm erhob sich aus dem Nebel heraus und in der Ferne konnte er die Umrisse von Calyn ausmachen.

Unten kamen gerade die beiden Männer, die vorhin da gewesen waren, aus dem Turm. Der Anführer bestieg sein Pferd, sagte noch etwas und ritt mit zwei anderen davon. Traven sah ihnen hinterher, bis sie im Nebel verschwunden waren. Dann drehte er sich zur Prinzessin um. Sie hatten nur ein paar Stunden, bis der Hagere zurückkehrte. Bis dahin mussten sie von hier verschwunden sein.

Bei seinem Erwachen hatte sich Traven auf einmal an den Dolch in seinem Stiefel erinnert. Er hatte sich nicht gerührt, um die Prinzessin nicht zu wecken, die noch immer schlief, dicht an ihn gedrängt, aber seine Gedanken waren schon dabei, einen Plan zu formen. Bis die beiden aufgetaucht waren, hatte er sogar bereits mehrere verschiedene Pläne entwickelt. Sanft weckte er die Prinzessin, als er die Schritte vernahm. Er erinnerte sich nur zu gut an ihren Tadel vom Abend zuvor. Zuerst hatte er darüber nachgedacht, den hageren Schurken anzugreifen. Aber der besaß ein Schwert und er nur einen Dolch. Das war ein zu ungleicher Kampf. Er war sich sicher, der Kerl würde ihn mühelos entwaffnen und umbringen. Am besten war es, mit der Flucht zu warten, bis dieser gefährliche Kerl verschwunden war.

»Traven.«

Travens Gedanken wurden jäh unterbrochen, als die Prinzessin geradezu liebevoll seinen Namen sagte. Woher wusste sie, wie er hieß?

»So heißt du, nicht wahr?« Traven nickte. »Ich wollte nur sagen, es tut mir leid, was ich gestern alles gesagt habe.« Traven traute seinen Ohren nicht. »Und ich wollte dir noch danken, dass du versucht hast, mich zu retten.«

»Ich ... das ist ... Das habe ich gerne getan«, murmelte Traven. Er konnte den plötzlichen Stimmungsumschwung der Prinzessin kaum fassen. Sie war so anders als letzte Nacht! Vielleicht war sie doch keine so üble Person. Die Prinzessin erhob sich und versuchte, ihr wirres Haar zu glätten. Dann sprach sie weiter.

»Wir müssen uns etwas überlegen, wie wir hier herauskommen, bevor dieser Kerl zurück ist«, erklärte sie. »Sonst steht uns unser sicheres Ende bevor.«

Trotz ihres ruhigen Äußeren konnte Traven die Angst der Prinzessin spüren. Er wollte ihr sagen, dass er bereits einen Plan entwickelt hatte, doch wieder brachte er kein Wort hervor, als sie ihn mit ihren klaren blauen Augen ansah. Er wendete sich kurz ab, um sich zu sammeln.

»Ich habe einen Plan«, brachte er nun heraus, und wunderte sich selbst darüber, wie ruhig seine Stimme klang. Sie schaute ihn aufmerksam an, mit einem kleinen Hoffnungsschimmer in den Augen. »Ich habe über etwas nachgedacht – aber es ist sehr gefährlich. Allerdings fürchte ich, wir haben keine andere Wahl. Vielleicht kostet dieser Fluchtversuch uns das Leben – aber er bedeutet immerhin eine Chance. Wenn wir einfach nur warten, werden wir auf jeden Fall sterben.« Traven unterbrach sich kurz, damit der Prinzessin der volle Umfang dessen bewusst werden konnte, was er gesagt hatte. Sie drängte ihn, weiterzusprechen. Nun zog er seinen Dolch aus dem Stiefel und schilderte ihr, was er sich überlegt hatte.

* * *

Blaize ließ ein letztes Mal von seiner Position inmitten des hohen Schilfes aus, das ihn völlig verbarg, seine Augen über die trockene Insel im Sumpf schweifen. Die Wachen hatten es sich vor dem Turm bequem gemacht. Insgesamt gab es nur zehn Mann, nachdem drei vorhin in Richtung Stadt aufgebrochen waren. Fünf der Männer, die dageblieben waren, standen im Hof vor dem einzigen Eingang zum uralten Turm und die anderen befanden sich im angrenzenden Gebäude. Er hatte es zunächst in Erwägung gezogen, sich ihnen offen zu nähern, aber er wollte unnötige Risiken vermeiden, solange er andere Möglichkeiten hatte. Wahrscheinlich hätte er sich aller zehn auf einmal erwehren können – aber schon ein einziger gut gezielter Pfeil konnte ihn dahinstrecken und seinen Rettungsversuch scheitern lassen. Nachher, mit Traven an seiner Seite und der Prinzessin befreit, hatte er eine viel bessere Gelegenheit, sich diesen Burschen zu stellen.

Blaize hatte keine Schwierigkeiten gehabt, den Unterschlumpf der Mordgesellen zu finden. Die Spurensucher, die ganz am Rand des Sumpfes unterwegs waren, hatte er geschickt umgangen. Dann hatte er sich direkt in den Sumpf hineinbegeben, immer weiter, und hatte dabei rechts und links jeweils eine breite Strecke abgesucht. Schon bald war er auf einen Pfad gestoßen, auf dem kürzlich jemand geritten war. Der führte ihn mitten in den Sumpf hinein. Nach kurzer Zeit hatte er den alten Turm aus dem Nebel ragen sehen. Da der Pfad direkt zum Turm führte, musste sich Blaize einen anderen Weg suchen, um nicht über einen der Schurken zu stolpern. Nachdem er sich weit genug in den trügerischen Sumpf geschlagen hatte, um nicht mehr entdeckt werden zu können, hatte er sich wieder auf den Turm zubewegt.

Je näher er dem Turm gekommen war, desto mehr altehrwürdige Gebäude waren auf einmal aufgetaucht. Diese alte Stadt musste einmal sehr groß gewesen sein. In der Nähe des Turms ließ Blaize sein Pferd auf trockenem Boden hinter einer Mauer zurück und ging zu Fuß weiter. Geräuschlos hatte er sich an die trockene Insel angeschlichen, verborgen im Schilfrohr. An einem Fenster hoch oben im Turm hatte er kurz jemanden gesehen. Er war sich ganz sicher, das war Traven gewesen. Kurz darauf war ein Mann aus dem Turm gekommen und hatte den anderen befohlen, sich um die Gefangenen im Turm zu kümmern. Sein Bauchgefühl hatte ihn also nicht getrogen.

Nach einem letzten Blick in Richtung der Wachen suchte er sich leise seinen Weg zur Rückseite des Turms. Er nahm einen tiefen Atemzug und stürmte aus dem Schilf heraus. Er rannte über den festen Boden und zog dabei seine Kriegshalbmonde hervor. Nachdem er den Turm erreicht hatte, schlug er die Halbmonde in die Ritzen zwischen den uralten Steinen, zog sich daran hoch und schlug die Halbmonde weiter oben wieder ein, einen nach dem anderen. So konnte er sich gut nach oben hangeln. Er war noch nicht weit gekommen, als er plötzlich drei panische schrille Schreie von oben hörte. Noch schneller hastete er die senkrechte Mauer entlang nach oben. Wenn er nur nicht zu spät war!

* * *

»Mach dir mal keine Gedanken, Filner«, sagte Gaulus. »Wir haben jede Menge Zeit, bevor der Geist zurückkommt. Lass uns das Spiel fertig spielen.« Filner verdrehte die Augen.

»In Ordnung!«, knurrte er »Ihr könnt das Spiel beenden. Aber eines sage ich euch – sorgt dafür, dass nachher alles bereit ist, wenn der Geist zurückkehrt. Wenn ich für eure Fehler sterben muss, nehme ich euch mit!«

»Ach, komm schon! Wenn du …«

Auf einmal waren drei panische schrille Schreie zu hören.

»Was, zum Teufel, ist da los?«, fluchte Filner und rannte bereits aus dem Gebäude heraus, über den Hof und in Richtung des Turms. »Gaulus, du kommst mit mir!«, brüllte er über seine Schulter zurück.

»Aber das Spiel!«, beschwerte sich Gaulus.

»Jetzt!«

Murrend folgte Gaulus Filner. Sie hatten den Turm noch nicht erreicht, da waren weitere Schreie zu hören. So schnell er konnte, rannte Filner die Stufen nach oben. Wenn den Gefangenen etwas passierte, bevor der Geist zurück war, dann, so wusste Filner genau, musste er dafür mit seinem Leben bezahlen.

34

Der Geist fluchte unterdrückt. Da war schon wieder ein Spurensucher, und zwei andere hatte er vorher bereits entdeckt. Er hatte nicht damit gerechnet, dass sie so schnell hierherfinden und nach Hinweisen suchen würden. Zuerst hatte er einfach an ihnen vorbeischlüpfen wollen, aber er wusste, wenn er auf dem Rückweg mit seinen Vorräten hier eintraf, hatte er keine Chance, ungesehen an ihnen vorbeizukommen. Es sah ganz danach aus, als ob er seine Pläne ändern müsste. Er wendete das Pferd und ritt zurück in die Richtung, aus der sie gekommen waren.

»Beeilt euch!«, zischte er über seine Schulter hinweg. »Wir müssen zusammenpacken und abhauen – sofort.«

Der Geist trieb sein Pferd an und trabte den Pfad entlang, der durch den Sumpf führte. Ja, es war eine kluge Entscheidung, gleich von hier zu verschwinden. Er hatte nicht die Absicht, sich mit einer großen Truppe der Stadtwache auf einen Kampf einzulassen. Sie mussten den Turm bis spätestens zum Mittag verlassen haben.

Zuerst würde er sich um seine Gefangenen kümmern, damit er sich dieser erfreulichen Aufgabe ohne Zeitdruck widmen konnte. Danach konnten sie sofort aufbrechen. Noch bevor irgendjemand den Weg zum Turm gefunden hatte, wären er und seine Kumpane längst verschwunden. Die Vorräte konnten sie sich auch später noch besorgen. Der Geist sah es vor sich – wie die Stadtwache den Turm endlich fand, verlassen, und darin die Leiche der Prinzessin. Es brachte ihn zum Lächeln.

* * *

»Das waren sehr überzeugende Schreie«, gratulierte Traven der Prinzessin.

Die Prinzessin bedankte sich mit einem nervösen Lächeln und wurde sofort wieder ernst. »Und was geschieht, wenn es nicht klappt?«

»Macht Euch keine Sorgen«, sagte Traven – bemüht, entspannt zu klingen. »Und denkt immer daran, haltet Euch dicht hinter mir!«

Schritte kamen schnell die Treppe hoch. Traven stellte sich seitlich von der Tür auf und bemühte sich darum, ruhig zu scheinen. Innerlich war er in heller Aufregung. Er fürchtete, dieser Fluchtversuch würde nur darin enden, dass die Prinzessin und er noch früher den Tod fanden. Wie hatte er die Prinzessin nur zu diesem riskanten Manöver überreden können? Aber er wusste auch, das war ihre einzige Chance. Sobald der Anführer der Gesellen erst einmal wieder zurück war, gab es keine Chance mehr.

Traven holte tief Luft und bemühte sich, den Kopf frei zu bekommen, so wie Blaize es ihm beigebracht hatte. Seine Entscheidung war getroffen – also fort mit der Angst. Fort mit der Hoffnung. Fort mit allem. Die Prinzessin stellte sich mitten in den Raum. Traven hatte den mit Juwelen besetzten Dolch in der Hand. Die Prinzessin verkrampfte sich, als nun die ganzen Schlösser draußen geöffnet wurden. Bewegungslos wartete er darauf, dass die Tür sich öffnete. Irgendwo in der Ferne hörte er ein klickendes Geräusch, wie Metall gegen Stein, doch er erlaubte es sich nicht, weiter darüber nachzudenken. Er richtete seine ganze Aufmerksamkeit auf die Türe, die nun aufschwang.

»Was geht hier …«

Die Worte wurden jäh abgeschnitten, als die Tür mit einem lauten Donnern gegen das Gesicht des dicken Mannes krachte und ihn zu Boden riss. Blitzschnell riss Traven die Tür wieder auf und trat über den toten Körper des Mannes hinweg nach draußen auf den schmalen Platz davor. Schon stürmte ein weiterer Halunke die Treppe hoch. Traven sprang auf ihn zu und hatte ihn mit einem Dolchstoß in die Brust erledigt, noch bevor der Kerl auch nur sein Schwert hatte ziehen können. Traven ließ seinen Dolch stecken und nahm sich dafür das Schwert.

Das Schwert in der Hand, stand Traven oben an der Treppe und wartete darauf, dass der Rest der Schurken auftauchte – aber niemand kam. Langsam ließ er das Schwert sinken und schaute zurück in den Raum. Die Prinzessin ging vorsichtig um den dicken Mann herum, dessen Gesicht voller Blut war. Anscheinend hatte die Wucht der Tür seine Nase gebrochen. Dann stand die Prinzessin an Travens Seite. Er bedeutete ihr, zu schweigen. Leise und schnell stiegen sie die Stufen hinab. Er horchte angestrengt, aber das Einzige, was er vernahm, war das seltsam klickende Geräusch, das er vorhin schon gehört hatte. Die Treppe kam ihnen beiden endlos vor, doch endlich hatten sie den Boden erreicht.

Auf der letzten Stufe hielt Traven inne und suchte aufmerksam den großen Raum ab, in dem sie sich befanden. Er war leer; nur ein paar alte Säcke standen herum, in denen sich alles Mögliche befand. Vorsichtig begaben sie sich aus dem Schutz der Treppe heraus und in den Raum, hielten sich dabei immer an der Wand, die Prinzessin dicht hinter Traven. Konzentriert lauschte Traven auf Geräusche, die Gefahr verhießen. Irgendwo vor dem Gebäude konnte er ein paar Kerle lachen hören. Hinter sich vernahm er das hastige Atmen der Prinzessin. Er drückte sich an einigen der Säcke vorbei, und auf einmal blieb er so abrupt stehen, dass die Prinzessin gegen ihn stieß.

»Was ist los?«, flüsterte sie ihm ins Ohr.

Traven antwortete nicht. Der Stein um seinen Hals war plötzlich ganz warm geworden, und er hatte das Gefühl, als ob ihn etwas direkt zu den alten Säcken hinzöge. Er versuchte, das Gefühl abzuschütteln, doch es gelang ihm nicht. Der Stein auf seiner Brust war jetzt schon fast schmerzhaft warm.

»Da ist etwas in einem der Säcke«, murmelte er.

»In diesen Säcken sind eine ganze Menge Dinge!«, zischte die Prinzessin zurück. »Wir haben keine Zeit, die schmutzigen Habseligkeiten der Kerle zu durchwühlen! Wir müssen von hier fort!«

Traven bemerkte sehr wohl die Verzweiflung in ihren Worten, aber er hatte schon, ohne sich dessen so richtig bewusst zu werden, in einem der Säcke zu suchen begonnen. Sofort stieß er auf ein Objekt, das ihm sehr vertraut war. Mit einem freudigen Lächeln zog er sein Schwert hervor.

»Woher wusstest du, dass das Schwert in dem Sack war?«, fragte die Prinzessin halblaut, völlig erstaunt.

Traven schob das rostige alte Schwert, das er dem Toten oben abgenommen hatte, in den Sack und zuckte die Achseln. Langsam bewegte er sich wieder auf den Ausgang zu. Die Prinzessin murmelte noch etwas, das er nicht verstehen konnte, und schloss wieder zu ihm auf. Traven war glücklich, sein Schwert wiedergefunden zu haben. Es fühlte sich so gut an – fast, als ob es ein Teil seines Körpers wäre. Der Stein um seinen Hals war etwas abgekühlt. Er war nur noch leicht warm, wie wenn er trainierte. Dann verdrängte Traven all diese Gedanken und konzentrierte sich ganz auf die Aufgabe, die ihm bevorstand. Nun hatten sie den Ausgang erreicht. Vorsichtig lugte Traven hinaus.

Im Hof vor dem Turm befanden sich drei Wachen. Zwei kauerten an der Wand des Gebäudes nebenan und spielten miteinander Karten. Die dritte stand einfach herum und schaute ihnen zu. Die Chancen standen gar nicht so schlecht. Wenn es ihnen gelang, an diesen drei Wachen rasch vorbeizukommen, konnten sie sich vor den anderen im Sumpf verstecken. Schnell entwickelte Traven im Kopf einen Plan und drehte sich zur Prinzessin um.

»Es sind nur drei Wachen im Hof«, flüsterte er. »Die anderen sind im Nachbargebäude. Wir müssen an diesen drei vorbei und im Sumpf verschwinden, bevor die anderen ihnen zu Hilfe kommen können.«

»Und wie sollen wir an den drei Wachen vorbeikommen?«, fragte die Prinzessin.

»Ihr werdet sie ablenken und dann komme ich von hinten«, erwiderte Traven und erklärte ihr seinen Plan. In dem Stück Mauer, das den Hof vom Sumpf trennte, gab es eine Lücke. Dorthin sollte die Prinzessin sich schleichen. Sobald die Wachen sie bemerkten, konnte die Prinzessin in den Sumpf entkommen, und Traven konnte die Männer von hinten angreifen, bevor er ihr in den Sumpf folgte, wo Schilfrohr und Nebel sie verbergen würden. Die Prinzessin war einverstanden mit diesem Plan. Sie schenkte ihm ein ängstliches Lächeln und schlüpfte durch die Tür. Leise und vorsichtig bewegte sie sich um den Vorplatz des Turms herum. Traven beobachtete alles aufmerksam und machte sich bereit. Sobald die Wachen die Prinzessin entdeckten, musste er schnell handeln. Er griff das Schwert mit beiden Händen und wartete darauf, dass einer der Wachen den Kopf wendete – das war für ihn das Signal, einzugreifen.

Endlich drehte sich der Halunke um, der mitten im Hof stand. Sofort setzte sich Traven in Bewegung. Er stürzte hinaus auf den Hof. Der Schurke hatte gerade erst einen Schritt in Richtung der fliehenden Prinzessin machen können, da fiel er auch schon zu Boden, von Travens Schwert getroffen. Inzwischen waren die anderen beiden auf die Füße gekommen und zogen die Schwerter. Traven rannte auf sie zu. Sie riefen um Hilfe, waren aber zu betrunken, um sich gegen Traven wehren zu können. Schnell hatte er sich ihrer entledigt.

Seine Arbeit war getan. Er raste über den Hof. Gerade als er die Lücke in der Mauer erreicht hatte, spürte er einen scharfen Schmerz im Bein. Mit einem Schrei fuhr er herum und sah einen Bogenschützen, der gerade einen zweiten Pfeil anlegte. Mit einem Sprung war Traven durch die Mauer und im Sumpf, vor seinen Blicken verborgen. Er untersuchte sein linkes Bein. Zu seiner Erleichterung hatte der Pfeil lediglich die Außenseite seines Schenkels getroffen. Es tat nicht einmal sehr weh, aber es blutete heftig. Allerdings hatte er keine Zeit, sich darum zu kümmern. Der

Schütze war ihm mit den anderen vier Gesellen bestimmt schon auf den Fersen. Er entdeckte vor sich die Prinzessin und bewegte sich auf sie zu. Sie hatte ihn kommen hören und blieb im knietiefen Wasser stehen.

»Du blutest ja!«, rief sie aus, als er herangekommen war.

»Ach, das ist nichts«, wehrte er ab, griff ihren Arm und zog sie mit sich. »Wir müssen rasch etwas finden, wo wir uns verstecken können. Die anderen Wachen werden bald hinter uns her sein.«

Die Prinzessin entzog ihm den Arm und bemühte sich, auch ohne diese Stütze mit ihm Schritt zu halten. Bald hatten sie einen alten Baum erreicht. Traven stellte sich dahinter und schaute in die Richtung, aus der sie gekommen waren. Er stöhnte.

»Was ist?«, erkundigte sich die Prinzessin und versuchte, um ihn herum zu sehen.

»Sie sind direkt hinter uns«, erklärte er. »Ich blute so sehr, dass sie unserer Spur leicht folgen können.« Er überlegte kurz. »Wir müssen einfach schneller sein als sie«, sagte er. »Wir haben keine Zeit, mein Bein zu verbinden. Wenn wir noch länger stehen bleiben, kriegen sie uns.«

Sie liefen in die Richtung, in der, wie Traven hoffte, Calyn lag. Die Prinzessin hatte Mühe, mit seinem Tempo Schritt zu halten. Hinter sich hörten sie die Halunken rufen. Traven nahm die Hand der Prinzessin und lief noch schneller.

* * *

Blaize war schon fast bis zur Höhe des Fensters hochgestiegen, als es unten im Hof unruhig wurde. Davon durfte er sich jetzt nicht ablenken lassen. Er machte weiter, setzte eine Hand mit dem Kriegshalbmond über die andere. Der Boden befand sich jetzt tief unter ihm. Wenn er Traven und die Prinzessin erst einmal erreicht hatte, konnte er sich immer noch darum kümmern, was mit den Wachen unten los war. Jetzt musste er einfach nur das Fenster erreichen und sich dafür seitlich bewegen, denn er war ja auf der Rückseite des Turms hochgeklettert. Das war aber kein Problem.

Bald konnte er das Fenstersims fassen und sich hineinschwingen. Er lächelte erleichtert.

Sein Lächeln verwandelte sich in ein Stirnrunzeln – der Raum war leer. Er war zu spät! Er hastete zur Tür – und hielt inne. Einen Augenblick lang war er verwirrt, dann lachte er leise. Nun kannte er die Ursache der Unruhe unten im Hof – zwei Männer lagen im Raum, einer davon mit dem juwelenbesetzten Dolch von Traven in der Brust. Wenn Traven mit seiner Flucht nur ein wenig länger gewartet hätte, dann wäre Blaize an seiner Seite gewesen. Aber er würde die beiden schon einholen, dachte Blaize, zog Travens Dolch heraus und wischte ihn sauber.

Dann eilte er die Treppe hinunter, aufmerksam lauschend. Alles war ruhig; er hörte nur seine eigenen Stiefel auf den Steinen der Stufen. Unten angekommen, erkundete er vorsichtig die Lage im Hof. Drei Körper lagen bewegungslos da. Traven, die Prinzessin und die anderen fünf Wachen waren nicht zu sehen. Blaize wusste, wenn jetzt alle fünf restlichen Wachen hinter Traven her waren, dann brauchte ihn dieser. Mit fünf Angreifern auf einmal konnte Traven nicht fertig werden. Er musste ihn so schnell wie möglich finden und ihm zu Hilfe eilen. Er trat in den Hof hinaus. In diesem Augenblick kamen die drei Männer angaloppiert, die vorhin weggeritten waren. Er fluchte. Nichts hatte sich so ergeben, wie er das eigentlich geplant hatte. Blaize seufzte. Dann erwartete er ruhig die beiden Männer, die vom Pferd sprangen und auf ihn zustürmten.

* * *

Neugierig schaute der Geist zu, wie seine zwei Männer sich auf den hünenhaften Balthaner stürzten, der ganz ruhig im Eingang zum Turm stand. Drei seiner Gesellen lagen bereits bewegungslos im Hof, wahrscheinlich tot. Was war da nur passiert, in der kurzen Zeit, in der er unterwegs gewesen war? Er richtete seine Aufmerksamkeit auf den Hünen, seinen Landsmann aus Balthus. Der stand einfach nur da, ohne eine Waffe in der Hand. Erst im letzten Moment riss er seine Schwerter heraus und beendete das Leben der beiden Wachen im selben Augenblick. Der Geist lächelte respektvoll. Der Mann hatte nicht mehr Energie verbraucht als unbedingt nötig. Er war sehr geschickt.

Irgendwie kam ihm der Kerl bekannt vor. Der Geist kramte in seinen Erinnerungen – und endlich fiel es ihm ein. Er war diesem Kerl vor vielen Jahren schon einmal in Balthus über den Weg gelaufen. Er hatte seine Geliebte mit einem Dolchwurf getötet, während der sich, mehr schlecht als recht, aber doch gegen seine zehn Kumpane gewehrt hatte. Für den Geist war das nur eine Aufgabe wie jede andere gewesen, mit einer hohen Belohnung am Ende. Wäre der Mann nicht so auffällig groß gewesen, hätte er ihn gewiss nicht im Gedächtnis behalten. Inzwischen hatte der Kerl seine Fähigkeiten eindeutig gewaltig verbessern können. Mit einem breiten Grinsen stieg der Geist vom Pferd. Das würde Spaß machen, den Hünen jetzt umzubringen!

* * *

Blaize sah das grausame Grinsen im Gesicht des Anführers der Schurken. Er war dünn und hatte strähnige dunkle Haare. Außerdem war er ebenfalls ein Balthaner und seine Augen wirkten eiskalt und böse. Was Blaize verblüffte, war, dass der Mann ihn ganz eindeutig zu erkennen schien, dabei waren sie sich doch noch nie zuvor begegnet. Blaize war sich sicher, dass er sich erinnern würde, wenn er diesen Kerl wirklich schon einmal getroffen hätte, der eine solche fiese Bosheit ausstrahlte.

»Du weißt nicht, wer ich bin, oder?«, sagte der dünne Mann. »Unsere Pfade kreuzen sich erneut, wie es scheint.« Ruhig und höchst aufmerksam beobachtete Blaize den Schurken. »Es ist schon merkwürdig, dass du das Blutbad in Bejik überlebt hast, nur um jetzt in einem Sumpf in Kalia zu sterben.«

Blaize unterdrückte die Überraschung, die sich auf seinem Gesicht zeigen wollte. Woher wusste der Mann, dass er aus Bejik kam? Er war nie mehr dort gewesen, nachdem er das Dorf verlassen hatte; damals war er kaum älter gewesen, als Traven es jetzt war.

Gleißendes Sonnenlicht auf Metall unterbrach Blaize' Gedanken. Er rollte sich zur Seite ab. Ein Doppeldolch zischte an ihm vorbei und landete mit einem dumpfen Schlag in der halb geschlossenen Holztür des Turms. Als Blaize wieder zum Stehen kam, hatte er beide Schwerter gezogen und wehrte den zweiten Dolch mit einem lauten Klirren von Metall auf Metall ab. Die Augen des dünnen Mannes weiteten sich überrascht. Doch schon nahmen sie wieder ihr bösartiges Funkeln an.

»Du hast dich enorm verbessert seit damals. Es schmerzt mich in der Seele, einen so versierten Meuchlergenossen zu töten.«

»Ich bin kein Meuchelmörder, du charakterloses Schwein!«, grollte Blaize. »Ich stelle mich offen dem Kampf. Ich schleiche mich nicht heimlich aus dem Schatten an hilflose Opfer an. Ich kämpfe mit Ehre.« Wut blitzte in den Augen des anderen auf.

»Wir werden ja sehen, was deine Moral dir jetzt bringt«, zischte er. »Moral hat deine Geliebte nicht retten können und sie wird auch dich nicht retten.«

Der Meuchelmörder schwang den schweren Umhang zurück und zog ein Schwert und einen langen Krummdolch hervor. Diese ganzen Andeutungen über seine Heimatstadt und jetzt der Anblick des Krummdolches weckten etwas, das Blaize ganz tief in seiner Erinnerung vergraben hatte. Doch er weigerte sich, darüber nachzudenken; es hätte seine tiefe Konzentration durchbrochen. Die Bewegungen des Meuchelmörders verrieten ihm, dass dieser ein äußerst geschickter Kämpfer war. Er wusste, wie er seine Waffen am besten einsetzen konnte. Nur die lange Erfahrung und die Tatsache, dass Blaize sich auf seinen Instinkt verließ, hatten ihn vor den fliegenden Dolchen bewahrt. Der Meuchler war schnell, und Blaize war klar, das würde alles andere als ein leichter Kampf werden. Dennoch fürchtete er sich nicht; seine Konzentration ließ keine Gefühle zu. Er bildete mit seinen Schwertern eine Einheit.

Blaize bewegte sich ein Stück vorwärts. Er wollte nicht mit dem Rücken gegen den Turm gedrängt dastehen, wenn der Kampf begann. Etwa in der Mitte des Hofes blieb er stehen. Auch der Meuchelmörder machte ein paar Schritte auf ihn zu, bis sie sich am Ende auf geringer Distanz gegenüberstanden. In tödlichem Schweigen, umgeben von verfallenen Gebäuden und dem Nebel des Sumpfes, standen sich die zwei Meister gegenüber. Einer von ihnen würde die Überreste der einst so großartigen Stadt verlassen – und der andere wie die Stadt selbst aus dem Gedächtnis der Menschen schwinden. Beide blieben lange bewegungslos, die Augen konzentriert auf den Gegner gerichtet, und warteten, wer von ihnen bereit war, den ersten Schritt zu tun.

Blaize traf die Entscheidung, als Erster anzugreifen. Ganz plötzlich machte er einen Ausfallschritt. Mit Leichtigkeit parierte der Meuchelmörder den Hieb der beiden Schwerter, wich zur Seite aus und ließ blitzschnell den Krummdolch vorschnellen. Er hätte Blaize' Brust getroffen, wenn es dem nicht gelungen wäre, ihn ebenso blitzschnell abzuwehren. Er revanchierte sich mit einem heftigen Schwung seiner Schwerter, dem der Mordgeselle behände auswich. Kurz hielten beide inne, um die Fähigkeiten und zu erwartenden Bewegungen des anderen ein letztes Mal einzuschätzen. Der Meuchler grinste gemein; Blaize' Gesicht verriet keinerlei Gefühl. Er war absolut konzentriert, wie in Trance.

Plötzlich wurde die Stille unterbrochen. In einem Wirbel aus Klingen und stiebenden Funken klirrte Metall hart auf Metall. Die beiden Meister bewegten sich über den Platz, vor und zurück; mal griff der eine an, mal der andere. Blaize kämpfte methodisch, prägte sich die Angriffs- und Verteidigungsbewegungen des anderen ein. Er wartete auf eine Chance. Der Kampf dauerte bereits eine Weile an und bisher hatte noch keiner von ihnen einen Vorteil erringen können. Es gab keine Zeugen für den verbitterten Kampf der beiden Balthaner, nur der Turm schaute stumm zu.

Endlich sah Blaize eine Gelegenheit. Im genau richtigen Augenblick brachte er sein rechtes Schwert mit ungeheurer Kraft nach oben. Es traf den Dolch seines Gegners, der davongeschleudert wurde. Doch Blaize hatte keine Zeit, sich darüber befriedigt zu zeigen. Kurz darauf spürte er einen scharfen Stich in der Schulter – der Meuchler hatte bereits einen weiteren Krummdolch in der Hand. Blut tropfte Blaize' Arm herab, und in den Augen des anderen Mannes war das pure niederträchtige Vergnügen zu sehen. Dieser Mann war gemeiner als jeder andere, gegen den Blaize jemals gekämpft hatte; er hatte seinen Spaß daran, Schmerzen zuzufügen.

Auf einmal nahm sein Angreifer den Kampf mit wahnsinniger Geschwindigkeit wieder auf. Blaize fühlte sich an einen tollwütigen Wolf erinnert, der noch wilder wurde, wenn er einmal das Blut seiner Opfer gerochen hatte. Blaize wehrte die heftigen Angriffe ab, verzweifelt darum bemüht, einen weiteren Treffer zu vermeiden. Es war erstaunlich, wie schnell der Kerl war. Blaize brach der Schweiß aus. Der Hagere drängte ihn immer weiter in Richtung Turm zurück. Er gab sich nicht die geringste Blöße, die Blaize hätte ausnutzen können; im Gegenteil – Blaize hatte Mühe damit, die Angriffe zu parieren. Dann durchbrach der Meuchelmörder mit der Klinge Blaize' Verteidigung. Im letzten Augenblick ließ sich Blaize zu Boden fallen und konnte sich durch eine Rolle vorwärts retten. Trotzdem hatte ihn die Klinge am Hals getroffen. Der Meuchler lachte triumphierend und sprang sofort wieder auf Blaize zu.

Dieser Wahnsinnige verdiente es nicht, länger zu leben. Blaize gab sein Äußerstes an Fähigkeiten und Muskelkraft. Seine wirbelnden Schwerter wurden schneller. Er wusste, er musste den Kampf beenden, bevor er zu viel Blut verloren hatte. Der Meuchelmörder wich vor dem wütenden Wirbeln seiner Schwerter zurück und sein fieses Grinsen verging ihm. Er konnte nicht mehr angreifen, befand sich vollständig in der Verteidigung. Dennoch konnte er Blaize mehrere Minuten lang standhalten, aber am Ende war er der Kraft und der Wut des mächtigen Kriegers nicht mehr gewachsen. In seinem verzweifelten Bemühen, sich vor den fliegenden Schwertern des anderen zu schützen, ließ er immer mehr Lücken in seiner Deckung. Man merkte ihm an, wie erschöpft er war.

Blaize gelang es, dem Meuchler den Dolch aus der Hand zu schlagen. Ohne eine Pause setzte er gleich nach, blitzschnell und mitleidlos. Mit dem Ellbogen traf er das Kinn des Mordgesellen und gleichzeitig lockerten seine Schwerter den Griff des anderen um seine verbleibende Klinge, die zu Boden fiel. Der Meuchelmörder schwankte. Mit einem Fausthieb schlug Blaize ihn zu Boden. Der Mann versuchte noch, eine weitere Waffe zu ziehen und sich wieder zu erheben, doch Blaize ließ ihm keine Gelegenheit dazu. Noch einmal schlug Blaize mit der Faust zu. Die Augen seines Gegners weiteten sich, und jetzt stand das erste Mal doch so etwas wie Furcht und Entsetzen darin. Aber er gab noch nicht auf, versuchte, sich zu orientieren, auf die Füße zu kommen. Vergebens. Blaize schob eines seiner Schwerter in einer fließenden Bewegung zurück in seine Scheide und fasste den Griff des anderen anschließend mit beiden Händen. In einem tödlichen Hieb rammte er, während er sich dabei schwungvoll auf ein Knie begab, das Schwert mit voller Kraft in den Boden, durch den Körper des Meuchelmörders hindurch.

Der Todesschrei des Meuchlers hallte von den Wänden der halb versunkenen Stadt wider und endete in einem Gurgeln, bevor der Mann für immer verstummte. Und wieder herrschte Stille in den Ruinen. Blaize konnte nur noch sein eigenes heftiges Atmen hören. Er hatte sich erhoben und starrte auf den toten Körper auf dem Boden, froh darüber, die Welt von einer solch grausamen Boshaftigkeit befreit zu haben. Er stellte einen Fuß auf die Leiche und zog sein Schwert heraus. Dann schnitt er dem Mann ein Stück Stoff aus dem rechten Ärmel und reinigte die Klinge. Nach einem letzten Blick auf das niederträchtige Gesicht des Schurken breitete Blaize den Umhang über ihn.

Vorsichtig untersuchte er seine Verletzungen. Zu seiner Erleichterung war der Schnitt an der Schulter nicht allzu tief und auch die Wunde am Hals war nicht schlimm; die Klinge des Krummdolchs hatte nur die Haut aufgeritzt. Der Gedanke an den Krummdolch ließ wieder etwas aus seinen Erinnerungen hochkommen, und diesmal hatte er die Muße, dem nachzugehen. Er hob einen der Dolche auf, die im Hof herumlagen, und betrachtete ihn eingehend. Sofort entdeckte er den im Griff eingravierten Buchstaben G. Auf einmal war er in Gedanken wieder zurück in dem Raum in der kleinen Hütte, in der die Leiche seiner Geliebten lag, mit einem Krummdolch in der Brust. Auch dieser Dolch hatte den Buchstaben G getragen. In plötzlicher rasender Wut nahm Blaize den Dolch und schleuderte ihn auf den toten, unter seinem Umhang verborgenen Mörder. Jetzt bedauerte er es auf einmal, dass er den Kerl so schnell umgebracht hatte – er hätte einen langsamen und qualvollen Tod verdient gehabt. Dann drängte er seinen Zorn zurück. Er konnte hier nicht bleiben, er konnte sich nicht der Trauer und der Wut hingeben – er musste sich beeilen, um das zu tun, wofür er hierhergekommen war. Rasch bewegte er sich hinaus in den Sumpf, um Traven und die Prinzessin zu suchen. Wenigstens konnte Sherrials Seele jetzt in Frieden ruhen; ihr Mord war gerächt.

35

Noch immer rannte Traven so schnell er konnte durch das knietiefe Wasser des Sumpfes, vorbei an alten Bäumen und halb verfallenen Gebäuden. Der Blutverlust hatte ihn sehr geschwächt. Längst schon konnte er die Prinzessin nicht mehr mit sich ziehen; er konnte kaum noch mit ihr Schritt halten. Er hatte sogar Mühe, nicht zu stolpern. Auf einmal blieb sein Fuß an einer knorrigen Wurzel eines Baumes hängen, an dem sie gerade vorbeiliefen. Er konnte gerade noch die Arme hochnehmen, um seinen Fall abzufangen, und landete im moorigen Wasser. Das kalte Wasser in seinem erhitzten Gesicht ließ ihn keuchen. Mühsam erhob er sich.

»Alles in Ordnung?«, fragte die Prinzessin besorgt, nachdem sie stehen geblieben war.

»Ja, alles in Ordnung«, erwiderte Traven und setzte sich wieder in Bewegung. »Wir müssen weiter.«

»Ich weiß nicht, wie lange ich das noch durchhalten kann«, jammerte die Prinzessin. »Ich bin völlig erschöpft!«

Traven wusste, sie hatte recht. Auch er war am Ende und sein Bein schmerzte fürchterlich. Wenigstens blutete es nicht mehr. Am besten suchten sie sich jetzt ein Versteck, um sich erst einmal auszuruhen, bevor sie weiterliefen.

»In Ordnung«, erklärte Traven. »Wir müssen etwas finden, wo wir uns verstecken können.«

Langsamer als bisher bahnten sie sich ihren Weg, auf der Suche nach etwas, in oder hinter dem sie sich verbergen konnten. Hinter sich, wenn auch entfernt, konnte Traven noch immer die Verfolger hören. Links von sich entdeckte er auf einmal weitere alte Ruinen auf einem Stück trockenen Landes. Sofort änderte er die Richtung. In diesen halb verfallenen Gebäuden konnten sie sich gewiss irgendwo verstecken. Er war dankbar, als sie endlich das sumpfige Wasser hinter sich gelassen hatten und wieder festen Boden betreten konnten. Die nasse Kälte hatte nicht nur ihre Schritte verlangsamt, sondern war ihm auch überall in die Knochen gekrochen. Immerhin hatte sie auch den Schmerz in seinem Bein etwas betäubt und die Blutung gestoppt.

Sie gingen auf etwas entlang, das einmal eine breite Straße gewesen sein musste. Auf beiden Seiten richteten die Ruinen ihre gezackten Überreste gegen den Himmel. Manche waren nur noch ein oder zwei Meter hoch, andere hingegen erhoben sich noch immer mehrere Armspannen in die Höhe. Irgendwie hatte Traven das ganz merkwürdige Gefühl, dass er hier schon einmal gewesen war. Doch er wusste, das war unmöglich. Er verdrängte das alberne Gefühl. Die Stimmen ihrer Verfolger wurden lauter. Er wusste, sie mussten schnell ein Versteck finden. Er hielt an und sah sich um. Eine dieser Ruinen musste es werden. Auf einmal sah er den schlanken Turm in der Ferne nach oben streben. Mitten im wabernden Nebel *ragte er gegen den Himmel auf wie eine schwarze Leere*. Traven versuchte, die Gedanken abzuschütteln, die plötzlich aus seinen vergangenen Träumen aufgestiegen waren. Es war nicht möglich! Er war noch nie hier gewesen! Wie konnte er dann davon geträumt haben? Erneut schaute Traven sich um. Gebäude säumten rechts und links die Straße, dunkel und stumm. Vor sich konnte Traven einen *großen freien Platz* sehen. Nein, da war kein großer Platz mehr vor ihnen, aber ein großer, offener Bereich. Traven wusste, die Höhle war ganz in der Nähe. Die Höhle pulsierte, schien ihm etwas zuzurufen.

»Was ist los?«, riss die Prinzessin Traven aus seinen Gedanken. »Du siehst aus, als ob du einen Geist gesehen hättest.«

»Ich weiß, wo wir uns verstecken können«, sagte Traven aufgeregt. »Folgt mir!«

Ohne ein weiteres Wort hastete er die Straße zwischen den Überresten der Gebäude entlang. Die Prinzessin folgte ihm, ohne Fragen zu stellen. In der Ferne konnte er den steil aufsteigenden kleinen Hügel sehen. Der gesamte Hügel war mit Sträuchern und Gräsern bedeckt, aber er wusste genau, wo sich der Eingang zur Höhle befand. Er marschierte direkt auf die steilste Stelle des Hügels zu und drehte sich zur Prinzessin um.

»Wir können uns in der Höhle verstecken.«

»Wovon redest du?«, zischte die Prinzessin verärgert. »Das ist nur ein Hügel. Wir müssen uns so schnell wie möglich in einem der Gebäude verstecken, bevor …«

Mit einem keuchenden Laut unterbrach sie sich, als Traven eine dichte Masse aus Weinreben und Moos beiseitezog und auf einmal der Eingang einer Höhle sichtbar wurde.

»Woher wusstest du das?«, stieß die Prinzessin hervor.

Traven zuckte die Achseln. Er konnte ihr ja schließlich schlecht erklären, dass er das alles in einem Traum gesehen hatte. Sie würde ihn für verrückt halten. Plötzlich huschte eine Sumpfratte aus der Höhle heraus und lief der Prinzessin über den Fuß, woraufhin diese markerschütternd schrie.

»Es tut mir leid«, entschuldigte sie sich anschließend erschrocken.

Traven stöhnte entnervt. Er konnte hören, wie die Verfolger sich aufgeregt etwas zuriefen. Die Prinzessin hatte ihnen genau verraten, wo sie waren. Rasch überlegte er, ob es noch eine andere Möglichkeit gab, sich zu verstecken, aber er wusste, es war zu spät. Die Verfolger waren schon zu nahe herangekommen und er konnte nicht weiter, ebensowenig wie die Prinzessin. Sie hatten keine Chance, den Schurken zu entkommen.

Auch die Prinzessin schlug jetzt vor, sich lieber ein anderes Versteck zu suchen. »Dazu ist keine Zeit mehr«, widersprach er.

»Duckt Euch und kriecht in die Höhle. Ich werde am Eingang warten und versuchen, die Kerle aufzuhalten. Falls mir das nicht gelingen sollte, müsst Ihr in der Höhle verborgen bleiben, bis sie wieder verschwunden sind.«

»Aber …«

»Rasch«, schnitt Traven der Prinzessin das Wort ab und drängte sie zum Höhleneingang.

Die Prinzessin zögerte kurz. Dann schenkte sie ihm ein besorgtes Lächeln. »Viel Glück«, sagte sie mit belegter Stimme, duckte sich und verschwand in der Höhle. Traven folgte ihr und verharrte dann direkt am Eingang. Kurz schaute er der Prinzessin hinterher. Sie hatte sich noch einmal umgewendet und öffnete den Mund, als ob sie etwas sagen wollte, doch dann eilte sie weiter, tiefer in die Höhle hinein, wo sie schon bald hinter einer Biegung verschwunden war.

Nun waren draußen ihre Verfolger zu sehen. Leise holte Traven sein Schwert aus der Scheide und wartete. Die fünf Halunken kamen langsam heran. Vorsichtig bewegten sie sich durch die Ruinen der Gebäude. Traven fluchte leise. Er hatte gehofft, dass sie sich vielleicht für die Verfolgung in zwei Gruppen aufgeteilt hätten, aber sie waren noch immer zusammen. Normalerweise hätte er auch gegen fünf Kämpfer eine Chance gehabt, aber er war verwundet und erschöpft. Er nahm einen tiefen Atemzug und versuchte, alle Furcht aus seinen Gedanken zu verdrängen. Sie kamen immer näher. Plötzlich blieben sie stehen und schauten sich verwirrt um.

»Wo sind sie hin?«, knurrte einer von ihnen. »Der Schrei kam genau von hier!«

Traven spürte in der beginnenden Ruhe seiner Vorbereitung auf den Kampf eine leise Hoffnung aufkeimen. Sie konnten den Eingang zur Höhle nicht sehen. Vielleicht zogen sie einfach weiter und er musste sich ihnen nicht im Kampf stellen. Doch der Hoffnungsschimmer erlosch jäh, als sich einer der Männer auf alle viere begab und den Boden absuchte. Rasch hatte er ihre Spur gefunden und folgte ihr mit den Augen, bis sein Blick direkt auf dem wieder hinter Blättern verborgenen Höhleneingang hängen blieb.

»Sie sind hineingegangen«, verkündete er zuversichtlich.

»Hinein? Wo hinein?«, murrte ein anderer und betrachtete den Hügel. »Da ist nichts!«

»Irgendwo muss es einen Felsspalt oder so etwas geben, in den sie sich hineingezwängt haben«, erklärte der Mann. »Die Spur führt direkt den Hügel hinauf.« Er lachte gemein. »Damit haben die beiden uns einen großen Gefallen getan. Jetzt sitzen sie in der Falle!«

Traven wusste, der Kerl hatte recht – aber noch war nicht alles verloren. Ohne einen Kampf würde er sich jedenfalls nicht seinem Schicksal ergeben. Der Höhleneingang war so schmal, dass sich ihm immer nur jeweils ein Mann entgegenstellen konnte. Das verschaffte ihm einen taktischen Vorteil. Er hoffte, dass er selbst in seinem geschwächten Zustand noch einem Kampf gegen einen einzelnen Mann gewachsen war. Die fünf Gesellen zogen ihre Schwerter heraus und stiegen langsam den Hügel hinauf, in seine Richtung. Sie stießen mit ihren Schwertern ins Gebüsch, auf der Suche nach einem Eingang. Gleich zwei Schwerter durchbohrten das Grün über dem Höhleneingang und stießen ins Leere. Sie hatten ihn gefunden. Aufgeregt sprang einer der beiden Männer vor, durchbrach Weinreben, Blätter und Moos. Kaum hatte er die Höhle betreten, sank er auch schon mit einem dumpfen Schlag leblos zu Boden, von Travens Schwert durchbohrt. Sein eigenes klirrte, nutzlos, gegen den Steinboden.

Die anderen Kerle sprangen zurück und fluchten laut. Ruhig erwartete Traven den nächsten Angreifer. Die Männer diskutierten kurz. Dann waren sie offensichtlich zu einer Entscheidung gekommen. Der Größte von ihnen näherte sich vorsichtig dem Höhleneingang, das Schwert in der Hand. Traven machte sich bereit. Dieser Kampf würde schwerer werden – er hatte nicht länger den Vorteil der Überraschung auf seiner Seite. Der Halunke hieb zuerst mit seinem Schwert auf das Grün vor der Höhle ein und legte den Eingang frei. Seine Augen funkelten Traven, der nun den Blicken der Verfolger nicht mehr verborgen war, wütend und drohend an.

Traven nahm das Schwert hoch und parierte den Hieb des anderen. Dann startete er einen Gegenangriff, den der Kerl jedoch leicht abwehren konnte. Der Mann war gut. Das durchdringende Geräusch von Metall auf Metall hallte in der Höhle wider, als beide um ihr Leben kämpften. Traven blieb hoch konzentriert und wartete auf eine Gelegenheit. Sie kam. Blitzschnell stieß er zu und beendete das Duell. Doch als der Mann zu Boden fiel, neben seinen toten Kumpan, musste Traven erkennen, wie schwach er war. Die Wunde in seinem Schenkel hatte sich durch die Anstrengung wieder geöffnet und er spürte Blut sein Bein herablaufen. Sein Herz hämmerte, sein Atem ging heftig und in seinen Ohren dröhnte es. Er wusste, wenn er die Sache nicht bald zu Ende bringen konnte, würde es den drei restlichen Halunken gelingen, ihn zu überwältigen.

Als ihn der dritte angriff, hatte Traven sich entschlossen, alles zu wagen. Er holte aus sich heraus, was er noch an Kraft besaß, und griff mit mächtiger Wildheit an. Sehr schnell hauchte der davon völlig überraschte Verbrecher sein Leben aus. Dann sprang Traven über ihn hinweg aus der Höhle heraus, mitten zwischen die beiden verbleibenden Männer. Er trieb den einen mit einem Schwerthieb zurück und griff den anderen an, warf ihn mit einem Fußtritt in den Bauch zu Boden. Gerade noch rechtzeitig konnte Traven sich vor dem Schwerthieb des ersten ducken – und dennoch war er in seinem geschwächten Zustand nicht schnell genug. Die flache Klinge traf ihn am Kopf, was seinen gesamten Körper erschütterte. Traven ignorierte es und stieß zu, bereitete dem Halunken den Garaus. Dann drehte er sich um und stürzte sich auf den letzten, der sich gerade wieder aufrappeln wollte. Ein letztes Schwerterklirren erklang in den von Nebel umgebenen Ruinen, dann fiel das Schwert seines Gegners zu Boden, um nie wieder aufgehoben zu werden.

Traven wischte sich das Blut ab, das ihm in die Augen strömte, und schaute sich um. Er atmete keuchend und sein Herz klopfte wie rasend. Er stolperte zurück in die Höhle und lehnte sich gegen die Wand. Langsam sackte er zu Boden. Er versuchte, gegen die

Dunkelheit anzukämpfen, die ihn zu überwältigen drohte, aber seine Stärke war restlos erschöpft. Blut floss von Kopf und Schenkel, der dunkle Nebel um ihn herum wurde dichter. Traven verlor das Bewusstsein.

* * *

Kalista nahm eine Biegung und tastete sich langsam weiter in die Höhle hinein. Sie hatte Angst um Traven. Sie wusste um sein Geschick mit dem Schwert, aber sie hatte auch gesehen, wie erschöpft er war. Er war ganz bleich gewesen. Sie wollte ihn nicht allein zurücklassen, doch sie hatte keine Wahl. In einem Kampf konnte sie ihm ohnehin nicht beistehen, hätte ihn nur behindert. Verzweifelt hoffte sie, dass dem jungen Mann nichts zustieß. Auf einmal führte der Höhlengang steil nach unten. Vorsichtig ging Kalista weiter. Die Luft war abgestanden und muffig. Hierher hatte sich schon seit Jahren kein lebendes Wesen mehr verirrt. Immerhin gab es dann vielleicht auch keine weiteren Sumpfratten oder ähnliches Getier.

Hinter sich vernahm Kalista das Klirren von Metall gegen Metall. Sie beschleunigte ihre Schritte. Überrascht stellte sie fest, dass es nun in der Höhle nicht immer dunkler wurde, wie man ja eigentlich hätte erwarten können, sondern immer heller. Als sie sich einer weiteren Biegung näherte, wurde es so hell, dass sie die Wände ganz deutlich erkennen konnte. Und je näher sie dieser scharfen Biegung kam, desto heller wurde es. Sie konnte sich die Quelle dieses Lichts nicht erklären. Aber vielleicht gab es ja einen anderen Weg aus der Höhle hinaus! Sie hatte die Biegung erreicht. Ganz vorsichtig schaute sie um die Ecke – und konnte einen Ausruf des Erstaunens nicht unterdrücken.

Sie betrat den Gang hinter der Biegung und betrachtete staunend das Wunder, das sich ihr darbot. Dieser Teil der Höhle war nicht von der Natur geschaffen worden, sondern von Menschenhand. Der Boden war geebnet und völlig glatt. Der Gang selbst war jetzt zweimal so breit wie vorher und auch etwas höher. Wände und Decke waren ebenso glatt geschliffen worden wie der Fußboden. Aber es war nicht diese perfekte Glätte, die ihr Erstaunen hervorgerufen hatte – sondern die Quelle des Lichtes, das die Höhle erhellte. Etwa alle fünf Meter waren in die Wand an beiden Seiten Nischen eingelassen, wie sie es vom Palast her kannte, und in jeder Nische brannte eine Flamme. Es gab keine Fackeln, keine Kerzen – nur diese Flammen. Es war geradezu unheimlich. Der Boden war mit Staub bedeckt und es war offensichtlich, dass hier schon sehr lange niemand mehr gewesen war. Keine Flamme konnte so lange brennen – und trotzdem, es war so, sie sah es mit eigenen Augen.

Wie betäubt suchte sie sich ihren Weg und fragte sich dabei ängstlich, ob sie vielleicht vor Erschöpfung ohnmächtig geworden war und das alles nur träumte. Mit jedem Schritt stieg eine kleine Wolke Staub vom Boden auf und hinter ihr waren ganz deutlich ihre Fußstapfen zu sehen. Am anderen Ende des Ganges schien etwas zu leuchten. Als sie näher kam, stellte sie fest, es waren zwei große Bronzetüren. Die Bronze war makellos poliert und spiegelte das Licht der Flammen wider. Atemlos blieb sie vor den Türen stehen. Sie waren wunderschön. Sie sahen aus wie neu und es waren faszinierende Figuren hineingeschnitten. Auch die Silhouette einer Stadt konnte Kalista erkennen, und sie entdeckte fremdartige Schriftzeichen, die sie nicht entziffern konnte. Ehrfürchtig starrte sie auf das faszinierende Überbleibsel einer längst vergangenen und vergessenen Zeit.

Sie war neugierig, was sich wohl hinter den Türen befand. Sie legte ihre Hände darauf und drückte leicht dagegen. Mühelos schwangen die Türen nach innen; so mühelos, dass sie beinahe gestolpert wäre. Sie fand ihr Gleichgewicht wieder, schaute – und wurde erneut vollkommen überwältigt. Immer größer wurden ihre Augen angesichts dessen, was sie vorfand. Sie befand sich in einem großen Raum, viel größer und heller als der Gang, der sie hierhergeführt hatte. Über ihr ragte die kuppelförmige Decke hoch empor und in der Mitte der Kuppel schwebte völlig frei eine weitere, größere Flamme. Der Boden war bedeckt mit Fliesen in Weiß und Blau, die sich in hervorragendem Zustand befanden.

Der große Raum war leer, bis auf eine goldene Truhe, die in der Mitte unterhalb der Flamme an der Decke hell funkelte. Sie stand erhöht auf einem tiefblauen Podest. Fasziniert von der schimmernden Truhe ging Kalista darauf zu. Ihre Stiefel klackten auf dem Fliesenboden und das Echo hallte im gesamten Raum wider. Sie kam sich fast wie ein Eindringling vor, dass sie die Stille störte, die in diesem Raum seit so langer Zeit geherrscht hatte. Als sie der Truhe näher kam, entdeckte sie, dass diese noch kunstvoller geschnitzt war, als es die Bronzetüren gewesen waren. Auch bemerkte sie, dass der Geruch nach abgestandener Luft durch einen anderen ersetzt wurde, einen fauligen Gestank. Sie rümpfte die Nase, ging aber dennoch weiter und betrat das Podest. Dort sah sie auch, woher dieser widerwärtige Gestank kam. Auf der anderen Seite des Podestes gähnte im Boden ein riesiges Loch, und das war die Quelle des üblen Geruchs. Das Podest hatte das Loch bisher vor ihrem Blick verborgen. Um den Rand herum waren schmale, leuchtend rote Fliesen verlegt worden.

Kalista wendete ihre Aufmerksamkeit wieder der goldenen Truhe direkt zu ihren Füßen zu. Sie beugte sich herab. Auf einmal wehte ein übel riechender Luftschwall ihr das Haar zurück. Sie blickte wieder auf das Loch, und plötzlich schoss etwas daraus hervor, warf sie vom Podest. Sie lag auf dem Boden und schaute voller Entsetzen auf die riesige Schlange, die sich aus dem Loch erhoben hatte. Sie wirkte wie eine Bestie aus den schlimmsten Albträumen. Nie hätte sie sich vorstellen können, dass ein solches Biest tatsächlich existierte! Die Schlange rollte sich hinter dem Podest zusammen und erhob einen schrecklichen Kopf mit glühenden Augen. Kalista sprang auf die Füße und versuchte wegzurennen. Sie war noch keine zwei Meter weit gekommen, als ihr etwas die Füße wegzog und sie mit einem dumpfen Schlag und einem erschrockenen Schrei wieder auf dem Boden landete. Verzweifelt versuchte sie, Halt zu finden, doch dafür waren die Fliesen zu glatt. Die schleimige Schwanzspitze fest um ihre Beine gelegt, zog die schreckliche Kreatur sie unaufhaltsam zurück.

Kalista kämpfte sich auf den Rücken und starrte mit wachsender Furcht auf die albtraumhafte Schlange. Im Licht der Flamme leuchtete ihr dunkelgrüner Körper. Von den Schuppen floss der Schlamm des Sumpfes herab. Die roten Augen schienen zu brennen, schauten herab auf das hilflose Opfer. Kalista versuchte, sich zu befreien, doch das war hoffnungslos. Sie gab auf, schaute voller Grauen zur Schlange auf. Die riesige Kreatur öffnete das Maul. Hunderte von Zähnen kamen zum Vorschein, scharf wie der schärfste Dolch. Der Speichel troff der Bestie von den gezackten Zähnen. Das war ihr Ende! Kalista begann, hysterisch zu schreien.

* * *

Ein Laut brachte Traven schlagartig wieder zu Bewusstsein. Verwirrt fragte er sich, was passiert war und was seinen Schlaf gestört hatte. Sein Kopf kam ihm vor wie von einem schmerzenden Nebel erfüllt. Dann hörte er es wieder – Schreie panischer Angst durchbrachen die tödliche Stille des Sumpfes. Er wusste nicht, was da vor sich ging – aber er hatte die Stimme der Prinzessin erkannt. Sie war in Gefahr! Sie brauchte seine Hilfe! Traven erhob sich mühsam und stolperte tiefer in die Höhle hinein. Die Schreie der Prinzessin wurden immer verzweifelter. Er bemühte sich, schneller zu gehen, stützte sich an den Wänden ab. Er sah alles nur verschwommen. Mehrere Male fiel er zu Boden, aber er rappelte sich immer wieder auf und strebte der Richtung zu, aus der die Schreie kamen. Dabei bemerkte er, dass es auf einmal um ihn herum heller wurde. Plötzlich war da keine Wand mehr, an der er sich festhalten konnte. Er stolperte, stürzte. Dunkelheit schlug wieder über ihm zusammen. Ein letzter Schrei der Prinzessin vertrieb sie.

Verwirrt und orientierungslos nahm Traven irgendwie wahr, dass die Prinzessin ganz in der Nähe sein musste, denn ihr Schrei hallte rings um ihn herum von den Wänden wider. Schwach und zitternd versuchte er, seinen Körper dazu zu zwingen, sich zu erheben, doch es gelang ihm nicht. Vor sich konnte er die Prinzessin am Boden liegen sehen, auch wenn es ihm vorkam, als läge sie im

Nebel und als schwanke der Boden unter ihm. Nun entdeckte er auch die riesige Schlange, die sich über der Prinzessin aufgerichtet hatte, bereit zum tödlichen Biss. Der Schock über diesen Anblick drang durch seine getrübte Sicht und seine flatternden Gedanken hindurch. Traven wusste, er musste etwas tun – und hatte doch nicht einmal mehr die Kraft, zu schreien. Er streckte die Hand nach der Prinzessin aus, ohne sie erreichen zu können. Nun waren es Tränen und kein Nebel, die ihm die Sicht verschleierten. Hilflos musste er sehen, wie die Schlange ganz langsam den Kopf senkte. Irgendwo musste in ihm noch ein kleiner Funke Kraft stecken – er musste etwas tun!

Auf einmal stand die Zeit still. Nichts und niemand bewegte sich mehr und es herrschte vollkommene Stille. Travens Blick war nicht mehr getrübt; im Gegenteil, er sah alles im Raum schärfer, als er jemals in seinem Leben etwas gesehen hatte. Sein Kopf war ganz klar und er war absolut konzentriert. Nur eine Armspanne über der bewegungslosen Prinzessin wirkte das geöffnete Maul der Schlange mit den gezackten Zähnen wie zu Eis erstarrt, und auch das Gesicht der Prinzessin, voll maßlosem Grauen und Todesangst, war in einen Augenblick gebannt, der sich endlos ausdehnte. Die Luft über ihnen, in dem großen Raum, schien plötzlich Substanz zu besitzen, und es kam Traven so vor, als könne er über die physische Welt hinausblicken und andere Dinge sehen, die sonst unsichtbar waren. Die Luft schimmerte vor Travens Augen und wurde immer dichter. Auf seiner ausgestreckten Hand erschien ein Blitz, schwach nur zunächst, undeutlich, fast nicht zu sehen. Er richtete all sein Bewusstsein auf diesen Blitz. Sein Wille schien ihn wachsen und deutlicher werden zu lassen, ja, schien ihn lenken zu können. Traven konnte diesen Blitz nicht wirklich sehen, und dennoch wusste er, dass er da war, sich ausdehnte, auf den Kopf der Schlange zielte. Irgendwo, wie aus weiter Ferne, spürte er einen unerträglichen Schmerz, den er einfach ignorierte. Nichts zählte mehr – nur noch das Leben der Prinzessin.

Dieser Blitz, den er spürte und sah, ohne ihn zu sehen, er musste einfach real sein! Doch Traven wusste genau, er war nicht wirklich da. Er war nur ein Bild aus dieser Welt hinter der physischen Welt, die er plötzlich sehen konnte. Aber vielleicht konnte er ihn real werden lassen, ihn aus dieser anderen Welt herausholen und herüberziehen in die Wirklichkeit? Plötzlich begann die verdichtete Luft im Raum um diesen Blitz herumzuwirbeln. Traven spürte eine große Ruhe in sich. Er kam dem Blitz immer näher – und dann prallte er gegen eine solide, undurchdringliche Mauer aus Nichts. Verzweifelt kämpfte er gegen die Dunkelheit an, bemühte sich darum, bei Bewusstsein zu bleiben. Seine Sicht klärte sich wieder. Zu seinem Entsetzen sah Traven, dass der Kopf der Schlange sich jetzt nur noch etwa einen halben Meter über dem Kopf der Prinzessin befand. Die Zeit stand nicht ganz still – sie hatte sich nur verlangsamt. Oder die Dunkelheit, die zwischendurch wieder gedroht hatte, über ihn hereinzubrechen, hatte sie weiterlaufen lassen. Es war schon beinahe zu spät. Wenn er die Prinzessin noch retten wollte, dann jetzt.

Noch immer spürte Traven den Blitz – aber wieder war es so, als befände er sich gerade außerhalb seiner Reichweite. Erneut konzentrierte er sich darauf, mit allem, was noch an Energie in ihm steckte. Die dichte Luft wirbelte erneut, schneller und schneller. Und ein zweites Mal kam es Traven so vor, als stöße er gegen ein unverrückbares Hindernis, ehe er den Blitz in die Realität hinüberziehen konnte. Er musste diese Barriere durchbrechen! Dabei musste er einfach alles geben, auch wenn es ihn am Ende selbst das Leben kostete! Irgendwo aus sich heraus holte er die Stärke, seinen Willen ein weiteres Mal auf den Blitz zu konzentrieren. Als er diesmal wieder gegen das unsichtbare Hindernis stieß und gegen die Dunkelheit kämpfte, die ihn niederzwingen wollte, kam ihm die Barriere plötzlich nicht mehr undurchdringlich vor, sondern nur noch wie ein Widerstand, den er durchaus in der Lage war, zu überwinden.

Der Schmerz in ihm wuchs so stark an, dass er seinen Willen auszulöschen drohte, doch Traven gab nicht nach, kämpfte sich weiter durch diese zähe Mauer vor ihm. Es kam ihm vor, als würde ihm der Verstand entrissen, ja, als würde der Kern seines Wesens langsam und unter größten Qualen aus ihm herausgerissen, aber wie blind bemühte er sich weiter, die Barriere zu durchdringen. Die Pein, die seinen Körper ebenso erfasst hatte wie seine Seele, verbrannte ihn nahezu, und es kam ihm vor, als wäre er für alle Ewigkeit verdammt, in dieser Hölle zu leben. Und dann spürte er es – der Blitz war da, er konnte ihn greifen. Er hielt ihn ganz fest und riss ihn durch diese Mauer, durch die er sich gerade hindurchgekämpft hatte, zurück in die reale Welt. Kaum hatte er dem Blitz physische Existenz verliehen, ertönte ein Krachen, lauter als jedes Gewitter, ein grelles Aufleuchten war zu sehen, heller als jedes Licht. Und dann kam Dunkelheit, schwärzer als der Tod, gegen die Traven sich nicht länger wehren konnte.

* * *

Die Schlange erhob ihr schreckliches Haupt und bereitete sich auf den tödlichen Biss vor. Kalista wusste, jetzt war alles vorbei, als der Kopf blitzschnell auf sie herabschoss. Doch plötzlich hörte sie ein ohrenbetäubendes Krachen und ein grelles Licht blendete sie. Eine Druckwelle von unten hob sie hoch, schleuderte sie in die Luft. Sie kam so hart wieder auf, dass sie wie betäubt war. Um sie herum regnete beißende Asche herab. Es dauerte lange, bis sie die Kraft hatte, sich aufzurichten. Sie musste husten. Der gesamte Raum war von wirbelnder Asche erfüllt. Verwirrt schaute sie sich um. Was war passiert? Wo war die Schlange? Und warum war sie noch am Leben? Ihre Gedanken verschwammen.

Als sie sich umdrehte, fiel ihr Blick auf etwas, das am Eingang des Raumes lag, fast noch im Gang. Sie schüttelte den Kopf und zwinkerte mehrfach, um ihren Blick klarer werden zu lassen. Dann erkannte sie, es war ein Körper, der da lag. Und es war nicht irgendein Körper – es war Travens Körper! Entsetzt hastete sie in seine Richtung, ließ sich neben ihm auf den Boden gleiten. Regungslos, leblos lag er auf dem Rücken. Sein Hemd war verbrannt und seine Brust war eine fürchterliche Masse aus verbrannter Haut und Blut. Sein Gesicht war totenbleich, fast grau. Furchtsam nahm sie seine Hand. Sie war eiskalt. In diesem Körper war kein Leben mehr. Schluchzend warf sich die Prinzessin von Kalia auf Travens schrecklich zugerichteten Körper und schluchzte laut.

* * *

Blaize eilte auf seinem Pferd durch die Ruinen und folgte den zum Glück nur allzu deutlichen Spuren, die die anderen hinterlassen hatten. Als er zwischen den Ruinen von zwei einst großartigen Gebäuden hindurchritt, sah er vor sich einen freien Platz, auf dem die Leichen von zwei der Halunken lagen, die vom Turm aus aufgebrochen waren. Beim Näherkommen entdeckte er drei weitere leblose Körper am Eingang einer Höhle in dem kleinen Hügel, der vor ihm aufstieg. Zu seiner Erleichterung waren es die drei restlichen Schurken. Mit einem stolzen Lächeln stieg er vom Pferd. Er war Traven wahrhaft ein guter Lehrmeister gewesen – dieser hatte sich aller fünf der Mordgesellen erfolgreich erwehren können. Im Inneren der Höhle fand er eine Blutspur, die tiefer in die Höhle führte. Entweder Traven oder die Prinzessin waren verwundet und brauchten seine Hilfe. Rasch begab er sich auf den Weg in die Höhle hinein.

Er war noch nicht lange unterwegs, als er in der Ferne etwas vernahm. Es waren Schreie der Todesangst. Er riss seine Schwerter heraus und begann zu laufen. Auf einmal ertönte ein ohrenbetäubender Krach. Für den Bruchteil einer Sekunde wurde die Höhle hell erleuchtet und der Boden unter ihm erbebte, was ihn zu Boden warf. Rasch hatte er sich wieder erhoben und lief weiter. Die Schreie hatten aufgehört, und auf einmal konnte er alles deutlich sehen. Irgendetwas erleuchtete den Höhlengang, den er entlanghastete.

Er sprang um eine Biegung und blieb vor Erstaunen wie gebannt stehen. Hier ging die Höhle in einen von Menschen geschaffenen Gang über, in dem kleine Flammen Licht schufen. Am Ende dieses Ganges konnte er eine Silhouette ausmachen. Als er näher kam, entdeckte er, es war die Prinzessin, die sich über etwas beugte, direkt im Eingang zu einem großen Raum, aus dem eine Aschewolke driftete. Die dumpfe, abgestandene Luft in der Höhle roch nun durchdringend nach verbranntem Fleisch. Dann sah Blaize auch, was es war, worüber die Prinzessin sich beugte – es war Travens Körper! Tränen liefen ihr über die Wangen und bahnten Wege in die Asche, die sich dort abgesetzt hatte. Ihre Augen waren gerötet.

»Er ist tot!«, schluchzte sie, »und es ist alles meine Schuld!«

Blaize ließ sich neben Travens Körper auf den Boden fallen. Unsanft schob er die Prinzessin beiseite. Als er den Körper berührte, erkannte er die graue Kälte des Todes. Nun musste er mit seinen eigenen Tränen kämpfen. Entsetzt sah er die verbrannte, blutige Brust, fühlte mit der Hand am Hals nach einem Puls. Er fand ihn; kaum zu spüren zwar, aber doch. Der Junge war noch am Leben – wenn auch unglaublich schwach. Mit einem lauten erleichterten Seufzer und einem glücklichen Lächeln wendete er sich der Prinzessin zu.

»Es wird alles gut, meine Prinzessin«, sagte er. Sie wischte sich die Tränen von den Wangen.

»Er lebt noch?«, fragte sie, und in ihren verweinten Augen funkelte neue Hoffnung.

Blaize nickte. Er bedeckte Travens kalten Körper mit seinem Umhang, dann stand er auf und sah sich im Raum um. Was war hier passiert? Noch immer schwebte Asche in der Luft, setzte sich in grauen Wirbeln auf dem Fußboden aus farbenfrohen Fliesen ab. Hunderte von kleinen Scherben, die von Glas zu stammen schienen, reflektierten das unnatürliche Licht einer Flamme, die an der Decke schwebte. In der Mitte des Raums stand eine goldene Truhe auf einem blauen Podest. An dieser Stelle war die Aschewolke am dichtesten. Aber er hatte jetzt keine Zeit, sich um diese Dinge zu kümmern. Besorgt fragte er die Prinzessin, ob er sie einen Augenblick lang allein lassen könne. Als sie bejahte, rannte er zu seinem Pferd zurück und holte Salbe und Verbände.

Er kümmerte sich um Travens Wunde, trug ihn aus der Höhle. Er half der Prinzessin auf sein Pferd und hob Traven vor ihr auf den Sattel. Sie konnte den Bewusstlosen festhalten, damit er nicht herunterfiel. Noch ein letztes Mal begab sich Blaize in die Höhle hinunter und holte die goldene Truhe. Die komplizierten Schnitzereien darauf begeisterten ihn. Er hob sich die Truhe auf die unverletzte Schulter und stellte dankbar fest, dass sie gar nicht schwer war. Nun kehrte er zu seinem Pferd zurück und führte es mit einer Hand am Zügel durch den Sumpf in Richtung Stadt, die goldene Truhe fest auf der Schulter.

* * *

»Holt sofort den Hochkönig!«, brüllte die Wache am Rande des Sumpfes aufgeregt. »Man hat die Prinzessin gefunden!«

Staunend beobachtete er den Anblick, der sich ihm bot. Gerade eben war aus dem Nebel des Sumpfes eine ziemlich mitgenommen wirkende Gruppe aufgetaucht. Die Wache hatte sofort die Prinzessin erkannt, die zusammengesunken auf einem großen Pferd saß. An ihrer Seite ging der mächtige General Blaize der Armee des Hochkönigs, mit einer goldenen Truhe auf der Schulter, und vor der Prinzessin hing ein verwundeter und bewusstloser Mann mehr auf dem Pferd, als dass er darauf saß. Rasch ging die Wache ihnen entgegen, während eine andere sich im Galopp zum Palast begab, um dem Hochkönig die gute Nachricht zu überbringen. Die Prinzessin war zu ihnen zurückgebracht worden!

Epilog

»Du wirst es nicht glauben, was ich heute Morgen beobachtet habe!«, berichtete eine der königlichen Dienerinnen aufgeregt. Eine weitere Dienerin, die an ihrer Seite gerade dabei war, mit der Bürste Wäsche zu reinigen, richtete ihre Aufmerksamkeit sofort neugierig vom seifigen Wasser auf ihre Freundin.

»Was denn?«, erkundigte sie sich, begierig, ein neues Gerücht zu hören.

»Die Prinzessin ist heute Morgen wieder aufgetaucht, total abgerissen und schmutzig.« Die Dienerin hielt inne, als die andere einen Ausruf des Erstaunens von sich gab. »Ja, und bei ihr war ein General der königlichen Armee. Und einen jungen Mann haben sie gebracht. Er lebt offensichtlich noch, aber nach dem, was ich gesehen habe, wird er den Tag ganz gewiss nicht überstehen.«

»Was da wohl passiert ist?«, überlegte die Zuhörerin. »Woher sind die drei denn gekommen?«

»Ich weiß es nicht genau, aber es wird geflüstert, die Prinzessin habe den Schatz im Sumpf gefunden. Der General, der die Prinzessin zurückgebracht hat, hatte eine goldene Truhe bei sich. Sie ist mit uralten Symbolen beschrieben, und man hat nach einem Philosophen geschickt, der sie entziffern soll.«

»Was du nicht sagst!«, bemerkte die andere zweifelnd.

»Doch«, verteidigte sich die Dienerin, »das ist die volle Wahrheit!«

* * *

Langsam nahm er wieder Geräusche wahr. Ganz in der Nähe sangen irgendwo Vögel ihre süße Melodie. Gedämpfte Schritte bewegten sich um ihn herum. Auch fühlen konnte er plötzlich wieder. Er war umgeben von etwas, das ganz weich war. Langsam öffnete Traven die Augen und blinzelte im hellen Sonnenlicht, das durch ein großes Fenster in den Raum strömte. Er sah, dass er von warmen Decken umgeben war und in einem so kostbaren Bett lag, wie er noch nie zuvor eines gesehen, geschweige denn in einem gelegen hatte. Langsam richtete er sich halb auf, um seine Umgebung zu betrachten. Außer einer Dienerin mittleren Alters in einer Uniform aus Hellblau und Gold war er allein im Zimmer. Sie erschrak, als sie plötzlich seine Augen auf sich gerichtet sah, knickste hastig und rannte aus dem Raum.

Traven atmete schwer und ließ sich auf das riesige, weiche Kissen zurückfallen, auf dem sein Kopf vorher geruht hatte. Schon das Aufrichten hatte ihn völlig erschöpft. Wo war er? Was war passiert? Und warum fühlte er sich so entsetzlich schwach? Er suchte in seinem Kopf nach Antworten, doch er fand sie nicht. Seine Brust tat weh. Er tastete danach und stieß auf einen großen, festen Verband. Wie war er zu dieser Verletzung gekommen? Er vergaß seine Verwirrung sofort, als ein köstlicher Geruch seine Nase erreichte. Sein Magen begann zu knurren. Er war halb verhungert und konnte sich nicht einmal mehr daran erinnern, wann er zuletzt etwas gegessen hatte. Die Tür öffnete sich, und die Dienerin kam zurück, in den Händen ein Tablet, das mit einer silbernen Haube bedeckt war. Lächelnd trat sie zum Bett.

»Ihr seid doch gewiss hungrig, nicht wahr?«, fragte sie höflich. Er konnte ihrer Sprache anhören, dass sie eine gute Ausbildung genossen hatte.

Traven nickte und grinste erwartungsvoll. Er sammelte seine Stärke und kam zum Sitzen. Die Dienerin stellte das Tablett auf den Nachttisch, klopfte das Kissen auf und schob es ihm so in den Rücken, dass er sich dagegen lehnen und seine Kräfte schonen konnte. Dann stellte sie ihm das Tablett auf den Schoß und nahm die Haube ab. Die Quelle der köstlichen Gerüche wurde sichtbar. Es gab frische Brötchen, eine dampfende Schale Gemüsesuppe und einen Kelch mit heißem Apfelwein. Gierig griff Traven zu. Das Essen schmeckte fantastisch; es war das Beste, was er jemals zu sich genommen hatte. Er hatte gedacht, er würde rasch alles verschlingen und weiter hungrig sein, doch zu seinem großen Erstaunen fühlte er sich bereits satt, noch bevor er alles vertilgt hatte.

»Macht Euch keine Sorgen, junger Herr«, sagte die Dienerin, als sie sein Kissen wieder zum Liegen vorbereitete und ihm das Tablett fortnahm. »In ein paar Stunden bin ich mit weiteren Speisen zurück. Dann seid Ihr gewiss wieder hungrig.«

»Das glaube ich nicht«, widersprach Traven, eine Hand auf dem vollen Magen.

»Oh, Ihr werdet hungrig sein – glaubt mir. Im Augenblick ist Euer Magen nur deshalb so klein, weil Ihr seit mehr als drei Tagen nichts gegessen habt. Aber er wird sich bald wieder ausdehnen.«

Er starrte der Dienerin hinterher, die den Raum verließ. Drei Tage! Er hatte drei Tage lang geschlafen! Er bemühte sich darum, zu begreifen, was geschehen war, aber er konnte sich überhaupt nicht erinnern. Frustriert schloss er die Augen. Ganz gleich, was passiert war – wenigstens behandelte man ihn hier, wo auch immer er sich befand, wie ein Mitglied des Königshauses. Das Königshaus? Die Prinzessin! Auf einmal kam ihm schlagartig die Erinnerung zurück – die Entführung, die Flucht, die Prinzessin in höchster Gefahr und dann diese maßlose Pein … Das Gewicht der Erinnerung erdrückte ihn und ließ ihn erneut das Bewusstsein verlieren.

»Traven. Traven!«

Langsam kehrte sein Bewusstsein wieder zurück, als er seinen Namen hörte. Er öffnete die Augen. Da stand Blaize neben seinem Bett und grinste breit.

»Du hast genug geschlafen. Du kannst nicht ewig nur vor dich hindämmern!«

Hinter Blaize stand die Dienerin mit einem weiteren Tablett. Sie stellte es auf seinen Schoß und half ihm, sich aufzusetzen. Zu seiner Überraschung fühlte Traven sich wieder halb verhungert. Diesmal schaffte er es, die Schale mit Suppe ganz zu leeren und alle Brötchen aufzuessen.

»Was macht Ihr denn hier?«, fragte er Blaize zwischen zwei hastigen Bissen.

»Ach, ich war gerade in der Gegend und dachte mir, ich könnte genauso gut mal bei dir vorbeischauen und sehen, wie es dir geht.«

»Das ist nicht wahr«, widersprach die Dienerin. »Der General war jeden Tag mehrfach hier und hat sich nach Euch erkundigt.«

Blaize bestritt das heftig und mit gespielter Strenge. Amüsiert hörte Traven zu. Er schaute auf sein Tablett und stellte fest, dass es leer war.

»Ich werde Euch später ein großes Abendessen bringen«, versprach die Dienerin und trug das leere Tablett nach draußen. In der Tür mahnte sie noch: »Ermüdet ihn nicht zu sehr, General!«

Blaize lachte.

»Schön zu sehen, dass du endlich wach bist«, sagte er mit Wärme in der Stimme. »Wie fühlst du dich?«

»Meine Brust und mein Bein schmerzen ein wenig, aber ansonsten fühle ich mich einfach nur furchtbar schwach«, antwortete Traven.

»Ja, es sah ganz so aus, als hätte dich jemand tüchtig in die Mangel genommen, als ich dich in der Höhle gefunden habe«, erklärte Blaize. »Zuerst fürchtete ich sogar, du seist tot. Du warst dem Tod wirklich sehr nahe, Traven. Du hast großes Glück, noch am Leben zu sein.«

»Aber was ist denn bloß passiert?«, drängte Traven.

»Ich hatte eigentlich gedacht, dass du mir das sagen kannst«, erwiderte Blaize. »Als ich euch beide aus dem Sumpf herausgebracht habe, hat die Prinzessin immer wieder etwas gemurmelt von einer riesigen Schlange, und dann war da ein Blitz und die Schlange war verschwunden. Kurz darauf hat sie dich halb tot daliegen sehen. Zuerst dachte ich ja, sie fantasiert, weil sie so erschöpft ist. Aber sie hat mir später mehr Einzelheiten berichtet und ich musste ihr einfach glauben. Ich hoffte, dass du mir den Rest erzählen könntest.«

Traven erinnerte sich an die riesige Schlange. Und wenn die Prinzessin sie auch gesehen hatte, dann war es kein Traum gewesen. Angestrengt versuchte er, sich auch an alles andere zu erinnern. Er hatte die Verfolger am Eingang zur Höhle abgewehrt. Dann hatte die Prinzessin in Todesangst geschrien und er war ihr zu Hilfe geeilt. Doch als er sie erreichte, war es bereits zu spät und er war zu schwach. Er wusste noch, dass er sich um die Kraft bemüht hatte, sie zu retten, dass er die Hand nach ihr ausgestreckt hatte – doch damit verließ ihn seine Erinnerung. Es war etwas Schreckliches passiert, aber sosehr er sich auch bemühte, er konnte sich nicht darauf besinnen, was es gewesen war.

»Ich glaube, es hatte etwas mit dem Stein zu tun, den du immer um deinen Hals getragen hast«, sagte Blaize nun. »Du weißt – das war nicht das erste Mal, dass ich Brandwunden auf deiner Brust behandelt habe.«

Traven wollte nach dem Stein greifen – und stellte entsetzt fest, dass er nicht da war.

»Wo ist mein Stein?«, fragte er aufgeregt.

Blaize machte ein sehr ernsthaftes Gesicht. »Es gibt ihn nicht mehr. Er ist in tausend Stücke zersprungen. Ich habe die Scherben überall auf dem Boden der Höhle gefunden. Ich weiß nicht genau, was passiert ist oder wie es passiert ist. Aber es schien so, als ob der Stein regelrecht explodiert wäre. Ein paar der Scherben haben sich in deine Brust eingegraben. Was auch immer damit passiert ist, es muss geschehen sein, während du den Stein getragen hast. Der Stein ist zerstört. Und ich denke, es ist am besten so.«

Ungläubig schüttelte Traven den Kopf. Wie konnte das sein? Wie hatte der Stein zerspringen können? Er wusste ja, dieser Stein war ein Machtstein gewesen. Und der Philosoph Studell hatte ihm erklärt, diese Steine seien unzerstörbar. Was war es nur gewesen, das etwas Unzerstörbares hatte zerbrechen können? Er fragte sich, was das alles wohl bedeutete. Aber jetzt, wo es den Stein nicht mehr gab, musste er sich immerhin keine Sorgen mehr machen, dass der ihm erneut die Brust verbrannte. Irgendwie hatte er es ja nie über sich gebracht, den Stein abzulegen. Doch nun, wo er zersprungen war, spürte er eine große Erleichterung. Er fühlte sich befreit und auf einmal sehr viel lebendiger.

»Ja, ich glaube auch, es ist am besten so«, sagte er schließlich.

Es klopfte an der Tür – und schon flog sie auf. Der Philosoph Studell trat ein. Er trug eine wunderschön mit Schnitzereien verzierte goldene Truhe. Hinter dem Philosophen trat die Prinzessin ein, an der Hand ihres zukünftigen Ehemannes. Sie war das wahre Sinnbild der Schönheit. Offensichtlich war es ihr besser ergangen als ihm; sie war unverletzt und wirkte nicht einmal erschöpft. Sie lächelte ihn an und das Lächeln ließ Traven innerlich erbeben. Er schaute ihr in die strahlenden Augen und alles andere um ihn herum versank.

»Ich bin so froh, dass du endlich aufgewacht bist, Traven«, sagte die Prinzessin. »Wie geht es dir?«

»Es geht mir gut«, antwortete Traven, »und ich bin glücklich, Euch in Sicherheit zu sehen, meine Prinzessin.«

»Das habe ich allein dir zu verdanken«, erklärte sie. »Ich möchte dir dafür danken, dass du mir das Leben gerettet hast. Ich weiß nicht, wie du es angestellt hast – aber ohne dich wäre ich jetzt tot.« Traven errötete angesichts so vielen Lobes von der Prinzessin.

»Wir sind tief in Eurer Schuld«, mischte sich jetzt der Befehlshaber General Gavin ein. »Auch der Hochkönig sendet seine wärmsten Grüße und seine Dankbarkeit. Ihr seid hier im Palast hoch willkommen, bis Ihr Euch vollständig wieder erholt habt. Um seine Dankbarkeit zu zeigen, lässt Euch der Hochkönig auch reiche Geschenke überbringen. Diese goldene Truhe gehört Euch – und das ist noch nicht alles.«

Der Befehlshaber General klatschte in die Hände. Ein Diener, der ein großes Bündel in der Hand hielt, betrat den Raum. In dem Bündel befanden sich neue Stiefel, ein neuer Umhang und mehrere Stücke der schwarzen, mit Silber bestickten Kleidung, die er so oft getragen hatte. Traven war sprachlos vor Überraschung. Der Diener brachte die neue Kleidung in einem großen Schrank aus Eichenholz unter, in dem auch sein Schwert lag und seine alten Stiefel standen.

»Wenn Ihr etwas braucht«, bemerkte der Diener nun ehrerbietig, »müsst Ihr nur in die Hände klatschen.«

Dann verließ er den Raum, zusammen mit der Prinzessin, die Traven noch ein ganz besonders strahlendes Lächeln schenkte, und ihrem Verlobten.

»Nicht schlecht«, bemerkte Blaize. »Die goldene Truhe kannst du verkaufen. Du kannst eine Menge Geld dafür bekommen.«

»Ihr könnt diese Truhe nicht verkaufen!«, meldete sich nun Studell erregt zu Wort. »Das ist nicht einfach nur eine Truhe – es ist ein Relikt aus der Zeit der großen Magier!« Der Philosoph war ganz aufgeregt. Traven musste lächeln.

»Und woher kommt diese Truhe?«, erkundigte er sich neugierig.

»Sie befand sich in der Höhle, in der General Blaize die Prinzessin und Euch gefunden hat. Sie ist mit alten Symbolen bedeckt. Ich habe die Symbole inzwischen entschlüsseln können. Es heißt, dass die Truhe einen Schatz enthält, der eines großen Magiers würdig ist. Aber wir konnten bisher nicht herausfinden, wie man die Truhe öffnet.« Traven starrte die Truhe an. Der Philosoph murmelte etwas vor sich hin, mit gerunzelter Stirn, ganz offensichtlich tief in Gedanken versunken.

»Darf ich die Truhe sehen?«, unterbrach Traven sein Grübeln.

»Aber selbstverständlich dürft Ihr das, mein Junge. Sie gehört schließlich Euch. Ja, sie gehört Euch.«

Aufmerksam betrachtete Traven die reich geschnitzte Truhe, die ihm der Philosoph aufs Bett gestellt hatte. Er konnte es nicht fassen, dass der Hochkönig ihm dieses kostbare Geschenk gemacht hatte! Er legte beide Hände auf die kühle Oberfläche und versuchte, den Deckel anzuheben. Er bewegte sich nicht. Soweit er das sehen konnte, gab es an der Truhe kein Schloss. Blaize zuckte die Achseln. Traven begutachtete die Truhe genauer, auf der Suche nach einem in den Schnitzereien verborgenen Riegel. Er konnte keinen entdecken, aber auf einmal überkam ihn ein ganz merkwürdiges Gefühl. Irgendwie spürte er es, ja, er sah es beinahe vor sich, dass sich innen in der Truhe ein Riegel befand. Er konzentrierte sich auf die Stelle, wo er den von außen unsichtbaren Riegel mit seinem geistigen Auge wahrnahm. Dann war ein lautes Klicken zu hören.

»Was war das?«, rief der Philosoph aufgeregt. »Ich habe etwas gehört. Was habt Ihr gemacht?«

Er entriss Traven die Truhe und hob den Deckel, der sich jetzt mühelos öffnen ließ. Traven riss erstaunt die Augen auf.

»Ihr habt es geschafft!«, triumphierte Studell und stöberte bereits im Inhalt der Truhe.

Blaize warf Traven einen merkwürdigen Blick zu, dann schaute er dem Philosophen über die Schulter. Traven war sich nicht sicher, was da gerade passiert war, aber höchst begierig zu erfahren, was sich in der Truhe befand. Allerdings spürte er, dass die ganze Aufregung ihn auch tief erschöpft hatte.

»Was ist in der Truhe?«, fragte er matt.

»Es ist absolut erstaunlich!«, rief der Philosoph aus. »Ihr werdet es nicht glauben, was ich gefunden habe!«

Erneut betrachtete Studell die offene Truhe und Begeisterung stand ihm ins Gesicht geschrieben. Blaize lachte über Travens immer ungeduldiger werdendes Gesicht. Dann griff er sich die Truhe und leerte den Inhalt aufs Bett, damit Traven ihn endlich selbst sehen konnte. Es waren zwei Edelsteine, einige Stücke Schmuck und eine uralte Schriftrolle. Rasch riss der Philosoph die Schriftrolle an sich, öffnete sie und begann zu lesen. Traven starrte auf die Steine. Einer von ihnen war grün, und auf seiner Oberfläche zeigten sich gezackte gelbe Linien, die sich bewegten. Der zweite Stein besaß die Farbe eines tiefen Orange und leuchtete schwach. Traven war sich absolut sicher – das waren Machtsteine.

»Es kann nicht wahr sein!«, rief der Philosoph auf einmal, wie von Sinnen vor Entzücken. »Es kann nicht wahr sein! Ich kann es einfach nicht glauben! Wisst Ihr, was das ist?« Er deutete auf die Schriftrolle.

»Was ist es denn?«, fragte Traven eifrig, angesteckt von der Aufregung und Begeisterung des Philosophen.

»Es ist eine Karte, die den Weg zu einem uralten Bergfried beschreibt. Und es steht hier geschrieben, dass derjenige, der die Truhe öffnet, sich dorthin begeben muss.«

»Was?«, fragte Traven verwirrt. Er verstand nicht, was ihm Studell sagen wollte.

Auf einmal wurde der Philosoph ganz ernst. Er schaute von der Schriftrolle auf und blickte Traven direkt in die Augen. Dann hob er den Finger und zeigte auf ihn.

»Ihr erinnert Euch, dass ich Euch von Faldor, dem größten aller Magier, berichtet habe? Er hat dafür gesorgt, dass die Machtsteine geschaffen wurden, weil er vorhergesehen hat, sie würden eines Tages gebraucht werden. Und Ihr müsst Euch jetzt zu dem Ort begeben, wo dieser große Magier gelebt hat. Die Karte zeigt Euch den Weg zu Faldors Bergfried!«

* * *

Vom offenen Fenster seines Zimmers im Palast aus beobachtete Traven den Tumult auf dem Großen Platz. Überall drängten sich die Bürger, die nur darauf warteten, dass die Prozession endlich begann. Er war eingeladen worden, das Ganze direkt vor dem Palast zu verfolgen, hatte sich jedoch überlegt, dass er von seinem Zimmer aus einen weit besseren Blick auf alles hatte. Er trug seine neue schwarze Kleidung, die der Hochkönig ihm geschenkt hatte. Der Stoff war noch viel feiner als der Stoff der Kleidung, die ihm seine Großeltern zum achtzehnten Geburtstag überreicht hatten – der ihm nun schon Ewigkeiten her zu sein schien. An seiner Seite hing sein Schwert. Fast kam er sich vor wie einer der Adeligen, als er aus dem Fenster schaute. Zu schade, dass er diese ganzen luxuriösen Bequemlichkeiten des Palastes schon so bald verlassen musste.

Die aufgeregte Menge wurde schlagartig ruhig. Traven schaute auf den Zug, der gerade den Palast verließ. Ganz vorne ritt der Hochkönig, und hinter ihm kamen der Befehlshaber General

Gavin und die Prinzessin Kalista, Seite an Seite. Sein Blick verschleierte sich vor Trauer, als er die Prinzessin ansah. Wenn sich das nächste Mal ihre Pfade kreuzten, falls sie sich überhaupt noch einmal begegnen sollten, dann war sie mit einem anderen Mann verheiratet. Diesen beiden folgten die königlichen Wachen und die Offiziere der königlichen Armee. Der Hochkönig von Kalia hob die Hand und sagte ein paar Worte. Jubel brach in der Menge aus, als er geendet hatte. Nun formierte sich der Zug und setzte sich in Richtung der Kaserne in Bewegung. Dort wartete Blaize, mit dem Rest der Armee, um sich dem Zug anzuschließen. Nach der traditionellen Verabschiedung und der Übergabe des Kommandostabes an Befehlshaber General Gavin würde der Hochkönig in den Palast zurückkehren – und der Zug seinen langen Marsch nach Candus beginnen.

Am Abend zuvor war Blaize noch einmal bei Traven gewesen, um sich von ihm zu verabschieden und ihm viel Glück zu wünschen. Es war sehr schmerzlich gewesen, als sie sich wieder einmal Lebewohl sagen mussten, und diesmal vielleicht für immer. Eigentlich sollte Traven in der Kaserne sein und mit Blaize und den anderen Soldaten nach Candus marschieren. Doch das Schicksal hatte ihm einen anderen Weg vorherbestimmt. Er wendete den Blick von dem Zug ab und schaute nach Norden, dorthin, wo irgendwo Faldors Bergfried lag, sein Ziel. Auf einmal hatte Traven das ganz sichere Gefühl, dass ihn jemand anschaute. Er trat vom Fenster zurück, doch das Gefühl blieb. Traven konnte es sich nicht erklären – aber irgendjemand beobachtete ihn.

* * *

Kadrak ging die große Halle entlang, über der sich die Gewölbedecke erstreckte. Von den Wänden aus starrten die Gesichter längst verstorbener Herrscher aus ihren Portraits auf den neuen Regenten herab. Die Stadt war schnell gefallen. Zuerst hatte die Herrscherin noch gedacht, sie könne ihn aufhalten. Als sie dann entdeckt hatte, dass ihre Armeen gegen seine Kraft machtlos waren, hatte sie sich sehr schnell ergeben und ihm ihr Königreich übereignet. Jetzt war die ehemalige Herrscherin von Balthus eine seiner Dienerinnen. Kadrak hatte die Einwohner von Rankdra verschont und war ohne großes Blutvergießen in den Palast eingezogen. Es hatte ein paar kleinere Aufstände gegeben, doch die hatte seine königliche Armee rasch niedergeschlagen. Ja, seine königliche Armee – die balthanischen Soldaten, die noch am Leben waren, hatten ihm ihre Treue geschworen. Die Hauptstadt von Balthus war fest in seiner Hand – und damit das gesamte Land. Jetzt war die Reihe an Kalia gekommen.

Kadrak bog in einen Seitengang ab und öffnete eine Tür, die zum Weinkeller führte. Sofort erschien eine Flamme vor ihm, die den Weg beleuchtete. Er durchschritt den Keller und begab sich zu der Stelle, wo die silberne Schale der Sicht mit Wasser gefüllt stand. Er brachte die Flamme zum Erlöschen und richtete seine Aufmerksamkeit auf die Schale. Er musste wissen, ob der Geist sich noch immer in Calyn aufhielt. Zu seinem Erstaunen sah er nichts – da war nur Leere. Das konnte nur eines bedeuten – der Geist war nicht mehr am Leben. Kadrak fluchte leise. Dann rief er das Bild von Kalia auf. Überrascht stellte er fest, dass kein Nebel mehr seine Sicht verschleierte. Stattdessen funkelte, direkt in Calyn, ein kleiner Lichtpunkt, der vorher noch nie da gewesen war.

Erstaunt konzentrierte er sich auf diesen winzigen Lichtpunkt. Unter dem Einsatz seiner Macht wurde das Bild der Stadt größer und größer. Mit Calyn wuchs auch der Lichtpunkt – und endlich konnte er sehen, was die Quelle dieses Lichtes war. Kadraks Augen verengten sich vor Zorn. Ein junger Mann, vollkommen in Schwarz gekleidet, stand in einem kleinen Zimmer im Palast, in den er ganz offensichtlich nicht gehörte. Und um ihn herum loderte die Atmosphäre in all ihrer Herrlichkeit!

3457992R00259

Printed in Germany
by Amazon Distribution
GmbH, Leipzig